Elisabeth Herrmann
Schatten der Toten

Elisabeth Herrmann

Schatten der Toten

Thriller

GOLDMANN

Originalausgabe

Sollte diese Publikation Links auf Webseiten Dritter enthalten,
so übernehmen wir für deren Inhalte keine Haftung,
da wir uns diese nicht zu eigen machen, sondern lediglich auf
deren Stand zum Zeitpunkt der Erstveröffentlichung verweisen.

Dieses Buch ist auch als E-Book erhältlich.

Verlagsgruppe Random House FSC® N001967

1. Auflage
Copyright © der Originalausgabe März 2019
by Wilhelm Goldmann Verlag, München,
in der Verlagsgruppe Random House GmbH,
Neumarkter Str. 28, 81673 München
Umschlaggestaltung: UNO Werbeagentur, München
Umschlagmotiv: Getty Images/Carla Sousa/EyeEm
CN · Herstellung: Han
Satz: Uhl + Massopust, Aalen
Druck und Bindung: CPI books GmbH, Leck
Printed in the Czech Republic
ISBN 978-3-442-31392-1
www.goldmann-verlag.de

Besuchen Sie den Goldmann Verlag im Netz

*Für Shirin,
meine wunderbare Tochter!*

Mein ist alles!, sprach das Gold;
Mein ist alles!, sprach der Stahl.
Alles kauf' ich!, sprach das Gold;
Alles nehm' ich!, sprach der Stahl.

Alexander Sergejewitsch Puschkin

I

1

Odessa, Seamen's Club – Club der Seemänner

Der Anruf kam spät. So spät, dass Bastide Larcan zusammenzuckte, als dass Handy vibrierte. Die Schüssel mit den Flusskrebsen war fast leer. Er wischte sich hastig die Finger an der Papierserviette ab und sah sich unauffällig um. Der schmucklose, gekachelte Raum war gut besetzt an diesem Abend, sogar die Telefonzelle wurde benutzt. Nebenan spielten angetrunkene Seeleute Tischfußball, die Luft war geschwängert von Rauch und Sehnsucht. Der Seamen's Club im Herzen des Handelshafens war das Wohnzimmer der Matrosen, die Insel der Schiffbrüchigen, der Ankerplatz der Heimatlosen. Die *frontsy*, die hier strandeten, fremde Segler, sie hatten nicht genug Zeit, um über die Potemkinsche Treppe hinauf in die Stadt zu steigen oder gleich hinter dem Tor zu den lockenden Lichtern und den Kellerbars mit den mehr oder weniger schönen Frauen. Oder nicht genug Geld. Oder keine Papiere. Oder es fehlte einfach an allem zusammen. Die meisten saßen über ihre Smartphones gebeugt, das Wodkaglas in der einen und die elf Zoll Familie in der anderen Hand.

»Ja?«

Brüllende Dieselmotoren. Knatternder Wind. Heisere Rufe. Todesangst.

»Scheiße! Scheiße!«

Poltern. Knarren. Ein Brecher musste das Schiff erwischt haben. Einige Sekunden lang hörte Larcan nichts anderes als die beängstigenden Geräusche von Gefahr. Lebensgefahr.

»Was ist los?«, fragte er leise. Im Aufstehen warf er ein paar Gryfni-Scheine auf den Tisch und griff zu seinem Glas. Der junge Mann hinter dem Tresen nickte ihm zu. Sie kannten sich. Obwohl sie bisher keine drei Worte miteinander gewechselt hatten. Worte galten hier nichts.

»Habt ihr sie?«

»Ja! Ja! Aber sie sind hinter uns her! Scheiße! Verhurte Jungfrau Maria! Ich bring dich um!«

»Moment.«

Larcan verließ den Club. Niemand achtete auf ihn. Nur der Luftzug beim Öffnen der Tür ließ einige Köpfe nach oben rucken. Er war anders. Keiner von ihnen. Vielleicht dachten sie an einen Captain oder Owner oder, was am nächsten lag, einen *bisinesmen*. Keiner von ihnen und trotzdem Teil dieser Zufallsgemeinschaft, die sich jeden Abend neu zusammenfand. Ihr Interesse verschwand zeitgleich mit dem Schließen der Tür.

Der Sturm hatte vor einer guten halben Stunde das Festland erreicht. Er pfiff über die Container und jaulte um die hohläugigen Fassaden der alten Speicher und trieb diesen Schneeregen vor sich her, der sofort wie mit tausend Nadeln durch jeden noch so schmalen Spalt der Kleidung stach. Die Lampen schaukelten an ihren hohen Masten und ließen Larcans Schatten wie betrunken schwanken.

»Ganz ruhig. Es läuft wie geplant.«

»Du verfickter Hurensohn! Nichts läuft! Die haben die Security erhöht! Vlad hat's erwischt. Das hast du gewusst, du...«

Es folgte eine Kanonade von Schimpfwörtern und Flüchen, die selbst Larcan nicht geläufig waren. Russisch und Ukrainisch unterschieden sich eben doch. Er suchte Schutz vor den peitschenden Regenschauern um die Ecke im alten Haupteingang des Clubs, der schon lange nicht mehr genutzt wurde.

»Es bleibt wie geplant. Wir treffen uns um Mitternacht in Fontanka.«

Fontanka war ein kleiner Ort an der Schwarzmeerküste, keine dreißig Kilometer nordöstlich die Küstenstraße entlang. Dort hatte Larcan von Ljubko, einem mürrischen Kleinbauern, eine Wellblechhütte gemietet, zum Fischen, wie er behauptet hatte, und noch etwas draufgelegt, als der Mann die elegante Kleidung seines seltsamen Mieters beäugt und schließlich begehrlich auf dessen Armbanduhr geschielt hatte. Seitdem schaute Larcan mindestens zwei Dutzend Mal am Tag instinktiv auf den hellen Streifen an seinem Handgelenk. Aber er brauchte keine Uhr, er brauchte ein Versteck. Letzte Woche hatte er noch eine beachtliche Auswahl an Angelzubehör dort deponiert, das er billig auf dem Markt der tausend Wunder erstanden hatte. Das Interessante an der Hütte war nicht nur die Lage – weit genug von der Küste entfernt, um nicht in den Verdacht einer Urlaubsdatscha zu geraten (dies hätte wiederum Einbrecher neugierig gemacht) –, es war der Keller. Larcan vermutete, dass er weniger zur Vorratshaltung denn zur Unterbringung von Partisanen gedacht gewesen war. Es gab sogar einen Wasseranschluss. Die Matratze und das Bett hatte er bei Nacht angekarrt. Davon musste niemand etwas mitbekommen. Alles war bereit. Tag und Stunde waren gekommen. Der Anruf hätte das Startsignal zu Larcans Aufbruch in eine bessere Zukunft sein sollen. Doch der Mann am anderen Ende der Verbindung schien nicht mehr viel von diesem Plan zu halten.

»Hörst du mir nicht zu, du Vollidiot?« Das Knattern des Windes und sein Atem klangen wie Maschinengewehrfeuer. »Die haben uns auf dem Radar! Vlad blutet wie ein Schwein. Wir müssen an Land! Sofort!«

»Was ist mit …?«

»Arschloch! Nichts ist, kapiert? Du kriegst sie nicht, wenn

du mir nicht sofort sagst, wo wir anlegen können. Ich werf sie ins Meer, kapiert? Und dich dazu, wenn ich dich erwische, du Hurensohn! In Einzelteilen! Das hast du gewusst!«

»Maksym, bleib ruhig. Wo genau bist du?«

»Auf dem Wasser, du Arsch! Auf diesem gottverdammten Kahn! Und die haben Zodiacs! Ich piss auf deine Mutter, wenn du mir nicht sofort sagst, wo wir an Land gehen! Ich kill sie! Ich kill euch alle!«

Sie mussten den Plan ändern, aber im Gegensatz zu Maksym hatte Larcan vierzig Jahre Improvisation hinter sich. In Bruchteilen von Sekunden kombinierten seine Synapsen jede verbliebene Möglichkeit und rasteten bei der naheliegendsten ein.

»Der Leuchtturm. In zehn Minuten. Macht die Lichter aus.«

»Und was sag ich der Kontrolle?«

»Du hast ein Fischerboot. Da draußen ist Sturm. Das reicht.«

»Wenn du uns nicht reinholst, ich fick dich und deine...«

Larcan versuchte, durch die Regenschleier den Weg hinunter zum alten Hafen zu erkennen, doch die Sicht war miserabel. Er beendete die Verbindung, schlug den Mantelkragen hoch und machte sich auf den Weg.

Zu seiner Rechten erhob sich hinter Kränen, Containern und Verwaltungsgebäuden die natürliche Zollmauer: eine Steilwand, unterbrochen nur von der Zufahrtsstraße und der Potemkinschen Treppe, die durch Eisensteins Film in die Geschichte eingegangen war. Darunter, tief in der Erde, die Katakomben. Ein unterirdisches Netz von Schmugglerwegen und Partisanenverstecken, über zweitausend Kilometer lang und Schauplatz verstörender Legenden. Jede Generation erfand sie neu, gemeinsam hatten sie alle die Schreckensvision eines Labyrinths ohne Ausgang, in dem man als Ortsfremder verloren war. Und dass es Wege vom Hafen in die Stadt gab, von denen nur noch wenige wussten...

Zu seiner Linken lag das Passagierterminal mit dem Odessa Hotel, das niemals eingeweiht worden war – eine noble Bauruine mit ungewisser Zukunft, wie so vieles hier. Er dachte an die kleine Kirche am Ende des Terminals, in die er noch bei Tageslicht für ein kurzes Gebet eingekehrt war. An den Weg zurück über schmelzenden Schnee und den kurzen Halt am Bronzedenkmal der Matrosenfrau, an ihren leeren Blick hinaus aufs Meer, dazu verdammt, der ewigen Rivalin zu unterliegen: der See.

Während eisiger Regen seine Wangen ertauben ließ, lief er die Eisenbahntrasse entlang und hob die Hand zum Gruß, als ein Zollfahrzeug seinen Weg kreuzte, kurz verlangsamte und dann weiterfuhr. Er kam an niedrigen Lagerhäusern vorbei, erbaut aus rostrotem Ziegelstein, verziert mit Giebeln und Vorsprüngen, marode und vernachlässigt, aber Zeugen einer Zeit, in der ein Haus nicht nur dem Zweck, sondern auch der Repräsentation der Erbauer diente. Was das über die heutige Architektur aussagte? Er beließ es bei dem Gedanken, wollte ihn aber zu einer späteren Zeit vertiefen.

Nach Minuten, die ihm wie eine Ewigkeit vorkamen und in denen er den Mantel und die dünnen Lederschuhe verfluchte, bog er endlich in die schmale Gasse zur Wetterstation ein. Rohre, meterdick und verrostet, führten über seinem Kopf quer über die Straße. Hier und da verdeckte Wellblech die schlimmsten Zeichen des Verfalls. Satellitenschüsseln krönten das Dach, zwei Wagen parkten vor der Station auf zersprungenem Beton, in dem das Schmelzwasser schon wieder zu spiegelglatten Pfützen gefror. Dahinter lag das älteste Haus des Hafens: eine zerfallende Ruine, von der sich der Putz löste und durch deren Ritzen der Wind pfiff. Hier wohnte Djeduschka Mayak – mit Großväterchen Leuchtturm nur unzulänglich übersetzt. Ein hochbetagter Mann, weit über achtzig, der sich zusammen mit seiner Frau um das Seefeuer kümmerte, das von Land nur über eine sechshundert Meter lange, kaum zehn Meter breite Mole zu erreichen war. Maria, sein treues Weib, war stocktaub. Djeduschka Mayak – niemand konnte sich mehr an seinen richtigen Namen erinnern – war am Mittag hinaus zum Leuchtturm aufgebrochen und würde dort bis zum Ende des Sturms bleiben. Maria schlief. Oder sparte Strom. Das Haus lag im Dunkeln, wie Larcan erleichtert bemerkte.

Dieses Gebäude auf halbem Weg zur Ruine, das man wirklich nur noch bewohnen konnte, wenn man sein Leben darin verbracht hatte, lag an der alten Kaimauer am westlichen Ende des Hafenbeckens. In früheren Zeiten hatte sich auf dem kleinen Platz davor der Fischmarkt befunden. Wie die Spitze eines Bugs ragte der Flecken hinein in die Bucht, und der Wind erreichte fast Orkanstärke, als Larcan ein paar Meter hinaustrat und in Richtung Leuchtturm spähte. Die Lichter der Stadt umsäumten das weite Ufer zu seiner Linken. Das Passagierterminal und die Hotelruine waren, obwohl kaum ein paar Hundert Meter entfernt, nur noch schemenhaft zu erkennen. Alle Arbeit ruhte. Das Haus hinter ihm blieb dunkel. Für die Leute in der Wetterstation lag diese Ecke im toten Winkel. Es gab keinen besseren Ort, um unerkannt an Land zu kommen, wenn es denn Odessa sein musste. Er holte mit steifen Fingern sein Handy heraus.

»Wo bist du?«, fragte er.

»Hab gerade den Leuchtturm passiert. Was jetzt?«

Die Wellen schwappten mit brodelnder Gischt über die Kaimauern.

»Zu *Djeduschka*. Ich warte.«

Er legte auf und warf das Handy ins Wasser. Dann checkte er, wie schnell er im Falle eines Falles die Waffe ziehen konnte. Nicht schnell genug. Es war zu kalt. Und er war keine zwanzig mehr.

An der Bar des Hotels Londonskaya, an einem der Marmortische des Pushkin Square, bei der Lektüre der *Financial Times* auf einer Bank im Stadtpark machte er immer noch eine hervorragende Figur. Aber hier, bei Nacht und Nebel, sturmumtost, mit nur wenigen Grad über null, spürte er die Kälte in seinen Knochen und Eiskristalle in seinem Blut.

Warum Odessa?, dachte er und trat ein paar Meter zurück. Wenn alles anders gelaufen wäre, könnte ich jetzt auf der Terrasse einer Wohnung an der Côte d'Azur sitzen, bei einem Glas Meursault, zusammen mit der Frau, die mich von genau so einem Mist abgehalten hätte... Weil du dumm gewesen bist, gab er sich selbst die Antwort. Nicht im Denken, aber in der Tat. Es war verlockend, sich in diesen Gedanken zu verlieren. Was wäre, wenn... Aber das konnte er später tun. Nun wartete er auf ein morsches Fischerboot mit einer kostbaren Fracht und zwei Männer, die unberechenbar waren wie angeschossene Tiere.

Das Brüllen eines Dieselmotors, der sich gegen die Kraft der Elemente warf, riss ihn zurück in die Gegenwart. Aus den Regenschleiern löste sich eine dunkle Silhouette, lang gestreckt und auf den Wellen tanzend. Sie hielt auf die Kaimauer zu. Larcan stemmte sich gegen den Wind und lief ihr entgegen.

»Fang!«, brüllte Maksym und warf ihm ein Tau zu. Larcan gelang es erst beim vierten Versuch, es einzuholen und um den Poller zu winden.

Neben Maksym tauchte Vlad auf. Unnatürlich verkrümmt, die Hand an der Seite. Das Schiff tanzte auf und ab. Er sprang und brach direkt im Aufprall zusammen. Ihm folgte Maksym. Er war einen Kopf größer und um einiges breiter, vor allem aber: zwanzig Jahre jünger als Larcan.

»Du dreckiger Hurensohn!«

Larcan wurde am Kragen gepackt. Er ließ es geschehen.

Er musste seine Kräfte aufsparen für den Moment der Übergabe. Das hier war nicht gefährlich. Das war nichts anderes als Adrenalinabbau. Im selben Augenblick wurde er weggestoßen und wäre um ein Haar über den stöhnenden Vlad gestolpert, der sich zusammengekrümmt auf dem matschigen Boden wand. Maksym folgte ihm drohend.

»Die haben ihn angeschossen! Die Scheißkerle haben ihn angeschossen!«

Larcan sah auf den Mann am Boden. Wenn er es geschafft hatte, an Land zu kommen, konnte es nicht lebensgefährlich sein. Ihn interessierte nur die Fracht.

»Wo ist sie?«

»Wo wohl! In einer Kiste auf Deck.«

»Ich will sie sehen.«

»Erst das Geld.«

»Erst die Kiste.«

Maksym näherte sich ihm noch einen weiteren Schritt. Die blitzenden Goldzähne waren das einzig Erhellende in seinem groben Gesicht. Larcan hob die Hände. »Ich habe es nicht bei mir. Falls du an was anderes als einen sauberen Deal denkst. Wir holen jetzt die Kiste. Dann schaffen wir sie zu meinem Wagen. Dann kriegst du das Geld. Und dann, vielleicht, werfe ich Vlad vor der Haustür eines Arztes ab, der nicht allzu viele Fragen stellt.«

Maksym hob die Faust. Für einen Augenblick sah es so aus, als ob er Larcan einen Kinnhaken verpassen wollte. Aber er fuhr sich nur über die stoppelkurzen Haare.

»Beeilung«, knurrte er. »Ich hab sie am Leuchtturm abgehängt. Weiß aber nicht, für wie lange.«

Larcan ging zum Kai. Bei jeder Welle krachte das Schiff an die Kaimauer. Er wartete, bis die Reling in seine Richtung kippte, sprang, verharrte dann für einen Augenblick, um seine Kräfte zu sammeln und bis es sich wieder auf die andere Seite legte, nahm den Schwung mit und landete schlitternd auf dem glitschigen Deck. Hinter sich hörte er Maksym, dem der Aufstieg ohne Probleme gelang.

»Da hinten.«

Die Kiste stand neben dem Steuerhaus. Gut vertäut. Maksym war nicht nur einer der übelsten Verbrecher Odessas, sondern auch ein guter Seemann. Was Larcan gar nicht gefiel, war das schwere Schloss, das den Deckel verriegelte.

»Mach auf.«

Maksym suchte mit zusammengekniffenen Augen das Meer hinter dem Leuchtturm ab. Lichter bewegten sich in der Dunkelheit wie Glühwürmchen. Blitzschnell ließ er ein Messer aufklappen.

»Keine Zeit.« Er durchtrennte die Seile. »Fass an.«

Gemeinsam schoben sie die Kiste zur Reling. Sie kam Larcan leicht vor. Zu leicht für das, was sie bergen sollte. Er blieb stehen und richtete sich schwer atmend auf.

»Du verarschst mich auch nicht?«

Maksym sprang an Land. »Halt die Fresse! Los jetzt!«

Larcan schob, die Kiste kippte über Bord. Maksym fing sie auf und ließ sie zu Boden krachen. Er hatte sogar die Freundlichkeit, Larcan die Hand zu reichen, damit auch er sicher landete.

»Und jetzt das Geld.«

»Ich habe gesagt, dass…«

Schon spürte Larcan die Klinge an der Kehle.

»Die Kohle. Ich hab geliefert. Wo steht deine Karre?«

Die Lichter kamen näher. Und mit ihnen, weit entfernt und leise wie das Surren einer Nähmaschine, das Geräusch von Motoren. Maksyms Augen verengten sich.

»Die Kohle! Ich stech dich ab. Ich schwör's dir.«

Larcans Synapsen spielten augenblicklich verrückt. Nach Plan B gab es kein C mehr. Das Spiel war aus. Keine zwei

Minuten, und die Zodiacs wären am Ziel. Die Männer an Bord dieser ultramodernen, schnittigen Schlauchboote würden kugelsichere Westen tragen, Nachtsichtgeräte und vermutlich russische AK-12, Schnellfeuergewehre, mit denen sie dem Spuk innerhalb von Sekunden ein Ende setzen würden. Die privaten Sicherheitsdienste waren mittlerweile besser ausgerüstet als die Armee. Es war vorbei. Zack. Etwas rastete ein in seinem Hirn. Nicht Plan C, eher Plan Z. Die letzte, die dreckige Chance.

Seine Hand fuhr nach links unter den Mantel. Er holte die Waffe heraus, erstaunt, wie schnell ihm das gelang, und noch bevor Maksym begriff, zerschmetterte der Schuss die Schulter. Mit dem Schrei eines Tiers taumelte der Angreifer zurück. Im Aufbäumen traf ihn die nächste Patrone genau zwischen die buschigen Augenbrauen. Er kippte nach hinten und blieb reglos liegen. Larcan trat zu Vlad.

Der hatte sich, die Wunde haltend, halb aufgerichtet. Fast noch ein Junge, keine zwanzig. Zerstört von Alkohol und Drogen, ein Tagelöhner des Bösen. Er hob die blutige Hand.

»Nein. Nein!«

Larcan schoss. Das dritte Nein blieb ungeschrien.

Er kehrte zu Maksym zurück und stieß die Leiche mit der Schuhspitze an. Dann beugte er sich herunter und suchte den Schlüssel. Das zornige Sirren der Zodiacs wurde lauter. Was die Leute in der Wetterstation wohl dachten? Wahrscheinlich, dass in diesen Minuten der sicherste Platz auch der wärmste war: drinnen.

Maksym trug den Schlüssel an einer Kette um den Hals. Ein Ruck, und Larcan hielt ihn in den Händen. Ein neues Spiel begann. Als er sich aufrichtete, schwindelte ihm. Was zum Teufel war das? Seit wann spielte in solchen Situationen sein Kreislauf verrückt? Er ging zur Kiste und wollte das Schloss öffnen. Aber seine Hände zitterten so sehr, dass ihm der Schlüssel durch die Finger in den eisigen grauen Matsch fiel. Er konnte die Rufe hören, die der Wind zu ihm herübertrieb. Das Fischerboot scheuerte so brünstig am Kai, als wolle es ihn besteigen. Los jetzt! Keine Zeit! Mit tauben Fingern pickte er den Schlüssel auf. Ruhig. Ganz ruhig. Du hast noch dreißig Sekunden.

Rein ins Schloss. Drehen. Klick. Verriegelung lösen. Deckel heben. Sein Herzschlag galoppierte, sein Blutdruck fuhr Achterbahn. Er zwang ein Lächeln auf sein Gesicht.

»Hallo, meine Kleine«, sagte er.

Es war ein Mädchen. Es war blond. Die Locken umrahmten ein herzförmiges, verschlafenes, ängstliches Gesicht. Es öffnete die Augen. Sie waren blau. Der Blick traf ihn mitten ins Herz und ließ ihm den Atem stocken. Mit dieser Ähnlichkeit hatte er nicht gerechnet.

»Komm raus.« Seine Stimme war heiser.

Er half dem benommenen Kind, aus der Kiste zu steigen. Als die Zodiacs anlegten und schwer bewaffnete Männer an Land sprangen, nahm er die Kleine auf den Arm. Augenblicklich schmiegte sie sich an ihn. Das Gefühl war ... ein Schock.

»Alles ist gut«, sagte er und strich ihr über die Haare. Er hörte schwere Schritte, Rufe, das metallische Klacken, mit dem Waffen entsichert wurden. »Alles ist gut.«

Sie bauten sich um ihn auf wie eine Armee der Schatten. Ihr Anführer, ein breitschultriger Mann mit Titanhelm und heruntergeklapptem dunklem Visier, gab seinen Männern das Zeichen, die Waffen herunterzunehmen. Wachsam umrundeten sie ihn, bis sich der Kreis geschlossen hatte. Sie schwiegen. Um sie herum tobte der Sturm. Er spielte mit den Haaren der toten Männer auf dem Pflaster.

Der Anführer ging zu den Leichen und betrachtete die Gesichter, wahrscheinlich um sich ein Bild von Larcans Hinrichtung zu machen. Als er zurückkehrte, den Helm und die

Sturmhaube abnahm, war das kein gutes Zeichen. Er war einen halben Kopf größer als Larcan. Sein Körperbau verriet eine mindestens paramilitärische Ausbildung. Glatt rasiert, Züge wie aus Stein gemeißelt. Ein Elitekämpfer.

»Gib her.«

Das Mädchen klammerte sich noch enger an Larcan. Ein Leichtgewicht.

»Los!«

Der Mann griff nach dem Kind. Es schrie. Hoch und durchdringend. Ein Schrei, der Larcan durch Mark und Bein fuhr. Er hielt das Kind fest, so fest, wie er konnte, doch dann wurde ihm der warme Körper aus dem Arm gerissen, und die Kälte überfiel ihn zeitgleich mit dem mörderischen Schlag. Der Schrei aber begleitete ihn in die Dunkelheit.

2

Hoch. Gellend. Todesangst.

Judith Kepler schlug um sich, fegte ein Glas Wasser vom Nachttisch und kam schweißgebadet zu sich. Bis sie begriff, wo sie sich befand, dauerte es ein halbes Dutzend panische Atemzüge.

Sie lief zum Fenster, riss es auf und sog, so tief es ging, die kühle Nachtluft in die Lunge. Ihr T-Shirt war schweißnass. Ihr Atem flog, ihr Herz raste, das Adrenalin peitschte ihr Blut wie einen Wasserfall durch die Venen. Ein Schuss. In Panik fuhr sie zusammen und brauchte Sekunden, bis sie begriff, dass sie die Fehlzündung eines Automotors unten auf der Lichtenberger gehört hatte. Es war so nah. Es griff immer noch nach ihrer Seele. Der Albtraum begleitete sie, mehr oder weniger intensiv, seit ihrem fünften Lebensjahr. Jedes Mal endete es mit derselben Todesangst, jedes Mal mit demselben Gefühl von abgrundtiefem Verlust.

Sie fuhr sich mit beiden Händen übers Gesicht. Es waren nicht die Toten, die sie jagten. Es waren die Lebenden.

Er wird nicht kommen.

Kein Trost. Abgrundtiefe Verzweiflung.

»Fertig.«

Es war ein kalter, toter Montag Ende Februar im Norden Berlins. Krähengeschrei hatte Judith ins Haus begleitet. Die Polizei war schon fort. Ihre Anweisungen hatte sie am Telefon erhalten.

Sie sah dem tiefroten Wasser hinterher, das im Strudel seinen Weg in den Abfluss fand. Ihre Hände waren von scharfen Reinigern gerötet. Sie trug einen dicken Wollpullover in einem undefinierbaren Grünbraun, der schon bessere Tage gesehen hatte, und eine ausgewaschene Jeans. In dem Moment, in dem sie hochgesehen hatte, war das Deckenlicht auf ein schmales Gesicht mit blauen Augen gefallen, fast jungenhaft und ernst, mit ersten Falten um die Augen und einem forschenden, aber nicht unfreundlichen Blick.

»Kai?«

Durch das geöffnete Badezimmerfenster wehte eine Ahnung von Zigarettenrauch. Sie vermischte sich mit den Erinnerungen an Erbrochenes, getrocknetes Blut, Schleifspuren im Flur und frischen Beton. Der Betongeruch kam aus der Garage, aber die konnten sie auslassen. Der Täter hatte sein Opfer ordentlich verpackt und dort in die Grube gelegt. Mitten im Anrühren und Einfüllen war er von einem Postboten überrascht worden, der Ahnung von Paketen hatte und wusste, dass dieses dort, in einem ausgestemmten Loch im Boden, nicht zum Versand gedacht war.

Der Täter hatte noch bei der Festnahme gestanden. Die

Leiche seiner Frau war von der Rechtsmedizin abgeholt worden. Tatortspuren und Aussage stimmten überein. Der Mord war beim Frühstück geschehen – Rührei, Kaffee, verbrannter Toast. Ein scharfes Messer, sie dreht ihm den Rücken zu, er kommt von hinten... Blut, literweise Blut. Die Abrinn- und Spritzspuren waren leicht zu beseitigen. Sie hatte es bei den Fliesenfugen hinter der Spüle mit Chlor versucht, doch wer wusste, was hier geschehen war, würde die Spuren erkennen.

Ein scharfer, irreversibler Schnitt hatte das Leben dieser Menschen zerteilt, eine blutige Fahne wie ein Signal in den Boden des Alltags gerammt: Alles ist zerbrechlich wie ein Schneckenhaus, das jemand mit schwerem Tritt zermalmt. Da lagen sie nun, die Scherben. Und Fremde waren erschienen, wanderten durch dieses nach außen gestülpte, ins Blitzlicht der Polizeifotografen getauchte Leben und kehrten zusammen, was man zusammenkehren konnte. Zu kitten gab es nichts mehr. Das war vielleicht das Traurigste, wenn Judith einen Anruf bekam, der sie von ihrem *normalen* Arbeitsplatz wegrief an einen Tatort. Dass sie immer zu spät aufkreuzten. Dass sie ein Stillleben des Todes erwartete, der manchmal ganz leise herangeschlichen war und einen Menschen mitgenommen hatte wie einen Gast, der sich da draußen im Leben verlaufen hatte und den man heimführen musste. Solche Tode hatten etwas von einer Heimkehr, und Judith stand in diesen Wohnungen mit dem Gefühl, als Stellvertreterin der Reisenden die letzten Dinge zu ordnen. Dann war es gut, wenn sie fertig war. Sie konnte zurückkehren zu ihrer Kolonne und den mitfühlenden Blicken der Kollegen, die keine hochspezialisierte Zusatzausbildung zum Tatortreiniger hatten, und ihnen mit einem kleinen Lächeln begegnen.

Doch Cleaner wurden auch gerufen, wenn der Tod als kaltblütiger Killer oder im Furor von Hass und Wahn gekommen war. *Mitten aus dem Leben gerissen*, diese Formulierung erhielt an Tatorten wie diesen eine ganz neue Bedeutung. Hatte die Frau sich gewehrt? Wie lange dauerte es, bis jemand mit durchschnittener Kehle starb? Im Film ging es immer ganz schnell. In der Realität zeugten die Spuren von fürchterlichen Kämpfen.

Durch Zufall lag der verbrannte Toast ganz oben in dem blauen Müllsack, dessen Öffnung sie nun zusammenzwirbelte und verschloss. Vielleicht der Auslöser für die Tat, aber keinesfalls der Grund. Es gab immer eine Vorgeschichte. Gewalt im vertrauten Umfeld erfolgte nie aus dem Nichts, das hatte auch Judith schnell gelernt.

»Kai!«

»Komme gleich.«

Mit einem ärgerlichen Seufzen ließ sie Wasser in den Eimer laufen und kehrte zurück in den Flur. Sie hasste falsches Parkett. Eigentlich müsste das Laminat ausgetauscht werden. Blut war auch hier zwischen die Ritzen gesickert. Viel Blut. Handabdrücke in Kniehöhe an der weiß getünchten Wand. Die Frau hatte noch gelebt… Judith ging in die Knie und legte aus einem Impuls heraus ihre Hand auf den letzten Abdruck. Wie starb man, wenn man ermordet wurde? Konnte Schock eine Gnade sein? Wusste man, was geschah? Sie schloss die Augen und spürte die Struktur der Raufaser unter ihren Fingern, so nah an der Tür, so nah an der letzten Hoffnung… und sie, Judith, zu spät, viel zu spät.

Schritte von draußen, jemand klopfte die Schuhsohlen vorm Betreten des Bungalows ab. Kais hohe, kräftige Silhouette zeichnete sich vor dem einfallenden Licht ab. Aus dem pickligen Jungen, den das Arbeitsamt vor Jahren zu Dombrowski geschickt hatte, war ein kräftiger Mann geworden. Ein Zupacker. Die Haare, mittlerweile schulterlang, erinnerten mit ihren blonden Spitzen an einen Surfer. Der Dreitagebart stand ihm. Die Muskeln, durch harte körperliche

Arbeit und nicht im Fitnessstudio erkämpft, auch. Ein hübscher Kerl. Wurde langsam erwachsen. Erkannte, dass mehr in ihm stecken könnte. Schob es auf Judith, seinen Boss. Ohne sie wäre er Kolonnenführer. Aber sie hatte nicht vor, höflich beiseitezutreten und ihn durchzuwinken. Dombrowski Facility Management war eine Firma aus dem vorigen Jahrhundert. Hier wurde Aufstieg erarbeitet. Erstaunlich, dass er trotzdem schon so lange bei ihnen war.

Sie wies auf die Müllsäcke. »Bring das schon mal nach draußen.«

»Mehr nicht?«

Judith warf einen schnellen Blick ins Wohnzimmer. Couchgarnitur, Fernseher, Anrichte. Die Frau hatte ein Faible für Porzellankatzen gehabt. Sie standen überall; eine verwaiste Großfamilie. Schicksal: ungewiss. Auftraggeber war der Vermieter gewesen. Judith hatte nirgendwo Familienfotos gesehen. Vermutlich hatten die Katzen einiges ersetzen müssen.

»Küche und Flur. Wisch noch einmal durch, dann sind wir fertig.«

Über Kais jungenhaftes Gesicht huschte ein Grinsen. Halb sieben. Ein früher Feierabend für die Spätschicht. Duschen, umziehen und dann…

Ihr Handy klingelte. Liz war am Apparat. Immer noch etwas aufgeregt und atemlos von der plötzlichen Verantwortung, mit der Judith sie erst vor ein paar Tagen betraut hatte: Aufträge entgegennehmen und weiterleiten. »Einkaufszentrum Landsberger Allee. Eine Frau hat ein Baby gekriegt. Direkt vor dem Supermarkt, der bis Mitternacht aufhat.«

»Das macht MacClean«, antwortete Judith, die über die einzelnen Herrschaftsbereiche der Berliner Gebäudereinigungsunternehmen bestens informiert war. Sie arbeitete schon seit fast zehn Jahren für Dombrowski Facility Management, hatte sich aus den Gelegenheitsjobs auf den Umzugswagen hochgeschuftet in die feste Belegschaft der Putzkolonnen. Die Einzige, die bei der Eignungsprüfung zum *death scene cleaner* nicht gekotzt hatte. War immer eine der Stillen, Ruhigen gewesen. Bis zu jenem Tag, der ihr Leben in den Abgrund geführt hatte... Nicht dran denken. Sie atmete tief durch. Du hast es überlebt. Was willst du eigentlich?

»Eben nicht.« Liz' Stimme bekam einen verschwörerischen Unterton, auf den sich Judith zunächst keinen Reim machen konnte. »Alle krank.«

»Echt jetzt?«

»Kein Mindestlohn, keine Überstunden. Da sengt die Luft.«

Brennt, wollte Judith sagen und hielt sich gerade noch rechtzeitig zurück.

»Wilder Streik?«

Liz lachte leise. »Hat eben nicht jeder einen Boss wie wir.«

Dombrowski, Judiths Chef, hatte schon immer seine eigenen Vorstellungen von Betriebsrat, Arbeitszeiten und Lohn. Sie waren oft hart an der Grenze, aber eine unterschritten sie nie: Wer hart arbeitet, soll auch davon leben können. Streiks gab es bei ihm nicht. Er hätte jeden Einzelnen persönlich zur Arbeit gezerrt und ihm anschließend sein Entlassungsschreiben in die Hand gedrückt.

Liz, die in letzter Zeit ein gewisses betriebswirtschaftliches Händchen entwickelte, fuhr fort: »Unsere Chance. Oder?«

Judiths Blick fiel auf Kai, der sich gerade die letzten beiden Müllsäcke schnappte und sich wohl vorstellte, was er mit den geschenkten zwei Stunden alles anfangen konnte. Sie holte den Transporterschlüssel aus der Hosentasche, rief »Hepp!« und warf sie ihm zu. »EKZ Landsberger. Schnelle Nummer. Ich nehm den Bus.«

Mit der Ratlosigkeit eines ausgesetzten Welpen sah er erst auf den Schlüssel und dann zu seiner Chefin, die an ihm vorbei hinaus in die spätwinterliche Kälte trat.

»Wie jetzt? Und du?«

Sie grinste ihn an. Die frische Luft tat gut, der Marsch zur Haltestelle im fast ländlichen Berliner Norden würde die Erinnerungen an den Arbeitstag löschen.

»Ich habe ein Date.«

»Und ich?«

»Sorry für dein Liebesleben«, warf sie ihm noch über die Schulter zu. Und für meins, setzte sie in Gedanken hinzu und vergrub sich noch im Laufen tief in ihre Jacke. Ihre Fingerspitzen stießen an ein Stück Papier. Sie zögerte. Die Entscheidung lag in ihrer Hand. Es könnte ein gemütlicher Abend werden, mal wieder eine Langspielplatte auflegen – Robert Plants *Carry Fire* war gerade ihr Favorit –, die halbe Flasche Wein, die schon seit drei Tagen offen im Kühlschrank stand, irgendwas vom Vietnamesen auf dem Weg von der S-Bahn nach Hause. Oder... Im Bus holte sie den Zettel heraus und faltete ihn auseinander. Noch immer schlug ihr Herz schneller, wenn sie diesen Namen las.

Quirin Kaiserley.

Der Mann, dem sie einmal ihr Leben anvertraut hatte...

Es war eine Einladung, auf Handzettel gedruckt. Mit ein paar persönlichen, hingekritzelten Worten, die sie nicht ernst nehmen konnte. Er wollte sie besänftigen, wenn sie nach einem ersten flüchtigen Blick begriff, um was es ging: eine Buchvorstellung. Gähn, fällt ihm denn nichts Neues ein? Im Deutschen Spionagemuseum. Wie witzig. *Spione, Schläfer und Agenten – Geheimdienstoperationen im Kalten Krieg.* Noch vor Erscheinen ein Ladenhüter. Wer zum Teufel interessierte sich denn noch für die alten Geschichten? Und dann der Untertitel: *Die Operation Saßnitz und ihre Folgen.*

Zack. Messer im Herz.

Sie zerknüllte die Einladung und steckte sie in die Ritze zwischen Sitz und Fahrzeugwand. Am S-Bahnhof Waidmannslust nahm sie die S1. Sie könnte am Alexanderplatz umsteigen Richtung Lichtenberg – nach Hause. Sie könnte auch weiterfahren und am Potsdamer Platz aussteigen. Sag, Judith, wie wirst du dich entscheiden?

Vor dem Fenster der Bahn flog die Stadt vorbei, zersprang das Licht in tausend bunte Funken.

3

»Herzlich willkommen. Alte Freunde, alte Feinde und all die, die sich heute um diese Positionen keine Sorgen mehr machen müssen.«

Der Mann auf dem Podium machte eine rhetorische Pause. Er strich sich durch die kurzen eisgrauen Haare. Eine Geste der Verlegenheit. Oder gut gespielter Verlegenheit. Sein Blick wanderte über die Stuhlreihen des voll besetzten Saals. Vor dem Podium hatten sich einige Zuhörer sogar auf dem Fußboden niedergelassen. Wer auch dafür zu spät gekommen war, stand an der Wand oder in der geöffneten Tür, die hinaus zum Museumsshop führte.

»Ich bin immer wieder erstaunt, dass meine Themen nach wie vor auf solches Interesse stoßen«, sagte er und wandte sich eher symbolisch zu dem großen Werbeaufsteller neben der Bühne. *Buchvorstellung*, stand darauf. *Spione, Schläfer und Agenten – Geheimdienstoperationen im Kalten Krieg.* Autor: Quirin Kaiserley. Ein paar der jüngeren Besucher lachten leise. Die älteren blieben mehrheitlich regungslos. Es waren hauptsächlich Männer gekommen – graue Windjacken, bequeme Schuhe, hier und da ein Gehstock. Im Gang standen mehrere Rollatoren.

»Die Operation Saßnitz 1984 – nein, das ist kein Rechtschreibfehler. Das ›ß‹ wurde erst in den Neunzigerjahren in die heute gültige Schreibweise geändert, die Operation Saßnitz gilt bis heute als eine der größten Fehlleistungen von gleich zwei Geheimdiensten: dem Bundesnachrichtendienst und der HV A.«

Er wandte sich an drei junge Frauen, vermutlich Studentinnen, die mit gekreuzten Beinen auf dem Teppichboden saßen und zu ihm aufblickten. »Das war die Hauptverwaltung Aufklärung des Ministeriums für Staatssicherheit, der Auslandsnachrichten der DDR.«

Den anderen musste er das nicht erklären.

»Und bis heute, mehr als dreißig Jahre danach, sind noch längst nicht alle Einzelheiten geklärt. Bleiben wir zunächst bei dem Mann, der den Stein ins Rollen gebracht hat: Richard Lindner. Einer der besten, wenn nicht gar der beste Auslandaufklärer der Stasi. Und ein Romeo. Sie wissen, was ein Romeo ist? Ein charmanter junger Mann mit einer bemerkenswerten Ausbildung. Seine Aufgabe: junge Frauen in Westdeutschland kennenzulernen. Aufzureißen, wie man heutzutage zweifellos sagen würde.«

Die Studentinnen kicherten. Die grauen Männer blieben ernst.

»Junge Frauen, die meist als Sekretärinnen bei der NATO, der Bundeswehr, im politischen Bonn oder beim BND arbeiteten. Ja, auch der BND war infiltriert. Diese Damen verrieten dem Romeo hochgeheime Informationen. Und wenn Sie jetzt wissen wollen, wie das möglich sein kann, dass junge Frauen im Kalten Krieg ihr Land verraten, dann...«

Sein Blick fiel auf die Groupies zu seinen Füßen.

»Dann fragen Sie sich selbst, was Sie bereit wären, für die Liebe zu opfern.«

In der vorletzten Reihe saß Judith. Sie hielt den Blick zu Boden gerichtet, die blonden Haare zu einem Knoten gezwirbelt. Sie wusste, dass er den Raum nach ihr abscannte. Aber das Letzte, wonach ihr der Sinn stand, war sein Wiedersehenslächeln und, bewahre!, vielleicht noch ein persönliches Grußwort in ihre Richtung. Zeitzeugin Judith Kepler, Opfer des Kalten Kriegs, damals noch ein kleines Mädchen mit einem anderen Namen …

Jetzt aber hob sie die Augenbrauen und stieß einen missbilligenden Laut aus. Der Mann neben ihr, ein Kinn wie ein Backstein, die Hände über seinem Gehstock gekreuzt, als ob dies ein Zepter wäre und er ein gestürzter König (was er bestimmt auch war, denn die halbe Ex-HV A war hier versammelt), zischte »Ruhe!«, und dann fuhr Kaiserley auch schon fort.

»Bis heute gibt es nur Vermutungen, wer die Frau war, die unser Romeo umgarnte. Eine Sekretärin in der Bonner Republik. Alleinstehend, autoritär erzogen, vermutlich vaterfixiert. Verfällt diesem gut aussehenden jungen Mann, der ihr das Märchen von der großen Liebe vorspielt. Womit hat er sie so weit gebracht? Ein Heiratsversprechen? Eine Notlage, aus der ihn nur Verrat befreien kann? Die Verführungsmechanismen der Romeos füllen Regalmeter an Büchern. Sie sollen nicht unser Thema sein. Bleiben wir bei dem, was wir wissen. Ende 1984 verriet eine junge Angestellte des Bundesnachrichtendiensts eine hochgeheime Aktion an den DDR-Agenten Richard Lindner. Wir haben das Protokoll, es ist in meinem Buch nachzulesen. Unser junger Spion hält den Coup seines Lebens in der Hand. Was wird er tun? Natürlich sofort seinen Führungsoffizier informieren und das Geheimprotokoll bei der Stasi abliefern. Können Sie mir bis jetzt folgen?«

Nur die Studentinnen in der ersten Reihe nickten. Der Rest blieb weiterhin bewegungslos sitzen.

»Aber dann geschah etwas Seltsames. Etwas noch nie Dagewesenes: Er behielt das Papier für sich.«

Verstohlen sah Judith sich um. Die grauen Männer rührten sich immer noch nicht. Wahrscheinlich erzählte Kaiserley ihnen nichts Neues. Aber die anderen, die, die nicht grau waren und wie versteinert auf ihren Plätzen hockten, interessierte Besucher des Spionagemuseums vielleicht oder Leute, die zu viel John le Carré gelesen hatten und die es deshalb an diesem eisigen Wintertag zum Leipziger Platz getrieben hatte, die anderen also flüsterten, sahen sich fragend an, scharrten mit den Füßen oder sahen auf ihre Armbanduhr, wann der Vortrag wohl endlich vorbei wäre. Judith bereute ihre Entscheidung. Sie könnte schon längst zu Hause auf der Couch liegen ... Wann rückte er endlich heraus mit der »Wahrheit über die Operation Saßnitz«? Gib es doch zu. Du hast alten Käse in neue Schachteln verpackt, mehr nicht.

»Dieses Papier, es wurde dem Archiv erst später hinzugefügt. Warum? Weil Lindner sich damit selbst an die Stasi verraten hätte.«

Judith wartete darauf, dass Kaiserley fortfuhr. Jetzt würde er sicher bildhaft erzählen, wie Lindners Geliebte ihm vermutlich nach einem Schäferstündchen das Geheimprotokoll überreichte – und es war nichts als kalter Kaffee. Das Protokoll war wertlos. Makulatur. Er würde ja wohl kaum den ganzen Übermittlungsapparat in Gang setzen – tote Briefkästen, konspirative Treffen, Kuriere –, um seine Aktion an die eigenen Leute zu verraten ... Kein Wunder, dass es nicht in Ostberlin landete. Es war das Papier nicht wert, auf dem es geschrieben stand.

»Lindner war mehr als ...«

Er brach ab. Er musste jemanden im Publikum entdeckt haben. Judith ruckte wieder mit dem Kopf hinunter. Der Backsteinmann rechts neben ihr musterte sie misstrauisch.

»Richard Lindner war nicht nur ein Romeo. Er hatte einen zweiten, nicht minder konspirativen Auftrag erhalten: einen Schlag gegen die BRD auszuführen. Darum ging es in diesem

Papier. Er hätte seinen eigenen Auftrag weitergeleitet. Nun fragen Sie sich sicher: Warum hat er es nicht getan? Darauf gibt es nur eine Antwort: Lindners Geheimauftrag kam nicht von der HV A. Nicht von seinen eigenen Leuten.«

Es war still. Keiner rührte sich. Entweder, weil niemand ihm mehr folgen konnte, oder, weil er gerade eine Bombe mit dreißig Jahre altem Zeitzünder hatte hochgehen lassen. Ein Stasi-Romeo, der für eine zweite, noch geheimere Abteilung arbeitete? Kaiserley ließ seine Worte einen Moment lang wirken.

»Ich kann verstehen, dass das verwirrend klingt. Ich versuche, es so einfach wie möglich zu erklären. Lindner ist jung und ehrgeizig. Er arbeitet sehr erfolgreich als Romeo. Das fällt auf. Nicht den Funktionären, aber vielleicht dem einen oder anderen, der seine ganz eigenen Pläne im Ministerium für Staatssicherheit verfolgte. Der nimmt Lindner zur Seite und weiht ihn ein in einen hochgeheimen Plan. Niemand darf davon erfahren. Die beiden operieren quasi an der Leitungsebene vorbei. Das konnte nur jemand sein, der uneingeschränkte Machtbefugnisse besaß. Damit war die Operation Saßnitz entstanden. Mit nur zwei Beteiligten: Lindner und seinem hochrangigen Auftraggeber.«

Eine der jungen Frauen meldete sich. »Wer war das?«

Kaiserley lächelte sie an. Sie strich sich durch die Haare.

»Das wissen wir bis heute nicht. Doch der Einsatz war so hoch, dass wir von jemandem in der Führungsriege ausgehen.«

Die grauen Männer rührten sich nicht. Nur einer wechselte mit einer Frau zwei Reihen weiter einen schnellen Blick. Sie musste in seinem Alter sein, also weit über sechzig, und ihr hartes Gesicht wurde mit einem Mal von einem winzigen Lächeln aufgebrochen. *Wir wissen mehr als du*, schien es zu sagen. *Immer noch…*

»Die Geheimoperation Saßnitz hatte ein Ziel: einen BND-Agenten zu fangen. Mich.«

Wieder der fast verlegene Strich durchs Haupthaar. Du bist so eitel, dachte Judith. Selbst nach so langer Zeit muss es dich noch stolz machen, einmal so wichtig gewesen zu sein...

»Ich, ein BND-Agent im Westen, muss mir im MfS, im Ministerium für Staatssicherheit, einen ganz besonderen Feind gemacht haben. Wer das gewesen ist, darüber kann wie gesagt nur spekuliert werden. Aber der Plan war, mich quasi in flagranti zu schnappen, bei der Schleusung einer DDR-Familie in den Westen. Und dafür musste mir ein Köder ausgelegt werden. Sie wissen, was eine Schleusung ist?«

Die Studentinnen nickten. Seit der Flüchtlingskrise war das Wort mit enormer sozialer Sprengkraft aufgeladen.

»Ich sollte Lindners Familie in den Westen holen. Das war ein sehr hohes Risiko, das man nur einging, wenn auch ordentlich etwas für den Westen herauskam. Lindner nahm also Kontakt mit uns auf. Wohlgemerkt, im Auftrag des Mannes, der mich fangen wollte. Er bot uns, dem BND, Mikrofilme mit den Namen aller DDR-Agenten im Ausland. Diese Mikrofilme, unter Lebensgefahr aus dem Labor geschmuggelt, waren der Jackpot. Das Riesending. Es war, als hätte man uns den Heiligen Gral unter die Nase gehalten.«

Es schien, als ob alle im Saal den Atem anhielten.

»Ein Riesenfisch, dachten wir. Lindners Bedingungen waren einfach: die Schleusung in die BRD für sich, seine Frau und seine kleine Tochter. Dass es eine Falle war, daran dachten wir nicht einen Moment. Es klingt ja heute noch absurd. Alle, ausnahmslos alle DDR-Agenten sollten verraten werden! Nur um mich zu fangen?«

Er sah sich um, mit einem gespielt ungläubigen Ausdruck im Gesicht. Ihm schlug eiserne Reglosigkeit entgegen. Er klatschte in die Hände.

»Bravo! Sie haben den springenden Punkt erkannt! Sie sollten ja gar nicht verraten werden. Es war ein Fake, wie man heute sagt. Denn Lindner hatte nie die Absicht gehabt, sein Land zu verraten.«

Nur seine eigene Familie, dachte Judith. Geopfert, in die Höhle des Löwen geschickt, dem »Feind« auf dem Silbertablett dargeboten wie eine Ware. Und für was? Damit der große Unbekannte eine Rechnung mit Kaiserley begleichen konnte?

»Aber«, fragte eine Studentin in die Stille hinein, »es hat nicht geklappt?«

Kaiserleys Gesicht verzog sich schmerzlich. »Nein, es hat nicht geklappt. Denn Lindner, seine Familie, sein Plan, wir alle wurden verraten. Nicht von unserer jungen, naiven Sekretärin übrigens, sondern von einem Maulwurf in unseren Reihen. An die Stasi, die ja nichts davon wusste und deshalb glauben musste, dass Lindner tatsächlich einen Landes- und Hochverrat plante.« Er griff nach einem Buch und hielt es in die Höhe. »Das alles können Sie hier nachlesen.«

»Auch den Namen des geheimnisvollen Unbekannten?«

Plötzlich also ein namenloser Schatten. Einer, der im Hintergrund alles geplant und eingefädelt hatte und der nicht wollte, dass die eigenen Leute Wind von der Sache bekamen. Wer war dieser Mann? Von wem redete Kaiserley? Ein General, ein Leutnant? Um Lindner konspirativ an der Stasi vorbeizuführen, musste es ein hohes Tier gewesen sein. Es änderte nichts an Judiths Verachtung. Es war egal, ob Lindner den Verrat gemeinsam mit der HV A oder einem Einzelnen geplant hatte. Das Ergebnis wäre in beiden Fällen das gleiche gewesen: eine Katastrophe.

»Ich kenne den Namen nicht, leider. Glauben Sie mir, ich würde sehr gerne ein paar Worte mit ihm wechseln.«

»Dann war die Sache also zweimal in Gefahr?«, fasste die Studentin zusammen. »Einmal, als die Tippse ihm das Protokoll gab und er es nicht weitergereicht hat. War das nicht schon ein ziemliches Dienstvergehen für einen Spion?«

Kaiserley nickte wohlwollend. Es gefiel ihm, wenn man aufmerksam zuhörte.

»Aber dann gab es einen zweiten Verrat?«

»Und dieses Mal konnte Lindner nichts dagegen tun. Es war eine Doppelagentin der CIA.«

Ein Schuss, laut wie eine Detonation. Die Waffe scheint in Judiths Hand zu explodieren. Sie kann noch immer den Schmerz spüren, den Rückstoß, die Todesangst. Sieben Jahre ist es her, dass sie die Frau gestellt haben. So lange kennen wir uns schon, du da oben, ich da unten. Eine Weile sind wir mal nebeneinandergegangen, Seite an Seite. Wieder kreuzten sich ihre Blicke. Ob er auch gerade daran dachte?

Die Jüngeren lachten leise, manche tuschelten miteinander. Die grauen Männer rührten sich nicht.

»Und was genau ist in Sassnitz passiert?«

»Nun, wir im Westen glaubten, wir schleusen eine Familie und ein paar Mikrofilme. Doch im Transit wurden wir von bewaffneten Grenzposten gestellt. Lindners Frau wurde noch auf dem Bahnhof erschossen, ihr Kind, ein Mädchen...«

Wieder starrte Kaiserley ins Publikum. Judith starrte zurück.

Kaiserley räusperte sich, als hätte ihn dieser Blick etwas aus der Fassung gebracht.

»... wurde schwer traumatisiert ins Heim gesteckt. Lindner wechselte nach der Wende zum damaligen sowjetischen Geheimdienst KGB und seinen Nachfolgeorganisationen FSB und SWR und machte als Waffenhändler eine erstaunliche Karriere. Man sagt, dass er später an einem der größten Attentatsversuche Russlands auf die Demokratie Europas beteiligt war. Sein Aufenthaltsort ist unbekannt. Wir wissen nur seinen letzten Namen: Bastide Larcan.«

Eine der Studentinnen, die weiter hinten saß, meldete sich. Ein Mitarbeiter reichte ihr das Mikrofon.

»Also, wenn ich das richtig verstehe: Richard Lindner heißt jetzt Bastide Larcan?«

»Ob er sich immer noch so nennt, weiß ich nicht.«

»Er war ein Romeo und gleichzeitig ein Lockvogel?«

»Ja.«

»Und jetzt ist er ein russischer Terrorist?«

»Ein Mann mit vielen Gesichtern. Und vielen Einsatzgebieten. Agent. Heiratsschwindler. Hochverräter.«

Jedes einzelne Wort traf in Judiths Herz. Er ist ein mieses Stück Dreck, dachte sie. Und er ist mein Vater.

4

Eine Viertelstunde später war die Veranstaltung zu Ende. Kaiserley wurde umringt von Anhängern und einigen grauen Herren, die nicht so aussahen, als ob sie mit allem einverstanden wären, was er an diesem Abend vorgetragen hatte. Im Vorraum war ein Tisch aufgestellt worden, auf dem sich die Bücher stapelten. Die Fans standen Schlange. Die anderen blieben noch beisammen oder warfen sich hastig ihre Mäntel über und verschwanden in die Nacht.

Gleich neun Uhr. Zwei Stunden lang hatte Judith in diesem stickigen, überfüllten Raum ausgeharrt, nur um Kaiserley zuzuhören, wie er Schnee von gestern als den heißen Scheiß von heute verkaufte. Immerhin: Sie hatte durchgehalten. Das waren doch erfreuliche persönliche Entwicklungen.

Sie sah noch einmal auf ihre Einladung. *Ich würde mich sehr freuen, wenn du kommst. LG Q.*

Das klang ja fast, als ob sie wieder Freunde wären. Doch

nun breitete er den Untergang ihrer Familie vor der Öffentlichkeit aus, als wäre sie ein Groschenroman: Liebe. Verrat. Tod. Schicksal. Der große Unbekannte. Hätte nur gefehlt, dass er noch das arme, arme Kind hinzugefügt hätte. Christina hieß sie einst, meine Damen und Herren, ein kleines Mädchen, ein Waisenkind, Tochter eines Meisterspions, Opfer von Verrätern und seit neuestem auch von einem geheimnisvollen Unbekannten, der den Kindsvater erst zu diesem Hasardspiel verleitet hat, das schieflief, so grauenhaft schief… Das den Tod der Mutter miterleben musste und bei Nacht und Nebel von der Stasi in ein Erziehungsheim gesteckt wurde, wo es eine neue Identität annehmen musste. Das Kind wird zu Judith Kepler gemacht, zur Tochter einer Hafenprostituierten, es erhält eine Gehirnwäsche und wird lange nicht verstehen, warum in seinem Leben so vieles anders läuft als bei *normalen* Menschen. Brauchen Sie noch ein Taschentuch?

»Judith?«

Sie passierte die Schranke und lief zur Drehtür, doch die arbeitete zu langsam. Kaiserley schlüpfte in letzter Sekunde zu ihr ins Abteil und lächelte sie an.

»Du bist aber schnell fertig«, sagte sie.

»Ich dachte, du kommst nicht mehr. Ich habe bis zum Beginn auf dich gewartet. Wie geht es dir?«

»Gut. Na ja, zumindest besser als dir. Ich muss mir nicht mit der Vergangenheit anderer Leute mein Geld verdienen.«

Statt verärgert zu sein, lachte er. »Es ist auch meine. Wir sind Personen der Zeitgeschichte. Man nennt das Aufarbeitung.«

»Eine Gleichung mit einem Unbekannten. Wer ist er?«

»Ich weiß es nicht, ehrlich.«

Seine blauen Augen hatten immer noch diesen Glanz von Unschuld und Vertrauen. Themenwechsel, schnell. Sie wollte nicht, dass er sie so ansah. Das erinnerte sie an die Zeit ihres Kennenlernens, als er ihr das Gefühl gegeben hatte, er würde sich für *sie* und nicht für *ihre Vergangenheit* interessieren.

»Warum sagst du nicht, wer die Frau war, die sich von meinem Vater hat flachlegen lassen? Wir wissen es doch.«

Sie traten hinaus in die eiskalte Luft. Vor ihnen lag das riesige Oktogon des Leipziger Platzes, schräg gegenüber erhoben sich die hell erleuchteten Glastürme des Sony Centers, der Bahntower und das ehemalige DaimlerChrysler-Haus. Dazwischen brandete der Verkehr. Es war den Stadtplanern nicht gelungen, die zugigen Ecken miteinander zu verbinden. Die Mall of Berlin, ein Shoppingcenter mit den üblichen Kettenläden, meldete Verluste. Der Platz sollte ein kühner Wurf im wiedervereinigten Berlin sein und war doch im Mittelmaß stecken geblieben. An einem Abend wie diesem blieben sogar die Touristen weg. Judith versenkte ihre Hände in den Jackentaschen.

»Es geht ihr nicht gut.«

»Ach ja?« Woher zum Teufel wusste er das schon wieder? Ihr ging es auch nicht gut, wenn man sie auf ihre Vergangenheit ansprach. Was glücklicherweise außer Kaiserley niemand tat.

»Sie hat all die Jahre an schweren Depressionen gelitten.«

»Hm.«

»Und sie ist schwer krank. Ich wollte ihre letzten Wochen nicht belasten, indem ich sie und ihre Familie ins Licht der Öffentlichkeit zerre.«

Das saß. Natürlich hatte Judith jetzt ein schlechtes Gewissen. Und als hätte er ihn bestellt, kam auch noch ein Fotograf mit einer teuren Spiegelreflexkamera auf sie zu, die ihn als Profi auswies.

»Herr Kaiserley? Ein Foto?«

Judith trat zur Seite. Eigentlich wäre dies eine gute Gelegenheit, um zu gehen. Aber dann tat sie es doch nicht. Sie beobachtete ihn beim Posieren und stellte fest, dass er genau das nicht tat. Er stand einfach nur lässig da und sah gut aus, immer noch. Die zwanzig Jahre, die sie trennten, sah man ihm nicht an. Obwohl: Sein Haar war noch grauer geworden, und die Falten in seinem Gesicht hatten sich vertieft. Er war das, was man bei Männern in diesem Alter *interessant* nannte.

Kannten sie sich wirklich schon sieben Jahre? Als sie sich begegneten, beide Überlebende einer *Geheimdienstoperation im Kalten Krieg* – Judith schnaubte verächtlich, als sie an den Untertitel von Kaiserleys Buch dachte –, als sie sich damals aufmachten, um gemeinsam nach den Verursachern ihrer Lebenskatastrophen zu suchen, war es so, als hätten sich die Umlaufbahnen zweier Planeten gekreuzt. Bis dahin hatte jeder in seiner eigenen Galaxie seine Runden gezogen. Er, der ehemalige BND-Agent, Schriftsteller, präsent in den Medien, und sie, die Putzfrau. Aber plötzlich schienen die Gravitationsgesetze eine Kehrtwende zu machen und hatten sie zusammengebracht. Als ob es eine Chance gäbe, dass ein Intellektueller und eine Gebäudereinigerin etwas Gemeinsames hätten. Bullshit. Jahre später standen sie wieder an den entferntesten Punkten ihres Orbits.

So denkt auch nur jemand, der nachts durchs Teleskop in die Sterne guckt, dachte sie. In Lichtjahren, in Galaxien, in Schwarzen Löchern und der Stille nach dem Urknall …

Das Foto war im Kasten. Die Menge zerstreute sich langsam. Kaiserley sah sich um, als ob er jemanden suchen würde, und kehrte dann mit einem nachdenklichen Gesichtsausdruck zu Judith zurück. Sein Blick blieb an einem Wagen hängen, der zwanzig Meter weiter geparkt hatte.

»Ich dachte, ich hätte ihn gesehen.«

»Wen?«

»Einen alten Bekannten.«

Er wandte sich ihr wieder zu. Judith hatte das Gefühl, dass jeder einzelne Besucher der Veranstaltung ein alter Bekannter Kaiserleys gewesen war. Um nicht allzu neugierig zu klingen, sagte sie nur: »Die Sehnsucht wird nicht so groß gewesen sein.«

»Er wollte zu dir.«

»Zu mir?«

»Ja. Er wollte dich hier treffen.«

Sie grinste. »Seltsame Blind Dates machst du für mich aus... Wer war es denn?«

Jetzt lächelte auch er. Es erhellte sein Gesicht. Für eine Sekunde waren sie sich wieder nah. Fast so wie damals. *Brothers in arms.*

»Hey«, sagte er leise und trat noch etwas näher. »*Ich* bin dein Date. Du hast noch nicht mal ein Buch gekauft.«

»Keine Kopeke für deine Märchen.«

In ihren Augen musste ein Funkeln liegen. Es machte Spaß, so mit ihm zu reden. Er bedeutete ihr schon lange nichts mehr. Menschen, die sie einmal enttäuscht hatten, konnten den Platz in ihrem Herzen kein zweites Mal erobern. Aber ein bisschen Flirten tat gut. Vor allem mit einem Meister dieses Fachs.

»Trotzdem schön, dass du gekommen bist.«

»Ich wollte nicht, dass du vielleicht allein hier sitzt, in dieser Jahrmarktsbude der Geschichte.« Sie wies mit dem Kopf auf den Museumsshop, der Trabbis, garantiert echte Mauersteine und Russenschapkas verkaufte. Ein grauer Mann trat zu ihnen. Er hielt ein Buch in der Hand.

»Herr Kaiserley? Kann ich Sie kurz sprechen? Ich muss Ihren Ausführungen in mehreren Punkten widersprechen...«

Judith ging ein paar Schritte zur Seite und drehte sich eine Zigarette. Kaiserley und der Mann tauschten Visitenkarten aus. Nach seinem Ausstieg beim BND war seine zweite Karriere als Buchautor, Journalist und Geheimdienstexperte gut gelaufen. Ab und zu hielt er Vorträge.

Ab und zu verdient er Geld mit dem Untergang meiner Familie.

Tat sie ihm unrecht? Das Funkeln zwischen ihnen war nie völlig erloschen. Vielleicht lag es auch an ihr, dass sie nie ein Feuer daraus entfacht hatten. Die Glut geschürt. Sie hatte es nie wirklich versucht, weil sie wusste, dass es sinnlos war.

Sie spürte, dass sie beobachtet wurde, und sah sich um. Ein Auto, zwanzig Meter weiter. Sie könnte schwören, dass eben noch ein Mann am Steuer gesessen hatte. Nun war er verschwunden. All das passte zu einem Abend, an dem man nicht nur Gespenster sah, sondern auch mit ihnen redete.

Der Backsteinmann kam heraus, begleitet von einer Frau mit betonharter Dauerwelle und einem etwas jüngeren Herrn. Kaiserley verabschiedete sich von seinem Gesprächspartner. Auf dem Weg zurück zu Judith ließ er den dreien den Vortritt. Er nickte ihnen kurz zu, sie erwiderten den Gruß.

»Wer war das?«, fragte sie.

»Du wirst es nicht glauben.« Er zog den Reißverschluss seiner Jacke zu. »Oberst Funke mit seiner Frau. HV A XII, Chef über achtundfünfzig hauptamtliche Mitarbeiter. Spezialisiert auf die NATO.«

»*Ex*oberst, meinst du wohl. Und der andere?«

Der »Jüngere«, wohl auch schon Mitte fünfzig, drehte sich im Gehen zu ihnen um. Zweifellos gaben Judith und Kaiserley ein interessantes Paar ab – wenn man ihre Hintergründe kannte. Wenn nicht, war es eher die Neugier, was ein gut aussehender Mittfünfziger neben einer gewollt unscheinbaren Frau wie Judith zu suchen hatte.

Er redete mit seinen Begleitern. Wahrscheinlich über sie.

»Ein Sachgebietsleiter aus der Stasiunterlagen-Behörde. Schneider heißt er, glaube ich.«

»Interessant. Ein bisschen wie Hund und Katz, oder?«

Die Stasiunterlagen-Behörde hatte sich der Aufarbeitung verschrieben. Ein Ziel, das unter den Altkadern nicht weit verbreitet war … Die drei hatten Grün und überquerten die Kreuzung in Richtung Bahnhof Potsdamer Platz.

»Wo ist Larcan?«, fragte Judith. Der Name Lindner kam ihr nur schwer über die Lippen. Vielleicht lag es daran, dass Lindner doch irgendwann noch ein Vater gewesen war und Larcan einfach nur ein Verbrecher.

Die Antwort erfolgte prompt, wie aus der Pistole geschossen. »Ich weiß es nicht.«

Schweigen. Das Museum leerte sich. Als die Letzten die Drehtür passiert hatten, schloss ein Pförtner ab. Wenig später erlosch auch das Licht.

»Judith, lass es. Wird das jetzt jedes Mal ein Thema sein, wenn wir uns begegnen? Ich habe mich gefreut, als ich dich heute Abend gesehen habe.« In seinem Blick lag wieder diese persönliche Anteilnahme. »Ich dachte: Nett, Judith!«

Nett, Judith!

»Ich dachte, vielleicht trinken wir noch ein Glas Wein zusammen und unterhalten uns. Über Gott und die Welt. Einfach mal ein normales Gespräch.«

Sie sah an ihm vorbei. Was war Kaiserley nicht alles schon für sie gewesen: Vaterersatz. Liebhaber. Seelenverwandter. Sie hatten so viel miteinander erlebt. Geblieben war: *Nett, Judith.*

»Wie geht es dir?«, fragte sie schließlich.

»Du solltest damit aufhören.« Er schlug den Kragen seiner Jacke hoch. »Mit dem Rauchen, wenn du sonst schon keinen Rat mehr von mir annimmst.«

Damit ging er in Richtung S-Bahnhof Potsdamer Platz. Judith warf die Zigarette in eine Pfütze. Die Glut erlosch mit einem leisen Zischen.

5

Er stand vor Judiths Wohnungstür wie ein Reservist, den man noch einmal auf seine alten Tage zur Wache abkommandiert hatte. Obwohl er die Fahrstuhltüren und ihre Schritte hören musste, drehte er sich nicht um. Alt war er. Schlohweiße Haare unter der Mütze, ein dicker grauer Schal, die wattierte Jacke verbarg nur schlecht, wie dünn er war.

Doch etwas an seiner Haltung kam Judith bekannt vor. Sie hätte nicht sagen können, was. Vielleicht, wie er die Aktenmappe unter den Arm geklemmt hielt. Oder die vorsichtige Drehung, mit der er sich jetzt zu ihr umwandte. Er war groß gewesen, und in jenem Sommer, als sie sich zum letzten Mal gesehen hatten, hatten sich ihr die Sommersprossen auf seinem Gesicht eingeprägt. Nun waren sie verschwunden unter der Winterblässe, und er schien kleiner geworden zu sein.

»Herr ... Stanz?« Sie blieb auf halbem Weg zwischen Aufzug und Tür stehen. »Hubert Stanz?«

Ein kurzes Nicken. Der Blick aus wasserblauen Augen hatte sich einst wie Röntgenstrahlen durch sie hindurchgebrannt. Nun war er trübe geworden, und er stützte sich mit der Linken diskret an der Wand ab. Stanz. Sie spürte einen metallischen Geschmack im Mund. Blut und Eisen.

Sein Name hatte auf Judiths Einlieferungsschein ins Heim gestanden. Seine Gestalt tauchte immer wieder in ihren Albträumen auf. Er war es, der nach der Wende unbehelligt von Nachforschungen einfach seinen Weg weitergegangen war und ein *Feierabendheim* in Sassnitz leitete, in dem ehemalige Stasimitarbeiter ungestört ihre letzten Jahre verbrachten. Stanz. Einer der stillen Männer aus der zweiten Reihe, der auf der anderen Seite der Macht die verratene Operation Saßnitz geleitet hatte. Immerhin: Er hatte ihr vor ein paar Jahren den entscheidenden Tipp gegeben, wo sie nach dem Verräter suchen sollte. Sie war sich nie ganz sicher gewesen, ob er ihr damit einen Gefallen getan oder sie in den fast sicheren Tod geschickt hatte.

»Frau Kepler. Verzeihen Sie, wenn ich Sie störe. Ich wollte Sie schon heute Abend ansprechen, aber dann waren Sie so ins Gespräch mit unserem gemeinsamen Bekannten vertieft gewesen.«

Sie ließ sich die Verblüffung nicht anmerken.

»Kaiserley?«

»Ja. Wie geht es ihm?«

»Fragen Sie ihn selbst.«

Das also war ihr Blind Date. Er war keine Gefahr. Nicht mehr. Nur noch ein Schatten seiner selbst, eine vage Erinnerung an die Macht, der er einst gedient hatte. Verblichene Gestalten von vorgestern.

»Wollen Sie hereinkommen?«

Er nickte und schenkte ihr, als er den prüfenden Blick auf die Taschen seines wattierten Mantels bemerkte, ein schmales Lächeln. »Sind Sie immer noch so vorsichtig?«

»Nein«, antwortete sie und steckte den Schlüssel ins Schloss. Nach dem Öffnen trat sie zur Seite, um ihm den Vortritt zu lassen. »Vorsichtiger.«

Er antwortete nicht, ging nur ein paar Schritte in den Flur und wartete dann, bis sie zu ihm kam. »Da entlang.«

Das Wohnzimmer präsentierte sich, ebenso wie der Rest der Zweiraumwohnung, in einem Stillleben aus Chaos und kleinen Inseln Gemütlichkeit. Eine davon war die abgewetzte Couch, auf die sie nun wies, und sie war froh, dass sie in einem Anfall von hausfraulicher Beflissenheit zumindest die Wäscheberge im Bad entsorgt hatte. Dort türmten sie sich immer noch. Sie hoffte, dass Stanz nicht so lange bleiben würde, um die Toilette in Anspruch zu nehmen.

Und wenn, dachte sie. Ich habe ihn nicht hergebeten.

Er warf einen prüfenden Blick auf das durchgesessene Polster und entschied sich dann für den Sessel. Wahrscheinlich weil er daraus ohne fremde Hilfe wieder herauskommen würde. Sie bot ihm weder etwas zu trinken an, noch bat sie ihn, den Mantel auszuziehen. Er sollte einfach reden und wieder verschwinden.

»Was führt Sie zu mir?«

Sie öffnete den Reißverschluss ihrer Jacke und setzte sich so weit entfernt von ihm wie möglich hin.

»Nun«, begann er, »an Sentimentalität brauche ich nicht zu appellieren. Der Besuch eines alten Mannes bei einem seiner ... bei einer der wichtigsten Personen seiner beruflichen Laufbahn, würde ich sagen, daran glauben Sie nicht.«

»Nein.«

»Wie hat Ihnen der Vortrag gefallen?«

»Sie waren da?«

Stanz nickte und strich dabei über den Rücken seiner Aktenmappe, als wäre sie ein Haustier. »Ich saß eine Reihe hinter Ihnen, fast an der Wand. Der Zufall ist doch ein merkwürdiger Geselle. Ein Hochstapler, der sich gerne mal als Schicksal ausgibt.«

Judith wartete.

»Sie waren mit dem, was Herr Kaiserley von sich gegeben hat, genauso unzufrieden wie ich. Ich habe es gemerkt. An der Art, wie Sie zugehört haben.«

Wahrscheinlich wollte er nun ein Lob über seine scharfe Beobachtungsgabe hören. Oder Zustimmung, dass sie wenigstens eines gemeinsam hatten: die Ablehnung gegen Kaiserleys Art, wie er die Vergangenheit zurechtbog. Aber es gab nichts, womit sie mit Stanz einer Meinung sein wollte.

»Hören Sie, es ist spät. Ich muss morgen wieder früh raus und hatte einen harten Tag.« Und einen noch schlimmeren

Abend, setzte sie im Stillen hinzu. Aber auch das ging diesen eisgrauen Mann nichts an.

»Ich verstehe. Ich komme auch gleich zum Punkt. Gestatten Sie mir eine Frage: Was hat sich für Sie geändert?«

»Wie bitte?«

Er beugte sich vor. Seine hellen Augen wurden um eine Schattierung dunkler. »Wann sind wir uns zum ersten Mal begegnet?«

»Vor fast fünfunddreißig Jahren«, antwortete sie eisig. »In der Nacht, in der ich meine Eltern verloren habe. Und Sie waren, neben meinem Vater, mit dafür verantwortlich.«

Er schloss die Augen, aber nur für einen Moment. Dann riss er sie wieder auf.

»Ich war der Leiter einer Geheimdienstoperation, die den schlimmsten Landesverrat aller Zeiten verhindern sollte.«

»Ihrer Zeiten.«

»Ja.« Sein Blick bekam die Intensität von Röntgenstrahlen. »Dann kennen wir uns ja fast schon Ihr ganzes Leben. Man sollte meinen, das verbindet.«

»Man sollte meinen«, antwortete Judith, »dass Sie und der Rest Ihrer Stasimischpoke damit langsam allein dastehen. Gehen Sie mit all Ihren Opfern so um? Ist das die Berechtigung Ihres Daseins? Dann verschwenden Sie Ihre Zeit.«

»Ich wollte auf etwas anderes hinaus. Geben Sie mir noch ein paar Minuten.« Er holte tief Luft. »Sie haben die Wahrheit herausgefunden. Sie wird Ihnen nicht gefallen haben. Aber Sie haben sie herausgefunden. Dank meiner Hilfe.«

Der Impuls aufzuspringen, ihn zu packen und aus dieser Wohnung hinauszuwerfen, war fast übermächtig.

»Viele wollten das«, fuhr er fort. »Bis heute werden Anträge auf Akteneinsicht gestellt. Ich frage Sie nur: Hat es Ihnen geholfen?«

Judith holte tief Luft. Lass dich von ihm nicht aufs Glatteis führen, dachte sie. Er hat es von der Pike auf gelernt, Fragen zu stellen, die verwirren sollen. Was zum Teufel will er hier?

»Was zum Teufel wollen Sie?«

Mit einem leisen Ächzen lehnte er sich wieder zurück. Vielleicht war er krank, wollte reinen Tisch machen. Seinen Opfern noch einmal in die Augen sehen und Vergebung einfordern.

Nicht von mir.

»Martha Jonas ist vor ein paar Wochen gestorben.«

Judiths Augen verengten sich. Stanz war gut. Vor langer Zeit einmal musste er brillant gewesen sein. Martha Jonas war ihre Erzieherin im Kinder- und Jugendheim Juri Gagarin gewesen.

»Sie hat sich jedes Jahr sehr über Ihre Weihnachtskarte gefreut. Leider hat sie die letzte nicht mehr erreicht.«

Er öffnete die Aktenmappe und holte einen Umschlag hervor. Judith erkannte ihre Handschrift. Der Brief war geöffnet worden. Stanz wollte ihn ihr reichen. Sie rührte keinen Finger. Nach kurzem Zögern legte er ihn auf den Couchtisch.

»Das wollte ich Ihnen sagen.«

»Nur deshalb sind Sie hier?«

Sie sah den Namen und die Anschrift und spürte einen leisen Stich im Bauch. Ich werde ihr nie wieder schreiben, dachte sie. Es war nur ein kleines Ritual gewesen, aber es wird mir fehlen.

»Das hätten Sie auch am Telefon erledigen können. Oder den Brief einfach nicht annehmen. Haben Sie ihn gelesen?«

»Ja.«

»Alte Gewohnheit, würde ich sagen.«

»Ich überbringe solche Nachrichten gerne persönlich. Eine gute Gelegenheit für ein paar Tage Berlin und den Besuch bei alten Freunden.«

Er sagte das in einem Ton, als ob sie und Martha Jonas sich

nahegestanden hätten. Aber das stimmte nicht. Oder wenigstens nur zum Teil. Martha Jonas hatte einem System gedient, das Widerspruch und Auflehnung im Keim erstickt hatte. Dennoch war sie so etwas wie eine Bezugsperson von Judith gewesen. Aber Nähe?

»Ich hoffe, dass Sie die wichtigen Fragen Ihres Lebens eines Tages beantworten können.«

»Welche Fragen meinen Sie?«

Er zuckte mit den mageren Schultern. »Es steht mir nicht zu, darüber Mutmaßungen anzustellen.«

Judith nickte. Stanz legte die Hände auf die Lehnen, als ob er sich endlich dazu entschlossen hätte aufzustehen.

Plötzlich wurde sie neugierig. »Und Sie?«

Neugier war das falsche Wort. Eher: Lust an Provokation. Diesen grauen alten Mann aus der Reserve locken. Ihm aufweisen, wohin ihn seine Überzeugungen gebracht hatten. Ihn dazu bringen, es als Fehler anzusehen, was sein Leben bestimmt hatte.

»Haben Sie Ihre Fragen beantwortet?«

»Sie meinen...« Er sah sich interessiert im Zimmer um. »... all das, was uns umtreibt? Richtig oder falsch? Ja.«

»Und?«

»Ich würde mich immer wieder für denselben Weg entscheiden. Das, was Sie unter Freiheit verstehen...«

Er brach ab, als wäre schon alles zu diesem Thema gesagt, stemmte sich mühsam hoch und blieb wacklig stehen. Judith sprang auf.

»Kann ich Ihnen helfen?« Sie hätte sich die Zunge abbeißen mögen, aber die Frage war schon heraus.

Stanz tastete die Taschen seines Mantels ab. »Ich leide seit geraumer Zeit unter Schwindelattacken. Sie sind gleich vorbei.« Er zog eine Blisterpackung Tabletten heraus und drückte eine davon in die hohle Hand. »Ob ich Sie vielleicht...«

»Klar. Einen Augenblick.«

Sie eilte in die Küche und kam eine halbe Minute später mit einem Glas Leitungswasser wieder. Stanz nahm es ihr ab. Seine Hand zitterte leicht. Er warf die Tablette in den Mund und spülte sie mit einem kräftigen Schluck hinunter.

»Danke.« Vorsichtig stellte er das Glas auf dem Couchtisch ab. »Eigentlich wollte ich nur erfahren, ob Sie gefunden haben, was Sie suchten.«

»Wie meinen Sie das?«

Etwas Ungesagtes schwebte im Raum. Judith spürte, dass dieser Mann nicht nur wegen einer Weihnachtskarte vor ihrer Tür gestanden hatte.

»Was wissen Sie über meinen Vater? Wo steckt er? Was macht er? Wie hat er es geschafft, außer Landes zu gelangen?«

Stanz stützte sich an der Rückenlehne des Sessels ab. Langsam schien wieder etwas Leben in seine Züge zurückzukehren.

»Ich weiß es nicht.«

»Erzählen Sie doch keinen Unsinn. Larcan, wie er jetzt heißt, war hier. Vor ein paar Wochen erst, in Berlin. Ich habe ihn getroffen.«

Der müde Blick des Mannes wurde wach. Als ob ein Abglanz, eine Ahnung der früheren Härte sich in ihm widerspiegeln würde. »Tatsächlich? Meines Wissens hat er Sassnitz nicht überlebt. Er ist, so glaube ich mich zu entsinnen, bei einem Autounfall ums Leben gekommen.«

»Er ist«, Judith musste sich zusammenreißen, um Stanz nicht anzuschreien, »in Sassnitz fast erschossen worden, aber ihr habt ihn wieder aufgepäppelt. Er erhielt eine neue Legende, neue Papiere, einen neuen Namen: Bastide Larcan. Und damit wurde er nach der Wende zu einem der widerlichsten und gefährlichsten Waffenhändler der Welt. Er arbeitet immer noch für die Russen. Falls sie ihn nicht eliminiert haben, nachdem er das Ding in Berlin an die Wand gefahren hat.«

»Welches Ding?«

Judith öffnete den Mund – und schloss ihn wieder. Um ein Haar hätte sie diesem Mann erzählt, dass ihr Vater vor einem Vierteljahrhundert Kontakt zu ihr aufgenommen hatte. Nach über dreißig Jahren, in denen sie geglaubt hatte, er wäre tot! Nicht weil ihn späte Reue oder sonstige Gefühle heimgesucht hatten, sondern nur, um mit ihrer Hilfe seinen größten Coup durchzuziehen und sie damit in höchste Lebensgefahr zu bringen. Judith hatte das fast zu spät erkannt. Die Enttäuschung war abgrundtief gewesen. In letzter Sekunde war es ihr gelungen auszusteigen. Und Larcan? War seitdem wie vom Erdboden verschluckt. Und nun schneite Stanz herein und wollte von alldem nichts wissen!

»Sie haben wirklich keine Ahnung?«

Stanz hob die Hände. »Der letzte Akteneintrag war sein Tod.«

»Mein letzter Akteneintrag war, dass ich Judith Kepler heiße und Tochter einer Hafenprostituierten bin. Nach allem, was ich mittlerweile weiß, kann ich für eine Sache die Hand ins Feuer legen: Stasiakten sind noch nicht mal ihr Papier wert.«

Er seufzte leise und wandte sich zum Gehen.

»Warum sind Sie überhaupt hier? Wegen meiner lächerlichen Weihnachtskarten?«

»Machen Sie diese Geste nicht klein. Sie haben Frau Jonas viel bedeutet. Sie waren die Einzige, die noch etwas von sich hören ließ.«

Judith schluckte. Sie wollte keine Bedeutung für diese Frau haben. Trotzdem gab es ein Band, das sie nie hatte zerschneiden können. Der Geiselnehmer und sein Opfer. Der Lebensretter und der Ertrinkende. Lehrer und Schüler. Erzieherin und Mündel. Die Beziehungen der Menschen untereinander waren vielfältig. Das Band wurde nicht immer nur aus Liebe geknüpft. Nun hatte der Tod es getrennt.

»Sie haben doch Verbindungen.« Judith fuhr sich durch die Haare. Stanz war eine der Schlüsselfiguren der Operation Saßnitz gewesen. Sie konnte ihn nicht einfach gehen lassen! Er war hier, weil er noch etwas in petto hatte. Warum rückte er nicht einfach damit heraus, statt Katz und Maus zu spielen?

»Sie könnten sich doch umhören. Mein Vater hat für euch gearbeitet. Er hat seine Familie für euch geopfert. So jemand verschwindet doch nicht einfach vom Radar. Auch die Russen sind keine Aliens für euch!«

Stanz' Gesicht verschloss sich. »Ich bin nicht der richtige Ansprechpartner.«

»Wer dann? Kaiserley? Der BND? Die Mitarbeiter dort haben noch nicht mal verhindert, dass er...«

Sie hielt inne, gerade noch rechtzeitig... dass er noch vor Kurzem die ganze Bundesrepublik und halb Europa geschreddert hätte. Das ist mein Vater. Ein Schwerverbrecher auf der Flucht.

Stanz griff nach seiner Mappe. »Ich wollte Ihnen lediglich die traurige Nachricht persönlich überbringen. Und wenn ich schon einmal in Berlin bin, lasse ich mir natürlich einen Vortrag wie den von Herrn Kaiserley nicht entgehen. Es tut mir leid, wenn Sie mehr in meinen Besuch hineininterpretiert haben.«

»Schon gut.« Die alten Kameraden hielten immer noch zusammen.

Stanz sah sich um, ob er auch nichts liegen gelassen hatte. Dann reichte er ihr die Hand.

»Auf Wiedersehen.«

Lieber nicht.

»Leben Sie wohl.«

Sie wollte die Hand zurückziehen, doch er hielt sie fest. »Manchmal muss man sehr viel weiter in die Vergangenheit zurückgehen, um ans Ziel zu kommen.«

Judith löste sich aus seinem Griff. »Wie weit?«

Er wandte sich zum Gehen.

»Wie weit?«

Stanz knöpfte den Mantel zu. Es war, als ob Knopf um Knopf sein Interesse an Judith erlosch.

»Sie haben bei der Stasiunterlagen-Behörde einen Antrag gestellt?«

»Ja. Wieder und wieder. Nichts.«

Er tastete sich vorsichtig in den Flur. »Dann haben Sie nicht richtig gesucht.«

»Wie bitte?«

»Ich wünsche Ihnen alles Gute. Hier geht es hinaus?«

Sie ließ ihn gehen und wartete in der geöffneten Wohnungstür, bis sich die Fahrstuhltüren hinter ihm schlossen. Er war ein Rätsel, aber er hatte ihr zwei entscheidende Hinweise gegeben.

Judith holte die halb leere Flasche Wein aus dem Kühlschrank, dazu ein Glas aus der Spüle und kehrte zurück ins Wohnzimmer. Ein rätselhafter Besuch. Hubert Stanz aus Sassnitz, Rügen. Wahrscheinlich wohnte er in Berlin bei einem alten Kameraden, der ihn auch zu Kaiserleys Vortrag mitgeschleppt hatte.

Sie legte die Platte von Robert Plant und seiner neuen Band Sensational Space Shifters auf. Led Zeppelin war fast berührungslos an ihr vorbeigegangen. Wenn schon Bombast-Rock, dann lieber Deep Purple oder Jane. Helden einer anderen Jugend, nicht der ihren. Aber wirklich gute Musik. Robert Plant, der Sänger von Led Zeppelin, trat schon lange nicht mehr mit der Band auf. Er hatte eine Solokarriere gestartet, weitgehend unbeachtet vom Mainstream. Über siebzig, ein Gesicht wie eine zerklüftete Gebirgsschlucht, eine Stimme wie ein knarrender Baum im Sturm. *Carry fire*, ich trage Feuer für dich, in meinen nackten Händen... Für wen trug sie die Flamme? Wen gab es in ihrem Leben, für den sie brannte? Kaiserley?

Fast hätte sie sich an ihrem Wein verschluckt. Nie im Leben.

Tabea? Seit das Mädchen aus der Nachbarschaft nach Thüringen gezogen war, hatten sie kaum noch etwas voneinander gehört. Ihr Vater, Frederik... Wo er jetzt wohl war? Tatsächlich auf einer Ölplattform in der Nordsee?

Es gab noch jemanden in ihrem Leben, für den sie brannte. Kein wärmendes Feuer mit trautem Schein. Eher die verzehrende Glut von Hass, Abscheu und der unendlichen Sehnsucht, ihm endlich alles entgegenzuschleudern, was sie für ihn empfand. Sie wollte ihn. Sie wollte ihn so sehr... Warum? Was würde sie tun, wenn er plötzlich vor ihr stünde? Ihn umarmen? Ihn töten? Die dunkle, zerreißende Sehnsucht war nur schwer in den Griff zu bekommen.

Sie stand auf, stieg über zwei noch immer nicht geleerte Umzugskisten und suchte Tolkiens *Der Herr der Ringe* im Regal. Ein abgegriffener grüner Schuber, in dem die zerfledderten Einbände bezeugten, dass sie mindestens ein halbes Dutzend Vorbesitzer gehabt haben mussten. Sie überlegte einen Moment, dann zog sie den Schuber heraus.

Der mittlere Band, *Die zwei Türme*, war leichter als die beiden anderen. Ihm fehlte schlicht sein altes Innenleben. Judith hatte es entfernt und nur den Umschlag behalten. Leer war er trotzdem nicht. In ihm lag, von einem Gummiband gehalten, ein Stapel Geldscheine. Hunderttausend Euro.

Wie sollte sie dieses Geld nennen? Ihr geraubtes Erbe?

Wiedergutmachung? Schweigegeld? Die Scheine waren neu, und trotzdem klebte Schmutz daran, den nur Judith sah. Larcan hatte es ihr unbemerkt zugesteckt, bevor er sie hinein in die Höhle des Löwen, in den Untergang, in den sicheren Tod geschickt hatte. In einer plötzlichen, unerwarteten Umarmung, in die sie sich hatte fallen lassen und für die sie sich im Nachhinein in Grund und Boden schämte. Erst viel später hatte sie es gefunden, als er schon über alle Berge war. Sie ließ das Bündel einmal über den Daumen riffeln. Glatt. Wie frisch aus der Presse. Sie waren doch hoffentlich keine Blüten... Sie zog einen Hunderter hervor, rieb ihn zwischen den Fingern, hielt ihn gegen das Licht... schien echt zu sein. Aber Larcan war alles zuzutrauen. Sie behielt den Schein, den sie schon in der Hand hatte. Den Rest legte sie zurück. Dann verstaute sie den Schuber wieder im Regal und ließ sich in den Sessel fallen.

> *I'm reaching out for you*
> *Across the broken gate*
> *I feel the gathering years*
> *Beyond these lonely wastes...*

Manchmal muss man sehr viel weiter in die Vergangenheit zurückgehen, um ans Ziel zu kommen.
»Wie weit?«, fragte sie den Wein in ihrem Glas. »Wie weit?«

Ihr Handy vibrierte. War sie eingeschlafen? Es musste wohl so gewesen sein. Das Display zeigte vier Uhr vierundfünfzig. Dombrowski. Vielleicht ein Notfall, aber Kai hatte heute Frühschicht. Vielleicht zu viel Bier in einer einsamen Wohnung. Manchmal griff er dann zum Telefon, und Judith hatte die Anrufe schlaftrunken ignoriert. Doch diese Nacht war anders als die anderen. Vielleicht hatte er Lust zuzuhören, wenn sie von Stanz erzählte und den grauen Männern und von Larcan, von dem sie seit drei Monaten jede Nacht träumte: sein Gesicht, ein Schuss und der Schrei ...

»Ja? Hallo?«

Nichts. Hatte ihr Chef die Nummer aus Versehen gewählt? Mitten in der Nacht? Vielleicht war er einfach nur an die falsche Taste auf seinem Handy gekommen oder hatte sich draufgesetzt.

Ein Schnaufen.

»Dombrowski?«

»Judith?«

Ihr Herz stolperte. »Was ist?«

»Mir ... mir geht es nicht gut.«

Ein Poltern. Das Telefon musste ihm aus der Hand gefallen sein. »Dombrowski? Hörst du mich? Geh ran! Hallo?«

»Dombrowski!«, schrie Judith.

Stille.

6

Odessa, Primorsky-Distrikt

Larcan wusste nicht, wie lange er bewusstlos und an den Händen gefesselt auf dem Boden des Zodiacs gelegen hatte. Er erwachte, als sie das Ufer erreichten und an einem modernen Steg festmachten. Der *lider* und ein weiterer, schwer bewaffneter Mann packten ihn grob, zwei Wachmänner, *bulteryer*, hievten ihn hoch. Taumelnd kam er auf die Beine. Weitere Boote, leer, lagen vertäut in einer Art Privathafen, neben einer für ukrainische Verhältnisse bescheidenen Yacht. Scheinwerferlicht tanzte über die Wellen. Hunde bellten. Der Strand war mit Stahlzäunen und Maschendraht gesichert. Dahinter lag Hogwarts.

Das Haus wurde im Volksmund so genannt, weil es mit seinen Zinnen, Türmchen und Balkonen wie die Disney-Karikatur von Harry Potters Zauberschule aussah und man als Muggel keinen Zugang hatte. Man konnte es von der Küstenstraße aus sehen, auch wenn es verdeckt hinter hohen Bäumen und im Schutz des steil abfallenden Ufers lag. Ein paar kurze Sekunden lang offenbarte es sich im Vorüberfahren, lange genug, um die Absonderlichkeit des Zwanzigzimmerhauses mit seinen Erkern, Türmchen und Zinnen zu bestaunen, bevor es hinter der Kurve im Rückspiegel versank. Um die Bewohner rankten sich Gerüchte. Sie begannen bei der Mafia und endeten beim russischen Geheimdienst. Reich mussten sie sein, sehr reich.

Larcan hatte das Haus ein paar Tage lang observiert. Nicht weit entfernt lagen einige Strandrestaurants, eines hoch genug, um nicht nur einen atemberaubenden Blick aufs Schwarze Meer zu bieten, sondern auch hinter die hohen Mauern von Hogwarts. Er hatte herausgefunden, wann sein Besitzer das Haus verließ, die Gattin sich zum Friseur und zur Maniküre chauffieren ließ und wann Anastasia von ihrer *nana* zur Schule gebracht wurde. Dies geschah im gepanzerten Mercedes, gefahren von einem Chauffeur, dessen Uniformjacke sich über der kugelsicheren Weste spannte, und einem Begleitfahrzeug. Mindeststandard für einen Mann, der zur schmalen Kaste der ukrainischen Milliardäre gehörte.

Und weiter hatte er die Schule beobachtet, ein internationales Institut im Herzen der Altstadt, an dem Botschaftsangehörige und Wirtschaftsbosse ihren Nachwuchs unterbrachten, und die Ballettschule unweit der Oper, in der das Mädchen dreimal die Woche gedrillt wurde.

Dabei bemerkte er, dass die *bulteryer* ein Faible für italienischen Espresso hatten. Sie tranken ihn gerne im Stehen an einem der vielen kleinen Lieferwagen, die auf der Pritsche eine hochmoderne Gaggia stehen hatten und den Kaffee gleich aus der Wagentür heraus verkauften. Meist standen sie oben an der Potemkinschen Treppe oder vor den Eingängen des Stadtparks. Man konnte sie aber auch mit einem scharfen Pfiff zu sich heranholen und für ein paar Minuten Pause machen. Anastasia und die *nana* gingen währenddessen allein in die Ballettschule. Es war nicht die einzige Nachlässigkeit, die ihm aufgefallen war. Abends ließ der Chauffeur die beiden vor der Haustür aussteigen, noch bevor sich das große Rolltor zur Straße geschlossen hatte. Der dunkle Mercedes fuhr dann direkt in die Garage, die *bulteryer* in ihrem SUV folgten ihm. Genau hier, in diesen dreißig unbewachten Sekunden zwischen Auffahrt und Haustür, beobachtet allenfalls von Videokameras, hatten Vlad und Maksym zugeschlagen. Wann zum Teufel waren die Wachen verstärkt worden? Wie konnte der Plan nur so schieflaufen?

Larcan hatte ihnen eingeschärft, dass kein Blut fließen durfte. Er hoffte, dass die *nana* den Schock, plötzlich in den Lauf einer geladenen Waffe zu sehen und noch in derselben Sekunde k.o. geschlagen zu werden, verkraftet hatte (sofern es so gelaufen war und die beiden Trottel nicht auch noch ein Blutbad angerichtet hatten). Er dachte nicht mehr an die Côte d'Azur, nur noch daran, dass er, wenn alles anders gekommen wäre, wahrscheinlich gerade in Fontanka eintreffen würde und einer Siebenjährigen erklären musste, warum sie in einem winzigen Keller eingesperrt wurde. Und dass er jetzt am Zuge wäre, statt sich von hirnlosen Schimpansen über einen Bootssteg schleifen zu lassen. Er war sich nicht sicher, ob das neue Spiel sich an Regeln hielt, die er überleben würde.

»Wo ist das Mädchen?«, stöhnte er. Die Antwort war ein Stoß mit dem Gewehrkolben.

»*Davai, davai!*«

Er stolperte nach vorn. Sein Kopf drohte zu explodieren. Die Holzbretter unter seinen Füßen schwankten, ihm war übel. Mindestens eine Gehirnerschütterung. Aber noch alle Zähne, immerhin. Der *lider* wusste, was er tat. Wenn sie ihn beseitigen wollten, warum dann in dieses Haus? Das hätten sie im Hafen einfacher haben können…

Noch ein *bulteryer*, dieses Mal am Zauntor. Er öffnete es und ließ die seltsame Truppe reglos passieren. Hinter ihnen fiel die Tür mit einem metallischen Schlag ins Schloss. Larcan spürte den schneidenden Schmerz, den ihm die Handfesseln zufügten. Er war nass, vermutlich vom Meerwasser oder einer Pfütze, in die er gefallen war. Nichts an ihm erinnerte mehr an den *bisinesmen*. Blut lief ihm in die Augen, er hob die Arme, um es irgendwie abzuwischen, und spürte den nächsten Schlag.

Es gab mehrere Optionen. Die erste: Sie übergaben ihn der Miliz. Zwei Tote im alten Handelshafen. Ein entführtes Kind. Lebenslänglich.

Die zweite: Sie regelten das unter der Hand. Drei Tote. Einer von ihnen Larcan.

Die dritte: Er konnte irgendwie glaubhaft versichern, mit alldem nichts zu tun zu haben und nur ein harmloser Spaziergänger zu sein, der zufälligerweise zur rechten Zeit am rechten Ort gewesen war und zwei Verbrecher exekutiert hatte. Leider professionell. Er hätte ein paarmal danebenschießen sollen.

»*Go!* Nicht einschlafen!«

Sie erreichten eine Treppe, die über mehrere Absätze hinauf zur Terrasse führte. Der Aufstieg war mühsam. Für Larcan fühlte er sich an wie ein Gang zum Schafott. Als sie endlich oben angekommen waren, keuchte er wie eine Lokomotive. Aber seine Bewacher hatten kein Mitleid. Er wurde quer über den nassen Granit gezerrt, eine gewaltige Schiebetür öffnete sich, ohne dass jemand Hand anzulegen schien. Sie stießen ihn in einen großen Raum, der im Sommer wohl eine Art Lounge mit Meerblick war, zu dieser Jahreszeit aber eher ein Abstellraum für verdorrte Kübelpalmen, Sonnenschirme, Terrassenmöbel und anderen teuren Müll. Es war dunkel. Nur durch die geöffnete Tür in der gegenüberliegenden Wand fiel bleiches Kellerlicht. Dorthin wurde er grob abgeführt. Die *bulteryer* blieben zurück, der *lider* begleitete ihn nun die Treppen hinauf. Spiegelblank. Travertin. Die letzten Stufen konnte Larcan sich in einem großen Spiegel sehen, der gegenüber der Kellertreppe an der Wand hing. Abgerissen sah er aus. Mit blut- und dreckverschmiertem Gesicht. Der Trenchcoat hatte dunkle Flecken und einen Riss, wahrscheinlich nicht mehr zu retten. Ebenso wenig wie die Budapester, die er noch in Paris bei Monsieur Brahimi hatte anfertigen lassen...

»*Go!*«

Ein leerer, breiter Flur. Immerhin ein paar Perserläufer. Doch dann stieß der *lider* eine Tür auf, und Larcan fand sich in einem Wohnzimmer wieder, das eher die Bezeichnung Saal verdient hätte. Fünf Meter hohe Decken. Eine Galerie. Der Kronleuchter eine kühne Kunstinstallation aus Glas, die anscheinend den Urknall symbolisieren sollte. Dicke Teppiche, Seide. Eine Couchgarnitur, so ausgerichtet, dass der Blick direkt durch die breite, bodentiefe Fensterfront aufs Meer fiel. Coffee-Table-Bücher über Matisse, Renoir und Picasso (vermutlich vom Innenarchitekten ausgesucht, genau wie die Büffelhornlampen, die gewaltigen Kerzenleuchter, die dezent ausgeleuchteten Vasen aus Muranoglas in einem Wandregal). In dem Sessel, der genau auf die Tür zum Kellerflur gerichtet war, saß ein kräftiger Mann Ende dreißig mit hellblonden, kurz geschorenen Haaren und reglosem Gesicht. Als er aufstand, entfaltete sich eine kaum gezähmte, rohe Kraft in den Gliedern. Auch er überragte Larcan. In der Hand hielt er einen Tumbler, darin schimmerte eine bernsteingelbe Flüssigkeit. Er gab seinem Security-Chef ein Zeichen. Ein Schnitt, und die Fesseln um Larcans Handgelenke waren durchtrennt. Der rieb sich die schmerzenden Knöchel und ballte die Hände zur Faust, um die Durchblutung anzuregen.

»*Myi lord*«, begann er, das gebräuchliche *Mein Herr* auf den Lippen, doch der Mann schnitt ihm mit nichts anderem als dem Anheben seines Glases an die Lippen das Wort ab. Ein knappes Kopfnicken, und der *lider* stieß Larcan in die Mitte des Raumes. Ein paar endlose Sekunden lang musterte der Milliardär seinen Gefangenen mit undurchdringlichem Blick, den Larcan so offen wie möglich parierte. Was er hier tat, war nichts anderes als das »systematische Eindringen in bedeutende Führungsstellen«, redete er sich ein, eine Schwerpunktaufgabe, wenn nicht *die* Schwerpunktaufgabe seines noch verbleibenden, hoffentlich noch einige Zeit währenden Lebens. Die Entwicklung eines operativen Prozesses, nur dass Larcan keine Frau, sondern diesen Mann von sich überzeugen musste und er das nicht im Auftrag eines Dienstes, sondern seines eigenen Überlebens tat. Schlussendlich, sprach er sich selbst Mut zu, geht es um operative Psychologie und Verschleierung der wahren Motive. Ich bin unschuldig. Ich habe deiner Tochter das Leben gerettet. Also behandle mich jetzt gefälligst auch so.

Eine Tür wurde geöffnet – Larcan hatte sie nicht gesehen, sie befand sich im Halbdunkel hinter der Treppe zur Galerie. Die Frau, die nun mit Anastasia eintrat, kannte er von seiner Observierung: Es war Yelizaveta Nikiforova, die Ehefrau des Mannes, der nun den Tumbler absetzte und die Arme ausbreitete. Anastasia stürmte durch den Raum auf ihn zu.

»Papa!«

Oleg Nikiforov hob das Mädchen hoch, wirbelte es einmal durch die Luft und setzte es vorsichtig auf dem Boden ab.

»Schau dir diesen Mann an, *anghel*. Kennst du ihn?«

Yelizaveta, perfekt wie am Morgen jedes Tages, an dem Larcan sie vor der Linse gehabt hatte, und offenbar gewohnt, auch zu Hause hauteenge Kleider zu tragen und ihre Pumps nicht auszuziehen, setzte sich auf die Couch und schlug die Beine übereinander. Sie ließ Larcan nicht aus den Augen. Ihre schulterlangen dunklen Haare glänzten wie das Fell eines Rassepferds. Vermutlich hatte Oleg sie für Zuchtzwecke eingekauft. Der Plan war aufgegangen: Das Kind war ihr Abbild in Klein und Blond. Anastasia nickte.

»Ja.«

»Was hat er getan?«

Das Mädchen sah ängstlich zu seiner Mutter. Die nickte.

»Er hat mich aus der Kiste geholt.«

»Und dann?«

»Dann kam Mikhail.« Das Mädchen deutete auf den *lider*. »Und dann ... dann hat Mikhail ...«

Das Kind biss sich auf die Lippen. Larcan wagte ein kleines Lächeln in seine Richtung. Sollte es nur sagen, was Mikhail anschließend mit Larcan gemacht hatte. Oleg deutete auf seinen Gefangenen.

»War er dabei, als die bösen Männer dich gefangen haben?«

Wildes Kopfschütteln.

»Sag noch einmal: Was ist passiert?«

Anastasia drehte sich unschlüssig von einer Seite auf die andere. »Der da hat mich auf den Arm genommen, und die bösen Männer haben auf dem Boden gelegen und haben geschlafen.«

Sie sah unsicher zu ihrem Vater. Sie ahnte, dass es ein anderer Schlaf war als der, den sie kannte.

»Yela?« Oleg wandte sich an seine Frau. »Bring sie nach oben. Sag Oksana, dass sie kommen soll.«

Vermutlich die Kinderfrau. Also hatte sie überlebt, in welcher Verfassung auch immer. Yelizaveta schraubte sich aus dem Sofa hoch, strich das Kleid glatt, legte eine Strähne ihres Haars nach hinten und streckte Anastasia die Hand entgegen, an deren Gelenk ein halbes Pfund Gold leise und satt klirrte. »Komm, *malenkaya*.«

Larcan wusste nicht, wie er den Verlauf der Befragung einschätzen sollte. Oleg verzog keine Miene. Er war ein Mann aus Eisen, die blauen Augen wieder gletscherkalt, der Mund in diesem robusten, fast bäuerlich groben Gesicht ein schmaler Strich. Einzig der kurze Wortwechsel mit seinem Kind hatte etwas Wärme in seine Stimme gebracht, die in dem Moment verschwunden war, in dem er sich an seine Frau gewandt hatte. Zwischen den beiden stimmte die Chemie nicht. Anastasia war ihre einzige Verbindung.

Der *lider*, Mikhail, griff an sein Holster. Larcan war klar, dass das Verhör noch lange nicht zu Ende war. Jetzt war er an der Reihe.

Und dann geschah etwas Unerwartetes: Anastasia, schon an Yelizavetas Hand, riss sich los und rannte zu Larcan. Mikhail wollte eingreifen – zu spät. Das Mädchen umarmte Larcan und drückte ihn an sich. »*Spasýbi!* Danke.«

Alle waren überrascht von diesem Frontalangriff. So schnell, wie er geschehen war, so schnell war er vorbei. Noch bevor Larcan reagieren konnte, war ihm das Kind auch schon entschlüpft und rannte zu seiner Mutter. Beide verschwanden hinter der Treppe. Oleg sah ihnen nach. Es wirkte, als stünde er auf einer Bühne und wollte aussehen wie ein herausgeforderter König: Lear, Macbeth, Richard III. Larcans Knie begannen zu zittern.

»Darf ich mich setzen?«

Mikhail hob die Hand, um Larcan für diese Frechheit die nächste Schelle zu versetzen, aber eine minimale Geste des Königs ließ ihn innehalten.

»Bitte sehr.«

Die Tür öffnete sich wieder, und die *nana* trat ein. Schüchtern, mit gesenktem Blick, nicht wissend, wohin mit den Händen. Ausgesucht vermutlich von der Hausherrin, denn Oksana war eine gutmütig wirkende Frau von grundsolider Körperlichkeit, eher ein Haflinger und damit keine Gefahr für die Nummer eins im Hause. An ihrer Stirn klebte ein riesiges Pflaster.

»Wie geht es Ihnen?« Auch jetzt: keine Wärme, eher der sachliche Ton eines Verhörs. Die Frau hatte einen bewaffneten Überfall erlebt, doch ihrem Boss ging es ausschließlich um den Tathergang.

Oksanas Hand wanderte zur Brust, wo unter dem wogenden Busen der Herzschlag zu vermuten war. »Es war ein Albtraum. Aber Anastasia ist wieder da, das ist alles, was zählt.«

Oleg nickte ungeduldig. »Erkennen Sie diesen Mann wieder?«

Ihre Augen flitzten in unverhohlenem Schreck zu Larcan. »Sie trugen Masken. Aber ich glaube, der da ist zu klein und zu alt. Das waren Jüngere.«

Selten hatte eine Beleidigung einen süßeren Klang in Larcans Ohren gehabt.

»Sind Sie sicher?«

»Ich weiß es nicht. Vielleicht war er dabei, aber ich habe nur zwei Männer gesehen. Schreckliche, grobe Typen. Ukrainer, sie sprachen wie die Fischer.«

»*Spasýbi.*«

Oksana deutete einen Knicks an und verschwand wieder im Halbdunkel des Treppenschattens. Oleg kehrte langsam zur Couchgarnitur zurück und nahm in dem Sessel gegenüber von Larcan Platz. Mikhail trat zurück Richtung Kellerflur, blieb aber im Zimmer. Seine Silhouette verschmolz mit der Dunkelheit, ein stiller Wächter des Throns.

»Ihr Name?«

»Bastide Larcan.«

»*Frantsuz?*«

»Eine lange und komplizierte Geschichte.«

»Was ist passiert?«

»Ich bin mit dem Leuchtturmwärter und seiner Frau befreundet. Manchmal schlafe ich dort. Wenn Sie verstehen, was ich meine.«

Olegs hochgezogene Augenbrauen signalisierten, dass er das nicht tat beziehungsweise nicht wollte. Obwohl jeder wusste, was das hieß: Schmuggel. Kein *Odessit*, der noch bei Trost war, vermutete etwas anderes.

»Das Patrouillenboot kommt immer um halb elf. Deshalb war ich etwas erstaunt, dass nach Einbruch der Dunkelheit und eine ganze Stunde früher ein Motor zu hören war. Ich bat Anna, die Lichter zu löschen, und beobachtete, wie zwei Männer eine Kiste von Bord brachten. Sie öffneten sie. Darin war ein Kind. Sie hatten es offenbar betäubt.«

Oleg lehnte sich zurück, doch es war keine Geste der Entspannung. Er legte den Arm auf der Lehne ab und rieb sich dann nachdenklich über Kinn und Mund. Die unschlüssige Haltung eines Monarchen, der noch nicht wusste, ob er den Daumen heben oder senken sollte.

»Ich verließ leise das Haus. Das Überraschungsmoment lag auf meiner Seite. Ich rief, und sie eröffneten das Feuer. Ich musste mich verteidigen.«

»Warum?«

»Warum?«, fragte Larcan erstaunt. Wieder schnellte sein Puls nach oben.

»Warum haben Sie das getan?«

Oleg ließ die Hand sinken und beugte sich vor. Wie ein Tier vor dem Sprung, eine Bogensehne vor dem Abschuss. »Es geht Sie nichts an. Was dort draußen geschieht«, er wies auf die Dunkelheit vor den Fenstern, das schwache Licht der Anlegestelle, auf die Bucht vor Odessa, »will niemand wissen. Was die Nacht verdeckt, geht niemanden etwas an. Ich frage Sie zum letzten Mal: Warum haben Sie sich eingemischt?«

Larcan überlegte fieberhaft. Wie immer hatten Pläne, die man in letzter Sekunde ändern musste, Schwachstellen. Er brauchte einen glaubhaften Grund, weshalb er sich in Lebensgefahr gebracht hatte. Olegs Blick wanderte zu Mikhails Schatten. Vielleicht täuschte sich Larcan, aber er glaubte, ein leises metallisches Klicken zu hören. Die Luft schien mit einem Mal elektrisch geladen. Oleg wartete. Auf eine Antwort, die alle Zweifel beseitigte und Larcan zurück aufs Brett katapultierte. Oder direkt ins Meer, mit zwanzig Kilo Beton um den Hals. Seine Gedanken rasten zurück auf der Suche nach einem aufrichtigen Moment, einem echten Gefühl, das sein Eingreifen plausibel machen konnte. Sie stoppten, als sich der Deckel einer Kiste hob und ein Kind verschlafen die Augen öffnete.

»Anastasia … so heißt sie doch?«

Oleg rührte sich nicht.

»Ein Mädchen mit blonden Locken, klein und zart. Sie hat mich an meine Tochter erinnert.«

Damit hatte Oleg nicht gerechnet. Seine Verblüffung war echt, wenn auch nur für den Bruchteil einer Sekunde zu sehen. Dann hatte er sich wieder in der Gewalt.

»Wo ist sie?«

»Ich habe sie verloren.«

»Was ist passiert?«

»Eine lange und komplizierte Geschichte.«

Oleg stand auf und gab Mikhail ein Zeichen. Da er sich

hinter Larcans Rücken befand, konnte er nicht erkennen, was der *lider* tat. Erst als die Tür ins Schloss fiel, drehte er sich um: Der Mann war verschwunden. Oleg kam aus dem Dunkel der Treppe mit einem zweiten Glas und einer Flasche Whisky zurück. Er goss Larcan zwei Fingerbreit ein und reichte es ihm.

»Springbank Single Malt, 2002 mit einundzwanzig Jahren abgefüllt. Vintage. *Slàinte mhath!*«

Larcan trank einen Schluck und spürte den Whisky brennend und süß in der Kehle.

»*Slàinte mhath*«, wiederholte er. Auf eine gute Gesundheit. Noch war nichts gewonnen.

»Ist er gut?«

Larcan hob das Glas. »Sehr gut.«

»Ich möchte Sie besser kennenlernen. Davon wird mein weiteres Vorgehen abhängen.«

Larcan sah zum Fenster, in dem sich ihre Silhouetten spiegelten. Zwei Männer. Einer würde lügen. Der andere wollte belogen werden, weil sein Kind sich dem Lügner in die Arme geworfen hatte.

»Was ist mit Ihrer Tochter geschehen?«

Noch ein Schluck. Es sah aus, als ob er sich Mut antrinken musste oder Zeit schinden wollte. In Wirklichkeit spürte Larcan, dass er auf dem besten Weg war, wieder im Spiel zu sein.

»Ist sie tot?«

»Ja«, sagte er schließlich. »Ich glaube, so könnte man das bezeichnen.«

Die Replik kam schnell und kalt. »Sprechen Sie nicht in Rätseln. Sonst sind Sie das nächste Opfer da draußen am Ufer.«

»Es ist eine…«

»Lange und komplizierte Geschichte. Ich weiß.« Oleg

schenkte sich noch zwei Fingerbreit nach. »Fangen Sie am besten damit an, mich nicht zu unterschätzen.«

Larcan nickte. Er hatte verstanden. »Dann beginne ich einfach von vorn. Im Jahr 1984. In der Bundesrepublik Deutschland, zu einer Zeit, in der das Land noch geteilt war und niemand damit rechnete, dass sich noch zu unseren Lebzeiten daran etwas ändern würde.«

II

1

*Pullach, Bundesnachrichtendienst,
Referat operative Beschaffung
13. Dezember 1984*

»Evchen?«

Die junge Frau am Fenster zuckte zusammen und drehte sich um. In der offenen Verbindungstür stand Referatsleiter Werner Kellermann. Ein bulliger, breitschultriger Typ, dem der Anzug unter den Achseln kniff und dessen polternde Stimme man etagenweit hören konnte.

Sie setzte die Gießkanne ab und strich sich mit der linken Hand über den Rock und der rechten durch die glatten, kinnlangen Haare. Saßen sie auch perfekt? War sie immer und jederzeit präsentabel? Kellermanns Blick wanderte von ihrem Gesicht über ihre Figur unter dem eng anliegenden Rolli bis hinunter zu den Beinen, die, bis zum Knie von einem Wollrock verborgen, in weißen Lackstiefeln steckten.

»Diktat.«

»Sofort.«

Sie stellte die Kanne auf dem Fensterbrett ab und nahm die Zeitungen auf, die sie ihm immer vorlegte: *Bonner Generalanzeiger, Süddeutsche, Münchner Abendzeitung, Frankfurter Allgemeine, Stern, Neues Deutschland, Neue Zürcher Zeitung, Bild.* Die Schlagzeilen ähnelten sich: immer noch Gezeter um Willy Brandts Staatsbesuch bei Fidel Castro, Giftgaswolke in Bhopal, Aids, die Botschaftsflüchtlinge in Prag. Bis auf Letzteres nichts, was die Tagesagenda Kellermanns bestimmen würde. Es war kurz vor eins. Unten, auf dem verschneiten Parkplatz, herrschte ein reges Kommen und Gehen. Mitarbeiter des BND schleppten kistenweise Sekt, Wein und Cognac aus der Kantine zu ihren Autos. Der Himmel war bedeckt, das Thermometer knapp über null, die Ware würde gut gekühlt und unbeschädigt zu Hause ankommen. Die Kontrollen am Ausgang waren heute wohl ausgesetzt, und das machte schnell die Runde. Eine buchstäblich günstige Gelegenheit, denn die Preise waren unschlagbar. Ein Mann öffnete den Kofferraum seines Opels und sah sich hastig um. Dabei trafen sich ihre Blicke, und er hob lächelnd, in ihre Richtung, um Entschuldigung für den Betrug bittend, die Arme. Evchen griff nach Stenoblock und Stift und ging hinüber ins Büro ihres Vorgesetzten.

Kellermann hatte sich hinter seinen Schreibtisch auf den Stuhl fallen gelassen. Er sah müde aus, doch die rot geränderten Augen in seinem Gesicht erzählten mehr: zu viel Cognac, zu viele Dienstreisen, zu wenig Erfolge. Das Vertrauensverhältnis zwischen Regierung und Dienst war auf einem Tiefpunkt, die alten Glanzzeiten dahin. Mittlerweile scherzte man in Bonn, durch die Lektüre der *Neuen Zürcher Zeitung* sei man besser informiert als nach der wöchentlichen BND-Sicherheitslage. Es fehlte ein Coup. Ein Riesending, mit dem »dieser Dilettantenverein« sein Image aufpolieren konnte.

Als Eva die Stelle angetreten hatte, war sie gewarnt worden: Knöpf die Bluse zu. Mach keine Überstunden, wenn er getrunken hat. Sag ihm, du bist verlobt und dein Freund arbeitet im Kanzleramt… Die Röte stieg ihr ins Gesicht. Mit zusammengepressten Beinen nahm sie ihrem Chef gegenüber Platz. Den Stenoblock im Schoß, den Blick zu Boden gesenkt. Aus der Lüge war Wahrheit geworden: Sie hatte einen Freund. Und er arbeitete im Kanzleramt. Und er hatte sie auch gebeten, ihr Verhältnis nicht an die große Glocke zu hängen (solche Beziehungen wurden nicht gern gesehen, schon gar nicht Richtung Bonn), aber dieses Geheime, Verbotene war es, das in ihr Gefühle weckte, von denen sie nicht geahnt hatte, dass es sie gab. Wie schade, dass sie sich so selten sehen konnten. Und dass er ständig befürchten musste, versetzt zu werden.

Ach Schatz, es würde mir so helfen, wenn ich mal etwas wirklich Wichtiges vor allen anderen wüsste…

Aber wirklich Wichtiges gab es nicht beim BND. Eva schlug den Block auf und erwartete, eine Zusammenfassung der Abhöroperationen zu stenografieren oder einen »Feindlage«-Bericht über Kostenprobleme in einem Chemiebetrieb in Karl-Marx-Stadt. Es war so langweilig. Sie wartete. Schließlich sah sie hoch.

Kellermann hatte die Augen geschlossen und sah aus, als wäre er auf seinem Stuhl eingeschlafen. Sie konnte sein Rasierwasser riechen und das Pfefferminzbonbon, mit dem er versuchte, seine Fahne zu kaschieren. Wie alt er wohl war? Eva, Absolventin eines katholischen Mädcheninternats, war vierundzwanzig, eine blasse, etwas unscheinbare junge Frau. Männer jenseits der dreißig kamen ihr vor wie eine menschliche Spezies, zu der sie allenfalls beruflich Kontakt hatte. Sie waren ihr so fremd wie die Menschen hinter dem Eisernen Vorhang, die sie Tag und Nacht belauschten und trotzdem nichts über sie erfuhren. Mitte vierzig vielleicht? Etwas jünger als ihr Vater, den sie nicht zum Vergleich heranziehen konnte. Zwischen den beiden lagen Welten. Eva war in einem kultivierten, aber kalten Elternhaus herangewachsen. *Ora et labora*, bete und arbeite, das hatte der Vater ihr zum mittleren Schulabschluss in die Bibel geschrieben. Sein einziges Geschenk. Die anderen hatten ein Mofa bekommen, eine Uhr oder wenigstens fünfzig Mark fürs Sparschwein – Eva eine Bibel. Als sie ihre Ausbildung zur Stenotypistin beendet und sich für den Staatsdienst beworben hatte, war ihm das kaum mehr als ein knappes Nicken wert gewesen. Er war Studienrat. Spät aus dem Krieg heimgekehrt. Dass seine Tochter arbeiten ging, war eines jener neuen Lebensmodelle, mit denen er sich hatte anfreunden müssen. Wenigstens brachte sie ihm keinen langhaarigen »Gammler« ins Haus.

Sie hatte nie jemanden ins Haus gebracht.

Es hatte nie jemanden gegeben …

Bis Tom in ihr Leben getreten war. In das langweilige, vorhersehbare Leben einer langweiligen, vorhersehbaren Sekretärin. Sie hatten sich auf der Kegelbahn kennengelernt, als er ihr ritterlich zur Seite gesprungen und sie vor den Anmachversuchen eines Betrunkenen gerettet hatte. Noch immer stand sie unter einer Art Schock, dass dieser gut aussehende Mann ausgerechnet sie erwählt hatte: eine schüchterne Frau, die das Leben wie Ausstellungsstücke in einem Museum betrachtete, an denen »Berühren verboten«-Schilder hingen.

Sie schlug vorsichtig die Beine übereinander und spürte, wie die Innenseiten ihrer Schenkel heiß wurden. Die Röte auf ihren Wangen vertiefte sich. Sie trug halterlose Strümpfe. Wenn das ihr Vater wüsste … Kellermann hingegen würde wahrscheinlich anzüglich grinsen. Sie arbeitete nun schon seit fast einem Jahr für ihn, aber das, wovor man sie gewarnt hatte, war nicht eingetreten. Er behandelte sie mit einer Mischung aus Respekt und unvermittelter Vertraulichkeit, die aber nie ins Grabschen umschlug. Seine Blicke war sie mittlerweile gewohnt. Es war ein Reflex, unter dem alle Männer litten, die ledigen, berufstätigen jungen Frauen begegneten. Manchmal, wenn Kellermann zu viel getrunken hatte, zeigte er eine täppische Schüchternheit, die irgendwie rührend war.

»So.«

Eva fuhr zusammen. Kellermann war aus seiner Trance erwacht. Er kam hoch, stützte sich mit den Unterarmen auf den Schreibtisch und sah sie mit seinen müden roten Augen an.

»Protokoll Gesamtlage/Führungs- und Informationszentrum, EA, TA, Klassifizierung streng geheim. Treffen im Haus des amerikanischen Stadtkommandanten in Berlin-Zehlendorf, Schleusung des DDR-Bürgers Richard Lindner und seiner Familie in die BRD, Beschaffung der Klarnamen aller Auslandsagenten der DDR.«

Eva schrieb mit. Als sie nichts mehr hörte, hob sie den Kopf. Kellermann starrte sie noch immer an. War irgendetwas? Hatte sie einen Knutschfleck am Hals?

»Beschaffung der Klarnamen aller Auslandsagenten der DDR«, wiederholte sie. »Ist das richtig so?«

Kellermann presste seine dicken Lippen aufeinander. Alles an ihm war grob, unkultiviert und aus den Fugen geraten. Die dicke Nase. Die borstigen Haare. Die breiten Hände. Ein Bär, dachte sie. Ein Bär, der nicht weiß, wohin mit seiner Kraft. Der in diesem Beamtenhaufen völlig fehl am Platz ist.

»Haben Sie das verstanden?«

»Ich denke schon.«

»Wissen Sie, was das heißt?«

Eva hob andeutungsweise die Schultern. Nein, das wusste sie nicht. Es interessierte sie auch nicht. Sie war hier, um zu tippen und Anrufe entgegenzunehmen. Ab und zu trug sie seine Hemden in die Reinigung. Sie achtete darauf, dass der Cognac in seinem Schrank nie ausging und er halbwegs passabel aussah, sobald er zu einem Termin musste. Mittlerweile trug auch sie ständig eine kleine Schachtel Pfefferminzbonbons mit sich herum, um ihm diskret eines zuzustecken, wenn überraschend jemand zu ihm wollte. Sie machte seine Reisekostenabrechnung und holte ihm abends belegte Brote aus der Kantine, die er mit nach Hause nahm. Sie bereitete den Kaffeetisch am Fenster seines Büros vor, wenn

Besprechungen anstanden, und sie räumte ab, wenn sie vorbei waren. Sie tippte die Berichte ab, die er ihr diktierte – zwei Durchschläge, einer für die Aktenführung, einer für die entsprechende Abteilungsleitung. Und sie vernichtete das Durchschlagpapier immer gemeinsam mit Kolleginnen aus anderen Abteilungen (nie allein am Schredder!), mit denen sie anschließend in die Cafeteria ging, wo sie über ihre Chefs lästerten. Sie redeten übers Kino, den neusten Klatsch und wem wohl die Dessous gehörten, die man vor ein paar Wochen am Betriebspool gefunden hatte. Aber woran sie eigentlich arbeiteten und um was es ging – Politik? Spionage? –, darüber redeten sie nicht. Es lag nicht an der Verschwiegenheitsklausel. Es lag daran, dass es für sie schlicht und ergreifend uninteressant war.

»Dass ... dass Sie eine Namensliste von Agenten haben?«, riet Eva aufs Geratewohl. »Von DDR-Agenten?«

Kellermann nickte. In seinen Augen glitzerte es. Zum ersten Mal, seit sie ihn kannte. Es war, als hätte man ihn aufgeweckt.

»Wir können sie schnappen. Alle! Wir werden der HV A einen Schlag versetzen, von dem sie sich nie wieder erholt!«

Eva nickte, aber sie begriff nicht.

»Die HV A ist die Hauptverwaltung Aufklärung der Stasi. Quasi der BND im Osten. Mit dem einzigen Unterschied: Die Regierung der DDR steht voll hinter ihrem Dienst. Wir haben einen von denen, einen Überläufer, und der wird sie alle ans Messer liefern. Für nichts als drei Pässe, fünf Mille und die Schleusung. Was für'n Ding.«

Er stand auf und streckte sich. Einige Knochen knackten. »Vier Stunden Kontrolle am Grenzübergang Marienborn. Das machen die doch mit Absicht. Das nächste Mal nehme ich wieder den Dienstwagen.«

Er vergaß, dass er trank. Ein Dienstwagen war da nicht unbedingt die beste Alternative, um von Westberlin ins bayerische Pullach zu kommen.

»Möchten Sie einen Kaffee?«

»Nein.« Er trat, die Hände in den Hosentaschen, ans Fenster. Alles an ihm strahlte Genugtuung aus. »Ich möchte, dass Sie das abtippen und persönlich zu Bopp bringen.«

»Zu … Bopp?«

Der Direktor des BND.

»Und eine Abschrift per Kurier zu Schrecki.«

Waldemar Schreckenberger, Kanzleramtschef. Das war noch nie vorgekommen.

»Selbstverständlich. Wird sofort erledigt. Was soll denn drinstehen?«

Er sah sie an und brach plötzlich in dröhnendes Lachen aus. »Evchen, was wär ich ohne Sie! Also, was haben wir?«

Eva sah auf ihre Notizen. »Protokoll Gesamtlage/Führungs- und Informationszentrum, EA, TA, dazu Bopp und Schreckenberger. Klassifizierung amtlich geheim gehalten. Treffen im Haus des amerikanischen Stadtkommandanten in Berlin-Zehlendorf, Schleusung des DDR-Bürgers Richard Lindner und seiner Familie in die Bundesrepublik, Beschaffung der Klarnamen aller Auslandsagenten der DDR.«

Kellermann begann, auf und ab zu gehen. Das tat er immer, wenn er um die richtigen Worte im Behördendeutsch rang.

»Das Treffen fand vorgestern …«

»Am 11. Dezember 1984 also?«, half sie ihm.

»Exakt. Am 11. Dezember 1984 um 20:30 Uhr in den Diensträumen des amerikanischen Stadtkommandanten von Berlin, Charles Henri Applebroog, statt. Ebenfalls anwesend: Angelina Espinoza, Warrant Officer der US-amerikanischen Streitkräfte, Günter Langhoff, Leiter der operativen Aufklärung Ost, meine Wenigkeit und …«

»Soll ich das so schreiben?«

Wieder grinste er. Ihm war offenbar ein Riesenfisch ins Netz gegangen. Und Eva begriff, dass es sich bei diesem Protokoll vielleicht um eine Sache handeln könnte, die Tom gefallen würde. *Mal etwas Wichtiges, vor allen anderen...*

Vom Parkplatz kam ein dumpfer Knall. Jemand hatte beim Beladen eine Sektflasche fallen gelassen. Keine Kontrollen heute. Einfach nur ein weiterer Durchschlag... Sie spürte die Hitze jetzt am Hals, wie sie erneut hinaufstieg in ihr Gesicht. Wie Tom sich freuen würde! Niemand würde erfahren, dass sie es gewesen war, die ihm diese Information zuspielte. Sie blieb ja vertraulich! Sie zogen doch alle am selben Strang!

»Sie werden ja rot.«

Kellermann war vor ihr stehen geblieben. Eva senkte den Kopf noch etwas tiefer Richtung Notizblock.

»Wegen mir?«

Jetzt ging er auch noch in die Hocke! Wollte ihr in die Augen sehen! Streckte die Hand aus und berührte ihr Kinn! Mühsam wendete sie den Kopf, um dieser Hand und dieser völlig falschen Fürsorge zu entrinnen.

»Evchen? Ist etwas mit Ihnen?«

Sie hatte gerade an den Verrat von Dienstgeheimnissen gedacht, und ausgerechnet Kellermann, der so sensibel war wie ein Bulldozer, ausgerechnet er schien es zu spüren. Tom! Hilf mir!

»Ich habe Kopfschmerzen.«

Die Hand fuhr zurück, dahin, wo sie hingehörte, außer Reichweite. Sie spürte, dass sie ihn enttäuschte. Und plötzlich wurde ihr klar: Er ist verliebt in mich. Du meine Güte! Warum habe ich das nicht bemerkt?

Er stand auf und ging hinter seinen Schreibtisch. »Brauchen Sie eine Tablette?«

Auch von denen gab es genug. Zum Wachwerden, gegen

Kopfschmerzen, für rebellierende Mägen und die, mit denen man den Alltag hier einfach ein wenig rosiger sah.

»Nein. Es geht schon. Also, Sie waren dabei und noch jemand?«

»Kaiserley«, knurrte Kellermann. Alle Fürsorge war aus seiner Stimme gewichen. Er mochte diesen jungen Mann nicht. Ein paarmal waren sie in seinem Büro aneinandergeraten. Kaiserley nannte Kellermanns Methoden vorsintflutlich, und Kellermann nannte Kaiserley selbstverliebt und ineffizient. Eva bekam immer ein wenig Herzklopfen, wenn sie den Auslandsaufklärer in der Kantine sah. Sein Ruf war trotz seiner Jugend legendär. Der beste Anwerber, den der Dienst je hatte … Einige Mal hatten sie sich aus der Ferne zugelächelt. Sie würde sich niemals trauen, mit ihrem Essenstablett bei ihm Platz zu nehmen. Interessant, dass ausgerechnet Kaiserley bei so einem Treffen dabei war. Er schien auf dem Sprung zur ganz großen Karriere zu sein.

»Und Lindner. Unser Stasiüberläufer. Richard Lindner, angeblich Feingerätemechaniker aus Ostberlin. Er und seine Frau Irene, Fotolaborantin beim MfS«, er sah Eva an und wartete auf eine Reaktion, die naturgemäß nicht kam – was war schon so besonders an einer Fotolaborantin?, »bieten der Bundesrepublik Deutschland die gesamte Klarnamendatei ihres Auslandsspionagenetzes an. Bedingung dafür sind die Schleusung und die Ausstellung bundesdeutscher Pässe für beide und ihr Kind Christina. Da Lindner Kaiserley am Rande der Budapester Fototec angesprochen hat, bestand er darauf, dass der auch die Operation leiten soll. Dieser junge Windhund. Das ist doch alles eine Nummer zu groß für ihn! Und wer hält seinen Kopf dafür hin? Na?«

Irritiert sah Eva hoch. Kellermanns Wechsel vom Diktat zum Gespräch waren des Öfteren etwas wirr. Es war ihre Aufgabe, die Inhalte wieder zu trennen.

»Aber wenn es klappt, kriegen Sie einen Orden«, sagte sie.
»Mindestens.«

Und Tom – Tom bleibt in Bonn! Und wir werden uns öfter sehen. Und er wird mich fragen. Ich weiß es, er wird mich fragen... vielleicht schon heute, wenn wir uns treffen und ich ihm dieses Protokoll gebe... Es war ein Schatz, den sie in den Händen hielt. Ein paar Mikrogramm Grafit und ein Blatt Papier. Ein wenig Stenogekritzel. Aber der Inhalt! Ein DDR-Agent plante einen gigantischen Landesverrat, und Tom würde vor allen anderen davon erfahren. Er würde befördert werden, mindestens! Was das für sie beide bedeutete, ließ die Taktzahl ihres Herzschlags nach oben schnellen. Ihr Lächeln wurde intensiver, und Kellermann verstand es natürlich falsch.

»Mindestens.« Kellermann grinste zurück. »Und eine Beförderung. Na, Evchen, wir wär das? Wir beide auf Leitungsebene?«

Es klang wieder etwas zweideutig. Eva tat das, was sie sich angewöhnt hatte: freundlich, aber distanziert nicken.

»Wo ich hingehe, kommen Sie auch mit. Ich lass Sie hier unten nicht versauern, das verspreche ich Ihnen.«

Evas Sehnsucht nach dem genauen Gegenteil wuchs und wuchs, je länger sie in Kellermanns Büro saß. Sie konnte es kaum erwarten, sich in Toms Arme zu werfen und ihm danach, nach süßen, himmlischen Stunden, eine verbotene Kopie des Protokolls zu übergeben. Den Schlüssel zu ihrer gemeinsamen Zukunft. Es war seine Karriere, die sie im Auge hatte, nicht die von Kellermann. Sie wollte nach Bonn. Heiraten. Eine kleine gemeinsame Wohnung, bis das erste Kind kam. Arbeiten? Das war etwas für diese schrecklichen Lila-Latzhosen-Frauen. Sie war ein braves Mädchen.

»Also dann. Spitzen Sie mal die Ohren. Dieses Ding wird uns weiterbringen, als wir es uns träumen lassen.«

Oh ja! Sie beugte sich über den Block. Kellermann diktierte. Eva dachte an Tom.

»Kaiserley schlägt eine Schleusung über den Interzonenzug Berlin–Malmö vor. Richard Lindner soll einen bundesdeutschen Reisepass erhalten und wird sich in den Transitwaggons befinden. Lindners Frau Irene und sein Kind Christina – Anweisungen ans Meldeamt betreffs Papiere für alle drei – befinden sich im Triebwagen nach Bergen auf Rügen. Die Züge werden von einer Passkontrolleinheit des Ministeriums für Staatssicherheit und der Transportpolizei begleitet, was eine Schleusung in Saßnitz während des Abkoppelns der Transitwaggons nahelegt.«

2

Dreiunddreißig Jahre und zwei Monate später

Werner Kellermann wrang mit einer Hand den Waschlappen aus und tupfte damit vorsichtig über Evas Gesicht. Die Vorhänge waren zugezogen, das Licht der Nachttischlampe schnitt einen scharfen Kegel aus dem dämmrigen Halbdunkel. Aufeinandergestapelte Medikamente, Verbandmaterial und Spritzenpackungen lagen dort, wo früher gerade mal der Wecker und einer dieser skandinavischen Krimis gewesen waren, die sie so liebte. Wenigstens die kleine Glückskatze stand noch da, die sie von der Kreuzfahrt mitgebracht hatten. Der letzten Reise, die sie gemeinsam angetreten hatten und auf der es erste Anzeichen gegeben hatte, dass mit Evchen etwas nicht stimmte. Und dann war es so unfassbar schnell gegangen, und das Wort *inoperabel* hatte sie getroffen wie ein Fallbeil.

Eva blinzelte. »Was...«

»Alles gut. Der Arzt schaut nachher noch mal nach dir.«

Mit der anderen Hand hielt er die ihre. Heiß war sie. Ganz anders als in den letzten Tagen, wo sie doch immer so gefroren hatte.

Er legte den Waschlappen zurück und betrachtete die Frau, die es so lange an seiner Seite ausgehalten hatte. Er war nicht ihre große Liebe gewesen, das wusste er. Doch er hätte alles für sie getan. Er würde sich sogar dem Tod entgegenstellen und ihn zu einem Tauschhandel zwingen, wenn das nur möglich wäre: »Nimm mich! Aber lass ihr doch noch ein paar Jahre.«

»Wo ist...?«

Kaum noch ein Flüstern, nur ein Hauch. Er beugte sich herab, um die Worte von ihren Lippen zu pflücken wie kostbare, schnell verwelkende Blumen.

»Wo ist Isa?«

»Sie wird bald hier sein. Sie ist unterwegs. Ich habe sie angerufen.«

Isa, komm nach Hause, wenn du deine Mutter noch einmal sehen willst. Nur dieser eine Satz. Das schlimmste Telefonat seines Lebens.

Die zarte Hand in der seinen zuckte. »Ich muss mit ihr... reden.«

»Evchen. Nicht.«

»Doch. Sie muss alles erfahren. Alles.«

Er schüttelte hilflos den Kopf. Warum quälte sie sich so? Warum wurden die einen von der Schuld erdrückt, während andere, die weitaus Schlimmeres auf sich geladen hatten, weiterlebten, als gäbe es kein Morgen?

»Sie weiß es doch.«

Evas müde Augen bekamen einen fiebrigen Glanz. »Nichts... nichts weiß sie. Ich war so jung. Ich wusste doch nicht...«

Kellermann strich über ihre feuchte Stirn. »Werd du erst mal gesund. Bald wird es Frühling. Sie haben schon wieder Rosen im Laden an der Ecke.«

Sie liebte Rosen. Als sie das Haus noch hatten, waren ihr zwei Büsche die liebsten gewesen: Ranken mit roten und weißen Blüten, die am Gatter hinaufgeklettert waren. Nur noch ein Jahr, da war sie sich ganz sicher gewesen, und die beiden hätten sich oben getroffen. Dann wird aus zwei eins, hatte sie gesagt. Doch dann war alles ans Licht gekommen, und sie hatten das Haus verloren und noch viel mehr.

Ihm zog es das Herz zusammen, und er wusste, dass er, Kellermann, den nichts aus der Bahn warf, jeden Moment anfangen würde zu heulen. Dieser verdammte Krebs. Jeden anderen Gegner hätte er fertiggemacht.

Die Wohnungstür schlug zu.

»Ich glaube, das ist sie.«

»Werner?«

»Ja?«

Sie wollte die Hand heben und ihm über das Gesicht streichen. Auf halber Höhe verließ sie die Kraft.

»Ich liebe dich. Egal, was du über mich erfährst … ich liebe dich.«

Er lief hinaus. Im Flur konnte er nicht mehr. Isa, noch halb im Mantel, nahm ihn in die Arme und streichelte über seine zuckenden Schultern. Sich gegenseitig stützend erreichten sie die Küche. Dort löste sich seine Tochter liebevoll von ihm und riss ein Küchentuch von der Rolle, mit dem er sich die Augen trocknen konnte.

»Entschuldige«, brachte er nur hervor.

Sie hatte ihn noch nie weinen sehen.

»Wie geht es ihr?«

Er wandte sich ab und ging ans Fenster, um so zu tun, als ob er in den düsteren Hinterhof sehen würde. In Wirklichkeit sah er gar nichts. Nur das totenbleiche Gesicht seiner Frau, das immer durchsichtiger zu werden schien.

»Was sagt der Arzt?«

»Heute. Morgen. Ich bin froh, dass wir sie hierhaben. Er schaut später noch mal vorbei.«

»Oh mein Gott. So schnell?«

Er hörte, wie sie sich auf einen Küchenstuhl setzte.

»Ich konnte nicht früher. In der Stadt ist die Hölle los. Natürlich bleibe ich.«

Kellermann rief alle Kräfte ab, die ihm noch zur Verfügung standen, und drehte sich um. Isa trug ein Kostüm, mit dem man vor Gericht ebenso erscheinen konnte wie zum Vorstellungstermin bei einer Bank. Mantel und Schal hatte sie über die Stuhllehne geworfen, ihre Aktentasche lehnte am Bein des Küchentischs. Die eisblonden Haare hatte sie zu einem Knoten gezwirnt, aus dem sich einige Strähnen lösten. Ihr Anblick war das Tröstlichste, was es in dieser Situation geben konnte. Meine Tochter, dachte er. Meine große, schöne Tochter.

Er ging die paar Schritte zu ihr, zog einen Stuhl zu sich heran und ließ sich ihr gegenüber nieder. »Deiner Mutter liegt etwas auf der Seele. Diese alte Sache. Sie glaubt, du weißt es nicht.«

Es dauerte einen Moment, bis Isa begriff. »Die Romeo-Geschichte? Ich war doch sogar bei deinen Gerichtsverhandlungen! Ich weiß alles! Dass sie sich als junges Mädchen mal in den Falschen verliebt hat, dass du dich vor sie gestellt und sie beschützt hast und dass es nur deshalb herausgekommen ist, weil du ein Vierteljahrhundert später Kaiserley und dieser Judith Kepler geholfen hast.«

Er hob die Hand. »Ganz so war es nicht.«

Isas Augen verengten sich. Die Schmach des Vaters nagte immer noch an ihr. Seine Entlassung aus dem Dienst. Der

Hausverkauf. Das Abwenden der alten Freunde. Das Urteil: zwei Jahre auf Bewährung. Vorbestraft.

»Und das quält sie immer noch?«

Er hob die Schultern. Evchens Krebs wütete im Bauch, nicht im Kopf. Deshalb verwunderte ihn ihre Sorge. Sie wirkte nicht verwirrt. Aber was wusste er schon davon, wie es in einem Menschen aussah, der an der Schwelle des Todes stand?

»Wir haben es zu Hause nie groß thematisiert. Geh zu ihr und beruhige sie. Vielleicht ist sie auch nur durcheinander.«

»Du siehst schrecklich aus. Hast du heute überhaupt etwas gegessen?«

Er winkte müde ab. »Geh rein. Geh zu deiner Mutter.«

Sie nickte und stand auf. Kellermann hörte ihre Schritte im Flur und das leise Öffnen und Schließen der Schlafzimmertür. Draußen wurde es dunkel. Er lauschte, doch kein Laut drang mehr zu ihm. Plötzlich fröstelte er. Die Dämonen der Vergangenheit standen im Schatten der Ecken und warteten darauf hervorzutreten.

»Mama?«

Isas letzter Besuch war keine zwei Tage her. Sie konnte kaum glauben, wie schnell sich der Zustand ihrer Mutter verschlechtert hatte. Eva war schon immer zart gewesen. Eine zurückhaltende Frau, die glücklich gewesen war, wenn das Leben keine zu großen Forderungen an sie stellte. Nun klopfte der Tod höflich an und sagte: »Komm mit!« Und Eva? Tat, was sie immer getan hatte, nickte brav und folgte ihm.

»Ich bin's.« Sie setzte sich auf den Stuhl, die Sitzfläche noch warm von ihrem Vater. Das Zimmer war überheizt, auch die Stirn ihrer Mutter fühlte sich heiß an.

»Isa…«

Eva Kellermanns Lippen verzogen sich zu einem schwachen Lächeln. »Wie schön, dass du Zeit hast.«

»Kein Problem.« Isa wusste, dass ihre Stimme etwas zu forsch klang. Sie musste sich zwingen, Zuversicht und Stärke auszustrahlen. Dabei war ihr hundeelend zumute. »Das Landesamt ist glücklicherweise eine Behörde. Da kann man in Notfällen auch mal gehen.«

Notfälle – sie hätte sich auf die Zunge beißen können!

»Dass du so schnell einen neuen Job gefunden hast...«

»Ja, Wahnsinn, nicht?«, plapperte Isa drauflos. »Es war ein Fehler gewesen, zum BND zu gehen. Wahrscheinlich wollte ich ein braves Töchterchen sein und es meinem Vater nachmachen. Aber ich wusste ja, wie der Dienst mit seinen Mitarbeitern umgeht.«

War das auch wieder verkehrt? Das Desaster ihres Vaters hatte ja einen Grund gehabt: Eva Kellermanns Fehltritt als junge Frau, als sie einem Romeo ein hochgeheimes Papier übermittelt hatte.

»Ich muss dir etwas sagen.«

»Mama, ich weiß. Ich weiß, was du getan hast. Du hast es mir zwar nie erzählt, aber es kam vor Gericht zur Sprache. Ich war dabei. Ich wollte wissen, was sie meinem Vater vorwerfen. Und was soll ich dir sagen? Er hat zwei Jahre gekriegt, weil er dich geschützt, geheiratet und geliebt hat.«

Das Lächeln auf dem totenbleichen Gesicht wurde intensiver. »Ja, das hat er.«

»Also lass die alten Geschichten ruhen. Hast du deine Medikamente genommen?«

Das Lächeln verschwand. »Ich muss dir etwas sagen.«

Isa unterdrückte einen Seufzer. Was war da los? Ihre Mutter konnte doch nicht vergessen haben, über was sie gerade eben noch gesprochen hatten?

»Ich weiß...«

»Isa, hör mir zu.« Eva Kellermanns Stimme wurde zu einem Flüstern. »Der Mann, der mir damals den Kopf verdreht hat, nannte sich Tom. Aber in Wirklichkeit hieß er anders. Sein Name war Richard Lindner.«

Isa nickte. Aber tief in ihrem Herzen erwachte eine Vorahnung. Die Tragik ihrer Familie schien sich gerade um eine Dimension zu erweitern.

»Ich weiß es noch wie heute«, flüsterte Eva. »Dein Vater hat es mir diktiert. In seinem Büro in Pullach. Ich wusste nicht, was ich da mitstenografiere. Ich dachte an meinen Freund, und der nannte sich Tom. Ich ahnte doch nicht, dass das nicht sein richtiger Name war. Und dass er einen Auftrag hatte.« Eva hustete und rang nach Luft. Isa fand ein halb leeres Glas Wasser auf dem Nachttisch und hielt es ihrer Mutter an den Mund. Sie trank einen kleinen Schluck. »Er hatte eine Frau … in der DDR. Er war verheiratet. Er hatte eine Familie. Verstehst du? Während er mich im Westen benutzte, benutzte er auch seine Frau und sein Kind im Osten. Ich wusste das nicht, wir alle wussten es nicht …«

Isa streichelte sanft die Hände ihrer Mutter, während sich Zorn, Verachtung und ein unstillbares Bedürfnis nach Rache in ihr zu einem glühenden Ball amalgierten. »Heute sind wir alle schlauer. Wir hatten Lindner sogar beim BND auf dem Schirm. Er heißt jetzt anders. Larcan. Bastide Larcan.«

Evas Finger zuckten. »Er lebt? Er lebt noch?«

»Ja. Keiner weiß, wo.«

»Du musst ihn finden.«

»Mama, ich weiß, was er dir angetan hat. Aber er kann heute nicht mehr dafür belangt werden.«

Eva schloss die Augen. Es war, als ob sie noch einmal Kraft sammeln würde für ein letztes Geständnis. »Lindners Frau und sein Kind befinden sich im Triebwagen nach Bergen auf Rügen«, das musste der Text des Diktats gewesen sein. »Die

Züge werden von einer Passkontrolleinheit des Ministeriums für Staatssicherheit und der Transportpolizei begleitet, was eine Schleusung in Sassnitz während des Abkoppelns des Triebwagens nahelegt...«

»Mama!« War sie schon im Delirium? »Bitte! Es ist unwichtig! Es ist vorbei!«

Der Griff ihrer Mutter wurde stärker. »Nichts ist vorbei. Du musst es wissen. Ich... kann nicht gehen, wenn du... es nicht weißt.«

»Was?«, rief Isa. Sie wollte das nicht. Sie hatte Angst, dass ihre Mutter alle Kraft verbrauchen würde für diesen einen letzten Satz, der ihr noch auf den Lippen lag.

»Finde ihn!«

»Mama?«

Plötzlich ließ Eva los und wurde ganz ruhig. Mit unendlicher Liebe sah sie ihre Tochter an. »Es geht nicht um mich. Sondern um sein Kind.«

Etwas Kaltes griff nach Isas Herz und löschte die Glut. »Es geht um Judith Kepler?«

3

Im Morgengrauen, kurz bevor der neue Tag erwachte, war es vorbei.

Kellermann küsste Eva ein letztes Mal. Isa öffnete das Fenster und ließ die eiskalte Luft hereinströmen. Dann rief sie den Notarzt, der wenig später erschien und ohne viele Fragen den Totenschein ausstellte.

Ihr Vater blieb am Bett sitzen und hielt Evas Hand. So lange, bis gegen sieben die Bestatter auftauchten. Selbst als der Sarg abtransportiert war, blieb ihr Vater im Schlafzimmer.

Sie wollte ihn nicht stören, sie war immer noch wie betäubt, aber gleichzeitig von einer hellsichtigen Klarheit, die sie die Dinge tun ließ, die sie tun musste.

Mama ist tot.

Dann: *Wenigstens haben wir das Geld für eine anständige Beerdigung.*

Dann: *Wie kannst du an so etwas denken! In dieser Stunde!*

Dann: *Koch wenigstens Kaffee.*

An das, was ihre Mutter ihr in der letzten Stunde anvertraut hatte, verbot sie sich zu denken. Ihr Handy vibrierte.

Nicht jetzt. Lasst mich in Ruhe. Alle.

Sie sah das Wort »Autowerkstatt« auf dem Display. Sie stand auf und schloss leise die Küchentür, danach nahm sie den Anruf an.

»Ja?«

»Es geht los.«

Was, zum Teufel? Sie hatte in den letzten Stunden an so vieles gedacht, nur nicht an den Job.

»Ich bekomme heute die Lieferung.«

Schlagartig war sie hellwach. »Heute schon?«

»Sie haben umdisponiert. Urlaubstechnisch.«

»Urlaubstechnisch?«

Der Mann am anderen Ende der Verbindung lachte leise. »Der Boss hat keine Kinder. Deshalb muss er seinen Urlaub nach den Eltern im Betrieb richten. Und das heißt: Ende der Woche geht es los. Sind ja nur ein paar Tage.«

Isa blickte in die Tasse mit dem kalten Kaffee. »An was man alles denken muss«, murmelte sie. »Die Bosse von heute sind auch nicht mehr das, was sie mal waren.«

»Freitag geht's los. Sieht nach der Donauroute aus. Wahrscheinlich ab Passau.«

»So schnell?«

»Wir sollten das persönlich besprechen.«

»Alles klar. Danke.«

Wenig später kehrte sie zurück ins Schlafzimmer der Eltern. Ihr Vater saß neben dem leeren Bett. Er wirkte mit einem Mal so klein und das Bett so groß.

»Ich hab dir einen Kaffee gemacht.«

Er reagierte nicht. Sie stellte das Tablett auf dem Bett ab und begann, den Nachttisch, das Fensterbrett und alle anderen Ablageflächen von den Medikamenten und Materialien zu befreien, die an die Krankheit erinnerten. Es waren zwei Plastikeinkaufstüten, die sie schließlich aus dem Schlafzimmer hinaus in die Küche zum Müll brachte.

Sie wünschte sich zurück in ihre kleine Wohnung, in ihr Bett. Sie wollte die Decke über den Kopf ziehen und weinen. Aber sie war die Stärkere. Ihr Vater, der Baum, war bis zu den Wurzeln zersplittert. Der Kaffee wurde kalt.

Während sie das Bett ab- und wieder frisch bezog, blieb er in sich zusammengefallen sitzen. Immer wieder schaute sie zu ihm, weil sie Angst hatte, er könnte umkippen.

»Willst du dich nicht hinlegen?«

Er schüttelte den Kopf. Die beiden frisch bezogenen Kissen, die beiden Decken – vielleicht mussten sie ein neues Bett kaufen.

»Komm rüber ins Wohnzimmer.«

Sie half ihm auf und dirigierte ihn liebevoll durch den Flur hinüber auf die Couch. Dort ließ er sich vorsichtig nieder. Sie ging in die Hocke und legte ihre Unterarme auf seinen Knien ab.

»Die erledigen das alles für uns. Sie haben gefragt ... also, wir sollten uns einen Termin für die Beerdigung überlegen.«

Kellermann nickte und fuhr sich mit der Hand über die Augen.

»Ich mach mir mal Gedanken darum. Und wen wir dabeihaben wollen.«

»Niemand«, kam es aus seiner Kehle. Rau und heiser.

Sie nickte. »Leg dich hin. Ruh dich aus. Brauchst du vielleicht eine Schlaftablette?«

Ein kaum wahrnehmbares Kopfschütteln.

Isa gingen die Themen aus. Sie wollte funktionieren und brauchte etwas, mit dem sie sich beschäftigen konnte. Die Lieferung war früher als geplant eingetroffen. Freitag ging es los. Also musste sie die Beerdigung vorziehen oder verschieben. Im selben Moment erkannte sie, dass sie gerade versuchte, den Tod ihrer Mutter ihren eigenen Plänen unterzuordnen, und schämte sich.

Ihr Vater hob den Kopf und sah sie mit entzündeten roten Augen an. »Was hat sie dir gesagt?«

Die Frage traf sie unvorbereitet. Sie hatte sich noch keine Lüge zurechtlegen können. »Was wir befürchtet hatten. Die Sache mit Lindner.«

»Das war alles?«

Sie stand auf. »Sie hat mir von dem Diktat erzählt. Damals, beim BND. Als sie gar nicht wusste, dass sie mit dem verbotenen Durchschlag Lindner an sich selbst verriet. Das ist doch absurd, oder? Auf wie vielen Hochzeiten hat dieser Mensch eigentlich getanzt? Er plant einen Hochverrat, opfert seine Familie, und zwischendurch taucht er in Pullach auf und verführt ein junges Mädchen, um ihm Geheimnisse zu entlocken.«

Kellermann nickte. Er hörte kaum zu.

»Sie hat ihm den Durchschlag gegeben, oder?«

»Ja.«

»Da wäre ich gerne dabei gewesen. Wenn Lindner endlich mal einen richtig großen Fang macht, und dann zappelt er selbst im Netz. Ich habe nie erfahren, wie die Geschichte wirklich ausgegangen ist. Er hat das Papier nicht weitergeleitet, das ist sicher. Es ist ja auch erst viel später im MfS aufgetaucht. Wir haben …« Sie brach ab. Sie litt unter der gleichen Berufskrankheit wie ihr Vater: Du kannst den BND verlassen, aber der BND verlässt dich nie. Immer noch redete sie so, als ob sie dazugehören würde. Dabei war sie schon seit mehr als einem Vierteljahr nicht mehr dabei. »Täschner hat sich darum gekümmert. Kaiserley hat auch ihn ganz verrückt damit gemacht.«

»Isa, ich will jetzt nicht darüber reden.«

»Natürlich. Entschuldige bitte.«

Mit einem Stöhnen lehnte er sich zurück. Sie hob seine Beine und half ihm, auf der Couch ins Liegen zu kommen. Dann breitete sie die Fernsehdecke über ihm aus. Ihr entstieg ein ganz zarter Duft nach Rosen. Isa biss die Zähne zusammen.

»Und das war alles?«

Sie hätte es wissen müssen: Ihr Vater, der alte Geheimdienst-Fuchs, ließ sich doch von seiner Tochter nicht an der Nase herumführen.

»Nein«, sagte sie schließlich. »Sie hat mich um etwas gebeten.«

»Und was war das?«

Isa atmete tief durch. Wenigstens die halbe Wahrheit sollte sie ihm geben. Wenn auch nur, damit er endlich Ruhe fand in dieser schweren Stunde.

»Ich soll mich um seine Tochter kümmern.«

Ihr Vater beugte sich so hastig vor, dass es einen Moment lang so aussah, als ob er aufspringen wollte. »Um… du meinst… Judith Kepler?«, fragte er schockiert.

Isas Blick wanderte zum Fenster, hinter dem sich der neue Tag anschickte zu erwachen.

»Ja. Um Judith Kepler.«

4

Mit einem lauten Knall fiel der Schlüsselbund aus Judiths Hand. Sie zuckte aus dem leichten Halbschlaf, in den sie irgendwann gefallen sein musste, hob ihn auf und steckte ihn zurück in ihre Jackentasche. Fast ein Pfund Eisen. Büro, Garagen, Umkleide, Safe, Container, Hintertür. Keller. Er hatte sie ihr in die Hand gedrückt, als sie ihn holten. Sie wogen schwer, und das lag nicht nur an ihrem Gewicht. Kaffee. Gab es hier irgendwo Kaffee?

»Frau Kepler?«

Ein Pfleger trat auf sie zu. Er trug leise Gummisohlen, deshalb hatte sie sein Kommen nicht bemerkt.

»Ja?«

»Sie können jetzt kurz zu ihm. Aber bitte nur ein paar Minuten.«

Sie sprang auf. Alles in ihr jubilierte. Aber nicht lange.

»Wie geht es ihm? War es ein Anfall oder ein Infarkt?«

»Da müssen Sie mit dem Arzt reden. Sind Sie eine Verwandte?«

Sie folgte ihm durch einen langen, mit spiegelblank gewienertem blauem Linoleum ausgelegten Flur. Es roch, wie es in Krankenhäusern wohl riechen musste: antiseptisch.

»Freunde.«

Er schwieg. Sie wusste nicht, was sie sagen sollte.

Sie passierten mehrere Sicherheitsschleusen, bevor sie die Intensivstation erreichten und der Mann Judith einen blauen Kittel und Überschuhe aushändigte. Sie waren in einer unbekannten Zeitzone angelangt, in der sich die Konturen von Tag und Nacht, von gestern und heute verwischten. Maschinen atmeten. Monitore blinkten. Wie viel Uhr? Unwichtig. Dombrowski, weiß wie ein Laken, verschwand fast hinter Gerätetürmen.

Wie ein gestrandeter Wal, schoss es ihr durch den Kopf. Vorsichtig trat sie an sein Bett und berührte seine Hand. Der Atem hob und senkte seine mächtige Brust. Sein Haar hatte sich gelöst und klebte an Stirn und Wangen. In diesem Zustand halber Bewusstlosigkeit war nichts mehr von Strenge, Autorität und Charakter geblieben. Das Kliniknachthemd tat sein Übriges, um den Helden ihres Alltags auf sein bloßes Sein zu reduzieren. Es würde ihm nicht gefallen, dass sie ihn so sah.

»Was machst du denn?«, flüsterte sie.

Er blinzelte und versuchte, den Kopf zu wenden.

»Judith...«

»Nicht reden.«

»Das Herz, hamse mir gesagt.«

»Zu viele Zigarillos gegessen, was?« Sie grinste und hatte Tränen in den Augen. »Ich darf nicht lange bleiben. Deine Töchter hab ich schon informiert, zumindest die eine, die in Berlin lebt.«

Über die Mütter wusste sie nicht viel. Dombrowski und die Frauen... sein Privatleben existierte in der Firma nur in Form von mäandernden Gerüchten. Er hatte nichts anbrennen lassen in jungen Jahren. Und auch in den späten schienen alleinstehende Damen immer noch eine Schwäche für seine weißbehaarte, breite Brust zu haben. Die eine oder andere Umzugskalkulation wurde von ihm höchstpersönlich in den Abendstunden erledigt... Judith konnte sich noch gut daran erinnern, wie in ihren Anfangsjahren bei der Firma stark geschminkte Frauen mit tiefen Ausschnitten auf hohen Absätzen über den Hof gestöckelt waren. Aber das hatte nachgelassen. Gab es eigentlich jemanden in seinem Leben? Sie verbrachten den ganzen Tag, die Wochenenden, die Überstunden bis tief in die Nacht zusammen, doch sie wussten so wenig voneinander.

Er hob die buschigen Augenbrauen. Ein Seufzer, tief wie der Andreasgraben, kam aus den Abgründen seines angeknacksten Herzens.

»Halt sie mir bloß vom Leib. Die wollen nur mein Geld.«

Judith atmete auf. Wenn er schon wieder Scherze machte … Sie hatte den Notarzt alarmiert, als er die Tür nicht öffnete, obwohl Licht hinter dem Fenster schien. Eine Altbauwohnung im Kreuzberger Bergmannkiez, hundertfünfzig Quadratmeter, vier Zimmer, drei davon leer. Judith kannte die Adresse, war aber noch nie bei ihm zu Hause gewesen. Er hatte noch geatmet, aber die Angst in seinem Blick und die eigene Hilflosigkeit hatten ihr einen Schock versetzt, der immer noch nicht überwunden war.

So ein kräftiger Mann, trotz seiner sechzig plus. Ein Bulle, ein Kerl, den nichts umwarf. Einer, der als Kind in den Trümmern Berlins aufgewachsen war. Der es nicht darauf beruhen ließ, aus einer »Habenichts«-Familie zu kommen – Arbeitslose, Alkoholiker, Männer, die ihre Fäuste auch gegen Frauen und Kinder einsetzten. Der als Kind mit einer Handkarre angefangen und den Leuten die Umzüge gemacht hatte in der Nach-Wirtschaftswunderzeit. Der die Ärmel hochkrempelte und jeden Karren aus jedem noch so tiefen Dreck holte. Der *sie* aus dem Dreck geholt hatte. Nicht auszudenken, wo sie gelandet wäre, wenn er ihr damals nicht den ersten richtigen Job gegeben hätte.

Und jetzt lag er hilflos vor ihr, und beide wussten nicht, wie sie damit umgehen sollten.

Dombrowski stöhnte. Sie griff nach seiner Hand, dieser breiten Arbeiterpranke, mit der er den Betrieb aufgebaut und wie ein Kapitän sein Schiff durch stürmische See gelenkt hatte. Und das auch wieder tun würde, ganz bestimmt.

»Das war kein Witz.« Mühsam hob er den Kopf. »Hör zu. Ich hab was auf die Seite gepackt, all die Jahre. Die Buchprüfung. Du musst das wegschaffen. In der Firma, im alten Heizungskeller ...«

»Ich will das nicht hören!«

»Du hast die Schlüssel. Oder? Wer hat sie?«

Judith klopfte auf ihre Jackentasche. Es klirrte leise. »Icke.«

»Ist für dich. Alles da unten. Für dich. Verstanden?«

Sein Kopf fiel wieder zurück.

»Ich will das nicht«, protestierte sie. »Du kommst hier raus und wirst wieder gesund. Keine Widerrede.«

Sein Lächeln war so schwach, dass es Judith schmerzte. So hatte sie ihn noch nie erlebt. Sie kannte den Tod, sie hatte keine Angst vor ihm, dafür war sie ihm zu oft begegnet. Das hier war anders. Vor ihr lag ein Mensch, der ihr etwas bedeutete.

»Mach weiter«, flüsterte er.

»Klar, keine Sorge. Wir kümmern uns um alles. Möbel Peter will ...«

Seine Hand hob sich, als ob er ihr das Wort abschneiden wollte. »Ich meine: Mach weiter. Für mich. Ich komm hier nicht mehr raus. Übernimm den Laden. Liegt alles im Safe, mit Unterschrift und Pipapo.«

»Was?«

»Gehört alles dir. Und jetzt mach, dass du rauskommst.«

»Aber ...«

Dombrowskis Kopf fiel zur Seite. Die zeitlose Zeit gefror zu einem Stillleben. Was war geschehen? War er ... war er etwa ...? Wie von ferne drangen die Geräusche an ihr Ohr. Das Fiepen und Piepen, das Atmen und Ächzen, das leise Grollen der Aggregate. Jemand berührte ihre Schulter.

»Sie müssen jetzt gehen.«

Der Pfleger. Judith wischte sich über die Augen. »Wird er wieder gesund?«

Er hatte nicht gelernt, dass die Lüge manchmal nur die hässliche kleine Schwester der Barmherzigkeit war.

»Ich weiß es nicht. Fragen Sie den Arzt.« Sein Blick flitzte zu den Monitoren und wieder zurück. »Wunder gibt es immer wieder.«

Judith versuchte ein Lächeln. Sie wollte ihn nicht noch mehr in Verlegenheit bringen. »Danke. Ich schaue später wieder vorbei.«

Sie verließ die Station, streifte den Kittel und die Überziehschuhe ab, eilte durch die Gänge zum Ausgang und lief hinunter zur Straße in der Hoffnung, dass dort ein Bus abfuhr. Und dass die hintere Bank leer war, damit ihr niemand beim Weinen zusehen würde.

Gehört alles dir … Er musste fantasiert haben. Während sie die Wohnblocks und den beginnenden Berufsverkehr, die kahlen Bäume und schlecht gelaunten, frierenden Pendler, die noch zustiegen, kaum sah, hakten sich diese drei Worte in ihrem Innern fest. Dombrowski Facility Management – gehört alles dir. Der Fuhrpark, die Verantwortung für die Mitarbeiter, die bröckelnden Garagen, die Wellblechbaracken – gehört alles dir. Der altersschwache Computer, der Schalck-Golodkowski-Sessel, die auseinanderfallenden Regale in seinem Büro – gehört alles dir. Die Akquise, die Steuer, die Lohnbuchhaltung – gehört alles dir. Das konnte nicht sein Ernst gewesen sein.

Sie rieb ein Loch in die beschlagene Scheibe und starrte hinaus in den grauen Morgen einer erwachenden Stadt. Und dann krochen kleine giftige Schlangen in ihren Kopf. Du könntest es besser machen, zischelten sie. Wie oft hatte sie diesen Gedanken schon gehabt? Wir müssten an die lukrativen Aufträge kommen: Behörden, großflächige Bürohäuser, städtische Ausschreibungen. Eine anständige Disposition mit klaren, bezahlten Arbeitszeiten. Modernisieren. Wie viel zum Teufel hatte er beiseitegeschafft, statt es zu investieren? Gehört alles dir.

War das vielleicht eine Antwort auf ihre Lebensfrage, wohin das alles führen sollte? Verantwortung übernehmen, einen Dampfer lenken anstelle eines Rettungsboots? War das etwas für sie? Die Schlüssel klirrten leise in ihrer Hand.

Gehört alles dir.

An der nächsten Station verließ sie den Bus und wechselte in die U-Bahn. Das brachte sie ihrem Fahrtziel näher, aber nicht der Antwort auf ihre Frage.

5

Der neue Tag unterschied sich in nichts von den vorangegangenen: grau, leichter Nieselregen, der ab und zu in nassen Schnee überging. Judith hatte geduscht, sich umgezogen, rauchte die erste Zigarette danach auf dem Balkon und sah siebzehn Stockwerke hinunter auf die Anliegerstraße und die sich langsam lichtenden Parkplätze. Niemand, der mit laufendem Motor an einer Ecke wartete. Niemand, der mit hochgeklapptem Mantelkragen in einem Hauseingang stand. Begann so Verfolgungswahn?

Sie musterte die Hausfassade gegenüber.

Niemand mehr, der dort auf der anderen Seite wohnte und ihr vom Küchenfenster aus zuwinken würde. Tabea fehlte ihr, mehr, als sie sich eingestehen wollte. Das neunjährige Mädchen hatte nach dem Tod der Mutter ein neues Zuhause in Thüringen gefunden. Sein Vater, Frederik, arbeitete jetzt angeblich auf einer Ölbohrinsel in der Nordsee. Vor ein paar Wochen hatte sie die beiden noch einmal besucht. Es war ein seltsamer Abschied gewesen, einer, in dem vieles zwischen ihr und Frederik ungesagt geblieben war. Sie hatte ihn fast gemocht. Fast.

Mit einem energischen Ruck öffnete sie die verzogene Balkontür und schlüpfte zurück ins warme Wohnzimmer. Doch der Gedanke an die beiden Menschen, die ihr ungewollt so nahegekommen waren, ließ sich nicht so leicht abschütteln und begleitete sie noch auf dem Weg hinaus bis zum Aufzug. Vielleicht lag es daran, weil der einzig konstante Mensch in ihrem Leben gerade auf der Intensivstation mit dem Tod rang. Wer blieb? Schlechtes Timing für eine solche Bestandsaufnahme.

»Du musst die Möbelhauskolonne übernehmen, Kai.« Judith, das Handy am Ohr, versuchte es zunächst mit Autorität. »Tut mir leid, wenn das deine zarten Hände nicht mehr gewohnt sind. Ich muss ins Büro.«

Wie sich das anhörte! Das Büro war Dombrowskis Revier. Judith und ihre Kollegen hatten es betreten, um Anweisungen entgegenzunehmen, Befehle, Anraunzer, selten ein knappes Lob. Es war der Ort von erbitterten Auseinandersetzungen gewesen, aber, über die Jahre hinweg, auch Zeuge des wachsenden Vertrauens in dieser rätselhaften Beziehung zwischen dem Boss und seinem besten Cleaner.

Kai motzte. »Ick bin aber für Mitte eingeteilt. Was ist denn eigentlich los?«

»Dombrowski liegt auf der Intensivstation.«

»O Scheiße, Mann. Scheiße. Im Ernst?«

»Ich sagte: Intensivstation. Nicht Pool auf Malle.«

Sie enterte den Fahrstuhl, in dem schon zwei Frauen standen, die sie so böse anstarrten, als wäre Judiths Zustieg eine persönliche Beleidigung. Kurz vor acht. Sie würde zu spät kommen für eine Betriebsversammlung. Alle schon auf Posten, alle schon unterwegs zu den Müllwagen, in die Betriebe und Krankenhäuser, zu den Wohnungen, in denen Möbel und Umzugskisten warteten. Dann am Mittag.

»Wie geht es ihm?«

»Wie es einem geht in so einer Situation. Ich war gerade im Krankenhaus und nur noch mal kurz zu Hause, um mich umzuziehen. Bis er zurückkommt, leite ich den Laden.«

Sie wollte vor den beiden Frauen nicht weitersprechen. »Du übernimmst die Außenführung, bis auf Weiteres.«

»Aber...«

Sie legte auf, lehnte sich an die vollgeschmierte, zerkratzte Kabinenwand und wartete, bis sie endlich im Erdgeschoss angekommen waren. Was sollte sie der Belegschaft sagen? Wie würden die Kollegen darauf reagieren? Dombrowski Facility Management war ein Dampfer ohne Kapitän. Und sie, ein Leichtmatrose, sollte das Steuer übernehmen.

Ihr Transporter stand immer noch auf dem Gewerbehof, wo Kai ihn am Vorabend abgestellt hatte. Sie strich ihm im Vorübergehen über den Rückspiegel, als wäre er ein Pferd, das sie vor dem Saloon angebunden hatte, um drinnen noch eine letzte Schießerei zu erledigen.

»Wird schon wieder«, sagte sie mehr zu sich selbst. Und dann: Mit einem Auto redet man nicht, das ist verrückt. Ein paar Meter weiter stand ein ziemlich teurer Schlitten. Vielleicht war eine der Töchter aufgetaucht? Das Schwarzgeld im Keller. Eine Verfügung im Safe. Sie musste die Sachen sichern. Erst dann konnte sie überlegen, was sie damit anstellen sollte.

»Judith?«

Sie fuhr herum. Josef kam auf sie zu.

»Was ist los? Kommt der Chef heute nicht?«

Sie holte tief Luft. »Nein. Und morgen auch nicht. Er hatte einen Herzinfarkt. Ich weiß nicht, wie lange es dauern wird, aber inzwischen soll ich, also hat er gesagt, dass ich...«

Sie brach ab. Ein Würgen saß in der Kehle, machte sich breit, schnürte ihr die Luft ab. Josef reagierte nicht. Reiß dich zusammen! Du weißt nicht, wie es weitergehen soll? Die anderen auch nicht. Also tu wenigstens so, als ob du einen Plan hättest!

»Er hat gesagt, alles hört auf mein Kommando. Bis er wieder da ist.«

Er schien durch sie hindurchzusehen.

»Hast du gehört, was ich gesagt habe?«

»Ja.«

»Er wird es überstehen. Dombrowski überlebt uns alle.«

Josef nickte. Er musste es nicht aussprechen: drei Bypässe. Jahrzehntelanger Kettenraucher. Übergewicht. Choleriker. Er fuhr sich mit der Hand über die Augen, in denen es verdächtig glitzerte. In all den Jahren hatte sie Josef noch nie weinen gesehen. Sie wollte es auch jetzt nicht, deshalb wandte sie sich ab und tat so, als ob sie mit ein paar beherzten Tritten den Reifendruck des Transporters prüfen würde.

»Da wartet jemand auf dich«, hörte sie ihn hinter ihrem Rücken sagen. »Im … ähm … Büro vom Chef. Ich wusste ja nicht … ich dachte, bei dem Wetter …«

Sie spürte seine Unsicherheit. Sprach er gerade mit seinem neuen Boss? Und sollte man Dombrowskis Räume nicht doch lieber versiegeln, bis er wiederkam?

»Das ist okay. Ich hab heute sowieso dort zu tun.«

Josef nickte. Er war mindestens zwanzig Jahre älter als sie. Musste er nicht bald in Rente gehen? Warum trieb er sich immer noch bei diesem Wetter auf dem Hof herum?

»Geh rein.« Sie berührte sanft seinen Arm und führte ihn zum »Verwaltungsgebäude«, einer doppelstöckigen Baracke aus Vorkriegszeiten, bei der es gerade mal zu einer Zentralheizung und getrennten Umkleiden gereicht hatte. »Ich will nachher mit euch reden. Irgendwie muss der Laden weiterlaufen. Das sind wir ihm schuldig.«

Er antwortete nicht. Sie sah ihn nicht an. Aber sie vermutete, dass er die Situation genauso sah.

»Hab Kaffee gemacht«, sagte er schließlich, als sie eintraten. Der Duft stieg in Judiths Nase. »Willste einen?«

»Ja. Gerne. Wer ist es denn?«

Sie wies zum Ende des Flurs Richtung Treppe, die hinauf zum Büro führte.

»'ne feine Dame. Hab ihr auch einen gebracht. Ist doch okay, oder?«

»Klar.« Also keins von den Hühnern, wie Dombrowskis Töchter hinter vorgehaltener Hand genannt wurden. Aber feine Damen tauchten selten hier auf. Vielleicht ein Umzug. Vielleicht eine von Dombrowskis Verflossenen oder Zukünftigen. Also bestimmt jemand, der noch nichts von dem Horror wusste, der sie alle eiskalt erwischt hatte.

»Kellermann«, sagte Josef. Judith zuckte innerlich zusammen. Was hatte er gerade gesagt? »Jetzt fällt's mir wieder ein.«

»Sie heißt Kellermann?«

Ihr Herz begann zu jagen. Josef merkte, dass etwas nicht stimmte. Sein hageres Gesicht verzog sich in Bedauern.

»Nich richtich?«, fragte er.

»Doch. Doch! Alles in Ordnung.«

Sie ging zur Treppe, aber noch bevor sie sie erreichte, hielt sie inne. Dombrowskis Knarre lag oben im Schreibtisch. Ein nur bedingt beruhigender Gedanke. Am liebsten hätte sie Kaiserley angerufen.

Stich ins Herz.

Nicht mehr ganz so schlimm.

Verdammt.

Josef starrte sie an. Wahrscheinlich benahm sie sich ziemlich seltsam. Dann trollte er sich hinaus auf den Hof.

Auf dem Weg nach oben roch sie außer dem Kaffeeduft ein leichtes, frisches Parfum. Wasserlilien. Zitronengras. Weißer Flieder... Sie sah sich um. Niemand in der Nähe. Atmete tief durch. Sie war für dieses Wiedersehen nicht gewappnet.

Sie hatte Isa kennengelernt... nein, das war der falsche Ausdruck. Sie waren sich ein einziges Mal begegnet. Nachts, im siebten Stock einer Bank, in der Judith damals für Dombrowski arbeitete. Isa hatte einen der größten Anschläge Russlands auf den innereuropäischen Zahlungsverkehr verhindert – geplant und ausgeführt von einem Verbrecher, der seitdem rund um den Globus gesucht wurde: Bastide Larcan, Judiths Vater. Er war ihnen beiden entwischt. Es hatte Tote gegeben. Und zwei Minuten Zeit, nur zwei Minuten, die Leben verändern sollten...

Sie strich sich die Haare zurück und checkte, ob ihre Jeans auch keine allzu sichtbaren Flecken hatte. Ein seltsamer Reflex, den sie bisher nicht an sich gekannt hatte. Dann öffnete sie die Tür und schloss sie sorgfältig hinter sich.

Die Frau stand am Fenster und sah hinaus auf den Hof. Motorengeräusch drang durch die schlecht isolierten Fenster. Die Mülltruppe kam wieder. Wenig später würde sich die Baracke mit dem Getrampel von Stiefeln und den lauten Rufen der Männer füllen, die Pause machten, bevor sie ein zweites Mal ausrückten.

Judith holte tief Luft. »Frau Kellermann?«

Die Frau drehte sich um. Judith erschrak. Sie hatte Isa als eine perfekte Erscheinung kennengelernt. Selbst die letzte Haarsträhne hatte dort gesessen, wo sie hingehörte. Keine Falte im Kostüm. Pumps, die aussahen, als hätten sie eben noch im Schaufenster gestanden. Lidschatten, Lippenstift, Augen-Make-up – Isa Kellermann hatte sie an eine blonde Wonder Woman in Businessversion erinnert. Dass sie hier auftauchte, in Dombrowskis Secondhandbüro mit dem durchgesessenen Schreibtischsessel, dem fleckigen Boden und dem abgelutschten Zigarillo, der immer noch im Aschenbecher lag, machte die Sache spannend.

Denn die Isa, die jetzt auf sie zutrat, war eine andere. Ihr

Hosenanzug sah aus, als hätte sie darin geschlafen. Rote Augen, von einem letzten Rest Wimperntusche verschattet. Die hellblonden Haare nachlässig im Nacken zusammengezwirbelt. Die Bluse so zerknittert wie das höfliche Lächeln.

»Guten Morgen.« Es kam so heiser aus ihrer Kehle, dass sie sich räusperte und die Worte dann klarer wiederholte. »Guten Morgen.«

»Morgen«, erwiderte Judith. Isa Kellermann in dieser Hütte war wie ein Alien im Wohnzimmer. »Wollen Sie sich nicht setzen?«

Sie wies auf den Stuhl vor dem Schreibtisch, streifte die Jacke ab – die Schlüssel klirrten, als sie sie über die Lehne warf – und nahm selbst dahinter Platz. Dombrowskis Stuhl quietschte empört auf, als ob er sich dagegen wehren wollte, dass ein anderer Hintern als der des Chefs in den perfekt durchgesessenen Polstern Platz nehmen würde. Isas Kaffeebecher stand unberührt vor einem Papierstapel, in dem Judith einen Berg unbearbeitete Rechnungen vermutete.

»Danke. Fragen Sie mich bitte nicht, wie es mir geht. Beschissen.«

»Okay.«

»Meine Mutter ist heute Nacht gestorben. Bitte, kein Beileid. Sie kannten sie ja nicht.«

Nein, Judith kannte Eva Kellermann nicht. Aber sie wusste von Kaiserley, wer sie gewesen war: ein weiteres Opfer ihres Vaters aus seinen Romeo-Zeiten. Wahrscheinlich war das auch der Grund gewesen, warum Isa sich beim BND so auf Larcan eingeschossen hatte. Aus dem Impuls, den jeder bei einer solchen Nachricht hat, sagte Judith: »Trotzdem. Mein tiefes Mitgefühl.«

Isa lehnte sich etwas zurück, entspannt war sie nicht. Sie hatte eine kleine Handtasche bei sich, in der sich nur das Allernötigste befinden konnte. Keine Akten. Keine Waffe.

»Hört jemand mit?«

Judith zuckte leicht zusammen und sah sich dann um. »Nein, ich glaube nicht. Der Wachschutz ist eins a. Und Dombrowski sitzt hier eigentlich Tag und Nacht. An ihm kommt keiner vorbei.«

Isa versuchte ein Lächeln. »Das ist ihr Boss, nicht wahr? Aber Sie scheinen mir den Laden auch gut im Griff zu haben. Ich hatte noch nicht einmal Ihren Namen ausgesprochen, da wurde ich auch schon hierhergebracht.« Sie hob beruhigend die Hände. »Mit großer Höflichkeit, natürlich.«

Judith kam nicht dazu, sich über Josefs Höflichkeit zu wundern. Isa Kellermann sah vielleicht aus, als hätte sie eine Nacht durchgemacht, aber sie war für Männer offenbar in jedem Zustand eine Erscheinung.

»Was führt Sie zu mir?«

Eva Kellermann ist gerade gestorben. Ihre Tochter, eine hochrangige Mitarbeiterin des Bundesnachrichtendienstes, taucht bestimmt nicht hier auf, um sich bei mir Trost zu holen.

Isa schwieg. Mit jeder Sekunde, die verstrich, wurde Judith nervöser. Schließlich holte ihr Gegenüber tief Luft, wie man das vermutlich im Beichtstuhl tat, wenn man mit dieser Art von Vergebung leben konnte.

»Der Grund, aus dem ich hier bin, ist meine Mutter. Wir drei, Sie, ich und Eva Kellermann, haben eine Verbindung. Diese Verbindung trägt einen Namen: Richard Lindner, der heute Bastide Larcan heißt. Falls Sie sich noch an unsere letzte Begegnung erinnern? Sie ist ja erst ein Vierteljahr her.«

Judith zog scharf die Luft ein, sagte aber nichts.

Isa nickte. »Wir, also... eine konspirative Abteilung des Bundesnachrichtendiensts, hatten diesen Mann auf dem Schirm. Wir wussten, dass er ein großes Ding plante. Ich hatte die Leitung der Operation inne. Ich wollte ihn kriegen. Unbedingt. Vielleicht lag es an meinem Übereifer, dass er uns entwischt ist.«

»Nein«, widersprach Judith. »Es lag daran, dass er uns alle aufs Kreuz gelegt hat. Mich genauso wie Sie.«

Warum tat es immer noch so verdammt weh? Sie wich Isas Blick aus, weil sie Angst hatte, Mitleid darin zu entdecken. Die Frau auf der anderen Seite des Schreibtischs beugte sich vor und senkte die Stimme.

»Er ist Ihr Vater, ich weiß. Und er hat Sie all die Jahre glauben lassen, er wäre tot. Dann taucht er auf und verlangt von Ihnen, bei einem Schwerverbrechen mitzumachen: eine Bank hacken.«

Judith zuckte kaum merklich zusammen. Isa brachte es auf den Punkt, es war nicht zu beschönigen. Es waren weder Sehnsucht noch Blutsbande gewesen, die Larcan dazu gebracht hatten, Kontakt mit Judith aufzunehmen. Er wollte in den Hochsicherheitsbereich der Bank, und Judith und ihre Putzkolonne hatten den Zugang gehabt. Geködert hatte er sie mit einem Versprechen, das er noch in derselben Nacht gebrochen hatte: ihr zu antworten auf die eine, einzige Frage, die jedem Heimkind auf die Seele tätowiert worden war: Warum hast du mich verlassen?

Sie hörte kaum, was Isa weiter von sich gab.

»Wenn das geglückt wäre, hätte das den europäischen Zahlungsverkehr in einem Ausmaß destabilisiert, wie wir es uns in unseren schlimmsten Albträumen nicht hätten ausmalen können. Wie hat er Sie dazu gebracht?«

Judiths Hände ballten sich unter dem Tisch zu Fäusten. Glücklicherweise konnte Isa das nicht sehen.

»Wenn Sie es mir nicht sagen wollen, ist das okay. Aber wir beide, Sie und ich, wollten ihn. Nicht etwa, weil er ein Waffenschieber ist, ein mieser Krimineller, ein von den Russen gekaufter Verräter, der zeit seines Lebens die Menschen für seine Zwecke benutzt hat. Auch nicht, weil wir an Gerechtigkeit glauben. Oder? Glauben Sie noch daran?«

Judith starrte immer noch auf einen imaginären Punkt an der gegenüberliegenden Wand. Langsam schüttelte sie den Kopf.

»Wir wollten ihn aus persönlichen Gründen. Sie, Frau Kepler, weil er als junger Mann den Tod Ihrer Mutter in Sassnitz billigend in Kauf genommen hat und Sie in diesem Heim verrotten ließ. Er hat sich nie wieder gemeldet, stimmt's?«

Judith wartete auf die Fortsetzung.

»Und ich ... Dies ist der Grund, weshalb ich heute hier bin. Vielleicht glauben Sie, ich bin eine überambitionierte Karrieristin, die es nicht verwinden kann, dass ihr ein Verbrecher in letzter Sekunde entwischt. Aber in Wirklichkeit habe ich einen mindestens ebenso emotionalen Grund wie Sie, Bastide Larcan zu stellen.«

Ganz langsam löste Judith sich von dem Punkt an der Wand und sah Isa wieder an. Sie erinnerte sich an die Nacht in Berlin, in der Larcan verschwand, nachdem sie ihn fast gestellt hatten. Isa hatte als Einzige beim BND den richtigen Riecher gehabt und war gerade noch rechtzeitig aufgetaucht. Sie hatten im Zimmer des Vorstandsvorsitzenden gesessen, im siebten Stock eines Turms aus Glas und Granit, vor ihnen ein Computermonitor, die Kerndatenbank entblößt und ungeschützt. Draußen die Leiche einer Frau, eine Killerin, die sogar Larcan übertölpelt hatte. Unten die Polizei. Ein toter Wachmann. Bundesbeamte und Einsatzkräfte stürmten das Haus. Was war passiert? Isa und sie hatten in letzter Sekunde verhindert, dass Larcan und seine Auftraggeber diese Bank und damit halb Europa ins Chaos stürzten. Danach war ein Vakuum entstanden. Zeitlose Zeit. Nur zwei, drei Minuten, in denen sie die Wächter des Systems gewesen waren. Und in diesem kurzen Zeitfenster hatten sie sich beide entschlossen, ebenfalls zum Täter zu werden. Isa, um ihren Vater zu rächen. Judith, um ein kleines Mädchen zu retten. Sie hatten schmutziges Geld für ihre eigenen schmutzigen Privatangelegenheiten verwendet. Beide waren überzeugt gewesen, das Richtige zu tun. Und wenn Judith Isa ansah, dann hatte Wonder Woman genauso wenig ihre Meinung geändert wie sie selbst.

»Und der wäre?«, fragte Judith. Vor ihr stand eine Sonderermittlerin des BND. Die mussten persönliche Gründe schon im Fahrstuhl zum Büro abgeben.

Isa sagte: »Er war ein Romeo.«

Ja, und?, dachte Judith. Erzähl mir doch bitte etwas Neues.

»Damals, im Kalten Krieg, sollte er junge Frauen kennenlernen, die an den Schaltstellen der Bonner Republik saßen. In den Machtzentren von Politik und Wirtschaft, um diese auszuspionieren. Sobald sie gefügig waren, stiftete er sie zum Landesverrat an. Eine dieser Frauen war meine Mutter.«

Judith lehnte sich zurück. Kellermann … die Sekretärin … ein junges, unbedarftes Mädchen, das *den* Fehler gemacht hatte: diesem Mann zu vertrauen. Sein Weg war gesäumt von zerbrochenen Herzen und unheilbar verwundeten Seelen.

»Ich wusste es. Ihr Vater hat es mir vor langer Zeit einmal verraten.« Judith wägte jedes einzelne Wort sehr sorgfältig ab. »Es war ein Deal. Ich lasse den Namen Ihrer Mutter unter den Tisch fallen. Und dafür sollte Ihr Vater alle, aber auch alle ehemaligen Stasispione im Westen der Staatsanwaltschaft übergeben. Ich habe meinen Teil der Vereinbarung gehalten. Er nicht.«

Zum ersten Mal flackerte ein Hauch von Unsicherheit über Isas Gesicht. »Wir wurden verraten. Der Kopf meines Vaters war der einzige, der rollte. Ihre Verschwiegenheit in Ehren, aber als sie meinem Vater den Prozess machten, war der Name Eva Kellermann in aller Munde. Jeder, aber auch jeder konnte es nachlesen in den Zeitungen. Ihr Foto war in

Talkshows und in jedem Boulevardmagazin. Das hat sie sehr mitgenommen. Sie ist seitdem kaum noch vor die Tür gegangen. Also stellen Sie uns nicht an den Pranger. Ich glaube, wir haben unseren Teil der Schuld abgetragen.«

Judith schwieg. Was sollte sie dieser Frau in Trauer schon sagen? Ein kurzer Blick auf die Armbanduhr – kurz vor neun. Sie hatte ihre Zeit nicht gestohlen. Auch wenn sie beide für einen Moment Komplizinnen gewesen waren, sie hatten nichts gemein. Also entweder rückte sie jetzt endlich damit heraus, dass sie aufgeflogen waren, oder sie sollte sich für die Aufarbeitung *ihrer* Vergangenheit einen anderen, geeigneteren Gesprächspartner suchen.

»Sind Sie deshalb zum Bundesnachrichtendienst gegangen? Um Larcan zu finden?«

Isa dachte kurz nach. »Ja. Wir bereiten zusammen mit der Staatsanwaltschaft eine Anklage gegen diesen Mann vor, der irgendwo draußen in der Welt weiter unbehelligt sein Unwesen treiben darf.«

Isa log. Judith spürte es an der Art, wie die Stimme ihres Gegenübers fester wurde, überzeugender. »Und?«, fragte sie. »Wie weit sind Sie?«

»Noch ganz am Anfang. Wissen Sie, wo er sich aufhält?«

Judiths aufflackerndes Interesse wurde von dieser Frage gelöscht. »Nein.«

»Frau Kepler, er ist Ihr Vater.«

»O ja, das ist mir bewusst. Aber ihm nicht.«

»Sie haben dieses Ding in der Bank mit ihm zusammen durchgezogen! Sie sind erst in letzter Sekunde abgesprungen! Erzählen Sie mir doch nicht, dass er danach auf Nimmerwiedersehen untergetaucht ist! Dass einer der größten Schwerverbrecher unserer Zeit sich dreißig Jahre nicht bei Ihnen meldet, dann an Ihre Tür klopft und Sie gemeinsam eine Bank hacken!«

»Doch. Es klingt absurd, aber es war so. Sie waren dabei, wenn ich Sie daran erinnern darf. Zumindest bei dem Ding in der Bank.«

Isa zog scharf die Luft ein, als ob Judiths Worte eine ziemliche Zumutung wären. Sind sie ja auch, dachte Judith. Vielleicht sind wir keine Mörder. Aber wir sind kriminell. Gib es zu, Baby. Du hast es genauso im Blut wie ich.

»Und als wir«, mit *wir* meinte Isa den BND, »seinen Coup des Jahrhunderts verhinderten, als Sie und ich diese paar Minuten da oben in der Vorstandsetage allein waren, als wir zusammen etwas getan haben, das uns beide in den Knast bringen konnte, genau in diesen paar Minuten ist Larcan verschwunden. Frau Kepler, haben Sie das alles nur angezettelt, um ihm den Rücken freizuhalten?«

Judith stand auf. »Ich glaube, es ist besser, wenn Sie jetzt gehen.«

»Entschuldigen Sie.« Isa erhob sich ebenfalls. »Es tut mir leid. Wenn Sie wirklich Bastide Larcan für all das zur Rechenschaft ziehen wollen, dann arbeiten Sie mit mir zusammen.«

Judith glaubte, sie hätte sich verhört. »Ist das Ihr Ernst?«

Isas hellblaue Augen verengten sich. »Mein Interesse an Larcan ist ebenso groß wie Ihres. Ich will ihn kriegen. Für meine Mutter. Was ist mit Ihnen? Wollen Sie das auch? Für Ihre Mutter?«

Judith ging zur Tür und öffnete sie. »Einfach die Treppe runter und über den Hof.«

»Okay.« Ihre Besucherin nahm ihre Tasche und holte eine Visitenkarte hervor, die sie Judith überreichte. Name und Handynummer, mehr nicht. »Sie können mich jederzeit anrufen.«

Judith warf die Karte auf den nächsten Papierstapel. Sie hätte sie genauso gut gleich in dem überquellenden Papierkorb entsorgen können.

Isa ging an ihr vorbei in den Flur. Der Duft von Wasserlilien mischte sich mit dem Geruch von Reinigern. Noch auf den ersten Stufen hinunter drehte sie sich zu Judith um.
»Vielleicht ändern Sie doch noch Ihre Einstellung, was unsere Zusammenarbeit betrifft. Wir halten beide Teile eines Puzzles in der Hand. Gemeinsam könnten wir ...«
»Nein.«
Judith sah ihr nach, bis sie den Fuß der Treppe erreichte und dann aus ihrem Blickfeld verschwand. Langsam kehrte sie in Dombrowskis Büro zurück.

Irgendetwas war in Bewegung geraten. Hubert Stanz, Isa Kellermann, Kaiserley, Martha Jonas ... Namen und Gesichter kreisten um sie, traten aus der Dunkelheit des Vergessens und kamen näher. Als würde Judiths Leben gerade vom Pausen- in den Play-Modus wechseln. Warum? Hatte Larcan sich in seiner Deckung bewegt? War er verwundbar geworden, und sie alle, die nicht wussten, wo er war, ahnten dennoch den Geruch des Bluts? War ein Lindenblatt auf seine Schulter gefallen?

Isa Kellermann machte denselben Fehler wie Stanz, Kaiserley und eine Menge anderer sehr von sich überzeugter Klugscheißer: Sie unterschätzte Judith. In der Tarnung ihres Arbeitsoveralls, unter dem Harnisch der Berufsbezeichnung Putzfrau, hinter dem Schutzschild eines einfachen Lebens steckte mehr. Judith kannte den Tod. Vielleicht machte einen das sensibler. Vielleicht auch nur empfänglicher für die Nanowellen des Unterbewusstseins, von denen ihre Gegner nichts ahnten. Welche Signale hatte Isa ihr gegeben, ohne dass sie davon wusste?

Der Tod der Mutter.
Zurück in die Vergangenheit. Weiter. Noch weiter.
Die Operation Saßnitz und ihre Folgen.
Die Verbindung von Isa und Judith zu Larcan.

Wenn es nur um die Frage der Zusammenarbeit gegangen wäre, hätte Isa sich den Besuch sparen können. Es steckte mehr dahinter. Viel mehr.

6

Die Klosterstraße gewann Mitte das 18. Jahrhunderts durch den Bau der barocken Parochialkirche erstmals an Bedeutung. Damals standen kleine Häuser auf der Fischerinsel, und das Leben spielte sich im gemächlichen Reigen zwischen Jüdenstraße und Spree ab. Nur ein paar Generationen später wurde die Stadt von ihrer eigenen Entwicklung überrollt und mitgerissen. Der Bauboom der Gründerzeit verschlang die Katen, die Stadt wuchs, das Rote Rathaus platzte aus allen Nähten – ein zweites musste her. Stadtbaurat Ludwig Hoffmann schwebte ein wilhelminischer Repräsentationsbau vor, rechteckig, wuchtig, mit einem achtzig Meter hohen Turm, der denen des Französischen und des Deutschen Doms am Gendarmenmarkt in nichts nachstehen sollte. Fünf Innenhöfe mit abgehenden Gängen stürzten damals wie heute unkundige Besucher in Verwirrung. Herz des Ganzen: eine sechsachsige, bis unters Dach reichende Kuppelhalle, der Bärensaal. So genannt, weil hier die lebensgroße Bärenskulptur von Georg Wrba thront und auf bis zu 1500 Menschen hinabblicken kann.

Im Labyrinth der Keller werden bis heute Skelette vermutet. Die Sorge um verloren gegangene Besucher ist allerdings nicht der Grund, weshalb nach der Fahrt in den fünften, obersten Stock ohne Besucherausweis niemand eingelassen wird. Das Haus ist heute Sitz der Senatsverwaltung für Inneres und... Sport. Wer ihr ausgerechnet das Landesamt für Verfassungsschutz unterstellt hat, muss über einen außerordentlichen Sinn für Humor verfügen.

Isa Kellermann passierte Eingangshalle und Pförtnerloge, ohne von irgendjemandem auch nur eines Blickes gewürdigt zu werden. Jeder konnte ins Haus und in den Fahrstuhl, auf die 5 drücken und nach oben fahren. Beim Verlassen des Lifts gab es noch die Möglichkeit, aus dem Ständer in der Ecke einige Publikationen und Faltblätter mitzunehmen oder erstaunt zu registrieren, dass für Besucher nur ein vier Quadratmeter großes, lichtloses Gelass neben dem Fahrstuhl zur Verfügung stand, dann landete man vor dem Panzerglas der Sicherheitskontrolle. Ohne Anmeldung war hier Schluss. Mitarbeiter durften die Drehtür benutzen – erst PIN, dann Karte, bevor sie ihr Handy in einem Fach des riesigen, durch Panzertüren gesicherten Safes einschlossen und sich auf den Weg zu ihren Büros machten.

Die Luft in den Gängen roch nach Teppichkleber und Papier. Isa passierte die Besprechungszimmer, schmale Räume mit winzigen Oberlichtern, dann den Schredder, der mit dem NSU-Prozess zu trauriger Berühmtheit gelangt war, und einige Dutzend Büros. Alle waren gleich groß, in einigen Türschlössern steckten Schlüssel – Dienstanweisung, damit von außen zu sehen war, dass das Büro besetzt und der Beamte/die Beamtin anwesend war. Sie erreichte schließlich ihre sechs Quadratmeter Dienstzimmer. Sie öffnete den Wandsafe im Kleiderschrank und entnahm ihm einen weiteren Schlüssel: den zu ihrem eigenen Safe. Ein riesiger Klotz, der den wenigen Platz noch mehr beschränkte. Hier hatte sie den Stick gebunkert, mit dem sie sich am Computer anmeldete und nun endlich an ihrem Arbeitsplatz angekommen war. Sie hängte den Mantel auf, warf noch einen schnellen Blick in den Türspiegel – Augenschatten, zerzauste Haare, Bluse leicht zerknittert: perfekt – und zwängte sich zwischen

Aktenschrank und Schreibtisch zu ihrem Stuhl. Vier nach neun. Es klopfte. Timing war eben alles...

Georg Bluhm, Leiter der Spionageabwehr, steckte den Kopf durch den Spalt.

»Guten Morgen. Kommen Sie nicht zur Lage?«

Bluhm war ein fröhlicher Behördenmensch. Einer, der nie mit der Behäbigkeit des Dienstes haderte, der in jede noch so dämliche Anweisung einen Sinn hineininterpretieren konnte und selbst der jüngsten Anmaßung des Innensenators, ihnen eine dreiköpfige Überwachungsmannschaft auf den Hals zu hetzen, noch Einsicht entgegenbrachte – mit der er allerdings inhäusig ziemlich allein stand. Sein Lächeln, das bereitstand wie ein Glas Wasser, hatte er sich schon ins Gesicht geschüttet, allerdings tropfte es bei Isas Anblick wieder herab.

Obwohl sie erst seit Kurzem beim Landesamt für Verfassungsschutz arbeitete – ihr Wechsel vom BND war eine hastige, unter der Hand und nur mit besten Verbindungen erreichte Sache –, hatte er sie nie anders als perfekt erlebt. Ihr Auftritt, ihre präzisen Sätze, ihr analytischer Verstand waren immer auf den Punkt. Aber nicht an diesem Morgen. Noch bevor er darüber nachdachte, ob sie eine Nacht im Technoclub Berghain mit gepantschtem Ecstasy durchgemacht hätte, sagte sie: »Meine Mutter ist gestorben.«

»Frau Kellermann!« Er zwängte sich durch die Lücke zwischen Tisch und Wand zu ihr. »Mein aufrichtiges Beileid.«

»Danke«, flüsterte sie und löste nach einer Anstandsfrist ihre aus seiner Hand. »Es geht. Wir hatten es erwartet. Und trotzdem...«

»Es ist die Mutter, ich weiß. Ich kann Sie gerne entschuldigen.«

»Nein. Vielleicht gehe ich gegen Mittag, ich muss noch einiges vorbereiten und will meinen Vater nicht damit allein lassen.«

Bluhm nickte. Er hatte nie ein Wort über ihren Vater Werner Kellermann verloren, obwohl der Prozess ihn zu einer weiteren traurigen Berühmtheit inner- und außerhalb der Geheimdienste gemacht hatte. Den Mann, der aus Liebe das Geheimnis seiner Frau so lange bewahrt hatte, bis es ihm zum Verhängnis geworden war. Ihm und einigen anderen...

»Wer ist mit dabei?«

Sie wartete, bis Bluhm sich wieder bis zur Tür zurückgezogen hatte, und holte dann ihre Aktentasche sowie eine Umlaufmappe aus dem Wandschrank. Für zwei war es einfach zu eng in diesem Büro.

»Heute lernen Sie Gertrud Wagner vom GETZ kennen, die Leiterin der AG Operativer Informationsaustausch.« Das GETZ, das gemeinsame Extremismus- und Terrorismusabwehrzentrum, organisierte seit einigen Jahren die übergreifende Zusammenarbeit von Polizei und Verfassungsschutz auf Bundes- und Landesebene. »Außerdem jemand von der Gesamtlage des BND, unterstützende Fachdienste, glaube ich. Tobias Täschner. Kennen Sie ihn?«

Isas Umlaufmappe fiel zu Boden. Bluhm hob sie auf und reichte sie ihr.

»Danke. – Ja. Alle nennen ihn Teetee, wegen der ersten Buchstaben seines Namens.«

Und weil er der Sohn von Quirin Kaiserley war. Man kannte sich in der Branche.

Bluhm nickte. Er wusste, dass sie vorher beim BND gearbeitet hatte, hielt sich aber mit Fragen zurück. Dabei hätte es genug gegeben. Sie war Volljuristin und Regierungsrätin. Beim BND hatte sie rund fünfhundert Euro mehr verdient. Angekündigt worden war sie als hervorragende VP-Führerin, eine Vertrauensperson, die wusste, wo das Gesetz die Grenzen gezogen hatte. Die Eile und Verschwiegenheit, mit der der Wechsel arrangiert worden war, von höherer Stelle abgesegnet und wohl auf ihren eigenen Wunsch hin angeschoben, ließ Raum für eine Menge Vermutungen, an denen Bluhm sich wohltuenderweise nicht beteiligte.

»Sind Sie sicher, Sie werden das schaffen? Wir können Ihr Referat auch verschieben.«

»Nein, kein Problem. Ich bin bereit.«

Sie hatte nicht vor, es zu halten. Bluhm ging voraus, Isa schloss die Tür ab und steckte den Schlüssel ein. Ihr Diensthandy vibrierte. *Autowerkstatt*. Sie schob den Anruf beiseite. Dann ging es noch einmal um die Ecke, durchs Vorzimmer des Leiters des Verfassungsschutzes, vorbei an einer großen Blonden, von allen Miss Moneypenny genannt, hinein in sein Büro, wo schon ein halbes Dutzend Leute warteten. Sie begrüßte Gertrud Wagner vom GETZ zuerst, eine hagere Frau im Hosenanzug mit einem von vielen kleinen Fältchen durchzogenen Landfrauengesicht. Sie sah aus, als ob sie die längste Zeit ihres Lebens auf mecklenburgischen Rapsfeldern verbracht hätte, hatte einen wachen Blick und einen sympathischen Händedruck. Als die Reihe an Teetee kam, stand er in gespielter Überraschung auf und nahm sie flüchtig in die Arme. Küsschen links, Küsschen rechts.

»Lange nicht gesehen«, flüsterte er.

Isa lächelte. »Alte Kollegen«, erklärte sie dem Rest der Runde, in der sie und die GETZ-Abgesandte die einzigen Frauen waren. Am Kopf des Tischs nahm der kommissarische Leiter des Verfassungsschutzes Platz, Ernst Wohlsam, in den Gängen flüsternd nur *der vierte Mann* genannt. Er war zeitgleich mit der dreiköpfigen »Arbeitsgruppe Kontrolle Verfassungsschutz« angetreten, gegen die sein Vorgänger sich vehement zur Wehr gesetzt und schließlich, als alles nichts half, um seine sofortige Versetzung gebeten hatte. Isa spürte das Vakuum seines Weggangs, auch wenn sie ihn nicht mehr kennengelernt hatte. Wohlsam schien darin zu verschwinden.

Das gut gelaunte Geplauder, die Begrüßungen, das Arrangieren von Stühlen und Kaffeetassen ging beinahe berührungslos an ihm vorüber. Die Plätze links und rechts von Wohlsam blieben leer. Isa entschied sich, ihren Status als unwissender Neuling auszunutzen – keiner würde ihr übelnehmen, wenn sie sich neben ihn setzte. Teetees forschender Blick begleitete sie, und das machte sie nervös. Mit ihm hatte sie nicht gerechnet. Er war der Einzige im Raum, der zu wissen glaubte, warum sie den BND so überstürzt verlassen hatte. Vielleicht ahnte er auch, dass sie vor ein paar Monaten bei ihrem letzten gemeinsamen Einsatz die Grenzen der Gesetze sehr eigenwillig ausgelegt hatte. Aber solange Judith Kepler dichthielt, konnte ihr niemand etwas nachweisen.

Man überließ Frau Wagner die Ehre des Beginns, und sie referierte geschlagene zehn Minuten über die Proliferation russischer Kampfstoffe nach Großbritannien beziehungsweise was man vermutete, wie sie ins Land gekommen sein könnten. Dann über einige hirnlose, aber deshalb nicht minder gefährliche al-Qaida-Sympathisanten, die zunehmend die Baumärkte als Sprengstofflieferanten entdeckten, über die Vergeblichkeit des Ansinnens, Gartenteichreiniger auf die Kampfstoffliste zu setzen, und schließlich über die bevorstehenden Maßnahmen zur Münchner Sicherheitskonferenz. Das alles war genauso bekannt wie langweilig, und Isa wurde langsam ungeduldig.

Dann kam Teetee an die Reihe. Seine Karriere glich einer Feuerwerksrakete: steil nach oben mit funkelnden Explosionen. Er leitete mittlerweile die noch relativ neue Gegenspionage-Einheit des BND, eine konflikträchtige Arbeit, geriet er damit doch in eine Gemengelage mit dem MAD, dem Bundesamt für den Militärischen Abschirmdienst, und dem Verfassungsschutz. Er grub also Leuten wie Isa das Wasser ab und stellte Gertrud Wagner bloß, weil er schneller an die

Nowitschok-Analyse jener Nervengiftkampfstoffe und die Fotos der beiden russischen Agenten in London herangekommen war und den labortechnischen Weg von Großbritannien zurück nach Russland einwandfrei belegen konnte. Punkt für ihn. Isa fiel auf, dass er Wohlsam ziemlich links liegen ließ, dafür immer wieder ihren Blick suchte. Halb zehn. Ihr rannte die Zeit davon.

Dann gaben die Referatsleiter ihre Rapporte ab. Ausland, Rechts- und Linksextremismus, Spionage, zwischendurch telefonierte Wohlsam mit dem kryptierten, also verschlüsselten Telefon, weil der Innenstaatssekretär an der Strippe war und nun seinen Senf aus der Bund-Länder-Regierungskommission zum Besten gab. Kurz vor zehn.

»Frau Kellermann?«

Wohlsam hatte das Gespräch mit dem Staatssekretär beendet und kam zurück an den Tisch. Der Kaffee schmeckte mittlerweile nach angebranntem Toast. Um zehn war Schicht im Schacht. Ihr blieben drei Minuten, und er und alle anderen wussten das. Isa holte die hellblaue Kladde aus ihrer Aktentasche, darin die gelbe Deckblattmeldung, auf der der rote Stempel »Geheim – amtlich geheim gehalten« prangte. Sie stand auf und sah in die Runde.

»Ich hatte Ihnen eigentlich ein Referat zum aktuellen Stand der organisierten Kriminalität im Grenzgebiet zwischen Russland und der Ukraine angedroht.« Sie lächelte in freundlich ermüdete Gesichter. »Aber wir werden von der aktuellen Lage überrollt. Deshalb möchte ich ausnahmsweise nicht den Dienstweg einhalten, sondern gleich mit der Tür ins Haus fallen. Einer meiner V-Männer aus der rechten Szene hat mir verbindlich mitgeteilt, dass eine Waffenlieferung aus Deutschland in die Ukraine vorbereitet wird. Ziel ist, auf der Donauroute einen Container nach Odessa zu schmuggeln. In ihm befinden sich Gewehre und Munition, die von mehreren

Luftwaffenstützpunkten in Deutschland entwendet worden sind.«

Stille. Lag es an dem Affront, nicht zuerst dem Referatsleiter Organisierte Kriminalität davon berichtet zu haben? Oder fiel allen mit Grausen ein, dass aus den Kasernen der Bundeswehr mittlerweile fünfzigtausend Schuss Munition und fünfundsiebzig Sturm- und Maschinengewehre verschwunden waren? Ihr gegenüber saß Klaus-Dieter Juncker, der für Rechtsextremismus zuständig war. Er wirkte geradezu verbissen. Gerne hätte sie ihn gefragt, warum so wenig neue Erkenntnisse zu den sogenannten Identitären bei der Bundeswehr vorlagen.

»Seedorf? Die Fallschirmjägerkaserne?«, fragte Teetee und spielte dabei auf den größten Munitionsdiebstahl an, ein professioneller Einbruch in die Waffenkammer der Kaserne der Bundeswehr, bei dem gleich palettenweise Munition gestohlen worden war.

Sie hob leicht die Schultern. »Die Provenienz ist offiziell noch unklar. Unter uns darf ich sagen: Böblingen.«

Die US-Army. Schlagartig waren alle hellwach. Wenn es darum ging, den Freunden aus Übersee um eine Nasenlänge voraus zu sein, waren sie dabei. Auf dem Gelände der US-Panzerkaserne Böblingen hatte sich im vergangenen Jahr ein spektakulärer Diebstahl ereignet. Bis heute hatte man nicht klären können, wer die Täter waren und wo die Maschinengewehre geblieben waren. Der armeeinterne Ermittlungsdienst stand vor einem Rätsel, zu dem Isa offenbar die Lösung gefunden hatte: Von Neonazis geklaut sollten sie heimlich außer Landes gebracht werden.

»Wie viel?«, fragte Teetee und wollte über den Tisch nach der Deckblattmeldung greifen – dem Bericht der Quelle. Schwacher Versuch. Sie verstaute alles wieder in der Kladde und steckte sie in die Aktentasche.

»Auch das weiß ich erst Ende der Woche.«

Wohlsam räusperte sich. »Ihnen ist doch klar, dass Sie da dem LKA III gehörig in die Parade fahren.«

Isa schenkte ihm ihr verbindlichstes Lächeln. »Nicht wenn der Transporter die Grenze der Bundesrepublik überschreitet. Ich bitte um die Leitung der Operation.« Sie sah zu Gertrud Wagner. Die musterte sie wie eine Bäuerin, die gerade überlegte, ob das Huhn schon schlachtreif war. »Es muss schnell gehen, und die Verantwortlichen sitzen hier am Tisch. Es werden doch immer kurze Entscheidungswege gefordert. Übertragen Sie mir die Leitung. Dann können wir unseren amerikanischen Freunden schon nächste Woche mitteilen, dass sie ihre Sturmgewehre wiederkriegen. Selbstverständlich mit Fototermin bei der Übergabe. Betrachten Sie es als mein Einstandsgeschenk.«

Wohlsam strich sich übers Kinn. Ihm war klar, dass er in der Kürze der Zeit noch keine tragenden Verbindungen in diesem Haus hatte schaffen können. Er war nur kommissarischer Leiter. Mit dieser Operation konnte er sich entweder als genau der richtige Mann in der richtigen Position ins Spiel bringen oder sich selbst hochkant hinauskatapultieren. Ein Fototermin in der Böblinger Kaserne, dazu noch der Staatssekretär aus dem Bundeskanzleramt und das bedröppelte Gesicht des Kommandanten – ebnete ihm Isa gerade den Pfad zu Höherem?

»Wohin?«, fragte Teetee, und alle Köpfe wandten sich ihm zu. »Wie genau sieht die Route aus? Und komm mir jetzt nicht mit Ungarn und Rumänien.«

»Nein. Wenn ich mehr weiß ...«

»Entschuldige bitte, aber so geht das nicht. Du willst die Leitung einer Operation mit örtlichen Einsatzkräften, und das als Mitarbeiterin des Verfassungsschutzes. Das ist unser Beritt. Hier geht es ums Kriegswaffenkontrollgesetz!«

Sie beugte sich über den Tisch in seine Richtung. »Das ist mein V-Mann. Wenn er beschließt, einen Waffentransport über die Grenze zu begleiten, dann bleibt er das auch. Deshalb bitte ich Sie ja um Ihre Unterstützung. Die schließt dich übrigens mit ein.« Sie richtete sich wieder auf. »Frau Wagner, werden Sie das dem GETZ für ein Information Board mit GBA und BKA vorschlagen?« Generalbundesanwalt und Bundeskriminalamt, ohne die lief nichts.

Gertrud Wagner wollte gerade den Mund aufmachen, als Teetee schon wieder dazwischenging. »Wohin?«

»Ja, Frau Kellermann«, Wohlsam nickte, »das müssen wir schon wissen. Die Botschaft muss benachrichtigt werden. Militär und Polizei des betreffenden Landes. Befreundete Dienste, falls es die dort gibt.«

»Warum geben wir nicht gleich eine Pressemitteilung heraus?«, konterte sie scharf. »Ich will nicht daran erinnern, was Mossad, CIA und SWR auf fremdem Boden alles anstellen.«

»Das heißt nicht, dass wir dasselbe tun. Innerhalb der Bundesrepublik, Ihr Job. Außerhalb übergeben Sie die Leitung an den BND, der entsprechende Schritte einleiten wird, da er selbst nicht über Exekutivbefugnisse verfügt. Sind wir uns einig?«

Isas Miene wurde zu Eis. Natürlich hatte Wohlsam recht: Als Mitarbeiterin des Verfassungsschutzes, dem Inlandsgeheimdienst Deutschlands, war sie auch nur fürs Inland zuständig. Sobald es auch nur einen Schritt über die Grenze ging, übernahm der Auslandsgeheimdienst, der an diesem Tisch durch Teetee vertreten wurde. Sie parierte seinen Blick mit der Härte von Damaszener Stahl.

»Entsprechende Schritte bedeuten mit an Sicherheit grenzender Wahrscheinlichkeit Lebensgefahr für meinen V-Mann.«

Teetee seufzte. »Dann dürfen sie eben Deutschland nicht verlassen. Wo ist das Problem?«

Isa sah in die Runde. »Die Waffen sind für das Regiment Asow in der Ukraine bestimmt.«

Das saß. Jetzt hatte sie sie. Dieser paramilitärische, offen rechtsextreme Kampfverband bildete auch Deutsche aus. Deutsche, die lernten, schnell und effektiv zu töten. Rechtsextremisten. Neonazis. Hooligans.

»Wir reden von mehr als nur einem Fototermin. Wir reden davon, dass Terroristen in unserem Land nicht nur Waffen stehlen und bunkern, sondern in der Ukraine auch darin ausgebildet werden, sie zu benutzen. Wir reden davon, dass wir die Drahtzieher kriegen können und nicht nur die Kuriere. Wir begleiten den Transport bis in die Ukraine und werden ihn dort hochgehen lassen.«

Wohlsam bekam gerade mit, dass die Grenze zwischen Gelingen und Scheitern seiner Karriere hauchdünn sein konnte. »Die Ukraine?« Das klang nicht nach Höherem, sondern nach einem Himmelfahrtskommando.

»Interessant.« Gertrud Wagner war die Erste, die sich aus der Deckung traute. »Ich denke, ich kann die Kollegen von NIAS und PIAS« – nachrichtendienstliche und polizeiliche Informations- und Analysestellen – »dafür gewinnen. Lassen sie den GBA und das BKA mal meine Sorge sein. Natürlich müssen die ukrainischen Behörden und die der Transitländer informiert werden. Und ich bin dafür, dass Herr Täschner auch beim BND eine schnelle und wohlwollende Prüfung Ihres Anliegens herbeiführt. Was sagt der Kollege von der verwaltungsinternen Kontrolle?«

Der Aufpasser hieß Konstantin Betz, ein Mittdreißiger von ausnehmender Unauffälligkeit – mittelgroß, mittelschlank, mittelbraune Haare, Brille, leicht gebeugt. Er saß nicht am Tisch, sondern hatte sich auf einen Polsterstuhl in der Ecke des Raums gesetzt, der seit dem Abgang des alten Chefs verwaist geblieben war.

Auch seine Stimme blieb in mittlerer Tonlage und hörte sich seltsam unemotional an.

»Seit wann führen Sie diesen V-Mann?«

»UCA«, verbesserte sie. *Undercover agent.* »Er ist ein Hauptamtler im gehobenen Dienst, Rang Hauptkommissar. Ich bin seit zwei Monaten seine Verbindungsperson.«

Betz nickte. Die Quelle klang seriös.

»Können Sie mehr über die Informationen erzählen, die Ihnen vorliegen?«

»Nur das, was ich bereits gesagt habe. Amerikanische Waffen, in Deutschland erbeutet und auf dem Weg zu einer rechtsextremen Guerillaarmee in der Ukraine.«

»Warum stoppen wir den Transport nicht an der Grenze?«

»Weil«, Isa lächelte, als wäre das die Hauptanforderung in ihrer Stellenbeschreibung gewesen, »wir bei der Zusammenarbeit mit der Ukraine nur gewinnen können.«

Teetee ließ sie nicht aus den Augen. Was ahnte er? Was wusste er?

»Ich denke an die Vorbereitung eines Auslieferungsabkommens. Eine bilaterale Achse gegen Russland, hin zu Europa. Unser kleiner Pflasterstein auf dem langen, weiten Weg.«

Gertrud Wagner sah unauffällig auf ihre Armbanduhr. Wohlsam ging in Gedanken bereits durch, wie er vom Bundeskanzleramt dafür auf Händen zur nächsten Beförderung getragen werden würde. Ganz zu schweigen von militärischen Ehren, Salutschüssen und Nationalhymnen auf dem Kasernenvorplatz in Böblingen. Oder er dachte an seine Exekution.

»Sie geben die Leitung an der Grenze also ab. Und dann?«

»Dann wird der Container von Teetee, ich meine, Herrn Täschner und seinen Leuten entlang der Donauroute observiert. Die Zöllner drehen sich diskret um, die Ware kommt am Bestimmungsort an, und dort wird sie von den ukrainischen Behörden in Empfang genommen, zusammen mit uns. Die Ukraine hat endlich etwas gegen ihre Untergrundarmeen in der Hand, falls sie das überhaupt will, und wir bekommen unsere Waffenschieber mit Retourenaufkleber zurück.«

Betz sah in die Runde, die mittlerweile ihren Kaffee getrunken, ihre Informationen erhalten hatte und mit den Gedanken schon wieder ganz woanders war.

»Gibt es Einwände?«, fragte der Kontrolleur.

»So möge er jetzt reden oder für immer schweigen«, setzte Isa ironisch hinzu. In Teetee arbeitete es. Er hatte noch etwas in petto, aber glücklicherweise hielt er sich zurück, jetzt damit herauszuplatzen.

Sie sahen sich an, zuckten mit den Schultern, nickten. Überschlugen im Geist, wo das Risiko lag – bei dem V-Mann im Felde natürlich, vielleicht noch bei Isa, wenn ihr die Sache um die Ohren flog, aber mit Abgabe der Verantwortung an der Grenze waren sie alle aus dem Schneider. Im Gegenzug gab es bei Gelingen höchst erfreuliche Schlagzeilen und Pressemitteilungen, von der Coolness und Effizienz der deutschen Dienste beeindruckte Amerikaner und ein paar widerwärtige Gesellen mehr hinter schwedischen Gardinen.

»Danke«, sagte Isa. Sie setzte sich. Die Büroleiterin klopfte und erinnerte Wohlsam an seinen Termin im Innenausschuss. Gertrud Wagner beugte sich zu Bluhm und begann ein Gespräch über die behördeninterne Anweisung zum Kopierpapierverbrauch und den seltsamen Umstand, dass eingereichte Vorlagen beim Staatssekretär mit dem Vermerk zurückkamen: »Bitte wieder vorlegen, wenn der Innensenator aus dem Urlaub zurück ist.« Die Herren der Abteilung LA und LB, die die Informationen weltweit für die Regierung auswerten, die der Spionageabwehr des Landes Berlin, der technischen Aufklärung und des ID, des Inneren Dienstes, tauschten sich, mit Blick auf Betz, über den Speiseplan des Casinos aus. Es war klar, dass in diesem Raum nichts zur Sprache kam, das auch nur den Hauch von Konspiration hatte, solange Betz dabei war. Wohlsam bedankte sich und stand auf, die anderen taten es ihm nach. Im allgemeinen Aufbruch fand Isa sich am Ende der Gruppe, die jetzt den Raum verließ. Neben ihr: Teetee.

»Lust auf einen Kaffee?«, fragte er.

»Danke, nein.«

Er hielt sie am Arm fest. Die anderen bemerkten es nicht. Wohlsam, der zu seinem Schreibtisch gegangen war und gerade versuchte, sich in sein Jackett zu zwängen, achtete nicht auf sie.

»Was soll das?«, fragte sie leise.

Er nahm die Hand zurück.

»Wir sehen uns in zehn Minuten. Unten. Und dann will ich die Wahrheit hören.«

Damit drängte er sich an ihr vorbei und ließ sie stehen.

7

Der Geruch von Fleischbrühe und Gurkensalat war für Isa beinahe unerträglich. Der Gedanke, Teetee ins Gesicht lügen zu müssen, auch. Die kleine Cafeteria im Erdgeschoss war noch leer, zu früh für die Mittagspause. Sie holte sich einen Kaffee und setzte sich an einen Tisch nahe der Tür. Wer sie nicht gut kannte, hätte keine Spur von Nervosität bei ihr bemerkt. Aber Teetee... Er musste diese Röntgenaugen von seinem Vater geerbt haben. Und diesen sechsten Sinn. Er war wie ein Jagdhund, der Witterung aufnahm, wenn das, worauf er geeicht war, in der Luft lag. Verrat. Lüge. Hinterlist. Jemand spielte ein falsches Spiel, und dieser Jemand war sie. Sie holte das Handy heraus. *Autowerkstatt.*

»Also.«

Sie schrak hoch. Teetee plumpste ihr gegenüber auf den Stuhl. Isa ließ das Handy in ihre Blazertasche gleiten.

»Was ist das für eine Quelle?«

Erst mal kläffen lassen. Um an die Beute zu kommen, musste Teetee schon mehr auffahren als den stechenden Blick und ein paar vage Verdächtigungen.

»Das sage ich nicht.«

»Sorry, aber das wirst du müssen. Gib mir die Deckblattmeldung.«

»Geheim.«

»Seit wann weißt du davon? Warum musst du uns alle damit überrumpeln, statt den Dienstweg einzuhalten?«

»Seit vorgestern«, log sie, ohne mit der Wimper zu zucken. Teetee schluckte das. Ein Nebengeplänkel, unwichtig. »Gestern lag meine Mutter im Sterben. Heute Nacht war es dann vorbei. Und wo bin ich? Hier. Sorry, aber im Moment sind andere Dinge wichtiger als dein ewiges Misstrauen. Die Sache ist zu bedeutsam, um sie über den Dienstweg zu regeln.«

»Das tut mir leid.« Sein Blick wurde milder. »Evchen, nicht wahr? So hat mein Vater sie genannt.«

Quirin Kaiserley. Sie sah seinen Sohn an, und wieder kam ihr der Gedanke, wie prägend doch die Väter waren, im Guten wie im Schlechten. Teetee hatte als junger Techniker beim BND angefangen und schon jetzt, Ende dreißig, mehr erreicht, als sein Vater jemals vorweisen konnte: eine Führungsposition und ein Familienleben. Ihr Blick fiel auf seinen Ehering. Er bemerkte das.

»Sie heißt Chantal. Und sie hasst Berlin.«

Isa lächelte gezwungen. »Wer tut das nicht, manchmal… Hör zu, ich will keinen Stress mit dir. Ich gebe dir die Koordinaten des Konvois. Soweit ich weiß, handelt es sich um einen Container, der über Passau und Wien zum Schwarzen Meer schippern wird.«

»Wann und wo wird verladen?«

Isa sah ihm tief in die Augen. Er stieß einen ärgerlichen Laut aus. Der Koch, der gerade aus den Küchendünsten auftauchte und eine Chromwanne ins Heißwasserbecken gleiten ließ, hob kurz den Kopf in ihre Richtung. Dann kümmerte er sich wieder ums Mittagessen. Ab elf Uhr dreißig erwarteten die Frühaufsteher der Behörden ihren Mittagstisch.

»Wo kommt er an?«

»Mein Mann wird einen Peilsender in dem Container verstecken.« Sie trank einen Schluck und ließ Teetee zappeln. »Staatsgrenzschutz und Zoll der Ukraine können ihn verfolgen, sobald ich ihnen die Zugangsdaten gebe. Das kriegst du doch auf die Reihe, oder?«

»Wie identifizieren sie deinen Mann?«

»Gar nicht.«

»Gar nicht?« Teetee drehte sich Richtung Küche um – der Koch war verschwunden. Immer noch waren sie die einzigen Gäste. Trotzdem beugte er sich über den Tisch und senkte die Stimme. »Bist du verrückt geworden?«

»Im Gegenteil. Er wird genauso festgenommen wie der Rest der Bande. Das ist sein bester Schutz. Informationen bekommt nur die Generalstaatsanwaltschaft, und das nur vom Verfassungsschutz. Sie wird über den Justizsenator und das Bundesministerium für Justiz die Auslieferung beantragen. Erst wenn alle wieder hier sind und gewährleistet ist, dass für meinen Mann die Kronzeugenregelung gilt, werden die zuständigen Stellen erfahren, wer er ist.«

»Du lässt ihn ins offene Messer rennen?«

»Er weiß, worauf er sich einlässt. So arbeiten wir. Hast du das vergessen?«

Teetee schüttelte den Kopf. »Nein. Das klingt alles so...«

»Ja?«
»So glatt. So einfach. Wo ist der Haken?«
»Ich will dabei sein.«
»Wie bitte?«
»Ich will mit. Ist doch eine klare Ansage.«

Teetee schnaubte und sah sich um, aber bis auf zwei Touristen, die sich gegenseitig in der Bärenhalle fotografierten, war niemand in der Nähe.

»Bist du völlig verrückt geworden? Du willst beim Zugriff auf einen Waffentransport in die Ukraine dabei sein?«

»Mein UCA will das so.«

Das kam vor. Dass Undercoveragenten, die sich in Lebensgefahr begaben, nur mit ihrer Vertrauensperson zusammenarbeiten wollten. Meist waren diese Teams über Jahre hinweg gewachsen. Isa parierte Teetees fassungslosen Blick. Bei ihr war es eben schneller gegangen, sollte das heißen.

»Das kann ich nicht entscheiden«, sagte er schließlich. »Damit musst du zum Innensenator, und Wohlsam muss es absegnen.«

»Also bist du einverstanden?«

»Isa…«

»Du brauchst mich. Ein Wort von mir, und die Sache platzt.«

»Willst du mich erpressen?«

»Willst du mich bewusst falsch verstehen? Dieser Mann riskiert sein Leben. Ich bin seine VP-Führerin. Hier, und erst recht in der Ukraine.«

Teetee hatte die Angewohnheit, den Zeigefinger unter der Nase quer auf der Oberlippe abzulegen, wenn er nachdachte. Isa trank ihren mittlerweile lauwarmen Kaffee und sah dabei auf ihre Armbanduhr. Konnten sie das jetzt endlich hinter sich bringen?

»Und die Russen?«

Verdammt.

»Was soll mit ihnen sein?«, fragte sie mit milder Neugier, als hätte sie am falschen Tag die Laubsäcke vor die Tür gestellt.

»Amerikanische Waffen für eine ukrainische Untergrundarmee. Das ist Wasser auf Putins Propagandamühlen.«

»Putin interessiert mich nicht.«

»Das sollte es aber, wenn der Transport auffliegt und die falschen Leute davon Wind bekommen.«

Isas Schweigen sollte Überheblichkeit und Selbstzufriedenheit ausstrahlen. Sie wusste nicht, ob ihr das gelang. Teetee hatte Witterung aufgenommen, aber er drehte sich im Kreis. Wie lange noch? Sie musste vorsichtig sein.

Doch dann stand er auf. Er sah auf sie herab, nachdenklich, als wüsste er nicht, wie er sie einschätzen sollte. Schließlich schob er mit einem Geräusch, das Isa bis ins Mark traf, den Stuhl zurück an den Tisch.

»Viel Glück mit deinem Dienstreiseantrag.«

Sie lächelte. Diese Klippe wäre umschifft. »Dir auch.«

Isa wartete, bis seine Schritte durch die Bärenhalle verklungen waren. Dann erst atmete sie auf. Es lief immer besser mit dem Lügen. Teetee hatte nichts gemerkt, da war sie sich sicher. Sie holte ihr Handy hervor und wählte eine Nummer. Ab jetzt musste sie minutiös planen. Erst die Autowerkstatt, dann das Beerdigungsinstitut. Der Plan, den sie am Bett ihrer sterbenden Mutter gefasst hatte, der ihr so kühn, so gefährlich und gleichzeitig so unwirklich vorgekommen war, er begann, Wirklichkeit zu werden.

8

Bis zum Mittag hatte Judith ungeahnte Fähigkeiten in sich entdeckt, die sie am liebsten wieder ignorieren würde: unzufriedene Schichtarbeiter zu vertrösten, zwei Kunden dazu zu bringen, die Verträge zu verlängern, statt zu kündigen, und Kais Bericht über die Zustände im Sankt-Gertrauden-Krankenhaus nur ein halbes Dutzend Mal zu unterbrechen. Notizen für die kurze Ansprache machen, die sie für zwölf Uhr in der Werkstatthalle angesetzt hatte. Zwischendurch schaute Liz herein und fragte nach Dombrowski.

»Ich weiß nicht, wie es ihm geht«, musste Judith zugeben. »Sie sagen mir nichts. Aber ich wollte sowieso wieder vorbeifahren.«

Judith schnappte die Transporterschlüssel und verließ das Büro. Noch eine Minute länger, und sie würde ersticken. Sie war nicht aus dem Urschlamm geschöpft worden, um in einem Büro aus der Steinzeit der Unternehmenskultur Dombrowskis Karren am Laufen zu halten, der Kurs auf die Wand hielt. Sie musste an die frische Luft, ihren Körper und ihre Muskeln spüren, das Gefühl haben, etwas mit ihren Händen zu tun, Leistung nach Metern messen, das Vorher mit dem Nachher vergleichen können. Sie fühlte sich wie ein Galeerensklave unter Deck. Wenigstens kurz mal den Wind im Gesicht spüren.

Sie lief hinunter in den Hof und rief Josef im Vorüberfahren zu, dass sie Dombrowski besuchen würde. Hoffentlich war er in besserer Verfassung. Das ging doch ziemlich zügig heutzutage. Mit seinen Bypässen war er meist schon in der nächsten Woche wieder aufgetaucht. Er war in besten Händen. So jemand wie ihn warf doch ein Herzinfarkt nicht um. Oder?

Oder?
Oder???
Auf der Intensivstation im Klinikum Neukölln wurde sie jetzt von einer Krankenschwester empfangen.

»Herr Dombrowski... Ich fürchte, Sie können nicht zu ihm.«

Ging das schon wieder los? Judith atmete tief durch und versuchte es mit einem vertrauenerweckenden Lächeln. »Ich bin eine Freundin. Eine, na ja, sehr gute Freundin.«

»Aber keine Verwandte?«

»Nein.«

»Dann darf ich Sie leider nicht zu ihm lassen. Wir mussten ihn ins künstliche Koma versetzen. Es gab Komplikationen.«

Judith spürte, wie das Blut aus ihren Wangen wich. »Was heißt das?«

»Wie gesagt, das müsste Ihnen der Arzt mitteilen. Aber da Sie keine...«

Die schwere Automatiktür zur Station öffnete sich. Eine Frau kam heraus, die Judith erst erkannte, als sie sich den Mundschutz über den Kopf streifte. Sie war Mitte vierzig, etwas korpulent, mit Dombrowskis krausen halblangen Haaren und seinen Augen. Ein Huhn. Eine von seinen Töchtern.

»Frau Dombrowski?«

Soweit Judith wusste, hatte diese von den dreien nie geheiratet. Die Angesprochene ging ächzend in die Hocke und streifte sich die Überziehschuhe ab.

»Ja?«

»Ich bin Judith Kepler. Ich arbeite für Ihren Vater. Vielleicht erinnern Sie sich?«

Die Schwester hatte Besseres zu tun und ging zurück in den Vorraum. Die Frau knotete sich nun den Kittel auf.

»Keine Ahnung.«

»Wir sind uns mal auf dem Gewerbehof begegnet.«

Wo es eine lautstarke Auseinandersetzung zwischen Vater und Tochter gegeben hatte, bei der es – alle in einem Umkreis von hundert Metern bekamen es mit – um Geld gegangen war. Geld, das die Dame brauchte und der Boss nicht hergeben wollte.

»Tut mir leid, ich erinnere mich nicht.« Sie knüllte Kittel, Mundschutz und Überschuhe zusammen und warf alles in einen Wäschewagen. »Was wollen Sie?«

»Wie geht es Ihrem Vater?«

»Nicht gut, das können Sie sich doch denken.«

Sie ging an Judith vorbei, die ihr hastig folgte. »Könnten Sie so freundlich sein und mir den Zugang zu ihm erlauben?«

Abrupt blieb die Dame stehen. Ihr Blick veränderte sich, wurde interessierter. Es war ein *Nicht mit mir!*-Dombrowski-Blick. Ein *Ich lasse mich nicht verschaukeln*-Blick. Judith parierte ihn mit ihrem *Mich wirst du nicht abwimmeln*-Blick.

»Warum? Er kriegt nichts mit. Liegt da wie Gemüse.«

Gemüse. »Weil es mir etwas bedeuten würde.«

Die Dame kam näher. Judith roch das Desinfektionsmittel und ein billiges Deo. »Das glauben Sie doch selber nicht. Wo sind die Schlüssel?«

»Welche Schlüssel?«

»Die zum Büro.« Sie hätte auch sagen können: die zum Safe. Zur Portokasse. Zu jeder Tür, hinter der ich Bares vermute.

»Ich habe keine Ahnung.«

Die Tochter betrachtete Judith von oben bis unten. Sie brauchte Zeit, um sich zu entscheiden, ob sie ihr glauben wollte oder nicht. Vielleicht spürte sie auch, dass sie ihre Absichten verraten hatte.

»Also?«, fragte Judith.

»Nein. Lassen Sie ihn in Ruhe.«

Die Frau drehte sich um und ging. Das Linoleum quietschte

unter ihren Sohlen. Sie erreichte das Ende der Station, wieder öffneten sich die Türen automatisch. Judith wartete ab, bis sie verschwunden war. Dann trat sie an die Tür zum Schwesternzimmer.

»Frau Dombrowski hat mir den Zugang gestattet.«
Wie viel hatte die Schwester mitbekommen? Sie stand auf und lächelte Judith an.
»Wenn Sie mir bitte folgen wollen.«

»Mensch, Alter. Was machst du denn?«
Ein dickes Mundstück versorgte den Boss mit Atemluft. Überall an seinem Körper hingen Schläuche. Jedes Mal, wenn seine Brust sich hob und senkte, schnaufte ein Gerät neben ihm wie eine Ziehharmonika ohne Ton. Es gab nichts, auf das man sich setzen konnte. Ein Mensch, umgeben von Hightech, der in einem todesähnlichen Schlaf um sein Leben kämpfte.
»Also, jetzt mach dir mal keine Sorgen. Kai übernimmt die Kolonnenführung, und das kann er. Schließlich hat der Junge bei mir gelernt. Und ich werde mir heute mal den Papierkram ansehen und mich um das Angebot für Möbel Peter kümmern. Josef sagt, du sollst dir endlich mal ein anständiges Programm zur Kalkulation anschaffen. Sagt er seit Jahren. Wenn ein Methusalem wie Josef sogar nur noch auf Instagram unterwegs ist...«
Sie brach ab. Hörte er sie überhaupt? Man sagte ja, Menschen im Koma würden Stimmen erkennen und auf Musik reagieren. Welche Musik hörte ein Mann wie Dombrowski? Die Stones wahrscheinlich. Er war kein Beatles-Typ. Einmal hatte er ihr eine Doors-Platte aus den Händen gerissen, als sie einen Entrümpelungskarton entsorgen wollte und die Platte schon für sich zur Seite gestellt hatte. Vielleicht sollte sie ihm etwas von Van der Graaf Generator oder Black Sabbath mitbringen. Beim Gedanken, die Station mit »A Place

To Survive« oder »Black Night« zu beschallen, wollte sich ein Grinsen in ihr Gesicht stehlen, das vom Ernst der Situation gestoppt wurde.

»Deine ... deine Tochter war gerade hier. Sie hat nach dem Schlüssel gefragt. Das ist mir nicht recht, verstehst du? Ich kann ihr doch nicht ins Gesicht lügen. Das müsst ihr untereinander klären.«

Ihr gingen die Themen aus. Sie strich ihm sanft über die Stirn. Seine Haut war warm, doch sein Leben kam aus den Maschinen. Leise Schritte näherten sich.

»Wollen Sie vielleicht einen Stuhl?«

Die Schwester war zu ihr getreten. Judith schüttelte den Kopf.

»Nein, ich muss gehen.«

Draußen vor dem Eingang der Klinik stand der verfrorene Haufen der letzten Raucher. Einige von ihnen in Schlappen und Bademantel, mit Rollator oder Krücken. Judith gesellte sich zu ihnen. Josef rief an und wollte wissen, wann sie in die Werkstatthalle käme. Viertel vor zwölf.

»Ich bin gleich da.«

Sie musste mit jemandem reden. Über Isa. Über Dombrowski. Über das, was gerade in Bewegung geriet. Jemand, der sie beruhigen und ihr sagen würde, dass es nicht in Richtung Abgrund ging.

9

Kaiserley, der die Preise in den umliegenden Parkhäusern kannte, war mit der S-Bahn zum Bahnhof Zoo gefahren und bereute schon nach wenigen Schritten, weder an Schal noch an Handschuhe gedacht zu haben. Der Wind wehte eisig durch die Straßenschluchten. Das Nobelhotel Waldorf Astoria thronte wie ein König am Breitscheidplatz, gegenüber der Zoo Palast und das lang gestreckte Bikinihaus, ein ehemaliges Industrie- und Bürogebäude. Neue Hochhäuser entstanden, die berühmte Berliner Traufhöhe, die noch den Wiederaufbau der Stadt nach der Wende geprägt hatte, spielte keine Rolle mehr. Baustellenkräne schrammten den grauen Himmel, in das Hupen und Anfahren der Autos mischten sich die Presslufthämmer und die zischende Hydraulik der Lieferfahrzeuge. Auf den breiten Bürgersteigen kamen ihm die Menschen entgegen, sie trugen schwer an ihren Einkaufstüten und dem Willen, diesem Tag in der City sein wirtschaftliches Maximum abzutrotzen.

Hinter der Kreuzung Kurfürstendamm wurde es ruhiger. Das Le Faubourg lag in einer Seitenstraße, untergebracht im zeitlosen Mid-Century-Design eines Hotels, das sich den Luxus gehobener Küche noch leisten konnte. Mittags war es dank des Business-Lunches genauso gut besucht wie abends. Noch in der schweren Drehtür versuchte Kaiserley, einen Blick ins Restaurant zu werfen, um zu sehen, ob Isa Kellermann vor ihm eingetroffen war. Sein Handy klingelte.

»Judith?«

Stille.

»Judith? Kannst du mich hören? Was ist los?«

»Können wir reden? Heute, morgen...«

Eine junge Dame, gekleidet in der Uniform des Hotels, kam ihm entgegen, begrüßte ihn mit einem Lächeln und den Worten: »Sie haben reserviert?«

»Judith, einen Moment bitte.« Dann wandte er sich an die Frau. »Ich nicht. Aber es müsste einen Tisch auf den Namen Kellermann geben. Isa Kellermann.«

»Für zwei Personen?«

»Ja.«

»Ich sehe nach. Garderobe links, bitte.«

Sie ging zu einem in dezentes Licht getauchten Tresen, und Kaiserley hob das Handy wieder ans Ohr. »Judith? Bist du noch da?«

Sie hatte aufgelegt. Er wählte ihre Nummer, doch sie nahm den Anruf nicht an. Seltsam. Er würde später zurückrufen. Die junge Frau führte ihn ans andere Ende des Raums, weg von den Besprechungsgruppen und Touristenehepaaren, in die geschützte Atmosphäre der hinteren rechten Ecke. Die Flasche Wasser kam im Handumdrehen und unaufgefordert. Er sah auf seine Armbanduhr. Er war pünktlich.

Während er versuchte, sich auf die einzelnen Positionen der Menükarte zu konzentrieren – Rotbarbe mit Safran und Topinambur oder Lachs mit Pumpernickel, wobei Letzteres garantiert nichts mit einer belegten Stulle zu tun hatte –, ging ihm seine letzte Begegnung mit Isa nicht aus dem Kopf. Kellermanns Tochter. Die Frau, die ihn um diese Verabredung gebeten hatte.

Die Chefetage einer Bank. Eine Tote auf der Galerie. Er selbst, schmerzzerrissen, mit einer Kugel in der Schulter. Larcan auf der Flucht und Judith, die das alles mit diesem Verbrecher zusammen angerichtet hatte, wie gelähmt, dass ihr Vater sie erst in so eine Situation gebracht und dann auch noch im Stich gelassen hatte. Und Isa? Sie hatte das Komplott aufgedeckt, buchstäblich in letzter Sekunde, und Judith und Larcan vermutlich das Leben gerettet. Ob sie Letzteres bereute? So gut kannten sie sich nicht. Die Ermittlungen der Staatsanwaltschaft waren abgeschlossen, doch es würde vermutlich zu keiner Anklageerhebung kommen. Alle tot oder geflohen. Genau wie damals, in Sassnitz… Instinktiv griff er an seine Schulter. Sie schmerzte immer noch. Die Ärzte redeten von Geduld, einer zweiten OP und Knochensplittern. Er fühlte sich wie ein Kriegsveteran, und wenn man zusammenzählte, für was und für wen er im Lauf seines Lebens die Knochen hingehalten hatte, traf dieser Vergleich durchaus zu. Weit entfernt davon, verbittert zu sein, bestellte er bei der jungen Dame einen offenen Riesling. Fünf nach eins. Sie ließ sich Zeit.

Isa hatte schon in der Bank unsauber gearbeitet. Diese paar Minuten allein mit Judith, die sie da oben verbracht hatten – er wollte nicht wissen, was sie da gemeinsam ausgeheckt hatten, damit sie mit heiler Haut davonkamen. Sogar ihre eigenen Leute hatte Isa hinters Licht geführt. Dinge verheimlicht, auf eigene Faust recherchiert. Eigensinnig, verbohrt und trotzdem brillant. Der BND hätte sie nicht gehen lassen dürfen. Gab es nicht für alle Dienstpflichtverletzungen eine Lösung?

»Schon etwas entdeckt?«

Er sah hoch und erschrak. Die Isa, die er nach den dramatischen Ereignissen in der Bank kennengelernt hatte, war eine bildschöne, kühle, perfekte Frau gewesen. Nun stand Kellermanns Tochter vor ihm mit Schatten unter den Augen, vom Wind zerzausten Haaren und einem verkniffenen Zug um den Mund, den auch das freundliche Lächeln nicht mildern konnte. Trotzdem folgten ihr die Blicke. Es musste ihr Gang gewesen sein. Das kalt strahlende Winterblond. Oder einfach nur ihre Aura, der auch eine offenbar durchwachte Nacht wenig anhaben konnte. Er stand auf und reichte ihr die Hand. Sie war kalt, doch der Druck professionell und verbindlich.

»Ich wollte auf Sie warten. Bitte.«

Sie nahm ihm gegenüber Platz, den Rücken zum offenen Raum. Damit war geklärt, wer hier wen unter Druck setzen wollte. Falls das überhaupt ihre Absicht war.

»Wie geht es Ihrem Vater?«

Er war gespannt, vielleicht sogar etwas nervös. Isa war eine dieser Frauen, die von Männern gerne als Trophäe bezeichnet wurden. Auch wenn ihm solches Denken fremd war, für einen Augenblick war es doch reizvoll, sich ihr Treffen als ein Rendezvous vorzustellen. Judith hatte ihn eitel genannt ... Er musste sie noch anrufen. Irgendetwas war heute Morgen passiert, über das sie mit ihm reden wollte. Die junge Dame brachte den Wein, Isa orderte das Gleiche. Das gab ihm Zeit, seine Gedanken zu ordnen und Judith aus ihnen hinauszuwerfen.

»Schlecht«, sagte Isa, als sie wieder unter sich waren. »Aber mit Ihrer Frage ersparen Sie mir ungefähr sieben Minuten Small Talk, bevor wir zum Thema kommen. Meine Mutter ist gerade gestorben.«

Es lag eine Erwartung in ihrem Blick, den Kaiserley nicht deuten konnte.

»Mein aufrichtiges Beileid.«

Sollte er ihre Hand nehmen? Das erschien ihm übergriffig. Sie lag auch zu weit weg, er hätte über den Tisch reichen müssen.

»Danke. Sie hat sich sehr gequält zum Schluss. Es lag ihr etwas auf der Seele, und Sie können sich denken, was.«

Kaiserley nickte. Daher wehte der Wind. »Der Romeo, den die HV A auf Ihre Mutter angesetzt hat.«

Evchen. Ihr Tod tat ihm wirklich leid. Immer wenn sein damaliger Kollege Kellermann von ihr gesprochen hatte, war aus dem vierschrötigen Mann ein ungeschickter, täppischer Liebender geworden. Ein Tanzbär, wider Willen von seinen Gefühlen am Nasenring vorgeführt. Kaiserley hatte niemals an Kellermanns Zuneigung gezweifelt. Eher an Evchen, die in diesem Mann den Carport für die zerschrammte Karosserie ihres Lebens gefunden hatte. Möge ihre Seele Frieden finden ...

»Manche können nur schwer vergessen«, sagte er leise, obwohl er sich kaum noch an sie erinnern konnte. »Wenn sie damals erwischt worden wäre ...«

»Das ist sie aber nicht. Meinem Vater sei Dank.«
»Sie haben gewählt?«
Die junge Dame nahm Isas etwas zerstreute Bestellung auf, dann die von Kaiserley und verschwand in der angrenzenden Küche.
»Isa, wenn ich irgendetwas für Sie tun kann…«
»Kommen Sie zu ihrer Beerdigung.«
Weder ihr Ton noch ihr kühler Blick verrieten, ob das ein Befehl oder eine Herzensangelegenheit war.
»Sie findet am Freitag im kleinen Kreis statt. Eine anonyme Urnenbeisetzung. Wir hatten mal ein Familiengrab, in Pullach.« Sie strich sich eine Strähne zurück und trank dann einen Schluck Wasser. »Keine Ahnung, ob es das noch gibt. Eigentlich ja. Die laufen doch immer über fünfundzwanzig Jahre, oder?«
Kaiserley hob entschuldigend die Schultern. Mit Familiengräbern kannte er sich nicht aus. Seine Eltern lagen in Ahrensfelde, gut und günstig. Einmal im Jahr, zum Totensonntag, fuhr er hinaus. Die Grabpflege übernahm ein Gärtner. Ihr Tod lag schon einige Jahre zurück, und er ertappte sich immer öfter bei liebevollen Gedanken an sie, die ihn aus heiterem Himmel anflogen wie zutrauliche Spatzen. Sie kamen beim Anblick von uralten Blutbuchen, wie sie in der engen Seitenstraße in Lichterfelde standen, wo er groß geworden war. Oder wenn er die alte Taschenuhr aus der Krawattenkiste nahm und feststellte, dass sie weiterhin nicht von allein wieder anfing zu ticken – sie musste in Reparatur. Manchmal drehte er sich nach älteren Damen um, die nach Tosca rochen oder 4711 Echt Kölnisch Wasser und sein Lächeln etwas verstört erwiderten.
»Wir müssen es kündigen. Nicht dass die uns noch mal fünfundzwanzig Jahre aufdrücken.« Isa schenkte ihm ein knappes Lächeln. »Also, kommen Sie?«

»Ich fühle mich sehr geehrt, aber, um offen zu sein, ich kannte sie kaum.«

»Sie hatte keine Freunde. Es gelang ihr einfach nicht, Freundschaften zu schließen. Ich glaube, das habe ich von ihr. Deshalb bitte ich Sie auch nicht als einen Freund, denn der sind Sie nicht. Aber als einen Weggefährten. Mein Vater braucht Sie.«

Kaiserley, der bis eben nicht wusste, was er von dieser seltsamen Einladung zu halten hatte, nickte. Das leuchtete ihm ein. Kellermann würde niemals Schwäche zeigen.

»Er hatte es auch nicht so mit Freunden.« Ihr Lächeln wurde einen Hauch intensiver, fast lag etwas Wärme darin. Sie war eine sehr beherrschte Frau, und wahrscheinlich war es ihr nicht recht, dass man ihr die Trauer so sehr ansah. »Meine Mutter hat den Vertrauensbruch schon in jungen Jahren erfahren. Er erst viel später.«

»Sind Sie da nicht etwas zu hart?«, fragte Kaiserley behutsam. »Ich weiß, dass Sassnitz und die Folgen auch Ihre Familie hart geprüft haben. Aber Ihr Vater hat sich der Verdunkelung und der Mittäterschaft von Landesverrat schuldig gemacht. Mögen seine Gründe noch so ehrenhaft sein, doch niemand kommt damit ungeschoren davon.«

»Niemand?« Das Lächeln verschwand. »Wenn ich Ihnen jetzt aufzählen würde, wer alles frei herumläuft und es zehnmal mehr verdient hätte als mein Vater, säßen wir noch morgen früh hier!«

»Ich verstehe Ihren Schmerz. Aber...«

»Tut mir leid, aber das glaube ich nicht.«

Die junge Dame brachte Brot und Butter. Da Isa Fisch bestellt hatte, wechselte sie auch das Besteck aus. Das gab ihnen Zeit, gefühlsmäßig wieder auf dem Niveau einer Lunchverabredung zu landen.

»Wann am Freitag?«

»Elf Uhr. Sankt Johannis und Heiland. Wir treffen uns in der Trauerhalle. Kommen Sie?«

»Ich werde sehen, was ich tun kann«, erwiderte Kaiserley. Wenn es ihr so viel bedeutete, würde er dort sein. Hatte er eigentlich einen schwarzen Anzug?

»Und ich habe noch eine Bitte.«

Aha. Das hätte er sich denken können.

»Informieren Sie alle, die Sie noch kennen, von Eva Kellermanns Tod. Ich will, dass sie erscheinen. Von mir aus die gesamte Rentnerriege des BND. Die Veteranen der HV A. Alle, die damals an der Operation Saßnitz beteiligt gewesen sind. Ich möchte, dass sie am Grab meiner Mutter stehen.«

»Isa...«

»Alle, die zugesehen haben, als mein Vater vor Gericht stand. Die ihre Schäfchen ins Trockene gebracht haben, während er allein die Folgen trug. Ich will, dass sie kommen und ihm am Grab meiner Mutter wenigstens die Hand reichen.«

»Isa, das geht nicht.«

»Warum?«

Kaiserley lehnte sich mit einem Seufzen zurück. »Woran Sie denken, ist Rache, nicht Vergebung.«

»Ach ja? Ist das zu viel verlangt? Wir werden allein sein am Freitag. Nur mein Vater und ich. Nach seinen fast vierzig Jahren im Dienst. Allein in einer Trauerhalle. Wie schäbig.«

Er war wieder versucht, ihre Hand zu nehmen, hielt sich aber zurück. »Ich werde da sein.«

Ein überraschtes Lächeln flog über ihr Gesicht.

»Danke. Das bedeutet mir viel.«

Sie trank einen weiteren Schluck Wasser.

»Ich kann ein paar Leute informieren, wenn Sie das möchten. Aber ich kann natürlich nicht garantieren, dass sie da sein werden. Mit der Reue ist es so eine Sache. Die einen empfinden sie, die anderen nicht.«

»Ich weiß. Es ist nur ... Ich habe Angst um ihn. Wenn er so deutlich sieht, dass am Ende eines langen Weges niemand an seiner Seite steht ... Er hat immer große Stücke auf Sie gehalten. Ihre Anwesenheit wird ihm helfen.«

Kaiserley spürte das schlechte Gewissen. Er hätte sich öfter melden können. Es machte ihn betroffen, dass Kellermann ihn nicht vergessen hatte, er ihn aber schon.

Isa nahm eine Scheibe Brot und strich etwas Butter darauf. »Wie läuft Ihr Buch? Ich wäre gerne ins Spionagemuseum gekommen, aber es ging leider nicht.«

Kaiserley reichte ihr den Salzstreuer. »Mit Sachbüchern zu diesem Thema wird man nicht zum Auflagenmillionär. Aber ich bin ganz zufrieden. Es gibt Einladungen zu Talkshows, diese Woche bin ich bei der Westerhoff, und Podiumsdiskussionen, und ein paar ganz gute Rezensionen sind auch schon erschienen.«

»War sie da?«

»Wer?«

Isa legte das fertig bestrichene, gesalzene Stück Brot wieder ab. »Judith Kepler.«

»Ja.«

»Und wie hat sie reagiert? *Die Operation Saßnitz und die Folgen* – allein der Titel würde mich senkrecht im Bett stehen lassen.«

»Ich hoffe, sie ist darüber hinweg und versteht, dass Aufarbeitung nicht vor persönlichen Schicksalen Halt machen kann.«

»Haben Sie ihr das so ins Gesicht gesagt?«

Kaiserley schwieg. Isa nahm das Brot und biss ein winziges Stück ab. »Sie haben den Dreh auch nicht raus.«

Er musste ratlos ausgesehen haben, denn sie schob die Erklärung gleich hinterher. »Wie man sich Freunde macht. Bei Ihnen geht der Schuss wohl auch immer nach hinten los.«

»Ich kann nicht ganz folgen.«

Kaiserley fragte sich, wie lange das mit der Vorspeise noch dauern konnte. Auch wenn Isa mit ihren Vermutungen gar nicht so falschlag, waren sie nicht gerade das, was er mit ihr erörtern wollte. Was sein Gewissen mit ihm machte, ging nur ihn allein etwas an. Und wenn er jemandem Rechenschaft schuldete, dann Judith. Plötzlich hatte er Sehnsucht nach ihr. Vor ihm saß eine junge Frau, die ihre Familie als Opfer sah, obwohl sie tief in die Schuld der Täter verstrickt gewesen war. Und Judith? Er würde es schwerlich überleben, wenn er sie ernsthaft *Opfer* nennen würde.

»Ich glaube, das weiß sie«, erwiderte er. Seltsam, für Judith zu sprechen. Ihrem Wiedersehen am Leipziger Platz hatte er keine Bedeutung beigemessen. Bis jetzt. »Aber sie trägt es mit Fassung. Rücksichtsvolle Zehenspitzenkonversation ist jedenfalls nicht unser Umgangston. Wir stehen zu unseren Meinungen, ohne uns deshalb menschlich aus den Augen zu verlieren.«

Endlich! Die junge Dame schwebte mit zwei Tellern heran, auf denen sich liebevoll arrangiertes Gemüse in verschiedenen Aggregatzuständen an eine Fischpraline schmiegte. Isa hob ihr Glas.

»Auf die alten Freunde. Wo auch immer sie sind.«

Sie stießen an.

»Manchmal auch dort, wo man sie als Letztes vermuten würde«, ergänzte Kaiserley. Jetzt hörte er sich schon an wie ein sprechender Glückskeks.

Den Rest des Essens unterhielten sie sich übers Wetter, die Baustellen und das Dieselfahrverbot. Über was man halt so redete mit einer schönen Frau, deren Absichten so dunkel waren wie der abschließende Espresso in ihren Tassen.

10

»Guntbart Möller?«

Ein Vollzugsbeamter stand in der geöffneten Zellentür. Der Mann auf der Pritsche stand auf, was für normale Leute ein ebenso beeindruckender wie Furcht einflößender Anblick sein könnte. Die Glieder entfalteten ein auf knapp zwei Meter gebündeltes Kraftpaket, die länglichen Arme baumelten an den Seiten, die Schultern kippten leicht vornüber. Angriffshaltung, durch die Umstände gebändigt: JVA Stralsund, U-Haft. Das hielt im Zaum. Vom Alter schwer zu schätzen, es konnten verlebte vierzig oder gut konservierte Mitte fünfzig sein. Das Gesicht ein verkarstetes Gebiet aus Kratern und Furchen, eine Narbe zerteilte die linke Augenbraue.

»Wer sonst?«, knurrte er.

Der Grüne trat zur Seite. »Wollen Sie nichts mitnehmen?«

Möller warf einen Blick zurück in die Hütte, in der er die letzten Wochen verbracht hatte: Pritsche, Schrank, Tisch, Stuhl. Vergittertes Fenster. Auf dem Regal über dem Waschbecken ein paar Toilettenartikel. Das Bett war gemacht. Bücher hatte er nicht gelesen. Die zwei Dosen Cola, ein Duschradio, die angebrochene Bombe Nescafé – sollten sich die Grünen drum balgen. Die dreckige Unterwäsche im Spind. Tabak am Mann. Jetzt wollte er raus aus dem Kessel.

»Nüschte.«

Er folgte dem Schließer in die Kammer, wo er die Gegenstände zurückbekam, die er bei seiner Verhaftung bei sich gehabt hatte. Viel war es nicht. Handy, Schlüssel, Portemonnaie mit Ausweis, Führerschein und zwei wahrscheinlich längst gesperrte Kreditkarten. Seine Lederjacke. Vierzehn Euro zweiundsechzig Cent.

»Unterschreiben Sie bitte.«

Die Erklärung, dass er gesund war und keine Schadensersatzansprüche an den Knast hatte. Der Kollege von gegenüber hatte ihm abgeraten.
»Mach ich nicht.«
Der Grüne seufzte. »Dann das hier.«
Die Inventarliste. Schien alles da zu sein. Anschließend wurde ihm der Entlassungsschein ausgehändigt.
»Hier entlang, Herr Möller.«
Er passierte mehrere Sicherheitsschleusen und das Aquarium, an das er sich noch von seiner Einlieferung her erinnerte. Dann stand er auf der Straße. Halb zehn. Der Grüne zeigte ihm noch den Weg zur nächsten Bushaltestelle.
Möller lief nicht zur Bushaltestelle, sondern zum Meer. Nachts hatte er es rauschen hören. Die JVA lag direkt am Strelasund. Dort knasten, wo andere Urlaub machen, dachte er, als er die hohen Mauern hinter sich gelassen hatte, die den Komplex umgaben. Es war keine schöne Ecke, aber der Horizont dehnte sich aus, gegenüber lag Rügen.
Er drehte sich eine Zigarette. Es war zu kalt, um sich hinzusetzen. Eigentlich auch, um hier wie blöde rumzustehen. Der Wind pfiff mächtig. Sie hatten ihn noch vor Weihnachten direkt aus seiner Butze abgeführt, deshalb hatte er nichts richtig Warmes an. Noch nicht mal Handschuhe, du verweichlichter Affe. Die Finger wurden steif beim Rauchen.
Erst hatte er gedacht, es wäre eine Verwechslung. Als ihm der Haftrichter vorlas, dass er hunderttausend Euro Schwarzgeld von einer georgischen?, türkischen?, tschetschenischen Rüstungsfirma auf einem… einem was?, Clearing-Konto?, auf einer… wo noch mal?, Luxemburger?, Schweizer?, Liechtensteiner? Bank hätte. Kopie anbei, Herr Anwalt. Und der Anwalt brummte: Soso, hmhm. Prüfender Blick über die Brille hinweg auf seinen Mandanten, dem er Mord und Totschlag zutraute, aber keine Schwarzgeldgeschäfte, und

erst recht nicht welche über eine Bank, für die man erst ab einem siebenstelligen Vermögen interessant wird. Sein Mandant wüsste noch nicht einmal, wie man eine Überweisung, geschweige denn eine Kontoführung fehlerfrei hinbekam. Guntbart hatte erst gelacht. Doch das Lachen war ihm vergangen, denn die Sache war ernst. Jemand hatte ihm hunderttausend Glocken untergeschoben.

»Mir?«

Er erinnerte sich noch daran, dass er glaubte, noch am selben Nachmittag mit seinen Kumpels ein Bier drauf zischen zu können. Aber der Anwalt, der Haftrichter und ein Bulle, der auch dabeisaß, mussten ihn erst darüber aufklären, was es mit der Kohle auf sich hatte.

»Das ist Schwarzgeld, Herr Möller. Von einer Rüstungsfirma. Was hatten Sie damit vor? Den bewaffneten rechtsextremen Untergrundkampf finanzieren?«

Und da war ihm der Arsch auf Grundeis gegangen. Er beteuerte, dass das ein Versehen sein musste. Die Empörung war echt, wenn auch aus anderen Motiven gespeist als die der verfolgten Unschuld.

In den Wochen im Knast und nach einigen wenigen Besuchen seiner Kumpel war ihm klar geworden: Das war kein Zufall. Hier hatte ihm jemand ans Bein pissen wollen. Er wusste auch, wer: Alle, denen es nicht gelungen war, ihm etwas nachzuweisen, das ihn aus dem Verkehr ziehen könnte. Hunderttausend, meine Fresse. Wenn er das bloß gewusst hätte… Genau das glaubten sie ihm ja nicht.

Natürlich war der Handyakku alle. Aber er musste ja nicht anrufen. Er brauchte nur hinzufahren. »Hast immer ein Bett bei mir, das weißt du doch.«

Nach drei Wochen hatte ihn keiner mehr besucht, bis auf eine Ausnahme. Der Mann, mit dem er am wenigsten gerechnet hatte.

»Wenn du rauskommst, ich hätte da was für dich.«
Zu diesem Zeitpunkt hätte Guntbart seine Hand nicht mehr dafür ins Feuer gelegt, jemals wieder mit seinen Kumpels einen zu heben. Kontakte zum Arischen Widerstand. Weiße Wölfe. Kameradschaft Frontbann. Mecklenburgische Aktionsfront. Teilnahme an verbotenen Versammlungen. Immer wieder »verfassungsfeindliche Bestrebungen«, was die sich darunter vorstellten.
»Was wollten Sie mit dem Geld?«
»Ich weiß von keinem Geld!«, hatte er gebrüllt. Irgendwann war er auf den Vernehmer losgegangen, von da an gab's Gespräche nur noch mit der Acht. Sein Anwalt, diese Lusche, Pflichti, hatte den Job wohl nur angenommen, um seine Fresse in die Kameras halten zu können. Immer wieder sagte er: »Das reicht nicht für eine Anklage. Geldgeschenke sind nicht strafbar.«
»Dann hol mich endlich hier raus!«
Aber plötzlich tauchte ein Foto auf, wieder eins – Guntbart mit Kalli auf Streife im sächsischen Mittweida. Woher sollte er wissen, dass Kalli zu den Gründern von »Sturm 34« gehörte und wenig später wegen gefährlicher Körperverletzung, Bedrohung, Nötigung und Volksverhetzung einfuhr?
Und weitere Fotos: Guntbart mit Jagdflinte bei Schießübungen der »Heimattreuen Deutschen Jugend«. War doch nur ein Ferienlager! Selbstverteidigung! Muss doch sein heutzutage, schaut euch doch mal um, was in diesem Land los ist...
Manchmal hatte Guntbart den Verdacht, die Fotos tauchten geplant auf, um seinen Aufenthalt in Stralsund zu verlängern. Das stärkte sein Vertrauen in den deutschen Rechtsstaat auch nicht. Woche für Woche verging. Sein Pflichti war ratlos, auch wenn er so tat, als wäre der Ausgang des noch nicht eröffneten Verfahrens klar: Freispruch. Von Entlassung aus

der U-Haft war da schon längst nicht mehr die Rede. Verdunkelungs- und Fluchtgefahr. Wenn einer schon hunderttausend Euro auf einem Schwarzgeldkonto hatte, was war da wohl noch so gebunkert?

Und dann stand auf einmal ein Mann im Besuchsraum, mit dem er gar nicht gerechnet hatte. Sah ihm tief in die Augen und sagte: »Du kommst hier raus.«

Zwei Wochen später war es so weit. Sein Anwalt überbrachte ihm die gute Nachricht und führte sich auf, als wäre die Freilassung auf dem Mist seiner brillanten Arbeit gewachsen. Aber Guntbart wusste es besser.

»Und wenn du rauskommst, machst du erst mal Urlaub. Einverstanden?«

Und wie einverstanden er gewesen war!

Urlaub ... Er trat die Kippe aus und machte sich mit hochgezogenem Kragen auf den Weg zur Bushaltestelle. Erst mal zum Bahnhof, einen anständigen Kaffee und Zigaretten holen. War ja nicht zu rauchen, dieses Zeug. Dann den nächsten Zug nach Berlin nehmen. Er hatte ihm nicht geglaubt, aber jetzt war er frei. Frei!

»Ich hab gehört, bei den Kollegen vom Sturm ist was am Laufen«, hatte der Besucher gesagt und die Stimme gesenkt, damit der Vollpfosten an der Tür nichts mitkriegte. »Könnte was für uns sein, für dich und mich. Was ist?«

Und er hatte genickt und sich in letzter Sekunde daran erinnert, nicht zu grinsen. »Auf jeden Fall, Freddi. Auf jeden Fall.«

11

Kaiserley verließ das Restaurant nach Isa Kellermann. Judith saß mit klopfendem Herzen im Transporter und beobachtete die beiden durch regenverschlierte Scheiben. Sie trennten sich mit einer flüchtigen Umarmung und gingen dann in verschiedene Richtungen auseinander. Am liebsten wäre sie ausgestiegen, hätte sich der Frau in den Weg gestellt, sie geschüttelt und angeschrien: »Was wird das? Was hast du vor?«

Und Kaiserley? Sah aus wie ein Kater vor leer geschleckter Sahneschüssel. Ging mit federndem Schritt um die Ecke und hatte dieses selbstzufriedene Lächeln auf dem Gesicht. Sie würde ihm nicht folgen, Er war unwichtig. Eine Schnapsidee, sich bei ihm auszuheulen. Aber Isa... Isa hatte sie in der Hand. Judith war für sie ein Köder, um Larcan zu schnappen. Kaiserley auch, er begriff es nur noch nicht. Es könnte spannend sein zu erfahren, wen diese Frau am Todestag ihrer Mutter noch aufsuchte. Hatte sie nichts Besseres zu tun?

Josef rief wieder an, vergeblich. Sie ignorierte das Handy. Eigentlich müsste sie zurück in die Firma. Doch dann sah sie, wie Isa stehen blieb, sich umdrehte und sich vergewisserte, dass Kaiserley gegangen war. Wie sie ihr Handy hervorholte, sich wieder umsah. Judith hätte sich am liebsten sofort geduckt. Doch sie stand geschützt hinter einem Lieferwagen, und Isas Blick glitt an ihr vorüber. Isa sprach nur ein paar Worte, beendete die Verbindung und lief danach hastig über die Straße zum Parkhaus.

Kaiserley rief an. Sie wollte den Klingelton abstellen, entschied sich aber sekundenschnell anders.

»Was will Isa von dir?«
»Judith?«

»Ja. Ich. Was hast du mit Isa Kellermann zu tun? Geht ihr öfter miteinander essen, einfach so?«

Sie konnte sein amüsiertes Grinsen beinahe hören. »Es ist nicht so, wie du denkst«, antwortete er. »Ich kann das erklären.«

Vorsicht, Judith! Am Ende denkt er, du wärst eifersüchtig. »Ich bin nur etwas erstaunt. Sie war heute Morgen bei mir, auf einem Gewerbehof in Neukölln. Und sie hat mich nicht zum Essen in so einen Nobelschuppen eingeladen. Es ist reiner Futterneid, den ich empfinde.«

Er ging nicht auf ihren Scherz ein, sondern fragte: »Bei dir?«

»Sie will, dass ich mit ihr zusammenarbeite, um Larcan zu kriegen. Und was will sie von dir?«

Schweigen. Darüber musste er wohl erst einmal nachdenken. Dass eine Frau wie Isa Kellermann mit einem Mann wie Quirin Kaiserley offenbar nicht aus Gründen seines umwerfenden Charmes und seiner unwiderstehlichen Attraktivität essen ging. Schließlich fragte er: »War das eine Anwerbung?«

»Eine was?«

»Für den Verfassungsschutz. Sie ist nicht mehr beim BND. Wollte sie dich anwerben? Als verdeckte Person?«

Es dauerte ein paar Sekunden, bis sie begriff, was er gerade gesagt hatte. »Nein. Davon war nicht die Rede.«

»Bist du sicher? Judith, bevor du irgendetwas in dieser Hinsicht tust, rede mit mir. Ich kann ja verstehen, dass du nach jedem Strohhalm greifst. Aber der Verfassungsschutz ...«

»Nein!«, rief sie. Was erzählte er da? »Sie hat noch nicht mal erwähnt, dass sie gewechselt hat! Sie erzählte was von Staatsanwaltschaft und eine Anklage vorbereiten... Was wollte sie von dir?«

»Von mir wollte sie, dass ich alle ehemaligen Weggefährten ihres Vaters zur Beerdigung bringe.«

»Hat sie gesagt, warum?«

»Er soll nicht allein sein.«

Judith drehte den Autoschlüssel um, startete aber nicht, sondern ließ lediglich die Scheibenwischer ein paarmal über die Windschutzscheibe gleiten. »Glaub ich nicht.«

»Es klang ehrlich.«

»Meine Güte, mir hat sie vom Tod ihrer Mutter erzählt und im gleichen Moment ins Gesicht gelogen! Was ist denn jetzt los? Bin ich jetzt eine versteckte Person für den Verfassungsschutz?«

»Verdeckt. Es heißt verdeckt.«

»*Fuck!*«, schrie sie. »Es ist mir egal, wie es heißt! Was will diese Frau?«

»Dasselbe wie du. Larcan. Ich verstehe nur nicht, warum sie mindestens genauso verbissen dabei ist. Judith, was habt ihr am Laufen?«

»Nichts!«

»Was ist passiert, damals, da oben in der Bank, als ihr allein wart?«

»Nichts!«

»Judith!« Jetzt änderte sich sein Ton. Er wurde wütend. »Wenn nichts passiert ist, wovor hast du Angst?«

Ein dunkler Wagen verließ das Parkhaus. Durch den Nieselregen erkannte Judith einen eisblonden Schopf hinter den Scheiben. Sie startete den Motor.

»Ich habe keine Angst.«

»Womit hat sie dich in der Hand? Sag es mir. Nur dann kann ich dir helfen.«

Ich brauche deine Hilfe nicht, hätte sie am liebsten geantwortet. Immer wenn du mir helfen wolltest, bin ich nur noch tiefer in den Schlamassel geraten.

»Judith?«

»Ja?«

»Ist es schlimm?«

Schlimm? Nein. Schlimm waren andere Dinge. »Ich sag nur so viel: Sie kann mich in den Knast bringen. Und ich sie auch. Wir sind pari.«

Der Transporter verließ langsam, gelenkt von einer Hand, die Parklücke.

»Das seid ihr nicht«, sagte Kaiserley. Der Ton in seiner Stimme klang alarmierend. »Sie war eine Sonderermittlerin des BND mit erweiterter Befugnis.« Was auch immer das heißen sollte, es klang nicht gut. »Und du bist eine Putzfrau.« Das klang sogar noch schlechter.

Judith beendete wortlos das Gespräch und warf das Handy auf den Beifahrersitz, von wo es in dem Moment, in dem sie um die Ecke bog, im Fußraum landete.

Da war es wieder, dieses Wort. Putzfrau.

Der dunkle Wagen überquerte den Kurfürstendamm und fuhr weiter Richtung Zoo. Von dort aus bog er in die Budapester ein. Falsche Richtung. Judith musste nach Neukölln. Und trotzdem blieb sie in seiner Spur. Folgte Isa, die anschließend die Tiergartenstraße wählte, den Großen Stern umrundete und sich offenbar auf den Weg in den Nordwesten der Stadt machte. Fiel ein wenig zurück, ließ anderen Autos die Vorfahrt, wollte um jeden Preis vermeiden, dass Isa im Rückspiegel einen Transporter von Dombrowski Facility Management entdeckte. Fuhr einmal über Rot, weil sie sich so maßlos über Kaiserley ärgerte, über die Art, wie er sie ständig verbesserte und ihr vorschrieb, was sie zu sein hatte: eine Putzfrau. Zu blöde, um ihr Schicksal selbst in die Hand zu nehmen. In seinen Augen besessen von der Suche nach ihrem Vater. Und da war Isa, begnadete Sonderermittlerin mit erweiterten Befugnissen, Wonder Woman, und mindestens genauso besessen wie Judith. Es musste mit dem Tod ihrer Mutter zusammenhängen. Etwas war dadurch in Bewegung geraten.

Was hatte sie vor? Plante sie den Supercoup, um Larcan zu fassen?

Judith war auf Isas Schachbrett vielleicht nur ein Bauer, aber Kaiserley bestimmt nicht der König, sondern auch nichts anderes als eine Spielfigur. Er kapierte das nur nicht. Wer war jetzt der Beschränkte von ihnen beiden?

Wildes Hupen. Vollbremsung. Ein Volvo-Fahrer zeigte ihr wütend einen Vogel, sie hatte die Vorfahrt missachtet. Isa hingegen glitt durch den Verkehr wie ein Messer durch Butter, zügig, mit fast schon eleganten Seitenwechseln.

Pankow. Am Rathaus vorbei, wahrscheinlich Richtung Heinersdorf. Oder Französisch Buchholz. Vielleicht wollte sie auf die Autobahn, nach Prenzlau, Stettin, Danzig… riesige Supermärkte, Gewerbegebiete, Tankstellen. Schilder zur A113. In der Ferne die Hochhäuser. Die Bebauung wechselte, wurde ländlicher, fast schon dörflich. Mahlow.

Judith verlangsamte das Tempo. An der Stadtgrenze würde sie umdrehen und sich eingestehen, dass sie eine Paranoia hatte und diese dringend in den Griff bekommen musste. Wahrscheinlich wollte Isa an die Ostsee. Oder Freunde besuchen. Oder sie hatte eine Datsche in der Schorfheide, wo mittlerweile halb Berlin der neu entdeckten Landlust frönte. Was war geschehen? Wenn man es nüchtern betrachtete, hatte Isa sie nur besucht und nach Larcan gefragt, weil Eva Kellermanns Tod alte Wunden aufgerissen hatte. Und Kaiserley sollte ein paar alte Kollegen an Evchens Grab bringen, damit Kellermann nicht allein mit seiner Tochter dort stünde. Der letzte Anruf, den Isa getätigt hatte, konnte alles Mögliche gewesen sein.

Schon fast halb drei. Judith wurde bewusst, dass sie nicht nur Josef im Stich gelassen hatte. Alle würden von Dombrowskis Herzinfarkt wissen, und statt die Wogen zu glätten und sich um das zu kümmern, was sie ihm in die Hand versprochen hatte, fuhr sie einer Frau hinterher, die nur versuchte, mit einem großen Verlust fertigzuwerden.

Die Sicht war frei, es waren kaum noch Autos unterwegs. Am Ortsausgang gab Isa Gas. Judith ließ den Wagen am Fahrbahnrand ausrollen. *Bye-bye.* Isa verschwand aus ihrem Blick. Mit einem Aufstöhnen lehnte sie sich zurück und merkte, wie ihr ganzer Körper unter extremer Anspannung stand.

Larcan ist mein Triggerpunkt, dachte sie. Und er wird es immer bleiben, wenn ich mir nicht bald etwas einfallen lasse. Wenn Isa sie entdeckt hätte ... Es gab kein Loch im Erdboden, das groß genug gewesen wäre, diese Schmach zu versenken. Kaiserley würde sie auslachen. Verdeckte Person? Judith war keine Kandidatin für den Verfassungsschutz. Sie hieb mit der Hand aufs Lenkrad, und es tat verdammt weh.

Sie wollte wenden, aber die Straße war zu eng. Also doch noch raus auf die Landstraße und an der nächsten Kreuzung eine Kehrtwende machen. Gab es eigentlich eine Rettung für Leute wie sie? Vielleicht. Wenn sie aufhörte, die falsche Musik zu hören und den falschen Leuten hinterherzulaufen. Wenn sie das tat, womit andere ihr Leben jenseits des Jobs verbrachten: Kegeln. Kino. Burger essen. Auf Ü30-Partys gehen. Cocktails trinken. Sex haben. Das letzte Mal war viel zu lange her ...

Hinter Mahlow lag eine Autowerkstatt. Ein heruntergekommenes Gelände, eher ein Schrottplatz. Reifenstapel, Rostlauben, zwei offene Garagen. Daneben ein graues, niedriges Haus, das seine besten Tage lange hinter sich hatte. Judith fuhr vorüber und bemerkte aus den Augenwinkeln, dass diese Werkstatt kein Platz für einen großen, dunklen, teuren Wagen war. Und auch nicht für die eisblonde Frau, die gerade über die Schlaglöcher und Pfützen zu den Garagen stöckelte. Sie fuhr weiter. Hundert Meter weiter zweigte ein Feldweg ab. Vielleicht hatte Isa eine Panne?

Sie wendete vorsichtig, kehrte auf die Straße zurück und passierte langsam die Werkstatt. Isa stand vor der Garage und redete mit einem Mann. Er trug einen blauen Overall und wischte sich gerade die Hände mit einem Lappen ab. Etwas an seiner Körperhaltung kam Judith bekannt vor. Etwas an der Art, wie er jetzt den Lappen in eine Ecke warf, die Hände in die Taschen steckte und der Frau antwortete. Etwas an seinen Haaren, seinen Schultern, seinem Gesicht… vorbei. Sie riss das Lenkrad herum. Um ein Haar hätte sie das Ortseingangsschild mitgenommen.

Ihr Herz raste. Ruhig, ganz ruhig, sagte sie zu sich selbst. Es ist nur eine Ähnlichkeit. Du siehst Gespenster. Überall.

Wie in Trance parkte sie den Transporter und stieg aus. Die kalte Luft ließ sie frösteln, und der Wind hier draußen hatte eine eigene Schärfe. Sie griff nach ihrer Jacke und streifte sie über. Sie musste nachsehen, sich davon überzeugen, dass ihre Erinnerung ihr einen Streich spielte. Sie lief den Weg zurück und schlich sich vorsichtig an den Schrottplatz heran. Die Karosserien gaben ihr Sichtschutz. Sie ging in die Hocke und spähte durch die leeren Fensterhöhlen. Isa stand direkt vor dem Mann und verdeckte die Sicht. Geh zur Seite! Verdammt!

Ein Auto näherte sich auf der Straße. Judith duckte sich noch tiefer, damit sie nicht entdeckt wurde. Der Wind trug Stimmen zu ihr, sie klangen nach Abschied. Dann schlug eine Wagentür zu, ein Motor startete, satt und leise. Isa fuhr vom Hof und bog ab nach links, Richtung Berlin. Sie würde an einem Transporter vorbeifahren, auf dem in riesigen Lettern geschrieben stand: Hier parkt Judith Kepler, Putzfrau mit Verfolgungswahn.

Schritte näherten sich. Schwere Schuhe auf knirschendem Grund. Am liebsten wäre Judith unter das Wrack gekrochen. Sie machte sich noch kleiner und hoffte, die Person würde abdrehen, irgendetwas holen, wieder verschwinden. Stattdessen schlich sie um die Schrottkarre herum, langsam, quälend langsam, und blieb stehen. Das Klirren einer Eisenstange jagte ihr einen Schauer über den Rücken.

»Komm raus«, sagte er.

Etwas an dieser Stimme kam ihr bekannt vor.

»Ich hab dich gesehen.«

An dem Tonfall, an dem kaum hörbaren norddeutschen Klang. Sie schloss die Augen, alle Kraft, aller Atem schien aus ihr herauszufließen. Noch zwei Schritte. Sie wagte nicht, den Blick zu heben, sie sah nur ein derbes Paar Stiefel neben einem platten Reifen. Dann war seine Hand vor ihrem Gesicht.

»Steh auf«, sagte er. Sie packte die Hand, er zog sie hoch, und sie standen voreinander, so nah, wie sie sich noch nie gewesen waren. Dieses Mal roch er nicht nach Wald und harzigem Holz, sondern nach Benzin und Schmieröl.

»Judith Kepler.« Er ließ sie los, sie geriet ins Stolpern und konnte sich gerade noch an dem völlig verdreckten Autodach abstützen. »Was zum Teufel treiben Sie hier?«

Es gelang ihr, den Schock zumindest vorübergehend hinter Gitter zu sperren. »Frederik Meißner. Genau das könnte ich Sie auch fragen.«

Er ließ die Eisenstange fallen. Wahrscheinlich wusste er, dass sie keine Gefahr war. Noch nicht. Denn sein Blick blieb wachsam an der Grenze zur Feindseligkeit. Sie rieb sich die Hände an den Hosenbeinen ab, um Zeit zu gewinnen. Diese Begegnung zog ihr buchstäblich den Boden unter den Füßen weg. Sie sah den Schrottplatz mit all seiner heruntergekommenen Erbärmlichkeit, die verrostenden Ölfässer und zerbeulten Kotflügel, das alte Haus und die Garagen, vollgestopft mit Ersatzteilen, Gasflaschen, Werkzeug. Der eisige Wind fuhr unter eine Plane. Sie knatterte wie eine Maschinengewehrsalve.

»Die Nordsee hatte ich mir anders vorgestellt«, sagte sie.

Frederik Meißner trat einen Schritt zur Seite, um sie vorbeizulassen. »Ich mir auch«, antwortete er und wies aufs Haus. »Kaffee?«

Sie nickte und folgte ihm. Dem Mann, der ihr einmal gefallen hatte. Fast.

III

1

Als Larcan erwachte, war es fast Mittag. Er trug noch seine Unterwäsche, lag unter einem Laken aus reiner Seide und befand sich in einem Raum, den man wohlwollend als Boudoir beschreiben konnte. Barocke Muster auf den Wandtapeten, ein Kronleuchter, schwere Brokatvorhänge vor den Fenstern. Schwarze Schleiflackmöbel, Kristallknäufe… *wtf?*… tatsächlich, Glaskristallknäufe an den Schubladen. War er im Musterraum eines Einrichtungsladens gelandet? Alles sah aus, als hätte erst gestern jemand die Preisschilder entfernt. Mühsam kam er auf die Beine.

Es gab zwei Türen. Hinter der ersten befand sich ein Badezimmer von der Größe einer Köpenicker Zweiraumwohnung. Auch hier: alles Spiegelglanz und unberührt. Granit, vergoldetes Messing, schwarzer Marmor. Dicke Stapel von Badetüchern, neben dem Waschbecken eine Auswahl an hochwertigen Toilettenartikeln. Die zweite Tür hatte keine Klinke und ließ sich nicht öffnen. Larcan war ein Gefangener, eingesperrt in einem Luxusmöbelhaus.

Immerhin: Im Schrank hing ein Anzug, sogar in seiner Größe. Feinster italienischer Kaschmir. Darunter ein Paar rahmengenähte Oxforder, nagelneu. In der Schublade eine Auswahl Strümpfe und Unterwäsche, zwei Hemden, noch originalverpackt. Alles war jungfräulich und unberührt. Nur er fühlte sich alt und verbraucht. Das lag an Mikhails Schlag, der Larcan schachmatt gesetzt hatte und aus dem sich eine Beule am Hinterkopf und ein Hämatom an der Schulter entwickelte. Es lag aber auch – Larcan stützte sich an der kühlen Waschbeckenumrandung ab und musterte sich in dem weichen indirekten Licht – an einem ausgewachsenen Kater. Hatten sie wirklich die Whiskyflasche geleert? Oleg war ein gerissener Hund und einiges mehr gewohnt. Keine Chance, den Inhalt des Glases anderswo hinzuschütten als in die Kehle. So hatten sie zusammengesessen vor den riesigen Panoramascheiben, bis eine fahle Morgendämmerung am Ende des Meers auftauchte und die Geschichten, die sie sich erzählten, zu Sätzen wurden, zu Worten, schließlich nur noch zu schwachen Gesten – ein Heben des Glases, ein langsames Schütteln des Kopfes, ein leises Ächzen nach dem nächsten tiefen Schluck. Was zum Teufel war alles zur Sprache gekommen?

Er stellte sich unter die Dusche und ließ das warme Wasser als Imitation eines tropischen Regens über seinen malträtierten Körper laufen. Begonnen hatte es mit Judith. Er war bei der Wahrheit geblieben, solange sie ihm nutzte, und zur Lüge gewechselt, wenn sie ihm komfortabler erschien. Irgendwann hatte Oleg verstanden, welcher Fisch ihm da ins Netz gegangen war.

»Stasi?«

Mein Gott, es war so lange her ...

»KGB?«

Die Sache mit Funke, als Larcan einmal in seinem Leben geglaubt hatte, frei zu sein. Hatten sie das nicht alle gewollt, die keine Hundertzehnprozentigen waren, damals, als die Mauer fiel? Als die Normannen- und die Magdalenenstraße zu Häusern der offenen Tür wurden? Oleg nickte zu dieser Frage. Die Orange Revolution hatte fünf Jahre später sein Land erfasst, und was war übrig geblieben von all dem Aufbruch und der wilden Hoffnung? Larcan wollte nach der Wende, die eigentlich eine Herbstrevolution gewesen war, wieder der werden, der er einmal gewesen war: Richard Lindner. Und neu anfangen, noch mal komplett neu anfangen.

»Und ich wollte meine Tochter sehen. Sie hatten es mir verboten, verstehst du? Sie haben mir gesagt, sie hat jetzt einen neuen Namen und eine neue Familie ... Sie erinnert sich nicht mehr an mich. Ich bin gelöscht ...« Wo war er noch bei der Wahrheit geblieben, wo hatte die Lüge sich als die bessere Version entpuppt? Olegs Hand war mitfühlend auf sein Knie gekracht, noch ein Glas, noch eine Flasche ... Hatten sie tatsächlich eine zweite aufgemacht?

Er drehte den Hahn zu, griff nach einem der Badetücher und kehrte ins Schlafzimmer zurück. Das Bett war gemacht, eine junge Frau in dunklem Hosenanzug legte gerade ein Wäschepaket auf der Kommode ab. Sie erschrak nicht, als er eintrat. Offenbar war sie ungewöhnliche Situationen in diesem Haus gewohnt. Sie machte einen angedeuteten Knicks und wollte wieder aus dem Zimmer huschen.

»Warte!«

Sie wartete. Ein schmales Mädchen mit blassem, breitflächigem Gesicht, die krausen Haare im Nacken zu einem Knoten gesteckt.

»Wie heißt du?«

»Katarina, *myi lord*.«

»Kann ich das Zimmer verlassen?«

Sie starrte ihn an. Offenbar überstieg die Antwort auf diese Frage bei weitem ihre Befugnisse.

»Wie komme ich hier raus?«

»Die Tür ist offen, *myi lord*.«

Sie deutete auf ein schwarzes Viereck neben dem Eingang, das er für einen Lichtschalter gehalten hatte.

»Automatychno.«

Er wollte das Mädchen nicht noch tiefer in Verlegenheit bringen, als es ein nasser, nackter Mann mit einem Badehandtuch um die Hüften schon tat.

»Spasýbi!«

Sie knickste wieder – wo hatte man ihr denn diesen Unsinn beigebracht? Wurde an den hiesigen Hauswirtschaftsinstituten noch *Anna Karenina* als Schullektüre benutzt? – und huschte hinaus. Larcan öffnete das Wäschepaket. Sein Anzug, der Trenchcoat, picobello sauber, sogar der Riss war geflickt. Wie hatten sie nur das Blut herausbekommen? Die Schuhe getrocknet und auf Hochglanz gewienert. Papiere, Geld, seine Waffe, das war nirgendwo zu finden.

Er beschloss, dem Hausherrn eine Freude zu machen und die Sachen anzuziehen, die er im Schrank vorgefunden hatte. Eine Viertelstunde später stand er rasiert und in feinsten Zwirn gekleidet vor dem schwarzen Viereck und ließ durch nichts als Handauflegen die Tür auf- und wieder zugehen.

Er befand sich im westlichen Seitenflügel von Hogwarts. Der Flur, mit weichem, dickem Teppichboden ausgelegt, führte ihn direkt in die Eingangshalle, für die mehr Marmor als im Taj Mahal verbaut worden sein musste. Mindestens zehn Meter hoch, mit zwei breiten, geschwungenen Steintreppen, die nach oben zu einer Galerie führten. Die Eingangstür öffnete sich nach demselben Prinzip wie die des Gästezimmers. Das zweite schwarze Viereck darüber verbarg einen Monitor. Larcan checkte diskret die Zahl der Kameras und kam auf mindestens fünf, die jeden Quadratzentimeter bewachten. Er war sich sicher, dass auch sein Schlaf beobachtet worden war.

Er hat die Sicherheitsmaßnahmen erhöht.
Warum?
Larcan legte seine Hand dafür ins Feuer, dass der Plan von Anastasias Entführung nicht die Runde gemacht hatte. Niemand arbeitete an der Mafia vorbei. Und wenn doch, dann behielt man das für sich, sofern man den Wunsch hatte weiterzuleben. Sogar Vlad und Maksym hatten das begriffen (nur die Sache mit dem Weiterleben nicht…). Also musste etwas

anderes geschehen sein. Oleg verdiente seine Milliarden mit Grundstücksgeschäften, in der Ukraine, Weißrussland und der Türkei. Betongold. Krisensicher. Vielleicht eine falsche Investition, ein fauler Kredit, nervöse Kapitalgeber … Er öffnete die Eingangstür und wurde von einem eisigen Windstoß erfasst.

Der Vorplatz. Zur Rechten die Garageneinfahrt. Im Boden eingelassenes Licht, Scheinwerfer auf den Mauern und Stahlzäunen, die das Grundstück begrenzten. Kein Grün. Es sah aus wie der Eingangsbereich einer Bundesbehörde. Da Larcan die Außenansicht von Hogwarts schon länger studiert hatte, wusste er, dass ein Eindringen – in seinem Fall wohl besser Entkommen – nur möglich war, wenn die Rolltore geöffnet wurden. Was hieß: lieber über den Keller und das Ufer verschwinden.

Oleg verließ das Haus jeden Morgen kurz vor sieben. Seine Frau Yelizaveta eher am Vormittag. Anastasia war in der Schule. Er war allein. Abgesehen von der erhöhten Security und einem Dutzend Hausangestellten.

Jemand kam mit schweren Schritten die Marmortreppe hinunter und hielt auf ihn zu. Der *lider*. Mit ausdruckslosem Gesicht und verschränkten Armen stellte er sich hinter Larcan.

»*Dobroho dnya*«, sagte Larcan. »Gibt es irgendwo etwas zu essen?«

Wortlos trat der *lider* einen Schritt zur Seite und wies mit einem kaum wahrnehmbaren Nicken auf den linken Flügel des Hauses. Ein riesiges Esszimmer mit Blick auf die Bucht. Das Meer war bleigrau und verschmolz weit draußen mit dem Horizont. Larcan vermutete, dass er die Nacht mit Oleg im gegenüberliegenden Teil des Hauses verbracht hatte, denn das Esszimmer hatte er noch nicht gesehen: ein spiegelschwarzer ovaler Marmortisch mit einem Dutzend samtbezogenen

Stühlen, der Kronleuchter eher ein konservatives Modell aus Muranoglas, venezianische Spiegel. Larcans geschultes Auge versuchte herauszufinden, hinter welchem sich die Abhöranlage befand, aber dafür hätte er wenigstens einmal kurz stehen bleiben müssen. Auf einem Sideboard ein silbernes Tabernakel in Form eines Schiffs, vermutlich ebenfalls eine venezianische Arbeit und, wenn er sich nicht täuschte, vielleicht sogar 18. Jahrhundert...

»*Go!*«

Das Esszimmer ging über in eine Küche, die unberührt wirkte und die Gemütlichkeit einer weitläufigen Raumstation ausstrahlte. Er hätte nicht gewusst, wie man die schwarz glänzenden Kuben öffnen sollte, geschweige denn, wo sich ein Kühlschrank oder andere überlebensnotwendige Dinge (wie Messer) befänden.

Mikhail war ihm gefolgt und deutete auf eine unscheinbare Tür, die eine Klinke besaß. Larcan öffnete sie und trat ein in eine echte Küche, eine *wet kitchen*, in der gekocht und gearbeitet wurde. Am Tisch saß Anastasia vor eine Müslischale und sprang freudestrahlend auf, als sie die beiden Männer sah.

»*Pryvit!*«, rief sie. »Papa hat gesagt, ich darf dich nicht aufwecken. Heute gehe ich nicht in die Schule. Xana, machst du ihm Frühstück?«

Eine rundliche Frau mit strohgelben Haaren, Halbschürze und in dem gleichen Hosenanzug, den offenbar alle Hausangestellten trugen, wischte sich die Hände ab und nickte.

»Was hätten Sie denn gerne?«

»Was gibt es denn?«, fragte Larcan und nahm über Eck neben Anastasia Platz.

Xana zuckte mit den Schultern.

»Rührei«, sagte er, da sie auf Anweisungen wartete. »Und einen Orangensaft.«

Die Köchin holte wortlos Eier aus dem Kühlschrank. Anastasia sah Larcan mit leuchtenden Augen an.

»Warum gehst du heute nicht in die Schule?«, fragte er.

»Papa will das nicht. Er sagt, sie ist nicht gut. Ich soll vielleicht nach England. Kennst du *Anghlia*?«

Larcan tat so, als ob er nachdenken würde. »Ja, ich glaube, ich war mal in London. Eine große Stadt mit einem Fluss, die Themse.«

»Was hast du da gemacht?«

»Ich hatte einen Geschäftstermin.«

»Was für einen Termin?«

»Anastasia«, sagte die Köchin, »iss dein Frühstück.«

Das Mädchen schmollte und kehrte zu seinem Platz zurück. Mikhail sah kurz auf sein Handy und verließ die Küche.

»Ist er immer so?«, fragte Larcan.

»Mikhail? Der ist lieb. Manchmal geht er mit mir schwimmen.«

»Im Meer?«

»Nein!« Anastasia kicherte. »Wir haben einen Pool im Keller. Aber Mama mag nicht gerne schwimmen, und Papa hat nie Zeit.«

Ihre blauen Augen bekamen etwas Bittendes.

»Dann können wir beide ja mal zusammen in den Pool gehen. Ich mag schwimmen.« Am liebsten ganz weit weg von hier, dachte er. Schade, dass es nicht Sommer ist… Xana stellte ein Glas Orangensaft vor ihm ab, den sie aus einer großen Flasche eingegossen hatte. Dann schlug sie die Eier und bereitete Toast vor. Larcan nahm das Glas und ging damit zum Fenster. Wieder das bleigraue Meer. Von der *wet kitchen* aus konnte man aber einen Teil der Sperranlagen zum Strand sehen. Sie wirkten professionell und von beiden Seiten, drinnen wie draußen, unüberwindlich. Er müsste an die Codes für das Rolltor kommen, aber das dauerte zu lange. Hatte denn niemand jemals eine ganz normale Tür nach draußen benutzt? Nein. Zu Fuß lief man nur durch Odessa, wenn man zu arm für ein Auto war. Doch dann fiel sein Blick auf Xana. Ihre flinken Hände, die kräftigen Fesseln, die leicht geröteten Wangen. Als sie merkte, dass er sie beobachtete, wurde sie nervös, aus welchen Gründen auch immer. Bestimmt nicht, weil sie Interesse vermutete. Ein Hausgast stand fast auf einem identischen Level wie der Hausherr. Vielleicht könnte er sie dazu bringen, etwas über Hintertüren, Dienstboteneingänge und Lieferantenzufahrten zu verraten. Er löste seinen Blick und ließ sie frei.

Anastasia plapperte munter weiter. Über ihr liebstes Schwimmtier, ein aufblasbares Einhorn, über ihre Freundinnen, die sie manchmal einlud, und über das Ballettstück, das sie gerade einstudierte – *Schwanensee, what else*. Sie war entzückend. Die blonden Locken sprangen bei jeder Bewegung über ihre Schultern, ihre Augen blickten wach und neugierig. Larcan hatte gerade sein Rührei mit Toast verspeist, als Mikhail zurückkehrte und ihm wortlos bedeutete, den Raum zu verlassen. Mit einem verstohlenen Zwinkern zu Anastasia und einem Dank an Xana folgte er der Aufforderung.

Dieses Mal ging es über die breite Treppe in den ersten Stock, in den Flügel über der Küche. Hier waren zwei Büros untergebracht sowie eine Art Konferenzraum, in dem Oleg ihn schon erwartete. Also war er nicht zur Arbeit gefahren. Eine bemerkenswerte Unterbrechung der täglichen Routine. Mikhail schloss die Tür von außen, sie waren unter sich.

»Gut geschlafen?«

Larcan nickte. Auf dem Tisch stand ein Tablett mit Softdrinks, Gläsern und – ein aufgeklappter Laptop. Daneben lagen einige Blätter, umgedreht, sodass er nicht erkennen konnte, mit was sie beschrieben waren.

»Meine Leute haben etwas für mich zusammengetragen.«

Oleg berührte eines der schwarzen Quadrate neben der Tür. Wie von Geisterhand gezogen glitten Verdunkelungsvorhänge zu, dezentes Licht flammte auf. Die Querseite des Raums nahm ein Smartboard ein. Auf diesem erschienen die Fotografien von zwei Männern – Vlad und Maksym. Es waren grobkörnige Aufnahmen, stark vergrößert, offenbar aus der Meldestelle oder der Passbehörde.

»Erkennen Sie sie wieder?«

»Sind das die beiden, die …« Larcan trat etwas näher. »Es ging alles so schnell. Ich denke, ja, aber ich kann meine Hand nicht dafür ins Feuer legen.«

»Schon mal vorher gesehen?«

Wie aus der Pistole geschossen: »Nein.«

Olegs Blick bekam die Intensität von Röntgenstrahlen, aber Larcan hob nur entschuldigend die Hände. »Ich wünschte, ich könnte … Ihnen … mehr sagen.« Du oder Sie? Er war sich sicher, dass es zu mindestens drei Verbrüderungen gekommen war … »Was ist mit den Leichen passiert?«

Für die Antwort reichten zwei Worte. »Das Meer.«

Larcan erschauderte, und diese Regung zeigte er auch. »Und es wird sie niemand vermissen?«

Der Milliardär schob die Hände in die Hosentaschen – mit seinen Chinos, Segelschuhen und einem Polopullover war er wesentlich legerer gekleidet als Larcan – und lehnte sich im Stehen leicht an den Konferenztisch. »Wenn ich es will, wird es so sein, als wären sie nie geboren. Und ich habe einen starken Willen.«

Larcan nickte. *Dann wollen wir hoffen, dass du für den Retter deiner Tochter nur das Beste willst …*

»Und das Fischerboot?«

»Wurde nie gebaut.«

Oleg berührte eine Taste auf dem Laptop. Ein neues Foto erschien. Es zeigte eine Frau Mitte dreißig, schmales Gesicht, helle Augen. War das ein Test? Logisch. Sein Herz begann zu jagen, aber er wusste, dass man es ihm nicht ansah. Was Oleg bemerkte, war allenfalls ein Anflug von Neugier in Larcans Gesicht.

»Wer ist das?«

Der Mann trat ein paar Schritte auf ihn zu und stand nun hinter ihm. Larcan konnte ihn physisch spüren – den kräftigen Körper, die massive Präsenz. Sekunden verstrichen.

»Das ist Judith Kepler. Ihre Tochter.«

Larcan schluckte. Er hatte Oleg unterschätzt. Der Mann wusste, wie man Informationen beschaffte. Dumm stellen war nicht angebracht. Um Zeit zu gewinnen, tat er genauso überrascht, wie er sich fühlte. »Meine... meine Tochter?«

Oleg schob sich an ihm vorbei und blieb, seinem Gast den Rücken zugewandt, etwa einen Meter vor dem Smartboard stehen. Er betrachtete das Foto, als ob er sich jedes Detail einprägen wollte. Schließlich drehte er sich um. Larcan, der noch nicht so weit gewesen war, sich einen passenden Gesichtsausdruck zurechtzulegen, beließ es einfach bei Verblüffung.

»Sie sehen sich nicht sehr ähnlich. Wie bei mir und Anastasia. Es sind die Frauen, die bei uns dominieren. Was ist mit ihr passiert?«

Larcan musste sich räuspern, um die Kehle freizubekommen. »Meine Frau... sie wurde erschossen. In Sassnitz, damals. Obwohl man mir versprochen hatte, in die Hand versprochen, dass nichts passieren wird.«

Was zum Teufel hatte er Oleg in der Nacht erzählt? Er war sicher, dass der Name Judith Kepler nicht erwähnt worden war. Und Irene... nein. Seit ihrem Tod hatte er ihn kein einziges Mal mehr ausgesprochen. Das Spiel lief aus dem Ruder. Er hatte einen ganz anderen Plan verfolgt. Aber wie das so war, wenn man in letzter Sekunde umschwenken musste – irgendetwas lief immer schief. Er zog einen Stuhl zu sich heran und setzte sich. Judith sah auf sie herab, mit diesem kühlen, distanzierten Blick, den sie für Passbildfotografen und ihren Vater reserviert hatte.

»Ich habe viel verloren in dieser Nacht, damals in Sassnitz.«

Oleg nickte und kehrte zu dem Laptop zurück. Das Foto verschwand, und das Licht des leeren Boards gab dem Raum etwas Geisterhaftes.

»Wissen Sie, wo Ihre Tochter sich jetzt aufhält?«

In Berlin, dachte Larcan. Und es wird kein Tag vergehen, an dem sie sich nicht wünschen wird, sie hätte mich getötet …

»Nein.«

Oleg schob die Blätter zu ihm. Larcan zögerte. Er fühlte sich nicht wohl, der Überraschte zu sein. Was hatte Oleg noch in petto? Doch dann nahm er die Blätter auf und drehte sie um. Miserable Aktenkopien aus der Abteilung XV der Bezirksverwaltung Schwerin. Die Einweisung eines kleinen Mädchens mit Namen Judith Kepler ins Kinder- und Erziehungsheim Juri Gagarin. Unterzeichnet vom Chef der Aufklärung Hubert Stanz. Er überflog die Zeugnisse, psychologische Beurteilungen. Mit zwölf war sie zum ersten Mal ausgerissen, im Dezember 1989, kaum dass die Mauer gefallen war. Das Heim war noch zwei Jahre lang weitergeführt worden, bis Judith vierzehn war. Der letzte Eintrag lautete: »Aufenthaltsstatus unbekannt«.

»Oh mein Gott.« Das war echt. Er wusste nichts über Judith. Was Oleg da zusammengetragen hatte, kam einem Geheimdienstdossier ziemlich nahe.

Oleg setzte sich ihm gegenüber. Er betrachtete Larcan genauso interessiert wie Larcan eben noch Judiths Foto.

»Sie hieß Christina, nicht wahr?«

Larcan nickte. Die Buchstaben verschwammen vor seinen Augen. Da war noch ein Foto dabei. Das eines kleinen

Mädchens. Es stammte aus dem Reisepass der Bundesrepublik Deutschland, der damals ausgestellt worden war und den Irene, seine Frau, mit sich geführt hatte auf dieser Höllenfahrt in den Tod. Irene… Es war so lange her. Er konnte sich nicht erinnern, sie geliebt zu haben, aber er hatte sie sehr geschätzt.

»In der Nacht hast du mir eine Geschichte erzählt«, sagte Oleg.

Larcan sah hoch. Sie duzten sich wieder.

»Du wolltest damals einen Agenten fangen mit einem sehr komplizierten Namen.«

»Quirin Kaiserley«, half Larcan.

»Du hast ihm und seinen Leuten beim BND eine Falle gestellt. Heimlich, ohne dass dein Dienst etwas davon erfahren hat.«

»Ja.«

»Zusammen mit diesem…«

Oleg wartete, Larcan fuhr sich mit der Hand übers Gesicht, um den Anschein von Schock zu erwecken. Was, das alles habe ich dir erzählt?, sollte das heißen.

»Mit diesem hohen Tier, diesem General oder was er war.«

Larcan nickte.

»Du hast also deinen Dienst ins Knie gefickt, und dann bist du gefickt worden. Hart und von hinten.«

Darauf fiel Larcan so gut wie nichts ein.

»Denn dein Dienst war nicht blöde. Er wusste, dass du was im Schilde führst. Ihr seid hochgegangen, in Sassnitz. Und dieser Kaiserley? Was ist aus ihm geworden?«

»Als ich gemerkt habe, dass wir verraten worden sind, habe ich ihn schachmatt gesetzt. Er ist in Schweden wieder aufgewacht.«

Oleg grinste. Und wurde schlagartig ernst. »Deine Frau ist getötet worden, von deinen eigenen Leuten.«

»Nein. Von einer Doppelagentin. Sie hat mich auch erwischt.« Er knöpfte das Hemd unter der Jacke auf. Die Narbe war heller geworden im Lauf der Jahrzehnte. Oleg beugte sich vor und begutachtete sie mit einer Art Kennerblick, als hätte er solche Verletzungen schon öfter gesehen.

»Was ist aus dieser Frau geworden, die dir das angetan hat? Weißt du das?«

»Nein.«

Oleg wartete, bis Larcan das Hemd wieder zugeknöpft hatte. Dann berührte er erneut eine Taste auf dem Laptop. Es erschienen Fotos, die die Leiche einer weiblichen Person zeigten – blutüberströmt, erschossen offenbar mit einer großkalibrigen Waffe.

»Das war eine ehemalige CIA-Agentin«, sagte Oleg langsam, »die auch für die Russen gearbeitet hat. Vor sieben Jahren wurde sie in Berlin getötet. Bis heute weiß man nicht, von wem.«

»Woher hast du das?«, stieß Larcan hervor. »Wer hat dir das gegeben?«

Oleg schloss den Laptop.

»Ein Freund. Der hat einen Freund. Und der hat auch einen Freund.«

»Du arbeitest mit den Russen zusammen?«

»Nein.« Oleg griff eine kleine Flasche Mineralwasser von dem Tablett und schob sie quer über den Tisch zu Larcan. Dann nahm er sich selber eine, öffnete sie und nahm einen tiefen Schluck. »Freunde von mir.«

»Und was sagen die über mich?«

Oleg stand mit der Flasche auf und begann, langsam auf und ab zu gehen. »Dasselbe wie du: Du hast unter dem Namen Richard Lindner für die Stasi gearbeitet. Dabei hast du deine Frau und dein Kind verloren. Nach der Wende hat der KGB dich rekrutiert. Freiwillig?«

Ein scharfer Blick.

»Mehr oder weniger.«

»Als Bastide Larcan hast du den internationalen Waffenhandel in Schwung gehalten. Seit ein paar Jahren läuft es aber nicht mehr so gut. Dein Vermögen hast du auf mehreren Konten, die aber von den Russen eingefroren wurden. Du hast eine Sache in Berlin vermasselt. Was war das?«

Larcan sah auf das Smartboard, es war wieder weiß wie Schnee. »Ich sollte eine Bank hacken, zusammen mit einem Israeli und einer Schweizerin. Und einem Bankangestellten, ein Franzose.«

Oleg nickte. »Alle tot. Wer war die vierte Person?«

»Welche vierte Person?«

Oleg blieb stehen. Das gemächliche Laufen und nebenher Parlieren waren vorbei. Jetzt ging es *in medias res*.

»Dein Sherpa. In der Bank. Du hast jemanden rekrutiert, der dort arbeitet.«

»Stimmt. Ich habe seinen Namen vergessen, er ist auch tot.«

Und dann musste er jemand Neues finden, und das so schnell wie möglich. Jemand, der Zutritt zu dieser Bank hatte und nicht verdächtig war. Eine Putzfrau vielleicht, die Papierkörbe leerte und Klos saubermachte und Böden wischte? Hacker hatten ihm geholfen und jeden einzelnen Mitarbeiter genau unter die Lupe genommen. Keine vierundzwanzig Stunden später hatten sie jemanden gefunden. Arm und erpressbar. Genau das, was Larcan suchte. Er sah sich noch stehen, irgendwo auf der Welt, wo es schön gewesen war – Marseille? –, und dann gebannt auf das Tablet starren. Wer würde diese Person sein? Wen würde er für ein Himmelfahrtskommando rekrutieren? Und dann war das Foto einer Frau aufgetaucht, Judith Kepler. Und wie ihm in diesem Moment die Erkenntnis durch Mark und Bein gegangen war: Es ist deine Tochter. Und du wirst mit ihr Kontakt aufnehmen, zum ers-

ten Mal seit über dreißig Jahren, du wirst sie für einen dreckigen Job rekrutieren, und sie wird nicht wissen, wer du bist ...
Und dann war alles ganz anders gekommen. Ein Schlachtfeld mit Toten und zu Tode Verletzten, das er in Berlin zurückgelassen hatte.

Oleg setzte wieder die Wasserflasche an. »Sie suchen dich, weltweit.«

»Weltweit?«, fragte Larcan mit dem gelinden Erstaunen, das die Eitelkeit kleidet. »Wer?«

»Deine Kollegen.«

»Ich habe keine Kollegen.« Larcan wollte aufstehen und damit zeigen, dass die Unterhaltung für ihn beendet war. Olegs Handbewegung ließ ihn nicht dazu kommen.

»Gregorij Putsko. Kennst du den Namen?«

Der Republikaner. Sein Verbindungsmann zum russischen Geheimdienst. Der Mann, der ihm den Auftrag mit der Bank gegeben hatte und dem er noch eine halbe Million Euro schuldete – von einer Erklärung für Larcans plötzliches Abtauchen abgesehen. Auch der Mann, der dafür gesorgt hatte, dass seine Konten eingefroren worden waren und vor dem er sich in Acht nehmen musste. Olegs »Freunde« hatten verdammt gut gearbeitet.

Larcan nickte.

»Kennst du ihn auch persönlich?«

»Ja.«

»Ich auch. Ein unangenehmer Zeitgenosse. Wo genau ist er jetzt eingesetzt?«

Keine Antwort.

»Er hat ein Kopfgeld auf dich ausgesetzt.«

Das Kopfgeld war neu, machte die Sache aber nicht leichter.

»Hast du ihn auch gefickt? Oder seine Frau?« Ein anzügliches Grinsen. »Ich könnte mir mit einem Tipp fünfhunderttausend Euro sichern. Ziemlich viel Geld für jemanden, der keins hat.« Er kam um den Tisch herum zu Larcan und legte ihm fast väterlich die Hand auf die Schulter. »Weißt du, was dein Glück ist? Dass ich welches habe. Genug jedenfalls, um den Retter meiner Tochter nicht an eine Kanalratte wie Putsko auszuliefern.«

Larcan spürte das Gewicht der Hand. Sie lastete schwer auf ihm.

»Danke«, sagte er. Sein Instinkt flüsterte ihm zu, dass es noch nicht vorbei war. Aber dass ihm zumindest schon mal die Tore von Hogwarts geöffnet worden waren. »Woher kennst du ihn?«

Die Hand verschwand. »Putsko hat seinen Militärdienst in Odessa abgeleistet. Wir sind ein Jahrgang. Er kommt aus der Provinz, eine Landratte. Nichts für die Marine. Aber er wollte überleben. Das gelingt beim russischen Militär nur mit besonderen Fähigkeiten.«

Zu Larcans größtem Erstaunen knöpfte Oleg sich sein Hemd auf. Eine hässliche Narbe führte von der Schulter quer über die Brust. »Das verdanke ich ihm.«

»Um was ging es?«

Oleg schloss das Hemd wieder. »Eine Frau. Er kann bis heute nicht verlieren.«

Er sagte nicht, wo und wann sich ihre Wege gekreuzt hatten. Sie mussten jung gewesen sein, beide, so jung wie Larcan, als er noch für sein Land gestorben wäre. »Er würde sich vermutlich die gleiche Frage stellen wie ich: Wie kommst du dazu, in deiner fatalen Situation zwei Männer zu erschießen? Was, wenn jemand die Miliz gerufen hätte? Oder den Zoll? Du hast deine Existenz sehr geschickt verschleiert. Doch dann trittst du aus dem Schatten und tötest gleich zweimal?«

Larcan wusste, dass liebende Menschen leichtgläubig sind. Mochte Oleg auch mit allen Wassern gewaschen sein, mochte er bis heute Verbindungen in höchste Kreise des russischen Geheimdienstes haben, ein Vater wollte glauben, dass vor ihm der Retter saß, der sein Kind aus den Klauen von zwei Bestien gerissen hatte.

»Wie ich schon sagte: Sie hat mich an jemanden erinnert.«
Larcan stand auf, und dieses Mal ließ Oleg ihn gewähren.
»Ich würde jetzt gerne gehen.«
Der Milliardär trat ostentativ einen Schritt zur Seite.
»Und ich wäre dir sehr dankbar, wenn du weder Putsko noch sonst jemandem gegenüber erwähnst, was sich heute Nacht ereignet hat.«

Oleg nickte. Er wartete. Aber Larcan tat ihm den Gefallen nicht, um etwas zu bitten, mit dem er sich revanchieren konnte. Alles, was er wissen musste, hatte er bereits von seinen *Freunden* erfahren. Wenn er klug war, würde er die richtigen Schlüsse ziehen.

»Mein Chauffeur kann dich fahren.«
Das *wohin* war so greifbar, als stünden die Buchstaben im Raum.
»Danke. Ich nehme die Straßenbahn. Ein wenig Bewegung tut mir gut. Grüße Anastasia und deine Frau herzlich von mir.«
»Selbstverständlich.«

Larcan verließ den Raum. Mikhail war nirgendwo zu sehen. Als er die Eingangshalle erreichte, war er sich sicher, dass alle fünf Kameras auf ihn gerichtet waren. Die Tür öffnete sich problemlos, und kaum war er hinaus in die Kälte getreten, glitt auch das Rolltor zur Seite. Es war bitterkalt. Sein Abgang war grandios gewesen, aber was half das, wenn er auf dem Weg zur Haltestelle erfrieren würde?

»*Myi lord!*« Katarina eilte auf ihn zu, über dem Arm Mantel und Schal, in der Hand einen Hut. »Bitte sehr!«
Katarina half ihm, die Sachen überzustreifen, dann reichte

sie ihm auch noch ein Paar Handschuhe. Er verabschiedete sich freundlich, das Rolltor war mittlerweile ganz zur Seite gefahren. Ein SUV rollte die Straße entlang, der Fahrer starrte auf das Haus, als würde sich das Tor nur alle hundert Jahre einmal öffnen und seine Schätze preisgeben. Leider hielt er nicht an und forderte Larcan zum Mitfahren auf. Aber das tat seiner guten Laune keinen Abbruch. Die Fährte war gelegt, der Wolf hatte Witterung aufgenommen, ohne zu ahnen, dass er selbst die Beute war.

2

Das konnte nicht sein Haus sein. Auch wenn Frederik sich so in ihm bewegte, als sei er hier zur Welt gekommen. Vielleicht war er das ja auch, und es hatte einmal seinen Eltern gehört. Aber würde man dann immer noch so wohnen? Die kleinen Fenster sperrten das Licht eher aus, als dass sie es hereinließen. Gardinen aus einer Zeit, in der man noch Wert auf Goldkante legte. Abgenutzte billige Läufer auf Linoleum, das Parkett imitieren sollte. Die Küche – wie immer die Küche, wenn man nicht wusste, wohin mit Überraschungsbesuch – eng und vollgestopft mit Utensilien, Besteckständern, Kaffeebechern mit lustigen Sprüchen, ein Mix aus Discounter-Landhausstil und Resten solider Gerätschaften, an denen geübte Historiker ablesen konnten, wann der Zivilisationsbruch zwischen Bückwaren- und Wegwerfgesellschaft begonnen hatte.

»Milch, Zucker?«, fragte er. »Ich müsste mir solche Sachen merken. Aber Ihr Besuch bei uns damals, na ja.«

Na ja – was sollte das denn heißen? Er wies auf eine kleine Sitzgruppe in der Ecke vor der Speisekammer – verblichene

Wachstischdecke, Messinguntersetzer, Aschenbecher mit ein paar Kippen.

»Nur Milch.« Dieses plötzliche Wiedersehen saß ihr in den Knochen wie ein Fluch. Sie konnte kaum klar denken. Ging es ihm nicht ähnlich? Nein. Er schien zu wissen, was er tat und redete.

Sie setzte sich. Er musterte ihr Gesicht so interessiert, dass sie fürchtete, rot zu werden.

»Man sieht sie kaum«, sagte er schließlich.

»Was?«

»Die Narbe.«

Instinktiv berührte sie die Wange, dort, wo sie vor einigen Monaten der Peitschenschlag einer Reitgerte getroffen hatte.

»Ja. Ich kann mich glücklich schätzen, nicht wahr? Ich habe neulich mit Tabea telefoniert. Sie erzählte mir, dass Sie Delfine mit bloßen Händen fangen und Fliegende Fische gesehen haben.«

»Ach ja?«

»Oder so ähnlich.«

»Was Kinder so hören wollen«, sagte er, und es klang, als ob er sie mit einschloss.

»Ich bin kein Kind.«

Er unterdrückte einen Seufzer. »Ich repariere Autos. Hab den Laden vor ein paar Wochen gekauft. Die Nordsee war nichts für mich. Aber Tabea liebt meine Geschichten.«

»Und da lügen Sie sie an?«

Da lügst du mich an? Das war der Satz, der im Raum stand. Frederik machte sich an der Kaffeemaschine zu schaffen. Sie spürte seinen Ärger. Er musste glauben, sie wäre eine Stalkerin, die ihn auch noch bei etwas Heimlichem ertappte. Aber bei was? Autos frisieren?

»Manchmal gibt es auf einfache Fragen eben keine einfachen Antworten. Ich kann Tabea nicht so oft sehen, wie ich es als Vater möchte, deshalb habe ich mir die Sache mit der Nordsee ausgedacht.«

Judith blickte hinaus auf den Hof, wo es nicht gerade nach fleißiger Hände Arbeit ausschaute. »Viel zu tun, ja. Was wollte die Frau bei Ihnen?«

»Wer?«

»Die, mit der Sie sich gerade unterhalten haben.«

»Ach so.« Er suchte Kaffeepads im Regal über der Spüle. »Warum interessiert Sie das?«

»Ich habe meine Gründe.«

»Verstehe. Nun, dann akzeptieren Sie auch meine.«

Während er die Maschine startete und ihr den Rücken zudrehte, überlegte Judith fieberhaft, wie sie aus dieser unmöglichen Situation ohne Gesichtsverlust wieder herauskommen konnte. Fakt war: Er hatte in seinem Heimatdorf eine mehr als undurchsichtige Rolle gespielt. Sie hatten sich kennengelernt, als Judith Tabea aus den Fängen dieser Gemeinschaft von Reichsbürgern, Neonazis und Hooligans hatte befreien wollen, und dabei war es zum Eklat mit den Dorfbewohnern gekommen. Aber nicht zum Äußersten. Er hatte sie beschützt. Ob aus Sympathie oder anderen Gründen hatten sie nicht mehr geklärt. Aber vielleicht war es ja jetzt an der Zeit, das nachzuholen.

»Fällt mir immer noch schwer«, sagte sie. »Das letzte Mal sehe ich Sie in diesem Nazikaff quasi mit gepackten Koffern auf dem Weg zu einer Bohrplattform, dabei müssen Sie schon längst gewusst haben, dass es ganz woandershin geht. Was ist passiert? Hat sich ihr Auftrag geändert?«

War er bis eben noch nachsichtig gewesen wie ein Kaufhausdetektiv, der eine alte Lady zum vierten Mal beim Klauen von Gebissreinigungstabs erwischte, veränderten sich jetzt seine Miene und Körperhaltung schlagartig. Es war, als hätte sie ihn angegriffen, ihm einen Stoß gegeben, ihn bedroht – so plötzlich drehte er sich um, kam zum Tisch, beugte sich vor, legte die Hände auf der Tischplatte ab und sah Judith ins Gesicht. Erschrocken fuhr sie zurück.

»Was soll das?«

»Was?«, parierte sie.

»Warum bist du hier?«

Er würde ihr nichts tun. Er hatte sie beschützt. Er war nur stinksauer auf sie.

»Ich bin ihr gefolgt.«

Er atmete tief durch und richtete sich wieder auf. Mit einem knappen Kopfnicken wies er auf die Theaterbühne draußen vor der Tür, auf der Laienschauspieler das Stück *Autowerkstatt* aufführten. »Kennst du sie?«

»Jep.«

»Woher?«

»Du zuerst.«

Das Duzen machte sie zu Verbündeten. Er hatte damit angefangen. Es war wie eine ausgestreckte Hand.

»Sie will einen Kostenvoranschlag für Autolackfolie. Lackieren ist zu aufwendig und zu teuer.«

»Aha.«

»Jetzt du.«

»Sie ist beim Verfassungsschutz.«

Peng. Judith musste ins Schwarze getroffen haben, auch wenn er versuchte, sich nichts anmerken zu lassen. Der erste Kaffee war fertig. Er holte einen zweiten Becher mit Werbeaufdrucken aus der Spüle und prüfte seine Sauberkeit gründlicher, als Männer das im Allgemeinen taten.

»Woher weißt du das?«

»Sie wollte mich anwerben.« Noch ein Schuss, dieses Mal ins Blaue.

»Und?«

»Bin ich bescheuert?«

»Für was?«

Er griff im Kühlschrank nach einer Tüte Milch und reichte sie ihr.

»Weiß ich nicht. Dazu sind wir nicht gekommen. Aber bei dir ist sie ein Stück weiter, nicht wahr?«

Etwas Kaffee ging daneben, als er ihr den Becher hinstellte.

»Ihr habt was am Laufen, ihr beide.«

Bei ihm ging nichts daneben.

»Nein. Was auch immer du dir da zusammenreimst…«

»Sie war bis vor Kurzem noch beim BND. Also erzähl mir jetzt nicht was von Lackfarben, sonst gehe ich zu ihr und frage sie.«

Er sah hoch. Sein Blick war aus Stahl, und er spießte sie damit auf.

»Das wirst du nicht tun. Es geht dich nichts an.«

»Alles, was diese Frau gerade tut, geht mich etwas an. Sie sucht jemanden, genau wie ich. Und jeden einzelnen ihrer Schritte unternimmt sie in Richtung dieses Ziels. Also?«

Er hatte sich ein paar Tage nicht rasiert. Als ob dies der Moment wäre, sich darüber Gedanken zu machen, fuhr er sich über die Stoppeln.

»Also?«, wiederholte sie.

»Ich bin überfragt.«

»Mit was?«

Er hob seine Tasse in ihre Richtung. Und dann lächelte er. Dieses dreckige, derbe Bauernlächeln, das so selten war wie Sonne am Nordkap. Mit dem er umging, als hätte er nur ein Dutzend davon parat und müsste sparsam damit sein. Wieder wusste sie, er würde sie immer beschützen, komme, was wolle.

»Mit dir. Du überforderst mich. Für so was wie dich müssten sie eine eigene Abteilung einrichten. Läufst du immer mit Luftballons über ein Minenfeld?«

»Nicht immer«, gab sie zu. »Und ich hab die Minen nicht gelegt. Ich will wissen, woher du diese Frau kennst.«

Das Lächeln verschwand und hinterließ in Judith, die es zerstört hatte, einen ziehenden, leisen Schmerz.

»Verdammte Scheiße. Gottverdammte Scheiße!« Er hieb mit dem Becher auf den Tisch, sodass der Kaffee überschwappte und Judith zusammenzuckte. »Was soll das? Du hast dich um meine Tochter gekümmert, als ihre Mutter gestorben ist. Du hast sie sogar bis zu mir verfolgt...«

»Ich hab sie nicht verfolgt!«

»Aber du bist bei uns im Dorf aufgekreuzt und hast nichts als verbrannte Erde hinterlassen. Und jetzt? Tauchst du wieder auf und...«

»Und mache was? Stelle Fragen? Frederik, sag mir, was Isa Kellermann von dir will!«

Dass sie diesen Namen kannte, drängte ihn endgültig in die Defensive. Mit einem Stöhnen lehnte er sich zurück und sah hinauf zu der niedrigen Decke, als ob er dort in Leuchtschrift den Ausweg aus seiner Situation finden könnte.

»Ihr arbeitet zusammen. Ihr seid beide beim selben Verein.«

»Judith...«

»Ich hatte damals schon den Verdacht, und du hast es mir indirekt bestätigt.«

»Als ich dich vor den Irren in diesem Nazidorf beschützen wollte? Damit sie dich nicht mit ihren Hunden im Wald zu Tode hetzen? Das hätte jeder normale Mensch getan. Es war nichts mehr als eine... eine Geste der Ritterlichkeit!«

Er machte es nicht schlecht. Dieses Herauswinden, den Schwarzen Peter in ihre Richtung schieben. Sie in die Ecke stellen, wo die angeknacksten Menschen standen, Stalker, Irre, Liebeskranke mit blühender Fantasie. Und er sah an ihr vorbei, als er das sagte. Wahrscheinlich würde er es auch tun, wenn es hart auf hart käme. Bullshit, dieser Mann beschützte nur sich selbst.

»Okay. Wenn du es mir nicht sagen willst, muss ich sie doch fragen.«

Judith stand auf. Seine Hand fuhr vor und packte ihren Arm. Ein Mechanikergriff, vielleicht auch der eines gut ausgebildeten Kämpfers.

»Tu es nicht.«

Sie riss sich los und funkelte ihn wütend an. »Angst? Dass euch das alles hier um die Ohren fliegt? Ist mir egal. Das war mir schon in deinem Kuhkaff egal gewesen. Aber damals ging es um ein Kind, das ich nicht in euren Fängen lassen wollte.«

»Und jetzt?«

»Um mich.«

»Setz dich.«

Frederik holte sein Handy hervor.

»Was machst du?«

»Setz dich! Ich rufe sie an.«

»Wen? Isa?«

Er tippte auf dem Display herum.

»Und was willst du ihr sagen?«

»Ich muss mich nachrichtenehrlich machen. Ihr sagen, dass meine Legende aufgeflogen ist. Mir Anweisungen holen, wie ich mich jetzt zu verhalten habe.«

»Anweisungen. Von ihr?«

»Isa Kellermann ist meine Führungsbeamtin beim Verfassungsschutz. Du machst mich gerade zu einem Sicherheitsfall.«

»Zu einem... was?«

»Einem Sicherheitsfall. Ich bin aufgeflogen. Es ist besser, wenn sie es von mir erfährt als von dir. Ich muss aussteigen.«

Er hob das Handy ans Ohr. Sie nahm es ihm sanft aus der Hand, bevor er den Anruf tätigen konnte. »Warte, warte. Was ist aufgeflogen? Das hier?«

Sie machte eine Handbewegung, die die Küche, das Haus, den Hof, die Schrottkarren und die Garagen einschloss. »Was ist das? Frisierst du alte Trabbis? Baust du Drogen an? Schleifst du Nummern ab und machst geklaute Autos exporttauglich?«

Seine Hand zuckte nach dem Gerät, doch er hielt sich zurück. Die Falten um seine Augen vertieften sich. Er wusste nicht, welche der vielen Wahrheiten er ihr zumuten konnte. Dass diese Werkstatt für irgendeine Sache angemietet worden war. Welche Anweisungen ihm Isa gegeben hatte. Warum er sein Kind wieder und wieder belog. Und ob das alles mit einem Verbrecher zu tun hatte, der spurlos verschwunden war und den Isa wie eine Treiberin aus den Büschen locken wollte, indem sie umso heftiger darauf schlug.

»Wer bist du?«, fragte Judith leise. »Und was hast du vor?«

3

Isa sah auf ihre Armbanduhr. Fast eine Viertelstunde stand sie schon neben dem Transporter mit der Aufschrift »Dombrowski Facility Management« und redete sich ein, dass dies nur ein beschissener Zufall sein konnte. Aber je mehr Zeit verging und je weniger die kleinen Einfamilienhäuser am Straßenrand danach aussahen, als ob ihre Besitzer eine Fremdfirma zum Bodenwischen beauftragen würden, desto klarer wurde ihr, dass hier jemand einen gewaltigen Fehler begangen hatte.

Sie.

Im Handschuhfach lag das dritte Handy, das sie nur benutzte, um ihren UCA, den *undercover agent*, anzurufen. Alle beim Dienst hatten drei. Eines privat. Eines dienstlich.

Und eines für die Hauptamtler und verdeckten Personen im Felde. Sie könnte auch mit zwei SIM-Karten arbeiten, aber sie war noch nicht dazu gekommen, ein neues Gerät zu beantragen. Es war ein billiges kleines Ding, das sich in der Hand anfühlte wie ein Ei. Kein Internet. Keine Gadgets. Nicht zu orten, wenn es ausgeschaltet war. Sie betrachtete es unschlüssig, klappte es mehrmals auf und zu. Noch zwei Minuten, und sie würde es tun. War Judith ihr gefolgt? Wann? Den ganzen Tag lang schon oder erst, als sie sich auf den Weg hinaus nach Mahlow gemacht hatte? Wie krank war diese Frau eigentlich?

Und wie krank bist du?, dachte sie. Wir beide stehen uns in dieser Beziehung wirklich in nichts nach. Sie fuhr rückwärts in eine Einfahrt. Glücklicherweise war von den Besitzern nichts zu sehen. Immerhin hatte sie so den Transporter im Blick. Aber Judith tauchte nicht auf. Was zum Teufel hatten die beiden so lange miteinander zu bereden?

Handy Nummer zwei – das offizielle Dienstgerät, ein Smartphone – klingelte. Bluhm war am Apparat.

»Haben Sie die Pressemitteilung vom BAAIN gelesen?«

»Nein.«

Sie hörte nur mit halbem Ohr zu, während Bluhm sich nicht ohne klammheimliche Freude über die Vorwürfe ausließ, die das Bundesamt für Ausrüstung, Informationstechnik und Nutzung der Bundeswehr gerade erhoben hatte. Führungsversagen und Vertrauensschwund. Keine Eigenverantwortung. Immer nach oben absichern. Als ob das nur bei den anderen vorkäme.

»Sind Sie heute noch mal im Haus?«, schloss er endlich seine Ausführungen.

»Nein. Ich bin gerade bei meinem Vater. Ich wollte fragen, ob ich mir einen Tag freinehmen kann.«

»Selbstverständlich! Dafür müssen Sie auch keinen Urlaub nehmen. Das steht Ihnen doch zu.«

»Danke.«

»Frau Kellermann? Ist alles in Ordnung? Konnten Sie sich mit Herrn Täschner schon über eine weiterführende Vorgehensweise einigen?«

»Ja. Er will, dass ich die Operation begleite. Ich soll mit vor Ort sein. Mein UCA wird mit niemand anderem außer mir kommunizieren, deshalb ist es leider notwendig.«

Sie hatte Bluhm vor Augen, wie er bei dieser überraschenden Nachricht, die eine gewisse Flexibilität und Eigenverantwortung von ihm als Führungskraft verlangte, ins Schwitzen geriet.

»Da muss ich erst mal mit Wohlsam reden.«

Keine Eigenverantwortung. Immer nach oben absichern.

»Klar, machen Sie das. Aber wenn Täschner mit einem zehnköpfigen Rollkommando nach Odessa darf, sollte es doch bei uns nicht an einem Dienstreiseantrag scheitern.«

»Hmhm, jaaa ...«

»Und wir würden uns das Heft nicht ganz aus der Hand nehmen lassen. Sonst sieht es am Ende so aus, als wäre das alles auf dem Mist vom BND gewachsen.«

Das leuchtete auch Bluhm ein. Nichts verwand eine Behörde schwerer, als eine erfolgreiche Operation in die Wege geleitet zu haben und dann zuzusehen, wie sich andere den Lorbeerkranz aufsetzten. Isa legte nach.

»Und, um ehrlich zu sein, ich kenne Herrn Täschner etwas länger. Er ist draußen im Feld nicht sonderlich erfahren. Ich würde, Ihr Einverständnis vorausgesetzt, gerne die Zügel in der Hand behalten. Natürlich, ohne dass er etwas davon merkt.«

»Sie sind ja eine ganz Schlaue.« Bluhm klang zufrieden. Mit diesen Argumenten würde er bei Wohlsam offene Türen einrennen und im Handumdrehen die grüne Paraphe bekommen, Erlaubnis und Unterschrift. »Ich kümmere mich darum.«

Isa bedankte sich, nahm noch einmal alle guten Wünsche für sich und ihren Vater entgegen und beendete das Gespräch. Mittlerweile war Judith Kepler schon fast zwanzig Minuten bei Meißner. Warum meldete er sich nicht? Sollte sie nachsehen? Sie griff zum Türöffner, ließ aber die Hand sinken.

Wenn sie jetzt hineinging, würde ihr alles um die Ohren fliegen. Sie konnten dann noch einmal ganz von vorn anfangen. Dasselbe würde geschehen, wenn Meißner die Sache rapportierte. Er war raus, so oder so. Ein verdeckter Ermittler konnte nur so lange eingesetzt bleiben, wie er auch verdeckt blieb. Man würde ihn abziehen, und wenn Kepler Ärger machte und den Mund nicht hielt, konnte das für Meißner sogar das komplette Ende des Außendiensts sein. *Fuck!* Ihre Finger trommelten einen verrückten Takt aufs Lenkrad. Blieb immer noch die Chance, dass sie sich Ersatzteile für ihren verrosteten Transporter besorgen wollte… Vergiss es. Da drinnen passierte etwas, hinter ihrem Rücken.

Zweiundzwanzig Minuten. Was machten die nur? Poppten sie, oder was? Isa war sich hundertprozentig sicher, dass sie Kepler zu Meißner geführt hatte. Das würde ihr bis in alle Ewigkeit anhängen. Es war aus. Die Sache war gelaufen. Sobald diese Frau Frederik Meißner verließ, würde er anrufen und Meldung machen. Mit viel Glück hatte er sie hinhalten können. Aber Kepler wirkte nicht wie eine, die sich Märchen erzählen ließ. Die Zeit, die mittlerweile verstrichen war, ließ nur zwei Schlüsse zu: Er hatte sie umgebracht und hievte ihren Körper gerade in ein Autowrack, um es anschließend zum Verschrotten zu bringen. Absurde Vorstellung. Aber hundertprozentig ausschließen konnte man in diesem Job nichts. Die zweite Möglichkeit: Die beiden kannten sich von früher, und Meißner wurde einiges klar. Er wollte plötzlich alles hinschmeißen und in Paraguay ein neues Leben anfangen. Nein. So ein Typ war er nicht. Sie hatte seine Akte gelesen und sich bei ihrem Treffen ein Bild von ihm machen können. Er würde sie anrufen.

Und wenn er es nicht tat?

Wenn er verschwieg, dass er aufgeflogen war? Wenn er und Kepler glaubten, sie könnten Isa hinters Licht führen? Schließlich wussten sie ja nicht, dass eine Volljuristin, angestellt beim Verfassungsschutz, sich gerade wie ein Teenager hinter dem Lenkrad ihres Autos klein machte, um nicht beim Stalken erwischt zu werden. Aber war tatsächlich alles vorbei? Konnte die Kiste nicht doch noch aus dem Dreck gezogen werden?

Komm schon. Denk nach. Wie kannst du aus deinem Fehler einen Vorteil ziehen? Du weißt jetzt, dass sie sich kennen. Und sie wissen nicht, dass du es weißt…

Sie holte ihr viertes Handy aus der Tasche. Das, von dem keiner wusste. Tief durchatmen. Es stand so viel auf dem Spiel. Mehr als ihre Karriere. Mehr als Meißners Leben und das von Kepler noch dazu. Aber wenn sie jetzt diese Nummer anrief, die sie sich letztes Jahr am Rande des Sommerfests im Auswärtigen Amt hatte geben lassen, im Gegenzug für einen tiefen Blick in ihren Ausschnitt und gemurmelte Anzüglichkeiten – wenn sie jetzt diese Nummer wählte, löste sie ein Band. Das Band, das mit ihrem Diensteid und dem Schwur vor der Anwaltskammer geknüpft worden war, das sie an Gesetze und Amtspflichten fesselte und nicht zuletzt an das, woran man glauben sollte, wenn man jung war und das Herz heiß und man etwas brauchte, zu dem man aufsehen konnte.

Ihr Vater hatte es schon vor langer Zeit zerschnitten. Ihre Mutter auch. Sie hatten gehofft, damit etwas zum Besseren in ihrem Leben wenden zu können. Isa ahnte, dass das bei ihr nicht der Fall sein würde. Dieses Band schützte sie vor dem Absturz. Es stoppte den freien Fall über die Klippe, und es zerriss, wenn sie diese Nummer wählte. Es konnte ein Fall ins Bodenlose sein.

Es konnte auch gut gehen.

Sollten die beiden in dieser abgeranzten Werkstatt ruhig glauben, sie könnten ihr eigenes Ding durchziehen. Sie würden diesen Fehler noch bitter bereuen. Aber erst, wenn alles vorüber war... Sie wählte eine Nummer, und schon nach dem zweiten Klingeln wurde abgehoben. Sie atmete tief durch. Wie einfach es war.

»Isa Kellermann«, meldete sie sich. »*Long time no see...*«

Ein kalter Hauch fuhr über ihre Haut, als ob die zerschnittenen Enden eines Bandes kraftlos zu Boden sanken.

4

»Ich war bei der Luftwaffe, Offizier in MeckPomm. Die haben eigene Bodeneinheiten, die das Gelände bewachen. Meine letzte Verwendung war in Jasmund auf Rügen. Hab mich für zwölf Jahre verpflichtet, zum Schluss Einsatzführungskommando bei der Luftsicherheit. Bin aber schon nach der Hälfte gegangen.«

»Warum?«

Es war so kalt geworden, dass Frederik einen kleinen Heizlüfter angeschaltet hatte. Das matte Licht dieses Wintertags, das alle Farben verblassen ließ, schien sich wie ein Kokon um sie zu legen. War es jemals hell geworden?

»Man hat mir nahegelegt, den Dienst zu quittieren. Ich habe rechte Propaganda verbreitet. Das ist die offizielle Version. Die Wahrheit ist: Der MAD hat mich angesprochen. Der Militärische Abschirmdienst. Die Bundeswehr beschäftigt ja auch private Sicherheitsdienste, und zu einem von denen sollte ich wechseln. Es gab den Verdacht auf Verbindungen zu rechtsextremen Kreisen.«

»Wie sind die ausgerechnet auf dich gekommen?«

»Tag der Bundeswehr in der Hanse-Kaserne. Alle sind da: BND, Bundesamt, MAD, Verfassungsschutz. Man kommt ins Gespräch. Man trifft sich wieder. Man kriegt das Gefühl, auserwählt zu sein. Mehr als nur Soldat 08/15.«

»Ist ein gutes Gefühl.«

»Hm, ja.« Seine braunen Augen ruhten auf ihr. »Hat man selten.«

Er erhob sich und holte einen Apfel aus einem zerschrammten Emailsieb, das im Regal über der Spüle stand. Er spülte ihn unter fließendem Wasser ab, griff eine Untertasse und ein Küchenmesser und kehrte wieder zu ihr zurück.

»Und dann?«

Er begann, den Apfel zu zerschneiden und das Kerngehäuse zu entfernen. Präzise Schnitte. Sie mochte es, dabei zuzusehen, wenn seine Hände etwas taten.

»Ich wurde kurz vor dem Abschied umgelenkt, nach Potsdam. Nach ein paar Wochen gab es einen anonymen Hinweis, mein Spind wurde durchsucht. Ich hatte ihn natürlich vorher präpariert, und alles, was der Traditionserlass schon damals verboten hatte, fiel ihnen vor die Füße. Fotos von Wehrmachtspiloten, ein Stahlhelm, eine billige Raubkopie vom *Goldenen Buch der Flieger*, die Ostmedaille von der Winterschlacht 1941/1942 und, lass mich nachdenken…«

»Danke. Reicht.«

»Ich durfte, weil das damals noch anders gehandhabt wurde, selber gehen. Und weil ich die Kumpels vom privaten Sicherheitsdienst in Jasmund noch kannte, fragte ich dort nach einem Job.«

Er nahm einen Apfelschnitz und schob ihr den Unterteller hinüber.

»Und sie haben dich mit Kusshand genommen.«

»Klar. Und dann ging's los. Ich konnte liefern ohne Ende, anfangs zumindest. In dieser Zeit habe ich auch Tabeas Mutter kennengelernt. Auf einer Party. Es wurde viel getrunken. Sie kam aus Schenken, das Dorf kennst du ja.«

Judith nickte und kaute auf ihrem Apfelstück herum.

»Ein paar Wochen später dann ein Anruf: Sie war schwanger.«

Mit einem fragenden Blick hob er Judiths Becher hoch, doch die schüttelte den Kopf. »Lieber Wasser.«

Er ging zur Spüle und holte ein Glas aus dem Schrank. Während er den Hahn öffnete, überlegte Judith, ob sie das folgende Geständnis auch hören wollte. Aber das eine gab es wohl nicht ohne das andere. Frederiks Bestandsaufnahme machte vor den dunklen Ecken nicht halt. Er stellte das Glas vor ihr ab.

»Wir waren nicht verliebt. Wir hatten noch nicht mal was gemeinsam. Wenn ich ein Zyniker und ein Feigling wäre, würde ich sagen, es geschah rein beruflich und die Alimente wären deshalb Sache des Verfassungsschutzes. Aber es ist nun mal passiert, und ich wollte, dass das Kind einen Vater hat, wenigstens auf dem Papier. Außerdem musste sie weg aus dem Kaff. Ich hab ihr geholfen, nach Berlin zu gehen. Kam nicht so gut an bei den Kumpels, aber man kann es nicht jedem recht machen. Monika war damals schon labil. Sie hat getrunken. Das Geld, das ich für Tabea geschickt habe... Lassen wir das. Sie ist tot, und wenn ich eines sagen kann, dann das: Sie hat ihre Tochter geliebt, auch in den schlimmsten Zeiten. Und Tabea hing sehr an ihrer Mutter, wie unfähig sie in dieser Hinsicht auch gewesen war.«

Etwas zerbrach in Judith mit dem leisen Klingen eines gesprungenen Glases. *Ich hab dich lieb, bis zum Mond und wieder zurück.* Das hatte das Mädchen zu ihr gesagt. Und die Telefonate? Wann kommst du, Judith? Wann sehen wir uns wieder? Tabea hatte sich nach dem Tod der Mutter wie eine Ertrinkende auf Judith gestürzt, sie fast umgeworfen mit ihrem unstillbaren Bedürfnis nach Liebe. Doch die hatte nicht Judith gegolten …

Sie trank einen Schluck. »Wie ist das so mit den Frauen?«, fragte sie. »Schläfst du aus persönlichem oder beruflichem Interesse mit ihnen?«

Der feindselige Unterton in ihrer Frage blieb ihm nicht verborgen. »Warum?«

»Mein Vater bekam Geld dafür.«

Er starrte sie an, als ob er sich verhört hätte.

»Er war ein sogenannter Kundschafter des Friedens. Ich glaube, heute heißt das anders. Agent, Spion, hauptamtlicher Mitarbeiter des Verfassungsschutzes, verdeckte Person oder so. Aber im Grunde macht ihr alle das Gleiche. Ihr spielt den Leuten etwas vor, damit sie euch vertrauen, und dann folgt der Verrat. Vielleicht hat Monika das gespürt?«

Wie konnte sie es wagen? Sie kannte diesen Mann kaum, und schon jagte sie ihm bei der ersten Gelegenheit ein Messer in die Brust. Aber er war Lügner von Beruf, und vielleicht war alles, was er ihr gerade erzählt hatte, auch nichts anderes als eine Schlangenbeschwörung.

»Nein«, sagte er, langsam und merklich kühler. »Ich denke nicht. Wir waren einfach nicht füreinander gemacht.«

»Woher willst du das wissen? Hast du es ihr gesagt, dass du ein Spitzel bist?«

»Du bist die Erste, mit der ich extern darüber rede. Du bedeutest meiner Tochter was.«

»Okay.« Sie wollte das Glas wieder zum Mund heben, da legte sich seine Hand auf ihre.

»Warum interessiert dich das mit den Frauen?«

Dieses dumme, blöde Herz. Das jetzt stolperte und rumpelte und völlig außer Kontrolle geriet.

»Keine Ahnung. Er war ein Romeo.«

»Dein Vater?«

Seine Hand, hart und kraftvoll. Warm. Ein guter Griff. Wenn er immer so zupackte... Hallo? Judith? Bist du noch da?

»Ja. Er hat nicht nur meine Mutter aufs Kreuz gelegt, sondern auch die von Isa Kellermann.«

Die Hand wurde zurückgezogen. Es blieb die Wärme und das Verlangen, sie wieder zu spüren.

»Daher kennt ihr euch.«

Sie leerte das ganze Glas, um nicht antworten zu müssen. Sonst hätte sie gestanden, dass es noch eine weitere Verbindung zwischen ihnen gab, über die sie sich überhaupt erst kennengelernt hatten. »Wir suchen ihn. Und deshalb habe ich geglaubt, Isa wäre hergekommen, um dich in etwas hineinzuziehen.«

»Das würde sie nie tun. Sie ist ein Profi. Sie würde Privates nie mit Beruflichem vermischen.«

O ja, dachte Judith. Genau wie ich.

»Warum war sie hier?«

»Es ging um meinen Einsatz. Ein ziemlich großes Ding, von sehr langer Hand vorbereitet. Wir müssen es abblasen.«

»Warum denn?«

»Weil du mich enttarnt hast. Das ist bitter. Ich werde abgezogen, und es wird Monate, wenn nicht gar Jahre dauern, bis sie wieder jemanden positioniert haben.«

»Und du?«

»Neuer Name, neue Papiere, neues Leben.«

»Das ist doch Blödsinn«, widersprach sie. »Nur weil ich dich wiedergetroffen habe?«

Wiedergetroffen... das klang, als wäre da mal etwas gewesen. Judith spürte, wie ihre Ohren rot wurden. Dabei war sie noch nicht einmal einen ganzen Tag in diesem mecklenburgischen Dorf gewesen, in dem Frederik damals lebte. Vermutlich als Spitzel für den Verfassungsschutz, denn das gesamte Kaff war von Rechtsextremen okkupiert worden, und die böse Saat hatte sogar schon in den Herzen der Kinder Wurzeln geschlagen. Sie hatte Tabea dort nicht allein lassen wollen. Aber die Flucht war entdeckt worden, und Judiths einziger Ausweg war ein Handel gewesen: Ihr gebt mir das Kind, ich gebe euch hunderttausend Euro. Geld, das sie nicht besaß. Für das sie sich dann einem Verbrecher namens Larcan ausgeliefert hatte ... Frederik fielen ihre roten Ohren nicht auf, oder er sah großzügig darüber hinweg.

»Darum geht es nicht. Das sind Dienstvorschriften. Ich hätte gar nicht mit dir reden dürfen.«

»Aber ich bin doch nicht die Einzige, die weiß, was du beruflich machst.«

»Doch.«

»Hast du keine Familie, keine Freunde?«

»Nein.«

Sie schüttelte den Kopf. »Das ist nicht dein Ernst, oder? Was ist mit deinen Eltern? Deinen Kameraden vom Bund?«

»Eltern tot, Kameraden ... nun ja, mit wem aus deiner Schulzeit hast du denn noch Kontakt?«

»Das ist etwas anderes. Keiner lebt völlig isoliert.«

Ein Lächeln, eins von der Sorte, das schnell überheblich wirken konnte. Aber in diesem Fall nur mehr Wissen und nicht besseres Wissen signalisierte.

»Es gibt Kollegen, die haben das alles. Familie, Freunde ... Doch wie lange soll das gut gehen? Verschiedene Identitäten, nie eine ehrliche Antwort auf die Frage: ›Schatz, wie war dein Tag?‹ Mir ist es lieber, komplett einzutauchen und kein Leben B zu haben. Ich besitze eine Autowerkstatt, und ich lebe allein. Punkt. Mehr muss niemand wissen.«

Judith stand auf. Von dem Apfel war nur noch das Kerngehäuse übrig. Sie nahm den Unterteller und öffnete den Spülbeckenunterschrank.

»Die Tonne.« Frederik wies auf einen Mülleimer daneben. »Wir trennen hier.«

»Du trennst wohl alles. Beruf und Privates. Familienleben und Job.« Sie hob den Deckel und warf den Abfall hinein. Den Teller stellte sie in die Spüle.

»Es geht nicht anders.«

»Und die Nachbarn?«

»Kriegen ihre Schüsseln repariert, und ich erzähle was von Scheidung und ein paar Jahren Knast, dann lassen sie dich in Ruhe.«

Für Judith, die noch nie in einer festen Beziehung gelebt hatte und auch nicht das Verlangen danach spürte, war Frederiks Lebensform dennoch absurd. Aber hatte Kaiserley nicht genauso gelebt? War ihr Vater nicht ebenfalls ein Tänzer zwischen den Welten gewesen?

»Außerdem glaubst du nicht, wie viele Männer selbst privat ein Doppelleben führen. Ich kannte mal einen, der hatte zwei Familien. Und das ging über Jahre.«

»Was genau bedeutet das jetzt für dich? Du rufst Isa an und sagst ihr: ›Hey, da ist jemand reingeschneit, der kennt mich noch aus Schenken und weiß, dass ich da als völkischer Beobachter gearbeitet habe.‹ Wo ist das Problem?«

Ab und zu waren die Geräusche von Autos zu hören gewesen, die sich mit dem Kopfsteinpflaster abmühten. Nun fuhr jemand auf den Werkstatthof. Dieser Jemand hupte dreimal kurz. Frederik stand auf und wischte ein Guckloch in der beschlagenen Scheibe frei.

»Da draußen«, antwortete er nur. »Da haben wir es schon.« Bevor Judith nachfragen konnte, war er an der Tür. »Du bleibst hier und zeigst dich nicht. Egal, was passiert. Hast du mich verstanden?«

Sie nickte. Kaum war Frederik verschwunden, stand sie am Fenster und spähte hinaus. Der Wagen war ein lang gestreckter Ford, etwas in die Jahre gekommen. Aus ihm stieg ein Mann – Lederjacke, Lederhose, Stiefel, eher ein Biker denn ein Autofahrer. Mit wiegendem Gang kam er auf den Hauseingang zu und zog sich dabei die Hose in den Schritt. Ein Bewegungsmelder musste Lampen aktivieren, denn gleich drei sprangen an, eine von ihnen direkt über der Tür. Frederik ging raus, beide begrüßten sich mit Handschlag und derben Knüffen. Der Mann legte Frederik den Arm um die Schulter und führte ihn zu der Garage, die dem Haus am nächsten lag.

Diese Art zu laufen, als ob er zu viele Cowboyfilme gesehen hätte. Ihr Herz begann zu jagen. Guntbart. Ihre letzte Begegnung lag zwar einige Zeit zurück, aber sie würde sie nie vergessen.

… das Jagdgewehr, das er von der Schulter nimmt. Noch im Laufen entsichert er es. Das laute Klacken lässt die anderen zur Seite flüchten.

»Guntbart«, sagt einer. »Hör auf. Mach dich nicht unglücklich.«

Noch im Gehen richtet Guntbart seinen Lauf auf Judith. Alle stieben auseinander. Er bleibt stehen und zielt. Langsam hebt sie die Hände. Er drückt ab.

Alle schreien auf. Die Kugel pfeift um Haaresbreite an Judith vorbei. Guntbart kommt noch näher. Der Nachhall singt in ihren Ohren.

»Judith Kepler aus Lichtenberg«, sagt er. »Ich weiß, wo du wohnst. Tabea hat es mir gesagt. Wenn du glaubst, du hast uns im Sack, dann lass dir eins gesagt sein: Wir haben Freunde in deiner Nachbarschaft. Gute Freunde.«

Er hatte Hunde auf sie gehetzt. Er hätte sie liebend gerne erschlagen und verscharrt, da oben in diesem mecklenburgischen völkisch-nationalen Dorf.

Guntbart drehte sich so plötzlich zu ihr um, dass sie zurückfuhr.

Sie stieß an einen Milchtopf mit Kochlöffeln, der mit lautem Knall auf dem Boden zerbarst. Sie hörte Frederiks Lachen und seine Stimme, die irgendetwas zur Erklärung sagte.

Hastig griff Judith nach ihrer Jacke. In dem engen Flur wartete sie, bis sie sicher sein konnte, dass die beiden in der Garage sie nicht bemerkten. Dann verließ sie das Haus, schlich über den Hof und begann, kaum dass sie die Straße erreicht hatte, zu rennen. Ihre Finger zitterten so stark, dass ihr der Autoschlüssel in den Matsch fiel. Als sie endlich startete und losfuhr, war es, als hätte sie die Hölle gerade noch einmal durch einen Hinterausgang verlassen.

Sie hatte Guntbart ins Gefängnis gebracht. Zusammen mit seinen Vorstrafen und den anderen Delikten hätte er mindestens drei Jahre in den Bau gehen müssen. Stattdessen lief er frei herum und drehte mit Frederik schon das nächste Ding.

Isa. Isas Werk und Guntbarts Beitrag. Wenn diese Frau es wollte, öffneten sich sogar die Knasttore. Und ein Mann lief da draußen herum, der nur eins und eins zusammenzählen musste, um zu wissen, wer ihn hinter Gitter gebracht hatte.

Sie war sich nicht sicher, ob Guntbart so weit zählen konnte. Aber sie wusste, dass er sie hasste. Und dass er beim nächsten Mal nicht vorbeischießen würde.

5

Es gab Leute, die das Buck and Breck für einen Geheimtipp hielten. An der mit Graffiti und wilder Werbung verzierten Wand in der Brunnenstraße wies nur ein kleines Schild mit der Aufschrift »Bar« darauf hin, dass es hinter der wüst bekritzelten Eisentür etwas zu trinken gab. Vielleicht waren sie auch einmal abgewiesen worden, weil die Inhaber es interessant fanden, nur Einzelpersonen und Paare einzulassen. Ein soziologisches Experiment, das aufging, denn wer hier auftauchte, wollte entweder einen exzellenten Drink genießen oder war glücklich, überhaupt eingelassen worden zu sein. Nur entspannte Gesichter also, egal um welche Uhrzeit.

Isa war ein paarmal hier gewesen. Man musste die Tür nicht im Auge behalten, die Bar war so klein, dass jeder Neuzugang sofort auffiel. Trotzdem platzierte sie sich nahe am Eingang, direkt unter den runden Lampen, um den Mann, den sie erwartete, sofort in Empfang zu nehmen. Sie saß am Tresen, andere Plätze gab es nicht, der Raum fasste nicht mehr als ein gutes Dutzend Leute. Aber es war erst kurz nach acht und Isa neben einem asiatischen Pärchen der einzige Gast. Vor ihr stand ein Drink aus der Rubrik »Dry and hard« im Verhältnis fünf zu eins (Whisky und roter Wermut), wie er klassischer nicht sein konnte.

Es war ein Ort, an dem man stilvoll zum Trinker werden oder spätnachts seinen Gedanken nachhängen konnte. Vielleicht war die Idee, Einzelpersonen zu bevorzugen, ja gar nicht so schlecht? Frauen in Isas Alter kamen selten dazu, allein in der Öffentlichkeit zu trinken. Fast immer stand irgendwann ein volles Glas vor ihnen, und der Barkeeper deutete mit einem Nicken auf einen Mann in der schummrigen Ecke des Ladens, der seinen Tumbler in ihre Richtung hob und natürlich, was sonst?, wenig später neben ihnen saß. Es war aber auch ein Ort, um sich mit einem Mitarbeiter der russischen Botschaft zu treffen, der im letzten Jahr zusammen mit einem Dutzend weiterer akkreditierter Diplomaten von der CIA als Spion enttarnt worden war, nachdem er mehrfach versucht hatte, potenzielle Quellen auf Botschaftsempfängen oder ebenjener Party im Auswärtigen Amt anzugraben. Halb offene Beschaffung nannte man das, was die Ausgespähten irrtümlich für den Beginn einer wunderbaren Freundschaft hielten. Isa war mit den einzelnen Schritten des Balztanzes vertraut, immer wieder wandten sich Bundestagsabgeordnete oder Wirtschaftsvertreter hilfesuchend an die Spionageabwehr, wenn ihnen der anfangs harmlose, dann hartnäckige russische Diplomat suspekt wurde.

Aber dies war noch kein *Eisernes Treffen*, es war eine erste Kontaktanbahnung. Und sie würde anders ablaufen, als sie sich der Mann, der nun den Laden betrat und bei Isas Anblick erfreut den Hut zog, vorstellte.

»*Gospodin* Bogomolov«, begrüßte sie ihn. Er verbeugte sich formvollendet und hauchte einen Kuss auf die ihm dargereichte Hand.

»Frau Kellermann.«

»Es ist mir eine Freude, Sie wiederzusehen.«

Er war kein schöner Mann. Wenigstens das hätte ihr das Schicksal doch zugestehen können. Hager, mit Bauchansatz, ein längliches Gesicht, immerhin ein Hauch von Willensstärke in den Augen. Mit Ende vierzig immer noch Mitarbeiter und nicht Leiter der Abteilung für Visaangelegenheiten, schon das war verdächtig. Er legte den Mantel ab und bestellte das Gleiche wie Isa. Dann setzte er sich neben sie auf den Barhocker. Sein Knie berührte leicht ihren Schenkel.

»Ich hatte kaum noch zu hoffen gewagt, von Ihnen zu hören.« Sein Deutsch war perfekt, vielleicht das H etwas kehlig. »Wann sind wir uns zum letzten Mal begegnet?«

»Zum ersten Mal, meinen Sie. Im vergangenen Jahr.«

»Sind Sie noch bei der Staatsanwaltschaft? Ich wollte schon immer mehr über Ihren Beruf erfahren. Und über Sie.«

Der Druck seines Knies verstärkte sich leicht. Noch konnte man das mit der Enge entschuldigen, denn weitere Gäste betraten den Raum.

»Herr Bogomolov, ich weiß, wer Sie sind und was Sie getan haben.«

Er hob mit gespieltem Entsetzen die Hände. »Diese unsäglichen Verleumdungen! Glauben Sie nie einem Amerikaner. Sie sehen Gespenster.«

Isa, die den Verfassungsschutzbericht mit Neugier gelesen und Bogomolovs Namen damals eher amüsiert zur Kenntnis genommen hatte, lächelte.

»Warum sind Sie nicht schon längst wieder in Moskau? Oder an einer anderen russischen Botschaft?«

»Meine vier Jahre sind noch nicht um. Und ich spreche zu gut Deutsch. Ich habe mich gesellschaftlich etwas zurückgezogen, nach diesen Fake News.«

Gesellschaftlich zurückgezogen – fast hätte Isa gegrinst. So nannte man die kurze Leine also. Sein Martini wurde serviert, er trank ihn mit dem ersten Schluck zur Hälfte aus.

»Warum wollten Sie mich sehen?«

Seine Augen glitzerten und wanderten dann von ihrem Gesicht über den Hals bis zum Ausschnitt. Sie trug immer noch den Blazer, den sie am Morgen angezogen hatte, allerdings ohne die Bluse darunter.

»Ich möchte Sie um einen Gefallen bitten. Ihr Handy?«

Langsam glitt seine Hand in die Anzugtasche. Er legte das Gerät auf dem Bartresen ab.

»Ausschalten, bitte.«

Er drückte den seitlichen Knopf. Das Display leuchtete einmal auf und zeigte die Basilius-Kathedrale in Moskau. Dann erlosch es. Sie nahm seinen Mantel und tastete die Taschen ab. Sauber.

»Und jetzt Sie, wenn ich bitten darf.«

Isa holte Handy Nummer zwei heraus und schaltete es ebenfalls aus. Die anderen drei lagen im Auto. Der Barkeeper warf ihnen einen schnellen Blick zu, doch neue Gäste beanspruchten seine Aufmerksamkeit, und in diesem Job gehörten seltsame Menschen mit absurdem Verhalten zur Arbeitsplatzbeschreibung.

»Nun?«

»Ich möchte, dass Sie einen Kontakt für mich herstellen.«

»Zu wem?«

»Zu Ihrem Chef.«

Hätte Isa nicht diverse Schulungen hinter sich, ihr wäre vielleicht das minimale Zucken im Gesicht Bogomolovs entgangen. Vordergründig war es Überraschung. Hintergründig wohl auch.

»Wen bitte?«

Isa beugte sich zu ihm, was den Druck seines Knies an ihrem Bein verstärkte und durchaus beabsichtigt war. »Gregorij Putsko. Ich kenne seinen Alias-Namen nicht. Ich weiß nur, dass er im französischen Verteidigungsministerium eingesetzt ist und sämtliche Fäden der russischen Auslandsaufklärung bei ihm zusammenlaufen. Arrangieren Sie ein Treffen.«

Bogomolov leerte die zweite Hälfte seines Glases und stellte es zurück auf den schwarz gekachelten Tresen. Der Barkeeper räumte es mit einer eleganten Handbewegung ab und erhielt von seinem Gast mit einem beiläufigen Nicken den Auftrag, den nächsten Martini anzurühren.

»Es tut mir leid, aber da überschätzen Sie mich. Ich habe keinerlei Kontakte zu den Franzosen. Und ein Mann dieses Namens ist mir nicht bekannt.«

Isa glaubte ihm das sogar. Leute wie Bogomolov funktionierten auf einer ganz anderen Ebene. Sie arbeiteten in den Residenturen – den Stützpunkten beziehungsweise Vertretungen der Geheimdienste im Ausland, die fast immer in den Botschaften untergebracht waren. Sie waren die fleißigen Ameisen, die Augen und Ohren aufhielten und Informationssplitter beschafften, aus denen ganz andere Kaliber ein Puzzle zusammensetzten. Genau so eine Ameise brauchte sie jetzt.

»Rufen Sie einfach die Kollegen in Ihrer Botschaft in Paris an und machen Sie ein bisschen Druck. Dann klappt das schon.«

Er zog das Knie weg.

»Ich fürchte, Sie verschwenden Ihre Zeit. Selbst wenn jemand in der Pariser Residentur beschäftigt ist...«

»Er ist kein Diplomat. Er hat einen französischen Pass und wurde von euch über Jahrzehnte hinweg als Perspektivagent aufgebaut. Wir wissen nicht, wo. Wir wissen nicht, wie er aussieht. Aber wir wissen, dass es ihn gibt.«

»Wer ist wir?«, fragte er, und zum ersten Mal dämmerte es ihm, dass mit Isa keine drittklassige Juristin des gehobenen Dienstes vor ihm saß.

»Unwichtig.« Sie trank einen Schluck. Verdammt gut, der Martini. Das Gespräch verlief exakt so, wie sie es sich vorgestellt hatte.

»Sagen Sie ihm, ich hätte etwas, das sehr wichtig sein könnte.«

Bogomolov legte die Arme auf dem Tresen ab und rückte noch ein Stück näher zu Isa. Seine Finger fuhren über sein Handy. Wahrscheinlich saß schon längst jemand mit Kopfhörern in seiner Botschaft und hörte mit, ausgeschaltet hin oder her. Ihr war das egal. Sie wollte schlafende Hunde wecken. Da durfte man nicht leise sein.

»Sie wollen wechseln?« Seine Augen, das einzig Lebendige in diesem blassen Gesicht, blitzten auf. Ein Angler, der lange genug im Trüben gefischt hatte und dessen Schnur plötzlich ruckte. War Isa Beute oder Köder?

»Nein. Nein!« Sie lachte, und es klang ehrlich amüsiert, wie man in einer Bar über den klugen Scherz seines charmanten Begleiters eben lachte. Der bekam seinen zweiten Martini, und er stürzte ihn hinunter, als hätte Putin ab Mitternacht ein Alkoholverbot für seine Botschaftsmitarbeiter verhängt.

»Ich will ihn treffen. Diese Woche. Egal wo. Am liebsten in Paris. Waren Sie schon mal dort?«

»Paris? Nein.«

»Würden Sie gerne die Stadt kennenlernen?«

Er nahm ihre Hand und hauchte einen Kuss darauf. »Mit einer so bezaubernden Frau wie Ihnen an meiner Seite, wer wünschte das nicht?«

»Wenn alles gut geht und Sie die Sache nicht vermasseln, könnte Ihr nächster Einsatzort am Boulevard Lannes sein.« Das war die Adresse der russischen Botschaft in der französischen Hauptstadt. Sie zog die Hand weg und steckte ihr Handy wieder ein. Dann reichte sie ihm eine Visitenkarte. Die mit der Aufschrift »Senatsverwaltung für Inneres und Sport«. Er las sie mit zusammengekniffenen Augen und ausgestrecktem Arm. Anschließend steckte er sie hastig ein.

»Interessant«, murmelte er.

Isa stand auf. »Dieses Treffen bleibt unter uns.«

»Natürlich.«

Das Erste, was er nach Verlassen der Bar täte, wäre, zurück in die Botschaft zu gehen und einen Bericht zu tippen.

»Es war mir ein Vergnügen, *Gospodin* Bogomolov.«

Er würde die Rechnung übernehmen. Mit Quittung, ohne Trinkgeld. Sie nahm ihren Mantel von der Garderobe und hängte ihn über den Arm, damit er ihr nicht hineinhelfen konnte. Sie wollte weg von hier. Raus an die frische Luft. Kein Handkuss zum Abschied, nur ein kurzer Blick an der Tür im Hinausgehen. Er hatte sich dem Barkeeper zugewandt und holte sein Portemonnaie heraus.

Der Weg zu ihrem Auto tat ihr gut. Einmal durchatmen, zur Ruhe kommen. Bevor sie losfuhr, rief sie ihren Vater an.

»Ich bin gleich bei dir. Mach dir keine Sorgen. Ich kümmere mich um alles.«

Sie lächelte, als sie in den Rückspiegel sah und Bogomolov in ihrem Blickfeld auftauchte. Er sah nach links und rechts, dann hob er sein Handy ans Ohr und begann noch im Laufen zu telefonieren.

Paris. Eine Dienstreise ohne Antrag und Paraphe. Sie musste billige Flüge googeln.

6

Judith fuhr den Computer herunter und sah sich noch einmal in Dombrowskis Büro um, ob sie auch nichts vergessen hatte. Dann löschte sie das Licht und verließ den Raum. Da sie fast immer Frühschichten übernahm, war ihr die abendliche Atmosphäre fremd. Die Stille im Gebäude, das Dröhnen der Stadtautobahn, das viel lauter zu sein schien als am Tag. Vor ein paar Minuten noch hatte sie am Fenster gestanden und Josef auf dem Hof gesehen, der die Garagentore prüfte, bevor auch er in den Feierabend ging. Er war verheiratet, hatte drei Kinder, alle wohlgeraten. Zwei studierten, das dritte Kind, ein Mädchen, hatte nach einer Bäckerlehre ein Café in Prenzlauer Berg eröffnet. Manchmal brachte er Kuchen mit.

Liz und Kai waren auch schon längst zu Hause oder auf der Piste. Kai, der die Frauen öfter wechselte als seinen Arbeitsoverall, und Liz, die nie ausging und sich lieber mit Freundinnen zum Binge-Watching auf der heimischen Couch traf. Im Erdgeschoss fiel ihr Blick auf die Tafel mit der Kolonneneinteilung. Ihr Name war durchgestrichen, stattdessen stand jetzt Kai auf dem Plan.

Dombrowskis Schlüsselbund lag in Judiths Hand, und sie

blieb im Raum stehen, sah den Gang zu den Umkleiden hinunter, die Stechuhren, den Kaffeeautomaten, und fühlte sich fremd. Ob es am ersten Stock lag? Über den anderen gelegen, dem geschäftigen Kommen und Gehen, den Rufen, Scherzen, Kommandos, dem »Wir hier unten, der da oben«? Der Gedanke, was aus ihr werden würde, wenn Dombrowski nicht so schnell aus dem Krankenhaus entlassen werden würde, lastete schwer auf ihr.

Und dann die Sache mit Frederik und Guntbart. Klar, er machte seinen Job. Aber musste er sich deshalb mit denselben Verbrechern zusammentun, die sie fast zu Tode gehetzt hatten? Auch nur ein Lügner. Überall Lügner.

Sie stand vor der Kellertür. Natürlich abgeschlossen. Sie erinnerte sich an einen Abend im letzten Jahr, als sie nach der Geländebegehung und Maßaufnahme eines neuen Kunden ungewöhnlich spät zurückgekehrt war, die Tür sich plötzlich geöffnet hatte und Judith um ein Haar in sie hineingelaufen wäre. Dahinter war Dombrowski aufgetaucht. Ein Gesicht, als hätte sie ihn beim Pornogucken überrascht. Rote Wangen, wild abstehende Haare, schnaufender Atem, ein bisschen lauter und schwerer als sonst, weil er gerade die Kellertreppe heraufgehastet war. Wie er die Tür zuschlug und abschloss. »'n Abend, Judith, was machste denn so spät noch hier?« Ertappt wirkte er. Blaubarts Zimmer da unten. *Gehört alles dir.*

Nein, sie würde nicht hinuntersteigen und in sein Geheimnis eindringen. Er würde wiederkommen, und dann könnte sie ihm in die Augen schauen und die Schlüssel zurückgeben. Sie hütete sein Geheimnis, aber sie würde es nicht lüften. Entschlossen machte sie sich auf den Weg nach draußen.

Es war bitterkalt. Manchmal gab es im Februar schon ein paar erste warme Tage, an denen man den Frühling ahnen konnte. In diesem Jahr schien sich der Winter an der Stadt festzukrallen. Die Temperaturen sollten unter null fallen, es würde Schnee geben. Winzig kleine Eiskristalle fielen schon vom Himmel und lösten sich auf, wenn sie die Erde berührten. Sie nahm sich vor, Josef daran zu erinnern, nochmals die Winterreifen der Hecklader zu überprüfen.

Eine halbe Stunde später war sie zu Hause. Sie schloss auf und lauschte in die gewohnte Stille ihrer Wohnung, die nie ganz ruhig war. Von unten drang der Verkehrslärm, gerade setzte sich der Aufzug wieder in Bewegung. Irgendjemand auf der Etage musste seinen Fernseher in den Flur gestellt haben, so laut waren die Geräusche einer Comedy-Sendung zu hören.

Der Geruch nach Büchern, Kartons und Kerzenwachs, ganz sanft touchiert von einer letzten Ahnung Seife, stieg in ihre Nase. Nichts Fremdes. Keine Veränderung der Moleküle, seit sie am Morgen ihre Wohnung verlassen hatte. Sie schloss hinter sich ab, ohne das Licht anzuknipsen, und ging mit schlafwandlerischer Sicherheit über den Trampelpfad durchs Wohnzimmer zum Balkon. Auch dort war alles so, wie es sein sollte: das abgedeckte Teleskop, der altersschwache Rattansessel, die leeren Weinflaschen. Gegenüber die Hochhäuser mit den dunklen und den erleuchteten Quadraten. Der Wind heulte und fuhr unter die Abdeckung. Sie musste sie festzurren.

Der Umschlag, den Stanz ihr gebracht hatte, lag noch immer auf dem Couchtisch. Judith konnte sich nicht überwinden, ihn wegzuwerfen. Sie erinnerte sich an die Hast und den leisen Widerwillen, mit dem sie die innenliegende Karte geschrieben hatte, und schämte sich dafür. Ich hätte wenigstens mal anrufen können, dachte sie. Martha Jonas war eine Magd des Systems gewesen. Doch innerhalb ihrer eng gesteckten Grenzen hatte sie den Spielraum mehr als einmal zu Judiths Gunsten genutzt.

Statt das Teleskop winterlich zu verpacken, entfernte sie

die Abdeckung, nahm die Taukappe ab und richtete den Tubus nach oben, hinauf in den hell erleuchteten Himmel über Berlin, der selbst das Licht der Sterne überstrahlte. Immerhin erwischte sie die Venus durch ein Wolkenloch, den hellen Abendstern in Südwest auf seinem Weg vom Mars zur Sonne. Für Jupiter war der Himmel zu bedeckt. Kein Mond. Aber ein paar winzige Punkte am Firmament.

»Gamma Piscium.« Als hätte sie Amerika entdeckt. »Alrischa, Kullat Nunu ...« Sie begrüßte die Sterne wie alte Freunde auf der Durchreise. Fische. In der griechischen Mythologie das Sinnbild der Mutterliebe.

Aphrodite wollte ihren Sohn vor den Nachstellungen eines Riesen beschützen. Beide sprangen ins Wasser und verwandelten sich in Fische. Um sich nicht zu verlieren, verbanden sie die Schwanzflossen mit Bändern und wurden, gleich einem Sinnbild, zu den Sternen entrückt. Wie seltsam, dass sie ausgerechnet jetzt daran erinnert wurde. Obwohl Judith bis auf ein paar verwischte Bilder keine Erinnerung mehr an ihre Mutter hatte, war es in dieser Minute auf dem Balkon, fast erstarrt im eiskalten Wind, als würde das Band zwischen ihnen noch existieren.

Wer warst du?, dachte sie. Warum gibt es niemanden, der sich an dich erinnert? Der mir sagen kann, ob du mich ersehnt und geliebt hast und wie es war, mit einem Mann zu leben, dessen Beruf es war, mit anderen Frauen zu schlafen?

Ihre Gedanken glitten zu Tabea. Wie sie sich kennengelernt hatten, zwei einsame Seelen im Treppenhaus der Wohnblöcke. Wie sie das Kind Wochen später an einer Bushaltestelle aufgelesen hatte, weil es nicht mehr in die Wohnung kam, wo der Schlüssel von innen steckte. Wie sie das Kind zu sich geholt hatte, nachdem der Leichenwagen vorgefahren war und die Kripo festgestellt hatte, dass beim Tod von Tabeas Mutter *kein Fremdverschulden* vorlag. Tabletten und Alkohol, Arbeitslosigkeit und Armut. Ein Teufelskreis, aber *kein Fremdverschulden*. Also selbst schuld, wer nicht mehr auf die Beine kam… Ein Wochenende lang durfte Tabea bei ihr bleiben. Dann kam das Jugendamt dahinter, dass Judith kein unbeschriebenes Blatt und das Mädchen besser beim Vater aufgehoben war. Drei Tage Kindershampoo. Pizza. Und dann eine flüsternde Kinderstimme zum Abschied: Ich hab dich lieb. Woher hätte Judith wissen sollen, dass Tabea damit jemanden ganz anderen meinte?

Eine Kollegin war vor langer Zeit mit rot geweinten Augen zur Schicht gekommen. Ihre Katze war gestorben. Es dauerte keine zwei Tage, und sie hatte eine neue. Verlust brauchte Ersatz. Sie hatte zu viel in die Zuneigung des Mädchens hineininterpretiert. Tabeas Gefühle hatten nicht ihr gegolten, sondern einem willkürlichen Adressaten, der ihre Verzweiflung und die ins Leere laufende Liebe nach dem Tod ihrer Mutter abfedern konnte. Die Profis vom Jugendamt und dem Kindernotdienst konnten das. Judith nicht.

Tabea musste zur Ruhe kommen. Ein neues Zuhause finden bei ihrer Tante in Thüringen. Da konnte nicht immer wieder eine Frau aus Berlin hereinplatzen und Hoffnungen schüren, die sie nicht erfüllen konnte. Der Gedanke an diesen Schnitt tat weh, und der Schmerz zeigte Judith, wie nah ihr das Mädchen gekommen war. Und Frederik, der Vater? Wie machte der das, wenn er seinem Kind ins Gesicht log? Mööönsch, Mädel, Wellen waren das heute, Brecher, hoch wie ein Haus! War es das, was er Tabea erzählte, während er in Mahlow saß und für Nazis den Lakaien spielte?

Es gab ja die Theorie, dass man sich im Leben immer an demselben Typ Mensch orientierte. Für sie gab es wohl nur noch ein paar Restexemplare der ewig gleichen Sorte: Lügner. Vielleicht war das so, wenn man aus einer Stasifamilie kam. Wo zum Teufel hatte sie eigentlich das Foto hingetan?

Es war uralt, Agfa-Farbfilm, bestand fast nur noch aus Gelb-, Rot- und Grüntönen. Zu groß für den Bilderrahmen, in dem es einmal gesteckt hatte, und deshalb an den Kanten umgeknickt. Mann, Frau, Kind. Irgendwann einmal hatte sie es in ein Buch gelegt, um es aus den Augen, aber immer noch in der Nähe zu haben.

Sie nahm es mit zur Couch, warf sich hin und hielt es in den Händen. Der Mann hatte dunkle, gelockte Haare. Er hatte seinen Arm um eine blonde Frau gelegt. Es sah vertraut, aber nicht innig aus, so wie man Ende der Siebziger, Anfang der Achtziger posiert hatte. Etwas überbelichtet, vielleicht verlor das Foto mit den Jahren auch einfach nur die Farbe. Irgendwann würden sich die Konturen auflösen, erst die Gesichter, dann die Umrisse. Sie hätte gerne gewusst, wie es ausgesehen hatte, als es neu war. Vielleicht wäre dann die Erinnerung an diesen Moment gekommen, in dem ein Unbekannter auf den Auslöser gedrückt hatte. Faszinierend fand Judith das Kind. Es war am besten »erhalten«. Blonde Locken, ein strahlendes Lachen. Sie erkannte sich wieder, aber das lag eher am Wunschdenken und weil sie noch das Foto aus ihrer alten Heimakte besaß, das irgendwann einmal in einen bundesdeutschen Reisepass geheftet worden war. Das gleiche Mädchen, einmal ernst auf dem Passfoto und dann so fröhlich, nicht ahnend, was die Zukunft bringen würde. Es saß auf dem Farbfoto zwischen der Frau und dem Mann, den einen Fuß etwas weiter nach vorn gestellt, als ob es auf dem Sprung wäre. Die Frau hatte die Arme locker um seine Taille gelegt, als ob sie es festhalten wollte. Nur diesen kurzen Augenblick, mein Schatz. Bleib doch mal still.

Sie ließ das Foto sinken. Hatte ihre Mutter das wirklich gesagt? Ihre früheste Kindheit war fast völlig gelöscht worden. Nicht nur durch die saubere Arbeit im Heim, auch durch den Schock, den sie damals erlitten hatte. Sie sollte gesehen haben, wie ihre Mutter starb … aber sie sah es nicht. Und dann hatten sie ja angeblich auch noch ihren Vater erschossen – er musste dabei gewesen sein, aber sie sah ihn nicht. Woran sie sich erinnerte, war Lenins Salonwagen im Lokschuppen von Sassnitz, wo alles passiert war. Und an ein ganz frühes Gefühl von Urvertrauen und grenzenloser Zuneigung. Das war noch in ihr. Nie wieder so empfunden. Aber fähig dazu. Immerhin.

Sie faltete die Ränder auseinander. Die Knicke waren schon ganz mürbe geworden. Ihr Großvater hatte das Foto auf dem Nachttisch stehen gehabt. Es war das Einzige, was sie von ihm besaß (und den uralten Rattanschaukelstuhl). Er hatte die Ränder dem Rahmen angepasst, sodass nur die kleine Familie zu sehen war. Auseinandergefaltet konnte man erkennen, dass sie auf einer Treppe saßen. Nach einem Dutzend Stufen kam ein breiter Absatz, dann die nächste Etage. Gesäumt war sie an den Seiten nicht von einem Geländer, sondern von schmalen Riesenstufen – eine einzige war so hoch wie vier der breiten Treppe. Sie sah modern aus, nicht alt, barock oder zerbröselt. Vielleicht irgendwo im ehemaligen Ostblock, der Aufstieg zu einem Mahnmal oder einem Despotenpalast. Und dennoch ein Ort, an dem sie als Familie zusammen gewesen waren. Sie würde gerne einmal dorthin fahren. Sich auf die Stufen setzen. Die Augen schließen. Versuchen, sich vorzustellen, wie jemand sie von hinten umarmt und sagt: »Bleib doch mal still …«

Es klingelte, und der Ton fräste sich wie mit einer Kettensäge in ihre Nervenbahnen. So spät? Kurz vor zehn. Besuch hatte schon zu normalen Tageszeiten Seltenheitswert. In Schockstarre harrte sie, wartete. Vielleicht ein Irrtum? Klingelstreiche von bekifften Zwölfjährigen? Das nächste Läuten schien noch schriller zu sein.

Sie schlich auf den Balkon und spähte hinunter. Natürlich war kein Auto zu sehen. Es klingelte wieder. Länger. Hörte gar nicht mehr auf. Sie stolperte durchs Wohnzimmer, knallte mit dem Couchtisch zusammen und hechtete in den Flur. Aufhören!, schrie alles in ihr. Aufhören!

»Ja?«, schrie sie in den Lautsprecher.

Die Gegensprechanlage knackte.

»Hier ist Frederik. Kann ich raufkommen?«

Judith stöhnte auf und rieb sich das schmerzende Schienbein. Das Misstrauen zückte sein Stilett und bohrte einen ersten Stich in ihr Herz.

»Judith?«

»Ist schon spät, und ich muss morgen früh raus.«

»Ich auch.«

»Dann hast du also nicht gekündigt?«

Ein kurzer Moment der Stille, in der das Brausen der Stadt durch billige Membrane verstärkt bei ihr oben ankam wie fernes Donnergrollen.

»Ich muss mit dir reden. Aber nicht so.«

Sie legte den Finger auf den Türöffner, dann drückte sie. Durch die Gegensprechanlage hörte sie das Öffnen der Haustür und wie sie wieder ins Schloss fiel. Wenig später setzte sich ein Fahrstuhl in Bewegung. Sie wartete, bis er wieder oben eingetroffen war, und öffnete die Tür. Frederik trat aus der Kabine und wollte erst in die falsche Richtung gehen, ein leiser Pfiff hielt ihn zurück.

»Komm rein«, sagte sie und hielt ihm die Tür auf.

Er wusste von Tabea, wo er sie finden konnte. Also keine Hexerei, dass er auch sie aufgespürt hatte.

»Nett hier.« Er blieb im Eingang zum Wohnzimmer stehen.

»Willst du was trinken?«

»Was hast du denn?«

»Wein.«

»Du siehst aus, als gäb's nur Bier bei dir.«

»Sieht nicht alles so aus, wie es ist. Weiß oder rot?«

»Egal.«

Sie ging in die Küche und holte eine neue Flasche. Rot. Es war die Uhrzeit für Rot. Und der Anlass, der auch. Sie war nervös, fast hätte sie die Gläser fallen lassen. Sie kehrte ins Wohnzimmer zurück, wo Frederik es sich bereits im Sessel bequem gemacht hatte. Der Korkenzieher lag noch auf dem Couchtisch.

»Gib her.«

Sie reichte ihm die Flasche und setzte sich auf die Couch. Fuhr sich durch die Haare. Rieb sich die Handflächen an den Oberschenkeln ab. Begann, angelesene Bücher aus den Ritzen des Sofas zu holen und aufeinanderzustapeln. Bekam endlich das Glas von ihm, nahm einen tiefen Schluck. Er hob seines in ihre Richtung. Klar, sie hätten anstoßen sollen. Aber auf was?

»Guntbart war bei dir«, sagte sie schließlich. »Ich dachte, er sitzt im Knast.«

»Hat einen guten Anwalt. Und wir brauchen ihn.«

»Du weißt, was er mit mir vorhatte.«

»Im Moment hat er andere Sorgen, glaube mir.«

»Bist du sicher? Ich habe das Gefühl…« Sie schluckte den Rest des Satzes gerade noch hinunter. »Ich glaube, er hat einen Narren an mir gefressen. Er hat gesagt, er weiß, wo ich wohne.«

»Mach dir keine Sorgen um ihn. Wirklich nicht.«

Der Wein war nicht besonders. Sie hätte den Weißen wählen sollen, einen klaren, frischen Riesling. Jetzt saßen sie in diesem unaufgeräumten Wohnzimmer bei einem billigen Roten, und sie hätte wenigstens mal aufräumen können in den letzten zwei, vier, sechs Wochen…

»Für was braucht ihr ihn?«

»Kann ich nicht sagen.«

»Du wolltest dich – wie hast du das ausgedrückt? – nachrichtenehrlich machen.«

Er probierte den Wein und nahm ihn wie ein Mann. »Es ist

so: Wir haben eine ziemlich große Sache am Laufen. Geplant über Wochen. Mit mir und meiner Biografie eigentlich über Jahre. Das kann ich jetzt nicht einfach hinschmeißen. Deshalb bin ich hier. Kannst du den Mund halten?«

»Nur wenn du mir sagst, um was es geht.«

»*No chance.*«

»Warum nicht?«

Er seufzte. Nachsichtig, noch nicht ungeduldig. Jetzt musste er dieser etwas verwirrt wirkenden Frau mit dem seltsamen Job auch noch erklären, was Undercover war.

»Es ist wirklich ein großes Ding. Besser, wenn du nichts darüber weißt. Ich dürfte auch gar nicht hier sein.«

»Dann geh.«

»Erst will ich wissen, was du vorhast.«

Sie trank noch einen Schluck und spürte, wie er in ihrem Magen ankam. »Weiß ich nicht. Gar nichts. Es könnte ja sein, dass ich nur wegen Tabea bei dir war. Sie wollte mich mal besuchen.«

»Nicht schlecht. Funktioniert nur leider nicht, denn ich hätte deshalb mit dir von meiner Bohrplattform aus telefoniert und dich nicht in meine konspirative Werkstatt gelockt.«

Sie zuckte mit den Schultern. Denk dir was Besseres aus, sollte das heißen. Er hob das Glas und betrachtete seinen Inhalt, als würden Urzeitkrebse darin schwimmen.

»Hast du noch was anderes?«

»Ja, klar.«

Sie stand auf, ging in die Küche und holte den Weißen.

»Ist das deine Familie?«

Sie blieb stehen, als wäre ein Felsen direkt vor ihr vom Himmel gefallen. Langsam drehte er sich zu ihr um.

Da sah sie das Foto in seiner Hand.

»Das lag auf dem Boden«, entschuldigte er sich. »Bist du das? Mit deinen Eltern?«

Er reichte es ihr, und sie gab ihm das Glas und legte die Aufnahme auf den nächsten Bücherstapel.

»Wo war das?«

»Ich weiß es nicht mehr. Ich kann mich nicht erinnern.«

»Seltsam...«

Er stand auf und ging die paar Schritte zum Balkon mit der traumwandlerischen Sicherheit eines Fährtenlesers, denn anders konnte man den Weg zwischen den Bücherstapeln und Kisten nicht bewältigen, ohne sich die Beine zu brechen. Du musst endlich aufräumen, dachte sie. Dann fiel ihr Blick auf das Foto, und sie wusste, dass da noch mehr war, das sich nicht an seinem Platz befand.

»Was ist seltsam?«

Er drehte sich so schnell zu ihr um, dass sie den Ausdruck von Verlorenheit nicht mehr kaschieren konnte.

»Judith, irgendwas stimmt hier nicht.«

»Wie meinst du das?«

»Unsere Wege kreuzen sich auf so ausgefallene Weise, als hätte sie sich ein Führungsbeamter auf Koks ausgedacht. Erst in Schenken, jetzt in Mahlow. Wer bist du? Was willst du von mir?«

Sie stand auf, ging auf ihn zu und nahm ihm das Glas ab. Er ließ es geschehen. Sie hob die Hand und fuhr durch seine Haare.

»Ich weiß es nicht«, sagte sie leise. »Ich weiß nicht, wer ich bin, und ich weiß nicht, was ich von dir will. Bis auf eines.«

Sie küsste ihn. Er war überrumpelt, doch dann erwiderte er den Kuss, legte seine Hände auf ihren Rücken, zog sie an sich. Seine Hände wanderten tiefer, und sie folgte ihnen an seinem Körper.

Er stöhnte. »Hör auf.«

»Nein«, flüsterte sie. »Nicht, bis es vorüber ist.«

Er ging um zwei Uhr morgens. Judith blieb liegen, wälzte sich von einer Seite auf die andere, roch ihn an sich, den Laken, den Kissen, hatte Bilder im Kopf wie zerrissene Filmschnipsel, wild, durcheinander, ein Gewitter in den Venen und Blitze im Bauch. Sie hatte sich verloren und gefunden, war sich fremd und so nah wie nie. Spürte sich, endlich wieder, als ob sie eine andere gewesen wäre und jemand sie zurückgeführt hätte zu sich selbst.

Sie stand auf und ging ins Wohnzimmer, drehte sich eine Zigarette und legte sich nackt, wie sie war, auf die Couch. Die Heizung arbeitete auf Hochtouren. Oder glühte sie immer noch?

Es ist nur Sex, sagte sie sich. Aber einer von der Sorte, an die Gott nicht gedacht hat, als er Mann und Weib schuf. Er war gegangen ohne ein Wort, nur mit einer letzten Berührung seiner Hand, die über ihren Körper strich und sie an den Knöcheln verließ. Kein »Bleib noch zum Frühstück«. Kein »Seh ich dich morgen?«. Sex, den er genauso gebraucht hatte wie sie. Ganz sicher.

Sie konnte nicht schlafen. Also ging sie unter die Dusche, zog sich an und begann, die Wohnung aufzuräumen. Was man eben so tat als neuer Mensch, wiedergeboren in den Armen eines Mannes, der genau wusste, was er tat. Immer wieder stahl sich ein Lächeln in ihre Mundwinkel. Wenn sie es bemerkte, rief sie sich zur Ordnung. Dieses Herzklopfen würde sie auch noch bekommen, selbst wenn sie sich kontrollierte. So war das also, wenn man wachgeküsst wurde und selbst das Vertrauteste sich fremd und neu anfühlte.

Sie musste einen Rahmen für das Foto besorgen. Einen, der passte.

Als der Morgen graute, war sie fertig. Es war, als hätte sie einen Tatort gereinigt und alle Geister der Vergangenheit vertrieben. Es duftete nach Lavendel und Kernseife. Die Bücher standen in Doppelreihen im Regal, die Umzugskartons hatte sie zusammengefaltet vor der Wohnungstür deponiert. Nur das Gras, das sie schon in einem blauen Müllsack entsorgt hatte, holte sie wieder heraus. Man musste ja nicht mit allen alten Gewohnheiten brechen.

Halb sieben. Frühschicht. Zeit, zurück an den Schreibtisch zu kehren und die Zügel in die Hand zu nehmen. Dombrowski verließ sich auf sie, und er hatte recht damit. Als sie den Gewerbehof erreichte und den Transporter abstellte, als sie die Kollegen sah, die den Bock der Lastwagen erklommen und in Kolonnen zu ihrem Einsatz ausschwärmten, als sie Josef an die Winterreifen erinnert hatte und die Stufen nach oben zu Dombrowskis Büro hochgestiegen war, stand sie mit einem Becher Kaffee am Fenster und fühlte sich wie der Kapitän eines Ozeandampfers. Okay. Binnenschiffs.

Gehört alles dir.

Zum ersten Mal machte ihr der Gedanke keine Angst.

Es war etwas anderes, das sie insgeheim befürchtete: dass dieses Hochgefühl nicht von Dauer sein würde und radikale Veränderungen vielleicht eine andere Ursache haben sollten als eine gute Nacht mit einem guten Mann im Bett.

Und Larcan? Es war etwas in ihr zur Ruhe gekommen, und das war gut so. Es schlief. Hoffentlich lange.

7

Der Anruf kam um kurz nach eins, als Isa auf dem Weg zum Fahrstuhl hinunter zur Cafeteria war. Den Vormittag hatte sie am Schreibtisch verbracht. Bluhm hatte den außen im Schloss steckenden Schlüssel bemerkt und war für ein paar Minuten hereingekommen.

»Was machen Sie denn hier?«

»Nur noch ein paar Akten ziehen und den Einsatzplan für Odessa vorbereiten. Dann verschwinde ich wieder.«

Seine Stirn legte sich in besorgte Falten.

»Mir geht's gut, wirklich. Ich will das hier im Blick behalten. Ist ja mein V-Mann, der überleben soll.«

Bluhm nickte und lehnte sich an den mannshohen Safe. »Haben Sie ihn über die Änderung der Führung informiert?«

»Sie meinen, dass ab Grenzübertritt der formidable Herr Täschner mit der Bundeswehr übernimmt? Ja. Deshalb besteht er darauf, dass ich im Hintergrund mit dabei sein soll. Konnten Sie deshalb schon mit Wohlsam sprechen?«

Bluhm verließ seine Stellung und trat an den Schreibtisch.

»Ja. Die Sache erhält Priorität. GETZ und Bundespolizei koordinieren die Begleitung des Containers. Wie sieht es damit aus?«

»Bin gerade dabei.« Isa blätterte durch ihren Spiralblock. »Die Tulpen werden morgen Nacht mit einem Ford Transit nach Passau gebracht« – *Tulpen* war das saloppe Wort für Gewehre – »und dort auf ein Gütermotorschiff zugeladen, Name Niobe, eingetragen auf die Reederei Trans RoRo mit juristischer Adresse in Trabzon, Türkei. Zugelassen für den Transitverkehr Donau–Schwarzes Meer. Der Container entspricht ISO-Standard, Farbe und Nummer erhalte ich noch. Das Umschlagen der Ladung erfolgt im Handelshafen von Odessa, wahrscheinlich am Sonntagnachmittag.« Sie lächelte kurz. Bluhm hörte aufmerksam zu, behielt wahrscheinlich nur einen Bruchteil von dem Gesagten, war aber von ihrem auf Effizienz und Kalkül getrimmten Vortrag angetan. »Sobald mein V-Mann Uhrzeit und Ort durchgegeben hat, greifen wir zu. Er ist schon auf dem Weg nach Passau, wo beladen wird.«

»Müssen wir nicht der Bayerhafen Bescheid geben?«

Isa sah kurz auf den Block. »Müssen wir?«

Als Bluhm die Lippen Richtung Bedenken schürzte, klappte sie die Notizen zu. »Ich bin da. Mir wäre Kelheim auch lieber gewesen, ist übersichtlicher. Aber alles, was wir brauchen, ist das Okay unseres UCA.«

»Wie wird die Fracht begleitet?«

»Gar nicht. Wir winken ihr mit Taschentüchern hinterher und nehmen sie in der Ukraine in Empfang. Der Zoll weiß Bescheid, die Kollegen in den Transitländern sind informiert, dass sie nicht so genau hinschauen.«

»Eine Menge Papierkram.«

»Deshalb bin ich hier. Die Donau fließt durch zehn Länder, wussten Sie das?«

»So viele?«

»Also, bei *Wer wird Millionär?* hätten Sie keine Chance. Wichtig sind Österreich und Moldawien. Die Republik Moldau ist ein europäischer Nicht-EU-Staat, aber immerhin ein Beitrittskandidat. Also sehr kooperativ.«

»Mit denen hatte ich noch nie zu tun.«

»Kommt alles noch, Herr Bluhm. Kommt alles noch.« Sie schob den Block von der einen auf die andere Seite.

»Und wie sieht es dann in Odessa aus?«

»Wenn mein Reiseantrag genehmigt ist, bucht die Reisestelle ein Ticket für Freitag nach Odessa. Mein UCA kommt einen Tag später mit dem Rest der Truppe. Sie werden von einem Vertreter des Regiments Asow abgeholt, wahrscheinlich Major Vitaly Petrenko. Ich maile Ihnen gleich ein Dossier. Petrenko ist bekennender Rechtsextremer und Antisemit, bezeichnet sich selbst als nationalkonservativ. Also genau der Richtige für einen Ausflug ins Grüne mit ein bisschen Sport und Wehrertüchtigung.«

»Wer gehört alles noch dazu, also neben Ihrem V-Mann?«

»Die genaue Zusammensetzung der Reisegruppe Wolfsrune, so nenne ich sie einfach mal, ist noch nicht bekannt. Nur ihr Boss, Guntbart Möller. Er saß wegen Waffenhandel vorübergehend in U-Haft, aber ich konnte einen Deal mit der Generalstaatsanwaltschaft aushandeln, weil die Anklage auf wackeligen Füßen steht. Mehr als eine Zahlung auf ein Konto bei einer Bank, der CHL-Bank, konnte ihm bisher nicht nachgewiesen werden. Abgesehen von Körperverletzung, unerlaubtem Waffenbesitz, Verwendung von Kennzeichen verfassungswidriger Organisationen, also Parolen, Fahnen, Abzeichen...«

Bluhm winkte ab.

»Wir lassen also eine Handvoll Rechtsextreme in die Ukraine reisen, um sich dort an Waffen ausbilden zu lassen, die sie vorher den Amis geklaut haben und selber noch mitbringen?«

»Gastgeschenke erhalten die Freundschaft.« Als sie seinen Blick bemerkte, fügte sie hinzu: »Nur fürs Erste.«

»Wenn das schiefgeht, Frau Kellermann. Wenn das schiefgeht!«

»Wird es nicht.« Sie warf einen Blick auf ihren Computerbildschirm. Sie hatte an einem exzellent vorbereiteten Einsatzplan gesessen, den sie eigentlich schon direkt nach dem Ausdrucken in den Papierkorb werfen konnte. Aber das würde sie Bluhm natürlich nicht sagen. Sobald sie den Fuß auf ukrainischen Boden setzte, würde die Sache nach ihren Regeln laufen. Bis dahin musste alles den Anschein von Rechtsstaatlichkeit wahren.

»Samstag, 26. Februar, Treffen mit Vertretern des ukrainischen Nachrichtendienstes SBU und der militärischen Spezialeinheit Alpha des Inlandsgeheimdienstes, der ja hauptsächlich für die Terrorbekämpfung zuständig ist. N. N., werden wir erst vor Ort erfahren, wer teilnimmt. Die deutsche Seite ist vertreten mit Tobias Täschner vom BND, dazu Stabsfeldwebel Gorny und Angehörige der Observationsgruppe der Bundeswehr sowie Isa Kellermann, Verfassungsschutz. Uhrzeit und Ort werden noch festgelegt, wahrscheinlich in einem Hotel oder einem von der deutschen Botschaft zur Verfügung gestellten Haus. Ich rate von einer Hinzuziehung der CIA ab.«

»Oh ja«, schreckte Bluhm auf, der ihr fast ein wenig verträumt zugehört hatte. »Die lassen wir raus, bitte.«

»Ich werde mein Bestes tun, die ukrainischen Kollegen davon zu überzeugen. Liegt natürlich nicht in unserer Hand, aber ich glaube, die haben auch keine Lust, sich von den Amis das Heft aus der Hand reißen zu lassen. Wenn die Truppe steht, machen wir uns an die Verteilung der Aufgaben. Die Kollegen vom BND werden vermutlich der Observationsgruppe zugeteilt. Ich könnte mir vorstellen, dass Täschner scharf auf den Job als Kompanieführer ist. Sobald die Reisegruppe Wolfsrune auf dem Flughafen von Odessa eintrifft, ist sie rund um die Uhr auf unserem Radar. Ich stelle konspirativ den Kontakt zu unserem UCA her.«

»Wie wollen Sie das machen?«

Isa lächelte wieder. »*Unter* Radar. Ich kenne die Arbeitsweise von BND und Bund.«

Es konnte nicht schaden, hin und wieder daran zu erinnern. Bluhm schien das aber noch nicht zu überzeugen.

»Wann wird denn seine Identität geklärt? Das muss vor dem Zugriff geschehen.«

»Hm, ja. Das ist der springende Punkt. Mir wäre es lieber, wir würden ihn mit seinen Reisegefährten gemeinsam nach Deutschland verbringen. Ich will nicht, dass er verbrennt. Er ist zu wertvoll.«

»Frau Kellermann, das ist ziemlich riskant.«

»Ich weiß es, er weiß es. Er hat sich über Jahre hinweg in den inneren Zirkel der absolut gewaltbereitesten Neonazis hineingearbeitet. Wenn wir wissen wollen, was diese Terroristen planen, dann können wir ihn da nicht abziehen. Ich werde einen Weg finden, verlassen Sie sich darauf.«

»Ihn mit heiler Haut herauszubringen und trotzdem *undercover* zu lassen?«

»Ich habe auch Guntbart Möller aus dem Knast geholt, um diese Operation nicht zu gefährden. Was glauben Sie, was passiert, wenn Möller mitkriegt, dass sein bester Kumpel einer von uns ist? Wollen *Sie* das dem LKA beibringen? Das wäre ein Sicherheitsfall par excellence, mit allem, was dazugehört. Neue Papiere. Ein neues Leben. Er hat ein Kind. Soll ich da eines Tages auftauchen und ihm sagen: Dein Vater ist im Dienst fürs Vaterland untergetaucht und darf nie wieder mit dir Kontakt aufnehmen?«

Das kam selten vor, aber es passierte. Das Zeugenschutzprogramm des LKA III gehörte zu den teuersten und aufwändigsten Prozeduren. Man vermied sie, wann immer es möglich war.

»Denken Sie, der BND macht das mit seinen Leuten anders?«, setzte sie hinzu und bohrte damit noch einmal kräftig den Finger in die Wunde, dass In- und Auslandsgeheimdienst einander nicht die Butter auf dem Brot gönnten.

Bluhm, der wohl gerade über seinen Kopf nachdachte, wenn ihm dieses Ding um die Ohren flog, hieb mit einer Hand sacht auf den Schreibtisch. »Dann machen Sie das so. Mein *go* haben Sie.«

»Danke, Herr Bluhm.«

»Wann sind Sie fertig?«

»Ich brauch noch eine halbe Stunde. Dann will ich kurz etwas essen und nach Hause zu meinem Vater.«

»Stimmt ja, die Beerdigung. Wann ist sie noch mal?«

Isa durchfuhr ein eisiger Schreck. Dann folgte die Erleichterung.

»Am Freitagvormittag. Herr Bluhm, könnten Sie das mit dem Reiseantrag dringlich machen? Ich würde der Reisestelle gerne grünes Licht für meinen Flug geben, damit ich am Abend in Odessa bin.«

»Natürlich.« Er stand auf. Irgendetwas lag ihm noch auf der Zunge. Doch er sagte nur: »Passen Sie auf sich auf.«

»Mach ich.«

Der Rest des Vormittags verging mit dem Schreiben von Mails und Anträgen, mit Telefonaten und all dem Verwaltungskram, der sie von der eigentlichen Arbeit abhielt. Bis ihr Magen knurrte und sie feststellte, dass sie seit dem Tod ihrer Mutter kaum etwas zu sich genommen hatte. Ihr Vater rief an und fragte, wann sie käme.

»Bald. Ich hab hier nur so viel zu tun.«

Das schlechte Gewissen konnte sie nur zur Seite schieben, wenn sie daran dachte, woran sie eigentlich arbeitete. Ich mach das alles wieder gut. Du wirst stolz auf mich sein, Papa. Irgendwann erzähle ich es dir. Wenn alles vorbei ist.

»Ich ruf dich an, wenn ich mich auf den Weg mache.«

Sie druckte die Operationsplanung aus und verteilte sie in verschiedene Mappen mit dem »Verschlusssache – streng geheim«-Stempel, die sie in die passenden Umschläge steckte und vorn an der Sicherheitsschleuse ins Ausgangsfach legte. Den Rest mailte sie. Anschließend passierte sie die Drehtür – jetzt reichte die PIN – und bestieg den Aufzug nach unten.

Ihr zweites Handy vibrierte. Die Nummer der russischen Botschaft.

Sie wartete, bis der Aufzug unten angekommen war, und verließ das Haus durch den ehemaligen Haupteingang, für den sie die Bärenhalle durchqueren musste. Bis dahin hatte das Klingeln schon längst aufgehört. Aber sie wusste, dass ihr Rückruf erwartet wurde. Und tatsächlich: Er nahm schon nach dem ersten Klingeln ab.

»Frau Kellermann?«

»*Gospodin* Bogomolov. Schön, Ihre Stimme zu hören. Wie geht es Ihnen?«

Es waren Diensthandys, das war beiden klar.

»Ich wollte Ihnen mitteilen, dass ich Ihrer Bitte entsprechen konnte.«

»Wie?«

Was wollte er damit sagen? Am Telefon? War er verrückt geworden?

»Ich freue mich sehr, weil ich doch weiß, welch ein großer Fan von Chopin Sie sind.«

War er auf LSD? Methadon? Koks? Isa kannte chiffrierte Gespräche, aber da hatte man sich wenigstens vorher auf die Bedeutung der Begriffe geeinigt.

»Tatsächlich«, sagte sie eisig.

»Der junge Pianist, der heute Abend in unserer Botschaft einen Gastauftritt hat, Leonid Glasman, macht gerade eine Europatournee. Sie wissen ja, dass wir unser Russisches Haus der Wissenschaft und Kultur in gewisser Weise auch als Äquivalent zum Goethe-Institut begreifen. Der kulturelle Austausch ist uns außerordentlich wichtig. Ja, Glasman ist heute in Berlin und morgen in Paris. Gestern war er in Vilnius. Die Leute haben eine halbe Stunde geklatscht!«

»Wirklich?« Das klang schon interessanter. Die Botschaftsabende waren legendär, sie dienten unter anderem dem Anbaggern von neuen Quellen, das war allgemein bekannt. Darüber war Bogomolov auch gestürzt – er hatte sich an eine US-Amerikanerin herangewanzt, von der er glaubte, sie wäre im Aufsichtsrat einer großen Chemiefabrik.

»Sie stehen auf der Liste. Seine Exzellenz der Botschafter und unser Kulturattaché wären entzückt, Sie kennenzulernen. Heute Abend, neunzehn Uhr. Nach dem Sektempfang beginnt das Konzert pünktlich um zwanzig Uhr.«

»Danke«, sagte sie und jubilierte innerlich. »Ich werde da sein.«

Ein Klavierkonzert in der russischen Botschaft. Es gab schlechtere Möglichkeiten, den Abend zu verbringen. Sie musste Bluhm und Wohlsam davon unterrichten, außerdem die Geheimschutzbeauftragte, aber beim Schneckentempo des behördeninternen Verkehrs würde das frühestens nächste Woche ein Thema werden.

Sie sah ihre Augen im Rückspiegel. Müde waren sie, mit roten Rändern und dunklen Schatten. Das wird sich ändern, dachte Isa. Ich habe einen Plan. Ich bin der Treiber im Wald. Ich werde ihn aus dem Gebüsch jagen, ihn stellen und töten. Für meine Mutter, für meinen Vater, am allermeisten aber für mich.

8

Die russische Botschaft trägt zwar die Adresse Unter den Linden 63–65, doch der Eingang befindet sich auf der weniger spektakulären Rückseite. In den Fünfzigerjahren errichtet dominiert der wuchtige Bau fast den gesamten Abschnitt zwischen Wilhelm- und Glinkastraße und prägt damit, noch vor den Mietshäusern an der damaligen Stalinallee, den Architekturbegriff »Sozialistischer Klassizismus«. Von der sogenannten Prachtstraße Unter den Linden aus sieht der staunende Besucher hinter einem hohen Eisenzaun mit vergoldeten Spitzen lediglich den Paradeeingang zum Hauptgebäude, von dem noch zwei enorme Seitenflügel abgehen. Die helle Werksteinfassade wird von Säulen und Vorsprüngen durchbrochen, über dem meist geschlossenen Portal prangt das frühere Staatswappen der Sowjetunion, direkt darüber, geschmückt von Kandelabern und Steinfiguren, umweht von der russischen Flagge, ein Repräsentationsbalkon.

Dieser Eingang ist reserviert für Staatsgäste und wird nur zu besonderen Anlässen geöffnet. Wer sich mit so unbequemen Dingen wie Visaangelegenheiten oder persönlichen Notlagen an die Botschaft wenden will, muss den Hintereingang nehmen. Ab morgens kann man sie dort stehen sehen, die geduldig Wartenden, und die Schlange rückt so langsam vorwärts, dass man sich für sein Anliegen mehrere Tage Zeit nehmen sollte. Zumindest so lange, bis der Wachsoldat am Eingang das Gesicht kennt und Gnade walten lässt. Man darf eintreten. Allerdings ist dies nicht der Beginn der Bearbeitung, man ist lediglich beim Pförtner angekommen, und das Warten beginnt erneut. Hat man keine persönliche Verabredung mit einem Botschaftsangehörigen, was die Sache wesentlich verkürzt, sollte man sich etwas zu essen, zu lesen, zu stricken oder ein gutes Kreuzworträtsel mitnehmen. Die Benutzung von Smartphones ist nur bedingt ratsam.

Die Kulturabende der russischen Botschaft haben es in der Berliner Gesellschaft zu einer gewissen Berühmtheit gebracht. Man betritt eine imposante Eingangshalle, selbstverständlich über den Haupteingang, am Ende der Treppe wartet der Botschafter mit seiner Gattin. Während die Vertreter seines Landes in einem ewigen Kreislauf kommen und gehen, bleibt die Hauptattraktion des Hauses, ein riesiges Glasmosaik, über zwei Etagen hoch, das an solchen Abenden hell erleuchtet bis auf die Straße zu sehen ist: der Rote Platz mit einem gewaltigen roten Stern.

Der Ehefrau des Botschafters obliegt es bei solchen Einladungen, sich um die Gattinnen der Wirtschafts- und Politikerelite zu kümmern. Man nennt es charmant »Netzwerken«, aber wer klug ist, trichtert seinem Gespons vorher ein, über was es reden darf (Bildung, Kultur, Wetter, Kochrezepte) und über was nicht (alles, was den Beruf des Mannes betrifft). Bei der dünnen weiblichen Führungselite bleibt die Warnung bestehen und wechselt lediglich das geschlechtsspezifische Vorzeichen. Die Freundlichkeit der Russen bei solchen Gelegenheiten ist überwältigend. Wer dabei ist, seine guten Vorsätze zu vergessen, dem hilft ein Blick auf Hammer und Sichel, die überall im Stuck und an den Säulen auftauchen und nicht nur daran erinnern, wann dieses Haus entstand, sondern auch daran, dass der Schreibtisch, vor dem sogar ein Erich Honecker strammstehen musste, immer noch in Gebrauch ist.

Egal. Wenn das Haus erleuchtet ist, Musik, Geplauder und Lachen den Klangteppich weben, die Damen in großer Robe, die Herren im Smoking lustwandeln und den Kaviar auf den Kanapees loben, stellt sich ein wohliges Gefühl von Exklusivität ein. Zu Gast bei Feinden. Exfeinden, selbstverständlich. Diese kleinen Irritationen beim US-amerikanischen Wahlkampf oder auf der Krim werden weggelacht. Nicht hier, nicht heute! *Na sdorowje!* Es wird gefeiert! Beim jährlichen Winterball treffen sich mehr als tausend Gäste, unter ihnen ehemalige Models, ehemalige Sportgrößen und ehemalige Bundeskanzler. Bis zum Ende der Nullerjahre war es ein sorgloser Tanz unter dem roten Stern, doch dann begann sich schleichend etwas zu verändern.

Es war der Beginn von Putins Offensive gegen Europa. Oder die Reaktion auf die immer aggressivere NATO-Osterweiterung. Die deutsch-russische Freundschaft, nach dem Ende des Kalten Krieges eine Ehe auf Probe, bekam Beziehungsprobleme. Bei öffentlichen Anlässen zeigte man sich immer noch strahlend Arm in Arm, aber der unsichtbare Riss vergrößerte sich. Noch immer ist es eine Ehre, zum russischen Kulturabend oder zum Winterball eingeladen zu werden. Doch es mehren sich die Absagen, und mancher Adressat betrachtet die auf Bütten gedruckte Einladung insgeheim mit der Frage, was er falsch gemacht hat…

Isa hingegen, die es nach einem Besuch bei ihrem Vater und den letzten Vorbereitungen für die morgige Trauerfeier gerade noch geschafft hatte, von ihrem Diensthandy aus die kryptierten E-Mails mit der Bitte um Genehmigung dieses Ausflugs in Feindesland abzusenden, nach Hause zu rasen, ihre Klamotten und die Schuhe zu wechseln und sich etwas Farbe ins Gesicht zu werfen, entstieg dem Taxi mit dem Gefühl, alles richtig gemacht zu haben. Sie schritt vorbei an den reglosen Wachsoldaten zum Haupteingang, wurde an der Garderobe sehr zuvorkommend behandelt und von Catering-Damen mit einem Glas *shampanskoye* begrüßt. Bei Kulturabenden war es üblich, dass der Botschafter zu Beginn eine kurze Rede hielt und nicht die Honneurs an der Treppe machte. So hatte sie Zeit, den Aufstieg zu genießen und sich das sagenumwobene, riesige Fensterbild genauer zu betrachten.

»Sehr eindrucksvoll, nicht wahr?«

Bogomolov war aus dem Nichts aufgetaucht. Er trug Anzug und Krawatte, seine Augen leuchteten in kaum gebändigter Vorfreude, die Trophäe Isa seinem Boss vorzuführen.

»In der Tat. Wann kommt der rote Stern eigentlich weg?«

Er schmunzelte. »Nun, der *krasnaja swesda* leuchtet den Arbeitern auf allen fünf Kontinenten den Weg in eine klassenlose Gesellschaft. Dieses Ziel ist noch lange nicht erreicht.«

»In der Tat.« Isa trank einen Schluck Champagner. »Nun?«

Bogomolov wies die Treppe hinauf in den Veranstaltungssaal, der schon gut gefüllt war. Weitere Gäste stauten sich hinter ihnen. »Genießen Sie das Konzert. Wir sehen uns später.«

Sie nickte und zeigte ihren aufsteigenden Ärger nicht. Okay, hier befand sie sich auf seinem Gebiet, und es lief nach seinen Regeln ab. Sie hasste Chopin. Dieses elegische Geklimper, das nur ihre Zeit stahl. Sie stellte das Glas auf dem Tablett eines bildhübschen Serviermädchens ab und nahm in der letzten Reihe nahe am Ausgang Platz, um im Falle höchster Langeweile gehen zu können. Die Leute setzten sich endlich, der Botschafter betrat das Podium, begrüßte ein paar Gesandte aus Ländern, die alle mit »-stan« endeten, dazu einen Vertreter der Senatskanzlei. Isa reckte den Hals. Wer war dieser Mann? Kannte sie ihn? Oder noch schlimmer: Kannte er sie? Nein. Dann kam eine russische Exilschriftstellerin aufs Podium, die seit Jahrzehnten in Deutschland lebte und das Feuilleton immer noch mit putzigen »Deutschland, wie meine an der weiten Wolga geprägte Seele es fühlt«-Büchern unterhielt. Sie richtete ein paar Worte auf Russisch an alle Landsleute, die ihre Angelegenheiten nicht über den Hintereingang regeln mussten. Es gab passablen Applaus, und schlussendlich wurde das Wunderkind auf die Bühne gerufen. Zu diesem Zeitpunkt hatte Isa schon alles Interesse an der Veranstaltung verloren und ärgerte sich maßlos, dass sie ihre Mails nicht abrufen konnte.

Beim Begrüßungsapplaus stand sie auf und verließ den Saal. Die Toiletten dufteten nach Lavendel und sahen aus wie das Boudoir eines Grandhotels in Petersburg. Sie trat an den Spiegel, um sich die Lippen nachzuziehen. Dann hielt sie inne. Ihr blickte eine Frau entgegen, die vorhatte, ihre eigene Operation an den russischen Geheimdienst zu verraten. Sie war verrückt. Sah so eine Verrückte aus? Ihre Augen glänzten klar, die Haare hatte sie zu einem Dutt im Nacken geschlungen. Die Augenschatten waren unter Make-up kaschiert. Nur dieser nervöse Zug um den Mund verriet sie. Kein Wunder, sie hatte in den letzten Nächten ja auch kaum geschlafen.

Es ist deine letzte Chance, ihn zu kriegen. Du bist so nah dran, du hast einen Köder, wie er fetter nicht sein könnte. Also, warum zögerst du?

Sie dachte an den Eid, den sie einmal geleistet hatte, und wie stolz ihr Vater sie danach in die Arme genommen hatte. Und jetzt stand sie in den Waschräumen der russischen Botschaft und war drauf und dran, Hochverrat zu begehen. War es das wert? Ja, gab sie sich selbst die Antwort. Wir müssen so oft zusehen und schweigen, wenn die Falschen davonkommen. Wenn Länder von Mördern regiert werden. Wenn Wirtschaftsabkommen Menschenrechte torpedieren. Wenn Hunderttausende sterben, weil ein Diktator gestützt statt gestürzt wird. Wenn jemand sein ganzes Leben diesem Land gewidmet hat und er wegen nichts, wegen einer längst verjährten Lappalie den Stuhl vor die Tür gesetzt bekommt. Wenn eine junge Frau auf einen Verbrecher hereinfällt und ihr statt Hilfe nur Schande droht. Und wenn diese Schande sie begleitet hat, sogar noch an ihrem Totenbett saß und ihr nicht einmal die letzten friedlichen Minuten des Abschieds ließ ...

Isa schloss die Augen. Eine Träne rann über ihre Wange, und sie wischte sie ärgerlich mit dem Handrücken ab. Die Nerven. Wer hätte gedacht, dass sie so zimperlich war? Dann zupfte sie Kleenex aus einer Box und tupfte sich ihr Make-up wieder zurecht.

Einmal, ein einziges Mal nur soll einer nicht davonkommen. Niemand wird etwas erfahren, dachte sie. Ich werde ein Protokoll schreiben, dass Bogomolov mir ein eindeutiges Angebot gemacht hat, das ich selbstredend abgelehnt habe, und damit ist die Sache erledigt. Sollte hinterher irgendjemand von der Residentur auf die Idee verfallen, mich zu verpfeifen, so ist das nichts anderes als Blackmailing, Erpressung, weil ich ihnen einen Korb gegeben habe.

Machst du es dir damit nicht zu einfach?, flüsterte eine Stimme in ihrem Innern. Sie sah ein letztes Mal in den Spiegel. Der nervöse Zug um den Mund war verschwunden. Dann wusch sie sich die Hände.

Bogomolov trat aus dem Schatten einer spiegelblanken Steinsäule, als sie den Waschraum verließ. Irritiert blieb sie stehen.

»Ich mag Chopin auch nicht.« Das Geständnis wurde von einem öligen Lächeln begleitet. »Wenn Sie mir bitte folgen wollen?«

»Wohin?«

»Jemand möchte Sie gerne kennenlernen.«

Endlich. Es war so weit.

Der SWR, der Auslandsnachrichtendienst Russlands, betrachtet sich bis heute als Nachfolgeorganisation des 1920 von Felix Dzierżyński gegründeten zivilen Nachrichtendienstes. Sein Leiter ist seit einigen Jahren Sergei Naryschkin, von dem das Gerücht geht, dass er in jungen Jahren zusammen mit Wladimir Putin an der KGB-Hochschule studiert hat. Unter ihm, einem ausgewiesenen Präsidialverwalter, bekam der Geheimdienst eine auf Ökonomie und Wirtschaftsinteressen zielende Ausprägung. Naryschkin steht seit der Ukraine-Krise auf der Sanktionsliste der USA und der EU, er darf in keines der Länder einreisen.

Umso wichtiger sind die Residenturen. Die Stützpunkte, die Büros, die Adressen eines Nachrichtendienstes in einem anderen Land. Um sie ranken sich viele Legenden. Meist sind sie in Botschaften untergebracht, aber auch in Konsulaten, Kulturinstituten und verdeckt angemieteten Häusern oder Wohnungen. Die konspirativen Berliner Adressen des SWR befinden sich in Karlshorst und Pankow. Sie werden für Gespräche außerhalb der Botschaft oder weg von öffentlichen Orten gebraucht, aber ebenso, um vorübergehend Personen unterzubringen, bevor man sie, aus welchen Gründen auch immer, zurück in die Arme von Mütterchen Russland schickt.

Als Isa dem Botschaftsmitarbeiter folgte, war ihr klar, wohin es ging: in die Büros, die sich über dem Saal befanden. Sie betraten einen prachtvollen Fahrstuhl, und als sich die Türen schlossen und sie sich etwas verzerrt in dem auf Hochglanz polierten Messing betrachtete, fragte sie sich, ob sie die Botschaft auf diesem Wege tatsächlich wieder verlassen würde.

Du hast die E-Mails abgeschickt, beruhigte sie sich. Das Bundesamt für Verfassungsschutz hat mich seit Betreten der Botschaft sowieso auf dem Schirm. Alle hier werden wissen, dass du nicht ohne Rückversicherung in die Höhle des Löwen gehst.

Im vierten Stock öffneten sich die Türen. Der Flur war breit, die Decke nicht ganz so hoch wie unten in den Repräsentationsräumen. Kein Stuck, kein Gold, kein Marmor, kein Porphyr. Behördenteppich auf dem Boden. Die Wände kahl. Geschlossene Türen.

»Verzeihen Sie, wenn ich vorangehe.«

Bogomolov hastete voraus. Isa hatte Mühe, mit ihren Pumps nicht den Anschluss zu verlieren. Von der Straße aus gesehen befanden sie sich jetzt im rechten Flügel der Botschaft. Sie passierten ein etwas größeres Foyer mit unbequem aussehenden Sesseln und tachistischen Gemälden an der Wand – abstrakte Kunst aus der Nachkriegszeit –, dann bogen sie nach links ab. Der Teppich ging in Fischgrätparkett über, das schon bessere Tage gesehen hatte. Es roch nach Desinfektionsmitteln, wahrscheinlich war die Putzkolonne gerade fertig geworden.

Bogomolov klopfte an eine Tür, öffnete sie, trat zur Seite und ließ Isa vorgehen. Der Raum war leer. Das Fenster führte zum Ehrenhof der Botschaft, davor stand ein älterer Schreibtisch (der, vor dem Honecker Haltung annehmen musste?). Zu ihrer Linken eine Sitzgruppe, zierliche Holzsessel aus den Sechzigerjahren. Auf dem Tisch in ihrer Mitte stand ein Aschenbecher. Der einzige Schmuck in dem Raum, wenn man es denn so nennen wollte, war ein Porträtfoto Putins und eine russische Flagge in der Ecke. Kein Schrank, kein Safe, kein Mitarbeiter der Residentur.

»Wenn Sie sich noch einen Moment gedulden würden?«

Er schloss die Tür hinter sich. Isa war allein. Sie unterdrückte den Impuls zu prüfen, ob sie die Tür von innen öffnen könnte. Dann scannte sie den Raum nach Kameras ab. Vermutlich in der Deckenlampe – Kristallglas und Messing, ebenfalls Sechzigerjahre. Hinter dem Vorhang? Sie trat ans Fenster und sah hinunter in den beleuchteten Hof. Für die Pausenraucher hatte man Stehtische und Heizstrahler aufgestellt. Ein paar Kellner in dicken Jacken standen zusammen und froren. Hinter den Gardinen – nichts. Putins Porträt? Wladimir Wladimirowitsch, Präsident der Russischen Föderation, schien ebenfalls sauber. Sie ging zu dem Couchtisch, setzte sich und fuhr unter der Tischkante entlang. Nichts. Keine Wanze.

Dann in der Lampe und in den Steckdosen. Sie spürte, wie ihr der Schweiß ausbrach. Es lag nicht an der Wärme im Raum, es war der Wunsch, am liebsten sofort wieder zu verschwinden. Sie sah auf ihre Uhr. Von ferne drang Beifall durchs Haus, es klang wie das Plätschern eines Wildwasserbachs.

Die Tür wurde aufgerissen. Ein Mann kam herein. Anfang fünfzig, korpulent, aber nicht fett, mit spiegelnder Stirnglatze und einem Kranz aus millimeterkurz geschorenen Haaren um den runden Schädel. Seine Züge waren derb und wirkten fast bäuerlich. Aber die Augen blickten intelligent, wach und eiskalt. Er wusste, wie man einen Raum dominiert. Er reichte ihr nicht die Hand.

»Sie sind?«

Isa stand auf. »Isa Kellermann.«

»Und was wollen Sie von uns?«

Perfekte Grammatik, russische Klangfarbe. Normalerweise

wohl in einer tiefen, angenehmen Tonlage. Momentan aber ähnlich kalt wie seine Augen.

»Sind Sie der Leiter der Residentur?«

»Darüber gebe ich Ihnen keine Auskunft, bevor Sie mir nicht gesagt haben, wer Sie sind und um was es geht.«

»Nicht hier.«

»Warum nicht?«

Isa schenkte ihm ein nicht minder kaltes Lächeln. »Herr Bogomolov hat mich mehrfach angesprochen. Das, was ich Ihnen zu sagen habe, möchte ich nicht später gegen mich verwendet auf einer Festplatte wiederfinden. Wo können wir reden?«

»Hier oder gar nicht.«

»Dann bedanke ich mich für die Einladung und wünsche Ihnen noch einen schönen Abend.«

Sie ging an ihm vorbei. Die Tür ließ sich öffnen. Bogomolov war verschwunden. Sie fand den Weg zurück zum Fahrstuhl und fuhr gleich bis zum Erdgeschoss, wo sie sich von einer Elfe an der Garderobe ihren Mantel aushändigen ließ. Dann betrat sie, vorbei an den Wachsoldaten, die Paradeauffahrt und lenkte ihre Schritte zum Ausgang. Ihr Herz klopfte, als wollte es zerspringen.

Der Pförtner hatte sein Telefon am Ohr und nickte. Als Isa die Drehsperre passieren wollte, sprang er auf und kam, den Apparat in der Hand, zu ihr. Er reichte ihn ihr wortlos.

»Ja?«, sagte Isa.

»In der Lounge des Grill Royal. In einer Viertelstunde.«

Sie gab dem Pförtner sein Telefon zurück und passierte die Sperre. Wieder rauschte Applaus bis auf die Straße. Sie hielt eines der vielen Taxen an, die rund um die Staatsoper kreisen, und sprang zurück, als der Fahrer quer durch eine Tausalzpfütze an den Straßenrand fuhr. Sie stieg ein und nannte den Namen des Restaurants. Der Wagen fuhr an, die Reifen verdrängten das Wasser, und als es wieder zusammenfloss, spiegelte sich in ihm, gebrochen in tausend funkelnde Splitter, der blutrote Stern.

9

Isa war mit den Gepflogenheiten des Grill Royal vertraut. Sie hatte nicht reserviert, es war halb neun, also schickte man sie von der Garderobe erst einmal an die Bar. Da man dort auf dem Präsentierteller saß und vom ganzen Lokal gesehen werden konnte, war der Vorschlag mit der Raucherlounge auch für eine Nichtraucherin mit sinistren Absichten perfekt. Alle aßen noch, sie hatte den ganzen Raum für sich und den Service der Bar noch dazu.

Sie bestellte einen Gin Tonic und betrachtete die Fotos von Mireille Darc und Alain Delon, großformatige Schwarz-Weiß-Drucke, Halbakte von verspielter Sinnlichkeit. Gedämpftes Licht legte sich sanft um Kanten und Konturen. Kerzen brannten auf den niedrigen Tischen. Halb Boudoir, halb Wartezimmer. Es vergingen keine drei Minuten, da stand ihr Drink auf dem Tisch und der Resident vor ihr.

Sie lächelte und hob das Glas. »Setzen Sie sich. Wenn wir schnell durch sind, schaffen Sie es noch zur Pause.«

Der Mann zog sich einen der lederbespannten Sitzwürfel heran und bestellte ein Wasser. Dann legte er sein Handy auf den kleinen Tisch. Isa tat das Gleiche mit ihrem. Dem Kellner wurde aufgetragen, beide Geräte sicher zu verwahren, was er ohne Nachfrage tat. Als sie wieder unter sich waren, wollte Isa wissen: »Und wer sind Sie?«

»Nennen Sie mich Sascha. Ich bin der Kulturattaché der russischen Botschaft.«

Das hieß: Meinen richtigen Namen werden Sie nie erfahren. Und das mit der Kultur nehmen wir jetzt mal nicht so genau. Das Eis in seiner Stimme klang relativ abgetaut.

»Sascha...?«

»Dimitroff.«

»Sascha Dimitroff. Endlich mal ein Name, den man sich merken kann.«

Er holte eine Visitenkarte aus der Brusttasche seines Anzugs, aber Isa winkte ab.

»Wir werden uns nicht wiedersehen. Ich habe nicht vor, eine Ihrer freien Mitarbeiterinnen zu werden. Im Gegenteil. Ich will mir jemanden von Ihnen ausleihen.«

Dimitroff steckte die Karte wieder weg. »Ausleihen. Wie darf ich das verstehen?«

»Ich habe Kenntnis von einer Operation, die sich auf dem Gebiet der Ukraine abspielen wird. Eine Waffenlieferung von den Amerikanern an den weißen arischen Untergrund in Odessa. Ich möchte, dass einer Ihrer Agenten diese Operation verhindert.«

Dimitroffs Wasser wurde gebracht, er wartete einen Moment, nahm dann einen tiefen Schluck und setzte das Glas so beherzt ab, als hätte er gerade Wodka getrunken, *sto gramm*, hundert Gramm.

»Frau Kellermann, eine Frage vorweg: Sind Sie noch beim BND?«

Isa parierte seinen Blick, sagte aber nichts.

»Wir respektieren die Arbeit Ihres Dienstes. Aber warum glauben Sie, Sie könnten über unsere Ressourcen verfügen?«

»Sie verstehen mich nicht. Ich biete Ihnen die einmalige Chance, die Einflussnahme der Vereinigten Staaten auf die Ukraine zu beweisen.«

»Dafür verraten Sie Ihr Land?«

Plätscherte da etwa Verachtung im Schmelzwasser?

»Nein. Ich habe lediglich Kenntnis von einem Waffentransport, an dem von unserer Seite aus kein Interesse besteht.«
»Kein Interesse?«
»Es ist uns ehrlich gesagt egal, wer dort wen unterstützt. Uns ist an stabilen Verhältnissen gelegen. Und die erreicht man nicht mit Waffen, die vermutlich direkt danach weiter in den Donbass geschmuggelt werden. Im Gegenteil: Es ist eine Untergrabung der UN-Friedensmission, wenn herauskommt, wer das Regiment Asow unterstützt.«
Dimitroff nickte. »Wir sollen das für euch aufdecken?«
»Wenn Sie es nicht tun, tut es keiner.«
»Handeln Sie in offiziellem Auftrag?«
»Nein. Ich müsste einen Vorgang anlegen, Protokolle schreiben, und irgendjemand verquatscht sich beim Kegeln mit einem Reporter von *Stern, Spiegel, Zeit* oder den anderen üblichen Verdächtigen. Und dann kommen die Fragen, die Anhörungen, die Untersuchungsausschüsse… Sie und ich, wir können bilateral eine Menge bewegen. Auch wenn ich weiß, dass Sie direkt nach unserem Treffen nicht in den Konzertsaal zurückkehren werden.«
»Ich habe nicht vor, dieses Treffen zu rapportieren.«
Isa lächelte. »Das werden Sie. Ganz bestimmt. Es geht um mehrere Hundert Sturmgewehre, Munition und Panzerfäuste. Ein Teil davon angeblich aus Kasernen der US-Streitkräfte gestohlen. Aber glauben Sie alles, was die Amerikaner als Pressemeldung herausgeben?«
»Woher wissen Sie das?«
»Ich führe einen V-Mann, der dabei ist.«
»Die ganze Zeit?«
»Nein. Im Moment ist er an einem ungenannten Ort und verbringt die Waffen in einen Container. Dann fliegt er voraus und wartet am Ankunftsort. Und damit ihm nichts passiert, wird der Container dort nicht ankommen. Sondern von

Ihnen umgeleitet, an Koordinaten *Ihrer* Wahl, unter der Federführung *Ihres* Agenten Bastide Larcan.«

Ihren Augen entging selbst in diesem Halbdunkel nichts. Der Name war Dimitroff oder wie immer er hieß, nicht bekannt. Erstaunt fragte er: »Ein Franzose?«

»Deutscher. Wurde bis 1989 als Richard Lindner von der Stasi geführt und dann vom KGB übernommen. Einer der profiliertesten Waffenhändler und -schmuggler, beteiligt am Anschlag auf die CHL-Bank Ende letzten Jahres.«

»Hm, ich erinnere mich.«

Wahrscheinlich eher daran, dass die Drähte geglüht haben mussten, falls es so etwas in der Botschaft noch gab.

»Das freut mich, denn die Sache war von Ihrer Seite aus gut geplant. Leider beschissen durchgeführt. Drei Tote, ein Schwerverletzter.«

Nun ja, Kaiserley war nach ein paar Tagen wieder entlassen worden, aber es konnte nicht schaden, dem Desaster des russischen Geheimdienstes ein wenig Größe hinzuzufügen.

Dimitroff hob abwehrend die Hände. »Wir hatten damit nichts zu tun. Da ist alles nur westliche Propaganda.«

»Natürlich.« Isa genehmigte sich einen Schluck Gin Tonic. »Larcan ist seitdem untergetaucht, seine Konten gesperrt. Keiner weiß, wo er ist. Ich will, dass Sie ihn finden. Er soll die Sache durchziehen. Er ist der Beste für eine derart heikle Angelegenheit. Ich werde vor Ort sein und mit niemand anderem kommunizieren außer ihm.«

Dimitroff dachte nach, und das dauerte einen Moment. Dann stellte er die Frage, die Isa in seiner Situation auch gehabt hätte. »Warum ausgerechnet er?«

»Wir haben ihn verloren. Jetzt wollen wir ihn wiederfinden.«

»Sie sprechen von *wir*. Wer genau ist das?«

»Darüber kann ich Ihnen keine Auskunft geben. Noch einmal: Ich gebe Ihnen die Chance, die amerikanische Einflussnahme im Ukraine-Konflikt zu beweisen. Sie geben mir dafür Ihren besten Agenten. Na ja, ehemals besten Agenten. Er hat seine guten Tage zweifelsohne hinter sich. Sie haben ihn kaltgestellt. Aber für diese Operation werden Sie ihn noch einmal reaktivieren.«

»Und dann?«

Isa sah ihm in die Augen. »Dann gehört er mir.«

Dimitroff begriff die Tragweite dieser Aussage. Seine spiegelglatte Stirn runzelte sich. Die Machtverhältnisse zwischen ihnen begannen sich zu verschieben. Isa hatte alle Trümpfe in der Hand. Auch wenn er noch nie von diesem abgehalfterten Franzosen gehört hatte, der offenbar mal das beste Pferd im KGB-Stall gewesen sein sollte – die politische Lage war so, dass man für einen solchen Propagandaschlag gegen die Amis durchaus den Kopf eines verzichtbaren Agenten rollen lassen konnte.

»Warum ist dieser Bastide Larcan so wichtig für Sie?«

»Wie ich schon sagte: Ich habe ihn verloren. Und ich will ihn wiederhaben.«

Der Kellner schaute um die Ecke, niemand wollte etwas. Zwei junge Frauen im Mikromini und auf turmhohen, glitzernden Pumps suchten kichernd den Weg zur Toilette. Bald wären sie nicht mehr unter sich.

»Ich muss das abklären.«

»Tun Sie das. Ich gebe Ihnen vierundzwanzig Stunden Zeit.«

»Ich brauche mindestens bis nächste Woche.«

»Bis morgen Abend.« Isa sah auf ihre Armbanduhr. »Zwanzig Uhr zweiundfünfzig. Sagen Sie Herrn Bogomolov, er soll mich nie mehr anrufen.«

Überall auf den Tischen lagen Streichholzbriefchen. Sie nahm eines und klappte es auf. Dimitroff reichte ihr einen Kugelschreiber. Sie notierte die vierte Nummer.

»Die ist ausschließlich für Sie. Über diese Verbindung bekommen Sie auch die Koordinaten des Containers. Larcan fängt ihn ab und leitet ihn um.« Sie schob ihm das Briefchen über den Tisch. »Und damit nichts schiefgeht, werden Sie mir seinen Standort zuerst mitteilen.«

Dimitroff nahm das Streichholzbriefchen und ließ es durch seine Finger wandern. Es sah aus wie ein Geschicklichkeitsspiel. »Er wird das nicht allein machen. Er wird sich Söldner dazuholen. Frau Kellermann, ich weiß nicht, ob Sie der Situation gewachsen sind.«

Isa lächelte. »Zerbrechen Sie sich nicht meinen Kopf.«

Er stand auf, Isa erhob sich ebenfalls. Sie waren gleich groß, aber er strahlte etwas sehr Männliches aus: Kraft, gepaart mit Macht.

»Sie werden von mir hören. Vielleicht gehen wir eines Tages einmal zusammen essen. In dieses Restaurant beispielsweise. Und Sie erzählen mir, was Ihnen dieser Mann bedeutet.«

»Vielleicht.«

Er verbeugte sich knapp und verließ die Bar. Isa wartete noch ein paar Minuten. Die ersten Raucher kamen, es waren Paare, die miteinander harmonierten und einen gelösten, glücklichen Eindruck machten. Sie hatten sich hübsch gemacht für diesen Abend und verspeisten Steaks und Lobster, tranken guten Wein und feierten sich und ihr Leben. Isa leerte ihren Gin Tonic. An der Bar erfuhr sie, dass Dimitroff für sie bezahlt hatte. Sie ließ sich ihren Mantel geben, und bevor sie hinaustrat und die Treppen am Spreeufer hoch zur Friedrichstraße erklimmen würde, sah sie noch einmal zurück in diesen großen Raum, der erfüllt war von glücklichen Menschen, von Kerzenschein und Jazzmusik.

Sie hatte sich selten so einsam gefühlt.

10

Er klingelte wieder kurz vor zehn.

Dieses Mal kamen sie gar nicht erst ins Wohnzimmer. Es war auch kein Überfall mehr, der sie beide überwältigte. Durch die Wiederholung erhielt es eine andere Qualität. Als sie viel später von ihm herunterstieg, fuhr er ihr durch die Haare und sagte: »Hey, Baby, es gefällt mir, wie du das machst.«

Sie rollte sich auf die Seite, legte ein Bein auf seine Hüfte und fuhr mit der Zeigefingerspitze sein Profil entlang, dann die Brust hinunter bis zum Bauchnabel. Er fing ihre Hand ein, führte sie an seinen Mund und küsste sie.

»Sag nie wieder Baby zu mir.«

Er lachte und zog sie an sich. »Wie war dein Tag?«

»Anstrengend. Ich muss mich in die Leitung einer Firma einarbeiten, die von einem Chef geführt worden ist, der Buchhaltung für das Werk des Teufels hält.«

»Brauchst du Hilfe?«

»Kannst du so etwas?«

»Nein. Aber ich kenne Leute, die das können.«

»Wie ist das eigentlich?«, begann sie und setzte sich auf. »Wenn du einen neuen Job übernimmst – arbeitet dich da jemand ein?«

»Natürlich.«

»Weiß derjenige, was du bist?«

Seine braunen Augen wurden eine Nuance dunkler. »Was bin ich denn?«

Judith zuckte mit den Schultern, stand auf und ging in die Küche, um ein Glas Wasser zu holen. Als sie zurückkehrte, stieg er gerade in seine Jeans.

»Ein Spion?«

Er sah sie so entrüstet an, als ob sie das Wort gerade aus der untersten Schublade der Beleidigungen gezogen hätte. »Ich bin Regierungshauptsekretär im mittleren Dienst, Besoldungsgruppe A 8. Wenn meine atemberaubende Karriere so weitergeht, werde ich eines Tages vielleicht einmal Regierungsamtsinspektor.«

Er nahm das Glas, trank es in einem Zug aus und zog sie an sich.

»Wow«, sagte sie in gespielter Bewunderung und küsste ihn.

»Besoldungsgruppe A 9«, wisperte er in ihr Ohr. »Na, wie klingt das? Würde dir das gefallen, Baby?«

Er ließ sie los und grinste sie an. Die Falten um seine Augen vertieften sich. Sie mochte seinen Körper, den die Arbeit geformt hatte, und die Art, wie er sie anfasste: als ob sie etwas wäre, das man besser nicht fallen ließ.

»Wie viel ist das?« Sie ließen sich wieder aufs Bett fallen.

»Exakt 3246 Euro und vier Cent. Brutto.«

»Und dafür riskierst du dein Leben?«

Er richtete sich auf, schloss seine Jeans setzte sich auf die Bettkante und angelte nach seinen Stiefeln. »Ab wann lohnt es sich denn in deinen Augen?«

»Gar nicht.«

»Frag mal einen SEK-Beamten, was der verdient. Einen Sprengstoffexperten. Die vielen grauen Mäuse da draußen, die für einen Hunderter die Augen und Ohren offen halten. Es geht nicht ums Geld.«

»Um was dann?«

Er stellte die Schuhe ab und rieb sich übers Kinn. »Gute Frage. Um mein Land vielleicht?«

Sie machte eine halbe Drehung und angelte nach dem Tabakpäckchen auf dem Nachttisch. Bis eben hatte sie nicht daran gedacht, aber jetzt brauchte sie die Zigarette danach.

»Dein Land.«

»Hast du ein Problem damit?«

Er fuhr ihr über den linken Unterarm. Wie unbeabsichtigt streifte er die Narben.

»Heroin?«

Sie zerriss das erste Papierblättchen. Beim zweiten war sie vorsichtiger.

»Vier Jahre. Zweimal Jugendknast.«

»Verstehe.« Es klang wie ein Urteil. »Null Bock auf Staat. Macht kaputt, was euch kaputtmacht.«

»Ich bin in einem Heim groß geworden, in Sassnitz auf Rügen. Als Tochter einer Asozialen, so nannte man das damals noch.« Sie drehte die Zigarette mit einer Sorgfalt, als ob sie damit einen Wettbewerb gewinnen wollte. Dabei musste sie ihn nicht anschauen. »Aber das stimmte nicht. Meine Eltern arbeiteten für die Stasi. Aber dann machte mein Vater sein eigenes Ding. Angeblich wollte er mit seiner Familie ausreisen und hat für die Schleusung dreitausend Klarnamen angeboten.«

Sie zündete die Zigarette an. »Hochverrat. Das Ding lief natürlich schief.«

Der Rauch biss in ihren Augen. »Ich war fünf. Ich war mit meiner Mutter im Transitzug. Sie haben sie ...«

Dieser verdammte Rauch! Sie blinzelte. »Ich weiß gar nichts mehr. Damals gab es so etwas nicht, posttraumatische Behandlung, Psychologen, Krisenmanagement. Sie haben sie erschossen.«

»Und dein Vater?«

»Nie wieder was von ihm gehört. Hatte angeblich in Rumänien einen Autounfall.«

Er musste nicht alles wissen. Schon gar nicht, wenn er auf dem Sprung war.

»Das Foto ...«, begann er.

»Es ist das einzige, das ich habe. Ich weiß bis heute nicht, ob ich daran hänge oder nicht. Komm, es ist zu spät für solche alten Geschichten. Normalerweise erzähle ich das auch nicht. Es soll keine Entschuldigung sein für das, was später kam. Ich hab die Kurve gekriegt, Ende.«

Er reichte ihr den Aschenbecher, jungfräulich rein, letzte Nacht noch abgespült.

»Warum war Guntbart bei dir?«

Er sagte nichts. Schaute nur auf seine Stiefel und dachte wohl, dass er nach dieser Frage um nichts in der Welt lieber drinstecken und diesen Ort verlassen wollte.

»Was für ein Ding dreht ihr zusammen?«

Sie ließ ihn nicht aus den Augen. Gleich würde er aufstehen und gehen, und sie würden sich nie mehr sehen. Er sollte nicht mit einer Lüge aus ihrem Leben verschwinden.

»Ich frage nur, weil ich deiner Tochter etwas sagen möchte, wenn dir was passiert. Irgendwas. Das sie versteht.«

Er stöhnte auf. »Judith. Das kann doch nicht wahr sein! Verdammt noch mal! Was wird das?«

»Kriegt sie dann Waisenrente? Wie viel bei 3200 und irgendwas brutto? Darf sie einmal im Jahr auf die Nordsee raus und einen Kranz ins Meer werfen? Was!«

Er stand auf, steifte sein Shirt über. Das Zimmer hatte erstaunlich viel Platz gewonnen, seit sie die Kleiderhaufen sortiert, die Hälfte in den Wäschesack und die andere in den Schrank einsortiert hatte. Genug, um ein paar Schritte auf und ab zu laufen, sich über den Kopf zu fahren und dann am Fenster stehen zu bleiben. Er öffnete es einen Spaltbreit, wahrscheinlich um den Rauch abziehen zu lassen.

»Das mit deinen Eltern tut mir leid«, sagte er schließlich. »Und Tabea... Ich habe es noch nicht geschafft, mir Gedanken zu machen, wie es weitergehen soll. Sie war ihr ganzes Leben bei der Mutter. Ich hab gezahlt, und in den Ferien kam sie ab und zu. Wenn dieser Job erledigt ist, werde ich die Sache angehen.«

»Wann wird das sein?«

Er dachte nach. Wägte ab, wie viel er ihr verraten durfte, ohne seine Dienstpflicht zu verletzen. »Vielleicht schon nächste Woche. Ich habe noch etwas zu erledigen, bevor es losgeht. Aber mit etwas Glück bin ich Montag wieder zurück. Dann können wir reden.«

»Mach das lieber mit deiner Tochter.«

»Ich werde es versuchen. Auch wenn es nicht ganz einfach für mich wird. Die letzten Jahre war ich allein. In diesem Job ist es nicht anders möglich. Beziehungen geht man nur ein, wenn sie eine operative Perspektive haben.«

Judith wollte nicht darüber nachdenken, ob ihr Vater auch so über seine Opfer geredet hatte.

»Ihr habt seltsame Worte für so etwas.«

»Weil wir seltsame Dinge tun, um Schaden abzuwenden. Großen Schaden. Das mit dir ... Es war das erste Mal, dass ich ...«

Er suchte nach Worten.

»Nebenberuflich?«, half sie. »Quasi auf Vierhundert-Euro-Basis?«

»Blödsinn. Du hast herausbekommen, was ich mache. Ich muss dir nichts vorlügen. Ist mir auch noch nicht passiert.«

Judith ließ diesen Satz so stehen. Sie drückte die Zigarette aus.

Er kam zurück und setzte sich wieder zu ihr aufs Bett. »Ich darf nicht darüber reden«, sagte er mit Nachdruck.

»Dann hättest du mich melden sollen. Ist das der Weg, ja? Du schreibst ein Protokoll. Judith Kepler hat mich bei einem Treffen mit meiner Agentenchefin überrascht und lässt jetzt nicht mehr locker. Was wird dann?«

»Ich wäre verbrannt, und Leute wie Guntbart rennen weiter frei herum. Ich will sie hinter Schloss und Riegel kriegen, endgültig.«

»Sie. Also seid ihr noch mehr.«

Frederik zuckte vage mit den Schultern.

»Warum sitzt er nicht im Knast?«

»Judith...«

»Kann das sein, dass da ein ziemlich mieser Deal läuft? Hast du etwas damit zu tun?«

»Es sind nicht meine Entscheidungen. Die treffen andere Leute. Am Schreibtisch, bei Konferenzen. Ich liefere eine Information, und daraus wird manchmal was. Dieses Mal sogar ziemlich schnell. Dann bekomme ich Anweisungen.«

»Keine Erklärungen?«

»Natürlich. Aber ich muss nicht alles wissen.«

»Auch nicht, für was du deinen Kopf riskierst?«

»Doch. Verlass dich drauf.«

»Für was?«

Er stand wieder auf. »Judith, warum interessiert dich das so?«

Sie hätte sagen können: »Weil du mich interessierst. Du Schaf im Wolfspelz.« Stattdessen antwortete sie: »Ich will verstehen. Verstehen, was meinen Vater damals angetrieben hat, dass er sogar seine eigene Familie mit ins Verderben gezogen hat.« Es war keine Lüge, sondern Teil des Mosaiks, das sie bis heute nicht zusammensetzen konnte.

»Ich erzähle es dir beim nächsten Mal. Okay? Ich will ein paar Dinge richten. Das mit Tabea, das liegt mir wirklich auf der Seele. Vielleicht gibt es da eine Möglichkeit. Mal zur Abwechslung Innendienst. Das wär doch was.«

Kurz vor Mitternacht. Sie wollte die Decke über sich ziehen, aber er hielt sie davon ab. »Tu das nicht«, sagte er leise. »Nicht bevor ich mich von dir verabschiedet habe.«

Als er ging, war es halb eins.

IV

1

Larcan hatte sich das Foyer des Hotels Londonskaya ausgesucht, weil man die Drehtür gut im Blick hatte. Und weil er den Gedanken mochte, dass Puschkin über dasselbe knarrende Parkett gegangen war wie er. Ein paar Repräsentationsräume waren restauriert worden, am Rest des Hauses schien die Zeit nachlässig flanierend vorübergegangen zu sein. Einzelne Suiten erinnerten noch an ihre prominenten Bewohner: Mark Twain, Maxim Gorki, Isadora Duncan ... Odessa hatte im 19. Jahrhundert die Bedeutung, die heute Saint-Tropez oder Mustique für sich beanspruchten: Hafen des Jetsets für einen heißen, flirrenden Sommer lang. Dann konnte man im Innenhof sitzen, den Spatzen und dem Plätschern des Springbrunnens lauschen und von ferne dem Meer. Abends den Orchesterklängen zuhören, die Walzer spielten, wenn die Debütantinnen der dünnen Oberschicht in die Gesellschaft eingeführt wurden. Die Weinkarte war entsetzlich, das Restaurant auf Mitropa-Ebene. Aber die Atmosphäre!

Der Hof lag verwaist, der Springbrunnen war zugedeckt. Tische und Stühle waren eingelagert, aber die alten Marmorbänke standen noch da und trotzten Regen und Schnee, der Witterung und der Zeit. Man betrat und verließ den Pushkin Square, so wurde das kleine Karree im Hotel genannt, durch eine altmodische Holztür mit reich verzierten Milchglasscheiben. Manchmal hörte Larcan von seinem Platz aus das leise Quietschen der Tür, und er hob den Kopf, um zu sehen, wer das war. In vielen Fällen lohnte sich die Neugier nicht. Die meisten schossen mit ihren Smartphones ein paar

Fotos und kehrten schnell zurück in die Wärme. Selten, dass jemand sich Zeit nahm, den letzten Schnee zur Seite wischte, der sich im Schatten der hohen Mauern hielt, und auf einer der Bänke Platz nahm. Die Augen geschlossen, vertieft in Gedanken, Erinnerungen oder in die Zeilen eines Gedichts von Puschkin.

> *Vergessen sah im Buch ich liegen*
> *Ein Blümchen, das den Duft verlor...*

Larcan hatte Kaffee und Wasser vor sich stehen. Auf dem Tisch lag die *Financial Times*. So verbrachte er die Tage. Für die Hotelmanager kein Grund, ihn vor die Tür zu setzen. Er passte ins Bild einer Zeit, in der man auf Reisen den Müßiggang pflegte und nicht wie besessen von einer Sehenswürdigkeit zur nächsten hetzte. *Er* war die Sehenswürdigkeit. Manche Touristen baten sogar um ein Foto. Er würde die Eingangshalle so *beleben*, so *authentisch* machen, er in seinem korrekt gebügelten Anzug, ab und zu einen Hut auf dem Kopf... Jedes Mal lehnte er freundlich, aber bestimmt ab. Valentin, der hundertsechzigjährige Pförtner, klein, gebeugt, auch ein Relikt aus einer anderen Zeit (man war versucht, ihn nach dem Befinden des Zaren zu fragen oder ob die Melba schon ihre Zimmerflucht bezogen hatte) – Valentin achtete darauf, dass auch keine heimliche Aufnahme entstand. Larcan wollte seine Ruhe in einer Umgebung, die seiner Seelenverfassung entsprach, aber in erster Linie wollte er sparen.

Seine eigentliche Bleibe war ein Zimmer in einer der verrufensten Ecken des Moldawanka-Distrikts, der nichts mehr mit dem romantischen Judenviertel Isaak Babels zu tun hatte. Auch nichts mit den prachtvollen Einkaufsboulevards und den Jugendstilpalästen in Pastellgelb, Rosa und Blau gleich hinter der Oper. Es war der Stadtteil, in den die Mafia sich zurückgezogen hatte und ihre Spinnenfinger aussteckte, sich verwob mit den Geschäften über und unter Tage, ein Netz auslegte, in dem sich jeder verfing, jeder. Wöchentlich zahlte er die Miete in bar, an einen schmerbäuchigen, speckigen Widerling, der so tat, als würde er ihm mit diesem Rattenloch einen Gefallen tun. Er hatte noch achtundzwanzigtausend Euro hinter der Fußbodenleiste. Der Rest des Bargelds war für falsche Tickets, falsche Pässe und falsche Fährten draufgegangen. Als er sich auf seiner Flucht Gedanken gemacht hatte, wo genau er denn untertauchen sollte, war ihm Odessa eingefallen. Vor langer Zeit hatte er einmal Urlaub am Schwarzen Meer gemacht. Jung waren sie gewesen und das Kind mit dabei. Er hatte diese Erinnerungen in sich vergraben, doch sie waren überraschend präsent, als er wieder auf sie traf. Aber er vertiefte sie nicht. Sentimentalitäten waren ihm fremd, vor allem in seiner jetzigen Situation.

Also Odessa. Nicht gerade die erste Wahl im Winter, aber die Kälte war zu ertragen. Die Stadt hatte, neben ihrer romantischen Vergangenheit, auch einen praktischen Nutzen: Sie war immer noch mehr russisch als ukrainisch. Die Orange Revolution mochte etwas frischen Wind in die Straßen und Amtsstuben geweht haben, aber die alten Seilschaften existierten noch.

Larcan brauchte Schutz. Er brauchte Geld. Er musste endlich diese Sache mit den Russen klären, ohne dass sofort auf ihn geschossen wurde, wenn er sich aus der Deckung wagte. Wie lange würde Oleg noch brauchen, um seine Geschichte zu prüfen? Er hatte seiner Tochter das Leben gerettet (auch wenn er sie zuvor in Lebensgefahr gebracht hatte, aber das gehörte zu einem anderen Plan, der schon fast vergessen war). Diese Bringschuld sollte doch endlich mal getilgt werden.

Die Drehtür bewegte sich. Ein Touristenpaar, Amerikaner. Warum erkannte man sie immer sofort? Lag es an ihrer rücksichtslosen Art, sich fortzubewegen? An den Blicken, in denen immer ein Hauch indignierte Entrüstung lag? Die Alte Welt konnte schon eine Zumutung sein. Keine Klimaanlage, Raucher an allen Straßenecken, ungechlortes Trinkwasser… Die Frau war hager und in jenen Jahren, in denen man noch erkannte, dass sie auch in ihrer Jugend reizlos gewesen sein musste. Der Mann hinter ihr wirkte wie ein emeritierter Yale-Professor und mühte sich mit dem Gepäck ab, obwohl Valentin eilfertig herbeigesprungen war, um ihnen zu helfen. Aber wer wollte schon die Hilfe eines Hundertsechzigjährigen annehmen? Larcan beobachtete das Schauspiel einige Augenblicke, bis es ihn langweilte.

Er wollte sich gerade wieder in die *Financial Times* vertiefen, als Mikhails Gestalt hinter den beiden auftauchte. Der *lider* machte den Eindruck, dass Orte wie dieses Hotel nicht zu seinen bevorzugten Aufenthaltsorten gehörten. Er blieb stehen und sah sich um. Zu seiner Rechten ging es über eine kleine Empore zum Restaurant und der Bar, beides war um diese Tageszeit verwaist. Dann betrachtete er das halbe Dutzend Kronleuchter im Foyer, als wolle er prüfen, wann Rost und Erosion dazu führten, dass sie auf den Häuptern der Unglücklichen landeten, die sich gerade darunter aufhielten. Das amerikanische Ehepaar breitete sich an der Rezeption aus wie Beduinen, die ein neues Lager errichten. Valentin wieselte in seinen Verschlag, um den Garderobenwagen zu holen.

Mikhails Blick fiel auf Larcan. Beide sahen sich an. High Noon im Londonskaya. Während die Rezeptionistin, deren Englischkenntnisse mit dem Redeschwall der Neuankömmlinge überfordert waren, nach ihrer Kollegin rief, faltete Larcan die Zeitung zusammen und trank seinen letzten Schluck kalten Kaffee. Mikhail durchquerte das Foyer, umrundete geschickt den kleinen Regency-Tisch, der etwas ungünstig in der Mitte der Empfangshalle stand, und kam dann die Stufen hoch zur Galerie. Ein zierliches Eisengeländer trennte diesen Bereich von der Marmortreppe, die hinauf in den ersten Stock führte.

»Mikhail«, sagte Larcan und erhob sich.

Der Mann ergriff seine ausgestreckte Hand, drückte sie, als ob er gleichzeitig auch noch seine Knochen brechen wollte, und nahm dann in einem der seidenbespannten Schwanenhalssessel Platz. Er trug eine wärmende Outdoorjacke, Chinos und ziemlich teure Turnschuhe. Die Jacke behielt er an, öffnete sie auch nicht, obwohl die Halle gut geheizt war. Vermutlich, um das Holster darunter nicht zu zeigen.

»Was führt Sie hierher?«, fragte Larcan und bemühte sich, den Schmerz in seiner Hand zu ignorieren.

Der *lider* sah sich um, dieses Mal eher, um zu zeigen, dass er Larcan dieses Maß an postsozialistischer Dekadenz nicht zugetraut hatte. »Ihr Hotel?«

»Nein«, lachte Larcan. »Meine Bibliothek.« Er wies auf das Bücherregal unter der Treppe und hob dann kurz die Zeitung. »Ich verbringe gerne Zeit hier. Es gibt immer was zu lesen und zu sehen.«

Die Amerikaner bestanden darauf, in der Isadora-Duncan-Suite zu nächtigen und nicht in der von Marcello Mastroianni, warum auch immer. Es hielt sich hartnäckig das Gerücht, dass die Zimmer noch in demselben Originalzustand waren, wie die berühmten Namensgeber sie einst vorgefunden hatten. Valentin verneinte das. Es gebe doch längst Warmwasser und eine Badewanne! Außerdem seien selbstverständlich die Teppiche erneuert worden. Und, man möge sich doch bitte einmal umsehen, all das Blattgold, der Stuck, die Wandmalereien! Von Meistern restauriert!

»Oleg Nikiforov will Sie zum Abendessen einladen. Heute. Haben Sie Zeit?«

Larcan überlegte. Er war gestern, nachdem er Hogwarts

verlassen hatte, mit der Straßenbahn in die Innenstadt gefahren und dann auf direktem Wege ins Londonskaya gegangen. Valentins Verbeugung, der nette Plausch mit Marya an der Rezeption, die Selbstverständlichkeit, mit der er auf die Galerie geschlendert und sich die unberührten Zeitungsexemplare ausgesucht hatte, all das musste seinem Beschatter gesagt haben, dass er mehr als nur ein Hausgast war.

Der hundertsechzigjährige Portier blinzelte, das Gesicht in tausend Fältchen gelegt, zu ihnen herüber. Wahrscheinlich waren auch ein paar Scheine in seine Taschen gewandert, und er hatte Mikhail erzählt von dem seltsamen Gast, der wie aus einem anderen Jahrhundert hier hereingeweht worden war vor ein paar Wochen, der nie mehr als einen Kaffee und ein Glas Leitungswasser trank, jeden Tag die *Financial Times* las, immer ein Trinkgeld gab, sehr charmant mit den Damen plaudern konnte, nie aufdringlich erschien, Ausländer, aber sehr höflich, fürwahr, und ein Kenner und Liebhaber Puschkins. Sogar Gedichte auf Russisch könne er zitieren, mein Herr, wer sei denn heutzutage noch dazu in der Lage?

»Nun?«

Larcan löste sich von Valentins heiterem Lächeln, in das sich die Erleichterung darüber mischte, dass die beiden sich offenbar gesucht und gefunden hatten und er sich keine Sorgen machen musste, indiskret gewesen zu sein.

»Ja«, sagte er. »Sehr gerne.«

»Um acht. Wir holen Sie ab.«

Mikhail stand auf und verabschiedete sich mit einem Nicken, glücklicherweise ohne ihm noch einmal die Hand zu reichen oder infrage zu stellen, dass es einen anderen Ort für eine Verabredung geben könnte als dieses Hotel. Larcan klappte die Zeitung wieder auf und verschwand dahinter, damit niemand sein zufriedenes Gesicht sehen konnte.

2

Mikhail verließ das Hotel und wandte sich nach rechts, den Primorsky Boulevard entlang zum Puschkin-Denkmal und der Oper. Irgendwo dahinter hatte er den Wagen abgestellt und den selbst ernannten Parkwächtern eingeschärft, dass er ihn bei seiner Rückkehr in exakt demselben Zustand wiedersehen wollte. Ein perlweißer Maybach Guard, 4,5 Tonnen schwer. Immun gegen die tiefsten Schlaglöcher, sogar gegen das Kaliber einer Dragunov. Putin fuhr den gleichen. Mikhail lächelte. Wurde im gleichen gefahren, von Männern wie ihm …

Das Auto machte ihm an diesem Job den meisten Spaß. Noch vor Yela, Olegs Frau. Über Monate hinweg war er Zeuge geworden, dass zwischen den beiden nichts mehr lief. Der Milliardär hatte Gespielinnen, immer Klassefrauen vom besten Escortservice in Kiew. Yela hatte es mit ihrem Fitnesstrainer versucht. Als der urplötzlich die Stadt verließ, um ein Studio in Istanbul aufzumachen (und um nicht noch einmal einem der *bulteryer* Olegs zu begegnen, der ihm diese Geschäftsidee mit drei gebrochenen Fingern und einem Bündel Bares schmackhaft gemacht hatte), angelte sie sich einen Bauinvestor, dem unglücklicherweise kurz darauf ein Geldgeber nach dem anderen absprang. Auch er hatte die Stadt verlassen. Führten ihn Geschäfte nach Odessa, fragte er Oleg vorher um Erlaubnis.

Mikhail kaufte sich einen Espresso an einem der kleinen Kaffeewagen und ging damit zum Puschkin-Denkmal. Von hier oben konnte man das Meer und den Handelshafen sehen, weiter links auch das militärische Sperrgebiet. Den *verbotenen Hafen*. Dort wollte er jetzt einen Job zu Ende bringen. Der Kaffee schmeckte bitter und süß, genau so, wie er ihn liebte. Auf dem Weg zum Parkplatz knüllte er den leeren Becher zusammen und warf ihn schließlich auf einen Schutthaufen, wie er überall in den Hauseingängen zu finden war. Zumindest in denen, die noch nicht in die Hände von Immobilienspekulanten gefallen und zu Tode renoviert worden waren. Es gab sie noch, diese Reste des alten Odessa. Man musste nur ein paar Meter weitergehen. Nicht gleich kehrtmachen, wenn die Straßen zu dreckigen Matschpisten wurden und Ratten aus den Kellerlöchern sprangen. Das alte Viertel über dem Hafen war mehr als Rotlicht und Verfall. Es bot Anblicke von herzzerreißender Romantik, wenn man ein Auge dafür hatte. Die Eiszapfen an den Wäscheleinen – bizarre Kunstwerke, die an Tropfsteinhöhlen erinnerten. Wintergärten, das Holz ausgeblichen und verwittert, die kaputten Scheiben durch Pappkartons ersetzt. Türme, Erker, Labyrinthe aus Hinterhöfen, in denen man sich verlaufen konnte. Und immer wieder die Farben Odessas, abgeblättert, wie pockennarbige Fresken, von Ausblühungen fast gesprengt: Sahnegelb. Babyblau. Prinzessinnenrosa. Darunter rieselte der Putz, fraß sich die salzige Feuchtigkeit in die Mauern. Manche Häuser waren nicht mehr bewohnbar, und dennoch lebten Menschen darin. So lange, bis ein Investor kam, kaufte, abriss, baute. Hotel um Hotel entstand, Bürohaus um Bürohaus. In die alten Cafés zogen Gap, Gucci und McDonald's. Kaufhäuser kamen, Supermärkte mit Waren und Preisen, die sich kein Odessit mehr leisten konnte. Zumindest keiner, der einer normal bezahlten Tätigkeit nachging. Mikhail kehrte zurück in Richtung Oper und passierte wenig später die verlockenden Schaufenster. Kleider, Taschen, Schuhe, Juwelen... Er sah die Mannequins nicht, die sie trugen, er sah Yela.

Der Wagen war noch heil. Die Autos, mit denen er zugeparkt worden war, um teure Innenstadtquadratmeter zu sparen, wurden im Eiltempo umgestellt. Er rollte damit wie auf Schienen an der Erlöserkathedrale vorbei und fuhr hinter dem Stadtgarten auf die Sofiivs'ka, um sich anschließen rechts in Richtung Militärhafen einzufädeln. Er vermied die Hauptzufahrt, über die man zum Kreuzfahrtterminal und in den alten Hafen gelangte, weil die Lkw dort oft für einen Stau sorgten, und erreichte wenig später den weniger frequentierten Zugang.

Die Kontrolle an der Einfahrt war gründlich, aber schnell. Spiegel wurden unter die Karosserie gerollt, Hunde beschnüffelten das Chassis. Der Pförtner kannte ihn und gab dem Zoll ein Zeichen. Er durfte weiterfahren. Vor ihm erhob sich ein Wald aus Kränen, Containern und Güterwaggons. Dahinter die Kais. Der größte Teil der ukrainischen Seeflotte war von den Russen gekapert worden und lag nun in Sewastopol auf der besetzten Krim. Neben den Schiffen hatte die Ukraine auch ihre Soldaten verloren: Ein Großteil der Besatzung nahm das Angebot an, zu den russischen Streitkräften zu wechseln. Immer wenn Mikhail daran dachte, sträubten sich ihm die Nackenhaare, und er war versucht auszuspucken.

Sollte man in einem Maybach unterlassen.

Er fuhr, nein, er glitt an den Kriwaki, grauen Fregattenschiffen, vorbei, die aussahen wie schwimmende Fernsehstationen mit all ihren Aufbauten, Antennen und Satellitenschüsseln. Ein paar Korvetten und Schnellboote, und da hinten, jenseits der zweiten Absperrung, lag die *Kirowohrad*, ein Landungsschiff, in einer Art Gnadenakt von den Russen zurückgegeben. Irgendwo lagen noch ein paar inaktive U-Boote, aber sie waren nicht Mikhails Ziel. Er fuhr zu einer Landungsbrücke weiter außerhalb des Sperrgebiets. Dorthin, wo die Zubringer anlegten, meist Versorgungsschiffe oder auch Lotsenboote. Er passierte einen Trupp Matrosen in weißer Uniform, die Mützen auf dem Kopf, sie machten sich gegenseitig auf den Wagen aufmerksam. Pfiffe, Johlen, Salutieren – Mikhail musste über ihre Begeisterung lächeln. Er dachte daran, was er als einfacher Soldat dafür gegeben hätte, einmal so einen Boliden zu fahren. Und jetzt benutzte er ihn täglich, chauffierte den Besitzer und fickte seine Frau ... *oy!*

Vollbremsung. Ein Straßenköter stand auf dem Weg und rührte sich keinen Millimeter. Erst als Mikhail hupte, trollte er sich. Hundert Meter weiter war er am Ziel und stellte den Wagen neben einem Schuppen ab, vor dem sich ein beeindruckendes Mittelgebirge aus gebrauchten Reifen erhob, die wohl kaum als Ersatzteile für U-Boote dienen sollten. Wahrscheinlich ein gescheiterter Versuch von illegaler Entsorgung oder mindestens ebenso illegalem Export. Daneben arrangierten sich Netze, Ölfässer, Plastikmüll und verrostete Anker zu einem Stillleben der Verwahrlosung, wie es in jedem Hafen zu finden war. Auch in einem militärischen.

Das Fischerboot passte dazu. Ein Wunder, dass es auf See nicht auseinandergebrochen war. Mikhail ärgerte sich immer noch maßlos, dass ihm diese Typen durch die Lappen gegangen waren und ausgerechnet ein Fremder seinen Job erledigt hatte. Er mochte diesen Mann mit dem französischen Namen nicht. Warum trug er ihn, wenn er Deutscher war? Er mochte auch sein Auftreten nicht. Es war arrogant, selbst wenn er sich noch so viel Mühe gab, nicht herablassend zu wirken.

»*Myi lord?*« Ein junger Mann kam herangeschlendert, Kippe im Mund, löchriger Pullover, dunkler Teint. Ein Illegaler, der sich wahrscheinlich aus Versehen oder Dummheit auf den falschen Kahn geschlichen und erst an Land kapiert hatte, dass er nicht im ersehnten Europa, sondern in dessen kargem Vorzimmer gelandet war. Immer mehr Flüchtlinge durchquerten die Ukraine, seit die Mittelmeerroute zur Sackgasse geworden war. Die meisten wollten weiter, über die Karpaten nach Ungarn oder in die Slowakei. Wenige blieben. Meist die, die nicht einmal mehr Geld für die Schlepper hatten.

Er nannte sich Saad, das hieß der Glückliche, aber wenn man seine traurigen Augen sah, hätte seine Mutter ihn wohl besser *Pass auf, wohin du gehst!* genannt. »Wir haben gewartet, wie Sie es gesagt haben.«

»Gut.«

Er deutete auf die Holzplanke vor seinen Füßen, und Saad beeilte sich, sie an den Kahn zu legen. Mikhail betrat vorsichtig die wacklige Konstruktion und sprang dann an Deck. Saad, der Anstalten machte, ihm zu folgen, schickte er mit einem leisen Pfiff zurück. Der Junge trollte sich zum Schuppen. Wahrscheinlich lag dort alles, was sich noch irgendwie zu Geld machen ließ. Mikhail hatte das Schiff durchsucht, mehrmals, mit seinen Männern und allein. Ein paar alte Overalls, die entsetzlich nach Fisch und Kotze stanken. Tabak, leere Schnapsflaschen. Gummistiefel, Fast-Food-Verpackungen. Das Schlimmste war, die versiffte Matratze unter Deck zu filzen. Ein Fischerboot. Es gehörte Maksym, aber es sah nicht danach aus, als wäre es in den letzten Jahren zu diesem Zweck genutzt worden. Ein kleiner Schmuggler, so hatten es ihm die *berchyki* im Moldawanka-Distrikt erzählt. Unzuverlässig, hinterlistig, keiner, mit dem man Geschäfte machen sollte. Einer, der auf eigene Rechnung arbeitet? Nein, die Mafiosi hatten nach kurzem Nachdenken den Kopf geschüttelt. Zu dumm dafür. Er brauchte Anweisungen. Und selbst für die war er zu dämlich.

Und so jemand sollte eine Entführung geplant und durchgeführt haben? Vlad schied als Kopf der Sache aus. Der Junge war gerade erst aus dem Knast entlassen worden. Ein drogensüchtiger Dealer, entweder zugedröhnt oder auf Entzug. Mikhail holte tief Luft, bevor er unter Deck ging, aber das half nicht lange. Es war so eng, dass er sich kaum um die eigene Achse drehen konnte. Er trat auf Glasscherben und etwas, das aussah, als wäre es einmal ein Putzlappen gewesen, ehe es begonnen hatte, den Aggregatzustand zu ändern. Er warf einen letzten wütenden Blick auf die aufgeschlitzte Matratze und den zerlegten Spind. Bevor er wieder nach oben stieg, fiel ihm auf, dass die Lage der Matratze eine andere war. Dann sah er den kleinen Gebetsteppich in der Ecke. Saad wohnte hier, inmitten des Unrats. Fast tat es ihm leid, dem Jungen dieses Loch von Zuhause zu zerstören, aber es ging nicht anders.

Er kletterte hinauf, untersuchte noch einmal das Steuerhaus und kehrte zur Planke zurück in dem Gefühl, irgendetwas übersehen zu haben. Einen Hinweis darauf, dass es noch jemanden gegeben hatte in diesem rätselhaften Entführungsfall mit zwei Toten und einem Henker, der jetzt im Londonskaya saß, in Kaschmir und Budapestern, und Zeitung las. Saad kam aus dem Schuppen, gefolgt von zwei Männern, die ein paar Jahre älter waren als er, aber ähnlich abgerissen wirkten.

»Ihr seid zu dritt?«, fragte er und bemühte sich, deutlich zu sprechen, damit sie ihn auch verstanden. Sie nickten eifrig. »Und ihr habt ein Schlauchboot, um wieder an Land zu kommen?«

Wieder nickten sie. Er zog drei Fünfzig-Euro-Scheine hervor und reichte jedem von ihnen einen. »Fünfzig Meter reichen.« Er gab Saad einen Wink, der ihm zu dem Maybach folgte. Mikhail öffnete den Kofferraum und entnahm ihm drei neue Äxte. »Die werft ihr danach auch ins Meer. Verstanden?«

Saads Augen glänzten, als er den blanken Stahl und den unberührten Stiel bemerkte. Mikhail holte einen vierten Schein aus der Tasche. »Der ist für dich. Lass ihn dir nicht abnehmen.«

Ein Schatten glitt über das Gesicht des Jungen. Mit einer Bewegung, die so schnell war, als hätte er an den Glöckchenjacken der Diebe in den Katakomben geübt, verschwand das Geld. Mikhail legte ihm die Äxte auf die Arme.

»Und pass auf dich auf. Nicht dass du wieder die falsche Richtung nimmst.«

»*Aye, aye, myi lord.*«

Er sah ihn im Rückspiegel, der Junge war stehen geblieben, schaute dem Maybach hinterher und träumte davon, ihn einmal im Leben zu fahren.

3

Das Restaurant Alexandrovskyi liegt nur einen Steinwurf vom Meer entfernt, im Distrikt Primorsky, unweit der Musikakademie, aber zu Fuß gut eine halbe Stunde von der Potemkinschen Treppe entfernt. Es beansprucht das gesamte Erdgeschoss und den Garten einer ehemaligen Villa, die vor langer Zeit einem reichen Kunstmäzen gehörte: Joseph Konelsky, der sie Anfang des 20. Jahrhunderts errichten ließ und bis unters Dach mit Bildern und Antiquitäten vollstopfte. Seine Frau führte einen legendären Salon und ein noch legendäreres Liebesleben, beide blieben auch nach der Revolution in Odessa, doch die Familie konnte die Villa nicht halten. Ihre Wiederauferstehung als eines der besten und exklusivsten Restaurants feierte sie erst knapp hundert Jahre später.

Larcan musste nicht laufen. Ein perlweißer Maybach holte ihn ab, und der hundertsechzigjährige Portier zog symbolisch den Hut, als sein Dauergast durch die Drehtür nach draußen ging. Mikhail saß am Steuer. Er sprach kein Wort. Wahrscheinlich war er dem *lider* suspekt, obwohl ihm der Mann, den er während der Fahrt nur von hinten sah, in puncto Schusswaffengebrauch bestimmt in nichts nachstand.

Als er aus dem Wagen stieg, gab Mikhail Gas und fuhr davon. Larcan betrat das Haus durch die Flügeltüren und wurde empfangen von einer für ihn seltsamen Mischung aus wuchtiger Eleganz und spießiger Romantik. Die gerafften Vorhänge erinnerten ihn an die Kulturpaläste seiner Jugend, die weißen Schleiflackmöbel an Eisdielen am Lago Maggiore. Romantische Gemälde und Porträts schmückten die Wände, darunter auch die von Zar Nikolaus II. und seiner Frau Alexandra Fjodorowna. An einem weißen Flügel saß eine junge Dame im Abendkleid und spielte gängige Klassiker. Das Restaurant war gut besucht. Als er den Namen Nikiforov nannte, wurde er mit ausnehmender Höflichkeit zunächst in die Garderobe und dann an einen Tisch für zwei geleitet, an dem Oleg bereits wartete.

»Bin ich zu spät?«, fragte er überrascht. Er war pünktlich auf die Minute.

Oleg stand auf und umarmte ihn herzlich. »Nein. Setz dich, mein Freund.«

Mein Freund. Was war passiert?

Larcan kam gar nicht dazu, in die Wein- oder Menükarte zu schauen. Es ging los mit einem leichten Calvarino, der schon geöffnet war. Eine junge Frau schenkte ihm ein und lächelte, als Larcan nach dem ersten Schluck anerkennend nickte.

»Sie werden uns etwas zusammenstellen. Ist dir das recht?«
»Gerne.«

Larcan hatte sich vom ersten Augenblick an in diesem Restaurant heimisch gefühlt. Er passte hierher, an die besten Orte, die begehrtesten Tische, einen fantastischen Italiener im Glas. Auch wenn Opulenz nicht unbedingt seine Geschmacksrichtung war und hier etwas zu dick aufgetragen wurde – die Begrüßung durch den Hausherrn, ein vitaler Mittvierziger in Armani, die fast schon zu einer Show ausartete, die Schönheit der Frauen, der Reichtum der Männer, die ihnen die Designerkleider, Pelzstolen und den Diamantschmuck bezahlten, die (leeren) Methusalem-Flaschen, die silbernen Becher, die Ölgemäldeschinken an der Wand, die zusammengewürfelten Antiquitäten, die plüschigen Vorhänge – es war *charming*. Wenn man sich den Besuch leisten konnte.

»Wie war dein Tag?«

Larcan dachte zurück an das Londonskaya, das ihm im Vergleich zu diesem Ort wohltuend zurückhaltend vorkam. »Gut.«

»Meiner auch.« Oleg hob das Glas. »Auf die Gesundheit.«

»Auf die Gesundheit.«

Duftendes, knuspriges Baguette wurde gebracht, dazu Butter. Oleg machte eine auffordernde Handbewegung in Larcans Richtung. »Die kulinarische Achse Paris–Moskau. Anastasia lässt dich grüßen. Sie war traurig, dass sie nicht mitkommen konnte. Aber Kinder in diesem Alter gehören abends ins Bett.«

Larcan nickte. Was wusste er von Kindern?

»Wie war das bei dir?«

»Ich weiß es nicht mehr.« Larcan griff nach dem Brot, es war noch warm. »Meine Frau hat sich darum gekümmert. Ich war viel auf Reisen.«

»Im kapitalistischen Ausland. Was hast du da gemacht?«

»Informationen gesammelt. Das weißt du doch.«

Oleg lehnte sich zurück. »Hattest du noch einmal Kontakt zu deiner Tochter?«

Etwas an der gewollt entspannten Haltung seines Gegenübers verriet Larcan, dass es besser war, jetzt mit der Wahrheit herauszurücken.

»Ja. Es ist gar nicht so lange her, aber ich vermute, dass ich keinen sehr guten Eindruck hinterließ.«

»Hat sie das Geld?«

Larcan verschluckte sich beinahe an dem Stück Baguette, das er sich in den Mund geschoben hatte.

»Die fünfhunderttausend, die du für deinen letzten Job bekommen hast. *Wenn* du ihn korrekt ausgeführt hättest.«

»Nein.« Er griff nach dem Weinglas und spülte nach. »Ich hatte Ausgaben. Es gab Hinterbliebene. Die Familie des jungen Israeli. Auch der Franzose hatte Kinder.«

»Seit wann ist der russische Geheimdienst die öffentliche Wohlfahrt? Sie wollen das Geld zurück. Und sie wollen dich.«

Larcan holte aus der Maskeradenkiste das Lächeln mit der Aufschrift »bescheiden-überheblich«. Eine ungewöhnliche Kombination, aber sie gelang ihm immer auf Anhieb.

»Sie werden beides nicht kriegen. Es sei denn, du verrätst mich.«

Olegs Augen wurden schmal. Seine kräftige Nase blähte sich etwas. Ansonsten ließ er sich angesichts dieser Provokation nichts anmerken. »Du bist mein Freund. Du hast meine Tochter gerettet.«

»Ich bin nicht dein Freund. Wir kennen uns nicht. Ich habe getan, was getan werden musste. Der einzige Gefallen, um den ich dich bitte, ist, mich zu vergessen.«

Er legte die Serviette auf den Tisch und machte Anstalten aufzustehen. Er hatte es erwartet: Olegs Hand schnellte vor und legte sich um seinen Unterarm. Der Griff fühlte sich an wie eine Handschelle.

»Ich bin noch nicht fertig. Setz dich. Wir müssen reden.«

Larcan ließ sich langsam nieder. Der Griff lockerte sich. Dann ließ Oleg ihn ganz los.

»Ich will dir helfen. Du tust so, als ob du im Londonskaya wohnst, aber in Wirklichkeit lebst du in einem Loch in der Moldawanka. Das tut keiner, der die Russen gerade um eine halbe Million beschissen hat.«

»Vielleicht bin ich genügsam.«

»Djeduschka Mayak kennt dich. Er sagt, du seist ein guter Mensch.«

Die Skepsis hob Larcans Augenbrauen, doch insgeheim freute er sich, dass sich die Stunden im Haus des Leuchtturmwärters in dieser Hinsicht gelohnt hatten. »Aber du sollst die Hände von der Mafia lassen.«

»Ja, das sagt er mir jedes Mal.« Larcan nahm die Serviette wieder auf, weil die Vorspeisen gebracht wurden: warmer Rindfleischsalat, Kamtschatkakrabbe in Mayonnaise, Foie gras an einer Cumberlandsauce, die Larcan an das Café in Paris erinnerte, in dem er so gerne mit Nathalie gesessen hatte. Hier kochte man tatsächlich, als ob die Zarenfamilie jederzeit hereinschneien könnte. Eine Weile waren sie mit dem Verteilen der Speisen beschäftigt, die attraktive Kellnerin brachte einen Château La Fleur Saint-Émilion, der bereits dekantiert war und dem schon im Glas ein wuchtiges Bouquet entstieg. Larcan überlegte, ob es seinem Status als armer Poet entspräche, die halbe Flasche, die sicherlich übrig bleiben würde, mitzunehmen …

»Und, hältst du dich daran?«

»Der Mensch muss leben.« Er nahm sich einen Löffel vom Krabbensalat. Köstlich.

»Womit verdienst du dein Geld?«

»Ich habe noch Ersparnisse. Nicht viel. Mal sehen, wie lange sie reichen.«

»Sie haben deine Konten eingefroren.«

»Ich weiß.« Larcan seufzte. »Ich stehe auf der Sanktionsliste. Aber da befinde ich mich ja in guter Gesellschaft.«

»Wie bist du ins Land gekommen?«

»In einem Kofferraum.« Er sah in Olegs ungläubige Augen. »Ist es nicht eine Ironie der Zeitgeschichte? Ich lag in einem Kofferraum. Es hat mich zweihundert Euro gekostet. Sie durchsuchen die Wagen nicht, die von der Slowakei in die Ukraine fahren. Nur die in entgegengesetzter Richtung. Flüchtlinge aus Afrika und den arabischen Staaten kommen nach Moskau und versuchen dann, über die Ukraine in die EU zu kommen. Die grüne Grenze zur Slowakei ist mittlerweile dicht. Die haben Infrarottechnik und Suchscheinwerfer. Trotzdem schicken die Schlepper die Leute immer noch in den Wald. Es ist eine Schande.«

Oleg nickte zurückhaltend. Larcan allerdings, der für sich selbst durchaus den Flüchtlingsstatus in Anspruch nahm, hatte in den letzten Monaten seine Einstellung grundlegend geändert. Aber er merkte, dass er mit seiner Ansicht allein war. Vor allem bei Gänsestopfleber und Rotwein in einem zaristischen Restaurant, wenn es so etwas im kulinarischen Wortgebrauch überhaupt gab.

»Aber in umgekehrter Richtung versucht es keiner. Wer flieht schon aus Europa in die Ukraine? Also nahmen wir den üblichen Weg: von Sobrance nach Uschhorod. Mein Fahrer hatte Papiere und jede Menge leere Einkaufstaschen dabei, direkt hinter der Grenze liegen ja schon die ersten Duty-free-Shops. Ich hatte Glück.«

»Früher hast du solche Leute ans Messer geliefert.«

»Früher habe ich an etwas geglaubt. Und du? An was glaubst du?«

Oleg hielt ihm das Rotweinglas entgegen. »Auf die Familie.«

»Auf die Familie.«

Sie stießen an.

»Sie wollen dich zurück.«

Erst verstand Larcan nicht, was sein neuer Freund damit meinte.

»Sie suchen dich.«

»Ja. Um ein Exempel zu statuieren. Sie können es nicht ertragen, dass ich bezahlt wurde, die Operation aber in den Sand gesetzt habe. Ich sollte eine Bank für sie hacken und flog in letzter Sekunde auf. Würde ich mich im Westen stellen und aussagen, wäre das der erste gerichtsverwertbare Beweis für die Destabilisierungstaktik Putins. So weit wollen sie es nicht kommen lassen.«

»Dein Todesurteil.«

»Malen wir den Teufel nicht an die Wand. Auf das Leben!«

Oleg zögerte minimal, aber dann griff auch er erneut nach seinem Glas. »Auf das Leben.« Sie stießen an. »Also bist du untergetaucht. Mit fünfhunderttausend.«

»Nein.« Larcan probierte den Rindfleischsalat, aber er kam nicht an die Kamtschatkakrabben heran. »Willst du die Summe genau wissen? Dreißigtausend. Das ist alles, was ich habe.«

»Du brauchst Geld.«

Larcan lachte. »Ja. Eine halbe Million.«

Die Vorspeisen wurden abgeräumt. Sehnsüchtig sah Larcan dem Dekanter hinterher. Aber schon im nächsten Moment kam ein neuer Wein, und der toppte das, was er bisher kosten durfte, um ein Vielfaches. Ein Margaux.

»Château La Tour de Mons 2014«, erklärte die Sommelière, die Larcan von Schluck zu Schluck mehr gefiel. Er sah ihr hinterher, als sie an einen der anderen Tische trat und sich nach weiteren Wünschen erkundigte.

»Sie ist reizend, nicht wahr?«, sagte Oleg. »Ich kann etwas arrangieren.«

Larcan schüttelte amüsiert den Kopf. »Für meine Räuberhöhle? Sie wäre entsetzt und würde den Glauben an die Männer verlieren. Zumindest an die, die hier verkehren.«

Oleg lächelte, wurde dann aber wieder ernst. »Also geht es um eine halbe Million. Euro, nicht Rubel.«

»Nein. Es geht um gar nichts. Müssen wir an diesem Abend über Geld reden?«

Er sah Oleg an, dass er genau das vorgehabt hatte. Larcan konnte darauf verzichten, ein paar Tausend angeboten zu bekommen. Er brauchte Oleg für einen ganz anderen Zweck. Die Gelddiskussion war ermüdend. Doch dann überraschte ihn sein Gegenüber. Mehr: Er schaffte es, ihn zu schockieren.

»Ich habe mit Putsko gesprochen.«

»Du hast...« Larcan sah sich um, ob auch niemand ihrem Gespräch lauschte. »... was?«

»Seit dieser Sache damals bei der Marine sind wir Freunde. Nicht so gute Freunde wie wir beide. Und deshalb habe ich ihn auch nur rein theoretisch auf dich angesprochen.«

»Rein theoretisch? Wie kannst du jemanden rein theoretisch auf mich ansprechen?«

Überrumpelung war etwas, das selten in Larcans Leben vorkam. Aber genau das geschah in diesem Moment. War Oleg wahnsinnig geworden?

»Ich lass mich doch nicht in einem Kofferraum in die Ukraine schleusen, um genau dort wieder zu enden«, zischte er.

Oleg stand auf. »Komm mit.«

Was war das jetzt? Warteten sie schon auf ihn? Aber Oleg ging nicht zum Ausgang, sondern in einen Nebenraum, in dem eine für zwölf Gäste gedeckte Tafel stand, an der noch niemand saß. Direkt dahinter befand sich eine Glastür, die zu einer Zigarren- und Whiskylounge führte. Die Lounge war ebenfalls leer. Es roch nach Leder, Rauch und alten Eichenfässern. Oleg schloss die Tür und holte ein einfaches Handy heraus.

»Du sollst ihn anrufen.«

Ich soll vor diesem Pinscher zu Kreuze kriechen? Larcan war wütend, weil Oleg sich in sein Leben einmischte. Er hatte vorgehabt, ein hübsches Lösegeld zu erpressen und seinen Leuten dann ein Angebot zu machen. Es ging ja nicht nur um Geld. Es ging um Kreditkarten, Konten, um das, was einen Menschen von einem Nichts unterschied. Heutzutage zumindest. Ein ruhiger Lebensabend. Mit Nathalie auf der Terrasse sitzen und nicht mehr bei jedem knallenden Auspuff zusammenzucken. Ein ehrenvolles, korrektes Ausscheiden aus dem Dienst. Und jetzt drehten sich die Vorzeichen, nur weil Oleg einmal mit diesem Verbrecher bei der Marine einen Spind geteilt hatte?

»Nein.«

»Bastide, mein Freund. Ich weiß, was du denkst.« Oleg ging zu den Regalen, in denen die Schätze aufbewahrt wurden: Whisky, Bourbon, in einem Weinkühlschrank uralte Flaschen, von denen er nur die versiegelten Korken erkennen konnte. »Aber glaube mir, ich habe die Situation im Griff. Ich möchte dir etwas Gutes tun. Ich habe an Geld gedacht, aber du bist ein Ehrenmann, das wusste ich. Dann fragte ich mich, ob ich etwas an deiner desolaten Situation ändern kann. Putsko wollte, dass ich für ihn arbeite. Aber dafür hätte ich in die Politik gehen müssen. Im Ernst: Wer will heutzutage freiwillig in der Ukraine in die Politik?«

Sein grobes Gesicht zersprang in unzählige Lachfältchen.

»Sie geben dir eine Chance. Wenn du dich stellst.«

»Wenn ich mich stelle«, wiederholte Larcan tonlos. Er setzte sich in einen der ledernen Chesterfield-Sessel. »Bist du verrückt geworden?«

Oleg schritt weiter zum Weinkühlschrank und öffnete ihn. Er holte die eine oder andere Flasche heraus, betrachtete das Etikett und legte sie sorgfältig wieder zurück.

»Du stehst unter meinem persönlichen Schutz. Wenn ich es will, wirst du auf ewig unerkannt in der Ukraine leben. Oder in der Türkei. Oder in Malaysia, in Singapur, überall dort, wohin meine Geschäftsbeziehungen reichen. Ich habe keine Angst vor Putsko. Er hat auch eine Narbe. Weißt du wo? Quer über seinem Schwanz. Wir haben das mit Messern ausgetragen.«

Oleg schleuderte die Flasche, die er gerade begutachtet

hatte, in die Luft. Sie drehte sich über seinem Kopf wie eine Jonglierkeule und landete dann sicher in seiner Hand.

»Yela bringt mich um, wenn ich das bei uns zu Hause mache.«

Er grinste. Aber Larcan hatte keinen Sinn für Humor, wenn es um *sein* Leben und *seinen* Schwanz ging. In diesem Geschäft war man nicht zimperlich.

»Ich könnte heute noch damit im Zirkus auftreten. Das meinte ich, als ich sagte, man könne das russische Militär nur mit ganz bestimmten Fähigkeiten überleben.« Er deponierte die Flasche an ihrem angestammten Platz, wahrscheinlich würde sie Wochen brauchen, um sich von diesem Schock zu erholen. »Die Informationen über dich habe ich aber nicht von ihm. Die kamen über einen Sicherheitsdienst mit guten Kontakten.«

Mikhail, dachte Larcan. Er weiß alles über mich. Deshalb traut er mir nicht.

»Also, um es kurz zu machen: Sie wollen dir eine Chance geben. Ich habe nicht gesagt, wo du dich im Moment aufhältst, aber es ist ihnen klar, dass es irgendwo zwischen der Bukowina und dem Donbass sein muss.«

Larcan trommelte mit den Fingern auf die Armlehnen. Am liebsten wäre er sofort aus diesem Raum gestürmt.

»Willst du weg? Die Ukraine verlassen? Kein Problem. Aber ich möchte dir einen Rat geben. Du kannst nicht ewig weglaufen. Du wirst nicht jünger. Wie alt bist du? Sechzig?«

»Achtundfünfzig«, knurrte Larcan.

»Siehst du, da geht man in Russland schon in Rente. Die hättest du dir auch verdient nach all den Jahren. Ich sage jedem, den ich kenne: Lass die Finger von Geheimdiensten. Komm mit ihnen klar, arrangiere dich irgendwie, aber lass dich in nichts hineinziehen. Geheimdienste sind wie die Mafia. Solange du dich an den Kodex hältst, bist du sicher. Aber

wenn du auch nur einmal eine rote Linie überschreitest …«
Er schnalzte bedauernd mit der Zunge und angelte sich die nächste Flasche.

»Woher hast du Putskos Nummer?«

»Wie ich schon sagte, arrangiere dich.«

Larcan erkannte, dass er Oleg unterschätzt hatte. Die Gerüchte besagten, dass er regierungstreu und patriotisch sei. Aber klar, man musste sich auch die ehemalige Besatzungsmacht warmhalten. Vor allem, wenn sie wieder anfing, Teile des Landes zu annektieren und ihre Finger nach dem Rest ausstreckte.

»Ist er immer noch in Frankreich?«

»Frankreich? Das weiß ich nicht. Ich weiß noch nicht einmal, was er gerade macht. Wir laden uns auch nicht gegenseitig zum Angeln ein, wenn du das meinst.«

Die Flasche, die Oleg jetzt in der Hand hatte, interessierte ihn. Er pustete den Staub ab und hielt sie näher ans Licht einer Stehlampe, deren karierter Schirm das Britische in diesem Raum betonen sollte.

Angeln. Larcan fiel siedend heiß ein, dass er das Versteck in der Fontanka noch leer räumen musste. Spätestens nach drei Tagen würde der Vermieter nachsehen. Vor dieser Neugier schützte auch kein Vorhängeschloss.

»Es ist nur so, dass wir uns nie ganz aus den Augen verloren haben. Ich bin Vermittler, Bastide. Und Putsko weiß, was er an seinem Schwanz hat. Also bist du sicher.«

Sicherheit würde Larcan anders definieren. »Was meint er mit einer Chance?«

»Das musst du ihn selber fragen. – *Zaebis!*«, entfuhr es ihm, ein Wort größter Überraschung. »Ein Château d'Yquem! 2002. War der gut?«

Woher sollte er das wissen? Aber Larcan bestätigte: »Sehr gut.«

»Den nehmen wir zum Dessert. – Also?«

Oleg hielt ihm wieder das Handy hin. »Einfach die letzte Nummer wählen. Mein Geschenk an dich. Ich warte draußen.«

Damit verließ er die Lounge.

Larcan saß im Sessel, ein billiges Klapphandy in der Hand, das die Verbindung zu seiner Zukunft oder seinem Verderben sein konnte. Er öffnete es, auf dem Display erschien nur eine einzige Nummer. Wahrscheinlich hatte Oleg die SIM-Karte einzig für diesen Anruf angeschafft.

Er stöhnte auf. Es gab keinen Schutz für ihn, nirgends. Er würde überall ins Netz gehen, außer in Nordkorea vielleicht. Alle Wege führten in den Wald und keiner wieder hinaus. Er könnte sich ja mal anhören, was Putsko unter einer Chance verstand.

Er klappte das Handy auf und drückte die Wahlwiederholung. Das Freizeichen klang blechern, als ob es über ein Kabel auf dem Meeresgrund rund um die ganze Welt ging. Es klingelte mehrere Male. Dann wurde abgehoben.

»*Oui?*« Eine Stimme wie ein Reibeisen. Trocken wie Schilf im Wind.

Larcan spürte es in seinen Fingern zucken. Er wollte das Handy zuklappen, die Verbindung sofort beenden.

»Es ist schon spät bei uns«, sagte Putsko. »Aber für dich habe ich immer Zeit.«

Sie redeten ein paar Minuten miteinander. Als Larcan die Lounge verließ, spielte die Pianistin Chopin. Er hasste Chopin.

4

Mikhail liebte die Kartoffelpuffer mit Pilzen, die Galina mit einem liebevollen Lächeln vor ihm abstellte.
»Iss, mein Junge.«
Das ließ er sich nicht zweimal sagen. Seit sich die Prostitution von der Philharmonie zurück an den Hafen verlagert hatte, blühte ein bescheidenes Nachtleben auf. Sein Herz war der Mytna-Platz, wo sich im Sommer zu Füßen des Denkmals für die Besatzung des Marinekriegsschiffs *Potemkin* ein reger Austausch von Angebot und Nachfrage entwickelt hatte. Im Winter verlagerte sich das Treiben in die engen und steilen Hafengassen. In Keller, Hauseingänge und Hinterhöfe, die bei Tageslicht niemand, der noch bei Trost war, freiwillig betreten hätte. Doch die Straßenlampen, an Kabeln in weiten Abständen über der Straße aufgehängt, schaukelten sanft im Wind und spendeten gnädig ihr weiches gelbes Licht, sodass romantische Seelen den Verfall ringsum mit ganz anderen Augen sahen. Außerdem wollten sie etwas loswerden, und das am besten ohne Erfrierungen. So kamen sie ins Stendhal.
Galinas Etablissement bot selbst im grauen Winter einen entzückenden Anblick: Inmitten der heruntergekommenen Häuser hatte sie den kleinen Vorhof mit Plastikblumen und Lichterketten geschmückt. Immer standen mindestens zwei Mädchen vor der Tür, ganz unterschiedlich vom Typ her, und lockten mit ihrem Sirenenlachen Freier herein. Unten im Keller, den man durchs Vorderzimmer erreichte, warteten dann die anderen Schwalben, meistens mit Stricken oder ihren Handys beschäftigt. Der Raum war fensterlos, aber gemütlich, mit Sofas, Sesseln, Fernseher und Spitzendeckchen auf dem Tisch ausgestattet. In die einzelnen *kabiny* im früheren

Kartoffelkeller ging es durch eine Stahltür, die noch aus der Zeit der Partisanen stammen musste. Galina hatte ihm auch einmal einen verschütteten Gang gezeigt – der Zutritt zu den Katakomben. Wer diese sehen wollte, musste noch ein paar Gryfna drauflegen.

Ein Glas Chaika-Brandy verkürzte die Wartezeiten auf den nächsten zahlenden Gast beträchtlich. Galina hielt die Flasche mit einem fragenden Blick in der Hand, aber Mikhail lehnte ab. Ein *lider* musste nüchtern sein. Immer.

Um diese Uhrzeit war die Schicht fast zu Ende. Er war der einzige männliche Gast im Haus. Galina und die Mädchen ließen ihn in Ruhe. Er war aus einem anderen Grund hier, und tatsächlich, nachdem die Puffmutter einen kurzen Blick hinunter in den Kartoffelkeller geworfen hatte, setzte sie sich zu ihm. Unter der dicken Schminke, dem Doppelkinn und den runden Wangen war noch zu erkennen, dass sie in ihrer Jugend ein hübsches Ding gewesen sein musste. Noch immer achtete sie sehr auf ihr Äußeres. Manikürte Nägel, Wasserwelle, blutroter Mund. Das Tuch über ihrer Schulter war etwas heruntergerutscht und bot Mikhail freien Blick auf ein Dekolleté, dessen Anblick manchem Seemann den Atem rauben dürfte.

»Schmeckt's?«

Mikhail nickte mit vollem Mund. Seit Yela mit diesem organisch-biologisch-veganen Mist angefangen hatte, gab es kaum noch etwas Anständiges in Hogwarts zu essen.

»Ich hab hier auch noch Bœuf Stroganoff.«

Mikhail winkte ab. Eine Kelle von Galinas Leibgericht, und er würde ins Fresskoma fallen.

»Und, gibt's was Neues?« Er spülte den Bissen mit einem Schluck Wasser hinunter.

»Wie man's nimmt. Das Hotel sollen Türken übernommen haben. Stimmt das?«

Mikhail überlegte kurz, was sie gemeint haben könnte, dann fiel ihm die riesige Bauruine im Hafen ein. »Noch ist nichts entschieden.«

»Die Kreuzfahrtschiffe fehlen.«

Sie und die Passagiere auf ihnen fehlten tatsächlich: in den Restaurants, den Geschäften und den Puffs. Seit der Krim-Krise fuhren viele Reedereien die Ukraine nicht mehr an. Dabei lag Odessa weit weg von den Gebieten der Separatisten und dem Säbelrasseln zwischen Moskau und Kiew. Aber der gemeine Kreuzfahrer war ein scheues Wesen. Er wollte auf der teuer bezahlten Reise nichts von Kriegen hören. Galina nahm den Topf mit dem Bœuf Stroganoff und trug ihn in die Küche zurück. Mikhail nahm den nächsten Bissen von seinen Kartoffelpuffern – und erstarrte. Langsam legte er die Gabel ab und griff nach der Zeitung, die als Untersetzer gedient hatte. Eine *Financial Times*. Er sah auf das Datum – vom Montag dieser Woche.

»Woher hast du das?«

Es konnte viele Erklärungen geben. Galina kam mit einer Flasche grusinischem Cognac zurück.

»Von einem Freier. Der wollte wohl angeben damit. Spricht kein Wort Englisch.«

Mikhail nahm die Zeitung an sich. Sie hatte durch den Einsatz von Galinas Töpfen gelitten, aber der Stempel war noch gut zu erkennen: Londonskaya.

»Ein *frantsuz*?«

Sie setzte sich zu ihm. »Nein. Aber seltsam, dass du das fragst. Er hat von einem erzählt. Er meinte, die *berchyki* gehen jetzt nach Fontanka.«

»Ach ja?« Er hatte gute Kontakte zur Mafia. Die musste man auch haben, wenn man in Odessa über die Runden kommen wollte. Aber Fontanka war ein kleines Fischerdorf mit einem Hafen, an dem höchstens Zigarettenschmuggler mit ihren Schlauchbooten anlegen konnten. Was wollte die Mafia dort?

»Ich kenne ihn noch von früher, der hat mit den Russen gute Geschäfte gemacht. Aber jetzt …«

Sie wartete darauf, dass er den Satz vervollständigen würde. Dass er einstimmen würde in die Klage, dass früher alles besser war. Galina war Russin. Natürlich hegte sie Sympathien für die ehemaligen Besatzer.

»Na ja, jeder muss sehen, wie er durchkommt, nicht wahr?«

»*Da*«, pflichtete Mikhail ihr guten Gewissens bei. »Was ist mit ihm?«

»Auf einmal hatte er Geld. Also, genug Geld für Marilinn. Du kennst sie?«

Er zuckte vage mit den Schultern.

»Die Blonde, die immer ›Happy Birthday‹ singt.«

Marilinn war eine Schönheit. Sobald sie genug verdient hatte, würde sie sich selbstständig machen. Galina sah diesem Tag mit äußerst gemischten Gefühlen entgegen. Marilinn war ihr bestes Pferd im Stall.

»Sie musste dreimal singen«, erklärte Galina in vielsagendem Ton.

Mikhail schmunzelte. Er dachte an Yela und wie sie sang, wenn er es ihr besorgte. Er spürte, dass er hart wurde, und hoffte, dass es Galina nicht bemerkte. Sie würde ihm sonst garantiert eines ihrer Pferdchen zuführen.

»Das nenn ich mal einen Geburtstag.« Er wischte den Teller mit dem letzten Stück Kartoffelpuffer aus. »Und er ist jetzt ein *berchyk*?«

»Einer von der Mafia? Nein. Nein! Da ist er viel zu blöde zu. Aber es kam einer zu ihm. Ein *frantsuz*. Und hat seinen Schuppen gemietet.«

Der einzige Franzose, den Mikhail kannte, saß gerade mit seinem Chef bei Kaviar und Champagner.

»Und in bar bezahlt, im Voraus.«
Das war so üblich.
»Das Dreifache.«
Das war nicht üblich.
»Und was wollte er mit dem Schuppen?«
»Er wolle angeln. Hat er behauptet. Nachts hat er Sachen dorthin gebracht. Aber seitdem ist er nicht mehr aufgetaucht. Nun machte sich mein Freund Gedanken, ob dem Franzosen vielleicht etwas passiert sein könnte.«
Nein, dachte Mikhail. Unschlüssig hielt er die Zeitung in den Händen. Er hat nur zwei Männer erschossen, ein Mädchen gerettet und robbt sich jetzt an Oleg heran.
»Der *frantsuz* hat den Schuppen natürlich verriegelt. Aber nachdem er über eine Woche nicht erschienen ist, dachte mein Freund, dass an der Geschichte etwas faul ist. Man weiß ja nie. Terroristen und so.«
Oder ein Koffer mit Geld. Schmuggelware. Alles konnte man dem Freier nachsagen, aber mit Sicherheit fühlte er keine Verantwortung fürs Gemeinwohl. Eher für die eigene kleine Existenz, die unweigerlich davon in Mitleidenschaft gezogen würde, falls dieser Schuppen buchstäblich hochgehen würde.
»Also hat er nachgesehen.«
»Und? Was hat er gefunden?«
Galina wuchtete sich hoch und räumte den Tisch ab. Mikhail war klar, dass sie jetzt auch etwas von Marilinns Glück abhaben wollte. Er schob zwei Hunderter unter das Wasserglas. Im Handumdrehen hatte Galina sie eingesteckt.
»So war das aber nicht gemeint!«
»Für deinen Sohn. Was macht er gerade?«
»Er studiert.« Der Stolz in ihrer Stimme war das erste echte Gefühl, das sie sich erlaubte. »Er wird mal ein *inzhener*.«
In einer Hafenstadt wie Odessa wurden Ingenieure immer gesucht. Mikhail freute sich, dass es Galina gelungen war, den

Jungen rauszuhalten. Es war nicht leicht für sie gewesen. Er schob noch einen Hunderter über den Tisch.

»Lad ihn zum Essen ein, wenn er wieder auf Besuch kommt.«

Sie lächelte, und ihre Augen wurden feucht. »Du bist ein guter Mensch, Mikhail. Bleib so. Nur noch wenige sind so wie du.«

Auch dieser Schein verschwand. Mikhail steckte die Zeitung ein, und Galina tat so, als hätte sie das nicht bemerkt.

»Nun sag. Was hat der Franzose in den Schuppen gebracht?«

»Angelzubehör. Ich kenn mich nicht aus, aber es soll alles recht ordentlich ausgesehen haben.«

»Hm.«

Das konnte ja nicht alles gewesen sein. Nicht für dreihundert Gryfni.

»Es gibt in dem Schuppen eine Bodenluke. Und über die geht es in einen kleinen Keller. Liegt ein Teppich drüber, also kein teurer natürlich. Eine Matte. Einbrecher kämen nicht drauf, dass es da so was gibt. Die haben diese Schuppen ja nur für die Boote gebaut, da braucht man keinen Keller. Aber dieser, der hat einen. Nicht groß. So wie hier.«

Das Vorzimmer von Galinas Etablissement, das man von der Straße aus betrat, hielt man zunächst für eine winzige Gaststube. Keine vier Tische passten hinein. Erst wenn man sie fast durchquert hatte, konnte man die Treppe hinunter zu den Mädchen erkennen. Der Laden galt offiziell als Bar, nicht als Puff. Auch wenn das Stendhal mit dem Zusatz »zwanglos« warb.

»Und was ist da unten? In dem Keller in Fontanka?«

»Ein Bett.« Galina kniff die Augen zusammen, was ihr den Ausdruck eines verschlagenen Quizmasters verlieh, der gerade seine gemeinste Frage präsentiert hatte.

»Ein Bett«, wiederholte Mikhail. »Ein richtiges?«
Nicken.
»Weil er da schlafen will?«
Kopfschütteln.
»Weil er einen Gast erwartet?«
Vages Heben der Schulter. »Vielleicht«, sagte sie. »Vielleicht sollte ich noch sagen, dass man die Luke von außen mit einem Riegel verschließen kann.«
»Er will jemanden einsperren.«
Oleg? Yela? Unmöglich. Völlig unmöglich, solange es ihn gab.
»Wen?«
»Heilige Mutter Gottes, das weiß ich doch nicht!« Sie senkte die Stimme, weil eines der Mädchen heraufkam und sich aus der Küche einen Tee holte. Als es wieder hinunter zu den anderen gegangen war, beugte sie sich vor und legte ihren massigen Busen auf dem Tisch ab. Spätestens jetzt waren Mikhails sämtliche erotischen Gefühle verflogen.
»Es ist ein Kinderbett.«

V

1

Es war Freitagmorgen, kurz nach sieben. Judith nickte der Krankenschwester kurz zu – sie kannten sich noch vom letzten Mal. Dombrowski lag in den Armen seiner Maschinen und schlief.

Sie hatte das Album *Abraxas* von Santana downgeloadet. Jeder hatte das gehört in seiner Jugend, vielleicht erkannte er ja »Samba Pa Ti« oder »Black Magic Woman«. Sie stellte die Lautstärke so ein, dass sie niemanden stören würde, legte das Gerät nahe an sein Blumenkohlohr und drückte auf Play. Dann setzte sie sich aufs Bett und dachte an Erich Kästners *Fliegendes Klassenzimmer* und an den Klassenprimus Martin, der von seiner Mutter die Anweisung »Weinen streng verboten« bekommen hatte, und heulte wie ein Schlosshund. Leise.

Er würde sie aus dem Zimmer jagen, wenn er sie so sehen könnte. Aber sie war sentimental geworden, im Moment war sie nicht in der Lage, Gefühle abzuwehren, als wäre ihr Herz ein offenes Scheunentor mit einem herzlichen Willkommensschild für Sorge, Kummer, Überforderung und noch ein paar andere Dinge, über die sie nicht nachdenken wollte.

Die Geräte atmeten, pumpten, oszillierten.

Don't turn your back on me, baby
Yes don't turn your back on me, baby
Stop messing about with your tricks...

Die Schwester huschte vorbei und lächelte ihr zu.

»Ich war nicht unten«, sagte Judith. »Und ich werde auch

nicht in den Keller runtergehen. Das ist dein Mist. Den musst du entsorgen. Aber ich fahre den Karren so lange, bis du wieder zurückkommst. Oder an die Wand. Keine Ahnung.«

Sie strich über seinen Handrücken und blieb bis zum Song »Hope You're Feeling Better«, weil sich das nach einem guten Omen anhörte.

Um kurz nach acht war sie in der Firma. Hier lief alles, dank Josef und Kai, die den Leuten Beine machten. Ihr fiel auf, dass der Laden auch ohne Dombrowski noch eine Weile auf Kurs bleiben würde, so wie ein Ozeandampfer, der ein paar Kilometer brauchte, bis er zum Stillstand kam. Liz trat auf sie zu und wedelte strahlend mit einem Zettel.

»Du hast einen Termin im Einkaufszentrum. Heute, fünfzehn Uhr.«

»Für was?«

»Kundenvorgespräch. Sie wollen ein Angebot.«

Judith ließ ihre Tasche fallen und riss Liz den Zettel fast aus der Hand. »Wie hast du denn das geschafft?«

»Frag Kai. Er hat das an Land gezogen.«

Sie sah zu den Umkleiden, aber Liz verzog bedauernd den Mund. »Er ist schon raus. Ich drück dir die Daumen.«

Du liebe Güte. Ein Angebot! Sie rannte hoch in Dombrowskis Büro und startete den Computer. Er musste die Vorlagen irgendwo gespeichert haben. Als sie diese gefunden hatte, druckte sie ein Exemplar aus und begann, sich in Grund- und Sonderreinigung, Bruttogeschossflächen und Quadratmeterberechnungen einzufuchsen. Liz brachte ihr einen Kaffee, aber als sie aufschreckte, weil ihr Handy klingelte, stand er kalt und noch unberührt auf dem Schreibtisch.

Eine Nummer aus Tröchtelborn, Thüringen. Tabea. Seltsam, dass sie nicht ihr Handy benutzte.

»Ja?«

»Guten Tag. Hier spricht Gabriele Krumbiegel. Könnte ich mit Frau Kepler sprechen?«

»Am Apparat.«

»Ah, so. Ja ... also, ich bin die Gabi, Tabeas Tante.«

Eine kalte Hand griff nach Judiths Herz. »Was ist mit ihr?«

Die Frau fing an zu schluchzen.

»Hallo? Frau Krumbiegel?«

Es dauerte endlose Sekunden, bis die Anruferin sich wieder gefasst hatte. »Ich erreiche ihren Vater nicht, und da dachte ich, Sie hätten vielleicht eine andere Nummer von ihm.«

»Was ist denn passiert?«

»Tabea ...« Schluchzen und Schnäuzen wechselten sich ab. »Sie hatte Bauchschmerzen. Und dann kam Fieber dazu. Aber der Arzt meinte, es wäre nichts Schlimmes, also ...«

»Also was?«

»Kam sie wieder nach Hause. Und heute Morgen haben sie sie mit Blaulicht abgeholt. Blinddarmdurchbruch, und sie wissen nicht, sie wissen nicht ...«

Judith musste sich beherrschen, die Frau nicht anzuschreien. »Was wissen sie nicht?«

»Ob sie das schafft.«

Nein. Nicht auch noch Tabea.

»Ich komme.«

»Frau Kepler«, wieder ein Schluchzen, »ich weiß ja, wie nah Sie sich stehen. Tabea redet so viel von Ihnen! Bitte verstehen Sie mich nicht falsch. Aber ich muss erst ihren Vater erreichen.«

»Hat er Ihnen keine Telefonnummer hinterlassen?«

»Doch, aber da meldet sich niemand.«

»Und ...« Judith versuchte, halbwegs klar zu denken. »Seine Firma. Wissen Sie, wie die heißt?«

Kaiserley hatte ihr erzählt, dass jeder Agent für Notfälle eine Rückrufnummer bekam, unter der sich ganz nach Bedarf alles meldete, was gerade so im Portfolio gebraucht wurde. War er als Pilot irgendwo aufgetaucht? Dann meldete sich eine Fluggesellschaft. Behauptete er, Paketbote zu sein, und gab jemandem seine Telefonnummer, saß irgendwo beim Verfassungsschutz eine nette Dame am Telefon und flötete »Logistikzentrale Deutsche Post Poppenbüttel« in den Hörer. Alles, damit eine Legende nicht aufflog. Vielleicht saß in Tabeas Fall Isa Kellermann am anderen Ende und begrüßte den Anrufer mit Northern Sea Oil oder Shell.

»Ich hab's aufgeschrieben, aber ich finde den Zettel nicht! Und Tabea hat ihr Handy ausgeschaltet. Vielleicht ist da noch eine andere Nummer gespeichert, ich weiß es nicht!«

»Ganz ruhig, Frau Krumbiegel. Ich kann versuchen, ihn zu erreichen, aber das wird eine halbe Stunde dauern. Kann ich Sie zurückrufen?«

Sie sagte ihr noch ein paar beruhigende Worte. Dann schnappte sie Schlüssel und Tasche und raste die Treppe hinunter in den Hof. Josef sah nur noch qualmende Reifen.

Das musste ja eines Tages passieren. Warum ging Frederik nicht ans Telefon? Wenn er seiner Tochter schon Märchen erzählte, dann sollten sie wenigstens hieb- und stichfest sein. Er war ihr Vater, verdammt noch mal. Und sie, Judith, nichts anderes als... eine flüchtige Bekannte. Maßlose Sorge um Tabea mischte sich mit lodernder Wut auf deren Erzeuger. Was bildete er sich eigentlich ein? Spätestens nach dem Tod der Mutter hätte er einsehen müssen, dass er sein altes Leben so nicht mehr weiterführen konnte. Das Kind war unter schwierigsten Umständen groß geworden, und er hatte – *gezahlt*. Mehr nicht. Und Tabea sogar noch nach Schenken geholt, um seinen Undercoverjob nicht zu gefährden. Wie weit gingen diese Menschen eigentlich? War ihnen das Wohl ihrer Kinder so egal?

Sie legte sich Sätze zurück, die sie ihm sagen wollte, um ihn nicht anzuschreien. Er musste alles abblasen und nach Tröchtelborn fahren oder besser gleich in die Klinik. Sie hätte Frau Krumbiegel fragen sollen, wo das Kind lag. Wahrscheinlich in der nächsten Kreisstadt. Er würde es nicht einsehen. Oder tat sie ihm unrecht? Der Mann, den sie in den Nächten kennengelernt hatte, war ein anderer als tagsüber. Würde er sein Kind in dieser Lage wirklich allein lassen, um seinen Auftrag zu Ende zu bringen?

Die Frage erübrigte sich, als sie auf den Hof der Werkstatt fuhr und das Gefühl hatte, dass etwas nicht stimmte. Die Holztore der Garagen waren verschlossen. Auf das Klingeln an der Haustür rührte sich auch nichts. Sie rüttelte an der Klinke – zu.

»Der is wech.«

Sie fuhr herum. Ein älterer Herr mit einer rosaroten Strickmütze führte einen gemütlich wirkenden, mittelgroßen Hund an der Leine.

»Wollen Sie was repariert haben?«

»Ähm, nein...« Judith trat ratlos ein paar Schritte zurück und musterte die Fassade. »Ich soll hier putzen.« Sie wies auf den Transporter. Der Mann las die Aufschrift.

»Ach nee. Wird auch Zeit, wenn es da drinnen so aussieht wie hier draußen. Ein Schandfleck ist das. Da haben wir gedacht, durch den Besitzerwechsel würde sich was ändern, aber schauen Sie sich um.«

Er ließ den Hund von der Leine, der sofort losstromerte und hinter einem der Autowracks verschwand. Vermutlich, um sein Geschäft zu verrichten und weil er genauso wenig wie sein Herrchen Lust hatte, bei dieser Kälte bis zu den Feldern zu laufen.

»Wie lange ist er denn weg, der Herr...?« Sie wartete, ob der Mann mit der seltsamen Mütze eventuell einen Namen parat hatte, aber sie erntete nur ein Schulterzucken.

»Heute Morgen in der Früh ist er los. Mit einer Reisetasche, der wird so schnell nicht wiederkommen.«

Er musste Rentner sein. Viel Zeit, um am Fenster zu sitzen und zu beobachten, was sich auf dem Nachbargrundstück tat. Judith legte ihr hilflosestes Lächeln auf.

»Wie schade. Eigentlich waren wir verabredet. Um Punkt…« Sie sah auf ihre Armbanduhr. »Halb zehn. Sehen Sie, ich bin sogar ein paar Minuten zu früh. Er hat Ihnen nicht gesagt, wohin die Reise geht oder wie lange sie dauert?«

»So eng sind wa nich. Theo!«

Besorgt trippelte der Mann über die geborstenen Betonplatten und um die Schlammlöcher herum. Nicht dass sein Hund sich hier noch verletzte. Judith kehrte zu ihrem Auto zurück. Zwecklos. Frederik würde im Haus keinen Hinweis zurückgelassen haben, wohin er gefahren war. Vielleicht kehrte er auch gar nicht zurück. Vielleicht war die ganze Sache abgeblasen und er schon längst auf dem Weg zum nächsten Einsatzort.

Ich habe noch etwas zu erledigen, bevor es losgeht. Aber mit etwas Glück bin ich Montag wieder zurück.

Genau dieses *etwas* machte ihn unerreichbar. Sie musste mit Isa sprechen. Wo zum Teufel saß eigentlich der Verfassungsschutz in Berlin? Sie googelte und musste sich eingestehen, dass sie noch nicht einmal wusste, ob Isa fürs Bundes- oder Landesamt arbeitete. Sie versuchte es einfach. Beim Bundesamt gab es keine Frau Kellermann. Aber beim Landesamt. Die Frau in der Telefonzentrale war sehr freundlich, als sie von einem familiären Notfall hörte, konnte ihr aber nicht weiterhelfen.

»Ich kann ihr gerne eine Nachricht hinterlassen, wenn Sie das möchten.«

Judith mochte, und die Frau notierte sich ihre Handynummer. Hinterher war sie sich nicht mehr so sicher, ob das eine gute Idee gewesen war. Aber Isa konnte als Einzige den Kontakt zu Frederik herstellen. Hier ging es um seine Tochter. Sie *musste* ihn zurückrufen. Hoffentlich sah Isa das genauso. Wie kam sie nur an diese Frau heran?

Die Visitenkarte. Irgendwo in Dombrowskis Büro musste sie noch liegen. Noch nie war ihr eine Fahrt quer durch die City so lang vorgekommen. Als sie endlich auf dem Hof war, hetzte sie ins Büro und durchsuchte die Papierstapel, bis sie die Karte gefunden hatte. Sollte das ein Witz sein? Es war die Nummer der Telefonzentrale.

Sie ließ sich in den Schalck-Golodkowski-Sessel fallen und musste sich eingestehen, dass sie am Ende ihres Lateins war.

Halt. Nicht ganz.

Die Nummer der Rechtsmedizin in der Charité kannte sie auswendig. Der Mann, den sie sprechen wollte, meldete sich sofort. Wie das so war bei zuverlässigen, höflichen, ziemlich in sie verschossenen Männern, mit denen sie nichts anfangen konnte.

»Liepelt?«

Sie sah ihn vor sich: diesen zu lang geratenen Obduktionshelfer mit seinen schwingenden, weit ausholenden Bewegungen. Den Schnauzer, die kurzen rotblonden Haare. Seinen Dackelblick, mit dem er sie betrachtete, wenn sie sich alle Jubeljahre mal auf ein Feierabendbier trafen. Er hatte ihr einmal von der Angewohnheit erzählt, die Augen zu schließen, wenn er die Bahre aus dem Kühlregal auf den Rollwagen zog. Es war nicht die Angst vor dem Anblick des toten Körpers, wenn er den Reißverschluss des Leichensacks auf- oder zuzog. Es war ein kurzer – *sein* kurzer – Moment der Pietät.

»Hier ist Judith.«

Stille. Sie rief nie an. Er war es, der ihre Nähe suchte, ab und zu, wenn sein Job ihn an den Rand der Sinnlosigkeit führte. All die Toten. Tag für Tag. Nacht für Nacht. Wer verstand schon, was einen Obduktionshelfer beschäftigte? Vielleicht ein *death scene cleaner*, eine wie Judith, die das sah, vor dem Liepelt die Augen schloss.

»Hey. Mann. Das ist ja eine Überraschung!«

»Kannst du mir einen Gefallen tun?«

»Ähm... hör zu, wenn das so einer von der Art ist, dass ich meinen Job verliere...«

»Nein. Ist es nicht. Du hast doch noch Kontakt zu deinen alten Kollegen?«

Totengräber. Genau die Richtigen.

»Dann hör mir jetzt gut zu.«

2

Der Rückruf kam keine zehn Minuten später. Wie das so war bei Männern, die punkten und sich nicht in Luft auflösen wollten.

»Ja?«

»Heute, meine Schöne. Elf Uhr, anonyme Urnenbeisetzung, St. Johannis und Heiland-Friedhof im Wedding.«

»Wedding?«

»Die Herrschaften müssen wohl sparen. Wie wär's mit einem Bier nach Feierabend?«

Liepelt klang fröhlich, fast aufgekratzt. Es tat Judith leid, ihn so enttäuschen zu müssen – zum wievielten Mal eigentlich?

»Keine Zeit«, antwortete sie hastig und legte auf.

Noch eine gute Stunde. Sie konnte unmöglich im Arbeitsoverall und einem Dombrowski-Transporter auf Eva Kellermanns Beerdigung aufkreuzen. Egal. Und zum Umziehen war es zu spät. Wenigstens hatte sich die morgendliche

Rushhour auf der Stadtautobahn zum zäh fließenden Verkehr hochgeschwungen. Sie würde eine halbe Stunde zu früh da sein und könnte Isa eventuell abpassen. Im Laufschritt verließ sie das Büro.

»Judith?«

Sie hatte fast den Transporter geentert, als Liz auf den Hof gerannt kam.

»Was ist denn los?«

»Sag ich dir später. Ist dringend.«

Sie stieg ein und schloss die Tür. Liz stand draußen wie ein zusammengestauchtes Schulkind. Sie wandte sich ab und ging zurück zur Baracke. Mit einem ungeduldigen Seufzen kurbelte Judith die Scheibe hinunter.

»Ich bin gegen Mittag wieder zurück!«

Die junge Frau, dünn wie ein Fohlen, zog die Strickjacke noch enger um die Schultern.

»Ich dachte, du machst jetzt einen auf Chef.«

»Ja. Und?«

Liz trat wieder ein paar Schritte näher. »Die Leute wollen dich sehen. Dombrowski ist weg, und du ...«

»Ich bin heute Nachmittag zum Beispiel im EKZ, um einen neuen Kunden an Land zu ziehen.«

»So?«

Judith betrachtete ihre dicke Jacke und den Overall darunter. »Warum nicht so?«

»Dombrowski hat sich wenigstens einen Pferdeschwanz gemacht.«

Die Zeit rannte Judith davon, und sie stand mit Liz auf dem Hof und diskutierte Kleidungsfragen.

»Lass uns darüber reden, wenn ich wieder zurück bin.«

»Wohin musst du denn?«

»Zu einer Beerdigung.«

Sie konnte Liz' nächstes *So?* schon von ihren Lippen lesen, noch bevor es ausgesprochen war. Judith ließ den Motor aufheulen, wendete den Wagen, als wäre er ein bockiges Pferd, und trieb ihn Richtung Rolltor.

Es war ein Tag wie gemacht für Beerdigungen.

Dichtes Grau am Himmel. Licht, das den Namen nicht verdiente und bei dem man den Glauben an die Sonne verlor. Windböen, die eisige Regenschauer vor sich herjagten. Wie oft war Judith diese Straße schon entlanggefahren, die sie direkt von der Autobahn in den Wedding führte. Hinein in das Stop-and-go auf der Müllerstraße mit ihren türkischen Backshops und Gemüsegeschäften, den wummernden Bässen, die sogar durch geschlossene Scheiben die Magengrube trafen, den kleinen Shisha-Läden und den großen Ramschwarenhäusern, den verschleierten Frauen und Kopftuchmädchen, Kinderscharen, alten Männern vor Kaffeehäusern, Männern mit Tagesfreizeit, Lieferwagen in zweiter Reihe, Hupkonzerten, Rufen, Fahrradklingeln, mit dem metallischen Rollen der Straßenbahn, dem Duft von Kardamom, Döner und heiß gefahrenen Gummireifen in der Luft.

Bis jetzt hatte sie die riesige Grünfläche linker Hand für einen Park gehalten, frequentiert für die üblichen Bedürfnisse und im Sommer für den Weg ins Freibad Plötzensee. Aber sie war ein Friedhof. Ein Tor stand offen und lenkte den Blick von der anderen Straßenseite in eine stille Allee.

Der St. Johannis und Heiland-Friedhof im Wedding würde selbst im Hochsommer in voller Blüte und Prachtentfaltung einen traurigen Anblick bieten. Zumindest in dieser Ecke des riesigen Geländes, das sich von der Seestraße bis zur Spree erstreckte. Durchgangsverkehr, vierspurig.

Judith sah auf die Uhr: halb elf. Sie klappte, nachdem sie geparkt hatte, den Kragen ihres Anoraks hoch, verfluchte die menschenfeindliche Fußgängerampel und hastete bei Rot über die Straße, sobald sich die Gelegenheit bot. Die Friedhofsverwaltung verbrachte ihre Tage in einem heruntergerockten Kasten aus den Sechzigerjahren. Der Besitzer des Blumengeschäfts nebenan hatte noch nicht einmal die letzten, inzwischen verdorrten Pflanzen aus dem schmutzblinden Schaufenster geholt, bevor er diesen Ort resigniert verlassen hatte. Keine Prunkgräber wie in Weißensee, keine prominenten Wallfahrtsstätten wie auf dem Dorotheenstädtischen oder dem Sophien-Friedhof. Wedding. Welche Stars der Vergangenheit hatte es auch in den Wedding gezogen? An vielen Steinen leuchteten rote Aufkleber. Bald ist hier Ende mit der ewigen Ruhe, die Liegezeit läuft aus. Angehörige, bitte melden.

Judith bezweifelte beim Zustand mancher Gräber, dass sich diese Hoffnung erfüllen würde. Schnurgerade Alleen mit entlaubten Buchen zogen die Hauptachsen, dazwischen ging es buchstäblich in die Büsche. Richtung der Seitenstraße Dohnagestell lagen die Urnengräber. Der Soundteppich war gewebt aus dem Brüllen startender Flugzeuge, Martinshörnern von Feuerwehr und Notambulanzen und dem Rauschen des nahen Autobahnzubringers. Sie verließ den Schutz der Bäume und lief, ganz interessierte Besucherin, das erste Feld ab.

Die kleinen, fast zugewucherten Grabsteine auf dem Boden trugen fast alle das Sterbedatum 1944 oder 1945. Hier hatte man offenbar der Natur die Grabpflege überlassen. Noch zehn Jahre, und man konnte auf diesem Feld Fußball spielen. Nichts würde mehr an all die Namen erinnern, die auf den kaum schuhkartongroßen Platten verwitterten. Zwanzig Meter weiter, offenbar die Nachkriegsabteilung, sah es auch nicht besser aus. Kaputte Steckvasen und ausgebrannte Wachslichter lagen verstreut herum oder zu kleinen Haufen aufgeschichtet. Am äußeren Rand war eine kleine Grube ausgehoben und mit künstlicher, weiß schimmernder Seide ausgekleidet. Eva Kellermanns Urnengrab. Auf den Steinen daneben deprimierten ein paar ausgeblichene Plastikblumen und verwitterte Gestecke, vermutlich noch vom letzten Totensonntag. Warum Gräber, wenn sich niemand darum kümmerte?

Sie dachte an ein Grab in Sassnitz, genauso verlassen und vergessen wie diese hier. Man hatte ihr gesagt, es sei die letzte Ruhestätte ihrer Mutter. Doch das stimmte nicht. Es war leer. Die erste der Lügen, die Judith aufgedeckt hatte... Sie dachte an den Schmiedehammer in ihrer Hand, die entsetzten Blicke der Friedhofsbesucher, das Blut an ihren stacheldrahtzerfetzten Händen und wie sie den Schmerz, die Blicke und alles, was man auf Friedhöfen zu tun oder zu lassen hatte, vergaß, als sie den Hammer hob und ihn auf die Grabplatte krachen ließ. Wieder und immer wieder, um diesen falschen Namen zu pulverisieren, um die Lügen zu zerschlagen, um diesem unendlichen Jammer in sich ein Ventil zu geben...

So bin ich nicht, dachte sie, aber so war ich. Und ich bin durchaus bereit, noch einmal zu dieser Form aufzulaufen, wenn es sein muss.

Zwanzig vor elf. Sie war immer noch überpünktlich.

Die Trauerhalle war ein schmuckloser, lang gestreckter Bau, an dem weder Farbe noch Zierde die Gäste ablenken sollten. Aus einem CD-Player wimmerte die Hammondorgelversion von Händels »Ave Maria«. Mehrere Schilder steckten in einer Anzeigetafel aus Holz. Eva Kellermann war für elf Uhr vorgesehen. Danke, Liepelt.

Die Urne stand auf einem steinernen Podest, vor dem mehrere Bänke aufgereiht waren. An dem Podest lehnten drei Kränze: *Meinem Evchen, dein Werner.* Der zweite kam vom Land Bayern, Judith vermutete, dass eine milde Seele in Pullach das arrangiert hatte. Die dritte Schleife war verrutscht. Judith bückte sich und streckte die Hand danach aus,

um sie zu richten. Schritte näherten sich über knirschendem Kies. Jemand betrat die Halle.
»Was machen Sie da?«
Judith richtete sich auf. Isa Kellermann nahm eine Sonnenbrille ab, die bei diesen Lichtverhältnissen rein dekorativen Charakter haben musste. Kein Lächeln, nur ein minimales Hochziehen der Augenbrauen.
»Entschuldigung, ich habe Sie von hinten für einen der Urnenträger gehalten. Die sollten schon längst hier sein.«
Sie trug einen schwarzen Mantel. Judith hatte den Verdacht, dass niemand so gut einen schwarzen Mantel tragen konnte wie Isa Kellermann. Der Kragen war mit Pelz verbrämt, der Wollstoff schimmerte dezent. Am Unterarm baumelte eine unpraktische Lackledertasche. Und sie trug Pumps, bei diesem Wetter. Erfror sie nicht damit? Die Haare streng zurückgenommen, dezent geschminkt, Perlenohrstecker. Isa Kellermann hätte so auch zu einem Staatsbegräbnis gehen können. Ihr Aufzug stand in einem seltsamen Kontrast zur Strenge der Trauerhalle und dieser Urne mit den drei Kränzen. Ihre Augen wanderten über Judiths Aufzug, der allenfalls noch für einen Friedhofsgärtner passend gewesen wäre, beim Ausheben der Komposthaufen vielleicht.
»Was machen Sie hier?«
»Ich muss Sie sprechen. Ich habe versucht, Sie anzurufen, aber Sie waren nicht am Platz.«
»Ich bin an genau dem Platz, an dem ich jetzt sein sollte.«
Stimmen. Männerstimmen. Judith erkannte die von Kaiserley. Zu wem die zweite gehörte, wurde ihr klar, als die beiden eintraten. Ein älterer Mann, kräftig, aber von Gram gebeugt. Er trug einen grauen Mantel, graue Hose, graue Schuhe. Eine schwarze Binde um den Arm. Der Witwer. Isas Vater. Er schenkte dem fremden Gast keinen Blick, so sehr war er in seiner Trauer gefangen. Kaiserley geleitete ihn nach vorn in

die erste Bank, wo er ächzend Platz nahm. Erst dann kam Kaiserley zu Judith. Im Gegensatz zu Isa verbarg er seine Verwirrung nicht.

»Was machst du hier?«

Er meinte wohl eher: Was machst du hier in diesem Aufzug. Sie ignorierte die Frage.

»Frau Kellermann, kann ich Sie unter vier Augen sprechen?«

Isa schüttelte den Kopf, wie man das beim Anblick einer Fliege im Salat tat, wenn man sich beherrschen wollte. Kaiserley, ritterlich wie immer, übernahm das Zepter.

»Judith, das ist ein ganz schlechter Zeitpunkt.«

»Ich weiß, und ich wäre nicht hier, wenn es nicht dringend wäre. Frau Kellermann, ich muss mit jemandem in Verbindung treten. Es ist lebenswichtig.«

Die nächsten Trauergäste kamen. Judith achtete nicht auf sie.

»Bitte! Ich verschwinde auch gleich wieder. Ehrenwort.«

Isa wandte sich ab und ging zu ihrem Vater. Kaiserley stellte sich direkt vor Judith, die ihr folgen wollte. »Bist du noch ganz bei dir? Das ist die Beerdigung ihrer Mutter!«

Judith wollte Kaiserley zur Seite schieben, da sah sie Stanz. Hubert Stanz. Auch er hatte offenbar nicht das Geld für einen schwarzen Mantel und trug nur eine Trauerbinde. Hinter ihm tauchten noch mehr Männer auf, einige kamen Judith vage bekannt vor. Aber das konnte ebenso daran liegen, dass sie alle denselben Herrenausstatter hatten: graue Anoraks, Schiebermützen, graue Hosen, bequeme Schuhe.

»Das kann doch nicht wahr sein«, flüsterte sie. »Du hast die halbe HV A mitgebracht?«

Kaiserley, eben noch Beschützer der Witwen und Waisen, wechselte in den Beschwichtigungsmodus.

»Sie wollte es so«, sagte er ebenso leise und nickte Stanz zu. Der nahm Judiths Anwesenheit mit einem kurzen Nicken zur

Kenntnis und suchte sich einen Platz in der hintersten Reihe. Er wirkte angeschlagen. Judith öffnete den Mund, um etwas zu sagen, schloss ihn dann aber wieder. Noch mehr Männer betraten die Trauerhalle. Unauffällig gekleidet in Anzug, Krawatte, dunkle Mäntel. Sie gingen zu Kellermann, der überrascht hochsah und die Beileidsbekundungen über sich ergehen ließ wie eine biblische Plage. Die Herren wandten sich anschließend an Isa und murmelten ihre Floskeln. Was war das denn für ein Theater?

»Ich warte draußen«, sagte sie.

Kaiserley nickte und gab ihr den Weg frei.

Vor der Trauerhalle wurde Judiths Bedürfnis, eine Zigarette zu rauchen, übermächtig. Sie war damit nicht allein, wie zwei große Aschenbecher links und rechts vom Eingang bezeugten. Es war so kalt, dass sie abwechselnd die Hände in die Jackentasche stecken musste. Drinnen wurde jetzt irgendein Largo abgespielt. Zwei Männer, außer Isa die Einzigen in akkurater Trauerkleidung und deshalb wahrscheinlich die Urnenträger, kamen als Letzte. Die Tür wurde geschlossen.

Keine zehn Minuten später ging sie wieder auf. Judith, mittlerweile halb erfroren, hatte sich auf eine Bank im alten Teil des Urnenfelds gesetzt und beobachtete nun den seltsamsten Trauerzug, der ihr jemals begegnet war.

Vorneweg gingen die Träger. Dann folgten Isa, Kellermann und Kaiserley. Die beiden Männer hatten Isa in die Mitte genommen. Sie wirkten familiär und so vertraut, dass Judith die Kehle eng wurde. Kaiserley, du lässt dich von ihr sogar noch in so einer Situation vor den Karren spannen… Dann folgten zwei voneinander getrennte Gruppen. Erst die Anzügler, wahrscheinlich ehemalige Kollegen Kellermanns, und dann die HV A. Ganz zum Schluss folgte allen Stanz. Als er Judith bemerkte, verließ er den Trauerzug, kam zu ihr und setzte sich neben sie. Eine Weile beobachteten sie, wie der Zug sich zum neuen Urnenfeld bewegte und sich um das frisch ausgehobene Grab versammelte. Isa sprach ein paar Worte. Der Klang ihrer Stimme drang durch das Rauschen der Autobahn zu ihnen, Judith konnte sie aber nicht verstehen.

»Asche zu Asche«, sagte Stanz schließlich.

»Was ist das?« Judith wies auf die Trauergruppe.

Stanz hob die mageren Schultern. Er war zu dünn angezogen für dieses Wetter.

»Das frage ich mich auch. Herr Kaiserley bat mich zu kommen, auf Wunsch von Frau Kellermann.«

»Es ist der Rest der Sassnitz-Truppe.« Judith wandte den Kopf und betrachtete Stanz' scharfes Profil. »Die, die damals dabei waren und noch kriechen können. Unter anderen Umständen könnte ich glauben, dass Frau Kellermann das für *mich* arrangiert hätte.«

»Durchaus.« Stanz zog ein gebügeltes Stofftaschentuch hervor, entfaltete es und putzte sich damit die Nase. Der Anblick rief eine Erinnerung in Judith hervor. An einen Mann, der sich mit genau so einem Taschentuch ihre Spucke vom Gesicht gewischt hatte.

»Sie will Larcan. Natürlich. Sie will Larcan.«

Stanz faltete das Tuch umständlich zusammen und versenkte es wieder in der Tasche seines Mantels. Dann verschränkte er die Arme und sah zum Urnenfeld, wo Eva Kellermanns sterbliche Überreste gerade in die Erde hintergelassen wurden.

»Wer von euch war es?«

»Was?«

»Wer hat meinen Vater zu diesem Himmelfahrtskommando angestiftet? Kommen Sie, Sie waren doch dabei, als Kaiserley davon erzählt hat.«

»Der große Unbekannte, ja. Eine steile These.«

»Wenn er damals so eine Macht hatte, dann wird er heute noch Verbindung zu ihm haben. Wer war Larcans Führungsoffizier? Wer hat ihn, als er noch Richard Lindner hieß, in die Katastrophe geführt?«

»Ein kleines Licht, Frau Kepler. Bei weitem nicht das, was man sich unter einem sagenumwobenen Herrn der Finsternis vorstellen würde.«

»Sie kennen ihn?«

Er stand auf.

»Frau Kepler, Sie verrennen sich da in etwas.«

Judith sprang hoch. Am liebsten hätte sie ihn am Kragen gepackt und geschüttelt.

»Reden Sie mit mir!«

»Beruhigen Sie sich. Sie werden beobachtet.«

»Was?« Judith sah sich um. Stanz hielt ihr seinen Arm hin.

»Begleiten Sie mich ein Stück.«

Sie hakte sich bei ihm unter.

»Sehen Sie den Herrn dahinten, der, der gerade das Unkraut entfernt? Er trägt ein Headset.«

Der Mann machte sich an einem Grab keine dreißig Meter entfernt zu schaffen. Judith hatte nicht auf ihn geachtet. Der Grabstein trug einen roten Aufkleber. Es musste schon ein Riesenzufall sein, dass ausgerechnet heute, nach mindestens zwanzig Jahren Vernachlässigung, ein Angehöriger auftauchte. Sie schluckte.

»Wenn Sie nicht so auffällig hinschauen, am Ende des Urnenfelds, in den Koniferen sitzt der Zweite. Es ist eine kleine Besetzung, unbewaffnet, nichts Dramatisches. Sie haben uns fotografiert. Ich glaube nicht, dass unser Gespräch belauscht wurde.«

»Uns? Wer?«

»Mich«, sagte Stanz. Es klang bescheiden, als ob er sich dieses späten Ruhms nicht würdig fühlte.

»Und da zeigen Sie sich mit mir?«

Er lächelte. »Sie sind heute quasi meine Lebensversicherung.«

Judith musste ein sehr besorgtes Gesicht machen, denn er fuhr fort: »Nein, so schlimm ist es ja nicht mehr. Frau Kellermann hat einen Versuchsballon gestartet, und ich bin dem verlockenden bunten Ding gefolgt, weil ich Sie noch einmal sehen wollte.«

»Mich?«

»Ja. Ich dachte, sie hätte Sie auch eingeladen. Wie ich sehe, nehmen Sie gesellschaftliche Konventionen, wie man sie bei einer Beisetzung erwartet, nicht so wichtig.«

»Ich bin ... nur zufällig vorbeigekommen.«

Stanz nickte, wie man das so tat bei Erklärungen, die keine waren.

»Frau Kellermann vermutet tatsächlich, dass einer von uns Kontakt zu Larcan hat. Wenn sie ihre Arbeit so gründlich macht wie ihr Vater, dann wird sie wissen, wer von uns das sein könnte.«

Judith blieb stehen. Sie hatten sich der Gruppe auf zwanzig Meter genähert. Isa warf eine Schippe Erde auf die Urne. Sie hob den Kopf. Auch wenn die Sonnenbrille ihren Blick verbarg, war klar, was sie sah: Stanz und Judith, Arm in Arm, abseits. Stille, wissende Beobachter. Was dachte sie über die seltsame Allianz vor ihren Augen? Sie trat einen Schritt zur Seite, um ihrem Vater Platz zu machen.

»Was hat sie vor?«, fragte Judith im Flüsterton.

»Entweder will sie in Kontakt treten, oder sie will den Kontakt abschneiden. Ich denke, Ersteres ist zutreffend. Larcan hat der Verstorbenen viel Leid zugefügt. Und wie man so hört, haben ihre Bemühungen, ihn zu fangen, etwas von einem Katz-und-Maus-Spiel. Ich könnte mir vorstellen, dass sie dem ein Ende bereiten will.«

»Wie?«

Sie spürte, dass Stanz wieder die Schultern hob. Kellermann hatte Schwierigkeiten, die Schippe zu halten. Isa half ihm. Dann kam Kaiserley an die Reihe. Er war der Erste, der am Grab ein kurzes Gebet sprach.

»Vielleicht eine Falle. Das ist doch das Einfachste.«

»Dann braucht sie einen Köder«, sagte Judith.

Stanz holte mit der freien Hand erneut sein Taschentuch heraus und rieb sich über die Nase. »Ja.«

»Wer ist es?«

»Ich nehme an, derjenige, auf den sie als Erstes zugehen wird.«

Isa stellte sich mit verschränkten Armen neben ihren Vater und Kaiserley. Die ehemaligen Kollegen vom BND traten nun vor. Einer nach dem anderen warf eine Handvoll Erde auf die Urne, trat zu Isa und Kellermann und murmelte ein paar Worte des Beileids. Dann entstand eine Lücke. Judith löste sich von Stanz' Arm.

»Wollen Sie nicht hingehen?«

Aber Stanz antwortete nicht. Isa umrundete das Grab und blieb mit den Rücken zu ihren beiden Beobachtern stehen.

»Noch ein paar Worte zu diesem traurigen Anlass.« Sie sprach lauter als gewöhnlich. Damit Judith und Stanz es auch hörten? »Meine Mutter ist eines der vielen Opfer des Kalten Krieges, von denen man die Geschichten und die Namen nicht kennt. Sie hat zeit ihres Lebens an den Wunden gelitten, die dieser Krieg ihr zugefügt hat. Ich bin nicht hier, um Ihnen allen die Hand zu reichen. Das ist Sache meines Vaters, der auf eine beispiellose Weise versuchte, ihr Leben und ihre Ehre zu retten.« Kellermann senkte den Kopf. Es war nicht festzustellen, ob er das tat, weil ihn die Rede seiner Tochter zutiefst berührte oder weil sie ihm peinlich war. »Am offenen Grab von Eva Kellermann frage ich Sie alle hier, ob das, was unser

Leben ausmacht, nur die Summe unserer eigenen Erfahrungen ist? Müssen wir nicht auch bei jedem unserer Schritte bedenken, was wir anderen damit antun? Meine Mutter war eine junge, naive Frau, als sie sich im Spinnennetz der Geheimdienste verhedderte. Ich bin traurig und bestürzt, dass der Mann, der ihr das angetan hat, heute nicht erschienen ist.«

Die Männer vom BND rührten sich nicht. Die HV A-Truppe stand da wie versteinert.

»Hat sie das wirklich erwartet?«, fragte Judith leise.

»Nein. Reine Rhetorik.«

Isa ließ die Trauergäste noch ein paar Augenblicke schmoren, dann sprach sie weiter. »Ich schwöre am Grab meiner Mutter, dass ich nicht ruhen werde...«

»Isa!« Ihr Vater machte sich von Kaiserley los.

»Dass ich nicht ruhen werde...«

»Sei still!«

Sie brach ab und starrte ihren Vater über das Grab hinweg an.

»Dass ich nicht ruhen werde, bis ich ihn gefunden habe.«

Kellermann stieß einen seltsam wehen Laut aus und brach zusammen. Sofort war Kaiserley bei ihm. Zwei Anzugträger halfen ihm, den Mann wieder auf die Beine zu bringen. Isa achtete nicht auf ihren Vater. Sie kam auf Stanz und Judith zu. Einmal blieb sie mit ihren Schuhen in der Erde stecken, aber alles in allem bewältigte sie die Strecke mit Bravour. Judith spürte, wie Stanz sich versteifte. Derjenige, auf den sie als Erstes zugehen wird...

»Herr Stanz, kann ich Sie einen Moment sprechen?« Judith ignorierte sie völlig.

Der alte Funktionär rührte sich nicht.

»Allein.«

»Frau Kellermann«, begann Judith. »Noch mal mein herzliches Beileid, aber...«

»Allein«, wiederholte sie.

Stanz tastete wieder nach Judiths Arm.

»Es gibt nichts, was diese junge Frau an meiner Seite nicht wüsste. Sie können offen reden.«

Isa nahm die Sonnenbrille ab und musterte beide mit eisigem Blick.

»*Best friends forever?*«, fragte sie spöttisch.

Judith überlegte nicht lange. Stanz war vielleicht einer der letzten Überlebenden der alten Garde, einer der Letzten, die in der Operation Saßnitz involviert waren. Aber hier ging es um ein aktuelles Problem.

»Wo ist Frederik?«

»Wer?«

»Ich muss ihn sprechen. Seine Tochter ist schwer krank. Er muss sofort zu ihr.«

»Ich kenne keinen Frederik.«

»Bullshit. Sie waren diese Woche in seiner Werkstatt in Mahlow.«

Stanz löste sich vorsichtig aus Judiths Arm. »Ich glaube, ich störe.«

»Nein«, sagte Judith gleichzeitig mit Isas »Ja«.

Der alte Mann lächelte. »Im Zweifel für die Diskretion. Frau Kellermann, mein Beileid zu Ihrem Verlust. Ich werde noch ein paar Worte mit Ihrem Vater reden.«

»Warten Sie.«

Isa flüsterte ihm etwas zu. Es war, als würde der alte Mann vor Judiths Augen versteinern. Seine Augen erloschen, ein harter Zug grub sich um seinen Mund. Isa trat einen Schritt zur Seite. Ganz langsam machte er sich auf den Weg. Sie sah Stanz nach, wie er sich zu den BND-Männern gesellte. Kellermann, der gerade wieder auf die Beine gekommen war, bemerkte den Zugang als Erster. Er war zu tief gefangen in seiner Trauer, um zu protestieren.

»Was haben Sie ihm gesagt?«

Judith war immer noch wie vor den Kopf gestoßen von dieser kleinen Szene, deren Zeugin sie gerade geworden war.

»Lassen Sie uns ein paar Schritte gehen«, sagte Isa. »Das tut immer gut.«

3

Sie nahmen den Weg entlang der verlassenen Grabreihen mit den Aufklebern. Der Mann, den Stanz ihr vor ein paar Minuten gezeigt hatte, war verschwunden. Vielleicht hatte er sich auch geirrt.

»Wo ist Frederik Meißner?«

»Einen Moment noch.« Isa warf einen Blick über die Schulter. Niemand folgte ihnen.

»Meinen Sie den Automechaniker in Mahlow?«

»Ja. Und erzählen Sie mir jetzt bitte nichts von einem Ölwechsel.«

Isa faltete im Gehen die Hände. Es sah aus wie die Geste von Politikern nach Großfeuern oder Brückeneinbrüchen. Judith wusste, dass sie eine Grenze überschritt. Alles, was Frederik ihr anvertraut hatte, war unter dem Siegel der Verschwiegenheit geschehen. Aber jetzt ging es um Tabea. Und darum, dass sie vielleicht... Judith wollte den Gedanken nicht zu Ende sprechen.

»Ich weiß, was er macht.«

Isa blieb abrupt stehen und schloss die Augen. Um ihren Mund erschien ein schmerzverzerrter Zug, den sie während der gesamten Trauerfeierlichkeit für ihre Mutter nicht gehabt hatte.

»Ich weiß es schon länger. Wir kennen uns aus Schenken.

Ich habe seine Tochter in diesem Dorf besucht. Dort sind wir uns begegnet.«

Isa stieß einen Laut aus, der wie ein resigniertes Lachen klang, und setzte den Weg fort. »Schenken, oh mein Gott. Okay. Spielen wir mit offenen Karten. Was genau macht Herr Meißner denn Ihrer Meinung nach?«

»Sagen Sie es mir.«

Sie liefen schweigend nebeneinanderher. Das Laub hatte sich zu einer braunen, matschigen Masse verklebt. Die Trauerhalle tauchte auf.

»Lassen Sie uns hineingehen. Hier draußen ist es zu kalt.«

Der CD-Player spielte Händels »Ave Maria« in Dauerschleife, Isa drückte die Stopptaste. Für einen Moment war es ganz still in dem leeren Raum. Dann drangen die Geräusche der Stadtautobahn wieder an Judiths Ohr.

»Frau Kepler, was ist passiert?«

»Seine Tochter ist krank geworden. Sie braucht ihn.« Die Stimmen hallten, als ob sie sich in einer Kirche befänden.

»Was hat sie?«

»Eine Blinddarmentzündung. Durchbruch.«

»Das tut mir leid.« Isa ging langsam zu dem steinernen Podest, auf dem die Urne ihrer Mutter gestanden hatte. »Aber er kann nicht kommen.«

»Das ist nicht Ihre Entscheidung.«

Mit einem dünnen Lächeln riss sich Isa von dem Anblick des Podests los und drehte sich zu Judith um. »Doch. Leider. Ich wünschte, ich könnte Ihnen eine andere Auskunft geben, aber er kann nicht kommen.«

In Judiths Bauch formte sich ein kleiner glühender Ball.

»Warum nicht?«

Isa trat auf sie zu, ein seltsames Lächeln im Gesicht. Ein eiskalter Wind strich durch die geöffnete Tür, und über Judiths Arme huschte eine Gänsehaut. Für den Bruchteil einer Sekunde machte diese Frau auf sie den Eindruck einer ... Wahnsinnigen. Mit einer Armlänge Abstand blieb sie stehen. Judith roch Wasserlilien und einen Hauch von Tanne, wahrscheinlich von den Kränzen, die längst auf Eva Kellermanns Grab lagen.

»Weil er, wie Sie wahrscheinlich wissen, V-Mann für eine Undercoveroperation von Verfassungsschutz und BND ist. Ich werde Ihnen nicht sagen, wo er sich aufhält, aber er wird morgen in ein Flugzeug steigen und eine lebensgefährliche Mission beginnen, von der ihn nichts ablenken darf. Oder wollen Sie, dass er in einem Sarg mit schwarz-rot-goldener Flagge zurückkehrt? Es ist meine Operation. Sie ist nicht mehr zu stoppen.«

»Doch.« Judith war fassungslos. »Es geht um Frederiks Kind!«

»Frederik. So nennen Sie ihn also schon?«

Noch ein Schritt näher. Judith konnte die feinen Linien um ihre Augen sehen, die überschminkten Schatten, die kleinen altmodischen Perlenstecker, die wahrscheinlich einmal Isas Mutter gehört hatten.

»Wir haben vieles gemeinsam, nicht wahr? Haben Sie einmal darüber nachgedacht, was aus Ihnen hätte werden können? Und wo Sie stattdessen gelandet sind?«

Es war ein stumpfer Pfeil, er konnte Judith nicht verletzen.

»Jeder hat sein Leben in der Hand. Ich gehöre nicht zu denen, die alle Schuld auf andere abwälzen. Wenn Sie Frederik Meißner nicht informieren, dann sind Sie schuld, nicht irgendeine geheime Operation oder eine Dienstanweisung. Sie ganz allein.«

»Ich kann ihn nicht mehr erreichen.«

»Sie versuchen es noch nicht einmal«, sagte Judith verächtlich. Es war sinnlos, sie vertat nur ihre Zeit. Tabea brauchte sie.

»Sobald seine Aufgabe erledigt ist, wird er sich melden.«
»Wann wird das sein?«
»Am Montag. Die drei Tage wird die Kleine ja wohl noch aushalten.«

Isa verließ die Trauerhalle. Judith brauchte noch einen Moment, um das zu ordnen, was gerade geschehen war. Immerhin hatte Isa zugegeben, dass Frederiks Mission bereits begonnen hatte. Aber sie hatte keinen Zweifel daran gelassen, dass dieses Spiel nach ihren Regeln zu Ende gebracht werden würde. Judith ballte die Fäuste.

Es geht um ein Kind, verdammt noch mal!

Sie rieb sich mit beiden Händen übers Gesicht, um die Spuren von Wut und Trauer zu verwischen. Dann trat sie nach draußen. Die Trauergäste hatten sich zerstreut, von Stanz keine Spur. Kaiserley nahm Isa in den Arm und verabschiedete sich von ihr. Dann kam er zu Judith, die auf dem Weg zum Ausgang am Rande des neuen Urnenfelds stehen geblieben war, um nach den Männern im Gebüsch Ausschau zu halten.

»Judith.« Sein forschender Blick glitt über ihr Gesicht. »Du solltest nicht hier sein.«

»Fängst du schon wieder damit an?«

Sie wandte sich zum Gehen, er folgte ihr.

»Was hast du mit Isa besprochen?«

»Ich habe ihr mein Beileid ausgedrückt.«

Er sah sie an und gab ihr wieder einmal das Gefühl, bis auf den Grund ihrer Seele schauen zu können. Um ihn von ihrer Lüge abzulenken, schlug sie einen ärgerlichen Ton an.

»Was war das eigentlich für eine Theatervorstellung? Die Veteranen von BND und HV A, vereint beim Urnengang. Warum wollte sie das?«

»Du hast es ja gehört.«

»Ach, diese Rede am Grab. Hat sie geübt für einen Auftritt vor der UN-Menschenrechtskommission?«

Er schnaubte. »Was zum Teufel hast du gegen sie?«

»Sie wollte was von Stanz.«

»Von Stanz?«

Judith blieb am Ausgang stehen und sah noch einmal zurück. Isa stützte ihren Vater. Sie war jetzt ganz die liebende, fürsorgliche Tochter.

»Ja. Ich frage mich, was das gewesen sein könnte. Du hast doch alle Akten gelesen. Gibt es eine Verbindung zwischen Larcan und Stanz?«

Kaiserley musste nicht lange überlegen. »Er war sein Führungsoffizier in den Anfangsjahren.«

»Also in der Zeit, in der er als Romeo gearbeitet hat?«

»Ja.«

»Und … Sassnitz?«

»Da nicht mehr, soweit ich weiß. Er war aber vor Ort, als eine Art Einsatzleiter.«

»Stanz war dabei?«

Isa und Kellermann waren vielleicht noch zwanzig Meter entfernt. Kaiserley seufzte.

»Würdest du mein Buch lesen…«

»Mach ich, Kaiserley. Mach ich.«

Sie nickte ihm zu und lief davon.

4

Isa war sich nicht sicher, ob Kepler die Kröte geschluckt hatte. *The human factor.* Man durfte ihn nicht unterschätzen. Sie und Frederik Meißner – da lief mehr zwischen den beiden. Sie bereute es, dass sie zu BND-Zeiten auf den Gesamtlagen meistens weggedöst war, wenn der Referatsleiter Rechtsextremismus seine Vorträge gehalten hatte. Es war ja doch immer das Gleiche: Hass auf Ausländer. Hass auf Muslime. Hass auf Juden. Hass auf alle, die sich diesem widerwärtigen Menschenbild entgegenstellten. Oder einfach nur in Ruhe leben wollten.

Schenken. Natürlich hatte sie die Akte gezogen, man wollte ja wissen, mit wem man zusammenarbeitete. Meißner war dort eingesetzt und hatte einen sauberen Job gemacht. Von Kepler war nicht die Rede gewesen, dabei hätte er sie erwähnen *müssen*. Stattdessen war sie unter den Tisch gefallen. Dann hatten sich seine Loyalitäten wohl damals schon verschoben. Was bedeutete das für ihre Operation? Sollte sie ihn abziehen?

»Ich weiß es nicht«, antwortete ihr Vater.

Überrascht sah sie ihn an. Sie hatte doch nicht laut gedacht? Er saß auf dem Beifahrersitz, in sich zusammengesunken, als ob dieser Vormittag seine letzten Kräfte aufgezehrt hätte.

»Was weißt du nicht?«

»Ob Evchen das gefallen hätte. Du hättest mich vorher fragen sollen. All die Leute. Kaiserley hätte ich noch ertragen. Aber Wegner. Und Funke, mein Gott...«

»Du hättest nein gesagt.«

»Warum hast du das getan?«

Um Larcan aufzuscheuchen, dachte sie. Er soll wissen, dass ich ihn jage. Das habe ich auch Stanz gesagt. Er muss seine Deckung verlassen und Schutz suchen. Schutz bei seinen Freunden in Moskau...

»Ich dachte, es sei gut, wenn wir alle versuchen, etwas Frieden in unsere Herzen einzulassen.«

Ihr Vater wollte den Sitz verstellen, gab aber nach einem schwachen Versuch auf. »Frieden«, seufzte er schließlich. »Willst du das wirklich?«

»Was willst du?«

Erst dachte sie, er wäre eingeschlafen. So wie er mit geschlossenen Augen, den Kopf nach hinten gelehnt dasaß, den Mund leicht geöffnet, die Hände erschlafft. Für einen fürchterlichen Moment glaubte sie, er wäre tot.

»Papa?«

»Ja?« Er schreckte hoch, berappelte sich, versuchte wach und stark zu werden. Es zerschnitt ihr das Herz.

»Was willst *du*?«, wiederholte sie die Frage.

Er dachte lange nach. Als sie glaubte, er würde gar nicht mehr antworten, tat er das überraschend eindeutig.

»Ich will den Mann, der ihr das angetan hat. Ich konnte ihn nicht zur Rechenschaft ziehen, als es noch möglich gewesen wäre. Du weißt, warum.«

Isa nickte.

»Und dann, vorbestraft.« Er ächzte und zerrte sich den Gurt noch einmal zurecht. »Na ja. Mein ganzes Leben lang habe ich mir unter Verbrechern etwas anderes vorgestellt.«

»Das Gesetz ist nicht gleichbedeutend mit Gerechtigkeit«, sagte Isa und bremste ab. Überall Stau, überall Baustellen. Warum bekam die Stadt das nicht in den Griff? »Leider. Aber vielleicht gibt es ja jetzt eine Chance.«

Kellermann tastete nach ihrer Hand. »Isa, Kind. Noch nicht mal Kaiserley hat das geschafft.«

»Weil er ein Loser ist.«

»Nein. Er war der Einzige von uns, der Rückgrat hatte.«

»Um uns dann an die Wand zu stellen?«

»Das konnte er ja nicht wissen, als er anfing zu recherchieren. Mit Judith Kepler. Das alles.«

Es ging ein wenig voran. Isa tat so, als ob sie sich auf den Stop-and-go-Verkehr konzentrieren müsste.

»Gehst du heute noch ins Büro?«

»Ja.«

»Die vom Verfassungsschutz sind ja schlimmer als der BND. Hätten dir ruhig diesen Tag freigeben können.«

»Es tut mir leid. Ich arbeite gerade an einer sehr heiklen Sache. Waffenlieferung von deutschen Rechten an ukrainische Ultras.«

Kellermann nickte anerkennend. »Da lassen sie dich ja schon an die richtig großen Sachen.«

Eine kleine Welle Ärger schwappte in Isas Herz, doch sie ließ sie versickern. Dass er ihr immer noch nichts zutraute – für wen hielt er sie? Für ein *Evchen*?

»Könnte sein, dass ich wegmuss.«

»In die Ukraine?« Das klang ehrlich entsetzt.

»Erst mal nach Passau. Zum Bunkern. Ab der Grenze übernimmt der BND. Aber ich muss die Übergabe vorbereiten, da ist einiges liegen geblieben.«

Endlich ging es voran. Gleich halb eins. Ihr Flieger ging um vier. Eine Stunde Zeitverschiebung. Sie würde erst ziemlich spät am Abend in Odessa eintreffen. Bislang hatten sich weder Dimitroff noch Bogomolov gemeldet. Was sollte sie tun, wenn ein klares *njet* aus Moskau kam? Dann müsste Plan B starten, und der war um einiges komplizierter als ein kleiner, glatter Landesverrat.

»Was hast du gesagt?«

»Kuchen«, wiederholte ihr Vater. »Kaffee und Kuchen. Oder eine Einkehr in ein Gasthaus. So macht man es doch normalerweise hinterher. Wie steh ich denn jetzt da?«

»Ich glaube, die wollten alle nur weg.«

Er nickte und schwieg. Als sie den Wohnblock erreichten, fand Isa wie durch ein Wunder einen Parkplatz und brachte ihren Vater noch hinauf. Als Erstes stieg ihr der Hauch des Parfums ihrer Mutter in die Nase. Tosca. Sie hatte Tosca geliebt und war diesem Duft ihr Leben lang treu geblieben.

Isa hatte auf der Beerdigung keine Träne vergossen. Unvermittelt, überraschend für sie selbst, löste dieser Geruch etwas in ihr aus. Sie taumelte und musste sich an der Wand abstützen.

»Kind, ist alles in Ordnung?«

In Ordnung? *In Ordnung???*

Die Tränen kamen, als hätte jemand einen Wasserhahn geöffnet. Sie weinte und konnte nicht aufhören. Konnte einfach nicht aufhören. Ihr Vater nahm sie in die Arme, und das gab ihr den Rest. Wann hatte sie je so bebend vor Schmerz an seiner Schulter gelegen? Als Kind? Was hatte ihre Welt damals so aus den Fugen gebracht – ein kaputtes Spielzeug, ein aufgeschürftes Knie, ein böses Wort in der Schule?

»Papa«, schluchzte sie. »Die Mama…«

Er strich ihr über den Rücken und murmelte beruhigende Laute. Sie weinte, weil sie sich nicht erinnern konnte, je in ihrem Leben geweint zu haben.

Und dann drehte sie den Wasserhahn zu. Er reichte ihr ein Taschentuch. Sie wischte sich damit die Tränen ab und schwor sich, dass ihr das nie wieder passieren würde. Nie wieder.

»Sie hat immer so gerochen«, sagte sie mit tränenerstickter Stimme.

»Ich weiß.« Ihr Vater sah zu Boden. »Ich hab's versprüht. Vorhin, bevor wir gegangen sind. Erinnert mich jedes Mal an sie, wenn ich reinkomme.«

Mit nassen Augen lächelte sie ihn an. Witwer und Waise.

»Komm.«

Als sie das Wohnzimmer betrat, blieb sie wie angewurzelt stehen. Überall lagen Fotos, Unterlagen und Akten.

»Was machst du?«

Kellermann ging in kleinen Schritten zum Fernsehsessel. Auch sein Gang hatte sich rapide verändert. Trippelig war er geworden, unsicher. Mit einem leisen Ächzen setzte er sich und streckte die Beine aus. Isa nahm eines der Blätter hoch. Stasiakten. Uralte Kopien mit geschwärzten Stellen. Es war die Akte ihrer Mutter.

»Wo hast du die her?«

»Ich hab einen Antrag gestellt.«
»Wusste sie davon?«
Er öffnete die Jacke. Es war warm im Zimmer, beinahe stickig.
»Nein. Der Anwalt hat das damals übernommen.«
Sie nahm einen Ordner hoch. Die Prozessunterlagen. Die ganze alte Geschichte, verteilt auf Hunderte Blatt Papier. Ratlos sah sie sich um. Planlos, verzweifelt wirkte das alles.
»Warum tust du das?«
»Ich hab was übersehen. Irgendwas hab ich übersehen. Ich weiß nur nicht, was. Isa, komm her, mein Kind.«
Sie setzte sich auf die breite Lehne des Sessels.
»Was hat deine Mutter dir in der Nacht ihres Todes gesagt?«
Isa spürte, wie ihr Puls nach oben schnellte. »Nichts. Nur die Sache mit Lindner, dass sie das immer noch belastet.«
»Sonst nichts?«
»Nein, nichts«, log sie.
Es war, als ob sie noch einmal die heiße Hand der Mutter fühlen würde.
Behalt das für dich.
Ein Flüstern, so leise wie der Flügelschlag eines Schmetterlings.
Dein Vater darf das nie erfahren. Versprichst du es mir? Schwörst du?
»Sie war auch nicht mehr richtig bei sich.«
»Ja? Fandest du?«
Isa stand auf. »Brauchst du noch was? Hast du genug zum Essen da? Und trinkst du auch genug?«
Ihr Vater winkte bei jeder ihrer Fragen ab. Sie ging in die Küche und inspizierte den Kühlschrank. Die Milch roch merkwürdig, und der Aufschnitt… Sie warf alles in den Mülleimer. Sie checkte die Eier, den Joghurt, den Käse. Sie würde Fertiggerichte besorgen, fürs Erste. Und sehen, wie er

damit zurechtkam. Plötzlich allein. Nach über dreißig Jahren.

»Möchtest du einen Kaffee?«

Keine Antwort. Wahrscheinlich schlief er. Der Vormittag hatte ihn angestrengt. Sie öffnete die Badezimmertür, der Geruch nach Tosca war so überwältigend, dass ihr fast schlecht wurde. Zwei Flaschen, noch eingepackt, standen im Regal. Sie konnte sich nicht erinnern, sie schon einmal dort gesehen zu haben. Der Gedanke, dass ihr Vater dieses Parfum nach dem Tod seiner Frau gekauft hatte, war rührend und spooky zugleich. Überall standen noch ihre Cremes, ihr Duschgel, das wenige Make-up, das sie benutzt hatte. Ihr Waschlappen. Der Hocker in der Badewanne. Zwei Zahnbürsten in einem Becher. Sie streckte die Hand aus und ließ sie wieder sinken. Das konnte sie ihm nicht nehmen. Aber sie würde nachsehen, in einer Woche, in zwei. Irgendwann sollten zumindest die Alltagserinnerungen verschwinden. Dann konnte man weitermachen mit den Kleidern, den Schuhen, den Handtaschen… Ein schneller Blick in den Flur.

»Papa?«

Keine Antwort.

Sie holte ihr Handy heraus und rief Wohlsams Büroleiterin an, die Legenden-Probleme schnell und sehr diskret bearbeitete. In weniger als zwei Minuten wusste sie, dass Kepler nicht gelogen hatte und die kleine Tabea Meißner auf der Intensivstation in Weimar lag. Die Krise hatte ihren Höhepunkt noch nicht erreicht. Sie wählte die Notfallnummer, die Meißner ihr gegeben hatte. Nach dreimaligem Klingeln meldete sich der Anrufbeantworter. Eine Frauenstimme in stark thüringischem Dialekt meldete sich fröhlich als Familie Krumbiegel, Nachrichten nach dem *Pööp*.

»Northern Sea Oil, Müller, guten Tag. Herr Meißner hat mich gebeten, mich bei Ihnen zu melden. Er lässt Tabea grüßen und ausrichten, dass er so bald wie möglich kommen wird. Leider lassen die Wetterbedingungen einen Hubschrauberflug zum Festland im Moment nicht zu. Eventuell wird er nächste Woche mit dem Versorgungsschiff reisen können, wenn der Sturm nicht mehr so stark ist. Er wünscht von Herzen gute Besserung, und ich möchte mich dem unbekannterweise anschließen. Ach ja, es kann sein, dass der Funkverkehr und die Satellitenverbindung zeitweise gestört sind. Machen Sie sich bitte keine Sorgen. Unsere Bohrinseln sind supersicher. Er wird so bald wie möglich da sein. Auf Wiederhören!«

Sie legte auf. Hubschrauber. Schiffe. Sturm. Das würde jedes Kind verstehen und den eigenen Vater zum Helden machen, auch wenn er nicht am Krankenbett auftauchte.

»Mit wem hast du gesprochen?«

Erschrocken fuhr sie herum. Ihr Vater stand in der halb offenen Tür.

»Ich musste eine Legende sichern«, sagte sie.

»Ein krankes Kind?«

»Ja. Eine unglückliche Sache. Ich kann den Vater nicht herausnehmen, er ist mein wichtigster V-Mann.«

Er sah sie lange an und zählte eins und eins zusammen: Es ging um ihren Mann in der Ukraine. Sie ärgerte sich, dass sie davon erzählt hatte. Alles nur, um ihm zu imponieren. Ach, Väter und Töchter... Er drehte sich um und ging in die Küche. »Weiß er davon?«

»Ja«, log sie hinter seinem Rücken.

»Was hat das Kind?«

»Einen gebrochenen Arm. Auf dem Spielplatz. – Möchtest du einen Kaffee?«

Er nickte. »Ja, gerne. – Man muss sich um alles kümmern, ich weiß. Bei uns war das so, dass wir für unsere V-Leute sogar Termine mit Gerichtsvollziehern und Elternabende abdecken mussten.«

»Elternabende, Gott bewahre.«

»Na ja, Hauptsache, die Mutter trocknet die Tränchen.«

Isa holte Kaffeepulver aus dem Schrank und bereitete die Maschine vor. »Ich muss dann so langsam.«

»Nach Passau, ja. Passagier- oder Containerschiff?«

»Container. Schubverband, glaube ich, bis Constanța am Donau-Schwarzmeer-Kanal. Da wird umgeladen.«

Ihr Vater ließ seinen Blick aus dem Fenster schweifen. Vielleicht stellte er sich vor, am Ufer der Donau zu stehen und noch einmal jung zu sein.

»Du passt aber auf dich auf.«

»Natürlich.«

»Waffe?«

»Nein, die Kollegen. Der Zoll weiß Bescheid, Bundespolizei und Grenzschutz auch. Es wird rund um Passau so ruhig sein wie selten.«

Der alte Mann nickte. Sie stellte Milch und Zucker auf den Tisch und kramte nach einer Packung Kekse. Währenddessen lief der Kaffee durch die Maschine. Innerlich wurde sie langsam nervös. Sie musste noch packen und einchecken. Und warum meldeten sich die Russen nicht?

»Wer ist es denn beim BND?«

»Täschner.«

»Ach nee.« Ein Grinsen huschte über das knorrige Gesicht. »Ich kenn den Jungen noch, da war er so.« Hand in Kniehöhe. Isa kannte die Geschichten. Alle. Tobias Täschner, Kaiserleys Sohn aus dessen gescheiterter erster, womöglich einziger Ehe. »Preußische Beamtendynastie, hab ich immer gesagt. Die dritte Generation mittlerweile.«

»Bei uns ist es erst die zweite«, sagte sie mit einem Augenzwinkern. »Wollen wir hoffen, dass es dabei bleibt.«

Ihr Vater setzte zu einer Antwort an, die etwas mit ihrem Singledasein und der verbreiteten Annahme, dass man nicht jünger wurde, zu tun hatte. Sie schnitt ihm schnell das Wort ab.

»Schade, dass ich die Truppe nicht zu sehen kriege, die er zusammenstellt. Vor allem wie sie ausgestattet wird. Beim letzten Mal hatte die Bundeswehr nur noch Mokassins mit Tasseln im Schrank. Da saßen dann zehn Leute mit Wummen in einem rumänischen Eiscafé, alle mit denselben Quasten am Schuh. Kannst du dir das vorstellen?«

Sie goss Kaffee in einen Becher und stellte ihn vor ihrem Vater ab. Der grinste.

»Die Bundeswehr. Ich glaube, es gibt sie nur noch aus einem Grund: dass wir auf einen Staatsdienst deuten können, der noch weniger auf die Reihe kriegt als wir.«

Wir. Da war es wieder. Es fiel ihm gar nicht mehr auf. Sie beugte sich zu ihm hinunter und drückte ihm einen Kuss auf die Wange.

»Kommst du klar?«

»Keinen Kaffee für dich?«

»Ich muss los. Der Dienst.«

Er nickte. Der Dienst entschuldigte alles. »Ich bin Montag wieder da und schaue dann gleich bei dir vorbei.«

»Pass auf dich auf!«

»Ja!«, rief sie ihm zu. Die Tür zum Badezimmer stand noch offen. Leise schlich sie hinein, griff nach einer Flasche Parfum und ließ sie in ihrer Tasche verschwinden.

5

»Liz, ich kann nicht.«

Judith hatte den Berliner Ring verlassen und fuhr auf der A9 Richtung Erfurt. »Ich weiß, dass das ungelegen kommt.«

»Ungelegen?«, wiederholte Liz. Bei ihr wusste man nie genau, ob sie das Wort gar nicht oder nur zu gut kannte.

»Es ist privat. Und genauso wichtig wie Dombrowski.«

»Kai hat einen Kunden an Land geholt, und du... du...«

»Ich bin auf dem Weg nach Tröchtelborn.«

»Tröchtelborn?«

Das kannte sie garantiert nicht.

»Ein Kaff hinter Weimar, plattes Land.«

»Und was willst du da?«

»Ich muss jemanden sehen. Jemand, dem es schlecht geht und der mir sehr wichtig ist. Sag Kai, er soll das übernehmen.«

»Du weißt genau, dass er am Fernsehturm hängt. Der kann da jetzt nicht weg.«

»O verflucht, das hatte ich vergessen.«

Kurz vor eins. Wenn sie umdrehen würde, könnte sie es noch schaffen. Dann würde sie erst heute Abend in der Weimarer Klinik sein. Tabeas Tante hatte verzweifelt geklungen, als Judith sie angerufen und ihr gesagt hatte, dass sie Frederik nicht erreichen könne.

»Judith, was ist denn los mit dir? Ist es zu viel?«

»Geh du.«

»Was?«

»Geh du, Liz. Josef kann ich nicht schicken, der hat vom Metern Ahnung, aber nicht vom Verkaufen.«

»Ich auch nicht!«

»Im Büro liegen die Kalkulationen. Hast du mir nicht mal erzählt, du seist in Algerien die Beste in Mathe gewesen?«

Judith fiel hinter einen Laster zurück, um sich mehr auf das Gespräch zu konzentrieren. Mit dem Handy am Steuer sollte man zumindest die Überholspur verlassen.

»Es ist doch gar nicht so schwer. Sie sagen dir, was sie wollen, und du schreibst es auf und versprichst ihnen ein Angebot bis nächste Woche. Sag ihnen aber gleich, dass wir unseren Leuten Mindestlohn mit Zulagen zahlen und MacClean deshalb nicht unterbieten können. Du schaffst das.«

»Und wenn nicht?«

»Dann wirst du wohl mal mit Kai ins Kino gehen müssen.«

Schweigen. Liz war zwar vor zwei Jahren in Deutschland angekommen. Ihre Seele aber steckte noch irgendwo zwischen den Welten fest.

»Ich weiß nicht...«

»Geh hin. Versuch es.«

Judith ertappte sich bei dem machomäßigen Gedanken, dass ein hübsches junges Mädchen wie Liz die knallharten Manager ganz anders um den Finger wickeln könnte als so ein undiplomatisches Walross wie Dombrowski oder seine nicht wesentlich diplomatischere, unfreiwillige Stellvertreterin.

»Die Kalkulation übernehme ich. Aber lass den Termin nicht platzen. Wir brauchen neue Kunden.«

Liz seufzte. »Okay. Wann kommst du wieder?«

»Heute Abend. Dann reden wir.«

Sie beendete das Gespräch. Laut Navi lagen noch fast drei Stunden Fahrt vor ihr. Sie warf die CD *Senderos de traición* von Héroes del Silencio ein. Schon nach den ersten Takten von »Entre dos tierras« sah sie der Lkw-Fahrer nur noch von hinten, und sie unterbot das Navi um sagenhafte vierzehn Minuten.

Tröchtelborn lag eine Viertelstunde von der Autobahnausfahrt entfernt. Ein kleines Dorf, umgeben von sanft geschwungenen Hügeln, wohl Ausläufer des nahe gelegenen Mittelgebirges Harz. Gabriele Krumbiegel erwartete sie in einer ehemaligen Neubausiedlung, fast am anderen Ende des Orts, wo man in den Sechzigerjahren ein Dutzend gleich aussehende kleine Einfamilienhäuser gebaut hatte, die sich nur in der Farbe der Zäune voneinander unterschieden. Zu dieser Jahreszeit wirkten sämtliche Vorgärten trostlos.

Tabeas Tante war eine Frau in Judiths Alter von hinreißender Mütterlichkeit. Füllig, aber nicht dick, adrett, aber nicht übertrieben. Im Flur hingen die Anoraks, Mäntel und Schulranzen von gefühlt einem Dutzend Kinder ordentlich an Haken, Gummistiefel und Schuhe waren darunter akkurat nebeneinander aufgereiht.

»Nein, es sind nur zwei Kinder«, erklärte die Frau, nachdem sie sich etwas fremdelnd begrüßt hatten. »Drei mit Tabea. Es war schon eine Umstellung für alle. Tabea kommt ja aus Berlin.«

Es klang wie die Slums von Manila.

Gabriele Krumbiegel wollte Judith in die winzige Küche führen, als zwei wuschelige Köpfe über der Treppe im ersten Stock auftauchten.

»Sophie und Maximilian. Sagt Guten Tag, aber dann geht's zurück an die Schulaufgaben!«

Die beiden kamen angerannt, reichten Judith klebrige Hände und verzogen sich wieder. Dann standen sie in der Küche.

»Ja.« Tabeas Tante sah sich um. »Wollen Sie etwas trinken?«

Der Kuchen stand auf dem Herd und kühlte gerade aus. Judith merkte, dass sie seit dem Morgen nichts gegessen hatte. Aber die Frau bot ihr nichts an. Wahrscheinlich war sie nervös und wollte los.

»Nein danke. Wir können gleich fahren.«

»Gut. Das ist gut. Ich war heute Vormittag da und bin nur nach Hause zurückgekehrt, um Max und Sophie etwas zu essen zu machen.«

»Wir können meinen Wagen nehmen.«

»Ja? Das ist schön. Mein Mann hat das Auto. Und mit dem Bus dauert es über eine Stunde.«

Judith gab die Adresse der Klinik ins Navi ein. Gabi Krumbiegel enterte den Beifahrersitz des Transporters und versuchte, den Zustand des Innenraums zu ignorieren.

»Mein Einsatzwagen«, erklärte Judith, als sie auf der engen Straße wendete. »Ich bin Gebäudereinigerin.«

»Oh, das hab ich auch gemacht. Putzen. Als es vorn und hinten nicht gereicht hat nach der Wende und sie alle Betriebe kaputtgemacht haben.«

»Was war das hier mal?«

Gabi sah sie verständnislos an.

»Chemie? Textil? Bergbau?«

»Ach so. Industrie. Uhren, Mähdrescher, Landmaschinen. Aber ich komme nicht von hier.«

»Ich weiß. Schenken. Sie und Ihre Schwester sind da aufgewachsen.«

Gabi sah aus dem Fenster. Ganz heikles Thema offenbar. Schließlich sagte sie: »Monika hat es nicht leicht gehabt.«

Damit war das Thema Rechtsradikalismus, Alkoholismus und Kindesvernachlässigung abgeschlossen. Aber dann folgte noch ein Satz, der Judith direkt in die Magengrube ging.

»Der Frederik war das Beste, was ihr passiert ist.«

Vielleicht rechnete Gabi mit einer Nachfrage. Einer Erklärung, was sie, Judith, in dieser verschworenen Schicksalsgemeinschaft von Kind, Vater und Tante zu suchen hatte. Aber sie hielt den Mund.

»Ich verstehe bis heute nicht, warum das nichts wurde mit den beiden.«

»Na ja, Tabea ist ja *geworden*.«

»Ja, Tabea.«

»Wie geht es ihr?«

»Nicht gut. Es ist eine Sepsis, nach dem Durchbruch sind wohl Keime ins Blut gelangt. Wenn sie wach ist, wird sie sich freuen, Sie zu sehen.«

Wieder hing die unausgesprochene Frage in der Luft.

»Meine kleine Freundin«, sagte Judith. Und hoffte, dass Gabi nicht das Gefühl bekam, jemand wollte sich in diese noch sehr fragile Beziehung zwischen Tante, Nichte und deren Vater einmischen.

Krankenhäuser wurden langsam zur Gewohnheit. Die Intensivstation der Klinik Weimar unterschied sich kaum von der in Berlin-Neukölln. Sie streiften sich Kittel und Bereichsschuhe über, dann durften sie zu dem Mädchen. Totenbleich lag es da und schlief. Die dunklen Haare klebten schweißnass am Kopf. Judith berührte Tabeas Hand und war erschrocken, wie heiß sie war.

Gabi sprach mit den Ärzten. Die leisen Stimmen drangen nicht bis zu ihnen.

»Meine Kleine.« Judith hauchte ihr einen Kuss auf die Stirn. Das runde Gesicht schien eingefallen. »Was machst du denn für Sachen?«

Tabeas Augenlider flatterten. Mühsam wandte sie den Kopf.

»Mama?«

Der Tod der Mutter war erst ein paar Monate her. Kein Wunder, dass Tabea fantasierte.

»Ich bin's, Judith.«

Das Kind öffnete die Augen. Ein von Fieber und Medikamenten verschleierter Blick traf sie mitten ins Herz.

»Judith«, flüsterte Tabea. »Ach Judith.«

Sie beugte sich vor und nahm die Kleine in den Arm. Eine kraftlose Hand berührte sie, die gleich wieder zurück aufs Bett fiel. Judith kannte Tabea als eine vor Willensstärke und Kraft strotzende Persönlichkeit, eine kleine Dampframme gegen das Leben, das ihr stets und ständig Betonmauern in den Weg stellte. Groß geworden auf den Straßen Berlins, keine Schönheit, sondern ein dickes Kind, das Spott und Häme ertragen musste. Eine tabletten- und alkoholabhängige Mutter, ein Vater, der zahlte, sich aber sonst kaum gekümmert hatte. Und der sie nach Monikas tragischem Tod ausgerechnet nach Schenken geholt hatte, in dieses national befreite Rattenloch, in dem er undercover eingesetzt war. Bis heute wusste Judith nicht, ob das ein grandioser Fehler beim Verfassungsschutz gewesen war oder er kaltblütig sein Kind als Teil seiner Legende benutzt hatte. Nein, sagte ein Teil von ihr, das würde er nicht tun. – Ja, antwortete der andere Teil, der selbst in so einer Situation nicht an ihn herankam.

Gabi kehrte zurück zu ihnen. Aber sie war diskret genug, diesen kurzen Moment der Zweisamkeit nicht zu stören.

»Wo ist Papa?«

»Er kann nicht hier sein.«

Gabi räusperte sich und trat jetzt doch einen Schritt näher. »Die Bohrinsel hat angerufen«, sagte sie. »Es ist gerade Sturm auf der Nordsee, mit zwanzig Meter hohen Wellen.«

»Zwanzig Meter«, wiederholte Judith. »Meine Güte!«

»Ja, er kann nicht mit dem Hubschrauber abgeholt werden. Der könnte da bei dem Sturm gar nicht landen.«

»Ein Hubschrauber.« Judith nickte anerkennend. »Da muss Frederik aber ganz schön wichtig sein, wenn sie den einsetzen.«

»Das können sie ja nicht! Und das Versorgungsschiff, das einmal die Woche kommt, kann auch nicht anlegen. Wegen den Wellen.« Sie brach ab, hilflos.

»Mannometer«, sprang Judith ihr bei. »Da muss ja was los sein auf der Nordsee.«

Sie streichelte Tabeas schlappen Arm. Die Enttäuschung in den Augen des Mädchens war größer als der Atlantik.

Gabi hatte eine kleine Handtasche dabei. Die öffnete sie

jetzt, suchte nach ihrem Portemonnaie und schloss sie wieder.
»Ich hol dir ein Eis.«

»Darf sie das denn?«

Gabi zuckte mit den Schultern. Sie fühlte sich nicht wohl hier und wollte wahrscheinlich nur weg. Judith war es recht.

»Ist ja nur ein Wassereis. Ich schau mal, was sie haben.«

Judith spürte wieder Tabeas heiße Hand.

»Holst *du* ihn?«

»Ähm, nein, Tabea. Das schaffe ich nicht.«

»Aber ...«

»Schau mal, Zwanzig-Meter-Wellen. Das ist so hoch wie ein Berliner Mietshaus. Wie soll *ich* die überwinden?«

Die Mutlosigkeit in Tabeas Blick erschreckte sie.

»Und dazu der Sturm. Ich weiß nicht, wann er aufhört. Das ist nicht so einfach.« Warum log sie hier im Angesicht eines schwer kranken Kindes? Das sollte Isa übernehmen. Leute, die solche Anordnungen trafen, über alle Köpfe hinweg. Die sollten sie dann auch vertreten. Und nicht einfach kneifen. Wenigstens hatte jemand angerufen und eine lahme Erklärung aus dem Hut gezaubert. Sie streichelte Tabeas Wange.

»Meine Kleine. Er kommt, sobald er kann.«

»Ich will zu dir.«

Ging das schon wieder los?

»Tabea, ich hab dir doch erklärt, warum das nicht geht.«

»Weil du im Knast warst und Drogen und so.«

»Äh, ja. Ich hoffe, du hast deiner Tante nichts davon erzählt.«

»Nein!« Tabea flüsterte. »Das ist doch unser Geheimnis.«

»Genau.«

»Aber ich will zu dir! Max und Sophie sind nett, aber ...«

»Du wirst dich daran gewöhnen. Und Tante Gabi hat dich lieb, das weiß ich.«

Judith konnte sich vorstellen, wie groß der Kulturschock

war, als echte Lichtenberger Göre nach Tröchtelborn verpflanzt zu werden.

»Wie geht's denn in der Schule?«, fragte sie, um von dem Thema abzulenken.

»Gut. Sie wollten wissen, was ich werden will, und ich hab Putzfrau gesagt.«

»Tabea!«

Ein schwaches Lächeln zeichnete kleine Grübchen in ihr Gesicht. »Ein Cleaner. Das bist du doch? Einer, der gerufen wird, wenn man tot ist.«

Judith nickte.

»Bist du deshalb hier?«

»Nein!«, sagte Judith entsetzt. »Wie kommst du denn da drauf?«

»Heute Nacht war Mama hier, und sie hat mich in den Arm genommen und gesagt, dass wir bald zusammen sind.«

»Das war ein Traum.«

»Weiß ich nicht…« Tabeas Stimme wurde immer kraftloser. »Muss ich sterben?«

»Nicht, solange ich lebe«, antwortete Judith bestimmt. »Und das wird hoffentlich noch eine Weile so sein.«

Die Augen des Mädchens verdrehten sich, es rang nach Luft.

»Tabea? Tabea!«

Sie lief in den Gang der Station. Weiter hinten, an einem hochgestellten Bett, auf dem ein sehr alter Mann lag, hantierte eine Schwester.

»Hallo? Könnten Sie helfen? Tabea geht es nicht gut!«

Die Schwester eilte zu ihr und holte einen Pager aus der Tasche ihrer Tracht. Tabea röchelte. Judith nahm ihre Hand. »Ganz ruhig, ganz ruhig! Gleich ist jemand da. Alles wird gut.«

»Bitte!«

Die Schwester schob sie zur Seite, hob Tabeas Augenlider und prüfte den Puls.

»Gehen Sie. Wir kümmern uns. Wirklich. Sie stehen hier nur im Weg.«

Der Arzt, mit dem Gabi gesprochen hatte, tauchte auf. Er wechselte einige Worte mit der Schwester, medizinische Fachbegriffe, die sie nicht kannte, nur einen: septischer Schock. Gabi kam durch die automatische Schiebetür, ein Eis in der Hand, das bunt und alles andere als gesund aussah, aber das war egal.

»Was ist los?«

»Sie sind bei Tabea. Sie hat... irgendwas. Ich weiß nicht. Eine Sepsis.«

Judith konnte nicht klar denken. Alles, was ihr durch den Kopf schoss, war: Geh jetzt nicht. Bitte, bitte, geh jetzt nicht.

Gabi schob sie wortlos zur Seite. Die Schwester zog gerade den Vorhang zu und verweigerte ihr den Zutritt. Ratlos und geschockt kam die Frau zu Judith zurück und legte das Eis auf einem leeren Wagen für die Essensausgabe ab.

»Sie haben mir gesagt, dass das passieren kann.«

»Was?«

»Eine Blutvergiftung. Es kann sein, dass sie sie nicht unter Kontrolle kriegen, und dann vergiftet Tabea sich selbst.«

Es gab nichts, wo sie sich hinsetzen konnten. Die Intensivstation war für die Anwesenheit von Besuch nicht eingerichtet.

»Kommen Sie. Wir trinken einen Kaffee. In einer halben Stunde schauen wir noch mal bei Tabea vorbei.«

Gabi nickte und ließ sich von ihr mitziehen. In der Cafeteria kaufte Judith zwei Cappuccino und brachte sie an einen kleinen Ecktisch. Gabi hielt ihr Handy in der Hand und tippte eine SMS.

»An meinen Mann«, entschuldigte sie sich. »Er muss sich

um die Kinder kümmern. Wenn doch nur ihr Vater hier wäre!«

»Wer hat Sie denn angerufen?«

»Eine Frau. Ich hab ihren Namen vergessen.«

»Auf diesem Handy?«

Gabi nickte und reichte es ihr. »Diese 0151-Nummer.«

Judith wählte. Es nahm niemand ab. Resigniert reichte sie Tabeas Tante das Gerät zurück. »Und Tabeas Handy? Das mit der Notrufnummer?«

»Ist immer noch gesperrt. Aber ich habe die Nummer wiedergefunden, ich hatte sie mir ja auch aufgeschrieben.«

»Und?«, fragte Judith mit klopfendem Herzen.

»Nichts. Noch nicht mal eine Mailbox.«

»Darf ich sie mir notieren?«

Gabi taxierte sie. Lange. »Er hat gesagt, ich darf sie niemandem geben. Es ist eine Geheimnummer, weil die Satellitenleitungen nur beruflich genutzt werden dürfen.«

Frederik könnte auf dem Basar von Marrakesch als Märchenerzähler auftreten.

»Und wie haben Sie dann mit ihm kommuniziert?«

»Über Skype.«

»Und das klappt nun auch nicht?«

»Nein.«

»Muss ja ein irrer Sturm sein.« Mehr sagte Judith nicht. Wie hielten Agenten das nur aus, dieses dauernde Herumlügen?

Gabis Handy klingelte. Sie sah auf das Display. »Das ist sie! Frederiks Firma!«

Judith schnappte sich, ohne auf Gabis »Hallo?« zu achten, das Handy und verließ die Cafeteria.

»Ja?«, fragte sie.

»Frau Krumbiegel? Sie hatten angerufen? Wie geht es Tabea?«

Judith erkannte die Anruferin sofort. »Sie stirbt, Frau Kellermann.«

Am anderen Ende war es still.

»Haben Sie gehört? Sie stirbt! Und ihr Vater ist nicht bei ihr!«

»Das ... das tut mir sehr leid, das zu hören.«

»Wo ist Frederik? Warum meldet er sich nicht?«

»Ich hatte doch schon gesagt, dass wir ihn nicht erreichen können.«

»Bullshit! Sie haben es gar nicht erst versucht! Das alles kotzt mich nur noch an.«

»Beruhigen Sie sich. Woher haben Sie dieses Handy und diese Nummer?«

Judith atmete tief durch. Schluss jetzt, befahl sie sich. Ich muss an Frederik herankommen, und das geht nur über diese Frau.

»Von Tabeas Tante. Sie hatten mit ihr gesprochen. Über den Sturm.«

»Irgendwas muss man sagen.«

»Herr Meißner wird es Ihnen nie verzeihen, wenn Sie ihn nicht informieren.«

»Ich habe ihn informiert.«

Judith fuhr sich ratlos durch die Haare. »Was? Und?«

»Er wollte sich melden. Hat er das noch nicht getan?«

»Nein!« Judith warf einen Blick in die Cafeteria. Gabi saß immer noch da. Sie hatte ihren Cappuccino bislang nicht angerührt. »Ist ihm etwas passiert?«

»Nicht dass ich wüsste. Ich habe auch erst morgen wieder Kontakt zu ihm.«

»Wo ist er?«

Isa seufzte. Leise war im Hintergrund eine Durchsage zu hören. Sie musste sich in einer Kabine oder etwas Ähnlichem befinden. »Auf einer Ölplattform in der ...«

»Hören Sie auf! Wo ist er?«

»Frau Kepler, sind Sie die Erziehungsberechtigte?«

»Nein«, antwortete Judith überrumpelt.

»Es gibt von meiner Seite aus keine Rechtfertigungspflicht. Ich muss diese Nummer löschen. Tabea wird, so wie wir das immer regeln, wenn Unbefugte Zugang bekommen haben, eine neue Rückrufnummer für Notfälle erhalten. Leben Sie wohl.«

»Sie können jetzt nicht...« Judith ließ das Handy sinken. Isa konnte. Sie hatte die Verbindung getrennt. Judith drückte die Wahlwiederholung. Nach dem dritten Klingeln kam eine Bandansage. *Dieser Anschluss ist vorübergehend nicht erreichbar.*

Sauber. Jetzt hatte sie den beiden auch noch die letzte Chance genommen, mit Frederik in Verbindung zu treten. Beziehungsweise Isa Kellermann, die keine Skrupel haben würde, auch noch Sirenen und Meerjungfrauen zu bemühen. Mit niedergeschlagenem Gesicht kehrte sie zu Gabi zurück.

»Und?«

»Immer noch heftig da draußen. Die Nummer wird sich auch ändern.«

Misstrauisch nahm Gabi das Handy an sich. »Warum?«

»Keine Ahnung. Vielleicht gibt es dadurch eine bessere Satellitenverbindung.«

»Ich habe nicht hören können, *was* Sie gesagt haben, aber wie. Tun Sie das nie wieder.«

»Frau Krumbiegel...«

»Nie wieder! Und jetzt will ich, dass Sie gehen.«

»Aber Tabea...«

»Tabea braucht Ruhe, und ich werde bei ihr sein. Ich weiß nicht, warum Sie sich in das Leben dieses Mädchens gedrängt haben. Falls Sie geglaubt haben, Sie kommen über sie an Frederik ran, irren Sie sich.«

Judith hätte am liebsten laut aufgelacht. Was reimte sich diese Tröchtelborner Hausfrau da zusammen? Sah sie nachmittags zu viele Telenovelas?

»Das ist nicht so«, sagte sie ruhig.

»Wie denn dann?«

»Ich habe Tabea nach dem Tod ihrer Mutter ein paar Tage bei mir aufgenommen.«

»Das weiß ich. Und wir sind sehr dankbar dafür. Aber jetzt ist es Zeit, dass Sie sich neue Freunde suchen.«

Judiths Stimme passte sich der Kälte von Gabis Worten an. »Wie meinen Sie das?«

»Tabea muss sich eingewöhnen. Ihr Vater ist nie da. Und Sie? Wer sind Sie? Was wollen Sie im Leben einer Neunjährigen?«

Judith spürte, wie ihr die Kehle eng wurde.

»Sie haben recht. Aber vielleicht ist es jetzt nicht gerade der richtige Zeitpunkt.«

Gabi beugte sich vor. Die nächsten Tische standen zu weit weg, niemand konnte hören, was sie besprachen. »Ihr Vater kommt nicht. Und wen schickt er? Eine drogensüchtige Kriminelle. Haben Sie geglaubt, Tabea erzählt mir das nicht?« Ein selbstzufriedenes Lächeln breitete sich auf Gabis Gesicht aus. »Was bilden Sie sich eigentlich ein. Ich habe Sie zu ihr gelassen, weil Tabea es sich sehnlichst gewünscht hat. Und kaum sind Sie drei Minuten bei ihr, verschlechtert sich ihr Zustand dramatisch!«

»Das ist nicht meine Schuld«, erwiderte Judith. »Es stellt sich eher die Frage, warum Sie mit Tabea nicht schon früher ins Krankenhaus gefahren sind.«

»*Sie* wagen es?« Gabi stand auf und warf ihr Handy in die Tasche. »Tauchen Sie noch mal hier auf, und ich rufe die Polizei!«

Damit rauschte sie ab. Judith blieb sitzen. Die wenigen

Gäste in der Cafeteria waren verstummt und sahen zu ihr herüber. Dann setzten die Gespräche wieder ein. Judith stellte die beiden unberührten Tassen auf ein Tablett im Geschirrwagen und machte sich auf den Weg zum Ausgang.

6

Isa saß in der verglasten Raucherkabine der Businesslounge am Flughafen Tegel, in der sich außer ihr niemand aufhielt. Auch wenn es nach den Kippen roch, die in den Aschenbechern lagen, war die Luft doch erträglich. Sie hatte ungestört telefonieren können und dem bulligen Kerl hinter der *Neuen Zürcher Zeitung*, der ihr unverhohlen auf den Hintern gestarrt hatte, den Rücken zugedreht. Während sie einen Kaugummi aus dem Papier wickelte und ihn sich in den Mund schob, sah sie hinunter auf die Taxen und Busse, die ständig neue Passagiere ins Terminal entließen.

Noch eine halbe Stunde bis zum Boarding. Sie erinnerte sich an ihren ersten Flug, da war sie acht gewesen oder neun. Keine Ahnung, aber sie hatte eine Zahnspange getragen und war sich so was von erwachsen vorgekommen. Sardinien. Die Mutter hatte tagelang die Koffer ein-, aus- und wieder umgepackt. Schwimmflossen, Taucherbrille, Schnorchel. Damals flog man noch ab München-Riem. Die Halle war ihr endlos erschienen, und die große Anzeigetafel im Abflugterminal hatte ratternd die Buchstaben umgelegt. Wie durch Zauberhand standen immer neue Ziele da: Athen. Tokio. Bangkok. Sie hatte sie gelesen und sich geschworen, eines Tages dorthin zu fliegen.

Und dann hatte jemand den Namen ihres Vaters ausgerufen. Er hatte sich entschuldigt und war weggegangen. Ihre

Mutter bugsierte die Koffer zu einer Bank, und da warteten sie. Lange. Bis der Vater zurückkam, in Isas Augen eine Art Räuber Hotzenplotz ohne Bart und Hut, auch viel besser gekleidet. Aber wohl doch ein Räuber, ein Urlaubsdieb. Ihre Eltern hatten sich gestritten, es gab Tränen, und Isa verstand nur, dass es nicht nach Sardinien ging, weil der Vater dringend einen anderen Räuber fangen musste und die Mutter sich nicht traute, allein vorauszufliegen.

Es war das erste Mal, dass sie die Schwäche dieser Frau gehasst hatte.

Sie knüllte das Kaugummipapier zusammen und warf es in den Aschenbecher zu den Kippen. Meißner hatte seinen Job in Passau erledigt, die Kisten waren verladen, der Peilsender war positioniert. Jetzt fuhr er mit dem Mietwagen nach Wien. Alles war glatt gelaufen. An der Verladung waren nur er und Guntbart Möller beteiligt gewesen. Möller war schon wieder auf dem Weg zurück nach Berlin und würde morgen mit seinen Kumpels nach Odessa fliegen, um sich dort mit Meißner zu treffen. Die Ankunft des Containerschiffs in Constanța war für einen Tag später, Sonntagmorgen, avisiert, irgendwann zwischen vier und fünf Uhr. Wenn alles gut ging, würde es Sonntag am frühen Abend in Odessa eintreffen... Sie schaltete den Sperrbildschirm ihres Handys ein. Nichts. Keine Nachricht von den Russen.

Keplers Anruf hatte sie aus dem Tritt gebracht. Kinder, Familie, Eltern, all das gab es nicht im Leben eines verdeckten Ermittlers. Nun hatte das Schicksal Frederik Meißner zu einem spät berufenen Vater gemacht, und schon gingen die Probleme los. Nur weil die Göre Fieber hatte. Oder Blinddarm. Eine Routine-OP, minimalinvasiv, es gab noch nicht mal mehr Narben. Sie rief noch einmal Wohlsams Büroleiterin an und bat um die Zuteilung einer neuen Notrufnummer. Wenig später hatte sie sie per SMS bekommen und leitete sie auf Tabeas Handy weiter. Hoffentlich wurde sie nicht gleich wieder an Kepler durchgereicht. Die Frau hatte ihre Chance gehabt. Sie hätte mit ihr zusammenarbeiten können. Eine reizvolle Vorstellung, wie sie beide Larcan stellen und für seine Verbrechen zur Rechenschaft ziehen würden. Aber Isa war eine Einzelkämpferin, deshalb war es gut, dass sie sich diese Frau ab jetzt vom Hals hielt.

Die Tür zur Raucherlounge wurde geöffnet. Noch ein Schweizer Gorilla?

»Hier bist du. Warum gehst du nicht ans Handy?« Teetee enterte den Raum mit federnden Schritten und holte als Erstes ein Päckchen Zigaretten hervor.

»Ist schon im Flugmodus«, sagte sie. »Das hier ist privat.«

Er nickte und zündete sich eine an. Dann trat er ans Fenster und sah ebenfalls hinunter auf den ewigen Strom der Ankommenden und Abreisenden. »Businessclass?«

»2A.«

Er grinste. »2C.«

»Gib's zu, das mit den Sitzplätzen hast du arrangiert.«

»So etwas erledigt meine Reisestelle.« Wieder ein tiefer Zug. »Bist du in Kontakt?«

»Jep.« Sie ließ das Handy in die Tasche ihres Hosenanzugs gleiten. »Alles läuft nach Plan. Wann sind wir in der Botschaft?«

»Heute Abend. Um acht. Das müsste mit der Zeitverschiebung gerade so hinhauen. Bristol?«

Sie schüttelte leicht den Kopf, aber das war kein Verneinen, sondern Verblüffung. »Ich auch.« Wieder dieses siegessichere Gesicht.

»Wann kommt der Rest der Truppe?«, fragte sie. Dass sie beide im selben Hotel untergebracht waren, irritierte sie.

»Samstagmittag. Die müssen sich erst noch was zum Anziehen besorgen. Und die passenden Sonnenbrillen.«

Das Auftreten von Bundeswehrsoldaten im Ausland, die an einer Operation beteiligt waren, musste tipptopp sein. Schwierig nur, wenn die Kleiderkammern weder Brioni noch Zegna im Angebot hatten.

»Status?«, fragte Isa.

»Observanten. Drei Stabsfeldwebel, zwei Unteroffiziere mit Portepee. Zwei Regierungshauptsekretäre.«

»Das sind sieben. Ich dachte, ihr wärt zehn, mit dir.«

»Und zwei Sniper.«

»Alle Achtung. Wie bewaffnet?«

Teetee streifte die Asche ab. »Kommt auf die Ukrainer an. Und wer alles zur Übergabe erscheint. Ich hoffe, das erfahren wir morgen.«

Ein scharfer Blick. Isa ließ sich davon nicht ins Bockshorn jagen. Er musste ihr aus der Hand fressen, um an die Informationen zu kommen. Das machte keiner gerne, der noch vor ein paar Monaten selber die Plätze an der Futterraufe zugeteilt hatte.

»Mein V-Mann ist im Feld. Er fliegt ab Wien, die anderen morgen ab Berlin. Sie haben sich schon vier Motorräder bei Avis reserviert.«

»Motorräder?« Teetee runzelte die Stirn. »So was muss ich wissen.«

»Weißt du doch jetzt.«

Sie griff nach ihrer Aktentasche, die sie auf dem Boden abgestellt hatte. Dann wollte sie die Raucherlounge verlassen, aber Teetee drückte schnell die Zigarette aus und sagte: »Moment.«

Sie wartete. Er kam zu ihr.

»Das ist eine Kooperation, Isa. Kein Alleingang.«

»Schon klar.«

»Ich hab dich nur durchgekriegt, weil du das Ass im Ärmel hast, deinen V-Mann.«

»Kooperativer als ich ist niemand. Aber ich kann dir auch nur die Informationen geben, die ich selbst erhalte.«

»Vielleicht mal etwas früher?«

Sie funkelte ihn an. »Die Info kam vor einer halben Stunde. Es ist nicht so, dass ich eine Standleitung zu ihm habe!«

»Okay.« Teetee nickte. »Ich mein ja nur.«

Sie zog die Tür auf und ließ ihn vorgehen. Der Gorilla war verschwunden.

7

Mahlow lag im Schlagschatten des Lichtdoms über Berlin, sodass es trotz der späten Stunde nicht ganz dunkel war, als Judith von ihrem Ausflug nach Tröchtelborn zurückkehrte. Heruntergelassene Rollläden, zugezogene Vorhänge. Ein Hund bellte, als der Transporter mit abgeblendetem Licht vorbeirollte. Dieses Mal war Judith schlauer. Sie verließ das Dorf Richtung Berliner Ring und bog in den ersten Feldweg ein. Dort stellte sie den Wagen ab.

Gabi Krumbiegels Rauswurf hatte Judith mehr verletzt, als sie sich eingestehen konnte. Vor allem die Unterstellung, dass sie sich über Tabea an Frederik andocken wollte. War das der Eindruck, den sie hervorrief? Dachte er vielleicht genauso? Und was verriet es über sie, dass sie sich jetzt im Dunkeln an sein Haus heranschlich, um dort einzubrechen? Dass sie am Rande des Liebeswahnsinns taumelte, nur um sich heimlich in sein Bett zu legen und seinen Duft einzuatmen? Könnte man durchaus unterstellen. Wenn es so wäre.

Sie rief die Klinik in Weimar an. Die Schwester war noch im Dienst.

»Keine Veränderung«, sagte sie. »Wir müssen warten.«

»Hat ihr Vater sich gemeldet?«

»Nein, leider immer noch nicht. Tabea hat nach ihm gefragt. Was soll ich ihr sagen?«

»Ich kümmere mich darum. Er ist in einem Auslandseinsatz.«

»Sie fragt auch nach Ihnen. Immer wieder.«

Judith schluckte. Sie konnte der Schwester nichts von Gabis Anschuldigungen erzählen, das hätte sofort den Kontakt zu Tabea unterbunden. Sie musste froh sein, dass diese Frau nicht daran gedacht hatte, auch Judiths telefonische Nachfragen zu verbieten.

»Sagen Sie ihr, ich komme morgen wieder.« Weiß der Himmel, wie sie das anstellen würde. Aber Tabeas Tante machte nicht den Eindruck, als ob sie von morgens bis abends am Bett des Mädchens sitzen würde.

»Das kann ich nicht«, sagte die Schwester leise. »Sie wurde ins künstliche Koma versetzt. Kriegen Sie jetzt keinen Schreck, das ist nichts als eine Vorsichtsmaßnahme.«

»Ich weiß.« Judith dachte an Dombrowski. »Ich rufe wieder an.«

»Machen Sie das. Ich hinterlasse meinem Kollegen eine Nachricht, dass er Ihnen gegenüber auskunftsberechtigt ist.«

»Danke.«

Judith legte auf und starrte hinüber zu Mahlows Straßenlaternen. Was sollte sie glauben? Wie sollte sie sich verhalten?

Sie stieg aus, schloss als Vorsichtsmaßnahme *nicht* ab und machte sich auf den Weg zurück ins Dorf. Hoffentlich begegnete sie dem Mann mit der rosaroten Strickmütze nicht wieder. Halb neun. Genau die Zeit, zu der man noch einmal Gassi ging. Aber die Straße lag wie ausgestorben da, nur das ferne Rauschen des Verkehrs war zu hören. Noch im Laufen holte sie das Lockpicking-Besteck heraus. Hoffentlich waren die Bewegungsmelder nicht aktiviert. Aber als sie auf den verwahrlosten Hof schlich, blieb alles dunkel. Dafür lag eine Radkappe im Weg, das Scheppern tat ihr in den Ohren weh. Sie blieb länger als eine Minute wie erstarrt stehen, bis sie sicher war, dass sich gegenüber im Haus nichts an den Fenstern bewegte.

Die Haustür war ein Witz. Ein uraltes Bartschloss, das sie im Handumdrehen geknackt hatte. Sie glitt in den Flur, schloss die Tür hinter sich und lehnte sich an das rissige Holz, leise, unhörbar, eine Sinnestäuschung, falls doch jemand eine Bewegung bemerkt haben wollte. Im Haus war es still. Es roch nach Kellerkartoffeln, Äpfeln und Motoröl. Und es war eiskalt. Vermutlich wurde noch mit Kohle geheizt, Judith erinnerte sich an den kleinen Heizlüfter bei ihrem letzten Besuch.

In Schenken hatte Frederik sein zweites Handy im Wohnzimmerschrank gebunkert. Als V-Mann jonglierte man offenbar ständig mit mehreren Geräten herum, und die Wahrscheinlichkeit, dass er sie alle mit in einen Einsatz nahm, erschien ihr gering. Sie erinnerte sich noch genau an das Foto auf dem Sperrbildschirm: ein loderndes Flammenkreuz.

Das ist Papas Geheimnis!

Tabeas ängstliches Flüstern. Die Verfolgungsjagd im Wald. Die Hunde. Die Peitsche. Guntbart mit dem Gewehr. Dieses Handy war der Schlüssel zum rechtsradikalen Untergrund. Und der einzige Weg, über den sie Frederik noch erreichen konnte.

Er wird morgen in ein Flugzeug steigen und eine lebensgefährliche Mission beginnen, von der ihn nichts ablenken darf. Oder wollen Sie, dass er in einem Sarg mit schwarz-rot-goldener Flagge zurückkehrt?

Irgendwo im Haus knarrte es, und Judith hielt die Luft an. Doch dann war es wieder still. Die Stiege. Der Dachboden. Holz arbeitete, atmete, lebte. Vielleicht machte das die Atmosphäre so unheimlich: Sie war ein Eindringling in einen fremden Organismus.

Es ist nur ein Haus! Reiß dich zusammen!

Mach bloß kein Licht an. Vielleicht hatte er aber auch den Strom abgestellt. Vielleicht würde er nie mehr wiederkommen, dann wäre dieser Einbruch ganz umsonst gewesen. Denk nach. Wo kann das Handy sein? Er hat es hiergelassen, zur Sicherheit. Und wird es bestimmt nicht wieder im Wohnzimmer versteckt haben. Eher an einem Platz, wo es nicht so leicht zu finden ist, er aber ohne Probleme herankommen kann. Also nicht der Keller und nicht das Obergeschoss. Es wird hier unten sein. Dort, wo er sich meistens aufhält.

Die Küche.

Mit angehaltenem Atem tastete sie sich auf Zehenspitzen durch den Flur, bis sie die Tür auf der linken Seite erreichte. Beim Öffnen drang ein weher Klagelaut an ihre Ohren – Frederik hätte wenigstens diese Zargen einmal ölen können. Sie ließ die Tür offen und schlich sich ans Fenster. Kein Vorhang, keine Rollläden. Wenn sie die Lampe einschaltete, könnte das von draußen jeder sehen. Kniehoher Nebel kroch über die Straße. Das Haus gegenüber wirkte, als würde es darin schweben. Alles war ruhig. Hinter dem Dachfenster zuckte, kaum wahrnehmbar, blaues Licht. Ein Fernseher.

Ihre Augen gewöhnten sich an die Dunkelheit, und langsam traten die Konturen der Einrichtung hervor. Wandschrank. Gasherd. Kühlschrank. Tisch, Stühle, Abfalleimer. Sie tastete unter dem Tisch entlang, bis sie an eine Schublade kam, die sich nur mit einem kräftigen Ruck öffnen ließ. Besteck klirrte, Scheren, Küchenmesser und Werkzeug lagen durcheinander. Sie durchsuchte den Inhalt hastig und ohne Rücksicht auf den Lärm, den sie machte. Man würde ihn auf der Straße nicht hören. Nichts.

Sie durchsuchte die Wandschränke. Frederik war einen halben Kopf größer als sie, also stellte sie sich auf die Zehenspitzen und fuhr lediglich die Borde entlang. Plötzlich stieß sie auf etwas Kaltes, Metallisches. Sie griff zu und hatte eine Waffe in der Hand. Vor Schreck hätte sie sie beinahe fallen gelassen. Es war ein schweres Teil, ähnlich wie Dombrowskis Knarre. Vorsichtig legte sie sie auf dem Küchentisch ab. Sie hatte keine Ahnung, ob sie gesichert war – falls sie geladen war. Das ließ zumindest darauf schließen, dass Frederik vorhatte zurückzukommen. Immerhin.

Sie ging in die Knie und suchte die unteren Wandschränke ab. Dann den Herd. Den Schrank unterhalb der Spüle. Wo zum Teufel konnte es sein? Hatte sie sich geirrt? Den Mülleimer nahm sie sich zuletzt vor. Ein uraltes verzinktes Ding mit Deckel. Die Biotonne. Na großartig. Judith machte sich auf alles gefasst und griff in glitschige Schalen, verfaultes Gemüse, seltsame Brocken, offenbar zusammengeklebte Müslireste. Tiefer. Das Zeug wurde schleimig und stank süßlich nach Alkohol, wahrscheinlich die Kartoffelschalen. Sie hätte Arbeitshandschuhe mitnehmen sollen, dann würde sie auch keine Fingerabdrücke hinterlassen. Endlich stieß sie auf eine dicke Lage Zeitungspapier. Es war schwer, sie anzuheben, das Gewicht von gefühlt drei Tonnen Biomüll lastete auf ihr, zudem war sie völlig durchnässt. Endlich gelang es ihr, mit der Hand unter das Papier zu gleiten. Sie fühlte den schartigen Boden und dann... Plastik. In der Biotonne. Ein Frischhaltebeutel wahrscheinlich, darin, wasserdicht verpackt, etwas Flaches, Metallisches. Ein Handy.

Licht flammte auf. Der Deckel fiel zu Boden und rollte mit einem lauten Scheppern über die Fliesen. Geblendet schloss Judith die Augen, fuhr herum. Im Türrahmen stand Guntbart. In der Hand ein Gewehr. Er stieß es hoch, und das Einrasten der Sicherung jagte ihr einen eiskalten Schauer über den Rücken.

»Judith Kepler aus Lichtenberg«, sagte er und grinste auf eine Art, dass ihr schlecht wurde. »Wühlt immer noch im Dreck anderer Leute.«

8

Die Maschine landete mit zehn Minuten Verspätung. Isa und Teetee erreichten dank ihrer vorderen Sitzplätze als Erste die Einreisekontrolle. Wenig später hatten sie auch ihre Koffer und kamen in eine moderne Eingangshalle, in der ganze Kohorten von Taxifahrern auf Kundenfang waren. Ein junger Mann im Geschäftsanzug hielt ein iPad in die Höhe, auf dem *Black Sea Travel* stand. Isas privates Handy meldete mehrere eingehende Nachrichten.

»Frau Kellermann? Herr Täschner?« Als Teetee nickte, lächelte er erleichtert und reichte ihnen die Hand. Korrekt mit kleiner Verbeugung, die seinen glatt gescheitelten Oberkopf präsentierte. »Mein Name ist Georg Wilhelmi. Herzlich willkommen in Odessa!«

Er war Botschaftssekretär, extra aus Kiew angereist, hatte aber die Anweisung, beides nicht allzu deutlich zu zeigen. »Ihr Wagen wartet draußen. Kann ich Ihnen mit dem Gepäck behilflich sein?«

»Ich muss noch Geld tauschen«, sagte Isa.

»Ich kann Ihnen eine gute Wechselstube in der Innenstadt empfehlen.« Wilhelmis Lächeln wirkte etwas gepresst. Ihm waren Undercoverauftritte nicht geläufig.

»Ich mach es lieber hier, dann hab ich was in der Hand. Ich bin gleich wieder da.« Isa übergab dem Mann ihren Koffer und lief durch die Halle zu einer der Kantor-Wechselstuben, vor der sich schon eine kleine Schlange gebildet hatte.

Sie stellte sich hinten an und checkte ihr Handy. Eine SMS klärte sie über die Mobilfunktarife in der Ukraine auf, dann hatte sie jemand aus der russischen Botschaft in Berlin anzurufen versucht. Ein Blick auf ihre Armbanduhr: halb sieben deutsche Zeit. Diese verfluchten Zocker. Sie wählte die Nummer und wartete ungeduldig, weil der Verbindungsaufbau ewig dauerte.

»Recht hast du.«

Teetee tauchte unmittelbar hinter ihr auf. Hatte er die Nummer auf dem Display gesehen? Sie brach sofort ab und drehte sich mit einem Lächeln zu ihm um.

»Ich hab auch keine Lust, hier mit Euros herumzuwedeln. Und im Hotel ist der Kurs wahrscheinlich noch beschissener als in dieser Umtauschbude.«

»Leben und leben lassen.«

Er nickte, die Schlange rückte um einen Platz auf.

»Schaffen wir das bis acht?«, fragte sie. Ihr Ultimatum lief ab. Hoffentlich hatte sie im Hotel noch ein paar Minuten für sich.

»Die Mitarbeiter der Botschaft sind Kummer gewohnt.«

»Du kennst sie?«

»Nein. Aber die Ukraine steht, glaube ich, auf Platz 156 oder 157 der 157 beliebtesten diplomatischen Vertretungen.«

Er grinste sein Jungenlächeln, und Isa wünschte sich für einen Moment, dass sie vergessen könnte, was sie getan hatte.

»Du bist dran«, sagte er. Eine russische Großfamilie hatte den Schalter umlagert und zog nun ab. Isa holte einen Hundert-Euro-Schein aus ihrem Portemonnaie und schob ihn durch den Schlitz.

»Hundert? Wie lange willst du denn bleiben?«, fragte Teetee erstaunt.

Sie nahm ihr Wechselgeld – ein dickes Bündel speckiger Scheine – und verstaute es achtlos in ihrer Manteltasche. Teetee schob dem Mann hinter dem Sicherheitsglas einen Zwanziger zu. Er war schon immer knickerig gewesen. Wenig Trinkgeld, beim Ausgeben wartete er, bis die anderen schon alle dran waren und er hoffen konnte, dass man nicht bemerkte, dass er noch fehlte. Sparte wahrscheinlich auf ein Häuschen am Stadtrand für sich und seine Familie. Freute sich jetzt schon auf die Pensionierung, weil man dann endlich anfing zu leben. Er war so anders als sein Vater. Sie hatte Kaiserley erst lange nach dem Ausscheiden aus dem Dienst persönlich kennengelernt, aber er war ihr immer vorgekommen wie einer der letzten Desperados. Sein Sohn war das genaue Gegenteil.

»Alles klar?«

Auch er steckte das Bündel achtlos ein, wie Spielgeld.

»Alles klar.«

Sie gingen zum Ausgang.

9

Langsam kam Judith auf die Beine. Der Mann zielte.

»Hände hoch!«

»Mensch, Guntbart. Hör doch auf mit dem Scheiß. Willst du, dass die Nachbarn die Bullen rufen?«

Seine Augen, schmal wie Schlitze, flitzten zum Küchentisch. Im Bruchteil einer Sekunde taten beide das Gleiche: Sie warfen sich auf die Waffe. Judith gewann, weil sie schneller war und nicht auf ein Gewehr achten musste. Blitzschnell, die Pistole im Anschlag, trat sie drei Schritte zurück und wäre fast über den Mülleimer gestolpert. Guntbart sah aus, als ob er nicht ganz mit diesem Ausgang gerechnet hätte.

»Tu das Ding weg!«

»Erst du!«

Langsam legte er das Gewehr auf den Tisch, der Lauf zeigte in Judiths Richtung. Sie ließ die Waffe sinken. Ihr Herz klopfte, als ob es ihr gleich zum Hals herausspringen wollte. Die Narbe in ihrem Gesicht brannte. Mit dieser Eskalation hatte sie nicht gerechnet. Guntbart richtete sich wieder zu seiner vollen Größe auf.

»Wo ist die Kohle?«, fragte er lauernd.

»Wo ist Frederik?«

»Bist wohl nass auf ihn, was? Stehste auf Gestank? Mann, bist du pervers.«

An ihrem linken Arm hingen Schmodder und Kartoffelschalen. Das Handy ruhte sicher in der Tasche an ihrer rechten Arschbacke.

»Wo ist Frederik?«

In seinen Augen blitzte es auf. Er genoss den Triumph, mehr zu wissen als sie.

»Erst will ich meine Kohle. Hunderttausend. Du erinnerst dich?«

Wie konnte Judith diesen Handel je vergessen?

»Für Frederiks fetten Bastard. Na?«

Seine Hand legte sich auf das Gewehr. Judith hob die Knarre.

»Hast du gekriegt.«

»Hab ich nicht.«

»Doch. Denk mal drüber nach, warum du im Knast gelandet bist.«

In seinem kantigen Schädel setzten verrostete Zahnräder einen Prozess in Gang, den geübtere Naturen Denken nannten.

»Du? Du alte Fotze hast mir das eingebrockt?«

Der Griff zum Gewehr war zu langsam. Judith schnellte vor und trat mit aller Kraft zu. Das Gewehr flog ihm aus der

Hand und landete scheppernd unter dem Fenster. Guntbart jaulte auf, ging in die Knie und presste seinen Arm vor den Bauch.

»Du elende Nutte! Du bist so was von im Arsch, weißt du das?«

»Du auch. Übrigens wirst du nach deinem Betriebsausflug mit Frederik umgehend wieder im Knast landen. Glaube mir.«

Er riss die Augen auf und starrte sie ungläubig an.

»Die haben dich nur rausgelassen, um dir das nächste Ding anzuhängen, du Loser. Was meinst du, wie die Szene sich freut, wenn sie das erfährt. Dass du die Bullen im Schlepptau hast.«

»Was?«

»Ich will wenigstens Frederik warnen. Dich nehm ich mal als Kollateralschaden mit ins Boot.«

Er konnte mit diesem Begriff nichts anfangen, aber das war auch egal. Judith stellte sich zwischen ihn und sein Gewehr, dann ging sie in die Hocke, die Knarre immer noch auf seine Brust gerichtet.

»Wo ist er?«

»Weiß ich nicht.« Er wich ihrem Blick aus.

Sie stand auf, holte aus und trat wieder zu, mit voller Härte. So wie sie das auf der Straße gelernt hatte. So wie sie in Schenken behandelt worden war. So wie ein Dreckskerl wie Guntbart es verdiente. Er konnte den verletzten Arm nicht schnell genug heben, der Tritt erwischte seinen Unterkiefer wie ein gut platzierter Aufwärtshaken. Sein Kopf flog nach hinten, er landete der Länge nach auf dem Fußboden. Mit der unverletzten Hand fuhr er sich ins Gesicht und betrachtete ungläubig das Blut, das aus seiner aufgeplatzten Lippe tropfte. Dann schüttelte er den Kopf wie ein Kampfstier. Verletzt, aber in Rage. Er rappelte sich auf – und Judiths nächster Tritt traf ihn an der Schulter. Dieses Mal nahm er den Tisch durch die halbe Küche mit.

»Hast du sie noch alle?«

Judith erinnerte sich an die Peitsche, an die Hunde, an die brutalen Schläge, die sie damals einstecken musste. An *Heute gehen wir Fidschis jagen!*, an Tabeas Angst und das Odinsfeuer. An Waffen-SS-Lieder und an Frederik, der seine Rolle nicht aufgeben durfte und sie allein gelassen hatte. Und dass sie ihm geglaubt hatte, später, als alles vorbei war, als er ihr sagte, er hätte es nicht zum Äußersten kommen lassen. Und jetzt war sie allein, und Tabea litt ohne ihren Vater. All das ballte sich zu einer ungeheuren Kraft in ihr zusammen, vor der es sogar Guntbart langsam angst und bange wurde. Erst recht, weil er weder seine Bluthunde noch das Gewehr in Reichweite hatte.

Sie zielte mit der Waffe auf ihn. »Wo ist er?«

»Ich weiß es nicht!«

»Ruf ihn an!«

»Kann ich nicht!«

Sie kam zwei Schritte auf ihn zu. Er kroch in Windeseile Richtung Küchenschrank und setzte sich halb auf, die Arme schützend vors Gesicht gehoben.

»Was für eine armselige Kreatur du bist«, zischte sie. »Ich werde dir jetzt deine Eier abschneiden, eins nach dem anderen, wenn ich sie überhaupt finde.«

Aus der offenen Tischschublade griff sie sich das erste Messer, das ihr in die Hände fiel. Der Mann robbte, mit vor Angst weit aufgerissenen Augen, den Rücken am Schrank, Richtung Küchentür. Mit der Waffe im Anschlag verfolgte sie ihn.

»Bleib.«

Seine Bewegungen froren ein. Sie ging in die Hocke. Das Messer war nicht sehr lang, sah aber scharf und gut in Schuss aus. Sie setzte es dort an, wo sie unter der Hose sein Gemächt vermutete. Guntbart schluckte.

»Also. Jetzt mal langsam, so dass ich es auch verstehe. Ihr dreht ein Ding zusammen. Du, Frederik und…«

»Und noch zwei.«

»Wer?«

»Kennst du nicht. Aus Sachsen und Schwaben.«

»Schwaben?«, fragte Judith verblüfft.

»Ja«, sagte er trotzig.

Warum auch nicht? Rechtsextremismus war nicht dialektgebunden. Aber es dürfte sich interessant anhören, wenn die beiden zusammentrafen.

»Und was ist dein Job?«

»Ich kenne sie.«

»Das ist alles?«

Guntbart wischte sich wieder Blut vom Kinn. »Kennst dich nicht aus in der Szene, was?«

»Klär mich auf.« Sie stach mit dem Messer zu, nicht tief, eigentlich nur ein Piksen, das er durch den Stoff seiner Jeans kaum spüren dürfte. Trotzdem erstarrte er mitten in der Bewegung und nahm erst den Arm wieder runter, als Judith das Messer lockerte.

»So ein Ding zieht man nur mit Leuten durch, denen man hundertprozentig vertrauen kann. Deshalb.«

Es fiel Judith schwer, Guntbart und das Wort »Vertrauen« auch nur in einen einzigen Gedanken zu packen. Aber dann erinnerte sie sich an die erstickende Atmosphäre in Schenken, diese seltsame Community, in der Rassenhass offen gelebt wurde. Das ging nur, wenn einem keiner in die Suppe spuckte.

»Und du bist so einer, ja?«

Er wagte nicht zu nicken, also schwieg er.

»Wann und wo trefft ihr Frederik?«

»Morgen. In Odessa.«

»In … Odessa.«

Er zog ein Knie an. Vorsicht, Judith, ermahnte sie sich. Aber er wollte sich nur etwas bequemer hinsetzen.

»Und dann?«

»Am Flughafen.«

»Weiter!«

»Dann fahren wir in ein Hotel!«

»Wann?«

»Samstagabend.«

»Wie heißt es?«

»Weiß ich nicht, irgendwas mit London.«

»Und dann?«

Guntbart grinste. Es sah gruselig aus mit dem Blut zwischen seinen Zähnen. »Dann treffen wir die Kumpels, und es geht los.«

Judith setzte wieder das Messer an, und sein Grinsen erlosch. »Muss ich dir alles einzeln aus der Nase ziehen?«

»Es geht in den Hafen, irgendwo Richtung militärisches Sperrgebiet. Da holen wir einen Container vom Schiff, in dem sind Waffen. Die kriegen die Kameraden.«

»Welche Kameraden?«

»Von der Brigade Asow. Maxe und …«

»Ja?«, fragte Judith lauernd und bohrte das Messer einen halben Zentimeter tiefer. »Maxe und?«

»Kamel«, stöhnte er.

»Maxe und Kamel?«

»Ist sein Spitzname. Mehr weiß ich auch nicht.«

Ganz langsam zog Judith das Messer zurück. Wenn sie weitere Einzelheiten erfahren wollte, musste sie buchstäblich tiefer bohren, und das war ihr zuwider. Guntbart hatte sich eingenässt. Das war für ihn in ihrer Gegenwart wahrscheinlich schlimmer als der Verlust beider Eier.

»Du wirst morgen nirgendwohin fliegen.«

Sie holte so schnell aus, dass seine Reflexe nicht mitkamen. Der Knauf der Waffe zerschmetterte sein Nasenbein. Er jaulte auf, es klang, als hätte sie ein Tier angegriffen. Sie sprang auf, keine Sekunde zu früh, denn der Schmerz ließ ihn alles vergessen. Er stürzte sich auf sie. Es war leicht, ihm auszuweichen, und er taumelte an ihr vorbei zum Türrahmen. Das Blut saute alles ein – sein T-Shirt, die Hände, den Boden. Mit beiden Händen hielt er sich das, was im Moment von seiner Nase übrig war, und krümmte sich.

»Du Fotze!«, spuckte er aus. »Ich mach dich fertig! Du bist tot!«

»Ja, ja. Du bist nicht gerade hart im Nehmen«, spottete sie. »Mit dieser Visage kommst du nicht in den Flieger.«

Sie steckte das Messer in den Stiefelschaft und trat die Tischschublade zu, nach der er gerade schielte. Dann packte sie ihn an den Haaren, zog den Kopf zurück und setzte die Waffe unter seinen Kiefer.

»*Ich* bin tot? Ich blas dir die Luft weg, wo andere ihr Hirn haben. Jetzt ist nämlich Schluss mit lustig. Hast du mich verstanden?«

Er versuchte ein schwaches Nicken.

»Wann geht es morgen los?«

»Vier Uhr nachmittags, Direktflug ab Tegel.«

»Okay. Du verpisst dich jetzt, egal wohin. Und wenn ich erfahre, dass du Maxe oder das Kamel vorwarnst, werde ich dich finden. Verstanden?«

Wieder ein hastiges Nicken. Sie griff ihm an den Hintern und holte sein Handy heraus. Unwahrscheinlich, dass er ein zweites hatte.

»Das behalte ich. Und bevor du ein Wort sagst: Du ahnst nicht, was für ein Glück du hast, mir begegnet zu sein. Fahr nach Hause.«

Der Blick aus seinen blutunterlaufenden Augen blieb verständnislos. Schwer zu kapieren, dass er, *king of the county*, zum zweiten Mal von Judith aufs Kreuz gelegt worden war. Sie ließ ihn los. Mit einem wehen Laut glitt er vom Tisch auf den Fußboden.

»Raus.«

Sie griff nach dem Gewehr. Instinktiv wollte Guntbart danach fassen, aber sie zog nur spöttisch die Augenbrauen nach oben. Taumelnd und schwankend rappelte er sich hoch. Mein Gott, was für ein Riese. Judith konnte kaum glauben, dass sie es war, die ihn so zugerichtet hatte. Wenigstens sind wir jetzt quitt, dachte sie grimmig.

»Die werden dich grillen«, stieß er hervor. »Du kennst die Brigade nicht.«

»Auch nur Männer.«

Er drehte sich wortlos um und stapfte hinaus. Judith legte das Gewehr auf den Tisch und folgte ihm. Er riss wütend die Tür auf und stand vor einem Mann mit rosaroter Strickmütze. Der hob reflexartig die Hände und trat zwei Schritte zurück. Sein Hund knurrte. Guntbart trat ins Freie, und die Töle begann plötzlich zu winseln und Zuflucht in den Kniekehlen seines Herrchens zu suchen. Die angsterfüllten Augen des Mannes flitzten zwischen dem blutverschmierten Hünen und Judith mit der Pistole in der Hand hin und her. Guntbart trabte über den Hof, sie hörte Türenschlagen und das Aufjaulen eines Motors.

»Sie...«, stieß der Mann hervor. »Ich dachte, Sie wollten sauber machen?«

»Tu ich gerade. Schönen Abend noch.«

Sie warf ihm die Tür vor der Nase zu. Dann kehrte sie in die Küche zurück und wusch sich im Spülbecken den Dreck vom Leib. Als sie zum Geschirrhandtuch griff, sah sie ihre Hand. Sie zitterte.

Das Gewehr, die Pistole und die beiden Handys nahm sie mit. Aufs Aufräumen verzichtete sie. Feierabend. Sie verließ das Haus und lauschte in die Nacht. Der Mann mit dem Hund war verschwunden. Falls Guntbart auf sie lauerte, so hatte er sich gut versteckt. Den Weg zurück zum Transporter legte sie im Laufschritt zurück. Sie sprang fast hinters Steuer, die Räder drehten durch auf dem matschigen Boden, aber endlich erklomm das Gefährt die Böschung, und sie fand sich auf der Straße Richtung Dorf wieder. Aber sie fuhr nicht nach Mahlow. Sie fuhr Richtung Berliner Ring, weil sie glaubte, dass es ihr Schicksal sein würde, nie wieder an diesen Ort zurückzukehren.

10

Zu Isas Bedauern hatten sie keine Zeit mehr, zuerst ins Hotel zu fahren. Ihr Ultimatum verstrich, die Russen meldeten sich nicht mehr, und sie saß auf der Rückbank des Mercedes und verging vor Ungeduld. Halb neun, in Deutschland halb acht. Der Fahrer nahm Schlaglöcher, entgegenkommende Fahrzeuge und Radfahrer ohne Licht mit Servolenkung und stoischem Gleichmut hin.

Wilhelmi saß vorn auf dem Beifahrersitz und spielte den Fremdenführer. »Wenn Sie die Schnellstraße in die andere Richtung fahren, kommen Sie bald zum Markt der tausend Wunder. Auch Sieben-Kilometer-Markt genannt. Er ist riesig. Es wird direkt aus Containern verkauft, die wie Straßen aufgebaut und in verschiedenen Farben gestrichen sind, sonst würde man sich in dem Labyrinth verirren. Dort gibt es alles, wirklich alles. Allein zwei Kilometer Stoffe. Schuhe. Auch Pelzjacken, falls Sie ein Schnäppchen machen wollen.«

Er lächelte Isa zu, die an alles dachte, nur nicht daran, sich aus Odessa einen Zobel mitzubringen.

»Das sind die Außenbezirke. Die Stadt wächst rasant.« Elende Hochhausbauten, kilometerlang. In der Mitte der vierspurigen Straße fuhr eine Tram. Rechts und links clusterten sich manchmal niedrige Baracken, die Elektrogeschäfte, Supermärkte und Kioske beherbergten. Die Menschen standen dick angezogen an den Haltestellen. Erst allmählich änderte sich die Bebauung. Ältere Häuser in erbarmungswürdigem Zustand tauchten auf, halbe Ruinen mit kaputten Fenstern und Kabelsträngen. Ab und zu, wie vom Himmel gefallen, eine orthodoxe Kirche.

»Wo ist das Meer?«, fragte Teetee, als ob er auf dem Weg zum Strandurlaub wäre, Ende Februar. Es war nicht ganz so kalt, wie Isa es befürchtet hatte, aber sie müsste sich morgen anders anziehen, um sich draußen ein paar Stunden aufzuhalten.

»Zu unserer Linken. Wir erreichen jetzt die Innenstadt, vor allem der Primorsky-Distrikt hat sich wirklich gemacht.«

Erste Boutiquen tauchten auf, Sandwich-Lokale, Burger-Ketten. Auch mehr Autos. Schicke Karossen. Restaurants. Die Häuser wurden schöner, prachtvoller, die Läden exklusiver. Schließlich bogen sie auf einen breiten Boulevard. Die Jugendstilfassaden wurden angestrahlt, ihre Schönheit hätte auch in Paris oder London erstaunt.

»Die Katerynynska«, erklärte Wilhelmi mit einem Stolz, als hätte er die Straße selbst erbaut. »Gleich sind wir da.«

Sie passierten einen großen Platz, an dem sich die Repräsentanzen von Luxusmarken und Banken abwechselten. Der Fahrer setzte den Blinker, und wie ein Schiff auf hoher See schaukelte der Wagen in eine Seitenstraße. »Wir haben leider noch kein Konsulat in Odessa«, entschuldigte sich der junge Sekretär. »Aber wenigstens ein Büro.«

Büro war untertrieben.

In einem Palais aus der Zarenzeit, bis ins Detail restauriert und von einer Pracht, die sogar Isa einige Bewunderung abrang, hatte das Auswärtige Amt eine Beletage gemietet. Vergoldeter Stuck, Marmorkamine, schwere Samtvorhänge und Orientteppiche, groß wie ein halbes Fußballfeld, dazu Antiquitäten, Kristallspiegel, Bronzen, feuervergoldete Beistelltische, üppige Blumengestecke (aus Seide, wie Isa beim zweiten Blick bemerkte), gewaltige Landschaftsgemälde, deckenhohe Bibliotheken.

»Botschafter müsste man sein«, murmelte Teetee, als sie in den Salon geführt wurden und eine junge Dame sie auf Englisch um die Garderobe bat.

»In Kiew sieht es anders aus«, gab Isa zurück.

»Da müssen sie auch arbeiten.«

Wilhelmi hatte sich kurz entschuldigt und kehrte nun mit einem Ehepaar zurück.

»Seine Exzellenz, der Botschafter Dr. Hans-Jürgen Krauss und seine Gattin, Leonore Krauss.«

»Sehr erfreut«, begrüßte sie der Diplomat und reichte den Gästen die Hand. Er war einen halben Kopf kleiner als seine Ehefrau, rundlich, neigte offenbar zu Bluthochdruck, wie seine glatten roten Wangen verrieten, und hatte hellwache Augen. Seine Frau trug ein klassisches Kostüm aus demselben Seidenstoff wie das Einstecktuch ihres Gatten. Da Isa noch nie gehört hatte, dass das diplomatische Handbuch Partnerlook vorgab, machten die beiden das wohl freiwillig. Vielleicht trugen sie auch die gleichen Pyjamas.

»Hatten Sie eine angenehme Reise?«, erkundigte Leonore Krauss sich liebenswürdig und wartete die Antwort gar nicht ab, sondern wandte sich gleich an Isa. »Vielleicht möchten Sie die Räumlichkeiten sehen? Dies ist das Stadtpalais des Fürsten Trubezkoi und wurde Ende des 19. Jahrhunderts…«

»Danke.« Sie war nicht wegen des Damenprogramms hier.

In diesem Moment kamen Stimmen aus dem Entree, und zwei Männer betraten den Raum. Sie sprachen Russisch miteinander, was in Isa ein leichtes Gefühl der Unruhe auslöste. Durchtrainiert, zackig, fast schon militärisch, obwohl in Zivil. Sie sah Teetee an, der zuckte kaum wahrnehmbar mit den Schultern. Keine Ahnung, wer die sind, sollte das wohl heißen.

Der erste der beiden Männer, ein Tom-Cruise-Verschnitt in Blond, kam mit einem Nussknackerlächeln auf Isa zu und ergriff das Wort, noch bevor der Botschafter, geschweige denn seine Gattin ihren Gastgeberpflichten nachkommen und die Neuzugänge vorstellen konnten.

»Udo Mannhardt, Bundespolizei. Sie sind sicher Frau Kellermann?«

»Ja«, sagte sie, immer noch abwartend, und hielt bei seinem Händedruck gerade noch ein »Autsch!« zurück. »Darf ich fragen...«

»Polizeioberrat, Abteilung 4, Internationale Angelegenheiten, Referat 43, Führung des Auslandseinsatzes. – Und Sie sind Tobias Täschner vom BND, wenn ich mich nicht irre?«

Lachen, Händedruck, Griff am Oberarm. Buddys.

»Frau Krauss? Herr Botschafter? Darf ich Ihnen Oberst Serhij Budko von der ukrainischen Nationalgarde vorstellen?«

Budko wirkte wie ein Rechteck auf Beinen. Der Kopf, der Körper, alles sah aus, als wäre er bei seiner Geburt in eine Form gepresst worden. Sogar die Arme hielt er nah am Körper und die Hände an der Hosennaht, als ob er eine Uniform tragen würde und keinen Anzug mit Krawatte. Er küsste erst Leonora, dann Isa die Hand, dann begrüßte er die Herren.

»*My english is horrible*«, entschuldigte er sich.

»*No problem*«, beeilten sich alle zu versichern und ihre

eigenen rudimentären Englischkenntnisse zu beklagen. Derweil erschien die junge Dame mit einem Tablett, auf dem sich eine Auswahl an Rot- und Weißwein sowie Wasser befand. Leonora bat die Gäste ins Speisezimmer.

»Wie jetzt?«, flüsterte Isa. »Ich dachte, das ist ein informelles Treffen, so eine Art Warm-up?«

»Dachte ich auch«, antwortete Teetee leise. »Das offizielle Meeting ist für morgen vierzehn Uhr angesetzt, wenn die Kollegen von der Bundeswehr angekommen sind.«

»Und was macht ein Dreiundvierziger der Bundespolizei dabei?«

»Keine Ahnung. Ist wohl vom GETZ informiert worden.«

Isa hielt Teetee am Ärmel zurück und ließ die anderen vorgehen. »Und dieser Legostein?« Ihre Augen folgten Budko.

»Die ukrainische Nationalgarde ist dem Innenministerium unterstellt. Die werden morgen für uns die Kastanien aus dem Feuer holen. Insofern ist es gar nicht mal schlecht, die beiden heute Abend hier zu haben. Dann kann ich schon mal klären, ob wir an der Festnahme beteiligt sind oder nur Zuschauer bleiben dürfen. Außerdem hat er den kurzen Draht zum Minijust.« Dem Justizministerium. »Wir wollen ja die Auslieferung unserer Reisegruppe Wolfsrune nach Deutschland. Was sie mit ihren Brigadisten machen, kann uns egal sein.«

»Ich muss aufs Klo.«

Isa wandte sich um und fragte die junge Dame nach den Waschräumen. Sie befanden sich am Ende des breiten Flurs und waren, im Gegensatz zum Rest des Hauses, hochmodern gehalten. Isa stürzte in eine der drei Kabinen, verriegelte die Tür und holte ihr Handy heraus. Als sie die Nummer der russischen Botschaft wählte, klopfte ihr Herz zum Zerspringen. In Berlin war es inzwischen zehn nach acht. Ihr Ultimatum war geplatzt. Alles, was sie noch tun konnte, war vorzugeben, sie hätte es sich anders überlegt.

Verdammt. Verdammt!

Niemand hob ab. War ja klar. Freitag um eins macht jeder seins. Der russische Geheimdienst war eben auch nichts anderes als eine Behörde. Sie ließ es so lange klingeln, bis die Verbindung von allein unterbrochen wurde.

Dann saß sie auf der Toilette und wusste nicht, was sie tun sollte. Gab es Zeugen? Außer Dimitroff und Bogomolov keine. Ihr Gespräch in der Botschaft, wenn es aufgezeichnet worden war, verriet rein gar nichts. Höchstens, dass Bogomolov sie angebaggert hatte und sie sich bei seinem Vorgesetzten beschweren wollte.

Das Gespräch im Grill Royal. Da könnten sie eine Falle gestellt haben, eventuell. Vielleicht war Dimitroff verdrahtet gewesen, dann konnte sie gleich ihren Hals in die Schlinge legen. Was zum Teufel hatten sie vor? Es war vielleicht kein zweites Watergate, aber immerhin doch eine ziemlich ausschlachtbare Operation, die sie verraten hatte. Wieder und wieder ging Isa durch, was sie preisgegeben hatte, und kam jedes Mal zum selben Ergebnis: Da greift man zu und lässt seine Informantin nicht am ausgestreckten Arm verhungern.

Also gab es nur zwei Möglichkeiten. Die Russen verzichteten auf diese Gelegenheit, der Weltöffentlichkeit ausnahmsweise mal die Einmischung der USA in interne Angelegenheiten hieb- und stichfest nachweisen zu können. Sehr unwahrscheinlich. Oder Budko, der Legostein auf Beinen, arbeitete heimlich mit ihnen zusammen, dann brauchten sie Isa gar nicht, um den Container abzufangen.

Oder ...

An die dritte Möglichkeit hatte sie noch gar nicht gedacht, weil tief in ihr immer noch das alte Vorurteil schlummerte, dass KGB oder heute FSB und Mossad allmächtig waren. Propaganda aus dem Kalten Krieg, und genauso vorgestrig war sie auch, denn der Ruf beider Geheimdienste hatte ziemlich gelitten in den letzten zwanzig Jahren. Es lag doch auf der Hand: Die Russen kamen nicht an Larcan heran. Sie wussten nicht, wo er war. Er hatte sich tatsächlich abgesetzt und in Luft aufgelöst. Der FSB kochte genauso mit Wasser wie der BND, der MAD und der Verfassungsschutz. Sie standen auf dem Schlauch. Logisch. Und deshalb konnten sie Isas Wunsch nicht erfüllen und meldeten sich einfach nicht mehr.

Sie betätigte die Spülung, verstaute ihr Handy, ging nach draußen und fand nach längerem Suchen den Mechanismus, einen kleinen Wasserfall in das grüne Steinbecken plätschern zu lassen. Nachdem sie sich die Hände abgetrocknet und ihr Make-up überprüft hatte, kehrte sie zu den anderen zurück.

Die hatten mittlerweile an einer runden Tafel Platz genommen. Zwei weitere Angestellte schenkten Wein und Wasser nach, servierten Brot und Butter und hielten sich dann im Hintergrund. Dr. Hans-Jürgen Krauss erzählte Teetee gerade, wo man den besten, frischesten Kaviar günstig erstehen konnte (Pryvoz-Markt, früher wurde dort direkt vom Pferdewagen aus verkauft), und Frau Leonore versuchte, mit Mannhardts Hilfe von Budko etwas über dessen Familie zu erfahren (eine Frau, zwei Kinder).

»Wo ist eigentlich Herr Wilhelmi?«, fragte Isa. Alle Plätze waren besetzt. Krauss unterbrach seine heißen Insidertipps und wandte sich ihr zu.

»Der muss heute noch nach Kiew zurück.«

Isa nahm die Serviette und breitete sie auf ihrem Schoß aus. »Wie oft sind Sie denn in Odessa?«

»Mehrmals im Monat. Meist zu Abendessen im kleinen Kreis, Wirtschaftsvertreter. Politiker sind eher selten hier. Die bleiben in der Hauptstadt. So interessante Gesellschaft wie heute Abend haben wir nicht oft.«

Er hob das Glas. »Auf einen guten Ausgang Ihrer Mission.«

Mannhardt übersetzte es Budko, der nickte und stemmte ebenfalls sein Weinglas. Krauss trank einen Schluck und wandte sich dann, wie konnte es anders sein, an Teetee.

»So. Nun erzählen Sie mal. Das klang ja ziemlich abenteuerlich, was Manni mir da zugetragen hat.«

Mannhardt lächelte etwas gequält. Offenbar mochte er es nicht, wenn man ihn Manni nannte.

Teetee wechselte einen schnellen Blick mit Isa, die dasaß wie die Sphinx. Sollten sie ruhig quatschen. Am Ende lief nichts ohne sie, nichts.

»Sonntagabend, also übermorgen, wird ein Containerschiff in Odessa erwartet, das unter anderem auch Waffen US-amerikanischer Provenienz an Bord hat. Bestimmt sind sie zur Unterstützung des Regiments Asow, gebracht werden sie von vier Deutschen, die in Trainingslagern dieser paramilitärischen Organisation an der Waffe ausgebildet wurden und für uns den Status potenzieller rechtsextremer Gefährder haben.«

Budko hörte Mannhardts gemurmelter Übersetzung aufmerksam zu.

»Wir sind hier, um diese Männer festzunehmen und, das Einverständnis des ukrainischen Justizministeriums vorausgesetzt, diese in Deutschland unter Anklage zu stellen.«

Teetee wartete, bis Mannhardt fertig war. Dann fuhr er fort.

»Zu diesem Zweck hatten wir die Einreise von neun Soldaten der Bundeswehr erbeten, die uns gestattet wurde. An dieser Stelle noch einmal herzlichen Dank.«

Budko nickte.

Isa nahm spielerisch die versilberte Gabel in die Hand und betrachtete den eingeprägten Bundesadler.

»Es wäre uns ein großes Anliegen, an der Festnahme beteiligt zu sein, da einer der Täter ein Mitarbeiter des Verfassungsschutzes ist.«

Sein Blick fiel auf Isa. Die legte die Gabel ab.

»Ja«, sagte sie. »Das stimmt.«

Teetee wartete, aber es kam nichts mehr. Budko fragte nun etwas auf Russisch.

»Wann und wo soll der Zugriff stattfinden?«

»Das weiß meine Kollegin, Frau Kellermann.«

Alle Augen richteten sich auf Isa. Offenbar begriffen sie gerade, dass sie nicht als Teetees Escortservice mitgekommen war.

»Mein V-Mann gibt mir morgen durch, wann sie die Waffen entladen wollen. Ich weiß nicht genau, wann und wo das passiert. Odessa hat ja drei Häfen, und ein großer Teil des ukrainischen Warenumschlags findet hier statt. Wir sind auf seine Angaben angewiesen.«

»Ist er schon im Lande?«, fragte Budko via Mannhardt.

Isa lächelte. »Bitte verstehen Sie, dass ich keine weiteren Auskünfte im Interesse der Sicherheit meines Mannes geben kann.«

»Und seine Mittäter?«

Isas Lächeln vertiefte sich, das musste Antwort genug sein. Nun ergriff Teetee wieder das Wort.

»Wie wird die Nationalgarde vorgehen?«

Budko räusperte sich, Mannhardt übersetzte. »Sobald wir Näheres wissen, werden wir die Stärke der Einsatztruppe festlegen. Die SSO, die Spezialeinsatzkräfte, sind informiert, sie stufen den Zugriff als Spezialoperation des Militärs ein.«

»Mit Beteiligung unserer Soldaten?«

»Das kann ich noch nicht sagen. Dafür brauchen wir mehr Informationen.«

Er sah zu Isa.

»Morgen um vierzehn Uhr«, antwortete sie. »Frühestens.«

Teetee war wütend, sie spürte das. Es war die Art, wie er das Brot brach und anschließend auf den Teller warf. Auch

Krauss hatte sich den Abend wohl anders vorgestellt. Nur Mannhardt und der Legostein behielten ihre ungerührte Miene bei.

»Ah, die Suppe!« Leonore begrüßte die beiden Angestellten, als sei dies die erste warme Mahlzeit seit Wochen. »Eine Rinderkraftbrühe. Ich dachte, etwas Leichtes zu so später Stunde ist genau das Richtige.«

Der Rest des Abends verging mit Small Talk. Um elf stand der Wagen wieder vor der Tür, Leonore verabschiedete die Gäste mit einer Warmherzigkeit, die man sonst für die Paten seines Erstgeborenen reservierte. Mannhardt ging nach links, Budko nach rechts. Die Wagentür klappte zu.

»Wenn du mich morgen wieder so auflaufen lässt, kannst du gleich nach Hause fliegen.« Teetee holte sein Handy heraus und checkte den Maileingang. »So haben wir nicht gewettet. Wo steckt dein V-Mann?«

»Ich bin müde.« Sie schloss die Augen.

»Isa?«

»Hm?«

»Das ist ein Riesenaufriss. Militär, Geheimdienst, Bundeswehr. Und das nur, weil dir angeblich jemand einen Tipp gegeben hat.«

Sie wandte müde den Kopf und sah ihn durch schmale Augenschlitze an. »Hättest du mal früher auf meine Tipps gehört.«

Im diffusen Schein seines Displays konnte sie sein Profil erkennen. Er betrachtete ein Foto, denn plötzlich huschte ein Lächeln über sein Gesicht.

»Ist sie das? Zeig her.«

Er drehte das Handy. Eine Schönheit mit schulterlangen dunklen Haaren und einem strahlenden Lächeln.

»Glückwunsch.«

»Was ist mit dir?«

»Was soll mit mir sein?«

»Ist da niemand?«

Sie dachte nach. »Seltsam, dass du das fragst. Nein, da ist niemand. Schon lange nicht mehr. Ich weiß nicht, wann mir das abhandengekommen ist. Der Job. Meine Eltern. Na ja, jetzt ja nur noch mein Vater, aber ich fürchte, es wird eher schwieriger als leichter mit ihm werden.«

»Das tut mir leid.« Sie wusste nicht, ob er ihre Situation nach dem Tod der Mutter meinte oder die in ihrem Herzen.

»Schon gut. Es ist ja noch nicht aller Tage Abend.«

Er steckte das Handy weg. »Du hast das im Griff?«

»Mein Liebesleben?«

»Die Sache morgen.«

»Er ist schon in Wien. Und du wirst keine Abfrage bei den Austrian Airlines starten, ist das klar? Hab einfach Geduld. Und Vertrauen.«

Der Wagen hielt an einer Ampel. Der Lichtschein einer Reklametafel fiel ins Innere und tauchte alles in neongrüne Farben.

»Isa...«

»Ja?«

»Das ist es ja. Vielleicht sollte ich es dir nicht sagen, aber du hast dich verändert in den letzten Monaten. Würde ich dich führen, würde ich mir Gedanken um dich machen.«

Erst verstand sie nicht. Dann spürte sie, wie etwas in ihr sich zusammenzog. Es war nicht das Gefühl von Verlust, es war etwas anderes.

»Tatsächlich?« Ihre Stimme klang normal, höchstens ein wenig überrascht.

»Aber vielleicht irre ich mich auch, und das ist üblich, wenn man so lange zusammengearbeitet hat und dann getrennte Wege geht.«

»Ja. Wahrscheinlich ist das so.«

Den Rest der Fahrt verbrachten sie schweigend. Im Hotel, auch so ein Prunkpalast aus längst vergangenen Zeiten, schlug sie Teetees Einladung zu einem Absacker aus und ging sofort auf ihr Zimmer. Sie schloss die Tür hinter sich, aber sie machte kein Licht, es reichte nicht mehr. Noch nicht einmal für die kleine Handbewegung zum Schalter. Sie rutschte an der Wand entlang in die Hocke und konnte die Tränen, sosehr sie es sich auch befahl, nicht zurückhalten. Sie wusste, was ihr bei Teetees besorgten Fragen fast die Kehle zugeschnürt hatte.

Es war das Gefühl von Verrat.

Du lieferst einen Menschen ans Messer, dachte sie. Aber das ist in Ordnung. Das musst du tun, nach allem, was dir deine Mutter anvertraut hat. Aber dass du mit den Russen zusammenarbeiten wolltest, das ist eine ganz miese Tour. Du willst ja noch nicht mal jemanden schützen. Du willst nur Rache. Sei froh, dass sie auf dein Angebot verzichtet haben. Du wirst für immer damit leben müssen, als counterwillig auf ihrer Liste zu stehen.

Das Licht flammte auf. Eine Stehlampe neben dem Sessel. Erschrocken sah sie hoch, blinzelte und wischte sich die Tränen aus den Augen, denn sie konnte nicht glauben, was sie sah.

Im Sessel saß ein Mann. Hochgewachsen, schlank, eisgraue Haare, ein Managertyp mit messerscharfen Bügelfalten in der Hose. Erst dachte sie, sie hätte sich im Zimmer geirrt. Doch dann verzog er seinen Mund zu einem Lächeln, und Isa lief es eiskalt über den Rücken. Langsam rappelte sie sich auf und kam auf die Beine.

»Gregorij Putsko, nehme ich an.«

Er nickte. »Isolda Kellermann. Willkommen im Team.«

11

Werner Kellermann schreckte hoch. Der Papierstapel, den er in den Händen gehalten hatte, war auf den Boden gefallen, das Geräusch hatte ihn geweckt. Sein ratloser Blick fiel auf das Chaos auf dem Couchtisch und zu seinen Füßen. Die Uhr zeigte kurz nach Mitternacht. Geisterstunde.

Wie er sich wünschte, sie käme noch einmal durch die Tür, in Nachthemd und Morgenmantel, mit diesem leisen, vorwurfsvollen Tonfall, in dem sie ihn daran erinnerte, dass es Zeit fürs Bett war. Wie er sich sehnte, noch einmal ihre Hand in seinen Haaren, auf seiner Schulter zu spüren. Wie er ihre Stimme vermisste.

»Komm, Werner. Lass es gut sein. Morgen ist auch noch ein Tag.«

Mit einem Ächzen bückte er sich und sammelte die Blätter wieder ein. Kopien aus dem Stasiunterlagen-Archiv. Eva Kellermanns Akte war von Hubert Stanz geführt worden, der bis Sassnitz Lindners Vorgesetzter in der HV A gewesen war. Stanz notierte in knochentrockenem Stasijargon, wann, wo und wie es zwischen seinem Romeo und Evchen zum Erstkontakt gekommen war, aber auch zum »Vollzug«. Interessant an der Geschichte: Lindner hatte die Verbindung zu Evchen unmittelbar nach Sassnitz abgebrochen. Als Begründung gab Lindner an, Eva habe die Abteilung gewechselt und keinen Zugriff mehr auf nachrichtendienstliche Informationen.

Das hatte er, Kellermann, ihr damals geraten. Als sie tränenüberströmt vor ihm gesessen und die ganze Sache gebeichtet hatte. Nur so konnte sie sich unauffällig aus den Fängen dieser Krake befreien. Sie hatten gemeinsam eine passende Stelle ausgesucht, wobei es gar nicht so einfach gewesen war, etwas zu finden. Alles war interessant für die da drüben: Materialbeschaffung, Reisebüro, Poststelle, sogar die Kantine. Schließlich hatten sie etwas in der Lohnbuchhaltung gefunden.

Kellermann zog sich mühsam über die Armlehne auf die Beine. Vielleicht sollte er doch mal über einen dieser Sessel mit Aufstehhilfe nachdenken. Es musste ja keiner erfahren. Dann fiel ihm ein, dass es niemanden mehr gab, vor dem er seine Gebrechlichkeit verstecken musste. Der Schmerz drohte ihn erneut zu überwältigen. Die Prozessakten. Wo waren die verdammten Prozessakten?

Eva Kellermanns Vergehen war verjährt, aber seines, sie gedeckt zu haben, leider nicht. So war es zu dem entwürdigenden Rausschmiss gekommen. In diesen Akten gab es auch eine Aussage von Evchen.

»1984 hatte ich ein mehrmonatiges Verhältnis mit Thomas Lojewski. Ich war sehr verliebt in ihn, und er gab mir das Gefühl, ihm ginge es ebenso. Herr Lojewski sagte, er würde in Bonn im Bundespresseamt arbeiten und er würde befördert werden, wenn er einmal eine Information früher hätte als die anderen. Am 13. Dezember diktierte mir mein damaliger Chef, Werner Kellermann, das Protokoll eines konspirativen Treffens im Haus des amerikanischen Stadtkommandanten Applebroog in Berlin. Darin ging es um den Verrat aller DDR-Agenten, die unerkannt im Westen spionierten. Ich erstellte heimlich einen zusätzlichen Abzug und schmuggelte ihn an diesem Abend aus der Liegenschaft des Bundesnachrichtendienstes in Pullach heraus. Noch in derselben Nacht traf ich Tom und gab ihm die Kopie. Er hat wenig später ohne Gründe den Kontakt mit mir abgebrochen. Er war weg, und als ich Wochen später im Bundespresseamt nach ihm fragte, erfuhr ich, dass dort nie ein Mann dieses Namens gearbeitet hat. Erst als ich von Herrn Kellermann erfuhr, dass die

Operation Saßnitz verraten worden war, erkannte ich, was ich getan und wem ich vertraut hatte. Heute weiß ich, dass Tom in Wirklichkeit Richard Lindner hieß und eine Familie in Ostberlin hatte. Ich vertraute mich Herrn Kellermann an, aber leider viel zu spät. Heute weiß ich auch, dass es nicht meine Schuld war, dass die Operation so schrecklich endete. Aber damals ging es mir sehr schlecht.«

Kellermann klappte den Aktenordner zu und warf ihn zu den anderen auf den Boden. Makulatur. *Damals ging es mir sehr schlecht.* Das war heillos untertrieben. Er schämte sich immer noch, dass er ihre Situation so ausgenutzt hatte. Aber sie hatte ihn gebraucht, sich fast in seine Arme geworfen... Und dann war es halt passiert. Nach dem ersten Mal war ihm klar geworden, dass er diese Frau für den Rest seines Lebens an seiner Seite haben wollte. Und Evchen? Auch wenn sie ihm in den folgenden Jahren und Jahrzehnten immer wieder versichert hatte, dass sie ihn liebte, so wusste er doch, dass sie ohne ihren Zusammenbruch im Angesicht des Verrats niemals in seinen Armen angekommen wäre. Eigentlich müsste er diesem Schwein Lindner sogar dankbar sein. Wie hieß er jetzt? Larcan?

Ratlos sah er auf die Aktenführung seines Lebens. Wo war Lindners Aussage? Er musste doch seinem Führungsoffizier von Evchens Kopie erzählt haben. Vielleicht war es das, was ihn die ganze Zeit umtrieb. Dass Lindners/Larcans Akten nicht vollständig waren. Irgendjemand hatte darin herumgepfuscht. Er griff zum Telefon und ließ es so lange klingeln, bis abgehoben wurde.

»Wer auch immer um diese Zeit...«

»Kaiserley, ich muss mit dir reden.«

Die Antwort war eine Mischung aus Grunzen und Stöhnen. »Hat das nicht bis morgen Zeit?«

»Ach so, ja.« Kellermann stolperte zurück zu seinem Sessel. »Tut mir leid.«

»Geht es um Eva?«

Kaiserley glaubte wahrscheinlich, dass dies ein Hilferuf war. Nachts, allein, die Frau gerade begraben... »Nein. Ja. Also eigentlich schon. Um genau zu sein: Was steht in deinem neuen Buch?«

Wenn Schweigen einen irritierten Unterton haben konnte, dann war es genau diese Stille, die jetzt am anderen Ende der Leitung herrschte.

»Ich bin auf was gestoßen, in Evchens Stasiakte. Das passt nicht zu dem, was ich von Lindner habe.«

»Ich dachte, du wolltest über deine Frau reden.«

»Das will ich auch. Die Operation Saßnitz und ihre Folgen. Was hast du geschrieben?«

»Kauf es dir«, antwortete Kaiserley. »Und lass mich schlafen.«

Er legte auf. Kellermann betrachtete das Mobilteil seines Telefons, als ob es ihn persönlich beleidigt hätte. Dann knallte er es auf die Basisstation. Er schlurfte in die Küche und bereitete sich einen Kaffee. Wie es hier aussah! Isa hatte zwar noch etwas Ordnung geschaffen, aber viel Zeit hatte sie nicht gehabt, bevor sie nach Odessa aufgebrochen war.

Sie hätte sich ja wenigstens mal melden können. Bin gut gelandet, das würde schon reichen. Dann fiel ihm ein, dass er früher nicht anders gewesen war. Kaum eingecheckt im Hotel, ab an die Bar und ab und zu mal der Versuchung erliegen, weil es dazugehörte und die anderen das auch so taten... Ob Evchen jemals etwas geahnt hatte? Wenn, dann war nie eine Andeutung über ihre Lippen gekommen. Er musste sich auf die Arbeitsfläche stützen, weil ihm plötzlich schwindlig wurde. Weil er fürchtete, am Gebirge seiner Verfehlungen zu kratzen, und dass der Flügelschlag eines Schmetterlings reichen würde, eine Lawine in Gang zu setzen. So ging doch dieses Gleichnis, oder? Der Flügelschlag eines Schmetterlings...

Bis der Kaffee fertig war, hatte er sich wieder gefangen. Sogar ein paar Gläser in die Spülmaschine einsortiert hatte er. Vielleicht kamen diese Schwindelattacken, weil er nichts mehr aß. Er konnte sich nicht erinnern, wann er das letzte Mal etwas zu sich genommen hatte. Der Kühlschrank war leer, bis auf ein paar Eier und eine Packung abgepackter Schinken.

»Soll ich dir was zu essen machen?«

Evchen, nachts, wenn er nach endlosen Sitzungen nach Hause gekommen war, bis zur Halskrause vollgepumpt mit Adrenalin und Cognac. Seine Hand griff nach dem Eierkarton. Er holte ihn heraus, aber dann, dann... landete alles auf dem Fußboden. Kellermann starrte auf die nächste Katastrophe, die er in seiner Unfähigkeit angerichtet hatte. Zwar nur eine kleine, aber er hatte das Gefühl, dass er noch nicht einmal mehr mit Eiern zurechtkam.

Er verließ die Küche und ging zurück ins Wohnzimmer. Den Kaffee vergaß er.

12

Auch Mikhail war bei der Marine gewesen, der berühmten Schwarzmeerflotte. Sein Heeresverband gehörte zu denen, die 1991 mit den ehemaligen Militärbezirken Kiew und Odessa von der Sowjetunion an die Ukraine übergeben worden waren. Weil das ukrainische Unabhängigkeitsreferendum nicht gerade der feuchte Traum der Russen war, gab es natürlich Gerangel. Eine Weile wurde die Flotte sogar unter einem gemeinsamen Kommando geführt. Das erklärt, wie eng die Verflechtungen mit Russland waren und wie erbittert die Kämpfe um die Unabhängigkeit. Eine schizophrene Situation. Aber die Welt war gaga, überall, wo man hinsah, und wie schnell aus Freund Feind werden konnte, würde Mikhail in dieser Nacht beweisen.

Aus dieser Zeit kannte er Oleg. Mikhail war Gefreiter, Oleg Leutnant. Trotz des Rangunterschieds wurden sie Freunde, und dank dieser Freundschaft hatte er die Dedowschtschina überlebt, die »Herrschaft der Großväter«, das ebenso brutale wie ausgeklügelte System, mit dem Dienstältere die jungen Soldaten bis aufs Blut peinigen. Verprügeln, misshandeln, verkrüppeln, vergewaltigen, in den Selbstmord treiben, umbringen. In Olegs Einheit hatte es das nicht gegeben. Vielleicht, weil sie alle Ukrainer waren und Oleg sie zwang, abends Bücher zu lesen und Jazz zu hören. Mikhail musste grinsen, wenn er daran dachte, dass einige Kameraden das als die weitaus größere Folter empfanden…

Aber Oleg hatte ihm auch gezeigt, dass man die Menschen grob in zwei Lager teilen konnte: die Führer und die Geführten. Die Grauzonen waren fließend. Mikhail war ein Führer, wenn er seine Leute befehligte, aber geführt, da er unter Olegs Kommando stand. Auch Oleg hatte Zeiten in seinem Leben gehabt, in denen er sich unterordnen musste. Aber er wusste, dass es der Situation geschuldet war und nicht Bestimmung.

»Wir entscheiden, Mikhail. Jeden Tag aufs Neue entscheiden wir, was wir sein wollen.«

Mikhail, der bis dahin den Unabhängigkeitsbestrebungen seines Landes zugesehen hatte wie unbeteiligte Zeugen einer Hinrichtung, hatte begonnen zu entscheiden. Während Oleg Chancen witterte wie ein Trüffelschwein, hatte Mikhail sich nach dem Militär einfach dem Trüffelschwein angeschlossen. Das war sein Weg: Oleg zu folgen. Denn wo Oleg war, schien die Sonne.

Nicht immer, natürlich. Oleg war rücksichtslos, hart, mit

einem Stein anstelle seines Herzens. Doch für seine Freunde ging er durchs Feuer. Und für einen Menschen wäre er sogar persönlich in der Hölle erschienen, um mit dem Teufel Wodka zu trinken: Anastasia.

Mikhail verließ die Stadt über eine breite Ausfallstraße und fuhr dann auf die M14, die ihn an einer weit geschwungenen Bucht am Schwarzen Meer entlangführte. Rechts lag es, in tiefer Dunkelheit. Ein paar Lichter am Horizont gehörten zu Frachtern, die in den frühen Morgenstunden den Hafen erreichen würden. Er öffnete das Fenster einen Spalt, um etwas frische Luft ins Wageninnere zu lassen. Der Maybach stand in der Garage, außerdem lag sein freies Wochenende vor ihm. In Ausnahmefällen, wenn Oleg nicht in Odessa war, durfte er den Wagen auch einmal für private Zwecke nutzen. Dieser Ausflug war zwar nicht privat, aber er wollte unauffällig bleiben. Ein Maybach würde Aufmerksamkeit erregen, also hatte er sich für den Toyota von Xana, der Köchin, entschieden. Die Schlüssel hingen an einem Brett in der Garage. Die gute Frau musste um fünf Uhr morgens aufstehen, sie würde den Wagen also nicht vermissen. An die Gangschaltung gewöhnte er sich schnell, aber der Wagen war klein und wirkte, wenn man einen Maybach gewohnt war, klapperig. Trotzdem erreichte er nach knapp zwanzig Minuten die Ausfahrt Fontanka und fuhr wenig später in ein stilles, unspektakuläres Dorf. Er stellte den Wagen auf einem Parkplatz am Strand ab, nahm die Ledermappe mit dem kleinen Besteck und ging ein paar Schritte durch die frische Kälte, um wach zu werden.

Die See war ruhig, lag da wie ein schwarzer Teppich, gekrönt von weißem Schaum. In der Ferne glitzerten die Lichter Odessas. Dichte Wolken am Himmel, keine Sterne. Die Häuser in Strandnähe waren alle von hohen Mauern umgeben, doch schon in zweiter Reihe änderte sich das. Da lohnte sich ein Einbruch nicht. Die Schuppen allerdings waren gut gesichert, schließlich schützten sie das Ein und Alles ihrer Besitzer: die Boote.

Galina hatte nach langem Überlegen den Namen ihres Kunden preisgegeben. Nein, kein Geld. Das wollte sie nicht. Mit sicherem Instinkt wusste sie, wann es genug war, um eine sprudelnde Quelle nicht trockenzulegen.

»Er heißt Ljubko. Sein Schuppen ist der letzte am Ortsausgang.«

Und er war einfach zu finden. Obwohl die Uhr fast Mitternacht zeigte, flimmerte hinter den Gardinen der Datsche noch ein Fernseher. In der Einfahrt stand ein winziger Fiat. Mikhail klopfte, und als hinter der Tür ein ängstliches »*Da?*« hervorkam, sagte er: »Ich bin ein Freund von Galina. Mikhail.«

Ein kleiner Mann, ein Gesicht wie ein Raubvogel, mit in alle Windrichtungen abstehenden grau-braunen Haaren öffnete ihm. Kaum zu glauben, dass er in der Lage sein sollte, dreimal hintereinander Geburtstag zu feiern.

»Was wollen Sie?«

Die schmale Kette könnte Mikhail mit einem Pusten wegfegen. Aber er ließ dem Mann die Illusion von Sicherheit.

»Nur einen Blick in Ihren Schuppen werfen.«

»Oh.« Mit Falkenblick betrachtete der Mann seinen späten Besucher und versuchte, ihn einzuschätzen. Keine Miliz, dafür zu höflich. Kein *berchyk*, dafür zu gut angezogen. Kein Dieb, dafür zu früh. Kein Soldat, dafür zu spät. Was dann, zum Teufel?

»Um zu sehen, ob alles in Ordnung ist. Wir wollen ja nicht, dass Sie Unannehmlichkeiten bekommen.«

Wer das *wir* war, erklärte er nicht.

»Ja, also…« Ljubko kratzte seinen Schädel unter den dünnen Haaren. »Ich denke mal, es ist alles in Ordnung.«

»Trotzdem.«

»Nun, also. Er war da.«

»Wer?«

»Der *frantsuz*. Ich hatte Galina doch gesagt, dass ich mir Sorgen mache, weil er nicht mehr aufgetaucht ist. Also, er war heute da. Alles ist in Ordnung.«

Mikhail spürte das Holster unter seiner dicken Jacke und erinnerte sich daran, dass er es um ein Haar nicht angelegt hätte. Nur eine kleine Spritztour raus ans Meer. Nur mal vorbeischauen bei einem alten Freund von Galina. Einen Blick auf das Kinderbett werfen, mehr hatte er nicht vorgehabt.

Doch dann waren seine Gedanken vorausgeeilt, nach Fontanka, und er sah sich im Keller des Schuppens stehen, stellte sich Handschellen vor, Watte und Äther und wusste, für wen dieses widerliche Versteck gedacht war – und vor allem, wer dahintersteckte. Also hatte er die Hand ausgestreckt und das Holster angelegt, die Pistole gecheckt, sie unter seiner Jacke verstaut war. Er war losgefahren, als das Licht in Olegs Schlafzimmer erloschen war.

Mikhail trat zwei Schritte zurück, damit er um die Ecke der Datsche auf den Schuppen sehen konnte. Er ärgerte sich über sein Versehen, nicht als Erstes das Terrain gesichert zu haben. Das hatte man nun von seiner verdammten Höflichkeit.

»Gut. Dann entschuldigen Sie die Störung. Gute Nacht.«

Er tippte sich an die Stirn und ging zurück durchs Dorf zu seinem Auto. Doch er fuhr nicht los. Er blieb sitzen, bis die berühmten vier Minuten verstrichen waren, der zeitliche Sicherheitsabstand, nach dem die Menschen die dümmsten Dinge taten, nur weil sie glaubten, jetzt seien sie unbeobachtet. Dann fuhr er bis vor das heruntergekommene Haus, schlich sich an und spähte durchs Fenster.

Ljubko saß in einem Kunststoffledersessel, die mageren Beine auf dem überladenen Couchtisch abgelegt, trank ein selbst gebrautes Bier, das aussah wie Pisse, und starrte in die Glotze, in der ein sowjetischer Kriegsfilm lief. Es wurde dermaßen geballert, dass Mikhail sein ganzes Magazin verschießen könnte, und das Geburtstagskind würde es nicht hören. Die nächsten Nachbarn lebten hundert Meter weit entfernt. Licht kam nur von ein paar Funzeln am Straßenrand. Also los jetzt.

Das Vorhängeschloss war neu. Aber die Riegel alt. Und dazu noch genagelt und nicht verschraubt. Er brauchte nur seinen Schraubenschlüssel. Zweimal Hebeln, und die Riegel befanden sich in seiner Hand. Vorsichtig legte er sie auf den Boden und öffnete die Tür.

Der Schuppen war klein, vielleicht vier mal sechs Meter. Mikhail schaltete das Spotlight seines Handys an. Auf einem wackligen Tisch an der Wand stand eine elektrische Kochplatte, die schon bessere Tage gesehen hatte. Darüber auf einem Regal ein paar Becher, Blechschachteln und eine Öllampe. Zwei Stühle, die schon beim Ansehen zusammenzubrechen drohten. In der Ecke links eine klassische Angelausrüstung. Kescher, Rute, Wathose, Thermoskanne. Zwei kleine Fenster, beide verschlossen und von außen mit Holzbrettern zugenagelt. Der Teppich lag in der Mitte des Raumes, ein abgetretener Läufer, fleckig und ausgefranst. Mikhail schob ihn mit dem Fuß zur Seite. Und tatsächlich, eingelassen in die groben Planken tauchte eine Luke auf.

Der Riegel war aus Messing oder Bronze und mindestens so alt wie der Schuppen. Er war so in das Holz vertieft, dass man, wenn der Teppich darüber lag, keine Unebenheit spüren konnte. Vermutlich hatte im Krieg der Tisch darauf gestanden, um das Versteck noch sicherer zu machen. Er hob den Griff aus der Versenkung, drehte ihn und zog. Die Luke öffnete sich. Eine ausgetretene kurze Treppe, vielleicht acht oder zehn Stufen, erschien im Lichtkreis seines Handys. Er machte ein Foto. Dann stieg er hinab.

Der Raum war feucht, kalt und muffig. Er konnte kaum

aufrecht darin stehen. Immerhin hatte der *frantsuz* einen Heizlüfter besorgt, es gab sogar mehrere Steckdosen. Er leuchtete die Wände ab, und hinter der Treppe stand es: das Bett. Ein nagelneues Kinderbett, nur halb so groß wie das für Erwachsene. Es war frisch bezogen. Die Bettwäsche bunt bedruckt, Einhörner, Regenbogenfarben. Neben dem Kissen lag eine Aristocat. Weiß, plüschig, anschmiegsam. Mikhail nahm sie hoch, hielt sie in den Händen und spürte, wie eiskalte Verachtung in ihm hochkroch.

Er legte das Kuscheltier zurück und schoss mehrere Fotos. In der Ecke befand sich ein Eimer, wahrscheinlich für die Notdurft. Foto. Ein Sechserpack Mineralwasser. Foto. In einem Korb eine Auswahl an Keksen, Schokoriegeln und Nüssen. Foto.

Noch bevor er begriff, was das Geräusch zu bedeuten hatte, klappte die Luke zu. Das metallische Quietschen des Riegels verriet ihm, dass dies kein Zufall war. Im Bruchteil einer Sekunde zog er die Waffe und schoss durch das Holz, in der Hoffnung, den Täter zu erwischen. Fehlanzeige. Dann schoss er zweimal auf den Riegel, doch die Kugeln pfiffen ihm als Querschläger um die Ohren. Bevor er die restlichen drei Kugeln auch noch verschwendete, steckte er die Waffe weg und wählte Olegs Nummer.

Kein Netz.

Ungläubig starrte er auf sein Handy. Null Balken, nichts. Er stieg die Stufen hoch und hielt es an den Riegel, an die Ritzen, schließlich an das kleine Loch, das die erste Kugel gerissen hatte – vergebens. Er hatte keinen Empfang. Vor Wut schlug er gegen die Luke, aber mehr, als sich selbst zu verletzen, kam dabei nicht heraus.

Okay, *frantsuz*. Du hast mich ausgetrickst. Oleg wird mich suchen. Er kennt Galina, und sie wird ihm sagen, was sie weiß. Spätestens morgen holt er mich hier raus, und dann werden wir dich vor deinem jämmerlichen Tod so zurichten, dass du dir wünschst, du wärst nie geboren.

Dann fiel ihm ein, dass morgen Samstag war. Wochenende. Und wenn er Pech hatte, würde Xana ihren Toyota erst am Montag wieder zum Einkaufen nutzen. Außer sich vor Wut gab er dem Eimer einen Tritt, dass der scheppernd quer durch den winzigen Raum flog. Immerhin: Mikhail würde nicht verhungern und nicht verdursten. Und kacken konnte er auch.

Er legte sich auf das Bett und versuchte, mit angewinkelten Beinen eine Stellung zu finden, in der er nicht gleich wieder hinunterfiel. Ljubko würde ihn vielleicht hören, wenn er sich die Seele aus dem Leib schrie. Aber nicht, solange sein Fernseher lief. Ihm blieb nicht anderes übrig, als zu warten. Und sich auszumalen, was er dem Franzosen antun würde. Die Grausamkeiten der Dedowschtschina erschienen ihm im Vergleich dazu fast schon gnädig.

Er dachte an Yela. Er trug ihren Slip bei sich, feucht war er gewesen, als er ihn eingesteckt hatte. Jetzt war er trocken und zerknittert, doch er roch immer noch nach ihr. Der Gedanke, was der *frantsuz* erleiden würde, und die Erinnerung an die Lust, die Yela ihm bereitete, amalgierten seinen Schwanz zu stählerner Härte. Er öffnete den Reißverschluss und gab sich beidem hin.

VI

1

Die Silbersteinstraße in Neukölln liegt in einer jener Gegenden, in die man tunlichst nicht zieht. Grund war über Jahrzehnte, dass die Stadtautobahn dort endete und sich der gesamte Nord-Süd-Verkehr von der Oberland- Richtung Hermannstraße durch diese schmale Passage wälzte, bevor er sich verteilte. Die Hausfassaden rußgeschwärzt, Blechlawinen von früh bis spät. Keine Parkplätze, also auch kein Gewerbe. Leere Fensterhöhlen, dunkle Hinterhöfe. Es gab ein kurzes Aufatmen, als die A100 verlängert wurde. Doch man wurde den Eindruck nicht los, dass der Verkehr danach eher zu- als abnahm. Dennoch hatte sich mittlerweile ein interessantes Biotop in den schmalen Seitenstraßen entwickelt. Es war die Zeit, in der die Mieten dort noch spottbillig waren und eine Adresse in Neukölln von den Hipstern als neuer Geheimtipp gehandelt wurde. Tatsächlich veränderte der Stadtteil sein Gesicht, aber er wurde dadurch nicht schöner. Immer noch leben hier mehr Türken und Libanesen in ihrer Parallelwelt als in anderen Bezirken, sieht man mehr verhüllte Frauen als anderswo, und unter den Ramsch- und Billigläden auf der Karl-Marx-Straße fallen die wenigen neuen Cafés und Naturkostläden kaum ins Gewicht. Neukölln hatte keine Chance, und es hat sie nicht genutzt.

Hakan Yildirim war einmal der König der Silbersteinstraße. Zumindest so lange, wie er mit seinen Landsleuten im *kahvehane* unter sich war. In den Sechziger-, Siebzigerjahren des vorigen Jahrhunderts. Doch irgendwann, er hätte nicht genau sagen können, wann das geschehen war – nach dieser legendären Schießerei in der Bleibtreustraße? Oder später? –, irgendwann kamen die Aserbeidschaner, dann die Libanesen. Das Café Mutluluk, ein auf den ersten Blick eher ungastliches Etablissement mit nicht viel mehr als Neonlampen, Tischen, Stühlen und Fernseher, eines der ersten türkischen Kaffeehäuser in Berlin, geriet mehr und mehr ins Visier von Fahndern und Gefahndeten. Glücksspiel, Drogen, Prostitution, und das alles unter Yildirims gottergebenen Augen, der doch nichts weiter als in Ruhe *çay* und *kahve* ausschenken wollte. Zeitung lesen. Rauchen. Eine Partie Backgammon vielleicht. Nachrichten aus der Heimat sehen. Keine Frauen, nie. Dafür gab es die *kahvehaneler* doch, oder? Ein Zufluchtsort, von den geplagten Anwohnern frequentiert und vor den Fenstern der ewige Verkehr. Drinnen hingegen wurden die Gäste mit freundschaftlicher Wärme begrüßt, und wenn Türen und Fenster geschlossen waren, konnte man sogar hören und verstehen, was im Fernseher lief. Doch mit der Ruhe war es vorbei, als eines Nachmittags draußen das Quietschen von Reifen zu hören war, gefolgt von einem mörderischen Crash und splitterndem Glas, und Sekunden später zwei Männer ins Lokal rannten, von denen einer Serkan war, Yildirims grenzdebiler Cousin dritten Grades. Sie stürmten zum Hinterausgang, noch bevor die anwesenden, meist älteren Herrschaften begriffen, was eigentlich geschah (die Nachmittage blieben üblicherweise, das hatte sich der Hausherr ausbedungen, frei von diesen *elementler*, diesen Elementen, die im Übrigen genauso wenig konsumierten wie die anständigen Leute). Serkan jedenfalls vergaß, dass es ein Donnerstag und der Hinterausgang vollgestellt war mit Schrubber, Eimer und anderen Gerätschaften (denn Putzen durften immer noch die Frauen, am Freitagvormittag, und bitte rechtzeitig vor der Moschee!). Er stolperte, fiel hin, und dann kamen die Libanesen. Yildirims Aussage deckte sich später mit denen der restlichen Überlebenden, die geistesgegenwärtig unter die Tische gekrochen waren: Es folgte ein Schusswechsel, wie ihn die Silbersteinstraße noch nie erlebt hatte und nach dessen Ende sechs Tote zu beklagen waren, darunter auch Serkan, zwei Libanesen und drei Gäste.

Nachdem die Polizei und die Leichen verschwunden waren, weigerte Esra sich, das Lokal zu putzen. Es war auch, wie man sagte, ein einziger *berbat*. Blut, Knochensplitter, Erbrochenes, Urin. Die Hälfte des Mobiliars konnte Hakan wegwerfen (einen Tisch behielt er, den, hinter dem er Schutz gesucht hatte und der drei Einschusslöcher aufwies. Aber der stand jetzt im Hinterzimmer, wo nach einigen Tagen der Pietät und der Rücksichtnahme zaghaft wieder mit dem Zocken begonnen wurde). Ein Mann von der Kripo hatte ihm den Tipp gegeben: Ruf einen Tatortreiniger. Einen *Cleaner*.

Und so staunte Hakan Yildirim nicht schlecht, als zwei Stunden nach Freigabe seines Lokals diese Frau vor ihm stand. Eine *alman kadin*, eine Deutsche, in weißem Overall und mit Mundschutz. Blond, hübsch, nicht auf den Mund gefallen und vor allem ohne Angst vor *berbat*. Sie arbeitete mit Ozon und allerlei chemischem Zeug, denn es roch auch ziemlich in Yildirims Lokal, und als sie fertig war, sah der Laden fast aus wie neu. Und sie trank einen *çay*.

»Was macht ihr hier eigentlich den ganzen Tag?«, hatte sie gefragt. Und Yildirim zuckte mit den Schultern, denn es war schwer zu erklären, warum man sich über Stunden an einem winzigen Glas Tee und einer zerfledderten *Hürriyet*-Ausgabe festhielt. Vielleicht, weil sie das in der Türkei auch so gemacht hatten und es der letzte Ort war, an dem sie sich noch zu Hause fühlten (vor allem, wenn man ein Weib wie Esra hatte). Dann war sein Sohn Timur dazugekommen, damals noch ein Schwerenöter, der allen Frauen schöne Augen gemacht hatte, und wollte ihr ein Handy schenken, das sie aber glücklicherweise ablehnte (eine Annahme wäre dem Einverständnis weiterführender Begegnungen gleichgekommen). Daraufhin sagte Timur, wann immer er ihr einmal bei einer Sache behilflich sein könne, sie könne sich jederzeit an ihn wenden.

Daran dachte Yildirim, als sich an diesem Vormittag die Tür zu seinem noch leeren *kahvehane* öffnete und diese Frau hereinkam.

»Hallo, Herr Yildirim«, begrüßte sie ihn und reichte ihm die Hand, die er verblüfft ergriff. Nicht viele Deutsche merkten sich seinen Namen. Noch verblüffter aber war er, als sie fragte: »Kann ich Timur sprechen?«

»Der… ähm… ist auf dem Großmarkt. Um was geht es denn?«

Er begann, wie wild den Tresen abzuwischen. Die Frau sah sich um. Peinlicherweise musste er sich eingestehen, dass er *ihren* Namen vergessen hatte. Sie holte zwei Handys aus der Tasche und legte sie vor ihm auf eine Stelle, die noch nicht nass war.

»Ich hab meine PIN vergessen«, sagte sie mit dem treuesten Augenaufschlag, den man in dieser Straße, diesem Laden, mit diesen Handys und diesem Problem haben konnte. Das eine war ein teures Teil, neu bestimmt achthundert Euro, das andere – na ja. Zum Telefonieren dürfte es reichen.

In diesem Moment kam Timur aus der Küche, wohin er gerade Küchen- und Klopapierrollen, Waschmittel, Tee, Kaffee, Zucker und Gebäck gebracht hatte.

»He! Judith!«

Die Frau lächelte ihn an, und Timur fuhr sich mit den Händen durch die Haare, nahm sie in die Arme und küsste sie auf beide Backen. Yildirim beobachtete dieses Balzverhalten aus drei Gründen mit großer Distanz: Erstens war sein Sohn seit zwei Jahren verheiratet. Zweitens war diese Frau bestimmt zehn Jahre älter als er. Und drittens erinnerte er sich daran, dass er vor langer Zeit solche hübschen Treffen wohl ähnlich gehandhabt hätte.

»Einen Tee?«

»Ja, gerne.«

»*Baba*, einen Tee für die Dame.«

Yildirim knallte den Putzlappen auf den Tresen und verschwand in die Küche. Natürlich wusste sein Sohn, dass er noch gar nichts vorbereitet hatte. Die ersten Gäste kamen erst gegen Mittag. Durch die Schnüre des Fliegenfängers beobachtete er, wie Timur im Hinterzimmer zwei Stühle von einem Tisch nahm und die beiden sich setzten. Dann nahm er die Handys in die Hand, probierte einiges aus und ließ sie schließlich in seiner Tasche verschwinden. Dann unterhielten die beiden sich. Und während die Frau das normal tat, rutschte Timur auf seinem Stuhl hin und her, fuhr sich immer wieder durch die Haare und lachte auf eine Weise, wie sie Yildirim gar nicht gefiel.

Endlich war der Tee fertig. Er brachte ihn auf einem kleinen Messingtablett, dazu die Zuckerdose. Die Frau, Judith – hatte sie damals auch ihren Vornamen genannt? –, schüttete Zucker in ihr Glas, rührte um und trank dann ziemlich zügig aus.

»Danke«, sagte sie. »Was macht das?«

Yildirim öffnete den Mund, um »Einen Euro« zu sagen, aber Timur fiel ihm natürlich ins Wort. »Nichts. Du bist selbstverständlich unser Gast. Immer.«

Yildirim verzog sein Gesicht zu einem Lächeln. Die Frau stand auf, sagte »Tschüss!« und verschwand.

»Der Wagen muss noch in die Werkstatt«, knurrte der besorgte Vater, dem das Leuchten in den Augen seines Sohnes nicht entgangen war.

»Ich muss noch mal weg.«

»Wohin?«

Aber Timur verriet es nicht, und wenn Yildirim nicht mit einem Blick durch die gardinenverhangenen Fenster gesehen hätte, dass die Frau ihren Transporter in der zweiten Reihe startete und davonfuhr, hätte er Böses vermutet. Das tat er natürlich auch weiterhin, aber sein Sohn war erwachsen.

»Ich bin in einer Stunde wieder da.« Damit war auch Timur zur Tür hinaus. Yildirim räumte die Teegläser ab. Sein Blick fiel auf die drei Einschusslöcher des Tisches, und irgendetwas sagte ihm, dass mit Frauen, die keine Scheu vor *berbat* hatten, nicht zu spaßen war. Und dass es genau diese Frauen gewesen waren, die auch seine Augen zum Leuchten gebracht hatten.

2

Sie fuhren auf einen Hinterhof in der Sonnenallee, dort, wo man im Gegensatz zur Silbersteinstraße bunte Geschäfte, hübsche Cafés und Gemüseläden in Hülle und Fülle fand. Und natürlich die Handybastler. Sie hatte am Hermannplatz auf Timur gewartet, der »Mein Vater…« gemurmelt und einen Blick gen Himmel geschickt hatte.

Judith verbrachte im Sommer hier gerne die Mittagspausen mit ihrer Kolonne. Man konnte draußen sitzen, einen Döner essen und dem Treiben zusehen. Im Winter war es schwierig, in den kleinen Buden einen Platz zu finden.

»Hier entlang.«

Vorn zwei Ladenlokale, Handys und Elektrotinnef, dazwischen eine dieser riesigen uralten Holztüren, die aus unerfindlichen Gründen immer braun gestrichen waren. Klingelschilder ohne Namen. Timur öffnete und ließ sie vorgehen in eine breite Einfahrt, durch die früher einmal Pferdefuhrwerke passen mussten und von der düstere Aufgänge mit abgetretenem Linoleum in die Wohnungen abzweigten. Im Hof standen Lieferungen für die Geschäfte: Mikrowellen, Teppiche, sogar Matratzen. Der Flur im Hinterhaus ließ nur noch eine schmale Passage zwischen Fahrrädern, Kinderwagen und bestimmt hundert Handykartons. Timur klopfte an eine Tür und trat in eine kleine Wohnung, vielleicht die einer früheren Concierge, die zur Werkstatt umgebaut worden war. Alte Monitore und Rechner stapelten sich, dazwischen Packen von Handyhüllen, Netzkabeln und Ohrhörern, an die Wand gepinnt jede Menge Werkzeug. Ein junger Mann mit schulterlangen pechschwarzen Haaren sah von einer Platine hoch, an der er gerade herumlötete.

»Das ist Ali. Ali, das ist Judith. Sie hat ein kleines Problem.«

Er holte die Handys heraus und legte sie vor Ali ab. Dann sprach er ein paar Worte auf Türkisch, der junge Mann antwortete, und Timur drehte sich mit einem Lächeln zu ihr um.

»Zwei Minuten. Kaffee?«

»Gerne.«

Sie nahm auf einem abgeschabten Drehstuhl Platz und beobachtete, wie Ali den Lötkolben zur Seite legte und sich den Handys widmete. Zuerst nahm er das, das Frederik gehört hatte, und legte ein Kabel an. Das verband er mit einem Rechner. Kurz darauf kam Timur zurück und brachte ihr einen türkischen Mokka.

»Wie geht's?«

Er zog sich einen Holzschemel heran und setzte sich. Fast berührten sich ihre Knie.

»Gut. Sind übrigens nicht meine«, sagte sie und zeigte auf die Telefone. Auf Frederiks Handy erschien gerade das brennende Kreuz. Timur bemerkte es auch.

»Hätte mich auch gewundert. Ku-Klux-Klan?«

»So etwas Ähnliches. Ich muss an die Kontakte rankommen.«

»Was hast du mit diesen Leuten zu tun?«

»Nichts, eigentlich.« Sie sah auf die Abschürfung an ihrem Handrücken. »Ist privat.«

Der Kaffee schmeckte bitter, aber er schaffte, was Yildirims Tee nicht gelungen war: ihren Kopf freizukriegen. In der Nacht hatte sie kaum Schlaf gefunden. Die Brutalität, zu der sie fähig war, schockierte sie. Auch wenn sie sich noch so sehr einredete, dass es nicht den Falschen getroffen hatte – der Anblick von Guntbarts blutbesudelter Visage war ein Bild, das man nicht so leicht aus dem Kopf verscheuchen konnte.

»Und wie geht es dir?«, fragte sie, um wenigstens für ein paar Minuten dieses Thema zu verlassen. »Du hast geheiratet. Danke für die Einladung, aber ich hatte ausgerechnet an diesem Abend einen Kaltsteher.«

»Einen Kaltsteher?«

»Eine Leiche. Jemand, der schon etwas länger tot war. Das braucht Zeit. Danach konnte ich nicht mehr.«

Diese Fälle nahmen sie immer besonders mit. Wenn Menschen starben, die keiner vermisste. Timur nickte. Wenn es eine Entschuldigung gab, die er akzeptierte, dann diese. Erst jetzt bemerkte sie, dass Ali sie anstarrte.

»Ich bin ein Cleaner«, erklärte sie.

Der junge Mann nickte eifrig und widmete sich wieder seiner Aufgabe.

»Im April kommt unser erstes Kind. Ein Mädchen.« Timurs Augen strahlten.

»Herzlichen Glückwunsch! Auf das Leben!«

Sie stießen mit den winzigen Kaffeegläsern an.

»Was ist mit deinem Vater?«, fuhr sie fort.

»Er glaubt, dass verheiratete Männer sich nicht mehr mit unverheirateten Frauen treffen dürfen. Mann, ich bin im Prinzenbad in Kreuzberg groß geworden. Was denkst du, was da heute noch abgeht?«

»Keine Ahnung«, grinste sie. »Klär mich auf.«

»Alina organisiert dort die Turkish-Delight-Partys. Vielleicht hast du mal davon gehört? Es kommen Tausende, der Wahnsinn. Wir sind nur einmal jung.« Alina war seine Frau, das fiel Judith gerade noch rechtzeitig ein, bevor sie ihn danach fragte.

Ali stieß einen leisen Zischlaut aus. Der Blick, den er über seinen Arbeitsplatz zu Judith warf, sprach Bände. Dann hielt er Frederiks Handy hoch. Auf dem Display erschien als Bildschirmschoner ein Foto: Fackelträger in schwarzer Kleidung mit roter Armbinde. Judith griff nach dem Gerät, und Ali wischte sich als Erstes die Finger ab, als hätte er sich mit irgendeinem Dreck kontaminiert. Judith vergrößerte die Armbinde. Auf ihr war eine Rune zu sehen.

»Was bedeutet das?«, fragte Timur.

»Keine Ahnung.« Offenbar ein illegaler Aufmarsch, denn Polizei hatte sie in der Nähe der Fackelträger nicht gesehen. Es gab einen kurzen Wortwechsel auf Türkisch, dann schien Ali beruhigt und widmete sich Guntbarts Handy.

»Ist es jetzt entsperrt? Also komme ich an den Inhalt auch ran, wenn ich es zwischendurch ausschalte?«

»Ja. Das ist ziemlich harter Scheiß.«

Judith nickte. Sie rief das Telefonregister auf. Hunderte von Namen. Schienen alle echt zu sein. Ein Kamel war nicht darunter. Sie sah hoch. Alle Freundlichkeit war aus Timurs Blick gewichen.

»Das sind nicht die Handys meiner besten Freunde«, sagte sie. »Ich will zwei von denen rankriegen. Okay?«

»Okay. Wenn du Hilfe brauchst...«

»Danke. Aber das muss ich allein durchziehen.«

»Was hast du vor?«

Die Wahrheit konnte sie den beiden nicht erzählen. »Siehst du das?« Sie deutete auf die hauchfeine Narbe in ihrem Gesicht. »Das habe ich denen zu verdanken. Nur eine kleine offene Rechnung.«

Ali reichte ihnen das zweite Handy über den Tisch. Guntbart hatte es noch nicht lange, wahrscheinlich hatte er es sich erst nach seiner Entlassung zugelegt. Zwei Festnetznummern aus Schenken, eine Handynummer, eine SMS. Sie kam von der Lufthansa – ein Ticket nach Odessa, heute Nachmittag, sechzehn Uhr. Sie konnte nur hoffen, dass er sich ihren Rat zu Herzen nehmen und nicht mit zwei Tampons in der Nase am Flugsteig aufkreuzen würde.

»Danke. Was kriegst du?«

Ali, schon wieder am Händeabwischen, winkte ab. Sie konnte das Ticket nicht schnell genug verschwinden lassen. Timur hatte es gesehen.

»Was ist das?«

»Nichts.« Sie steckte beide Geräte ein.

»Irgendein Termin, an dem wir zufällig in der Nähe sein sollten?«

Judith überlegte. »Ich weiß noch nicht. Ich muss mir das alles erst einmal in Ruhe ansehen. Wenn ich einen Plan habe und deine Hilfe brauche, melde ich mich.«

»Aber bitte nicht von den Dingern aus. Ich hab keine Lust, in eine Rasterfahndung zu geraten.«

»Keine Sorge.« Sie reichte Ali die Hand, der seine anschließend nicht abwischte, was Judith als gutes Zeichen deutete. Dann verließen sie den Hinterhof. Timur verabschiedete sich, nicht ohne noch einmal an sein Hilfsangebot zu erinnern. Im Wagen kontrollierte sie, ob das Gewehr und die Pistole auch wirklich gut in die Arbeitsdecke eingewickelt waren.

Erst als Judith fünf Minuten später auf den wie ausgestorben daliegenden Gewerbehof fuhr, erinnerte sie sich wieder daran, dass es Samstag war. Sie wendete, ärgerlich über ihren Irrtum – sie hätte einen Döner essen sollen, ihr Magen knurrte. Sie fuhr nach Hause. Unterwegs hielt sie am Asia-Imbiss und ließ sich eine Schachtel mit gebratenem Reis einpacken. In ihrer Wohnung angekommen legte sie die beiden Handys auf den Couchtisch, aß die Hälfte ihres Mittagessens, packte den Rest in den Kühlschrank und fühlte sich dann bereit dazu, in die Geheimnisse von Guntbart und Frederik einzutauchen.

Als Erstes nahm sie sich Guntbarts Gerät vor und rief die Handynummer an. Sie war kaum erstaunt, dass Frederiks Gerät klingelte. Mehr über den Klingelton. Bachs Toccata und Fuge in d-Moll. Judith kannte das Stück, hatte eine Amiga-Schallplatte aus den Sechzigerjahren irgendwo herumstehen, und manchmal passte es zu den Sternen, Kristallen und göttlich. Sie warf einen sehnsüchtigen Blick auf den Balkon. Sobald es wieder einmal eine klare Nacht gäbe, würde sie das Teleskop einpacken und raus nach Brandenburg fahren.

Nach einer Minute blendete sich das Stück aus. Keine Mailbox. Also auch keine Nachrichten. Sie widmete sich den Fotos auf Frederiks Handy. Offenbar Demonstrationen, Aufmärsche, auch mal ein Lagerfeuer mit Nazifahnen. Sie vergrößerte die Aufnahmen. Auf keiner war er selbst zu sehen. Einmal erkannte sie Guntbart. Aber wo waren Maxe und das Kamel? Sie war sich sicher, dass die beiden irgendwo auftauchten. Es waren über zweihundert Fotos. Selten, dass eine Person allein darauf zu sehen war. Ein Mann, vermummt, mit einem Molotowcocktail. Wo war das? Ein Haus. Flammen schlugen aus dem Dach. Offenbar hatte Frederik Beweismaterial gesammelt. Was sollte ein V-Mann auch anderes tun?

Irgendeine öffentliche Zusammenrottung. Eine Rednerbühne. Ein Mann mit zornverzerrtem Gesicht, die Faust erhoben. Wulstige, nach vorn gestülpte Lippen, niedrige Stirn, platte Nase. Das nächste Foto zeigte ihn von der Seite. Mit viel Fantasie sah er einem Kamel nicht unähnlich. Sie versuchte, die Transparente größer zu ziehen. National. Sozial. Frei. Eine Nazikundgebung, aber wo und mit wem?

Im Telefonregister fanden sich zwei Maximilians, aber sie konnte ja schlecht beide anrufen und fragen, ob sie schon so gut wie auf dem Weg nach Odessa wären und Frederik etwas ausrichten könnten…

Kein WhatsApp, kein Facebook, kein Instagram. Keine E-Mails. Sie erwartete, beim Öffnen der Nachrichten-App auch keine SMS vorzufinden, aber es gab zwei Kontakte, mit denen er sich ausgetauscht hatte. Der erste trug keinen Namen, nur eine Nummer, 0151. Der zweite hieß Tabea.

Sie ließ das Handy sinken. Was tat sie hier eigentlich? Wenn er sie so sehen könnte, er würde sie verachten bis ans Ende seiner Tage. Es war klar, dass sie ihn über dieses Handy nicht erreichen konnte. Dass sie vielleicht Beweismittel kontaminierte. Und schlimmer noch, dass sie eine widerliche Stalkerin war, wenn sie jetzt las, was er seiner Tochter geschrieben hatte.

-*Hdgdl.*
-*Was heißt das?*
-*Hab dich ganz doll lieb, Papa.*

Sie sollte es weglegen, jetzt. Stattdessen scrollte sie nach oben, zu den älteren Nachrichten. Und stockte, als sie ihren Namen las.

-*Wann fahren wir denn wieder zu Judith?*
-*Wenn ich mit meinem Job fertig bin.*
-*Wann ist das?*
-*Spätestens in vier Wochen.*

Vom Datum her hatte er das vor knapp einem Monat abgeschickt.

-*Kann ich dann zu dir?*
-*Noch nicht. Ich muss das erst mit meinem Chef klären.*
-*Ich will hier weg. Das ist nicht mein Zuhause. Warum kann ich nicht zu Judith?*

-Sie kennt dich doch kaum.
-Das ist nicht wahr! Sie kennt mich sehr gut, und sie hat mich lieb.
-Ich hab dich auch lieb.
-Papa, bist du in Judith verliebt?
Ihr fiel fast das Handy aus der Hand.
-Nein.
-Lüg nicht!
-Ich kenne sie doch auch kaum.
Mein Gott, wie kam das Kind nur auf so einen Blödsinn? Sie hatten ein paarmal telefoniert. Fast wäre es zu einem gemeinsamen Kinobesuch gekommen, aber Frederik musste kurzfristig absagen.
-Nicht ein ganz kleines bisschen?
-Na ja, vielleicht ein ganz kleines bisschen.
Ein Schwarm von Herzchen ploppte auf. Judith starrte ungläubig auf die Buchstaben. Wie konnte er dem Kind so etwas schreiben? Die Kleine machte sich Hoffnungen, völlig irreale, an den Haaren herbeigezogene Hoffnungen. Aber warum klopfte dann Judiths Herz? – Weil du eine Schnüfflerin bist, sagte sie sich, und weil das, was du gerade tust, nicht zu entschuldigen ist. Schon gar nicht damit, dass du dir Sorgen um Tabea machst.

Trotzdem war es, als ob sie ein Sonnenstrahl streifte. Tante Gabi hatte gelogen, Tabea hing wohl doch noch an Judith. Sie wollte das Handy aus der Hand legen, als durch eine Berührung ihres Fingers doch noch eine Konversation ins Sichtfeld geschoben wurde.

-Ich habe mit meinem Chef gesprochen. Wenn ich wiederkomme, kannst du zu mir.
Eine Milliarde Herzchen. Danach vergingen, wie die Zeitanzeige verriet, ein paar Stunden, bis Tabea sich wieder meldete.

-Wann kann ich zu dir?
-Ich muss das hier noch zu Ende machen. Nächste Woche.
-Papa, ich freu mich so! Ich hab schon Bauchweh vom Freuen. Tante Gabi sagt, ich soll mich nicht anstellen. Aber es tut wirklich weh. Und ich krieg Fieber, glaub ich.
-Das tut mir leid. Bleib am besten im Bett.

Wieder vergingen Stunden. Mittlerweile war Judith fast am Ende angekommen. Dem Datum nach hatte dieses »Gespräch« vor drei Tagen stattgefunden.

-Papa, es tut so weh!
-Ich habe vorhin mit Tante Gabi telefoniert, und die sagte, du hättest wahrscheinlich was Falsches gegessen.
-Das ist nicht wahr. Ich hab gar nichts gegessen.

Und dann schrieb Tabea nicht mehr. Aber ihr Vater.

-Tabea, melde dich.
-Tabea, was ist los?
-Tabea, ich muss leider arbeiten. Wenn etwas ist, dann ruf die Nummer an, die ich dir gegeben habe. Okay?
-Tabea, warum meldest du dich nicht? Ich habe Tante Gabi auf den AB gesprochen, aber sie ruft nicht zurück.

Weil sie hoffentlich ein schlechtes Gewissen hat, dass sie sich tagelang nicht um Tabea gekümmert hat, dachte Judith. Es war der letzte Eintrag. Gestern morgen. Da war Tabea ins Krankenhaus eingeliefert worden, nachdem ihre Tante sich zwei Tage einen Dreck um die Bauchschmerzen des Kindes gekümmert hatte. Und Frederik war schon längst unterwegs zu seinem Einsatz gewesen. Niemand informierte ihn. Der Kontakt war abgerissen. Isa Kellermann hatte nicht vor, ihre Operation durch ein Mädchen in Tröchtelborn torpedieren zu lassen.

Warum war diese Frau so manisch? Wieso konnte sie selbst in so einem Notfall Frederik nicht informieren? Auch wenn Judith sich schrecklich fühlte, die vertrauliche Konversation zwischen Vater und Tochter gelesen zu haben, war doch eines klar geworden: Frederik setzte eine Menge in Bewegung, um die Sache mit Tabea in Ordnung zu bringen. Es klang fast so, als ob dies sein letzter Einsatz wäre und er sich dann endlich um die wirklich wichtigen Dinge kümmern würde. Wenn es noch dazu kam. Judith rief im Krankenhaus an und erhielt die Auskunft, dass Tabeas Zustand unverändert ernst sei.

Sie schaute sich die SMS an, die von der 0151-Nummer eingegangen war. *Ablaufänderung. Kontaktaufnahme wie besprochen.*

Sie warf das Handy auf die Couch und rieb sich über die Schläfen. Was hatte diese Aktion gebracht? Guntbart war aus dem Verkehr gezogen, zumindest vorübergehend. Pluspunkt. Frederik war weiterhin von Nachrichten aus Tröchtelborn abgeschnitten. Minuspunkt. Sie war eine verabscheuenswürdige, armselige Schnüfflerin. Doppelte Minuspunkte. Er liebte seine Tochter, wollte für sie sogar seinen Job aufgeben. Pluspunkt. Es hielt sich irgendwie die Waage. Sie sollte nach Weimar fahren, Tante Gabi auf den Mond schießen und an Tabeas Bett sitzen. Wenigstens eine liebevolle Person sollte bei ihr sein.

Das erinnerte sie an die zweite Person, die auch nicht gerade mit echter Zuneigung überreich gesegnet war: Dombrowski. Wenigstens dem könnte sie einen Besuch abstatten. Wenn schon sonst nichts gegen dieses dunkle Loch im Herzen half, dann vielleicht ein Moment Ruhe an seinem Bett. Blieb nur die Frage, was sie mit den Handys machen sollte. Wenn Frederik zurückkam und es nicht an seinem Platz lag, wäre seine gesamte Arbeit der letzten Monate umsonst gewesen. Guntbarts Teil konnte sie im Klo versenken. Wahrscheinlich hatte er sich schon längst ein neues gekauft.

Sie versteckte beide in der Biotonne.

3

Isa hatte ewig gebraucht, um in diesem Tag anzukommen. Samstag, 26. Februar, neun Uhr zweiundfünfzig. Morgen Abend würde sie die Ukraine verlassen und hätte Larcan zur Strecke gebracht. Sie konnte kaum glauben, dass sie so kurz vor dem Sieg stand, so kurz davor, ihm endlich in die Augen zu sehen und ihm zu sagen, warum er sterben müsse.

Musste er das?

Sie überlegte, wie es sich anfühlte, ein Leben in der Hand zu haben. Ein Urteil zu sprechen. Die Macht darüber zu haben war schon eine Grenzerfahrung. Diese Grenze zu überschreiten würde sie verändern. So wie der erste Schuss aus einer Waffe, wie der erste heimliche Kuss in einem Hauseingang, wie zum ersten Mal durch das mächtige Portal der Humboldt-Universität zu gehen und dazuzugehören. Wie der Schock herauszufinden, dass ihre Eltern ihr ganzes Leben einer Lüge geopfert hatten. Und, vielleicht nicht ganz so mächtig wie diese bedeutenden ersten Male, aus einem Planspiel Realität werden zu lassen und zu wissen, dass es kein Zurück mehr gab.

Die Begegnung mit Putsko war auch so ein erstes Mal. Sie war klug genug, um zu wissen, dass man sich Verrat nicht schönreden konnte. Nur dieses eine Mal, dann ist Schluss! Nie mehr wieder! Nichts da. Man veränderte die Farbe seiner Seele, unwiderruflich. Ihre Mutter hatte es schließlich ins Grab gebracht. Ihr, Isa, würde das nicht passieren. Sie würde damit leben, aber das war es wert.

Beim Frühstück unter Blattgold und Stuck war sie eine der Letzten und verschanzte sich hinter einer drei Tage alten *FAZ*, um von Teetee nicht angesprochen zu werden, falls er zur gleichen Zeit vom Hunger getrieben auf die gleiche Idee kommen würde. Ihr Magen wollte das nicht, was auf dem Teller lag. Ihr Verstand zwang es hinein. Um zwei stand die erste Lagebesprechung an. Wahrscheinlich war Teetee schon auf dem Weg zum Flughafen, um die Kameraden abzuholen, die aus München ankamen. Wohnten sie alle im Bristol?

Immer wieder schlug die Erinnerung an Putsko ein wie ein Blitz. Sein dünnes Lächeln, die schartige Stimme.

»Dann haben wir also einen Deal?« waren seine letzten Worte an sie gewesen. Sie hatten sich die Hand gereicht. Isa konnte die Berührung immer noch spüren. Seitdem beherrschte sie das Gefühl, sie wie ein frisch gestochenes Tattoo auf der Haut zu tragen, das sich nie wieder entfernen ließ. Der scharlachrote Buchstabe. Sie betrachtete ihre rechte Handinnenfläche, ballte die Finger zur Faust, öffnete sie wieder.

»Na, denkst du schon an morgen?«

Erschrocken sah sie in Teetees grinsendes Gesicht. Er ließ sich in einen der samtgepolsterten, zierlichen Eisenstühle fallen, die wie die ganze Einrichtung aussahen, als hätte jemand in den Sechzigerjahren die Eisdielen vom Lido di Jesolo nahe Venedig leer geräumt und hierher verfrachtet. Sogar die Vorhänge hatten etwas Sahnebaiserhaftes.

»So ungefähr.« Sie ließ die Hand unter den Tisch gleiten. »Ich dachte, du bist schon auf dem Weg zum Flughafen, die Kollegen abholen.«

»Die Botschaft schickt einen Bus. Spar ich mir die Zeit doch lieber und gehe alles noch einmal mit dir durch.«

Er griff nach dem Croissant, das Isa im Brotkorb zurückgelassen hatte, und biss herzhaft hinein.

»Okay.« Sie legte die Zeitung zur Seite. Teetee hatte einen Hang zum Perfektionismus, leider nur bei anderen Leuten. Der Grund der Abfrage war klar: sie nochmals durch die Mangel zu drehen. »Vierzehn Uhr Lagebesprechung, selber Ort wie gestern Abend.«

»Nicht im Hotel?«

»Nein. Die Botschaft meinte, sie habe sichere Räume. Während man hier bis heute nicht weiß, was die Russen so alles installieren ließen.«

Teetee sah sich in dem Frühstücksraum um. Das verspiegelte Büfett, die gewaltigen Samoware, die Kellnerinnen mit ihren kleinen weißen Schürzen. Zwei asiatische Paare, die sichtlich mit dem Jetlag zu kämpfen hatten. Ein paar verspätete Touristen, die sich heimlich geschmierte Brötchen in die Tasche stopften und schon wieder im Aufbruch waren.

»Deshalb keine Namen, bitte.«

Teetee nickte. Null Erfahrung im operativen Geschäft. Sie war gespannt, wie er bei ihrer Rückkehr verkaufen würde, dass ihnen die Lieferung samt Reisegruppe Wolfsrune durch die Lappen gegangen war. Wahrscheinlich würde er alles ihr in die Schuhe schieben. Aber ihre Aufgabe war ab jetzt ja nur noch Koordination und Beobachtung. Morgen wäre *sein* D-Day. Bei dem Gedanken wurde ihr etwas leichter ums Herz.

»Ist dein Freund gut angekommen?«, fragte er.

Isa nickte. »Heute Nachmittag trifft der Rest meiner Pappnasen ein. Hast du sie auf dem Schirm?«

»Jep. Stille SMS.« Eine Funkzellenabfrage war in der Ukraine nicht möglich. Doch geheim gesendete Kurznachrichten wurden dem Empfänger nicht angezeigt, ermöglichten es aber, seinen Standort zu bestimmen. »Von unserer Seite ist alles im grünen Bereich. Wann lässt du uns endlich an deinem Herrschaftswissen teilhaben?«

»Geduld.« Sie griff zur Thermoskanne, um sich noch einen Schluck Kaffee einzuschenken. »Das hängt von den Gegebenheiten vor Ort ab.«

»Können die sich so schnell ändern? Wenn wir ein Boot brauchen, musst du uns das sagen. Du kannst uns nicht alle antanzen und ins offene Messer laufen lassen.«

»Das habe ich auch nicht vor.«
»Ach ja? Dann rede mit mir, verdammt.«
»Heute Mittag. Wenn alle da sind. Vorher hat das keinen Sinn.«
»Könnte es sein, dass ich bei der Frage nach dem Sinn auch noch ein Wort mitzureden habe?«
Sie lächelte, um der Antwort die Härte zu nehmen. »Nein.«
»Isa?«
Sie durfte den Bogen nicht überspannen. »Es wird im Hafen sein. Wahrscheinlich in einer Lagerhalle. Mein V-Mann hat heute Vormittag ein Treffen mit seinen einheimischen Freunden.«
»Und das ist alles? Mehr weißt du wirklich nicht?«
»Nein.«
Das war sein erster großer Auslandseinsatz. Und wie vor jeder Premiere verging auch Teetee vor Lampenfieber. Vielleicht wollte er deshalb doppelt auf Nummer sicher gehen. Allerdings müsste er dann etwas nervöser aussehen. Stattdessen fühlte sie sich plötzlich, als säßen sie in einem Verhörraum.
»Wenn ich rauskriege, dass du mir etwas verheimlichst und deshalb die Sicherheit meiner Leute gefährdet ist, Isa, dann gnade dir Gott.«
Sie schwieg. Schließlich fragte sie: »Wie kommst du darauf? Ich habe dich genauso mit ins Boot geholt wie meine gesamte Dienststelle, das GETZ, die Staatsanwaltschaft und was weiß ich noch dazu. Genau wie du dich vor deine Leute stellst, stelle ich mich vor meine.«
Teetee rückte mit dem Stuhl etwas näher an sie heran. »Das glaube ich dir nicht. Seit der Sache in der Bank stimmt etwas nicht mit dir. Würde ich dich nicht so gut kennen, könnte ich glauben...«
Für einen Moment bewegte sich der Boden unter ihr. Der

Teppich schlug Wellen, der Tisch schien zu schwanken. Dann war alles wieder ruhig.

»Was?«, fragte sie tonlos.

»Was ist in der Bank passiert, als du mit der Kepler allein warst? Am nächsten Tag hast du deine Kündigung eingereicht. Du hast noch nicht mal deine Sachen abgeholt. Dabei hätte die Bank dein Durchbruch werden können. Du warst es, die das aufgedeckt hat. Du hast uns gerufen. Du hättest Larcan um ein Haar geschnappt.«

»Um ein Haar, eben.«

»Du könntest jetzt meinen Job haben. Warum, Isa? Warum hast du das alles weggeworfen, um im Landesamt wieder ganz von vorn anzufangen? Im Landesamt? Da hättest du dich gleich nach MeckPomm versetzen lassen können.«

Weil ich dort unterm Radar laufe, dachte sie. Weil man umso besser manipulieren kann, je weniger auf einen geachtet wird. Weil ich nur dort an jemanden wie Meißner herankommen konnte und an das, was in den Dörfern geschieht, in den Hinterzimmern der Kneipen, wo es nach Bier und Hass riecht und Gewalt in der Luft liegt, schwer und bleiern wie ein Gewitter. Man musste nur zugreifen, einmal hinein in diese schmierige Wolke, keine Angst davor haben, sich die Hände schmutzig zu machen, und schon ist da eine Idee. Mit etwas Geschick wird aus der Idee ein Plan. Man kann das steuern. Genau in die Richtung, in die man will. *Et voilà*, hier sind wir.

»Ich wollte mich verändern«, antwortete sie.

»Das hast du, Isa. Liegt es am Tod deiner Mutter?«

»Hör auf mit dem Blödsinn.«

Er sah sich um. Der Frühstücksraum war bis auf die Asiaten, die vor Müdigkeit fast in ihre Teller kippten, leer.

»Letzte Woche noch wäre ich dir bis in die Hölle gefolgt.«

»Und jetzt?«

»Jetzt habe ich das Gefühl, du willst uns dorthin vorschicken.«

Er stand auf. »Wir sehen uns später. Was machst du noch?«

Sie hatte Mühe, sich nicht anmerken zu lassen, wie sehr sie seine Bemerkungen getroffen hatte. »Vielleicht zur Potemkinschen Treppe. Ein Spaziergang am Hafen. Kann nicht schaden. Und mein Dossier vorbereiten.«

»Hast du einen Drucker?«

»Ja danke.«

»Dann bis nachher.« Er ging, ohne noch ein weiteres Wort zu verlieren.

Kurz nach zehn. In zwei Stunden hatte sie ein Treffen mit Meißner. Ab dann gewann die Sache an Fahrt. Direkt in den Abgrund.

4

Unterwegs hielt Judith in einer Buchhandlung und kaufte Kaiserleys neustes Werk. Vielleicht war es ganz gut, sich am Krankenbett ein wenig abzulenken, wenn um sie herum nichts anderes mehr atmete außer Maschinen. Doch als sie wenig später auf der Intensivstation ankam, war Dombrowskis Bett leer. Oder besser gesagt: Es war zu einem frischen, unter Plastikfolie verpackten Bett geworden. Ihr erster Gedanke war: nein. Nein!

Sie hatte es verwechselt. Bestimmt. Aber einen Vorhang weiter lag eine bewusstlose Frau, und in den anderen Betten, die sie abschritt, sah sie in bleiche, leblose Gesichter unbekannter Menschen. Es war wie eine eiskalte Faust in der Magengrube, als sie ratlos das letzte Abteil erreicht hatte.

Die Pfleger und Schwestern hatten gewechselt, auch die

Ärzte. War sie auf der falschen Station? Das konnte nicht sein. Sie erinnerte sich an die Gleittüren und die Anordnung der Maschinen, an den Lärm, der irgendwann zur Gewohnheit wurde und in den Hintergrund trat. An die Kühle der Luft, die sie schaudern ließ. Aber niemand war da, an den sie sich erinnerte. Also sprach sie einen der hastig vorbeilaufenden Mediziner an, der sie ans Schwesternzimmer verwies.

Es war ein Glaskasten, in dem zwei Frauen in blauen Kitteln saßen und gemeinsam eine Patientenmappe durchsahen. Judith stand in der offenen Tür und hatte Angst, die Frage zu stellen, und noch mehr Angst, die Antwort zu hören.

Schließlich sahen die beiden zu ihr.

»Ja bitte?«

»Herr Dombrowski«, sagte Judith. »Klaus-Rüdiger Dombrowski, der Herzinfarkt. Was ist mit ihm passiert?«

»Moment.« Die Ältere der beiden, eine flinke, drahtige Person mit streng zurückgesteckten Haaren, ging zu einem Computer.

»Sind Sie eine Verwandte?«

»Seine Tochter.« Lange, ausschweifende Erklärungen waren hier fehl am Platz.

Die Frau nickte, sie hatte den Namen gefunden. »Wurden Sie nicht informiert?«

»Nein.« Judiths Stimme kippte beinahe. »Wir sind drei. Und wir, also, wir verstehen uns untereinander nicht besonders.«

Die Frau setzte ein mitfühlendes Lächeln auf. »Das kann ich verstehen. Herr Dombrowski wurde in die Innere verlegt, er ist gestern aufgewacht.«

»Was?«

Judith hielt sich am Türrahmen fest. »Er ist aufgewacht?«

»Ja. Es hat etwas gedauert, weil wir erst die Medikamente ausschleichen lassen mussten. Aber heute früh war es so weit.

Und er wollte als Erstes eine Schweinshaxe.« Sie drehte sich zu ihrer Kollegin um, beide lachten. »Solche Wünsche kommen bei uns nicht so oft vor.«

»Das kann ich verstehen. Wo genau ist er jetzt?«

Sie ließ sich den Weg erklären und lief wie in Trance zurück zu den Fahrstühlen. Das Krankenhaus war ein Labyrinth, und sie brauchte ihre ganze Konzentration, um den Weg zu finden. Endlich gelangte sie über das Erdgeschoss in den zweiten Stock eines anderen Flügels. Als sie an der Zimmertür klopfte und sein »Herein!« hörte, war es mit ihrer Beherrschung vorbei.

»Judith!«

Er faltete den *Tagesspiegel* zusammen und schob die Brille hoch.

»Mädchen! Sag mal! Nicht heulen.«

Sie wischte sich noch im Laufen über die Augen und setzte sich dann auf sein Bett.

»Mensch, Dombrowski. Was machste denn für Sachen.«

Erst jetzt, wo er nicht mehr auf dem Rücken lag, fiel ihr auf, wie eingefallen sein Gesicht wirkte. Vielleicht war das so, wenn man vom Tod in die Arme genommen und dann mit einem Schulterklopfen wieder zurückgeschickt worden war.

»Ist doch nur der fünfte Stent. Hält aber nicht ewig.«

Er klopfte sich auf die Brust. Schläuche hingen aus seinem Körper und endeten in transparenten Plastikbeuteln, die sich Judith nicht so genau ansehen wollte.

»Ich hab gehört, du hast auf der Intensivstation nach einer Schweinshaxe verlangt.«

Er wollte lachen, aber das gelang ihm noch nicht. Zu schlapp. Es kam so etwas Ähnliches wie ein leichtes Bellen heraus. »Ich kann mich an nichts erinnern. Nur daran, dass ich einen irren Hunger hatte. Und als dann wieder alle fünfe beisammen waren, na ja. Haste Schwester Yvonne kennengelernt? Die mit den Grübchen?«

»Ich fass es nicht. Schaust du den Frauen schon wieder auf den Hintern?«

»Auf die Grübchen! Judith!«

Sie tätschelte seine Hand.

»Und?«

»Kai war gestern im EKZ. Die wollen einen Kostenvoranschlag. Das wäre das erste Mal, dass wir MacClean einen Kunden abjagen und nicht umgekehrt.«

»Landsberger?«

»Jep.«

Er brachte so etwas wie ein anerkennendes Nicken zusammen. Judith legte Kaiserleys Buch auf den Nachttisch und kramte in ihren Taschen nach dem Eisen, drei Pfund, die sie ihm auf die Decke legte. Er betrachtete die Schlüssel mit einem seltsamen Blick, als ob sie ihn an etwas erinnern würden, er aber nicht mehr wusste, an was.

»So schnell lassen die mich hier nicht raus.«

»Aber du kommst zurück.«

Er legte den Kopf auf das Kissen und schaute zum Fenster. Oder zum Nachttisch, auf dem eine Flasche Mineralwasser stand und ein Sammelsurium aus Bechern, Lesebrille und Medikamentenboxen.

»Es kann so schnell vorbei sein«, sagte er schließlich.

Das war keine klare Antwort, aber die konnte man von einem Mann in diesem Zustand auch nicht erwarten.

»Und?« Er drehte den Kopf wieder zu ihr. »Wie läuft es?«

»Gut. Wie immer.«

»Was ist los?«

»Na ja, du hast uns einen schönen Schrecken eingejagt.«

»War nicht meine Absicht. Aber du hast doch irgendwas. Ärger mit den Hühnern?«

Judith schüttelte den Kopf. Die Schlüssel klirrten, als Dombrowski seine Liegeposition leicht veränderte.

»Nimm die mal schön wieder mit. Oder willst du das gar nicht? Ist es dir zu viel?«

»Nein. Könnte sogar Spaß machen.« Wenn sie nicht in den letzten Tagen andere Dinge um die Ohren gehabt hätte. Sie stand auf und ging zum Fenster. Gegenüber lag ein weiterer Trakt, unten konnte man die Rampe für die Notarztwagen sehen. Diese riesengroße Freude, diese unendliche Erleichterung, Dombrowski auf dem Weg der Besserung zu sehen, verlor langsam an Kraft. Nicht an Bedeutung, ganz sicher nicht. Aber der Jubel reihte sich weiter hinten ein beim Appell der Gefühle, und die Sorge um Tabea trat wieder hervor.

»Stell dir mal vor«, begann sie und suchte nach den richtigen Worten. »Stell dir mal vor, ich hätte ein Kind.«

Vom Bett kam ein überrasches Schnaufen.

»Also, ich hab keins. Das weißt du.«

Seine runden Walrossaugen starrten sie verständnislos an.

»Ja?«, fragte er schließlich mit einem äußerst vorsichtigen Unterton. Wollte sie ihm gerade ein Geständnis machen? Eines von der Sorte, das man am liebsten nicht hören würde?

»Stell es dir aber einfach mal vor. Ich bin im Ausland, meinetwegen in der Putzbrigade einer Bundeswehrstellung irgendwo in Mali.«

»Mali.«

»Oder im Irak oder sonst wo. Keiner weiß, wo ich bin, nur du hast Peilung, und dann wird mein Kind krank. Richtig krank.« Sie kam zurück zum Bett. »Nicht so ein lächerlicher Herzinfarkt mit dem ganzen Theaterdonner, den du hier veranstaltet hast.«

Sie grinste ihn an. Er hörte aufmerksam zu.

»Okay. Also was Ernstes, nicht? Und mein Kind will die Mama. Es hat Schmerzen, hohes Fieber, Delirien. Eine Sepsis.

Das kann sehr böse enden, das ist ja wohl klar. Aber ich bin ja ganz weit weg und weiß nichts davon.«

»Telefon?«, fragte Dombrowski vorsichtig. »Solche kleinen Dinger, über die man miteinander kommuniziert?«

»Jaaaaa«, sagte Judith langsam, als ob sie diese neumodische Erfindung erst in ihrer Erzählung berücksichtigen musste. »Hab ich. Aber die Nummer ist geheim, nur du hast sie. Weil... Es ist ja ein Job bei der Bundeswehr irgendwo im Kriegsgebiet, und keiner darf davon wissen.«

»Das ist doch Blödsinn.«

»Nein, ist es nicht. Lass dich doch mal auf die Situation ein. Stell dir vor, es wäre so. Punkt.«

Er seufzte gottergeben.

»Jetzt kommt ein Freund, nein, es ist nicht der Vater, den Vater gibt's nicht, weil das alles eine sehr komplizierte Geschichte ist. Also ein Freund. Okay?«

»Okay«, wiederholte Dombrowski langsam.

»Der kommt nun zu dir und sagt: Hallo, ich bin ein Freund von Judith, und die hat eine Tochter, und der geht es sehr schlecht. Kann sein, dass es echt kritisch wird. Wäre gut, wenn die Mutter käme. Alles klar?«

Ihr Chef nickte.

»Und was machst du?«

»Icke?« Überrascht, dass er mit einem Mal in dieser seltsamen Gemengelage auch eine Rolle spielen sollte, brauchte er ein paar Augenblicke, um sich hineinzufinden. »Na ja, ich ruf dich an.«

»Prima.«

Sie setzte sich wieder. »Aber du tust es nicht.«

»Nicht?«

»Nein. Du sagst: ›Sorry, aber Judiths Job ist so wichtig für mich, die kann ich da jetzt nicht abziehen. Seht zu, wie ihr allein klarkommt.‹«

Dombrowski, immer noch darauf getrimmt, alles nachzuvollziehen, was Judith erzählte, nickte abermals. Brach dann mitten in der Bewegung ab. Schüttelte den Kopf.
»Warum?«, fragte Judith.
Er griff nach seinem Wasserglas. »Warum was?«
»Warum würdest du mich bei so einer ernsten privaten Situation nicht aus der Operation rausnehmen?«
Er trank einen Schluck. »Operation? Bist du jetzt Ärztin im Bundeswehrkrankenhaus?«
»Ähm, nein. Anders gefragt: Versuch mir doch zu erklären, warum du mich nicht informierst und abziehst, damit ich ans Krankenbett meiner Tochter kann.«
»Ein Mädchen. Soso.«
Judith merkte, dass Dombrowski anfing, eigene Schlüsse zu ziehen.
»Junge, Mädchen, ist doch egal. Warum verhinderst du, dass ich zurückkomme?«
»Ist das eine theoretische Frage?«
»Natürlich.«
Er nickte und wollte das Glas wieder abstellen, kam aber nicht mehr ganz an den Nachttisch heran. Judith nahm es ihm ab. Er ließ sich wieder ins Bett zurücksinken.
»Ich weiß um den Ernst der Situation?« Judith nickte.
»Dann ist meine ernster.«
»Ernster als ein todkrankes Kind?«
»Von meinem Standpunkt aus offenbar ja. Du machst da einen Job, der so wichtig ist, dass meine Existenz auf dem Spiel steht, wenn du abbrichst. Ich kann dich nicht ersetzen, also putzt du wahrscheinlich Atomsprengköpfe und hast den Zugangscode.«
»Ist das eine Rechtfertigung?«
»Für mich ja. Für dich, deine Tochter und deinen Freund natürlich nicht.«

»Wie würdest du reagieren?«

»Euch anlügen. Erzählen, dass ich dich nicht erreichen kann und all so'n Quatsch. Dass du in der Wüste bist und ein Sandsturm die Verbindung gekappt hat.«

»Oder auf einer Ölbohrplattform in der Nordsee.«

»Auch gut.«

»Und wenn der Freund dahinterkommt?«

Seine Augen wurden schmal. Das Spiel interessierte ihn. »Dann war ich blöde.«

»Oder der Freund war schlau. Was würde er tun?«

Langsam begann ihm zu dämmern, wohin der Hase lief. »Er würde, so wie ich dich kenne, Himmel und Hölle in Bewegung setzen, um dich ans Bett deines Kindes zu holen.«

»Es ist nicht mein Kind.«

»Schon klar. Wo steckt er?«

»Wer?«

»Der Vater.«

Sie holte Luft, um etwas zu sagen, aber Dombrowskis Blick gab ihr zu verstehen, dass es jetzt an der Zeit war, sich an Tatsachen zu halten.

»In Odessa.«

»Odessa... Atomsprengköpfe?«

»Keine Ahnung. Aber offenbar ähnlich gefährlich.«

Er kannte Kaiserley. Er wusste, was ihr als Kind passiert war und dass sie schon einmal im Visier der Geheimdienste aufgetaucht war. Deshalb war seine Vermutung nicht ganz aus der Luft gegriffen. »BND. Er arbeitet für den Bundesnachrichtendienst.«

»Nicht ganz.«

»Verfassungsschutz? MAD?«

»Ist doch unwichtig. Sein Kind ist wichtig. Tabea. Wir kennen uns, sie hat mal im Haus gegenüber gewohnt. Dann ist ihre Mutter gestorben, und ich habe mich um sie gekümmert.«

»Und um den Vater gleich mit.«

»Nein!«, protestierte sie. Aber das wissende Lächeln in seinem nicht mehr ganz so feisten Gesicht sprach Bände.

»Ein bisschen, vielleicht«, gab sie schließlich zu.

»Meine Güte. Du kommst aber auch nicht raus aus diesem Umfeld, was? Bist du sicher, dass das alles ein Zufall war? Mit der Mutter, dem Kind und ... wie hieß er noch mal?«

»Frederik«, sagte sie leise. »Ja. Klar. Es gibt solche Zufälle. Warum sollte das nicht passieren?«

»Weil ich nicht viele Leute kenne, die erst mit einem BND-Agenten und dann mit einem Verfassungsschutztypen um die Häuser ziehen.«

»Das ist absurd. Wirklich. Das Mädchen war vernachlässigt, seine Mutter ist an Alkohol und Tabletten gestorben. So etwas lässt man doch nicht zu, nur um eine konspirative Liebesgeschichte einzufädeln.«

»Gerade hast du mir erzählt, dass diese Typen zulassen, dass sein Kind allein stirbt.«

»Das ist was anderes. Können wir zurück zum Thema kommen?«

Er wollte etwas erwidern, ließ es dann aber glücklicherweise bleiben. »Odessa«, sagte er stattdessen. »Ich war da mal vor ein paar Jahren. Auf einer Kreuzfahrt mit ... mit ... hab ich vergessen. Gibt's denn so was? Ich hab sogar noch das Foto auf dem Handy, die Frau und ich, auf dieser Treppe. Die berühmte Potemkinsche Treppe. Sergej Eisenstein, *Panzerkreuzer Potemkin*.« Er hatte es unter Ächzen geschafft, seine Nachttischschublade aufzuziehen und ein Handy herauszuholen. »Aber das war nix mit dieser Frau. Wollte nur mein Geld. Immer nur teure Cocktails und diese Schaufensterbummel, wo sie vor den Juwelieren stehen blieb ... hier. Franzi. Jetzt hab ich's wieder. Franziska. Hübscher Feger.«

Er zeigte ihr ein Foto. Dombrowski und eine dralle, fröhliche, etwas zu stark geschminkte Frau. Er blieb seinem Beuteschema doch immer wieder treu.

»Schöne Stadt, tolle Stadt. Nette Menschen. Danach ging's auf die Krim, nach Sotschi. Franzi wäre natürlich lieber durch die Karibik geschippert.«

Judith starrte auf das Foto. »Hast du noch eins? In größer?«

»Keine Ahnung.«

Sie wischte sich die nächste Aufnahme aufs Display. Offenbar ein Selfie von Franziska. Die nächste zeigte Dombrowski schlafend auf dem Bett, Inbegriff des gestrandeten Wals. Also andere Richtung. Noch zwei, drei Aufnahmen, die der unbekannte Fotograf gemacht hatte. Die Treppe. Diese seltsamen Riesenstufen links und rechts. Sie schickte sich die Aufnahmen auf ihr eigenes Handy und reichte Dombrowski das Gerät zurück.

»Also, sag, was soll ich tun?«

Dombrowski überlegte nicht lange. »Hol ihn her. Und jag diesen ganzen Verein zum Teufel.«

Sie stand auf und hauchte ihm einen Kuss auf die Wange, den er überrascht zur Kenntnis nahm.

»Montag komm ich wieder.«

»Mädel, Moment. Warte!«

Aber Judith war schon an der Tür, als sie sich noch einmal zu ihm umdrehte.

»Hepp!«

Drei Pfund Eisen flogen auf sie zu. Judith fing die Schlüssel auf und hatte das Gefühl, dass die Hälfte ihrer Finger gebrochen war.

»Das!«, schnaufte Dombrowski. »*Das* ist eine verdammte Verpflichtung. Du willst doch nicht nach Odessa?«

Judith verstaute den Schlüsselbund in ihrer Jackentasche und hatte das Gefühl, er würde sie zu Boden ziehen. »Nie im Leben«, sagte sie.

5

Es war kurz nach zwei, als Judith in ihrer Wohnung ankam, gerade mal ihre Umhängetasche und die Jacke abwarf und sich auf die Suche nach dem verfluchten Foto machte. Wo hatte sie es hingetan? Man durfte gar nicht erst anfangen mit dem Aufräumen, nichts war mehr am Platz. Sie holte Bücher aus dem Regal und fächerte sie auf, eins nach dem anderen, aber bis auf ihr Päckchen Gras fiel nichts auf den Boden. Sie fuhr mit der Hand in die Ritzen der Couch, kroch auf allen vieren, war kurz davor, hinunter zu den Müllcontainern zu fahren und ihre Abfallsäcke wieder herauszuholen, als es ihr einfiel. *Der Herr der Ringe.*

Der Schuber stand im untersten Regal. Sie holte ihn heraus und öffnete das präparierte Buch. Hunderttausend Euro. Eigentlich neunundneunzigtausendneunhundert. Der eine Schein, den sie entnommen hatte, steckte immer noch in ihrem Portemonnaie.

Und ein Foto mit abgeknickten Kanten.

Sie griff nach ihrem Handy. Franzi und Dombrowski auf der Potemkinschen Treppe, sie strahlend, er ein wenig sauertöpfisch. Wichtiger war, dass sie zusammen auf den Stufen standen, was Dombrowskis Bauch aus dieser Perspektive gleich noch mal zwanzig Kilo auflud. Ein beeindruckendes Bauwerk. Die Treppe, nicht der Bauch. Ohne Frage. Aber war es auch derselbe Ort, an dem das geknickte Foto entstanden war? Sie verglich die beiden Aufnahmen miteinander, zwei Urlaubsschnappschüsse in einem Abstand von dreißig Jahren. Die Menschen wechselten, die Treppe blieb. Die Absätze waren die gleichen, und die Riesenstufen, die den Aufstieg links und rechts säumten, waren auch identisch. Odessa.

Sie schloss die Augen, atmete tief durch, versuchte, sich auf den Klang dieses Namens zu konzentrieren. Eine Hafenstadt am Meer. Der Geruch von Salz und Diesel. Möwengeschrei, vielleicht ein Schiffshorn. Fremde Sprachen, fremde Leute. Der Arm der Mutter, *bleib doch mal einen Augenblick lang still* ... nichts. Keine Erinnerung. Und trotzdem war sie dort gewesen. Es musste etwas geblieben sein. Ein Bruchstück, der Splitter eines Bildes, ein Gefühl von Wärme und Vertrauen mit diesen beiden Menschen, die ihre Eltern gewesen waren. Ein ... ein was? Ein Eis. Ein russisches Milcheis. *Plombir Leningradskoje*, Vanille mit Schoko.

Sie schlug die Augen auf. Brachte sie da nicht etwas durcheinander? Hatte es im Heim nicht zu hohen Feiertagen auch Eis gegeben? Bestimmt. Aber nicht die Luxusversion. *Plombir Leningradskoje* war etwas für besondere Momente. Weihnachten. Geburtstag. Urlaub.

»Na großartig«, sagte Judith zu sich selbst. Da hatte sie endlich herausgefunden, wo dieses Foto aufgenommen worden war, und alles, woran sie sich erinnerte, war russisches Eis.

Odessa. Eine Stadt, umweht von sehnsuchtsvollen Geigenklängen. Puschkin. Majakowski. Isaak Babel. Ilja Mitrofanow. Wassermann über Odessa. Für die Menschen hinter dem Eisernen Vorhang vielleicht so etwas wie Paris. »Ich schau dir in die Augen, Kleines.« Ein Ort, an den ein verirrtes Herz zurückkehrte, wo Träume vor Anker gehen konnten, wo die Seele Ruhe fand. Odessa.

Der Mann auf dem verblichenen Foto mit den umgeknickten Kanten lächelte. Man konnte viel hineininterpretieren in diesen Augenblick und was als Nächstes kommen würde. Vielleicht sprang er gleich danach auf, zog eine Knarre und erschoss den Fotografen. Oder er beugte sich zu seiner Frau, küsste sie auf die Wange und sagte: »Schatz, ich werde jetzt die Stufen hinunter und aus deinem Leben gehen und dich nie mehr wiedersehen.« Oder: »Übrigens, wir planen in absehbarer Zeit eine Republikflucht, weil mein Boss will, dass ich so einen Kerl mit Namen Kaiserley hereinlege.«

Aber irgendetwas sagte Judith, dass dies nicht der Augenblick dafür gewesen war. Vielleicht lag es daran, dass sein Arm hinter der Frau war, als ob er sie gleich umarmen wollte oder es gerade getan hatte. Und weil das Kind so strahlte und man Kinder doch nicht anlog, sie nicht ins Verderben schickte, sie nicht allein ließ, wenn es ihnen am dreckigsten ging. Vielleicht wollte Judith auch nur glauben, dass dies ein Moment des Friedens und des Glücks gewesen war und keiner ahnte, was sich wenig später ereignen würde. Ein schöner Gedanke. Man sollte ihn nicht gleich als Nonsens in die Tonne treten.

Odessa.

Im Stasiarchiv gab es nicht viel über Lindner. Jeder konnte die Akte ziehen lassen. Man musste sich nur irgendeine Recherche aus den Fingern saugen, und schon bekam man, was man wollte – wenn auch die Hälfte der Seiten geschwärzt waren, um Quellen, IM-Leute und andere Mitarbeiter zu schützen. Eigentlich blieb nur sein Lebenslauf übrig und die letzte Station seines Einsatzes, Budapest, Fotomesse. Und irgendeine rumänische Fake-Mitteilung, dass er bei einem Autounfall ums Leben gekommen war.

Sie erinnerte sich an die vielen Male, die sie in den letzten Jahren in der Stasiunterlagen-Behörde gewesen war. Und trotzdem hatte Stanz behauptet, sie hätte nicht gut genug gesucht. Wusste er eigentlich, von was er redete? Hatte er jemals den sechzehnten Stock dieses Hauses betreten?

Es musste Herbst gewesen sein, als sie einen allerletzten Anlauf genommen hatte. Vielleicht war ja irgendwo etwas aufgetaucht, man konnte nie wissen. Es gab neue Methoden, um die Schredderschnipsel aus den gesicherten Müllsäcken wieder zusammenzusetzen. Ihr Termin war am frühen Nachmittag unter der Woche gewesen, und mit dem Zynismus, den sie sich mittlerweile antrainiert hatte, hatte sie gedacht: Sieh es als familiäre Verpflichtung. Andere müssen zu den Schwiegereltern. Außer ihr waren nur wenige Leute in dem spartanisch eingerichteten Raum gewesen. Die meisten sahen aus wie Studenten, nicht wie Betroffene. Einfache Tische, Neonlicht von oben. Es war still. Ab und zu raschelte ein Blatt, jemand ließ seinen Kugelschreiber klicken. Und dann hörte sie das Schluchzen.

Es kam von einem Mann, der hinter einem Gebirge von Aktenordnern saß. Was hatte er gerade erfahren? Dass ihn seine eigene Frau verraten hatte? Dass der beste Freund ein Stasispitzel gewesen war? Dass die Lehrer sein Kind so lange ausgehorcht hatten, bis genug beisammen war, um ihn hinter Gitter zu bringen? Was musste dieser Raum alles erlebt haben... Den psychologischen Beistand, den man früher jedem für die Akteneinsicht geboten hatte, gab es nicht mehr. Vielleicht noch, wenn man darum bat. Aber drei Jahrzehnte nach der Wende schienen selbst die schlimmsten Wunden wenn nicht zu heilen, so doch zu vernarben. Zumindest außerhalb des sechzehnten Stocks der Karl-Liebknecht-Straße 31/33.

Über Lindner fand sie beim »Bundesbeauftragten für die Unterlagen des Staatssicherheitsdienstes der ehemaligen Deutschen Demokratischen Republik« so gut wie nichts Neues. Und über Bastide Larcan?

Es gab ein Aktenzeichen – 343/EA/EG. Die ersten drei Ziffern bezogen sich auf die Vorgangsnummer innerhalb des BND. EA auf die Abteilung: Einsatzgebiete/Auslandsbeziehungen. In diesem Bereich hatte Kellermann, der Unterzeichner, gearbeitet. Aber was hieß EG? Erdgeschoss? Wäre es eine Stasiakte, könnte sie einfach fragen. Aber ein BND-Protokoll?

Etwas mehr hatte sie erfahren, als sie sich beim Prozess gegen Werner Kellermann in die letzte Reihe des spärlich besetzten Zuschauerraums geschlichen hatte. Lindner war nicht anwesend, wie auch. Er lebte offenbar immer noch unter seiner zweiten Legende Bastide Larcan. Aufenthaltsort unbekannt. Auf der Fahndungsliste mehrerer EU-Staaten, unerwünschte Person und Einreiseverbot in den USA, den Commonwealth-Staaten und Südafrika. Niemals, egal ob während der Akteneinsicht oder des Prozesses, war das Wort »Odessa« gefallen. Also konnte das Foto tatsächlich anlässlich einer privaten Reise aufgenommen worden sein, während eines Urlaubs von seinem Doppelleben. Ein Augenblick der Wahrheit, auf Fotopapier gebannt. Blasser würde er werden und eines Tages ganz verschwinden.

Sie ging hinaus auf den Balkon. Frische Luft, klare Gedanken.

Keiner wusste, wo Larcan sich aufhielt. Aber Isa Kellermann jagte ihn immer noch. Dieses seltsame Begräbnis, wie die Aufführung einer Laientheatertruppe. Die paar schnellen, leisen Worte, die sie zu Stanz gesagt hatte – sollte er etwa Kontakt mit Larcan aufnehmen, der alte Führungsoffizier, der Einsatzleiter der missratenen Operation Saßnitz? War das überhaupt möglich?

Unsinn. Was reimte sie sich da zusammen?

Sie ging zurück in die Wohnung, die Wärme empfing sie wie eine Umarmung. In der Küche holte sie sich eine Flasche Wasser aus dem Kühlschrank. Dabei entdeckte sie den Rest des Essens von gestern und schob ihn in die Mikrowelle. Die kreisende Bewegung des Tellers hatte etwas Hypnotisches, genau wie der Blick durchs Bullauge einer Waschmaschine. Nach einer Minute war der Reis warm genug. Sie setzte sich an den Küchentisch und begann zu löffeln, ohne darauf zu achten, was sie eigentlich zu sich nahm. In knapp zwei Stunden ging Guntbarts Flug nach Odessa, zusammen mit Maxe und dem Kamel. Wie konnte eine so kluge Frau wie Isa so eine Combo als Waffenhändler in die Ukraine fliegen lassen? Judith googelte das Regiment Asow, und als der Teller leer war, hatte sie ein vages Bild dieser paramilitärischen Organisation und deren Verbindungen zum rechtsextremen Untergrund in Deutschland. Die nahmen wirklich jeden unter ihre Fittiche, der dasselbe Weltbild hatte und zahlen konnte. Mit Geld oder wie in diesem Fall mit Waffen. Dieser Teil der Geschichte konnte durchaus stimmen. Frederik hatte als V-Mann davon Wind bekommen, begleitete den Transport, Isa nahm sie alle hoch, sie wurden nach Deutschland überstellt und verknackt. Kam öfter vor. Es würde die Welt nicht verändern, drei Kriminelle mehr säßen hinter Gittern. Die Ukraine sagt *spasýbi*, und weiter mit der Tagesordnung. Warum tat Isa so, als hinge der Fortbestand des Abendlands von dieser ziemlich simplen Geschichte ab?

Odessa...

Dombrowski hatte als Erstes darauf getippt, dass Judiths und Frederiks Bekanntschaft nicht dem Zufall zu verdanken war. Völlig unmöglich. Zu viele Unsicherheitsfaktoren, das hätte Isa niemals einfädeln können. Aber er traute es ihr zu. Dabei kannte er diese Frau noch nicht einmal! Vielleicht sollte sie, Judith, Isa auch ein bisschen mehr zutrauen als den puren Ehrgeiz. Vielleicht benutzte sie die Operation, um heimlich etwas ganz anderes zu planen. Larcan war Waffenhändler. Er arbeitete mit den Russen zusammen. Wenn er davon Wind bekäme, könnte er dort auftauchen. Und zack, Isa hätte dann nicht nur die kleinen Fische, sondern auch einen richtig großen Hai im Netz. Aber wie sollte er von einer Operation des Verfassungsschutzes erfahren?

Judith stellte den leeren Teller in das Spülbecken und kehrte ins Wohnzimmer zurück. Abermals nahm sie das Foto in die Hand, als ob dort doch noch etwas Neues zu entdecken wäre.

»Du bist in Odessa«, sagte sie leise. »Wo du zum letzten Mal mein Vater warst.«

Sorgfältig faltete sie das Foto zusammen und verstaute es in der Schutzhülle ihres Smartphones. *Der Herr der Ringe* wanderte ins Regal, das Geld in ihren Rucksack und in die Vordertaschen ihrer Jeans. Den ersten Hunderter gab sie für das Taxi nach Tegel aus. Die Scheine, die ihr der Fahrer herausgab, steckte sie ohne schlechtes Gewissen ein. Anders war es in der Abflughalle, wo der Angestellte am Ticketschalter jeden einzelnen Schein eingehend prüfte. Fast achthundert Euro, Flex-Ticket, Abflug in vierzig Minuten. Da jedes Gate eine eigene Security hatte, reihte sie sich hinter die letzten Geschäftsleute ein, die noch in der Schlange standen. Sie musste sich allerdings von ihrem Zippo und einer Wasserflasche trennen, wobei es ihr um das Feuerzeug wirklich leid tat. Eine Viertelstunde später saß sie im Flieger. Immer noch fast hunderttausend Euro in bar, einen Pullover und das unangenehme Gefühl im Gepäck, gerade einen Riesenfehler zu begehen.

6

Der Stadtgarten war ein grüner Fleck im Herzen Odessas. Pavillons und Springbrunnen, lieblich verspielt, genug Bänke, um sich hinsetzen zu können und sich gar nicht erst zu fragen, warum man sich als normaler Odessit nichts von den Dingen leisten konnte, die ringsum in den Schaufenstern der Einkaufsstraßen glitzerten und glänzten.

Ende Februar waren aber auch die Bänke verwaist. In den

Blumenbeeten verrotteten die Strünke, das einsame Karussell schlief unter seiner Plastikplane. Die meisten Cafés hatten noch nicht geöffnet, in den Restaurants wurden gerade die Tische eingedeckt. Isa las sich die Speisekarten durch, sofern sie auf Englisch und außen angeschlagen waren, und schlenderte dann weiter zum Denkmal von Sergei Utotschkin, einem Flugpionier. Sein bronzenes Abbild zeigte einen jungen Mann in lässiger Haltung, im Begriff, einen Papierflieger (natürlich auch aus Bronze) in die Luft zu schicken. Punkt zwölf. An einem Denkmal. Ging es noch offensichtlicher?

Sie versuchte, die kyrillischen Buchstaben auf der Inschrift zu entziffern, scheiterte aber. Nur die Jahreszahlen waren eindeutig, 1876–1916. Vierzig. So jung. Wie er da stand, den einen Arm lässig aufs Geländer gelehnt, den anderen erhoben, diesen Papierflieger im Blick, wie alt mochte er sein? Dreißig? Fünfunddreißig? Hatte gerade noch ein paar Jahre, ahnte nichts davon, wie schnell das alles vorbei sein konnte. Vielleicht war er abgestürzt.

»Hallo.«

Sie hatte ihn nicht kommen hören. Er trug eine Motorradkluft, den Helm unterm Arm, derbe Stiefel, an denen der Dreck oberhalb des Knöchels trocknete. Unrasiert, aber frisch und ausgeschlafen.

»Finden Sie, das ist eine gute Idee? Hier?«

Um den Park brauste der Autoverkehr. Einheimische und Touristen drängten sich auf dem Bürgersteig, umrundeten tiefe Pfützen und Krater, die offenbar noch aus dem Zweiten Weltkrieg stammten. Zehn Meter weiter warb ein Juwelier mit Bulgari und Cartier.

»Wenn Sie einen zweiten Helm dabeihaben, können wir auch ans Meer.«

Isa schob die Hände in die Taschen ihres Mantels. Es war derselbe, den sie auch zur Beerdigung getragen hatte. Überhaupt kam es ihr vor, als würde sie ihre Kleider kaum noch wechseln. Vielleicht hatte Teetee ja recht. Sie verlor gerade mehr als die Kontrolle über ihren Kleiderschrank.

»Ist alles in Ordnung?«, fragte er.

»Gehen wir besser erst einmal ein paar Schritte.«

Sie war versucht, sich umzusehen. Irgendwo lagen sie auf der Lauer, Putskos Leute. Er wollte einen Beweis, dass sie sich das nicht ausgedacht hatte:

Sehen Sie sich die Passagierlisten der Lufthansa aus München an, die um 8:40 Uhr. Neun Bundeswehrsoldaten fliegen nach Odessa, alle in Zivil. Reicht das?

Er hakte sie unter. Ein seltsames Paar waren sie, der Motorradfreak und die elegante Dame. Seltsamerweise schien das niemanden zu interessieren.

»Dann schießen Sie mal los«, ermunterte sie ihn.

Doch als Erstes fragte er: »Warum gibt es eine neue Notfallnummer?«

Natürlich. Frederik hatte die Nachricht erhalten, dass es einen Reset bei der Verbindung zu seiner Tochter gegeben hatte. Daran hatte sie gar nicht mehr gedacht.

»Die alte ist verbrannt. Tabea hat sie an eine Fremde herausgegeben. Und auf einmal hatte ich jemanden am Apparat, der Ihnen Grüße von Ihrer Tochter ausrichten wollte.«

»Das würde Tabea nie tun.«

»Es ist aber passiert. So etwas darf nicht vorkommen.«

»Wer war es?«

Isa tat so, als würde sie angestrengt nachdenken. »Eine Frau Kepler. Judith Kepler.«

Sie spürte, wie sein Arm für einen Moment zurückzuckte. Dann hatte er sich wieder in der Gewalt.

»Ah ja, das ist eine Freundin von Tabea.«

»Tatsächlich? Sie klang nicht gerade nach einem Schulkind.«

»Nein, sie ist älter. Aber sie kümmert sich ab und zu um sie.«

Isa blieb stehen. »Nicht auf diese Weise.«

»Ich rede mit ihr. Was ist los? Stimmt etwas nicht? Ist was mit Tabea?«

»Sie hatte Bauchschmerzen. Ganz normal bei einem Mädchen dieses Alters. Wie alt ist sie jetzt? Neun? Zehn? Da geht das los mit den Frauengeschichten. Sie werden sich dran gewöhnen müssen. Können wir jetzt zum Thema kommen?«

Er traute ihrer Erklärung nicht. Aber wie die meisten Männer machte er einen großen Bogen um alles, was *Frauengeschichten* betraf.

»Es meldet sich keiner.«

»Wie?«

»Ich meine, wenn ich Tabea anrufe.«

Das war ja auch Sinn der Sache, dachte Isa. Am Montag wird die Blockade aufgehoben, dann könnt ihr stundenlang miteinander telefonieren.

»Sie wird sich schon melden. Soll ich jemanden vorbeischicken?«

»Ja, das wäre gut.«

»Okay. Ich kümmere mich darum.«

Nun hakte sie sich bei ihm unter. »Ich will, dass Sie den Rücken freihaben und diese Sache durchziehen. Eine halbe Kompanie wird gerade eingeflogen. Die Nationalgarde ist auch mit im Boot. Wichtig ist, dass Sie sich bei der Festnahme ruhig verhalten und bei Ihrer Legende bleiben. Die Staatsanwaltschaft in Deutschland ist informiert, wir holen Sie dann, sobald es geht, aus der U-Haft.«

»Ich könnte untertauchen. Macht nicht so viel Papierkram.«

»In der Ukraine? Das ist nicht Ihr Ernst. Wie soll ich Sie hier rauskriegen?«

Er sah einer Harley-Davidson hinterher, die mit sattem Röhren an ihnen vorbeifuhr.

»Probelauf für die Transkarpatia«, grinste er. »Die Stadt ist voll davon. Deshalb habe ich die Dinger auch gemietet. Eine bessere Tarnung gibt es nicht.«

»Ach so.« Isas Antwort klang spöttisch. »Und ich dachte schon, es wäre was Persönliches.«

Er hob den zweiten Helm. »Doch ein kleiner Ausflug?« Er musste sich zusammenreißen, der Maschine nicht weiter hinterherzustarren.

»Nein danke. Sie werden übrigens nicht untertauchen. Ist das klar? Wer ist noch mit von der Partie?«

»Drei Brigadisten. Gennadij Safjanowski, Ihor Levin und Pawel Feygin.«

»Noch mal.«

Er wiederholte die Namen so lange, bis sie sie sich gemerkt hatte.

»Pawel besorgt einen kleinen Transporter, einen Kaffee-Express, so wie der da.« Er deutete auf die andere Straßenseite, an der einer dieser mobilen Stände geparkt hatte.

»Ein Kaffeeauto?«

»Es gibt viele von denen, auch im Hafen. Das fällt am wenigsten auf. Unsere Lieferung befindet sich in Kisten. Ich habe sie selbst in den Container gebracht. Danke übrigens. Ging alles glatt in Passau.«

Er meinte den Zoll und den Grenzschutz, der, wie bei solchen Operationen üblich, nicht eingegriffen hatte.

»Dafür sind wir da.«

»Das Schiff kommt morgen gegen sechzehn Uhr dreißig an. Name, Reederei und Route haben Sie ja. Wir bleiben im Freihafen. Ein Stück weiter runter, hinter dem Kreuzfahrtterminal, gibt es ein Lagerhaus, in dem wir die Kisten erst einmal unterstellen können.«

»Weiß der Besitzer davon?«

»Pawel sagt, ja. Ist wohl ein Kumpel von ihm. Oleg Nikiforov. Ziemlich reicher Odessit und glühender Nationalist. Was ihn nicht davon abhält, weiter mit den Russen zu kungeln.«

»Oleg Nikiforov«, wiederholte sie. »Das gefällt mir nicht. Ein Wendehals. Was, wenn er nicht dichthält?«

»Er ist einer der wichtigsten Geldgeber des Regiments Asow. Er macht das nicht zum ersten Mal.«

Frederik fasste kurz die Hintergründe zusammen. Isa hörte aufmerksam zu. Als er fertig war, fragte sie: »Bringt ihn das nicht in Schwierigkeiten, wenn die Russen davon erfahren?«

»Warum sollten sie?«, fragte Meißner.

Isa nickte. Der Gedanke, dass ihr die Lösung für ihr Problem gerade auf dem Silbertablett serviert wurde, fühlte sich an wie ein warmer Hauch, der ihre gefrorenen Blutbahnen auftaute. Oleg Nikiforov, auch so eine gespaltene Seele. Mit Skrupeln schien er nicht reich geworden zu sein. Eher damit, sein Fähnlein nach dem Wind zu hängen. Wen würde es später noch interessieren, von wem die Russen den Tipp bekommen hatten?

»Ja, warum sollten sie...« Sie wickelte mit der freien Hand den Schal enger um ihren Hals. »Trotzdem, es wäre mir lieber, er wüsste nichts davon.«

»Wir brauchen einen Ort, um das Zeug loszuwerden und zu übergeben.«

»Warum kann das Kaffeeauto nicht gleich damit raus aus dem Hafen fahren?«

»Kontrollen. Im Moment sind sie ziemlich scharf. Die Kisten werden auf anderem Weg aus dem Hafen gebracht.«

»Was haben Sie geplant?«

»Ich? Gar nichts. Der Zugriff sollte im Lagerhaus erfolgen, dann habt ihr die Tulpen und könnt sie gleich beschlagnahmen. Alles andere wird höllisch kompliziert.«

»Trotzdem. Was haben die Brigadisten geplant? Das sind toughe Jungs, die sie uns da schicken. Die machen das nicht zum ersten Mal. Aber ich hab schon Pferde kotzen sehen. Und dann will ich wissen, in welche Richtung sie sich aus dem Staub machen.«

»In die Katakomben.«

»Hier gibt es Katakomben?«

Er lächelte und schüttelte den Kopf. Es sah sympathisch aus, und Isa konnte nachempfinden, was Kepler an diesem Mann fand. Ein Macher und Beschützer. Auch noch Motorradfahrer. Und mit Humor gesegnet. War sich für keinen Dreck zu schade, um die richtigen Rattennester auszuheben. Die beiden waren sich ähnlicher, als sie wussten.

Ein kleiner Stich pikste, irgendwo in der Magengrube. Eifersucht, Isa? Auf einen UCA und eine Putzfrau? Mach dich nicht lächerlich. Aber der Gedanke blieb, und diese vage Sehnsucht, dass da einer wäre, der sie am Arm nehmen und wegführen würde, irgendwohin, wo ein Lagerfeuer brannte und man sich in dicke Decken eingepackt eine Zukunft ausmalte.

»Odessa ist durchlöchert wie ein Schweizer Käse. Die Stadt ist noch jung, auch wenn man das auf den ersten Blick gar nicht glauben will. Für die Häuser hat man Minen in die Erde getrieben, um Sandstein zu beschaffen. Daraus wurden Tunnelsysteme, die zum Teil sogar mehrere Etagen haben und über tausend Zugänge. Ein paar Kilometer davon kann man besichtigen, sehr interessant.«

»Waren Sie da?«

»Nicht im öffentlichen Teil.«

»Also im Hafen.«

»Ja. Es gibt einen Zugang unter der Wetterstation. Und mit Sicherheit noch ein Dutzend andere, von denen ich nichts weiß.«

»Schmuggler?«

»Was sonst. Die Kisten werden auf diesem Weg nach draußen gebracht und landen dann in irgendeinem Keller. Sorry, keine Ahnung, wo genau. Ich bin gestern mit Pawel da durchgekrochen, ich kann versprechen, es macht keinen Spaß. Rausgekommen sind wir irgendwo in einem Hinterhof. Ich wüsste nicht mehr, wo. Seht also lieber zu, dass ihr das in der Lagerhalle hinkriegt.«

»Waffen?«

»Jede Menge.« Er grinste.

»Ich meine nicht in den Kisten. Am Mann.«

»Nein. Die Brigadisten werden welche haben, aber ich fange mit so einer Scheiße gar nicht erst an. Ich will keine Kugel von einem Bundeswehrrekruten einfangen, nur weil der sich bedroht fühlt.«

»Es sind keine Rekruten. Das sind Leute, die schon im Irak und in Afghanistan waren.«

»Okay.« Sein Lächeln war verschwunden. »Ich weiß aber nicht, was die anderen vorhaben. Knarren gibt es hier an jeder Straßenecke.«

»Sorgen Sie dafür, dass sie unbewaffnet sind. Dann passiert auch nichts. Um die Brigadisten kümmern wir uns.«

Er löste sanft ihren Arm und holte einen Motorradschlüssel aus der Vordertasche seiner Lederhose.

»Eine BMW, Racebike, HP4«, sagte er mit einem Stolz, als hätte er sie selbst aus der Summe ihrer Teile zusammengesetzt.

Sie runzelte die Stirn. »Kostenpunkt?«

»Sie ist geliehen, nicht gekauft. Man muss sich anpassen, oder?«

Er befreite das Motorrad von einem armdicken Stahlseil, mit dem es an einer Laterne angeschlossen war.

»Können die anderen überhaupt Motorrad fahren? Oder braucht man einen Waffenschein für dieses Ding?«

Meißner entschied sich, die Frage als Kompliment aufzufassen. »Bis auf Guntbart Möller.«

»Und was kriegt Möller?«

Meißner klopfte auf den mit Leder bezogenen Sitz. »Meinen durchtrainierten Körper. Zum Festhalten. Alles klar?«

»Ich brauche noch die Geodaten, Adresse und Beschreibung der Lagerhalle, damit wir uns vorbereiten können.«

»Hab ich im Hotel hinterlegt.«

»Im... Hotel?«, fragte sie verwirrt. »Wann?«

Er holte den Helm aus einem Fach unter dem Sitz. »Gestern Nacht.«

Meißner begutachtete das Bike von vorn bis hinten. Nichts in seinem Gesicht verriet, dass ihm im Hotel etwas aufgefallen war. Ein Russe, zum Beispiel, der nach Isas Zimmernummer gefragt, sich dort zehn Minuten aufgehalten und das Haus wieder verlassen hatte.

»Ich hab es am Empfang abgegeben. Bristol. – Hier hat einer draufgesessen, eindeutig.«

Er deutete auf einen Fußabdruck auf der Pedalauflage. Aber Isas Blick ging durch ihn hindurch. Wenn Meißner etwas mitbekommen hatte, dann konnte sie sich gleich nach Moskau absetzen.

»Das sollen Sie nicht tun«, sagte sie schließlich. »Kontaktaufnahme nur telefonisch und nur über das eine Gerät.«

»Sie waren nicht da.«

»Ich war in der Repräsentanz.«

Fehler. Sie musste sich nicht rechtfertigen. Sie fragte ihn ja auch nicht, was er mit seinen rechtsextremen Kumpels so trieb.

»Dann bis morgen«, sagte Meißner. Er stieg auf das Motorrad, setzte den Helm auf, drehte den Schlüssel, und das satte Blubbern von mindestens zweihundert PS war noch zu hören, als er längst auf den Boulevard eingebogen und aus ihren Augen verschwunden war.

7

Die Auswärtigen hatten einen Raum im Trubezkoi'schen Palais zur Verfügung. Er befand sich über der Beletage, die ausschließlich zu Repräsentationszwecken gedacht war. Der zweite Stock wirkte im Gegensatz zu dieser Pracht wesentlich nüchterner. Er erinnerte an Konferenzfluchten in großen Hotels, für die Lagebesprechung fanden sie sich im Salon Puschkin zusammen.

Teetee betrat den Raum gemeinsam mit Isa. Sie war mit dem Taxi gekommen und den letzten Rest des Weges zu Fuß gelaufen, er mit den Bundeswehrsoldaten, die mit dem Bus wohl noch eine Stadtrundfahrt unternommen hatten, so aufgekratzt wirkten sie. In lockeren Grüppchen standen die Neuankömmlinge herum, tranken Wasser, hielten sich über den Stand der Dinge bei ihren Familien auf dem Laufenden und begrüßten Isa und Teetee mit formlosem Händedruck. Alle in Anzug und Krawatte, alle in Budapestern.

Krauss erschien und hatte Mannhardt und Budko, den Legostein, im Schlepptau. Das Stimmengemurmel erstarb. Jeder suchte sich einen Platz um den ovalen Besprechungstisch, Isa und Teetee wurden von Krauss an seine Seite gebeten. In der Mitte standen Getränke und Kekse, die nach einheimischer Produktion aussahen.

»Sicher oder geschützt?«, flüsterte Isa mit Blick aufs Fenster, das Telefon in der Ecke und die Heizungsthermostate.

Krauss musste die Bemerkung gehört oder erahnt haben. »Meine Herrschaften, liebe Frau Kellermann, herzlich willkommen. Wie Sie sehen, sehen Sie Fenster.« Er wies auf die Längsfront des Raumes, die zur Straßenseite hin lag. »Schallgeschützt, mit einer Schirmdämpfung von unter 60 db, wie mir Herr Mannhardt bestätigt hat. Nichts, was hier besprochen wird, verlässt den Raum. Ich übergebe das Wort nun an Herrn Täschner vom Bundesnachrichtendienst und ziehe mich auf den Posten des stillen Beobachters zurück.«

»Das gefällt mir nicht«, flüsterte Isa und holte einen Packen Papier aus ihrer Aktentasche. »Hier können überall Wanzen sein.«

»Du siehst Gespenster.«

Teetee stand auf. »Ich möchte mich den Worten seiner Exzellenz, des Botschafters, anschließen und euch alle in Odessa willkommen heißen. Ziel und Zweck unserer Zusammenkunft ist, euch und Sie, Herr Budko, über die Ankunft eines Containers mit US-amerikanischen Waffen in Odessa zu informieren. Doch vorher interessiert mich natürlich, inwieweit wir an der Aktion beteiligt sein werden.«

Die Frage ging an den Legostein, der keine Miene verzog, abwartete, bis Mannhardt übersetzt hatte, und dann sibyllinisch antwortete: »Das hängt von den Umständen ab.«

»Okay. Isa? *It's your turn.*«

Er setzte sich. Isa stand auf.

»Herr Botschafter, Herr Mannhardt, Herr Budko, liebe Kollegen von der Bundeswehr, wenn ich Sie einfach mal so nennen darf.«

Sie waren Ende zwanzig, höchstens Mitte dreißig. Hervorragend ausgebildet, Einsatzschwerpunkt Kriseninterventionen mit friedenserzwingenden Maßnahmen, worunter man sich alles Mögliche vorstellen konnte. Vermutlich Eingreifkräfte der ehemaligen Taskforce 47, Fallschirmjäger, wahrscheinlich auch Minentaucher, da es durchaus auch ins Wasser gehen könnte, Fernspäher und Kampfretter. Einige sahen aus, als hätten sie gestern noch die Schulbank gedrückt. Andere hatten den Blick alter Männer. Zwei Sniper. Isa hätte nicht sagen können, wer von den Männern diesen Job hatte.

»Morgen Nachmittag kommt im Freihafen von Odessa ein

Containerschiff unter türkischer Flagge an. Voraussichtlicher Zeitpunkt: sechzehn Uhr dreißig. An Bord ist unter anderem ein Container, deklariert mit T-Shirts aus Rumänien. In Wirklichkeit befinden sich in ihm Waffen US-amerikanischer Herkunft, bei mehreren Raubzügen aus den US-Kasernen in der Bundesrepublik entwendet. Ja?«

Einer der Soldaten meldete sich. Ende zwanzig, blonder Bartflaum, helle graublaue Augen, schmales Gesicht. Als Junge wahrscheinlich ein Hänfling, denn obwohl er muskelbepackt bis zum Hals war, wirkte sein Kopf im Vergleich zu dem massigen Körper seltsam klein.

»Stabsfeldwebel Friedrich«, stellte er sich vor. »Sind auch Waffen aus Beständen der Bundeswehr mit dabei?«

»Sie meinen aus Munster?« Diebstahl von G-36-Sturmgewehren. »Oder Seedorf?« Zehn leer geräumte Munitionskisten. »Nein. Zumindest nach Information meines V-Mannes.«

»Dann sind wir wegen amerikanischer Waffen hier?«

Isa griff zu dem Papierstapel. »Ich habe alles, was an Informationen zu Ihrem Einsatz bekannt ist, hier zusammengetragen.« Sie reichte den Packen an Teetee, der sich die ersten zusammengetackerten Seiten herunternahm und ihn dann an Mannhardt zu seiner Rechten weitergab. »Es geht nicht um die Provenienz der Waffen, sondern um die Hintermänner, die sie verschieben. Vier von ihnen dürften jetzt«, schneller Blick auf die Armbanduhr, »schon in der Stadt sein und treffen morgen mit Vertretern des Regiments Asow zusammen, für die die Gewehre bestimmt sind. Bei einem erfolgreichen Zugriff, an dem ich, wenn ich Sie hier so sehe, keine Zweifel habe, können wir unserem NATO-Partner nicht nur das gestohlene Diebesgut zurückgeben, wir hätten auch mit einem Schlag Zugang zu den Drahtziehern der Diebstähle und könnten ihre politischen Hintergründe offenlegen.«

Diese Hintergründe schienen bei weitem nicht so interessant wie ein Zusammentreffen mit den legendären ukrainischen Totschlägern. Isa spürte eine kriechende Elektrizität, die unter die Haut kroch, die Sinne schärfte, die Reflexe auf Stand-by schaltete. Der Jagdtrieb unter der zivilisierten Oberfläche, seit Anbeginn der Menschheit trainiert.

»Zum Schutz meines V-Mannes«, fuhr Isa fort, »muss ich Sie um höchste Geheimhaltung bitten. Der Container wird auf einen kleinen Transporter geladen, ein Kaffeeauto, wie es sie hier zu Hunderten gibt, und zu einem Lagerhaus gebracht. Die Firma, die sich dort eingemietet hat, heißt *Liniya Horyzontu* und läuft auf den Namen von Oleg Nikiforov, einem Geschäftsmann, dem enge Kontakte zu den Untergrundarmeen der sogenannten ukrainischen Befreiungsfront nachgesagt werden.«

Der Legostein zeigte bei der Erwähnung dieses Namens eine so bei ihm noch nicht gesehene Regung: Er runzelte leicht die Stirn. Die Soldaten hörten aufmerksam zu. Counteraktivitäten schienen ihnen bekannt zu sein.

»Die Lagerhalle dient eigentlich dem Umschlag von Baustoffen. Steine, Beton, Eisenträger und so weiter. Nach Aussage meines V-Mannes ist Deckung vorhanden, und es dürfte, bei entsprechender Mitarbeit der Behörden, auch keine Gefahr für Unbeteiligte entstehen. Die Baustoffe befinden sich auf Paletten oder in ziemlich großen Säcken. In der Mitte ist ein Lastenweg freigehalten. Dort werden die Kisten ausgeladen. Mit welchem Fahrzeug die Brigadisten eintreffen werden, ist noch nicht bekannt. Vermutlich wird es nicht der Weiterbeförderung dienen, die Kisten sollen über einen anderen Weg, durch die Katakomben, aus dem Hafen gebracht werden.«

Krauss' Miene bekam etwas von einem Zahnarztpatienten mit akuten Beschwerden. Die Soldaten aber, die eigentlich nur auf Zeit und Ort gewartet hatten und darauf, dass sie endlich raus in die Stadt konnten, wachten auf. Eine leise raschelnde Unruhe erfasste sie. Verstohlene Blicke, ein Wechseln der Sitzposition. Isa wettete, dass mindestens einer der Brigadisten entkommen würde, nur damit die starken Jungens Gelegenheit hatten, sich das sagenumwobene unterirdische Labyrinth genauer anzusehen.

»Es wäre in unser aller Interesse, wenn sie gar nicht erst in die Nähe der Katakomben kämen. Wir wollen tunlichst vermeiden, dass jemand von Ihnen dort unten verloren geht. Die Lagerhalle ist der Zugriffspunkt. Sind wir uns da einig?«

Budko nickte. Die Soldaten sahen weniger überzeugt aus.

»Und«, fuhr sie fort, »ich habe Namen. Gennadij Safjanowski, Ihor Levin und Pawel Feygin. Alle Mitglieder des Asow-Regiments, alle früher Mitglieder der russischen und weißrussischen Neonazi-Bewegung. Ihr Emblem ist die Wolfsangel, die auch von der SS genutzt wurde. Ein klar rechtsextremer Kampfverbund, der von der ukrainischen Regierung toleriert wird.«

Jemand trat ihr an den Knöchel – Teetee. Krauss fixierte einen imaginären Punkt an der gegenüberliegenden Wand. Wahrscheinlich hatte sie mit diesem Satz gerade sämtliche Pflänzchen zarter Diplomatie herausgerissen. Aber Stabsfeldwebel Friedrich und ein paar seiner Kameraden sprangen fast die Anzugknöpfe ab bei der Vorstellung, es mit den richtig harten Kerlen zu tun zu bekommen. Ab in die Katakomben, Handgranate, fertig.

»Es wäre natürlich«, erklärte sie etwas sanfter, »ein bemerkenswertes Zeichen der Ukraine, wenn sie uns im Kampf gegen die sogenannte Rückeroberung Europas unterstützt. Unter diesem Namen werden nämlich auch deutsche Neonazis angeworben, dem Regiment Asow beizutreten. Zwei unserer vier Deutschen kamen jedenfalls schon in den Genuss eines Sommercamps am Dnjpr, daher die persönlichen Beziehungen. Dort wurden sie an Waffen ausgebildet, was nicht im Interesse einer friedlichen Koexistenz der Völker sein kann. Die deutschen Teilnehmer an dieser illegalen und höchst gefährlichen Waffenschieberei sind Guntbart Möller, Frederik Meißner, Maximilian Oberleitner und Stefan Rönsch. Lebensläufe, Vorstrafen und Gefährder-Einstufungen finden Sie im Dossier. Ebenso die Adressen und Geodaten der Landungsstelle und des Lagerhauses sowie einen aktuellen Lageplan.«

Isa setzte sich. Es war still. Nur ein oder zwei Fingerknöchel knackten, das Geräusch kam aus der Friedrich-Ecke.

Jetzt lag der Ball in Budkos Feld. Nach den letzten Einflüsterungen Mannhardts nickte er und nahm die Papiere hoch. Konnte er Deutsch? Zuzutrauen wäre es ihm. Auch, dass er sie hier alle an der Nase herumführte und neun Bundeswehrsoldaten einfliegen ließ, die sich als unbewaffnete Beobachter am besten gleich ins nächste Caféhaus setzten, während die ukrainische Nationalgarde den ganzen Spaß hatte. Friedrich jedenfalls ließ Budko nicht aus den Augen.

Budko sagte etwas auf Russisch, Mannhardt übersetzte. »Wir müssen die Angaben prüfen. Bis heute Abend werden wir Ihnen mitteilen, wie wir vorgehen werden.«

Isa wartete nicht ab, bis Teetee alles abnicken würde. »Mit *wir* meinen Sie die Nationalgarde *und* die Bundeswehr?«

Teetee sah aus, als ob er ihr am liebsten auch noch in den Hintern treten wollte. Budko drehte sich in seiner seltsamen Art nach ihr um. Es sah aus, als säße er auf einem Tortenkarussell. »*Da.*«

»Äh – ja«, übersetzte Mannhardt schnell.

»Dann freue ich mich auf heute Abend. Gibt es noch Fragen?«

Friedrich meldete sich. »Wohin werden die festgenommenen Deutschen gebracht?«

»In die Repräsentanz«, sagte Krauss mit seinem Zahnschmerzen-Lächeln. »Wir haben geeignete Räumlichkeiten, wo sie bleiben können, bis man sie nach Deutschland ausfliegt.«

»Dürfen wir die uns mal ansehen?«

»Aber selbstverständlich. Gleich im Anschluss, wenn Sie möchten.«

Isa sah sich um. »Gut. Ich danke Ihnen für Ihre Zeit und Ihren Einsatz. Viel Glück.«

Teetee rappelte sich hoch. »Frau Kellermann und ich werden im Lagerhaus sein und die Festnahme beobachten.«

Hinter Budkos steifer Haltung formte sich Widerstand, aber er hielt sich zurück. Das würden sie morgen vor Ort besprechen. Wenn nicht das Lagerhaus, dann im mobilen Einsatzfahrzeug mit Live-Übertragung.

»Wir sehen uns später.«

Die Soldaten hatten es eilig rauszukommen. Krauss verabschiedete sich von Budko, der anschließend nach einer zackigen Verbeugung in ihre Richtung den Raum verließ. Übrig blieben Teetee, Isa und der Botschafter.

»Liebe Frau Kellermann.«

Isa schnitt ihm gleich das Wort ab. Belehrungen darüber, wie man mit einem Vertreter der ukrainischen Nationalgarde umging, konnte sie als Letztes brauchen.

»Lieber Herr Dr. Krauss, es steht außer Frage, dass wir als Zuschauer auf die Tribüne verfrachtet werden.«

»Das verstehe ich durchaus.«

»Nein.« Wieder fuhr sie ihm in die Parade. Auch als Diplomat hatte man ein Recht darauf, angeblafft zu werden, wenn man Müll erzählte. »Sie wissen nicht, wie das operative Geschäft läuft. Sie glauben, geheimdienstliche Tätigkeit wäre eine Sache für Hinterzimmer und vertrauliche Gespräche. Sie ist dreckig, Herr Krauss. Es kann Tote geben. Glauben Sie, die Männer werden sich widerstandslos festnehmen lassen? Glauben Sie wirklich, Budko wird Leute wie Levin und Safjanowski mit Samthandschuhen anfassen? Und mittendrin in der Gemengelage vier deutsche Neonazis, die wir möglichst im Ganzen in Deutschland vor Gericht stellen wollen! Aber will Budko das? Nimmt er darauf Rücksicht? Wir müssen unsere Leute da reinschicken, schon allein, um nicht mit Toten zurückzukehren. Also lassen Sie mich so mit den Leuten reden, dass sie es auch verstehen.«

Fast schon hilflos wandte sich der Botschafter an Teetee, doch der hob nur bedauernd die Hände. »Ich kann dem nichts hinzufügen. Wir alle wollen, dass es morgen kein Blutvergießen gibt. Die Nationalgarde macht kurzen Prozess, das wissen Sie.«

Krauss schien endlich zu kapieren. »Aber mit Druck erreichen Sie gar nichts.«

»Das haben wir auch nicht vor.« Isa packte die übrig gebliebenen Dossiers ein. »Machen Sie Budko klar, es gibt nur dann einen Platz auf der Zuschauertribüne in Böblingen, wenn er unseren Männern Zutritt, Waffen und den ersten Zugriff verschafft. Wie er das macht, ist mir egal.«

»Ich werde tun, was ich kann.«

Krauss verabschiedete sich.

Teetee klatschte in die Hände. »Ich denke, nach unserem Einsatz dürften die bilateralen Beziehungen zwischen Deutschland und der Ukraine komplett neu verhandelt werden.«

Isa suchte ihre Siebensachen zusammen. »Hauptsache, es läuft, wie wir es wollen.«

»Wie du es willst.«

Sie gingen hinaus auf den Flur in Richtung Treppenhaus. »Es ist immer noch meine Operation«, sagte sie. »Obwohl ich das Gefühl habe, mehr ans Wohl der Truppe zu denken als du.«

»Tust du das?«

»Teetee«, erwiderte sie ebenso leise wie scharf. »Wenn du irgendetwas hast, dann sag es jetzt. Wenn es nur darum geht, dass du dich von mir überrannt fühlst, dann gewöhn dich einfach mal an den Gedanken. Das wird dir im Lauf deiner Karriere noch öfter passieren, wenn du nicht aufpasst.«

Sie lief schneller, aber er holte sie ein. »He, was soll das?«

Sie blickte sich um. Niemand zu sehen oder zu hören. »Von Anbeginn an, von dem Moment an, in dem wir uns beim Verfassungsschutz wiedergetroffen haben, blockierst du mich. Hast du heute da drin irgendetwas Produktives von dir gegeben? Hast du jemals etwas getan, das die Sache voranbringt?«

»Wie du sagtest, es ist nicht meine Operation.«

»Aber es sind deine Leute«, zischte sie. »Sie brauchen Waffen. Sie müssen dabei sein. Mein V-Mann kommt da nicht lebend raus, wenn wir das den Ukrainern allein überlassen!«

Sie liefen die Treppen hinunter. Unten stand ein Sicherheitsmann, der ihnen schon die Tür aufhielt.

»Du wolltest es ja so.«

»Wie bitte?«

»Wir hätten die Sache ohne Probleme in Passau stoppen können.«

»Da waren sie nicht dabei. Nicht alle.«

Isa blieb am Fuß der Treppe stehen und schlüpfte in ihren Mantel. »Ihr hättet nur meinen V-Mann hochgenommen. Wie gerichtsverwertbar ist *das* denn?«

Teetee wollte ihr helfen, aber sie wich mit einer ärgerlichen Bewegung aus und fand den Weg in die Ärmel allein.

»Warum hast du nicht dafür gesorgt, dass sie das zusammen machen?«

»Wie denn? Hast du nichts aus den NSU-Prozessen gelernt?«

»Ist ja gut. Reg dich nicht auf. Jetzt sind wir hier, und dank deiner flammenden Rede werden wir sie morgen hochgehen lassen. Wird wahrscheinlich nur ein Problem für die Scharfschützen. Der Hafen liegt so weit unten, dass man vom Boulevard aus alles sehen kann.«

»Deshalb machen wir es in der Lagerhalle.« Endlich hatte sie den Mantel dort, wo er sein sollte. »Ihr könnt vorher dort Stellung beziehen. Ich denke gegen fünfzehn Uhr. Dann nehmt ihr unsere Leute in Empfang und bringt sie hierher.«

Von oben näherten sich Schritte und Stimmen. Die Soldaten kehrten von der Besichtigung der Verliese zurück. Scherze wurden hin und her geworfen. Ein leichter Job, nicht zu vergleichen mit der Hölle des Krieges.

Gemeinsam verließen sie die Repräsentanz. Es nieselte. Die graue Wolkendecke war so dicht, dass man das Gefühl bekommen könnte, es wäre schon Abend.

»Was machst du heute?«, fragte Teetee. »Wir gehen noch ins Hafenviertel. Willst du mit?«

»Nein. Ich warte auf einen Anruf von meinem V-Mann und auf Budkos Entscheidung. Ich bleibe im Hotel.«

»Na dann...«

Sie verließen die Seitenstraße. Auf dem hell erleuchteten Boulevard drängten sich die Menschen. Isa drehte sich um und warf noch einen Blick auf die Repräsentanz. In diesem Moment wurde die Fassadenbeleuchtung abgeschaltet. Es war, als ob das Haus die Augen schloss und zurücktrat in den Schatten zu den anderen.

8

Judith war in ihrem Leben ein paarmal geflogen. Nicht oft genug, um Routine zu entwickeln, jedes Mal begleitet von einem flauen Gefühl. Ihr Platz lag am Gang im hinteren Teil der Maschine. Erst als die Ansage *Boarding completed* durch die Lautsprecher kam und die Türen geschlossen wurden, war sie sicher: Guntbart Möller würde nicht mehr auftauchen. Sein Glück.

Neben ihr saß ein junges Paar, das Ukrainisch miteinander redete. Judiths Russischkenntnisse reichten aus, um die Unterschiede der Sprachen zu bemerken. Ein weicherer Klang, andere Redewendungen. *Deruny* sagte die Frau zu den kleinen Kartoffelpuffern, die wenig später hastig serviert wurden, *draniki* hießen sie im Russischen. Wo die Russen schlicht und ergreifend jeden zweiten Satz mit *Ich sag dir* begannen, wurden im Ukrainischen höflichere Umschreibungen gesucht. *Ich muss dir sagen, ich habe zu sagen* ... Judith lauschte, um sich in die fremde Melodie einzugewöhnen. Die paar Jahre Russisch in der Schule waren also doch zu etwas gut gewesen.

Nachdem die Tabletts abgeräumt waren, begann eine Völkerwanderung zu den Toiletten. Judith reihte sich in die Warteschlange ein. Sie scannte Sitz für Sitz, bis sie die beiden entdeckte. Sie saßen links, mindestens zehn Reihen vor ihr. Beide trugen Lederjacken mit Emblemen, die Judith noch nie gesehen hatte. Maxe schlief, das Kamel war in ein Videospiel auf dem Handy vertieft. Der Platz neben ihm war frei. Plötzlich sah er hoch. Judith konnte gerade noch den Blick abwenden. Vielleicht hatte Guntbart ihn informiert. Es musste eine Möglichkeit der Kommunikation geben, die beiden sahen aus, als wären sie in dem Moment verloren, in dem sie fremden Boden betraten. Die Augen des Kamels saugten sich an einer üppigen Frau fest, die hinter ihr in der Schlange stand. Endlich war das Klo frei. Judith verschwand in der winzigen Kabine, verrammelte die Tür und fragte sich, was sie geritten hatte, in einen Flieger nach Odessa zu steigen.

Sie brauchte einen Plan, am besten sofort. Um Frederik zu finden, musste sie sich nur an die Fersen der beiden Rechtsaußen heften. Ob er seine Mission abbrechen würde, um Tabea zu sehen, war dann seine Entscheidung. Larcan aber war eine Nummer größer. Sie hatte keine Ahnung, wo und wie man in Odessa untertauchte. Wahrscheinlich nicht anders als in New York oder Köln. Jemanden zu finden, der nicht entdeckt werden wollte, war eine Sache. Ihn mit seinen Sünden zu konfrontieren, eine zweite. Sie hatte knapp hunderttausend Euro Blutgeld dabei, an denen er ersticken sollte.

Jemand klopfte an die Tür, wahrscheinlich die dralle Frau in dem engen T-Shirt. Sie wusch sich die Hände und schlüpfte wieder hinaus. Auf dem Weg zu ihrem Platz war sie einen Moment lang versucht, sich neben die beiden zu setzen, um sie nach dem Aussteigen nicht zu verlieren. Aber eine innere Stimme warnte sie. Sie sollte ihr Glück nicht überstrapazieren.

Die Zeit bis zur Landung zerrte an ihren Nerven. Endlich leuchtete das Anschnallzeichen auf. Das junge Paar neben ihr klebte am Fenster, sodass sie selbst keinen Blick hinauswerfen konnte. Der Pilot musste ein Anfänger sein, denn das Flugzeug kam äußerst unsanft auf und schlingerte leicht. Aber dann rollte es aus, und wenig später hatte es die Parkposition erreicht. Alle sprangen auf, der Gang war in Sekundenschnelle voll. Judith verlor kostbare Minuten, bis sie endlich das Flugzeug verlassen konnte, und atmete auf, als sie die beiden an der Passkontrolle weit vor ihr entdeckte.

Eine endlose Viertelstunde später stand sie in der Ankunftshalle. Von Maxe samt Kamel keine Spur. Das Gebäude war modern, Glasdach, spiegelnde Bodenfliesen, keine Kioske, keine Schalter, nur ein paar Geldautomaten und Dutzende Taxifahrer, die sich wie die Geier auf die Ankommenden stürzten. Drinnen war es warm, die trockene Luft von Klimaanlagen, aber kaum hatte Judith die Halle verlassen, pfiff ihr ein eiskalter Wind ins Gesicht. Der Himmel war grauschwarz, gerade begann es zu nieseln. In der Luft lag der Geruch von Flugzeugbenzin und feuchtem Sand. Mit ohrenbetäubendem Lärm startete gerade eine Maschine und donnerte hinter Judiths Rücken in die tiefen Wolken. Sie atmete tief durch. Die Ukraine. Neuland unterm Pflug.

Vor ihr lag eine breite Straße, so eben und sauber, als hätte man sie gerade erst ausgerollt. Sie führte zu einem Kreisel, hinter dem auf einem sumpfigen Stück Land die Taxen standen, zu denen die eingefangenen Touristen abgeführt wurden. Das Gelände gegenüber sah aus, als hätte jemand einen großen Wurf geplant und dann alles mit beiden Händen zusammengeschoben und fallen gelassen. Abbruchreife Baracken, windschiefe Hütten. Ein paar Büros in Leichtbauweise mit den Werbeschildern großer Autovermieter, Parkplätze, Unterstände, Bauzäune. Vor einem älteren Gebäude patrouillierten Sicherheitskräfte. Terminal 1, Abflug.

Judith setzte sich unter dem Vordach auf einen runden Poller und drehte sich eine Zigarette. Sie ärgerte sich maßlos, so rücksichtsvoll gewesen zu sein und sich nicht durch die Schlange an der Passkontrolle nach vorn geboxt zu haben. Jetzt saß sie hier und wusste nicht mehr weiter.

Irgendwas mit London.

Zumindest das hatte diese Flachbirne von Guntbart behalten. Sie holte ihr Handy heraus und gab die Begriffe »Odessa«, »Hotel« und »London« ein. Ergebnis: Londonskaya. Einzelzimmer neunundfünfzig Euro.

Vom Parkplatz her näherte sich das satte Dröhnen von untertourig laufenden Motoren. Sie sah hoch und erkannte zwei Motorräder. Die Fahrer trugen Jeans und schwere Lederjacken. Obwohl die Helme ihre Gesichter verdeckten, erkannte Judith sie an den aufgestickten Emblemen wieder. Kaum auf der Straße, gaben sie Standgas, bis die Maschinen kaum noch zu halten waren, und legten dann los. Ein Taxifahrer, dem sie die Vorfahrt genommen hatten, hupte wütend. Der hintere, wahrscheinlich Maxe, zeigte den Mittelfinger.

»Da seid ihr ja«, sagte sie leise zu sich selbst.

Ein drittes Motorrad, eine Harley-Davidson, verließ den Parkplatz. Bevor Judith begriff, hatte es sich schon hinter das Taxi gelegt und überholte es mit einem eleganten Schlenker. Sie sprang auf, hob die Hand, wollte etwas rufen, aber der Fahrer war schon zu weit weg. Das Aufheulen der Motoren wurde leiser und verschwand schließlich hinter einer Biegung.

Sie hatten sich verpasst.

Ein paar der Taxifahrer kamen aus der Ankunftshalle und machten ihrem Ärger Luft, leer ausgegangen zu sein. Judith fragte auf Russisch, was eine Fahrt in die Stadt kosten würde.

»*Dvadtsat yevro*«, antwortete der eine. Zwanzig.

»*Desyat*«, bot Judith. Zehn.

Sie einigten sich in der Mitte, bei fünfzehn Euro.

Eine halbe Stunde später entließ der Fahrer sie am Ende einer Fußgängerzone, die unter entlaubten Akazien zu einer gewaltigen Treppe führte. Vor Judith ausgebreitet, als würde er sie mit offenen Armen empfangen, lag der Hafen von Odessa.

»*Napravo!*«, rief ihr der Fahrer noch zu. Nach rechts. Sie nickte, doch sie lief geradeaus, direkt auf die Stufen zu. Ein Windstoß erfasste sie, schlug ihr ins Gesicht, raubte ihr fast den Atem, griff mit eiskalten Fingern nach ihrer Jacke und ließ sie flattern. Das Meer, die Wolken, die Möwen, die

Treppe. Wie in Trance stieg sie die Stufen hinunter und setzte sich schließlich irgendwo auf halber Höhe. Das Nieseln hatte aufgehört.

Die kleine Seilbahn neben den Stufen war geschlossen, kaum jemand war bei diesem Wetter unterwegs. Sie berührte den schartigen Beton, auf dem sie saß, und sah hinunter auf das Kreuzfahrtterminal und eine breite Straße, die den Hafen wie eine Grenze von der Stadt abtrennte. Sie lauschte in sich hinein, suchte nach Erinnerungen, schloss die Augen. Auf diesem Foto hatte die Sonne geschienen. Die Mutter links hinter ihr, der Vater rechts. Jemand hielt eine Kamera, so ein uraltes, billiges Ding. Ein Mann, da war sie sich ganz sicher. Nun mal lächeln! Alle zusammen!

Sie spürte einen Arm um ihre Schulter, aber das bildete sie sich ein. Genau wie dieses Gefühl von Geborgenheit, das sie empfand.

Odessa. Hatte die Stadt nicht schon immer den Einsamen und Suchenden ihre Türen geöffnet? Lass mich finden, was ich suche, dachte sie und öffnete die Augen. Vor ihr, keine drei Schritte entfernt, stand eine Möwe und sah sie mit schief gelegtem Kopf an.

Sie hätte das Buch von Tschechow mitnehmen sollen. *Die Möwe.*

9

Es war früher Abend, als Kaiserley in der Straße ankam, in der Kellermann wohnte. Früher ging es nicht, er hatte noch eine schlecht besuchte Signierstunde bei Dussmann gehabt und anschließend seinen Wochenendeinkauf erledigt. Es gab Anfragen von zwei Magazinen, eines eher links, das andere konservativ, beide wollten ein Interview, glücklicherweise schriftlich. Ein neuer Vertrag seines Verlages war eingetrudelt, der Vorschuss um einiges höher als beim letzten Mal. *Operation Saßnitz* war trotz des schwierigen Themas auf dem Weg in die Sachbuch-Bestsellerliste, was aber mehr seinem Auftritt bei Juliane Westerhoff geschuldet war, die mittlerweile dreimal in der Woche spätabends in der ARD die Quadratur des Kreises versuchte: eine unterhaltsame Polittalkshow. Eine Lesereise stand an, die Leipziger Buchmesse. Am späteren Abend war er mit einer investigativen Freelancerin verabredet, die für *Spiegel Online*, *Zeit* und die *Süddeutsche* arbeitete und am Telefon nicht nur interessiert, sondern auch interessant geklungen hatte.

Es war klar, dass er Kellermann in seinem Zustand nicht nach Prenzlauer Berg bestellen konnte. Die Beerdigung hatte dem Mann schwer zugesetzt, vor allem Isas kurze, aber prägnante Ansprache. Ihr Schwur, dass sie nicht eher ruhen werde, bis sie Larcan gefunden hätte – was sollte diese Theatralik? Hatte sie ernsthaft geglaubt, Stanz würde daraufhin vor Schreck der Ohnmacht nah eine Nachricht im toten Briefkasten hinterlassen und seinen ehemaligen Schützling warnen? Er kannte den alten Fuchs, ihn und die Letzten seines Schlags. Isas Wunsch, sie bei der Bestattung dabeizuhaben, hatte er Funke übermittelt. Und er selbst war am meisten erstaunt gewesen, dass sie alle gekommen waren. Vielleicht eine willkommene Abwechslung im Rentnerdasein: gemeinsam Beerdigungen besuchen.

Er fand das Haus und die Namen auf dem Klingelschild. *Eva & Werner Kellermann.* Mit einem Seufzen machte er sich bemerkbar und wartete, bis der Summer ertönte und er die alte Holztür öffnen konnte, die in einen schäbigen Hausflur führte. Gelbe Ölfarbe, abgetretene, schmutzige Fliesen. Billigste Gründerzeit, Hinterhöfe wie zu Zilles Zeiten. Eine

Holztreppe führte hinauf, vierter Stock. Hatte Kellermann nicht gesagt, sie hätten sich eine Wohnung im Tiergarten gekauft? Dann erinnerte er sich an den Prozess, die Kosten und Evas Krankheit. Wenigstens die Kreuzfahrt hatten sie noch gemacht. Es konnte so schnell gehen, so verdammt schnell, dieser Abstieg aus den eigenen vier Wänden in so eine Bruchbude. Mein Gott, wie schaffte das Kellermann ohne Aufzug?

Indem er die Wohnung nicht mehr verließ, ging es ihm durch den Kopf, als er den alten Kollegen begrüßte und hineingebeten wurde. Kellermann roch, als hätte er in dem zerknitterten Anzug geschlafen. Die roten, entzündeten Ränder um die Augen, das unrasierte Gesicht, die fahrigen Bewegungen verrieten, dass ein Mensch dabei war, die Hoheit über sein Leben zu verlieren. Erst recht, als Kaiserley das Wohnzimmer betrat und mit einem Chaos konfrontiert wurde, das er im Leben nicht erwartet hätte.

»Willste Kaffee?«

Die Glaskanne, die Kellermann in der Hand hielt, wies mehr Ringe auf als eine hundertjährige Eiche. Er nahm sie ihm ab.

»Lass mal, ich mach das.«

Die Küche sah besser aus. Wahrscheinlich, weil hier weder gekocht noch gegessen wurde. Kaiserley sah in den Kühlschrank – alles in Ordnung, zumindest auf den ersten Blick. Wahrscheinlich noch Isas Werk. Er spülte die Kanne aus, fand alles, was er brauchte, übersichtlich angeordnet, und setzte Kaffee auf. Kellermann ließ sich mit einem Stöhnen auf dem Stuhl in der Essecke nieder.

»Der Rücken.« Die linke Hand fuhr nach hinten. »Ich hab den ganzen Tag recherchiert.«

»So.« Kaiserley fand auch die Tassen, dazu Zucker und eine unangebrochene kleine Flasche Kondensmilch. Auf dem Tisch lag eine Leinendecke, in der Mitte ein kupferner Übertopf, in dem eine vertrocknete Rosenpflanze stand. »Was recherchierst du denn?«

»Gute Frage, gute Frage. Die Prozessakten, die Aussagen, die Stasiunterlagen, alles. Es fehlt was, und ich weiß nicht, was.«

»Und dafür brauchst du mich?« Ohne es zu wollen, hatte sich Ablehnung in Kaiserleys Stimme geschlichen.

»Ich hab dein Buch noch nicht gekauft. Hast du eins dabei?«

»Immer.«

Tatsächlich hatte er es sich angewöhnt, in den ersten Wochen nach Erscheinen stets ein Exemplar bei sich zu haben. Es gab die erstaunlichsten Gelegenheiten, bei denen er es loswerden konnte. Wichtig waren die Multiplikatoren, Leute, die über Bücher mit anderen redeten und so Wegmarken im Dschungel der Neuerscheinungen setzten. Journalisten, Politiker, Showgrößen. Bei Westerhoff hatte er einen ehemaligen Skispringer kennengelernt, der sich gegen Doping einsetzte, eine Filmproduzentin und den früheren Entwicklungshilfeminister. Alle hatten versprochen, das Buch zu lesen. Es würde reichen, wenn sie es im nächsten Interview unter der Rubrik »Was liegt gerade auf Ihrem Nachttisch?« erwähnen würden. Er war Freiberufler, also musste er sein Marketing selbst übernehmen.

Kellermann allerdings war der Einsiedlerkrebs unter den Multiplikatoren. Aber sie kannten sich so lange, es war selbstverständlich, dass er ihm ein Freiexemplar mitbrachte.

»Aber nur mit Widmung!«

»Aber nur«, antwortete Kaiserley mit einem knappen Lächeln. Er nahm den zweiten Stuhl, auf dem ein mit Rosen besticktes Kissen lag und der wohl Evchens Platz gewesen war. Kellermann holte tief Luft, sagte aber nichts. Ihm war klar: Er musste sich an die Tatsache gewöhnen, dass er jetzt allein war. Alt, arm und allein. Schon der Gedanke an dieses Schicksal stimmte Kaiserley großzügiger, was seine Zeit betraf. Sie tauschten kleine Lügen aus – Kaiserley, indem er den Erfolg seines Buchs herunterspielte, Kellermann, indem er so tat, als ob er alles im Griff hätte. Schließlich fragte Kaiserley: »Wonach suchst du?«

»Wenn ich das wüsste. Evchen hat Isa was gesagt, in der Nacht ihres Todes. Etwas, das sie sehr belastet hat. Isa sagt, es wäre die alte Romeo-Geschichte.«

Kaiserley nickte. Konnte durchaus sein. Evchen war eine zarte Seele gewesen. Ein Knick, und es wuchs nie mehr wieder richtig zusammen.

»Aber es muss noch etwas gegeben haben«, fuhr der Witwer fort. »Isa sagt es mir nicht.«

»Weißt du das, oder nimmst du das nur an?«

Kellermann zuckte mit den Schultern, die immer noch breit und massig waren, aber jetzt nach vorn fielen, als trügen sie eine unsichtbare Last.

»Ich war bei ihr, als sie gestorben ist. Bevor Isa da war, war sie ängstlich und aufgeregt. Danach ganz ruhig, ganz... Wie soll ich das sagen? Zufrieden?«

»Sie hat sich alles noch mal von der Seele geredet. Vielleicht.«

Kellermann schüttelte den schweren Schädel. »Nicht noch mal. Was anderes.«

»Hast du eine Vorstellung, was das gewesen sein könnte?«

»Nein. Und deshalb suche und suche ich. Und ich weiß, ich übersehe etwas. Und deshalb brauche ich dich.«

Kaiserley entdeckte, was seine Zeit anbetraf, wieder den Geizhals in sich. Vor allem, wenn er an die verstreuten Papierberge im Wohnzimmer dachte.

»Du willst, dass ich das alles mit dir zusammen durchgehe? Hunderte, Tausende Seiten?«

Ein unsicheres Nicken. Die Kaffeemaschine spuckte das letzte Wasser in den Filter. Kaiserley stand auf und holte die Kanne. Dann setzte er sich wieder.

»Du weißt, was eine fixe Idee ist?«

»Halt mich ja nicht für verrückt!«

»Nein. Das tue ich nicht. Du hast einen schweren Verlust erlitten. Ich weiß, was Evchen dir bedeutet hat. Du suchst nach einem Weg, ihr nahe zu sein, um nicht mit dem Abschiednehmen anfangen zu müssen. Also glaubst du daran, dass sie dir in der Stunde ihres Todes etwas verschwiegen hat. Ich tue das nicht.« Er schob Kellermann Milch und Zucker über den Tisch. »Ich glaube, sie hat fantasiert. Und sie wollte mit einem reinen Herzen sterben, also hat sie ihrer Tochter die ganze Sache mit Lindner noch mal gebeichtet.«

Kellermann hatte kurz angesetzt, um zu widersprechen. Jetzt saß er mit zusammengepressten Lippen da wie ein gerügter Schuljunge.

»Die Menschen sterben, jeder auf seine Weise«, setzte Kaiserley etwas leiser hinzu, weil er befürchtete, zu harsch gewesen zu sein. »Evchen hat dir nichts verheimlicht. Sie hat dich geliebt, du warst ihr Ein und Alles. Ihr Retter.«

Kellermanns Augen wurden feucht. Er sah zum Fenster hinaus, wo sich irgendwo über ihnen aus einem trüben Himmel langsam der Abend auf die Stadt senkte. Und mit einem Mal ahnte Kaiserley, was seinen alten Kollegen beschäftigte.

»Liebe…«, fing er an und brach dann hilflos ab. Was wusste er von Liebe? Die eigene Ehe in den Sand gesetzt, kaum Kontakt zu seinem Sohn, und die Frauen, mit denen er lebensabschnittsweise das Bett teilte, waren ihm zwar höchst sympathisch, aber er liebte sie nicht. Ein schwieriges Thema zwischen zwei Männern, die ihr ganzes Leben lang andere Prioritäten gesetzt hatten. »Liebe geht manchmal seltsame Wege. Vielleicht hast du recht, wenn du an Evchens anfänglichen Gefühlen zweifelst. Aber sie ist über dreißig Jahre an deiner Seite geblieben. Tut mir leid, aber das schafft nur jemand, der wirklich verdammt tiefe und echte Gefühle für dich hegt.«

Kellermann lächelte, und für einen Moment blitzte noch einmal der alte Haudegen durch. Dann verschwand die kleine Regung. Was blieb, waren die vornübergebeugten Schultern, der eingezogene Kopf, eine tiefe Ratlosigkeit.

»Ich zweifle ja auch nicht an ihren Gefühlen. Damit täte ich ihr unrecht. Aber es war was zwischen uns, all die Jahre. Irgendetwas, wohinter ich nie gekommen bin.«

»Dann lass es jetzt ruhen.«

»Kannst du nicht einmal mit mir den Wust durchgehen? Wie in alten Zeiten?«

Kaiserley nahm den Filter von der Kanne, schenkte ihnen Kaffee ein, löffelte Zucker in seinen Becher und rührte länger in ihm herum, als es nötig gewesen wäre.

Kellermann sagte: »Gut. Vergiss, was ich dir erzählt habe.«

Aber das ging ja nicht. Worte, die Zweifel ausdrückten oder einfach nur, wie finster und verwinkelt es in einem aussah, konnten nicht zurückgenommen werden. Sie würden Kaiserley begleiten, egal, ob Kellermann zurückruderte oder nicht. Er hätte das Gefühl, ihn im Stich zu lassen, und das auch noch in diesem dunklen Irrgarten.

Er verabschiedete sich innerlich von der interessanten Freelancerin, und es war leichter als gedacht. »Meine Ansage: Was unwichtig ist, ist unwichtig. Keine Diskussionen. Ich glaube nicht, dass wir etwas entdecken, das deine Theorie bestätigt, aber wenn es dem Seelenfrieden dient...«

Ein Blick in Kellermanns Gesicht: Es diente. Leben kehrte in die müden Züge zurück, der Blick wurde klarer, die Schultern strafften sich.

»Abgemacht.«

Sie nahmen den Kaffee mit hinüber ins Wohnzimmer, und Kaiserley begann als Erstes, die Blätter den einzelnen Vorgängen zuzuordnen. Anklageschrift, Aussagen, schlechte Kopien aus dem Stasi-Unterlagen-Archiv kamen zu den Prozessakten. Die besseren Kopien, die über Eva Kellermann, bildeten einen eigenen Stapel. Ebenso Protokolle und Gesprächsnotizen, die Kellermann, nachdem alles aufgeflogen war, noch schnell aus dem Computer in Pullach gezogen hatte. Lindners Akte. Der »Vorgang Saßnitz«, einmal aus Sicht des BND, einmal aus der der HV A. Stunden vergingen, zumindest kam es Kaiserley so vor. Als er einmal verstohlen auf seine Uhr blickte, war es erst halb sechs.

»Das hast du aufgehoben?« Kaiserley hielt ein Papier in den Händen. »Protokoll Gesamtlage/Führungs- und Informationszentrum«, las er vor, »EA, TA, Klassifizierung streng geheim. Treffen im Haus des amerikanischen Stadtkommandanten Berlin-Zehlendorf, Schleusung des DDR-Bürgers Richard Lindner und seiner Familie in die BRD, Beschaffung der Klarnamen aller Auslandsagenten der DDR ...«

»Ist aus der HV A. Schau mal, von wann.«

Ein kaum erkennbarer Stempel.

»Vier Tage bevor die Sache startete. Diktiert habe ich es ein halbes Jahr vorher, und in der Zeit war es auch in den Händen des Feindes. Warum hat Lindner so lange gewartet, bis er es weitergeleitet hat?«

Kaiserley legte das Blatt auf den Lindner-Stapel. »Weil er seine eigene Geheimoperation sonst verraten hätte«, erklärte er geduldig.

Kellermann, der wie ein Buddha auf der Couch thronte, lief schon fast wieder zu alter Hochform auf. »Das ist deine Theorie. Der große Unbekannte. Wer soll es denn gewesen sein?«

»Ich habe mal an Markus Wolf gedacht, als Rache für sein

Outing in Stockholm. Als er bei Ikea Möbel kaufen wollte und dabei fotografiert wurde.«

»Der ist aber von Stiller überführt worden.«

»Aber erst, nachdem ich den BND davon überzeugen konnte, es mal wie die Briten zu versuchen. Zeitschriftenauswertung. Mühsam, aber in diesem Fall effektiv.«

Tatsächlich hatte Werner Stiller, ein Überläufer der HV A XIII, DDR-Geheimdienstchef Markus Wolf auf einem Observationsfoto der SÄPO, der schwedischen Sicherheitspolizei, erkannt. Dabei hätte eine ordentliche Lektüre etwa der Berliner Zeitung zur Identifizierung schon gereicht: Parade zum 1. Mai 1979, zwei Reihen hinter Honecker. Es war Kaiserleys Verdienst, dieses Foto ausgegraben zu haben und mit den Aufnahmen in Stockholm zu vergleichen. Bis heute erinnerte er sich an den Moment, als Stiller auf den hochgewachsenen, bleichen Mann deutete und sagte: »Markus Wolf, Generaloberst, Leiter der HV A.« Der »Mann ohne Gesicht« war enttarnt.

Kellermann strich sich über die Wangen, auf denen grauschwarze Bartschatten lagen.

»War schon eine Glanzleistung von dir, kann man nicht anders sagen. Aber nimmst du dich da nicht trotzdem etwas zu wichtig?«

»Ich bin Wolf später ein paarmal begegnet. Er hat mir glaubhaft versichert, nichts mit Lindners Alleingang zu tun gehabt zu haben.«

Kellermann zog die Augenbrauen hoch. »Na ja, wenn einem Markus Wolf etwas *glaubhaft* versichert hat...«

»Ich denke, es waren Lindner und Stanz.«

»Stanz? Sein erster Führungsoffizier?«

»Ehrgeizig. Eiskalt. Ging über Leichen. Hat Markus Wolf verehrt, als wäre er die Reinkarnation von Lenin. Wollte raus aus der dritten Reihe. Und Lindner war damals schon einer, der sich ebenfalls zu Größerem berufen fühlte. Als Romeo war er eindeutig unterfordert. Wenn die beiden Wolf meinen Kopf auf dem Silbertablett serviert hätten, das wäre eine Nummer gewesen.«

Kellermann stieß ein kurzes, bellendes Lachen aus. »Dieser Lindner. Ist schon schlimm, wenn man als Mann einzig auf sein Äußeres reduziert wird.«

»In meinem Buch habe ich Aussagen von Zeitzeugen und ehemaligen Kollegen. Sie alle bescheinigen Lindner einen, wie man heute sagen würde, sehr geringen EQ.«

»Einen was?«

»Eine geringe emotionale Intelligenz. Brillant im Kopf, im Herzen leer.«

»Du solltest wirklich Bücher schreiben.«

Kellermann nahm das Blatt vom Lindner-Stapel, setzte die Brille auf und überflog es noch einmal. »Und was sagt Lindner?«

»Ich hatte bislang nicht die Gelegenheit, ihn zu interviewen. Aber die Protokolle von ihm, die es noch gibt, geben mir recht.«

»Du hast Aussagen von ihm?«

Kaiserley seufzte, griff nach seiner Aktentasche und holte das Buch heraus. »Hier. Kannst du alles nachlesen.«

»Auch über Evchen?«

Kaiserley blätterte durch die Seiten. »Nein.«

»Warum nicht? Wolltest du sie schützen?«

»Ich habe ihren Namen herausgehalten. Sie war, verzeih mir, wenn ich das sage, für die Operation Saßnitz ein austauschbares Werkzeug.«

Er sah, wie Kellermanns Kiefer arbeiteten.

»Eine Sekretärin, mehr nicht. Ich dachte, das wäre in eurem Interesse.«

»Was hat Lindner gesagt? Über sie?«

Kaiserley hob die Schultern. »Darüber gibt es nichts.«

Kellermann deutete auf die Papierstapel. »Hier auch nicht.«

»In den Prozessakten vielleicht?«

»Nein.«

»Und bei den Stasiunterlagen?«

»Auch nichts.«

Einen Moment lang herrschte Schweigen, gepaart mit Ratlosigkeit. Schließlich sagte Kaiserley: »Du willst mir sagen, es gibt nichts über die Verbindung zwischen Lindner und Evchen?«

»Doch.« Kellermann deutete auf die Stasiunterlagen. »Kontaktaufnahme, Datum, Uhrzeit, Ort, Anzahl der Treffen, Vollzug…« Ein hastiges Reiben der Augen. »Aber nichts darüber, wie sie sich getrennt haben. Es muss nach der Übergabe dieses Protokolls gewesen sein.«

»Was hat Evchen dir denn darüber erzählt?«

»Dass sie Gewissensbisse bekam und die Beziehung abbrechen wollte. Aber Lindner habe sie nicht in Ruhe gelassen. Es wurde so schlimm, dass sie sich schließlich mir anvertraut hat. Was danach geschah, weißt du ja.«

»Und Lindners Version?«

Kellermann schnaubte. »Es gibt keine. Evchens Aktenführung endet Anfang 85, ohne dass irgendwo auch nur erwähnt wird, warum. Normalerweise brechen Agenten den Kontakt zu ihrer Quelle ab, wenn sie nichts bringt. Oder wenn es zu gefährlich wird. Oder sie werden abgezogen und woanders eingesetzt. Aber ich finde nichts darüber. Und das ist es, was mich fast wahnsinnig macht. – Steht da was drin?« Er nahm das Buch hoch. »Hast du herausgefunden, was danach passiert ist?«

Kaiserley schüttelte den Kopf. »Es ist nicht wichtig in diesem Zusammen…«

»Nicht wichtig?« Kellermann warf das Buch auf den

Couchtisch. Es traf den Stapel mit den alten BND-Unterlagen, der gefährlich ins Rutschen geriet. »Für den berühmten Publizisten Quirin Kaiserley stehen ja andere Dinge im Vordergrund. Dass Markus Wolf persönlich seinen Kopf an die Wand nageln wollte – dass ich nicht lache!«

»Ich habe doch erklärt, dass das lediglich meine erste Theorie war.«

»Ich will wissen, was die mit Evchen gemacht haben!«

»Aber das hat sie dir doch erklärt. Nichts.«

»Du weißt genau, dass das nicht stimmen kann.« Kellermann wuchtete sich hoch und schlurfte quer über den Lindner-Stapel zur Anrichte. Hinter einem Glasfach standen Cognac, Brandy und weiteres Hochprozentiges.

»Auch einen?«, knurrte er.

»Danke, zu früh.«

Kellermann griff nach einem Cognacschwenker, schenkte sich eine ordentliche Portion ein und ließ den Inhalt kreisen.

»Sie hätten doch nie eine Sekretärin in so einer Position freiwillig von der Angel gelassen. Das wäre weitergegangen, immer und ewig. Wenn nicht mit Lindner, dann mit jemand anderem. Sie war erpressbar.«

»Dank deiner Hilfe nicht. Warum hast du sie nicht darauf angesprochen?«

»Warum?« Kellermann trank einen Schluck, schloss die Augen und kostete den Geschmack nach. »Warum ist die Banane krumm? Frag nicht so blöd. Weil ich Angst hatte. Angst vor einer Lüge, Angst vor der Wahrheit. Da war mehr zwischen den beiden.«

»Zwischen Lindner und Evchen? Sie war jung, bis über beide Ohren verliebt. Er hat das eiskalt ausgenutzt. Werner, tu doch nicht so, als ob du das nicht wüsstest. Ein ganzer Prozess ist darum geführt worden!«

»Ich weiß.« Er, ganz der geübte Trinker, stürzte den Rest

auch noch in sich hinein. »Ich weiß alles über Evchen und nichts über ihn.«

Kaiserley beschlich der Verdacht, dass sich vor seinen Augen ein Mann gerade in die schlimmste Form der Eifersucht stürzte: die, in der man Phantomen hinterherjagte und jedes Wort bewusst falsch interpretierte. Als Kellermann erneut zur Flasche griff, stand Kaiserley auf und nahm sie ihm aus der Hand.

»Ich bin nicht hier, um mir deinen Rausch anzusehen.«

»Ist doch nur ein kleiner!«

»Der eine reicht.«

Widerstrebend stellte Kellermann den Cognac wieder zurück. »Du hast recht. Ich muss einen klaren Kopf behalten. Ich hab was übersehen, irgendwas…« Sein Blick irrlichterte über die Papier- und Aktenstapel. »Wir wissen alles. Alles. Und nichts über Lindner. Nichts über Lindner…«, murmelte er.

»Sie werden es vernichtet haben, Anfang 1990. Als überall im Land die Bezirksverwaltungen der Stasi gestürmt wurden.«

»Wahllos? Das glaubst du doch selbst nicht.«

Nein. Auch die Vernichtung hatte System gehabt. »Vielleicht…« Kaiserley suchte nach einer Erklärung, um nicht noch mehr Wasser auf die Verschwörungsmühlen zu gießen. »Vielleicht stand auch nur darin, wie Evchen mit ihm Schluss gemacht hat. Oder er mit ihr.«

»Isa«, sagte Kellermann.

Kaiserley verstand nicht.

»Isa war hier. Hier im Wohnzimmer. Da war alles noch geordnet und weggeschlossen.«

»Du meinst, sie ist, während ihre Mutter starb, ins Wohnzimmer gegangen, hat die Stasiakten durchwühlt und Lindners Aussage an sich genommen?«

»Ich hab mir das nie angeschaut. Ich wollte nicht wissen, was für ein Typ er war und was er für Lügen über Evchen erzählt hat. Du weißt doch, was diese Romeos so von sich gegeben haben. War leicht zu haben, die Kleine, wie Fallobst. Wie sie sie ausspioniert haben, um sie schneller rumzukriegen. Das alles wollte ich nicht. Nie.«

»Und warum ausgerechnet jetzt?«

Kellermann sah durch die geöffnete Tür hinüber zum Schlafzimmer.

»Weil sie es Isa gesagt hat. Und nicht mir.«

Kaiserley legte seine Hand auf Kellermanns Schulter. »Gut. Dann suchen wir jetzt ein Protokoll, in dem aus Lindners Sicht die Trennung von Evchen dargestellt wird. Ist es das? Willst du das unbedingt wissen?«

Kellermann tapste zurück zur Couch. »Wenn es nicht mehr hier ist, wenn Isa es an sich genommen hat, wo könnte man noch an eine Kopie herankommen?«

Beide wussten: Die Stasi-Unterlagen-Behörde war wie ein leer gefischtes Meer. Dort gab es nichts.

»Dein Anwalt?«

Kellermann schüttelte den Kopf. »Der war froh, als er mir alles mitgeben konnte.«

Sie sahen sich an. Zwei Veteranen des Kalten Krieges. Was hatten sie nicht schon alles miteinander erlebt. Höhen und Tiefen. Triumph und Verrat.

»Ich rufe Funke mal an«, sagte Kaiserley. Er griff zu seinem Handy. »Oberst Funke. HV A XII, Chef über achtundfünfzig hauptamtliche Mitarbeiter.«

Kellermann hielt die Luft an.

»Chef von Lindner und Stanz. Vielleicht kann der uns weiterhelfen.«

»Das glaubst auch nur du.«

»Wenn einer weiß, wo Lindner jetzt ist, dann Stanz. Er hat

die Akten damals geführt, er hat sie auch vernichtet. Er war auf der Beerdigung, also wird er noch in Berlin sein. Und Funke hat Kontakt zu ihm, jede Wette.«

Kellermann nickte.

Aber Funke ging nicht an den Apparat und hatte auch die Mailbox nicht eingeschaltet. Kaiserley vertraute darauf, dass dem alten Funktionär seine Nummer bekannt war und die Neugier ihn zu einem Rückruf bewegen könnte.

»Hast du schon was gegessen?«

»Gegessen?«

Kaiserley steckte das Handy weg. »Die selbstständige Form von Nahrungsaufnahme. Unten an der Ecke ist ein jordanisches Restaurant.«

»Jordanisch?« Kellermann sah auf seinen zerknitterten, fleckigen Anzug. »Was isst man denn so in Jordanien?«

»Lass dich überraschen.«

Als sie wenig später das Haus verließen und die Straße überquerten, hatte Kaiserley den Gedanken, dass sein Besuch doch zu etwas gut gewesen war. Kellermann trug jetzt wieder seine normale Ausgehuniform: graue Jacke, dunkle Hose, bequeme Schuhe, ein Käppi auf dem Kopf. Bei ihrem Eintreten in das kleine Restaurant wurden sie von den anderen Gästen neugierig gemustert. Sie waren auch ein seltsames Paar: Kaiserley in seinem gut geschnittenen Anzug, präsentabel für alle Gelegenheiten, und Kellermann, der aussah, als wäre er auf dem Weg zum Taubenvergiften in den Park. Hoffentlich wurde das jetzt nicht zur Gewohnheit, sie beide. Sie waren keine Freunde, nur alte Kollegen, von denen der eine den Weg in ein Leben geschafft hatte und der andere ihn noch vor sich hatte.

Er würde ihm helfen, endlich reinen Tisch mit der Sache zwischen Lindner und Evchen zu machen. Aber dann war Schluss. Er war nicht Kellermanns Kindermädchen.

»Nimm den Hummus«, sagte er, als klar war, dass Kellermann mit der Karte nichts anfangen konnte. »Und dann Fattet Djaj, das ist Joghurt mit Hähnchen.«

Kellermann nickte dankbar, wie ein Kind, das man verirrt im Wald getroffen hatte und das sich darauf verließ, dass man es herausführen würde.

10

Isa wusste, dass die anderen an der Bar saßen und damit rechneten, dass sie dort noch vorbeischauen würde. Kurz vor sieben, draußen wurde es dunkel. Vorglühen für den Hafenbummel. *Odessa by night.* Deshalb blieb sie auf ihrem Zimmer und ging noch einmal den ganzen Ablauf durch. Ankunft des Schiffes, Verladen der Waffenkisten auf das Kaffeeauto durch die Reisegruppe Wolfsrune. Fahrt in die Lagerhalle. Übergabe an die Brigadisten. Abtransport durch die Katakomben. Wo würden Putsko und Larcan zuschlagen? Nicht im Hafen, dort gäbe es zu viele Zeugen. Nicht in der Lagerhalle – dort lauerte eine Kompanie Bundeswehrsoldaten und die ukrainische Nationalgarde. Es würde auf dem Weg dorthin geschehen, schnell und effizient. Hoffentlich ließen sie den Fahrer leben und die Beobachtungsposten auch. Ihre Hand würde sie dafür aber nicht ins Feuer legen. Dann übernahm Larcan das Kaffeeauto und würde zu dem Ort fahren, den Putsko ihr genannt hatte.

Um halb acht rief der Legostein an. Beziehungsweise einer seiner Mitarbeiter, der ein recht gutes Deutsch sprach.

»Frau Kellermann?«

»Ja?«

»Wir dürfen Ihnen mitteilen, dass über Ihre Bitte positiv entschieden wurde. Ein Treffen zwecks Ausrüstung findet um neun Uhr morgens am Marinestützpunkt *Alexander Sokurov* statt, im militärischen Sperrgebiet des Hafens. Ihr Kollege bekommt von mir noch die Anweisungen. Ich muss nicht betonen, welch ein außergewöhnliches Entgegenkommen dies von unserer Seite aus ist.«

Isa verkniff sich ein breites Grinsen. »Selbstverständlich. Es ist uns Ehre und Verantwortung zugleich.«

Damit lauerten neun schwer bewaffnete Bundeswehrsoldaten an der Seite der Nationalgardisten auf drei Waffenkisten, die niemals im Lagerhaus ankommen würden. Die Sache hing mittlerweile so hoch, dass Teetee seinen Kopf nicht mehr aus der Schlinge ziehen konnte. Dieser Kollateralschaden war mit Abstand der erfreulichste.

Sie protokollierte Budkos Zusage, um später lückenlos nachweisen zu können, dass sie mit diesem *fail* nicht das Geringste zu tun hatte, und ging noch einmal Schritt für Schritt den Plan durch. Alles war perfekt. Nur dass die Ladung mitten im Countdown geklaut wurde. Von einem Meisterdieb, einem begnadeten Schmuggler, einem Waffenhändler ohne Gewissen, von Bastide Larcan.

Morgen gehört er mir.

Sie sah auf ihre Armbanduhr. Gleich acht. Treffen Sklyana Street 63. Sie musste los.

Unten war von Teetee und seinen Soldaten nichts zu sehen. Ein paar Touristen im typischen Trekking-Outfit saßen an der Bar und ließen sich ein einheimisches Bier schmecken. Draußen vor dem Hotel stieg sie in ein Taxi, das der Portier herbeigewunken hatte. Der Fahrer war ein junger Mann, sie sah nur seine Augen im Rückspiegel, die sich erstaunt weiteten, als sie ihm die Adresse nannte.

»*Your're sure, Madam?*«

Yes, I'm sure.

Kaum hatten sie den hell erleuchteten Primorsky-Distrikt verlassen, war es vorbei mit der Pracht der renovierten Fassaden und den glitzernden Schaufenstern. Die Straßen, schon in der Innenstadt eine Herausforderung, wurden zu löcherigen Pisten, in denen das Wasser kniehoch stand und von den Autoreifen in schmutzig-braunen Fontänen Richtung Bürgersteig geworfen wurde. Die Stadt nahm die Maske ab und präsentierte ihr pockennarbiges, verlebtes Antlitz. Häuserruinen, leere Fensterhöhlen, windschiefe Anbauten, die wie Schwalbennester an den Fassaden klebten. Ein Irrgarten aus schmalen Gassen und Innenhöfen, darunter, wie ein pulsierendes Geflecht aus Nervenbahnen, die Katakomben. Moldawanka. Isaak Babels Schmelztiegel der Nationen. Nach dem Exodus eine Schattenwelt, für Touristen ein No-go-Areal.

Der Fahrer ließ sie an einer Straßenecke aussteigen, weil er nicht in die schmale Gasse hineinfahren konnte oder wollte. Isa bat ihn, sie in einer halben Stunde wieder abzuholen, und fragte sich nicht zum ersten Mal, ob sie für diesen Ausflug gut genug gerüstet war. Sie hatte sich gegen den Mantel und für eine Daunenjacke mit Pelzkragen entschieden und trug damit mehr als den Gegenwert von drei ukrainischen Durchschnittslöhnen am Leib. Sie war unbewaffnet, und wenn auch niemand zu sehen war, wurde sie beobachtet. Der Fahrer wendete hastig und fuhr davon. Die Gasse war so dunkel, dass Isa versucht war, das Spotlight ihres Handys anzuschalten. Haus Nummer 63. Das war ja wohl ein Witz. Die Hälfte der Bewohner dürfte noch nicht einmal eine Sozialversicherungsnummer haben.

Die ersten Meter hinein waren eine Herausforderung. Gesprungene Gehwegplatten, tiefe Löcher, türlose Eingänge und Fenster wie tote schwarze Augen. Jemand riss ein Streichholz an, auf der anderen Seite, ein paar Häuser weiter. Ein hochgewachsener, schlanker Mann mit Hut und Mantel. Eine Szene wie in *Der dritte Mann*, zu surreal, zu unwirklich, um wahr zu sein.

Er zündete sich eine Zigarette an und sah dabei in ihre Richtung. Putsko. Sie atmete auf und wäre um ein Haar in den Dreck gestolpert, weil sie nicht darauf geachtet hatte, wohin sie trat.

»Gutten Abent«, sagte er auf Deutsch mit schwerem russischem Akzent. Die weitere Unterhaltung erfolgte auf Englisch. »Haben Sie gut hergefunden?«

»Danke. Ich hoffe, ich komme auch wieder zurück. Was ist das hier?«

»Treten Sie ein.«

Er ging voran, durch eine ehemalige Einfahrt, und führte sie in den Innenhof. Manche Fenster waren mit Holz vernagelt, jede Wohnung hatte einen selbst gebauten Balkon und einen Austritt, vermutlich für die Toilette. Alles sah aus, als würde es zusammenbrechen, sollte sich ein Sonnenstrahl in diese Halbwelt verirren. Ihre Schritte hallten, hinter einigen Fenstern brannte Licht. Putsko durchquerte den Hof, vorbei an Holzbrettern, Mülltonnen und seltsamem Sperrmüll – eine aufgeplatzte Couch, kaputte Blumentöpfe, die Überreste eines Schranks –, bis sie an das Quergebäude gelangten, das dem Eingang gegenüberlag. Auch hier keine Haustür. Die Luft in dem engen Flur war eisig und roch nach nassem Hund. Aber es gab Licht: Eine nackte Glühbirne flammte auf, als Putsko einen Schalter betätigte. Ausgetretene Holzstufen führten nach oben in die Wohnungen. Isa versuchte, nicht zu nah an die Wand zu geraten, die mit Salpeterausblühungen übersät war und aussah, als hätte das Haus einen ansteckenden Ausschlag. Betonstufen führten hinunter zu einer verbeulten Eisentür, bei der der Rost Jahrzehnte Zeit gehabt hatte, sich hineinzufressen. Seltsamerweise gab sie keinen Laut von sich, als der Russe sie öffnete. Offenbar hatte jemand mit dem Ölkännchen vorgesorgt.

»Nach Ihnen«, sagte sie.

Putsko nickte, trat seine Zigarette aus und ging voran. Isa sah noch einmal über die Schulter, bevor sie ihm folgte. Wenn sie hier verschwand, würde sie nie wieder auftauchen. Aber sie war zu kostbar. Ihr Wissen, ihre Hand, in der alle Fäden zusammenliefen. Sie holte tief Luft und folgte diesem hageren Orpheus in die Unterwelt.

Wieder flammte Licht auf. Der Gang führte geradeaus an mehrfach gesicherten Eisentüren entlang, die Keller. Am Ende lag ein Haufen Schutt, wie aus der Wand gefallen. Ziegelsteine, Putzbrocken, Sand. Putsko drehte sich um und reichte ihr die Hand. Sie zögerte keine Sekunde. Über ein Gemisch aus Geröll, Sand und Steinen, das ständig unter ihren Füßen wegrutschte, gelangten sie in ein längliches, in Stein gehauenes Gewölbe, das viel älter sein musste als die Häuser der Stadt. Sandstein. Frederik Meißner hatte davon erzählt. Die Decke wurde niedriger, der Durchgang schmaler. An manchen Stellen gab es zugemauerte Durchbrüche, die zum Teil uralt sein mussten. Einer war aufgebrochen. Als Putsko daran vorüberging, fiel Licht in einen feuchten Tunnelgang, der zur Hälfte eingefallen war. Schließlich musste sie den Kopf einziehen, um sich nicht an den unregelmäßigen Vorsprüngen zu stoßen. Putsko hatte eine Taschenlampe, aber er leuchtete nur für sich. Isa zog er einfach hinterher.

Dann ließ er ihre Hand los. Der Weg weitete sich, machte eine Biegung und mündete in einer Kreuzung, von der mehrere Gänge in die absolute Dunkelheit führten. Der Hades von Odessa.

»*Catacombs*«, sagte Putsko so ungerührt, als hätte er hier unten sein Büro. Das Lampenlicht tanzte über die nackten, rohen Wände. Isa nickte. Sie konnte wieder aufrecht stehen. Aus den Augenwinkeln sah sie, wie er in die Tasche seines Dufflecoats griff, und für den Bruchteil einer Sekunde schoss der Gedanke wie eine Pistolenkugel durch ihren Kopf: Jetzt knallt er mich ab. Doch dann wandte er sich um, trat in den rechten Gang und markierte die unebene Wand mit einem Kreuz. Er hatte nur ein Stück Kreide herausgeholt.

»Hier geht es lang.«

»Wohin?«, fragte sie. Ihre Stimme hallte in dem steinernen Gewölbe. Putsko steckte die Kreide ein und lief los. Notgedrungen folgte sie ihm. Ab und zu streifte das Licht verrostete Steigleitungen, die nach oben in einen toten Abwasserkanal mündeten oder in einen anderen Kellereingang, wenn der nicht verschüttet oder zugemauert war. Sie passierten einen größeren Raum, in dem Isa glaubte, Feldbetten zu erkennen, und einen weiteren, in dem sogar ein Tisch mit mehreren Stühlen stand. Sie waren keine zwei Minuten unterwegs, aber Isa kamen sie schon vor wie Stunden. Wieder eine Kreuzung. Wieder die Markierung, dieses Mal links.

»Wohin führen Sie mich?«

»Wir sind schon da.«

Nach zehn Metern öffnete sich ein Raum, vielleicht zwanzig Quadratmeter groß. Putskos Licht erfasste eine Petroleumlampe auf einem Tisch, die er Isa reichte. Sie hob das Glas, damit er den Docht anzünden konnte, und hoffte, dass er das Zittern ihrer Hände nicht sah. Die Flamme sprang über. Isa ließ den Glaszylinder sinken, hielt die Lampe hoch und leuchtete den Raum ab.

Er war relativ sauber und sogar zum Teil verputzt. Ein Tisch, drei Stühle, an der Wand ein Feldbett. Ein Schmugglerverlies.

»Hier?«, fragte sie. »Ist das Ihr Ernst?«

Putsko ging zu einem Stuhl, nahm Platz und forderte sie mit einer eleganten Handbewegung auf, das Gleiche zu tun. Zögernd trat sie näher.

»Sie hatten mir einen sicheren Ort versprochen, zu dem Sie Larcan bringen werden.«

»Dieser Raum ist der sicherste, den Sie in ganz Odessa finden werden.«

»Für ihn vielleicht. Aber nicht für mich.«

»Was stört Sie daran?«

»Was mich stört?« Sie leuchtete die Wände ab. »Man sieht die Hand vor Augen nicht. Ich kann ihn nicht gleichzeitig verhören und dabei eine Öllampe halten!«

Putsko wippte auf dem Stuhl nach hinten. Mit der Linken tastete er die Wand ab. Das Licht traf Isa so unvorbereitet, dass sie geblendet die Augen schloss. In der Ecke neben dem Eingang stand ein Scheinwerfer, mit dem man ganze Bühnen ausleuchten konnte. Und tatsächlich wirkte der Raum wie ein Filmset. Die uralten Wolldecken auf dem Feldbett, die Holzstühle mit ihren Schrunden und Scharten, der Tisch, bedeckt von Staub und feinen Steinkörnchen. Kyrillische Buchstaben an den Wänden. Kriegsgraffiti.

»Hell genug?«

»Ja, danke.«

Sie wischte die Sitzfläche des zweiten Stuhls ab und setzte sich. Putsko machte die Taschenlampe aus und holte einen kleinen Flachmann aus der Innentasche seines Mantels.

»Hier. Trinken Sie. Französischer Cognac, kein Wodka.«

Er schraubte die Flasche auf und reichte sie ihr. Isa schnupperte, dann kostete sie einen kleinen Schluck. Sie spürte seine glühende Spur, in der Kehle und dann im Magen. Die Anspannung löste sich etwas.

»*Merci.*«

Er trank nach ihr. Dann schraubte er den Verschluss wieder zu und sagte: »Sie haben diesen Raum morgen von exakt siebzehn bis zwanzig Uhr. Danach wird er verschlossen.«

»Verschlossen?«

Sie drehte sich zum offenen Eingang um und musste die Augen mit der Hand beschatten. Keine Tür.

»Es wird ihn nicht mehr geben. Und mit ihm das, was sich darin befunden hat.«

Seine Stimme war leise und emotionslos. Vielleicht war es gerade das, was Isa frösteln ließ.

»Sie haben also Kontakt zu Larcan?«

»Wir wissen, wo er sich aufhält.«

»Wo?«

»In Odessa.«

»Seit wann?«

Die Flasche wanderte zurück in die Innentasche seines Mantels. »Ist das wichtig?«

»Nein. Wie kommt er hierher?«

»Wenn Ihre Angaben stimmen, und das sollte auch in Ihrem ureigensten Interesse liegen, wird er die Lieferung noch im Hafen abfangen. So lautet sein Auftrag.«

»Wer sagt mir, dass er ihn auch erfüllt?«

»Ich. Er weiß, was auf dem Spiel steht. Für ihn ist es die Rückkehr in den Schoß der Familie. Heim zu Freunden. Rehabilitierung und Freispruch von allen Fehlern der Vergangenheit. Er wird die Waffen in diesen Raum bringen. Er wird allein sein. Wer ihn hier erwartet und was dann geschieht, interessiert uns nicht. Um zwanzig Uhr werden zwei Spezialisten erscheinen. Auch für sie ist es uninteressant, was sich in diesem Raum befindet. Waffen, spaltbares Material, eine Leiche, sie werden nicht fürs Hinschauen bezahlt, sondern dafür, diesen Raum verschwinden zu lassen.«

»Mit allem, was sich darin befindet?«

»Mit allem.«

Isa erinnerte sich an die Schuttberge am Eingang zu den Katakomben. Vielleicht hatte sich dort einmal ein ganz ähnliches Verlies befunden. Tausende Kilometer unterirdische Gänge, Keller, Lager... Fast jedes Haus musste einmal einen Zugang zu diesem unterirdischen Irrgarten besessen haben.

»Wie wird der Überfall auf den Transport getarnt?«

»Rivalisierende Banden. Das Regiment Asow ist nicht sonderlich beliebt. Es wird gebraucht und von der Regierung unterstützt, um dieses kippende Land nicht ganz in den Abgrund gleiten zu lassen. Aber es besteht nicht gerade aus Robin Hoods, und Odessa ist nicht Sherwood Forest. Waffen aus amerikanischen Armeebeständen sind begehrte Güter. Möglich, dass eine Gruppe Schmuggler aus der Moldawanka das große Geschäft wittert.« Er öffnete die Hände. So was kann passieren, sollte das heißen. Die Legende war gut. Sie hätte sie selbst nicht besser erfinden können. Damit fiel nicht der kleinste Verdacht auf sie.

»Wo sind Ihre Leute?«, fragte er.

»Ich werde dafür sorgen, dass sie sich vor der Lagerhalle befinden. Am Schiff und entlang der Gleise wird es lediglich bewaffnete Beobachtungsposten geben. Wie Sie es gewünscht haben: keine Toten.«

Er sah sich um. »Keine Toten…«, wiederholte er, und es klang, als spräche er zu sich selbst. Doch dann nahm er Isa wieder ins Visier. »Was ist das eigentlich mit Ihnen und Larcan? Sie haben uns die Sache mit der Bank versaut. Eigentlich müsste ich Sie festnehmen und nach Moskau schaffen.«

Sie rang sich ein Lächeln ab. »Das wäre ein böser Verstoß gegen die internationalen Menschenrechte. Die Ukraine ist nicht Russland.«

»Noch nicht.«

Isa wusste, dass sie sich auf dünnem Eis bewegte. Die Russen entführten, vergifteten, töteten alles, was ihnen ein Dorn im Auge war. Vielleicht sollte sie ihm den Grund nennen, damit er nicht irgendwelche Verschwörungstheorien zusammenbastelte. *Einen* Grund.

»Es ist eine private Sache zwischen ihm und mir.«

Putsko hob die linke Augenbraue, was seinem aszetischen Gesicht tatsächlich etwas Mephistophelisches verlieh.

»Nicht doch. Sie verraten Ihr Land wegen einer verschmähten Liebe?«

»Ich verrate mein Land wegen dem, was er meiner Mutter angetan hat.«

»Und das war?«

»Er hat sie als Romeo angeworben, ausgenutzt und fallen gelassen. Sie hat das nie verwunden. Sie ist diese Woche gestorben. Mit achtundfünfzig.«

Sie hörte Putskos leisen Atem und die Stille, die hier unten so dicht und greifbar war, als hätte sie einen eigenen Aggregatzustand.

»Das ist alles?«, fragte er schließlich.

»Vorerst.«

»Gut. Wir werden also keine politischen, diplomatischen oder sonstigen Verwicklungen befürchten müssen.«

»Nicht wenn der Raum verschlossen wird und all das, was in ihm zur Sprache kam, nie ans Licht gelangt.«

»Larcan auch nicht? Er ist ein guter Mann. Auf seinem Gebiet unschlagbar.«

»Das bin ich auf meinem auch.« Es konnte nicht schaden, ihn noch einmal daran zu erinnern, wer in diesem Raum die Pechsträhne hatte. »Was ist mit dem zweiten Teil unserer Abmachung?«

Er rührte sich nicht. Vielleicht dachte er darüber nach, was sie ihm über ihre Mutter erzählt hatte. Reichte das? War das genug, um einen Menschen in dieses Loch zu locken? Oder gab es da noch etwas, das sie ihm verheimlichte? Der eigentliche Grund, warum sie sich überhaupt auf diesen Deal und Leute wie ihn einließ?

Endlich, als sie schon glaubte, er wäre versteinert und würde zu einem Teil der Wand hinter ihm, griff er noch einmal in seine Manteltasche und holte eine Pistole hervor. Eine

Jarygin PJa, Dienstwaffe der russischen Polizei, Nachfolgerin der Makarow aus der Ischmech-Schmiede, halbautomatisch. Dazu legte er zwei Päckchen Munition.

»Reicht das?«

Sie hatte die Jarygin einmal auf einer Schulung in der Hand gehabt. Eine schlanke, schnelle Pistole, leicht zu ziehen, gut zu tragen. Sie würde kein Holster haben, Budko würde den Teufel tun und sie auch noch damit ausstatten. Selbst wenn Putskos Spezialisten den Eingang sprengen und diesen Raum für immer verschwinden lassen würden – wer sagte ihr, dass nicht vorher doch ein paar Fotos geschossen und Spuren gesichert wurden? Dann war es besser, mit einer Waffe zu agieren, die man nicht nachverfolgen konnte. Zumindest nicht von westlicher Seite aus.

Sie prüfte den Lauf und das Magazin – es war geladen –, entsicherte und sicherte wieder und ließ die Jarygin dann in die Tasche ihrer Jacke gleiten.

»Ja, das reicht.«

Er stand auf. »Sind wir uns also einig? Sie bekommen Larcan, und wir werden eine weitere Einmischung des Westens in die internen Angelegenheiten der Ukraine verhindern.«

»Und Sie bekommen ein paar Kisten mit US-amerikanischen Waffen. Die werden Sie ja wohl kaum hier drin lassen.«

Er zuckte mit den Schultern. »Ihr potenzieller ideeller Schaden überwiegt den materiellen um ein Vielfaches.«

Eine Handbewegung, und das Licht erlosch. Es war die finsterste, schwärzeste Dunkelheit, an die Isa sich erinnern konnte. Ihre Hand glitt zur Waffe und umschloss den Griff. Keine Ahnung, wie schnell Putsko war, sie wäre schneller. Den Geräuschen nach stand er auf und machte ein, zwei Schritte zur Seite. Dann flammte die Taschenlampe auf.

»Darf ich Sie noch nach draußen begleiten, oder finden Sie den Weg allein?« Er schaltete das Spotlight seines Handys an. Sie war versucht, ihn gehen zu lassen, um ein großes toughes Mädchen zu sein. Morgen Abend würde sie dieses Verlies auch allein verlassen, und Blut würde an ihren Händen kleben.

»Ich bin hier fertig.«

Sie stand auf und folgte ihm durch die Öffnung hinaus in den Gang. Eigentlich war es gar nicht so schwer zurückzufinden. Man musste nur zweimal richtig abbiegen.

Als sie endlich wieder in dem Innenhof angekommen waren, klopfte Isa sich den Staub von der Kleidung. Putsko zündete sich eine neue Zigarette an. Vielleicht war da unten Rauchverbot? Wer wusste schon, was dort alles eingelagert war...

»Wir werden uns wohl nicht mehr sehen«, sagte er. »Danke für die angenehme Zusammenarbeit.«

Sein Händedruck war kräftig.

»Wann geht es für Sie zurück nach Paris?«

Vielleicht hätte sie das nicht sagen sollen, denn er sah schnell zu den wenigen erleuchteten Fenstern. Obwohl sie leise gesprochen hatte, könnte ein Lauscher ihre Worte verstanden haben. Ärgerlich. Bis jetzt hatte sie sich als Profi erwiesen, und dann rutschte ihr, übermütig und kindisch zugleich, so ein Fauxpas heraus. Doch Putsko musste instinktiv erfasst haben, dass die Luft rein war. Er reagierte fast schon nonchalant.

»Ich bleibe noch eine Weile hier. Es gibt einiges zu erledigen. Wenn Sie wieder einmal Hilfe brauchen, Sie wissen ja, wie Sie mich erreichen.«

Auf der Straße trennten sie sich und gingen in verschiedene Richtungen auseinander. Natürlich wartete das Taxi nicht. Isa öffnete die Navi-App ihres Handys und machte sich dann mit schnellen Schritten auf den Weg zum Bahnhof, der zu Fuß zehn Minuten entfernt liegen sollte.

Langsam fing der Job an, ihr wieder Spaß zu machen.

11

»Frederik Meißner?«

Judith sprach langsam und deutlich, aber der Portier, der aussah, als hätte er schon die Koffer der Zarenfamilie in die Suite getragen, verstand nicht. Mit einem Seufzen ging sie zur Rezeption und versuchte dort ihr Glück. Die junge Frau gab sich redlich Mühe, aber ... kein Frederik. Auch keinen Maximilian Oberleitner oder Stefan Rönsch. *Shit.*

Irgendwo auf dem Weg vom Flughafen in die Stadt hatte sie sie verloren. Oder das Londonskaya war nicht das Hotel, in dem die drei abstiegen. Aber es war doch *irgendwas mit London* gewesen. So viel konnte selbst ein Trottel wie Guntbart nicht durcheinanderbringen. Hatte er sich doch geirrt?

Mitten in der Lobby stehen zu bleiben und so zu tun, als bewunderte man all die vergangene Pracht und Herrlichkeit, war auch keine Lösung.

Der Portier hatte sich in einen kleinen Verschlag neben der Drehtür zurückgezogen und sprang sofort dienstbeflissen auf, als sie erschien. Sie sammelte die paar Brocken Russisch, die sie noch im Kopf hatte, und fragte: »Können Sie mir helfen?«

Er machte einen freundlichen, aber keinesfalls unterwürfigen Diener.

»*Moya ledi?*«

Sie kam näher. »Kennen Sie sich in Odessa aus?«

Er trug Käppi und Uniform, alles in kaiserlichem Rot mit

goldenen Litzen. Sein faltiges Rabengesicht, umkränzt von einem Flaum weißer Haare, öffnete sich mit einem breiten Lächeln. »Überall, *moya ledi*. Ich bin Valentin, sehr zu Diensten. Wie kann ich Ihnen helfen?«

»Wo kriege ich eine Waffe her?«

Er hob die Hand ans Ohr. »Entschuldigen Sie bitte, ich höre nicht mehr so gut. Was haben Sie gefragt?«

»Eine Waffe. Wo kriege ich so was her?«

Die kleinen Augen weiteten sich. Er hob die Hände und schüttelte den Kopf. »Das tut mir leid, wirklich, meine Dame, sehr leid. Entschuldigen Sie bitte.«

Durch die Drehtür zwängte sich gerade ein Geschäftsmann mit Rollkoffer und blieb darin stecken. Der Portier eilte zu Hilfe. Er bemühte sich ausgiebig und lange, begleitete den Mann auch noch an die Rezeption, versuchte, ein kleines Gespräch mit ihm anzufangen, Herr Körber hier und Herr Körber da. Aber schließlich war alles erledigt, es gab Trinkgeld, und der alte Mann kehrte zu Judith zurück, die unangenehmerweise auf ihn gewartet hatte.

»Eine Waffe«, sagte sie leise. »Nicht für mich. Ich will nur wissen, wo man das kriegt.«

Sie holte einen Hunderter aus ihrer Jackentasche. Doch Valentin wehrte ab. Vorsichtig lugte er zur Rezeption, wo die junge Dame noch mit ein paar Nachfragen von Herrn Körber, offenbar ein Stammgast, beschäftigt war.

»Junge, hübsche *ledis* wie Sie sollten in Odessa nicht nach diesen Dingen suchen. Brauchen Sie Opernkarten? Eine Kutsche? Möchten Sie zum Tee in ein altes Adelspalais?«

»Nein.« Judiths Stimme wurde noch leiser. »Ich möchte eine Waffe. Von wem kriege ich die?«

Valentin lächelte wieder. »Sie sind Journalistin, nicht wahr? Das ist schön. Schreiben Sie über Odessa, die Stadt der Sehnsucht. Der Liebenden. Über die Matrosen und über die Mädchen, die darauf warten, dass ihr Liebster zurückkehrt. Aber nicht über Waffen.«

Judith legte den Schein auf einen kleinen, mit Prospekten überladenen Tisch in seinem Kabuff. Mit einer Geste reinster Verzweiflung nahm der uralte Portier das Käppi ab und fuhr sich durch die Haare. »Das geht nicht. Wirklich. Ich kann Ihnen da nicht helfen.«

Sie glaubte ihm. Natürlich wusste er, wo man so etwas herbekam. Aber er würde dieses Wissen niemals mit einer Fremden teilen. In ihrer Ratlosigkeit fragte sie: »Und was ist mit Larcan? Bastide Larcan.«

»Ja?«

Ihr Herz setzte aus. Und schlug dann im wilden Galopp weiter. Konnte das sein? Sagte sie hier, in einem winzigen Kabuff am Hafen von Odessa, einfach nur den richtigen Namen?

»Sie kennen ihn?«

»Wen?«

»Larcan. Wo finde ich ihn?«

»Meine Dame, ich kann Ihnen beim besten Willen...«

Stimmen aus der Lobby. Laut und deutlich. Sie hatten die Köpfe zusammengesteckt wie zwei Reiher, die sich einen Fisch teilten. Jetzt fuhren sie auseinander. Valentin griff hastig nach dem Käppi.

»Na, das ist ja mal 'ne Bude. Aber hallo!«

Zwei Männer in Motorradkluft, Maxe und das Kamel. Sie waren nicht durch die Drehtür, sondern durch den Eingang direkt daneben gekommen.

»Entschuldigen Sie bitte.«

»Ja. Natürlich.« Sie trat zur Seite und ließ ihn durch. Die junge Rezeptionistin fand die Reservierung der beiden sofort. Vielleicht war sie Judith gegenüber nur diskret gewesen, vielleicht hatten die beiden aber auch nur unter falschem Namen eingecheckt. Von dem kleinen Nebengelass aus konnte sie das nicht hören. Beide hatten nur wenig Gepäck bei sich. Valentin wurde wieder zurückgeschickt, was ihm bei Judiths Anblick, die immer noch auf ihn wartete, gar nicht gefiel. Er beschloss offenbar, sie zu ignorieren, drehte in der Mitte der Halle ab und ging nach rechts in einen breiten Flur. Maxe und das Kamel hatten mit ihren Meldedaten zu tun – also lief offenbar doch alles unter dem richtigen Namen. Und Frederik konnte jeden Moment hier auftauchen. Was sollte sie tun? Bevor sie den flinken alten Mann ganz aus den Augen verlor, durchquerte sie die Halle und folgte ihm. Er öffnete gerade eine alte Holztür mit reich verzierten Milchglasscheiben, die hinaus in einen Hof führte. Marmorbänke unter uralten Bäumen, im Sommer eine Idylle, jetzt, nach Einbruch der Dunkelheit und bei diesem Wetter, nicht gerade der gemütlichste Ort zum Plaudern. *Pushkin Square* stand in goldenen Lettern auf einer Marmortafel. Mit etwas Fantasie konnte man sich vorstellen, wie die Dichter und Weltreisenden vergangener Zeiten sich hier aufgehalten hatten. Hoffentlich wurde dieser kleine Innenhof nicht auch noch zu Tode renoviert.

Valentin blieb in einer Ecke neben einem Aschenbecher stehen und zündete sich eine Zigarette an. Vielleicht hatte er damit gerechnet, dass Judith ihm folgte, denn er ließ sich seinen Unwillen nicht anmerken, als sie zu ihm trat.

Sie holte eine Selbstgedrehte aus dem Vorrat in ihrem Tabakpäckchen. Eine Weile rauchten sie schweigend.

»Larcan«, sagte sie schließlich. »Er kommt öfter her?«

Keine Antwort.

»Er ist in der Stadt?«

Zumindest war sein Schweigen kein Nein.

»Können Sie ihm etwas sagen, wenn Sie ihn das nächste Mal sehen?«

Es war so kalt, dass ihr Rauch zu dem Atem eines Drachen wurde. Irgendetwas musste ihr jetzt einfallen.

»Ich bin seine Tochter. Er kann nicht ewig davonlaufen.«

Valentin drehte den Hals und sah sie aus der Tiefe seiner kaum eins fünfundfünfzig misstrauisch an. Ihm waren offenbar zu viele solcher Geschichten erzählt worden, um ihnen noch auf den Leim zu gehen.

»Sagen Sie ihm, dass ich nach ihm suche.«

Der steinalte Portier entsorgte seine Zigarette im Aschenbecher und klopfte sich dann pro forma die Uniform ab.

»Sollte ein Herr dieses Namens hier auftauchen, werde ich das selbstverständlich tun. Ich kann Ihnen allerdings keine großen Hoffnungen machen. Wo findet er Sie denn?«

»Hier«, sagte Judith schnell. »Hier im Hotel.«

Der Mann machte sich auf den Weg zurück zu seinem Posten.

»Larcan«, rief Judith ihm hinterher. »Bastide Larcan.«

»Ich weiß.« Er nickte noch schnell in ihre Richtung und tippte sich an die Stirn. Dann verschwand er in der Wärme.

Judith ließ ihre Umhängetasche auf eine der nassen Marmorbänke fallen. Sie fühlte sich wie ein Blechspielzeug, das eine Umdrehung zu viel aufgezogen worden war: zum Zerreißen gespannt und wie blockiert. Er war hier. Die Reaktion des alten Mannes sagte ihr, dass Larcan sich in Odessa aufhielt. Wahrscheinlich nicht als Dauergast des Hotels. Aber er war namentlich bekannt. Vielleicht hielt er im Londonskaya Geschäftsessen ab oder traf sich mit seinen Kollegen aus dem internationalen Waffengeschäft zum Bridge. Oder er vögelte die schicke Rezeptionistin. Oder eine Whiskyflasche in der Bar trug seinen Namen. Es gab so viele Möglichkeiten, die alle uninteressant waren. Das Einzige, was zählte, war Valentins Reaktion. Er war ihr Mann. Und das war ihr Hotel.

Aus irgendeinem Grund, der wahrscheinlich mit Professionalität zu tun hatte, schenkte die junge Frau an der Rezeption auch Judith ein strahlendes Lächeln. Ja, es gebe ein Zimmer, und es sei kein Problem, das in bar zu zahlen. Als die Formalitäten erledigt waren, händigte sie Judith einen entzückenden alten Schlüssel mit einem schweren Messinganhänger aus.

»Kein Gepäck?«, fragte die Dame auf Russisch, der Sprache, in der sie sich mit Judith unterhalten hatte. Ihr Blick blieb an Judiths Rucksack hängen.

»Ich bleibe nicht lang, nur die eine Nacht. – Die beiden Deutschen, die gerade eingecheckt haben, Oberleitner und Rönsch, wo finde ich sie? Das sind Bekannte von mir, wir hatten denselben Flug.«

»Zimmer 43«, kam es jetzt wie aus der Pistole geschossen. »Möchten Sie eine Nachricht hinterlassen?«

»Nein. Nur für Herrn Meißner.«

»Das tut mir leid, aber dieser Herr ist bei uns nicht bekannt.«

Judith bedankte sich und ging noch einmal zu Valentin, der sich hinter einer Zeitung in seinem Kabuff verschanzt hatte. Der Hunderter war weg.

»Valentin, ich hätte noch eine Bitte.« Sie zeigte ihm ihren Schlüssel, Zimmer 22. »Wenn die zwei Deutschen, die gerade eingecheckt haben, das Haus verlassen, könnten Sie mir Bescheid sagen?«

Er sah sie nur an.

»Oberleitner und Rönsch, Zimmer 43.«

Langsam zog sie einen zweiten Hunderter hervor und platzierte ihn auf dem kleinen Tisch. Valentin tat so, als ob ihn das nichts anginge, und hob wieder die Zeitung. Sie würde keine zehn Sekunden draußen sein, und der Schein wäre weg.

Nicht nur das. Judith hatte kaum die Tür zu ihrem Zimmer aufgeschlossen und sich erstaunt in rotem Samt, cremefarbenen Vorhängen und beigem Teppich auf knarrendem Parkett wiedergefunden, als auch schon das altmodische Telefon klingelte.

»*Da?*«

»Die Herren verlassen das Haus.«

»Danke!«

Sie wartete gar nicht erst auf den Fahrstuhl, sondern jagte lieber gleich die prachtvolle Treppe hinunter, die im Erdgeschoss in die Breite ging und in einer kleinen Galerie endete, von der aus man das Geschehen in der Lobby beobachten konnte. Valentin hielt ihr dieses Mal die Tür auf, damit sie sich nicht durch die langsame Drehtür quälen musste.

»Richtung Oper«, sagte er leise. »Nach rechts.«

Erst glaubte sie, der kleine Mann hätte sich geirrt. Vielleicht waren auch zu viele Menschen unterwegs für das spärliche Licht der Laternen, alle in der gleichen Ausstattung: dicke Jacken, Stiefel, Jeans. Sie lief, so schnell es ging, und gerade so langsam, um nicht aufzufallen. Der breite Boulevard mit den vielen leeren Bänken mündete in einen Platz, auf dem das Denkmal des Dichters Puschkin stand. Dann trennten sich die Straßen. Rechts ging es hinauf zu prächtigen Gebäuden, weiß wie Schnee und golden wie Paläste, links hinunter in ein enges Gewirr dunkler Gassen. Die meisten zog es zu den Lichtern. Zwei Gestalten, breitschultrig, mit dem Gang von Cowboys ohne Pferd (oder Motorradfahrer ohne Motorrad), schlenderten hinunter ins Hafenviertel.

Judith hielt sich im Schatten. Einmal drehte sich der Größere, das Kamel, um. Sie schlüpfte in einen Hauseingang und lauschte. Keine Schritte, die umkehrten und näher kamen. Nach ein paar Sekunden lugte sie um die Ecke – die beiden waren weg. Wie vom Erdboden verschluckt. Sie lief auf die Straße, ein paar Meter weiter und drehte sich einmal um sich selbst. In diesem Augenblick wurde ihr klar, wo sie sich befand. An einem Ort, von dem das Leben sich zurückgezogen hatte hinter schmutzige Fassaden, in Keller und Hinterhöfe, wo es wie eine Spinne saß und auf Dummköpfe wie Judith wartete, die sich in ihrem Netz verhedderten und wie sterbende Fliegen ausgesaugt würden. Sie verfolgte zwei Rechtsextreme, die mit Frederik gemeinsame Sache machten und bestimmt nicht vorhatten, mit ihm einen Tee zu trinken. Sie wollte ihren Vater finden, der sie, ohne mit der Wimper zu zucken, in den sicheren Tod geschickt hatte, mit hunderttausend Euro Bargeld in der Tasche, jeder Schein eine neue Geschichte, die sich die Polizei über sie, Judith, aus den Fingern saugen würde. Für den dieses Viertel, das erschaffen war aus dunklen Begierden und finsteren Absichten, genau den richtigen Hintergrund abgab.

Ich will hier weg.

Sie dachte an Tabea. Vielleicht war das Fieber gesunken, vielleicht aß sie schon wieder Eis. Frederik würde sie anrufen, sobald er seine Aufgabe erledigt hatte, würde aber verschweigen, dass eine Verrückte ihm bis nach Odessa gefolgt war. Vielleicht würde er sich noch die Mühe machen, ein paar Ausreden zu suchen, warum Judith sie nicht mehr besuchte. Er hatte vor, den Job zu wechseln, sesshaft zu werden. Wahrscheinlich käme irgendwann auch eine Frau dazu, eine, die zu den beiden passte und am besten auch zu Tante Gabi. Irgendwann würde Tabea sie vergessen, und das war gut so.

Warum zum Teufel tat es dann so weh?

Bis zum Mond und wieder zurück...

Okay, sie war hier nicht auf dem Mond, sondern nur in Odessa. Es war egal, was sie mit dem Geld anstellte, das Larcan ihr zugesteckt hatte. Sie konnte dafür einen neuen Müllwagen kaufen oder einem Mann hinterherfliegen. Dass er sich zufälligerweise in derselben Stadt aufhielt wie ihr Vater, machte die Reise ja fast zu einem Schnäppchen.

Sie nahm den Weg wieder auf und schlenderte, die Hände

tief in den Jackentaschen vergaben, die Kopfsteinpflasterstraße hinunter. Sie mündete in einen Platz, eher eine große Kreuzung, mit einem Standbild von sozialistischer Anmut in der Mitte – die Matrosen von dem Panzerkreuzer *Fürst Potemkin*. Ein paar Bars und Restaurants hatten sich an den Ecken niedergelassen, die meisten waren geschlossen. Vor einer Kaschemme drückten sich einige Mädchen herum, die auf späte Kundschaft warteten. Sie kicherten miteinander, warfen sich Albernheiten und Wortspiele an den Kopf und wunderten sich wahrscheinlich, was diese Frau in Anorak und Jeans zu dieser Zeit an diesem Ort zu suchen hatte. Doch dann, als hätten sie die Fähigkeit, Witterung aufzunehmen, erstarb das Geplänkel wie auf ein geheimes Kommando. Haare wurden zurechtgezupft, Lippen nachgezogen, die Reißverschlüsse der Jacken geöffnet. Von ferne näherte sich der satte Klang eines gedrosselten Motors, trocken brodelnd, dann hochgejazzt beim Überqueren des Platzes, der typische Sound einer Harley-Davidson, die das Matrosendenkmal umrundete, in die enge Straße einbog und vor der Kaschemme hielt.

Noch bevor der Fahrer seine Maschine ausgeschaltet hatte, setzten sich bereits die ersten Grazien in Bewegung. Mit wiegenden Hüften, soweit das ihre Schuhe erlaubten, umrundeten sie ihn, gaben begeisterte Kommentare ab, strichen über den Tank, lobten und lockten in allen Tonlagen, von zwitschernder Begeisterung bis lasziver Verführung. Er nahm den Helm ab und sagte etwas, das erst einmal wirkte wie ein Eimer kaltes Wasser. Zwei Mädchen wandten sich schmollend ab, die anderen gaben die Hoffnung nicht so schnell auf, auch wenn ihre Stimmlagen sich normalisierten und einen geschäftssinnigen Unterton annahmen. Er stieg ab, die Mädchen stoben auseinander, um sich gleich wieder auf ihn zu stürzen.

»Frederik?«

Der Mann stoppte. Langsam drehte er sich um. Judith konnte sein Gesicht nicht erkennen, da er mit dem Rücken zu dem roten Licht über dem Eingang stand. Aber sein Körper schien wie gefroren. Sie ging über die Straße auf ihn zu. Die Mädchen, die solche Szenen wahrscheinlich des Öfteren geboten bekamen und sie deshalb komplett falsch interpretierten, hielten sich im Hintergrund. Wachsam, aber bereit, sich sofort wieder auf ihr Opfer zu stürzen und es mit Zähnen und Klauen zu verteidigen.

Er war es. Und mit einem Mal war alles weg, was sie ihm sagen wollte. Die Coolness, mit der sie vorgehabt hatte, ihm sein Versagen unter die Nase zu reiben. Die Wut, wenn sie an seine Tochter dachte, die ihn brauchte. Die seltsamen Erklärungen, die es als etwas völlig Normales darstellen sollten, warum sie ihn bis in diese Stadt, bis an diesen Ort verfolgte. Übrig blieb einzig und allein: *Ich will hier weg.*

»Judith.«

Nur ein Wort. Tonlos, ohne jedes Gefühl. So sprach man Namen aus, wenn Autos zum zehnten Mal geschrottet wurden oder der Müllsack riss.

»Hi.«

Mehr brachte sie nicht heraus. Ganz großes Kino für die Ladys, die sich tuschelnd unter dem Rotlicht zusammenfanden und sie nicht aus den Augen ließen.

Frederik drehte sich zu ihnen um, dann wieder zu Judith und fragte schließlich: »Was machst du hier?«

»Können wir reden?«

Sie war nahe genug bei ihm, um zu sehen, wie es hinter seiner Stirn arbeitete. Wie er versuchte, ihr Auftauchen vor einem ukrainischen Puff mit der Frau unter einen Hut zu kriegen, mit der er noch vor Kurzem im Bett gelegen hatte.

»Es passt jetzt nicht.« Er wollte sie loswerden, das war klar.

Drinnen warteten Maxe und das Kamel, aber so wie sie diesen Ort und sein Angebot einschätzte, würden sie es auch noch ein paar Minuten ohne ihn aushalten.

»Sollte es aber. Es geht um Tabea. Sie ist krank, sehr krank. Du musst nach Hause kommen.«

»Ich muss was?« Er legte den Helm auf der Maschine ab und fuhr sich durch die struppigen Haare. »Judith, ist alles okay mit dir?«

»Mit mir ja, aber nicht mit deiner Tochter. Vielleicht überlebt sie die Nacht nicht. Hat man dir nichts gesagt?«

»Nein. Kein Wort. Oder doch, ja, Bauchweh. Eine Frauengeschichte, also nichts, was... also, was so was rechtfertigt.«

Judith wusste genau, was er mit *so was* meinte. »Sie hat eine Sepsis. Ich weiß nicht, ob du weißt, was das bedeutet. Als ich bei ihr war, ging sie gerade in die Krise über. Sie hat noch nach dir gefragt. Du solltest bei ihr sein und nicht hier. Herrgott, Frederik. Hörst du, was ich sage?«

Er nickte. »Ja, natürlich. Tut mir leid. Ich würde gerne reingehen mit dir, aber das ist nicht der passende Ort. Nicht, was du jetzt denkst. Es ist auch eine Bar.«

»Ich weiß. Maxe und das Kamel warten auf dich. Der Dritte im Bunde ist dir abhandengekommen. Nasenbeinbruch.«

Er sah sie an, und es hätte nicht viel gefehlt, ihm wäre die Kinnlade heruntergeklappt. »Woher weißt du das?«

»Weil ich ihn ausgeknockt habe, um herauszufinden, wo du bist. Und mach dir keine Sorgen, dass ich die paar Tausend Kilometer nur wegen dir geflogen bin. Ich hab noch was in Odessa zu erledigen.«

»Du hast Guntbart...?«

»Jep. Wollen wir reden oder hier draußen erfrieren? Nimm mich mit rein. Sag den beiden, ich wäre die Braut aus Schenken, die beim Sex immer ›Mein Führer‹ ruft.«

»Das geht nicht. Weißt du, was du gerade machst?«

»Ich schreddere eine Geheimdienstoperation. Vielleicht ist das ja mein stilles Hobby.«

Den Mädchen war klar geworden, dass es keine öffentliche Hinrichtung geben würde. Sie traten zur Seite, muffig und unhöflich, aber sie ließen sie durch. Frederik fragte auf Russisch nach seinen beiden Freunden und erfuhr, dass sie *v podale*, im Keller waren. Eine der jungen Frauen stieß mit der Zunge rhythmisch in ihre Backe und machte die entsprechende schiebende Handbewegung dazu. Beruhigend, dass wenigstens zwei ihren Spaß hatten.

Sie wurden von einer beleibten, sorgfältig geschminkten, etwas älteren Frau in Strickjacke begrüßt, der Puffmutter. Von dem einzigen Raum gingen nur zwei Türen ab – die eine stand offen und führte in den Keller, aus dem Geräusche drangen, die sich nach einem baldigen Höhepunkt des interkulturellen Austausches anhörten. Hinter der anderen befand sich eine Küche, in die die Patronin ging und mit zwei Flaschen Bier wiederkam, die sie beherzt an einer Tischkante öffnete und so heftig abstellte, dass der Schaum herausfloss. Judiths Anwesenheit wirkte geschäftsschädigend. Da sich aber kein weiterer Kunde hier oben aufhielt, konnte das auch egal sein.

Sie setzten sich an den Tisch mit den Flaschen. Frederik hob seine in ihre Richtung, setzte an und trank den halben Inhalt mit einem Zug aus.

»So.« Er wischte sich über den Mund. »Und jetzt erklär mir, warum zum Teufel du hierhergekommen bist.«

12

Es war nicht ganz einfach, den Ablauf der Ereignisse zu schildern, ohne sich selbst wie einen Honk dastehen zu lassen.
»Tabeas Tante hat mich angerufen. Sie kam nicht an deine Notfallnummer ran. Also bin ich nach Tröchtelborn. Da lag Tabea schon in der Klinik, und es ging ihr von Minute zu Minute schlechter. Hat Isa Kellermann dich nicht informiert?«

Er rieb sich über seinen Dreitagebart. »Ja, aber nicht, dass es so ernst ist.«

»Aber sie wusste es.«

»Woher?«

»Ich habe es ihr gesagt. Sie rief an, über eure Geheimnummer. Keine Sorge, sie hat sie gleich danach geändert.«

Langsam zog Frederik ein Handy heraus, schaltete es ein und wählte. Die Bandansage, dass der Teilnehmer nicht zu erreichen war, konnte Judith hören.

»Das ist seltsam.« Er betrachtete sein Gerät, als würde es ihm gerade ganz neue Charakterzüge offenbaren. »Ich müsste eigentlich… Vielleicht liegt es am Netz.«

»Sie hat eure Verbindung gekappt. Damit du diese beschissene Sache hier für sie durchziehst. Aber du musst nach Hause.«

»Warte. Warte, einen Moment.«

Er wählte eine andere Nummer. Es dauerte, aber dann ging jemand an den Apparat.

»Gabi?«

Ein Schwall von Vorwürfen, Geschrei und wütendem Gezänk schlug ihm entgegen. Er hielt das Handy von seinem Ohr weg, und Judith konnte einzelne Worte unterscheiden, die nach »Jugendamt«, »fahrlässig« und »der größte Loser aller Zeiten« klangen.

»Wie geht ... Wie geht es Tabea?«, unterbrach Frederik die bestimmt nicht ungerechtfertigten Anklagen. Gabi fasste sich, zumindest nahm ihre Stimme wieder eine normale Lautstärke an. »Okay. Ja. Ja, ich verstehe. Ich komme morgen. Es wird spät, aber ich komme. Sag ihr, ich hab sie lieb. Danke.«

Er steckte das Handy wieder weg.

»Und?«, fragte Judith.

»Es geht ihr besser.«

»Gott sei Dank.«

»Sie hat die Krise überstanden. Das Fieber sinkt. Wahrscheinlich holt man sie morgen schon wieder aus dem künstlichen Koma heraus.«

»Wahrscheinlich«, wiederholte Judith mit genau der Portion Sarkasmus, die ihm vor Augen halten sollte, dass sie und Gabi zumindest in diesem einen Punkt übereinstimmten: Ein Vater hatte nicht in der Ukraine Waffen zu verticken, wenn es seiner Tochter schlecht ging.

Von unten meldete ein langer Freudenschrei, dass zumindest einer der beiden sein Ziel erreicht hatte. Judith stand auf.

»Okay, dann kann ich ja gehen. Alles Gute.«

»He, he. Moment. So nicht. Setz dich wieder.« Er wies auf den leeren Stuhl. Widerwillig nahm Judith Platz. »Ich bin noch etwas geflasht. Ich kenne nicht viele, die so etwas tun würden. Aus dem Nichts auftauchen. Warum?«

»Ich mag Tabea. Es war nicht klar, ob sie das überlebt. Ich glaube, es gibt nichts Schlimmeres auf der Welt, als in solchen Momenten nicht dort zu sein, wo man hingehört.«

»Ich wusste es nicht. Wirklich.«

Judith beugte sich vor und schob ihre Flasche zur Seite. »Und wenn du es gewusst hättest? Hättest du das hier abgebrochen?«

»Ja. Ich hab das Ding auf den Weg gebracht. Die beiden können es auch ohne mich durchziehen.«

»Worauf wartest du dann noch?«

Er sah hinaus in den zubetonierten Vorgarten, wo die Mädchen zusammenstanden und wieder nach Kundschaft Ausschau hielten.

»Morgen ist Sonntag. Der nächste Flieger geht erst um acht. Ich kann das hier noch durchziehen.«

Vielleicht meinte er den nächsten Direktflieger. Es gab genug Verbindungen über Wien und München, mit denen man früher nach Hause käme. Wenn man wollte.

»Es geht ihr besser.« Er sagte das so, als ob er mehr sich selbst als Judith überzeugen wollte. »Ich kann das noch machen. Und dann ist Schluss. Ich will mich grade machen, korrekt da rausgehen. Verstehst du das nicht?«

»Doch«, sagte sie langsam. »Du bist loyal zu jemandem, der dir gegenüber im höchsten Grad illoyal war. Es ist gut, dass es Tabea besser geht. Aber Isa Kellermann konnte das nicht wissen. Sie hat dich absichtlich im Unklaren gelassen.«

»Vielleicht wollte sie mir nur den Rücken freihalten.«

»Wer hat eigentlich diese Gehirnwäsche bei dir vorgenommen? Den Rücken freihalten? Für eine Beförderung? Für eine nette Bewertung im Zeugnis? Herr Meißner hat stets seine Pflicht erfüllt. Egal, was für ihn auf dem Spiel stand. Egal, was er seinem Kind damit zumutet. Hauptsache, Arsch zusammenkneifen und funktionieren!«

»So ist es nicht!«

»Doch«, sagte sie eisig. »Genau so ist es. Ich hab es selbst erlebt. Vielleicht wollte ich deshalb nicht, dass andere den gleichen Fehler machen.«

Sie hatten die Schritte nicht gehört. Maxe erschien auf der Treppe und schloss gerade den Reißverschluss seiner Hose. Überrascht blieb er auf der letzten Stufe stehen.

»Hätt's Probleme?«

Der Schwaben-Nazi. Frederik drehte sich zu ihm um.

»Nein, gar nicht. Das ist Judith. Wir kennen uns aus Schenken.«

»Schenken.«

»Na ja, das Dorf. Du weißt schon.«

Maxe war ein anderes Kaliber als Guntbart. Schlaue Augen, rote Wangen, Gesicht und Hände wie ein Fleischer. Sein Blick war unstet und hatte etwas Lauerndes, als ob er aus jeder Ecke einen Angriff vermuten würde. Er ließ sich krachend auf einen Stuhl fallen und wischte sich über die Stirn. Dann reichte er Judith die Hand über den Tisch.

»Sorry«, sagte sie mit ihrem liebenswürdigsten Lächeln. »Was haben Sie denn zuletzt angefasst?«

»Och, ja. I gang ma gschwend.«

Er verschwand Richtung Küche. Sie hörten das Laufen eines Wasserhahns und die Puffmutter, die »Bier? *Bierra? Pivo?*« fragte, worauf ein zustimmendes Grunzen zu hören war.

»Judith«, flüsterte Frederik. »Halt dich um Himmels willen da raus. Du dürftest gar nicht hier sein.«

»Ist doch ein freies Land, oder? Habt ihr mit diesem Spruch nicht ganz erstaunliche Erfolge erzielt?«

»Du weißt ganz genau …«

Maxe kam zurück, ein Bier in der Hand, und blieb hinter Frederik stehen. Das Mädchen, das mit ihm zugange gewesen war, eine robust wirkende Mittzwanzigerin, verdrückte sich in die Küche. Wahrscheinlich um abzurechnen. Von unten kam rhythmisches Stöhnen.

»Schenken.« Maxe trank wie Frederik – fast auf ex. Dann rülpste er und wischte sich den Mund ab. »Wie schaut's da jetscht aus?«

»Nicht mehr ganz wie gehabt«, erwiderte Judith und erntete einen bösen Blick von Frederik. »Guntbart ist aus dem Knast, aber das wisst ihr ja schon.«

»Jo. Was isch los mit ihm? Weischt du was?«

»Keine Ahnung.«

Maxe ließ sich wieder auf den Stuhl fallen und stieß ein »Aaah« aus, das sich anhörte, als wäre er mit der im Keller getanen Arbeit zufrieden.

»Und da trefft ihr euch einfach so? Hier?«

»Zufall. Es gibt nicht viele in Odessa, die eine Harley fahren.«

Maxes kleine Augen, die fast verschwanden in seinem feisten Gesicht, hefteten sich an Judith. »Isch nur geliehen.«

Judith griff nach Frederiks Hand. »Egal wo, er will es immer vom Feinsten.«

»Judith, ich glaube, du solltest jetzt gehen.« Frederik zog seine Hand zurück. »Das ist nicht so ganz dein Milieu. Und wir haben hier auch noch etwas zu erledigen.«

Maxe zog scharf die Luft ein. »Du hascht es ihr gsagt?«

»Ich kann eins und eins zusammenzählen«, sagte Judith. »Wenn mein Mac einen Flug nach Odessa bucht, hinter meinem Rücken, will ich wissen, was er da macht. Und das hier«, sie wies auf den Zugang zum Keller, »ist ja wohl kein Kegelausflug. Das war's, Frederik. Ruf mich nie wieder an.«

Sie stand auf. Maxes Augen weiteten sich, er drehte sich auf seinem Stuhl um, um Judiths Abgang zu verfolgen. Ein Eifersuchtsdrama im Puff. Frederiks Ruf musste ganz schön was aushalten. Sie hatte die Harley noch nicht erreicht, da war er auch schon bei ihr.

»Wolltest du auch da runter?«, zischte sie ihn an. »Hab ich dir den Spaß verdorben?«

»Nein. Und wenn du ehrlich bist, weißt du das auch. Komm.«

Er zog sie ein paar Schritte die dunkle Straße hinunter, außer Hörweite von Maxe und den Nutten.

»Morgen Abend bin ich zu Hause, ich verspreche es dir. Dir und Tabea. Es hängt verdammt viel von dem Job ab.«

»Was läuft hier eigentlich?«

»Tut mir leid, aber das darf ich beim besten Willen nicht sagen.«

»Okay.« Sie musste tief Luft holen, um ihre Enttäuschung hinunterzuschlucken. »Sag Tabea, sie kann mich jederzeit anrufen. Ich fürchte, Tante Gabi und ich, das läuft nicht so richtig.«

Zum ersten Mal schlich sich ein Lächeln in seine Mundwinkel. »Das hätte mich auch gewundert. Sie ist speziell. Aber im Moment das Beste, was ich Tabea bieten kann.«

Wieder dieses kurze Stechen im Herz. Sie musste es akzeptieren: Für ihn war sie nie infrage gekommen. Weder für seine Tochter noch ...

»Und jetzt sag mir, warum *du* hier bist. Natürlich abgesehen davon, dass du mich unbedingt wiedersehen wolltest.«

Er griff in ihren Nacken und zog sie an sich. Sie wollte sich wehren, aber schon spürte sie seine Lippen auf ihrem Mund, seine Hand, seinen Körper, der sich an ihren drängte. Es war ein leidenschaftlicher, schneller, harter Kuss, mitten auf der Straße. Und vielleicht lag es auch daran, dass sie dieser Puff elektrisch geladen hatte, dass sie ihn so hungrig und ohne jede Scham erwiderte.

Genauso plötzlich ließ er sie wieder los. Sie stolperte einen Schritt zurück, unfähig, einen klaren Gedanken zu fassen.

»Du Verrückte. Mein ganzes Leben ist mir so etwas noch nicht passiert!« Er fuhr sich durch die Haare, drehte sich ratlos einmal um die eigene Achse. »Judith! Verdammt! Was wird das?«

»Ich weiß es nicht.« Sie spürte immer noch diesen Kuss wie ein Brandmal auf den Lippen. »Ich musste sowieso nach Odessa.«

»Warum?«

»Ich glaube, mein Vater ist hier untergetaucht.«

»Dein Vater? Hier?«

Die Mädchen wurden wieder aufmerksam. Glücklicherweise lag es dieses Mal nicht an ihnen. Das Kamel war fertig geworden und nach oben gekommen, schien aber noch Lust auf einen Nachschlag zu haben. Das Werben, Gurren und Kichern ging von vorn los.

»Das ist eine lange Geschichte. Ich weiß nur, dass er hier ist und wir noch etwas zu regeln haben.«

»Untergetaucht?«

»Jep.« Sie holte ihren Tabak heraus und begann, eine Zigarette zu drehen. Wenn sie rauchte, würde er sie hoffentlich nicht noch einmal küssen. Herrgott! Ihre Knie zitterten immer noch.

»Warum?«

»Weil sie ihn suchen.«

»Wer sind sie? Gib mir auch eine.«

Sie leckte das Papierchen ab und zuckte gleichzeitig mit den Schultern. »Die Russen. Der BND. Das BKA. Was weiß ich.« Sie reichte ihm die Zigarette und gab ihm zuerst Feuer.

»Habt ihr Kontakt?«

»Noch nicht. Der Portier im Londonskaya weiß was. Und ich werde mich in der Stadt umhören.«

»Du willst dich in Odessa umhören? Nach einem untergetauchten ... Was ist er eigentlich?«

»Waffenhändler. Doppelagent. Hochverräter. Stasimitarbeiter. Romeo. Nimm alles zusammen und rühr einmal drin herum, dann hast du Larcan.«

Frederik sah sie an, als würde sie sich vor seinen Augen in einen Zombie verwandeln.

»Larcan?«

»Kennst du ihn?«

»Nein. Aber den Namen natürlich. Das ist dein Vater?«

»Jep.«

»Und deshalb bist du hergekommen. Was für ein Zufall.«

»Nicht wahr?« Sie blinzelte ihn durch den Rauch mit schmalen Augen an. »Du hier, eine Bande Nazis im Schlepptau, Larcan hier, Isa hier...«

Sie brach ab. Irgendetwas stimmte nicht. Ganz und gar nicht. Isa hatte geschworen, Larcan zu jagen. Und wo war sie? In Odessa.

»Hör zu, Frederik. Egal, was du geschworen hast, egal, ob du nachrichtenehrlich oder nachrichtenfalsch bist, was zum Teufel tut ihr hier?«

»Ich darf dir das ...«

»Scheiß drauf!« Sie war fassungslos und wütend, dass sie es nicht schon früher gecheckt hatte. »Ihr vertickt Waffen und sollt dabei hochgehen. Stimmt's?«

Er sah an ihr vorbei.

»Sag es! Hat es was damit zu tun? Verdammt, kapierst du nicht, was hier läuft?«

»Was läuft denn?«, fragte er die Nacht, als ob die ihm die Antwort geben würde.

»Ihr seid der Lockvogel. Isa will Larcan. Sie schickt euch vor, er bekommt Wind von der Sache, traut sich aus seiner Deckung – und zack, hat sie ihn. Wer ist noch in Odessa?«

Keine Antwort.

»Ihr seid doch nicht allein. Isa wird euch doch nicht bitten, freiwillig in den Knast zu gehen. Sie hat Leute mitgebracht. Und arbeitet mit den Ukrainern zusammen. Frederik! Das ist eine Falle! Für ihn, für euch...«

»Hör auf! Das ist Bullshit! Kompletter Irrsinn! Das würde sie nie tun.«

»Ist sie ehrlich zu dir? Wenn sie dich von deinem eigenen Kind abschneidet, das im Sterben liegt?«

»Sie wollte nur ...«

»Einen Dreck will sie! Sie will Larcan!«

»Du bist ja irre.« Er schüttelte den Kopf und warf die kaum angerauchte Zigarette weg. Wahrscheinlich bereute er den Kuss, die Lügerei im Puff und dass er sich jemals auf sie eingelassen hatte. »Geh nach Hause.«

Er wandte sich ab, aber dieses Mal war Judith schneller. Sie riss ihn am Arm herum und zwang ihn so, sie anzusehen. »Isa will Larcan. Sie hat es am Grab ihrer toten Mutter geschworen. Sie hat dich nach Odessa gebracht, unter dem Vorwand, irgendeine Larifarisache mit schwerem Geschütz durchzuziehen.«

»Larifari?« Er spuckte das Wort beinahe aus. »Denkst du, ich setze mein Leben aufs Spiel für Larifari? Die beiden da drin sind Gefährder-Stufe 3 der politisch motivierten Kriminalität!«

»Diese Nasen?«

Mit einer groben Bewegung riss er sich von ihr los. »Diese Nasen bringen Waffen zu Rechtsextremen in die Ukraine und werden im Gegenzug an Geschützen ausgebildet, von denen du nicht träumen willst. Ich hab dir schon viel zu viel erzählt, aber das ist kein Geheimnis, das kannst du googeln. Diese Typen wollen den Untergrund in Deutschland mobilisieren, und das nicht mit Kirschkernschleudern. Sie bereiten die nächste Stufe der Eskalation vor, kapierst du das nicht? Also lass mich da jetzt reingehen und mein Larifari veranstalten, und komm mir am besten nie wieder in die Quere. Hast du mich verstanden?«

Sie hob beide Hände und trat zwei Schritte zurück, um ihm den Weg freizugeben. Er ging an ihr vorbei, und um ein Haar hätte er sie auch noch angerempelt. Die Mädchen empfingen ihn mit freudigem Geschnatter und nahmen ihn sofort in ihre Mitte auf. Mit brennenden Augen sah Judith, wie eine von ihnen sich an seinen Hals hängte, mit der Hand unter die Jacke fuhr und als Siegerin die Trophäe ins Haus schleppte.

Sie nahm noch einen Zug. Dann warf sie die Zigarette aufs nasse Pflaster, wo die Glut mit einem leisen Zischen erlosch. Sie machte auf dem Absatz kehrt und suchte den Weg zurück, raus aus dem Hafenviertel, rein ins Licht.

13

Mikhail öffnete eine der Wasserflaschen. Bis Montag waren es noch sechsunddreißig Stunden, die musste er durchhalten. Das Bett war viel zu klein, also hatte er die Matratze vom Gestell gezogen und auf den Boden gelegt. Zusammen mit dem Kissen war es einigermaßen bequem. Er dachte an Yela und dass sie eigentlich heute Abend eine halbe gemeinsame Stunde gehabt hätten, wenn Oleg im Fitnessstudio schwitzte. Er könnte schon wieder ...

Er griff nach einem Schokoriegel und riss ihn auf. Während er die klebrige Süße schmeckte, dachte er darüber nach, was er mit Larcan tun würde. Es gab eine Menge Methoden, ihn vom Leben in den Tod zu befördern. Langsam sollte es gehen, damit Zeit genug blieb, sich an seinen Qualen zu weiden. Alle möglichen Spielarten dessen, was er beim Militär und auf der Straße gelernt hatte. Und er dachte an Oleg. Nicht dass der ihm Yela aus Dankbarkeit überlassen würde, auch wenn er noch so tief in Mikhails Schuld stand. Aber der Maybach wäre ein passender Anfang. Vielleicht ein kleines Haus am Meer, nicht zu weit weg von Hogwarts. Ein Ort, an dem er sich mit ihr treffen könnte ohne die stete Bedrohung, von Oleg erwischt zu werden.

Er zerknüllte das Papier und hielt mitten in der Bewegung

inne. Es war nur ein leises Geräusch gewesen, gedämpft durch die niedrige Decke und die Falltür. Als ob jemand durch den Raum über ihm schleichen würde. Da! Schon wieder! Mikhail richtete sich auf. Sein geschultes Gehör isolierte den Schall in die linke Raumecke, dorthin, wo in der Hütte die Angelausrüstung stand. Entweder war es das Geburtstagskind, das sich ein zusätzliches Geschenk machen wollte, wenn es das Zeug verkaufte, oder Larcan. Entweder die Rettung oder ein tödlicher Kampf. Mikhail hatte keinen Zweifel daran, wer ihn gewinnen würde.

Er stand auf, ging zu der Holztreppe, die er noch nicht einmal betreten musste, um an die Falltür zu kommen, und klopfte gegen das Holz. Fast gleichzeitig zog er die Waffe und entsicherte sie. Das leise Klacken war kaum zu hören. Unwahrscheinlich, dass es jemand dort oben wahrnahm.

»*Ahoi!*«, rief er und klopfte lauter.

Von oben kein Laut.

»Hol mich hier raus! Sofort!«

Er lauschte in die Richtung, aus der er die Schritte zuletzt vernommen hatte. Ein kaum wahrnehmbares Kratzen, als hätte jemand gerade etwas zurück an seinen Platz gestellt.

»Ich bring dich um, ich schwöre es, wenn du nicht sofort öffnest!«

Der stille Besucher schien nachzudenken und schließlich zu dem Schluss gekommen zu sein, dass, wenn er schon ertappt worden war, er dem Ungemach auch direkt ins Gesicht sehen konnte. War es Ljubko, würde er sich eine Belohnung ausrechnen – sofern er nicht dafür gehäutet wurde, wenn er Mikhail hier eingesperrt hatte. War es Larcan, konnte er sich ausmalen, wann Oleg das Fehlen seines besten Mannes auffallen würde und er sämtliche Späher und Spione losschickte. Es war nur eine Frage der Zeit, bis Galina über die Geburtstagsparty plaudern würde. Dann gäbe es eine Exekution. Und die würde Mikhail am liebsten noch in dieser Nacht vornehmen.

»Bist du eingeschlafen? Mach die Tür auf!«

Schritte näherten sich. Mikhail trat zurück und hob die Waffe. Das Ende der Treppe im Visier und hoffentlich das Gesicht, das sich gleich dort zeigen würde. Der Riegel wurde zurückgeschoben, der Griff angehoben. Die Tür öffnete sich. Ihn traf ein greller Lichtstrahl, der ihn für den Bruchteil einer Sekunde blendete, sodass er nur die Silhouette einer Gestalt erkannte, mehr nicht.

Sein Kopf explodierte, der Körper wurde nach hinten geschleudert, und noch bevor er gegen die Wand schlug, war er tot. Er sah nicht mehr, wie der Mann herunterstieg, mit dem Lauf seiner Pistole den zerschmetterten Kopf berührte und sich überzeugte, dass vor ihm eine Leiche zusammensackte. Mit einem schweren Seufzen richtete er sich auf und sah sich um.

»*Myi lord?*«, kam eine piepsende, angsterfüllte Stimme von oben. »Ist alles in Ordnung?«

»Alles in Ordnung, Ljubko. *Spasýbi.*«

»Dann gute Nacht. Gute Nacht, *myi lord.*«

Der Besitzer der Datsche zog sich zurück, glücklich, dass ihm mit Gottes Hilfe vielleicht noch ein paar weitere Geburtstage vergönnt sein mochten.

14

Kurz vor Mitternacht. Larcan saß, einen Cognac in der einen, eine Zigarre in der anderen Hand, auf Olegs Couch und sah Yela dabei zu, wie sie gelangweilt Pistazien schälte und immer wieder auf die Uhr blickte. Abkommandiert, den Gast zu unterhalten, während der Hausherr sich irgendwo herumtrieb. Anastasia war schon lange im Bett. Die Kleine war länger aufgeblieben, weil sie unbedingt Larcan noch begrüßen wollte und das auf ihre Art tat: mit zehn Metern Anlauf und einem Sprung in seine Arme. Nach dem Essen, das die sichtlich übermüdete Köchin aufgetragen hatte, war Oleg aufgestanden und hatte sich für eine Stunde verabschiedet. Nur er und Larcan wussten, warum. Ein Treffen mit Putsko an einem geheimen Ort, anschließend wollten beide nach Hogwarts kommen und die Details besprechen.

Yela stand auf und ging hinaus auf die Terrasse. Sie würde erneut versuchen, jemanden zu erreichen, und wieder kein Glück haben. So war es. Wenig später kehrte sie zurück und mit ihr ein Schwall eisige, salzige Luft.

»Ich kann auch allein warten«, sagte Larcan. »Sie müssen nicht aufbleiben.« Aus der Stunde waren bereits drei geworden.

Sie trug ein hautenges beigefarbenes Kleid, das wie angegossen saß. Hervé Léger hieß der Designer. Larcan kannte diese Art, mit der Stoffbahnen wie auf den Körper drapiert zu sein schienen. Nathalie hatte ihm letztes Jahr in Paris vor einem Schaufenster in der Rue Saint-Honoré lang und breit von diesen Kreationen vorgeschwärmt. Er bereute es bis heute, sie nicht einfach in den Laden gezogen und ihr das schönste Kleid gekauft zu haben. Wo sie jetzt wohl war? Sie hatten Monate nichts voneinander gehört, der Bruch schien endgültig. Es war die Zeit der Sicherheitskonferenzen, Gipfel und Computermessen. Vielleicht war sie auf dem Weg nach München oder London. Vielleicht lebte sie auch gar nicht mehr in Paris und war zurück nach Orlando in Florida gegangen. Er erinnerte sich an einen Abend in einem kleinen Restaurant im Marais-Viertel, an dem sie ihm von einer Wohnung erzählt hatte. In Juan-les-Pins, an der Côte d'Azur.

Und wie man das so tat, wenn man Endgültiges wünscht, es aber nicht aussprechen will, hatten sie über den Kauf dieses Appartements geredet und wussten doch, es ging um mehr: eine Zusage, ein Bekenntnis zu einem Leben, das über die Gegenwart hinausreichte.

Er hatte ihr versprochen, nach diesem letzten Job in Berlin wäre ein für alle Mal Schluss. Dann war eine Menge schiefgelaufen. Und jetzt saß er hier und nicht an der Côte d'Azur und musste, um seine Haut zu retten, wieder zurück in die Höhle des Löwen. Angst? Er hatte keine Angst. Dafür war er über die Jahrzehnte zu gewieft, zu geübt, zu sehr Profi geworden. Er war müde. Er wollte nach Hause, aber er wusste nicht, wo das war.

»Wie heißt sie?«

Er schreckte hoch. Yela lächelte ihn an. »Wenn Männer mit diesem Blick in den Augen in den Cognac sehen, ist eine Frau im Spiel.«

Er überlegte nicht lange. »Nathalie. Wir haben uns getrennt.«

»Oh. Das tut mir leid.«

Sie knackte eine neue Pistazie und rieb sie zwischen den Fingerspitzen, um die trockenen Häutchen zu entfernen. »Aber Sie lieben sie noch. Wo ist sie?«

»In Paris. Wahrscheinlich.«

Yela nickte. Das war wirklich verdammt weit weg. »Paris, die Stadt der Liebe. Sie sollten zu ihr.«

Er lächelte. »Ja. Vielleicht.«

»Was ist passiert?«

Er trank einen Schluck. »Ich habe ein Versprechen nicht gehalten. Vielleicht das wichtigste, das man geben kann.«

»Sie wird verzeihen.«

Er lächelte. »Nun, wenn Sie das sagen…«

»Liebe verzeiht. Immer. Sonst ist es keine Liebe.«

Wie einfach sich das anhörte aus ihrem schönen Mund. Als ob sie wüsste, von was sie sprach. Dabei war die Tiefkühltruhe eines Supermarkts nichts gegen die emotionale Temperatur, die in ihrer Ehe mit Oleg herrschte. Aber das ging ihn nichts an. Oleg war genau dort, wo er ihn haben wollte: auf der Schwelle zum Freund. Also würde er mit Yela keine Gespräche über die Liebe führen, wenn er nicht anwesend war.

Sie warf einen Blick auf ihr Handy, das sie neben die Schale mit den Pistazien hingelegt hatte. Auf wessen Anruf wartete sie? Wer half ihr, in diesem Haus nicht zu erfrieren?

Obwohl die Wände dick waren, konnten sie die Einfahrt eines Wagens hören. Yela wischte hastig die Schalen in die hohle Hand und stand auf, um sie zu entsorgen. Die Haustür wurde geöffnet. Stimmen kündigten die Männer an, bevor sie erschienen. Larcan stellte den Cognacschwenker ab und erhob sich.

Herein kam Oleg, ihm folgte, hager und düster, sein alter KGB-Führer und Auftraggeber Putsko.

Seit Berlin hatten sie sich nicht mehr gesehen, und er sah aus, als hätte er seitdem noch nicht einmal die Schuhe gewechselt. Immer noch Anzug, Krawatte, alles picobello, und ein Händedruck so hart wie Schiffsplanken.

»Larcan. Lange nicht gesehen.« Das klang freundlich, aber nur für Leute, die Untertöne nicht hören konnten oder wollten. Oleg entschied sich gerade für Letzteres.

»Hinsetzen, meine Herren. Ich bin gleich wieder da.«

Putsko nahm auf der Couch Platz, nicht ohne die messerscharfen Bügelfalten seiner Hose kurz nach oben zu ziehen. Eine alte Angewohnheit, die Larcan schon aus ihren gemeinsamen Zeiten Anfang der Neunzigerjahre kannte.

»Cognac?«

Er hob die Flasche, Putsko nickte. Während er einschenkte, kehrte Oleg zurück.

»Wo ist Yela?«

»Eben war sie noch hier«, antwortete Larcan und deutete auf ihr Handy, das sie liegen gelassen hatte. Oleg nickte, sah, dass noch ein Schwenker fehlte, und holte ihn vom Barwagen. Er wirkte abwesend. Larcan blähte kaum merklich die Nase. Etwas lag in der Luft, seit die beiden eingetreten waren. Eine Ahnung von Cellulosenitrat. Schwefel und Brand, der Geruch nach dem Schuss. Es war nicht auszumachen, von welchem der beiden Männer er ausging.

»Wollt ihr allein reden?«, fragte Oleg.

Putsko roch an der bernsteingelben Flüssigkeit. Seine Züge entspannten sich etwas. »Du bist beteiligt, also bleib.«

Oleg sah erstaunt von einem zum anderen. »An was?«

»Du stellst Aufwieglern dein Lagerhaus zur Verfügung. Streite es nicht ab. Für morgen Nachmittag hast du alle privaten Wachen aus dem Hafen abgezogen.«

Oleg blieb stehen, das Glas in der Hand. Er war verblüfft, und es schien ihm zu dämmern, dass Putsko nicht nur gekommen war, um mit Larcan ordentlich einen auf die alten Zeiten zu heben.

»Keine Ahnung, von was du redest.«

»Oleg, weißt du, warum ich dich nie angeworben habe? Weil du nicht lügen kannst. Setz dich. Das ist übrigens auch der Grund, aus dem ich überhaupt hier bin. Weil ich dir glaube, dass du diesem Verbrecher dort einen Gefallen schuldest.«

Larcan machte sein unschuldigstes Gesicht. »Du meinst doch nicht etwa mich?«

»Fünfhunderttausend Euro«, fuhr Putsko fort und nahm Larcan ins Visier. »Wo sind sie?«

»Ich hatte Ausgaben. Der Rest ist auf einem Konto in Monte Carlo, an das ich leider nicht mehr herankomme. Wenn ihr die Güte hättet, die Sperre aufzuheben?«

»Da musst du dich an deine Freunde, die Amerikaner wenden. Um es kurz zu machen: Ich habe im *Wald* ein gutes Wort für dich eingelegt. Obwohl du unseren Auftrag nicht ausgeführt hast. Mehr noch: Du hast das Leben unserer Agenten aufs Spiel gesetzt.«

Für Larcan war schlagartig Schluss mit lustig. Und der Wald – das Hauptquartier des FSB in Moskau – interessierte ihn nicht. »Du hast einen meiner Söldner getötet.«

»Ich?«

»Töten lassen, wenn ich genauer werden soll. Ein junger Mann, Israeli. Er hatte das ganze Leben noch vor sich.«

»Unsere Agentin auch.«

Larcan stieß einen verächtlichen Laut aus. »Entschuldige bitte, aber glaubst du im Ernst, sie hätte mich nach getaner Arbeit am Leben gelassen? Brugg war eine Maschine. Ihr Programm lautete: ›Funktionieren und töten.‹«

»Und Judith Kepler?«

Das dünne Eis, auf dem Larcan sich bewegte, bekam Risse. Leise knackend breiteten sie sich aus. Er wusste: Noch einen Schritt weiter, und es würde ihn nicht mehr tragen. Ganz ruhig, sagte er sich. Putsko war in der Bank nicht dabei gewesen. Alles, was er weiß, hat er von seinen Zuträgern. Ich bin der Einzige von uns dreien hier im Raum, der es am eigenen Leib erlebt hat.

»Was soll mit ihr sein?«, fragte er.

»Das würde ich gerne von dir wissen. Deine Erinnerung an sie ist ja so frisch, als hättet ihr euch erst gestern gesehen.«

Ein lautes Knacken. Die Schollen gerieten in Bewegung, und Larcan hatte das Gefühl, ins Rutschen zu geraten. Er sah zu Oleg, der wich seinem Blick aus. Er hatte alles verraten, alles. Putsko wusste so gut Bescheid, als hätte er auf Olegs Schultern gesessen, während Larcan ihm die herzzerreißende Geschichte von der Ähnlichkeit zwischen Anastasia und Judith erzählt hatte.

Der russische Spion ließ sie nicht aus den Augen. Es war wie ein Spiel: Wer sich zuerst verrät, hat verloren.

»Vielleicht ist das auch so?«, fuhr Putsko leise fort. »Steht ihr euch mittlerweile so nahe? Du hast sie in Berlin kontaktiert. Was für ein unfassbar dämlicher Plan. Da wirbst du als U-Boot ausgerechnet deine Tochter an. Dreißig Jahre keine Vatergefühle, und dann das. Es musste ja schiefgehen.«

Oleg zwickte entweder das schlechte Gewissen, oder er hatte überhaupt keine Ahnung mehr, um was es ging. Er hob beschwichtigend die Hände. »Müsst ihr das jetzt austragen? Larcan möchte die Scharte wieder auswetzen. Du hast gesagt, du gibst ihm eine Chance. Also was jetzt?«

»Gut. Verhandeln wir.«

Oleg hob das Glas, sie stießen an. Putsko lehnte sich zurück und entfaltete seine langen Glieder. Es sah aus, als säße er entspannt in einem britischen Gentlemen's Club. Larcan wusste, dass dies nichts anderes war als seine Angebotshaltung.

»Unsere Regierung hat ein Interesse daran zu erfahren, wenn die Ukraine sich mithilfe der Amerikaner bewaffnet. 2015 erst hat der US-Kongress jede militärische Hilfe für das Regiment Asow abgelehnt. Und was geschieht? Es werden weiter heimlich Waffen geliefert. Wir werden beweisen, wie verlogen die Amerikaner sind.« Er schnitt Oleg, der protestieren wollte, mit einer fast schon lässigen Handbewegung das Wort ab. »Ich weiß, dass morgen Nachmittag eine Lieferung amerikanischer Waffen an Bord eines türkischen Containerschiffs im Hafen von Odessa einlaufen wird. Sie werden von drei Vertretern dieser Terrororganisation und vier rechtsextremen Deutschen in Empfang genommen und in ein Auto geladen. Dieses fährt zu deiner Lagerhalle, Oleg. Dort werden die Kisten über die Katakomben weitertransportiert.« Er schüttelte den Kopf, als wäre ihm eine solche Hinterlist noch nie widerfahren. Dabei waren das Peanuts, wie Larcan wusste. Interessant wäre es zu erfahren, wer Putsko diese Information zugesteckt hatte und was er mit ihr bezweckte.

»Nun, so weit werden wir es nicht kommen lassen. Natürlich respektieren wir das, nun ja, Territorium der Ukraine. Wir werden also selbst nicht eingreifen, um nicht noch mehr Öl in die schwierige und noch existierende Koexistenz unserer Völker zu gießen. Und da trittst du auf den Plan.«

Larcan nickte.

»Du wirst das Auto übernehmen, sodass es gar nicht erst im Lagerhaus ankommt. Du fährst es ins Moldawanka-Quartier, wo du es entlädst und die Kisten in einem markierten Versteck ablieferst. Danach bist du frei.«

Putsko hob das Glas und trank den Cognac aus. Oleg starrte vor sich hin, als ob er überhaupt nichts mehr begreifen würde.

»Das ist alles?«, fragte Larcan.

»Du wirst die Brigadisten und vielleicht auch die Deutschen eliminieren müssen. Ist das ein Problem?«

Natürlich war es das. Larcan war ein Schmuggler. Ein Händler, ein Dieb. Aber kein Mörder. Die Sache im Hafen hatte er schon längst unter Selbstverteidigung verbucht.

»Ich habe keine Waffen.«

»Oleg?«

Oleg schien aus einer Starre zu erwachen, in die ihn offenbar der Gedanke an sein Lagerhaus und was sich im Hafen nach ein paar Morden abspielen würde, gebracht hatte. »Ja?«

»Ist das ein Problem? Du hast eine hervorragende Security, soweit ich weiß. Zwar nicht gut genug, um deine kleine Tochter zu beschützen, aber technisch doch auf dem neuen

Stand. Meinen Glückwunsch übrigens, lieber Larcan, zu deiner großen Tat.«

Nichts verriet die Ironie, aber Larcan spürte sie wie eine Ohrfeige. Oleg war vielleicht ein gewiefter Geschäftsmann, aber er war Larcans Geschichte auf den Leim gegangen. Putsko hingegen hatte den Plan durchschaut. Dass er ihn nicht verriet, machte sie zu Verbündeten. In diesem Moment wusste Larcan, dass alles gut werden würde. Harte Verhandlungen, ja, aber sie saßen wieder in einem Boot. Putsko nickte, als ob er Gedanken lesen könnte.

»Oleg wird dir alles geben, was du brauchst. Hier.« Er schob ein paar zusammengeheftete Blätter über den Couchtisch. »Da steht alles drin.«

Larcan überflog die Informationen. Ihn interessierte nicht die Nationalgarde und auch nicht die Soldaten der Bundeswehr. Er fragte sich, wer diesen detaillierten Einsatzplan verfasst und, mehr noch, wer ihn an Putsko weitergegeben hatte.

»Von wem hast du das?«

Wieder dieses Lächeln, dünn wie ein Faden.

»Wir haben doch alle unsere kleinen Geheimnisse, oder?«

»Was ist mit mir?«, fragte Oleg. »Ich hatte keine Ahnung, was in meinem Lagerhaus passieren sollte!«

»Oleg, lieber Freund. Natürlich wusstest du davon. Deine Freundschaft zu Vadim Trojan ist kein Geheimnis.« Putsko wandte sich an Larcan. »Trojan war Kommandeur dieses Naziregiments und ist jetzt Polizeichef von Kiew. So viel dazu, wie eng die ukrainische Regierung mit Rechtsextremen zusammenarbeitet.« Und wieder zu Oleg: »Ich halte dir das nicht vor. Hilfe für einen alten Freund. Und heute Abend Hilfe für einen neuen Freund. Was, denkst du, wird am Ende des Tages für dich herausspringen? Hilfe für dich?«

Oleg drehte den Cognacschwenker und wartete ab. Wahrscheinlich war das seine Geschäftsstrategie: den Gegner kommen zu lassen, ihn dazu zu bringen, seine Munition zu verschießen. Die beiden kannten sich lange. Und auch die Methoden, den anderen weichzukochen. Doch in einem war Oleg klar im Hintertreffen: Er hatte keine Ahnung, wie Geheimdienstler tickten.

»Du hast noch einige hochinteressante Grundstücke in Minsk«, fuhr Putsko an Oleg gerichtet fort. »Ich könnte ein gutes Wort für dich einlegen, dass die Planungen schneller vorankommen als bisher.«

»Nein danke.« Oleg fiel gerade noch rechtzeitig ein, dass er mit Beelzebub an einem Tisch saß. »Nichts für ungut, aber hier geht es um meinen Freund und nicht um mich. Und was ich mit meinen Lagerhallen mache, geht nur einen etwas an.«

»Gut.« Putsko legte die Fingerspitzen zusammen. Wie er über sie hinweg auf Larcan sah, hatte etwas Diabolisches. »Dann zu dir. Wenn du den Auftrag erledigst, sind wir wieder im Geschäft.«

Larcan schüttelte den Kopf. »Nein. Ich bin alt. Müde. Verbraucht. Lasst mich danach einfach gehen.«

Bei jedem einzelnen Wort rutschten Putskos Augenbrauen höher.

»Ich möchte an meine Konten kommen, meine Pässe gebrauchen können und in Ruhe die letzten Jahre meines Lebens verbringen. Mehr nicht. Kannst du das arrangieren?«

»Warum nicht? Wir sind doch keine Unmenschen. Es freut mich, dass ich dich für diese Aufgabe gewinnen konnte. – Danke, Oleg. Es tut gut, alte Freunde wiederzusehen.«

Oleg nickte. Er wirkte ruhig. Aber er drehte ständig das Glas in seinen Händen. Als Putsko aufstand, stellte er es fast erleichtert ab.

»Eine Frage noch«, sagte Larcan. »Was hast du mit den Waffen vor?«

»Sie werden der Weltöffentlichkeit gezeigt. Als Beweis für

die niederträchtigen Verleumdungen der Vereinigten Staaten gegen Russland.«

Das also war Putskos Plan: aus ein paar Kisten mit Gewehren eine Riesenkampagne gegen den Westen schmieden. Und natürlich der Ukraine noch einen Tritt in die Kniekehlen verpassen. Das hatte sie schon immer unterschieden: Larcan war der Macher, Putsko der Stratege. Kein Wunder, dass er so eine Karriere hingelegt hatte.

Oleg, dem gerade aufging, in was er sich da hatte hineinziehen lassen, stöhnte auf. »Gregorij! Was soll das? Wie soll ich denn meinen Leuten jemals wieder in die Augen sehen? Die sind doch schon gestraft genug, wenn das Zeug vor ihrer Nase geklaut wird!«

»Und wie soll ich meinen Leuten diese Aktion erklären, wenn nichts dabei herausspringt? Ich will, dass diese unglückselige Sache in Berlin endlich aus der Welt geschafft wird. Sie klebt an mir wie Dreck am Schuh. – Du«, er wandte sich an Larcan, »kannst dich damit rehabilitieren. Und ich mich auch. Aber wir müssen etwas vorweisen. Etwas, das es wert ist, dich aus deiner Isolation zu holen.«

Die Schärfe in Putskos Stimme verriet, dass er sich selbst wohl zunehmend isoliert fühlte. Noch war er einer der wichtigsten russischen Agenten im westlichen Ausland. Aber mit dem schönen Leben in Paris konnte es auch für ihn schnell vorbei sein. Das war seine Chance. Und das Beste: Er musste sich noch nicht mal die Finger schmutzig machen.

»Ist es abgemacht?«

Larcan musste sich räuspern, seine Stimme war belegt. Der Gedanke, innerhalb von Sekunden mehrere schwer bewaffnete Männer an einem Containerschiff auszuschalten und mit dem Wagen durch das Hafentor zu brechen, musste sich bei ihm erst einmal setzen. Bis jetzt hatte er sich über die Durchführung dieses Plans noch gar keine Gedanken gemacht.

»Bekomme ich Rückendeckung?«

Wieder dieser arrogante Gesichtsausdruck.

»Ich könnte etwas arrangieren. Wie viel brauchst du?«

Larcan sah auf die Blätter des unbekannten Verräters.

»Ich muss es mir vor Ort ansehen.«

»Oleg?«

Oleg hob bedauernd die Hände. »Tut mir leid, ich werde nicht auf die eigenen Leute schießen lassen. Von mir gibt's keinen Mann. *No chance.* Und wenn denen vom Regiment auch nur ein Haar gekrümmt wird, dann werde ich richtig sauer.«

Der Blick, den er auf Larcan abschoss, unterstrich die Drohung.

Putsko lenkte ein. »Hör zu, Oleg. Lass nur die Deutschen durch zu diesem Schiff. Wer ist das überhaupt? Kennst du sie?«

»Meißner, Möller, Oberleitner, Rönsch«, las Larcan vor.

»Nie gehört.«

»Um die ist es nicht schade. Die Asow-Leute pfeifst du zurück. Sie sollen in der Lagerhalle warten. Dann sind sie aus der Schusslinie.«

Putsko sah auf seine Armbanduhr. Gold. Auch die müsste er ablegen, wenn er nach Moskau zurückbeordert wurde. Er wandte sich an Larcan. »Du bekommst zwei Mann. Russen. Ihr trefft euch morgen um sechzehn Uhr vor dem Seamen's Club. Sie werden dir nur den Weg sichern, mehr nicht. Sobald du den Kai betrittst und die Deutschen triffst, bist du auf dich allein gestellt. Aber«, er beugte sich vor und schlug Larcan leicht auf die Schulter, »ihr seid ja Landsleute. Ihr werdet euch über den Wagen und die Fracht schon einigen können. Sind wir uns einig?«

Larcan reichte ihm die Hand, Putsko schlug ein.

»Oleg?«

Er nickte dem Milliardär zu, der wie auf glühenden Kohlen saß. Das war schon ein anderes Kaliber als Schwarzbauten und Korruption. Wahrscheinlich hatten ihm seine Freunde vom Regiment Asow weisgemacht, sie würden Kaffeesäcke schmuggeln. Jetzt saß er mit dem russischen Geheimdienst und einem Killer in spe in einem Boot. Er griff sich mit zwei Fingern in den Kragen seines Hemds und lockerte ihn etwas.

»Wenn ihr mich rauslasst aus der ganzen Sache, ziehe ich die privaten Wachen ab. Das mit den Posten am Haupttor regelt ihr. Und es wird nichts, aber auch gar nichts geben, was in meine Richtung weist. Das ist meine Bedingung.«

Putsko und Larcan sahen sich kurz an. Ein winziges Zucken, man hätte es für die Ahnung eines Ticks halten können, saß in Putskos linkem Mundwinkel. Wer ihn so gut kannte wie Larcan, wusste: Er lachte sich innerlich gerade halb tot über diese naive Forderung.

»Angenommen«, sagte er. »Larcan?«

»Ich bin danach frei?«

»Wie ein Vogel.«

»Angenommen.«

»Dann sind wir uns einig.« Putsko stand auf und wandte sich zum Gehen. Ein *bulteryer* erschien und öffnete die Tür nach draußen. »Gute Nacht, die Herren.«

Er verschwand, leise, wie ein Spuk. Larcan sah auf das ausgedruckte Protokoll der verratenen Geheimdienstaktion und tippte auf eine Gemeinschaftsarbeit von BND, Bundeswehr und Interpol. Er sah erst auf, als Oleg unterdrückt stöhnte. Er klopfte ihm tröstend auf den Arm.

»Er ist immer so, mach dir nichts draus.«

Oleg wischte sich mit seiner Pranke übers Gesicht. »Wenn das rauskommt, dass ich da mit drinstecke…«

»Wird es nicht. Dafür werde ich sorgen. Es ist ein dreckiger Job, aber ich habe keine Wahl. Ich muss es tun. Ich werde sonst nie in mein Leben zurückkehren können.«

Der Mann nickte. Ihm lag etwas auf der Seele, aber so eng geschmiedet war die Freundschaft nun auch wieder nicht. Larcan stand auf.

»Es ist spät. Wo ist Mikhail?«

Olegs Gesicht verdüsterte sich für einen Moment. »Er hat heute Abend frei.«

»In Ordnung. Kannst du mir ein Taxi rufen?«

Wie durch Telepathie herbeigerufen, erschien abermals ein *bulteryer*. Larcan erkannte in ihm den Mann, der Yela und Anastasia immer zum Ballett begleitet hatte. Er glaubte sich zu erinnern, dass Anastasia ihn einmal mit Namen gerufen hatte: Dmytro. Oleg erteilte ihm den knappen Befehl, einen Wagen vorzufahren und Larcan hinzubringen, wo immer er es wünschte. Sie trennten sich wie Generäle am Vorabend einer Schlacht, deren Ausgang so ungewiss war wie das Ausrollen der Kugel beim französischen Roulette.

15

Kaum war Larcan gegangen, sprang Oleg auf und schleuderte den Cognacschwenker an die Wand. Er zersprang mit einem lauten Knall in tausend Stücke und hinterließ einen nassen Fleck, vielleicht auch ein paar Kratzer in dem sanften Ocker, das Yela ausgesucht hatte. Die Scherben klirrten zu Boden, und am liebsten hätte Oleg auch gleich noch die Muranovase hinterhergeworfen, die Bronzebuchstützen und die Bücher, die keiner las. Er fühlte sich wie ein Flammenwerfer, den nichts mehr festhielt und der alles vernichten wollte, was sie jemals berührt hatte.

Er nahm den Schürhaken und stieg die Treppe hoch. Auf halbem Weg verließ ihn die Kraft. Er warf das Ding von sich, das tanzend und scheppernd die Marmorstufen hinunterfiel und einen Heidenlärm machte.

Die Hälfte der Zeit hatte er gar nicht zugehört. Überhaupt nichts begriffen. Alles war an ihm abgeprallt, denn der Mord an Mikhail hatte eine Glocke aus Panzerglas über ihn gestülpt, durch die er ihre Stimmen gehört hatte, als läge er unter Wasser. Es war ihm egal, was im Hafen geschah. Sollten sie sich alle gegenseitig abknallen, es interessierte ihn nicht. Was er dort unten im Keller der Datsche in Fontanka gesehen hatte, war das Bühnenbild eines doppelten Verrats: den an Anastasia und den an seiner Ehe.

Er schlug mit der Faust in die Hand, wieder und wieder, um diese maßlose Wut zu beherrschen. Es gelang ihm nicht. Mit einem Stöhnen erklomm er die letzten Stufen und ging als Erstes ins Zimmer seiner Tochter.

Anastasia schlief. Ihr Teddy war aus dem Bett gefallen. Er hob ihn auf und legte ihn zurück. Gedämpftes Licht fiel auf die Märchenfiguren an der Wand, den rosafarbenen Teppich, das zwei Meter große Prinzessinnenschloss mit Rutsche, das sie zu ihrem sechsten Geburtstag bekommen hatte. Auf dem Nachttisch lag ein Kinderbuch mit Gutenachtgeschichten, aus dem die *nana* vorgelesen hatte. Der Kontrast zu dem Gefängnis im Keller konnte nicht größer sein. Ein Laut stieg aus seiner Kehle, ein gequetschtes Wimmern, das er nicht unterdrücken konnte. Er strich dem Mädchen die Haare aus dem Gesicht und sah, dass seine Hand zitterte.

Anastasia musste spüren, dass jemand an ihrem Bett saß. Sie drehte sich um und räkelte sich wie ein Kätzchen. Er beugte sich hinab und küsste sie.

»Schlaf, meine Prinzessin. Schlaf.«

Seine Augen wurden nass. Er schämte sich der Tränen

nicht. Er weinte aus Erleichterung, dass seinem Kind ein schreckliches Schicksal erspart geblieben war. Und er weinte um das, was er dennoch verloren hatte. Schließlich stand er auf und verließ das Zimmer. Nachdem er die Tür leise hinter sich geschlossen hatte, lief er den Flur entlang, bis er vor einer anderen Tür stand. Er öffnete sie so brutal wie ein Eroberer.

Yela saß in ihrem Bett, das Handy in der Hand, und sah erschrocken zu ihm. Mit wenigen Schritten war er bei ihr und riss ihr das Gerät aus der Hand.

»Oleg?«

Er holte aus und schlug zu. Ihr Kopf wurde nach hinten geschleudert, sie schrie, aber nach dem nächsten Schlag wimmerte sie nur noch. Schwer atmend trat er zurück und sah auf das Display. Mikhails Nummer. Er ließ das Telefon auf den Boden fallen, doch der dicke Teppich verhinderte, dass seine Absätze es pulverisierten.

»Oleg, Oleg! Was soll das?«

Außer sich vor Wut griff er in ihre Haare und zerrte ihr Gesicht in seine Richtung. Die Handabdrücke bildeten knallrote Flecke auf ihrer Haut.

»Wie lange geht das schon?«

»Was?«

Er hob die Hand, reflexartig krümmte sie sich zusammen, strampelte, versuchte, sich aus seinem mörderischen Griff zu befreien.

»Wie lange?«

»Ich weiß nicht, von was du redest!«

Seine Hände legten sich um ihren Hals und drückten zu. Sie riss den Mund auf. Todesangst verzerrte ihr schönes Gesicht zu einer Fratze. Er würgte und schüttelte sie dabei hin und her, dass ihre Haare wie ein Tuch im Wind um ihre Schultern tanzten.

»Wie lange fickst du Mikhail? Habt ihr euch das zusammen

ausgedacht? Wie viel wolltet ihr? Eine Million? Zwei Millionen? Alles?«

Er warf sie zurück aufs Bett. Keuchend, nach Luft ringend krümmte sie sich zusammen.

»Dein eigenes Kind. Dein eigenes Fleisch und Blut! Du bist Dreck, hörst du? Dreck in meinem Haus!« Er schlug zu, die Hiebe prasselten auf sie ein, sodass sie keine Chance hatte auszuweichen. Erst als sie wie ein wimmernder, blutender Fötus vor ihm lag, ließ er von ihr ab. Seine Fäuste schmerzten. Sein Hirn war nur noch ein weiß glühender Feuerball. Er war bereit, sie zu töten, so wie er das mit Mikhail gemacht hatte.

Aber sie war Anastasias Mutter. Dieses wimmernde, halb totgeschlagene, wunde Stück Fleisch in blutbesudelten seidenen Laken.

»Dreck«, keuchte er. »Dreck.«

Das Licht des Handys erlosch. Er hob es auf und warf es in ihre Richtung. »Du kannst ihn anrufen, sooft du willst. Er wird nicht mehr rangehen.«

Das Wimmern hörte schlagartig auf.

»Ich wusste, dass du ihn fickst. Ist in Ordnung, hab ich mir gesagt. Sie ist jung, ich bin oft nicht da, und besser Mikhail als irgendein aidsverseuchter Stricher. Es war übrigens seine Idee, das mit den GPS-Sendern in den Autos. Spricht nicht gerade für viel Hirn in seinem kleinen Schädel, aber darauf kam es dir ja wohl auch nicht an.«

Ihre blutige Hand tastete nach dem Handy. Die Haare, an einigen Stellen dunkelrot verkrustet, lagen über dem zerschlagenen Gesicht. Es war gut, dass er sie so zugerichtet hatte. Nichts erinnerte mehr an die Frau, die sie gewesen war. Von diesem Stück Dreck konnte er sich leichten Herzens verabschieden.

»Ich habe euer Versteck gefunden, weil er mich direkt dorthin geführt hat. Ich habe den Keller gesehen. Dieses Rattenloch, in das ihr meine Tochter stecken wolltet. Sogar Handschellen habt ihr besorgt. Wasser. Was zu essen. Wie lange sollte sie da unten bleiben? Eine Woche, zwei Wochen, für immer? Antworte!«

Ein Laut wie von einem sterbenden Tier kam zurück. Sie zog das Handy an ihre Brust, und diese Geste, mit der sie den Geliebten sogar jetzt noch bei sich haben wollte, war deutlicher als jedes Geständnis. Olegs rasender Furor verpuffte, als hätte jemand mit einer Stecknadel in einen Luftballon gestochen. Übrig blieb Trauer, so zäh wie Melasse, in der er zu ersticken drohte.

Yela versuchte, sich aufzusetzen. Als sie sprach, klang ihre Stimme undeutlich und hatte nur noch eine entfernte Ähnlichkeit mit dem rauen, warmen Ton, in dem sie sonst redete. »Was hast du getan?«

Er fuhr sich übers Gesicht, um den letzten Rest der Tränen wegzuwischen.

»Wo ist er? Sag es mir. Sag mir, was du mit ihm gemacht hast.«

»Ich hab ihn umgebracht.«

Sie atmete heftig und abgehackt. Es klang fast wie ein Hecheln, aber wahrscheinlicher war, dass ihr Körper nicht mehr mitspielte und ihr jetzt der Schock den Atem raubte. Er drehte sich zu ihr um und war, obwohl er es erwartet hatte, entsetzt von dem, was er angerichtet hatte. Ihr Gesicht hatte sich in eine verschwollene, blutunterlaufene Fratze verwandelt. Die Oberlippe war gespalten, ihr mussten einige Zähne fehlen. Das linke Auge war kaum noch zu sehen.

»Ich habe ihn getötet, Yela. Und ich würde dasselbe mit dir tun, wenn ich nicht an Anastasia denken würde.«

Wieder dieses Hecheln, wie ein Krampf. Sie musste entsetzliche Schmerzen haben, aber nichts in ihm fühlte etwas. Er war aus Stein, und in sein Innerstes war Rache gemeißelt.

»Ihr hättet Ljubko besser schmieren sollen. Er hat alles gestanden.«

»Was?«, flüsterte sie, das Handy immer noch am Herzen. Am liebsten hätte er es ihr aus der Hand gerissen und quer in die Kehle gerammt.

»Dass ihr die Datsche angemietet habt, angeblich zum Angeln. In Wirklichkeit, um Anastasia zu entführen und mich zu erpressen.«

Langsam schüttelte sie den Kopf. Die Verletzungen erlaubten keine Mimik mehr, und der Blick aus ihrem einen Auge blieb stumpf.

»Du leugnest es?«

Er stand auf und holte einen rosafarbenen Schlüpfer aus der Hosentasche. Er warf ihn Yela ins Gesicht, die zu betäubt war, um darauf zu reagieren.

»Ihr habt es da unten getrieben, auf der Kindermatratze. Weißt du, was ich mit Leuten mache, die mich so hart ficken? Weißt du, was ich mit denen mache?«

Wieder schüttelte sie den Kopf. Oleg nahm es als Antwort. Er ging vor dem Bett in die Knie und erwiderte den stumpfen Blick. »Ich töte sie.«

Ihre blutige Hand tastete nach der Unterhose, knüllte sie zusammen und drückte sie nun ebenfalls an die Brust. Es war so jämmerlich, so unwürdig.

»Du wirst dieses Haus verlassen, auf der Stelle.«

»Anastasia?«

»Nenn diesen Namen nicht! Nicht diesen Namen!«, brüllte er. Wieder hob sie die Arme in Furcht vor neuen Schlägen.

»Mama?«

Oleg fuhr herum. Das Mädchen stand in der Tür, den Teddy fest an sich gepresst, und starrte auf die schreckliche Szene. Es wollte zu seiner Mutter laufen, aber Oleg fing das

Kind noch vor dem Bett ab, hob es hoch, presste es an sich und trug es hinaus.

Anastasia strampelte und wehrte sich.

»Was ist mit Mama?«

»Sie ist hingefallen. Sie fährt gleich ins Krankenhaus.«

»Ich will zu ihr!«

»Das geht jetzt nicht. Du musst schlafen.«

Obwohl er es gewesen war, der Yela das angetan hatte, spürte er keine Reue. Nur Wut, kaum beherrschbare Wut. Mikhail und Yela. Sie waren selbst schuld an ihrem Schicksal.

»Schlaf jetzt.« Er legte Anastasia in ihr Bett und deckte sie zärtlich zu. »Morgen ist alles wieder gut.«

Er würde erzählen, dass Yela noch im Krankenhaus bleiben müsste. Und dann, nach ein paar Tagen, dass sie gar nicht mehr zurückkehren würde. Es würde dem Mädchen das Herz brechen. Aber man kam darüber hinweg. Irgendwann kamen alle darüber hinweg. Auch er.

»Schlaf, mein Engel.«

Anastasia kuschelte sich in ihre Decke und drückte den Teddy an sich.

»Hat Mama sich wehgetan?«

»Ja. Aber es ist nicht so schlimm. Sie ist gestolpert. Ich kümmere mich jetzt um sie. Und morgen ist alles wieder gut.«

»Ich hab dich lieb.«

Anastasia schloss die Augen. Er blieb bei ihr, bis ihre Atemzüge regelmäßig wurden und der kleine Mund offen stehen blieb. Er betrachtete das Gesicht dieses zarten Wesens, das Unmenschen in einen Keller sperren wollten, nur um Geld zu erpressen.

Die eigene Mutter.

Mit dem Betrug hätte er leben können. Sie waren sorglos geworden, hatten es übertrieben. Noch eine halbe Umdrehung weiter, und Mikhail hätte sich nach einer Abreibung irgendwo in den Karpaten wiedergefunden, Yela in ihrem Haus in Kiew. Nach ein paar Wochen wäre Ruhe eingekehrt, so wie damals nach der Sache mit dem Fitnesslehrer. Sie hatte kein besonders anhängliches Herz. Sie wusste, wo sie es gut hatte. Aber sie wollte es ja anders. Sie wollte die harte Tour. Und die konnte sie haben.

Nach ein paar Minuten verließ er Anastasias Zimmer. Die Tür zu Yelas Raum stand noch halb offen, mattes Licht fiel in den Flur. Er überlegte, noch einmal zu ihr zu gehen, doch es war alles gesagt und getan. Wahrscheinlich packte sie schon. Er ging zur Treppe, hinunter in sein Arbeitszimmer. Dort fuhr er den Computer hoch und begann, eine Kreditkarte nach der anderen, die auf ihren Namen lief, zu löschen. Dann nahm er sich das Handgeldkonto vor, das für die gemeinsamen Ausgaben, und schließlich das, von dem sie dachte, er wüsste nichts davon. 687 000 US-Dollar. In acht Jahren Ehe auf die Seite geschafft. Wie sie das gemacht hatte? Das Armband von Cartier zwei Wochen nach dem Kauf zurückgebracht. Den Ferrari angeblich zu Schrott gefahren und unter der Hand verkauft. Die Yacht, die sie in Monte Carlo letztes Jahr gechartert hatten, heimlich gecancelt, weil sie spontan doch lieber wieder nach St. Barth wollte. Er konnte die einzelnen Posten sehen, mal ein paar Tausender, mal das Zwanzig- oder Dreißigfache. Er hatte sie gewähren lassen und die Auszüge im Tresor aufbewahrt. Ein gutes Faustpfand vor Gericht, sollte sie eines Tages die Scheidung einreichen.

Sein Computerspezialist hatte ganze Arbeit geleistet. Die Passwörter standen in einem kleinen Notizbuch – »Papier!«, hatte der junge Kerl ihm eingebläut. »Das Einzige, dem Sie vertrauen können, ist Papier.«

Er überwies den gesamten Betrag auf sein Privatkonto, dann löschte er auch Yelas letztes Geheimnis.

Vielleicht hatte er sie auch deshalb am Leben gelassen, um

sie damit erst richtig zu betrafen. Mit dieser Visage konnte sie noch nicht einmal mehr als Nutte arbeiten. Er ging zum Safe, in dem der echte Schmuck verwahrt wurde, und änderte die Kombination. Morgen früh würde er einen neuen *lider* bestimmen und den Rest der Codes verändern. Yela würde dieses Haus nie wieder betreten.

Er schleppte sich ins Wohnzimmer. Auf dem Tisch standen noch die restlichen zwei Cognacschwenker. Er nahm sich einen und schenkte sich das Glas halb voll, trat ans Fenster und sah hinaus in die fluoreszierende Schwärze des Meeres. Sie würde den Dienstbotenausgang wählen. Vielleicht noch einen kleinen Koffer mitnehmen. Den Schmuck, den sie heute getragen hatte und der neben dem Schminkspiegel lag. Etwas Bargeld, nicht viel, denn ihr Portemonnaie war voll mit wertlosem Plastik. Zwei Pelzmäntel, einen angezogen, einen über dem Arm, weil sie ahnte, dass sie sie noch brauchen würde. Er wollte nicht darüber nachdenken, wohin sie gehen würde. Das hatte Zeit bis morgen. Ein Rundruf bei seinen Freunden, und keiner würde das Risiko eingehen, ihr ein Dach über dem Kopf zu geben. Sie war fort, ausradiert. Für immer verschwunden, so wie Mikhail, der vielleicht irgendwann einmal als Namenloser mit zerschmettertem Kopf ans Ufer getrieben würde, wenn ihn nicht längst die Fische gefressen hatten.

Doch die Genugtuung reichte nicht. Sie machte es vielleicht einfacher, diese Nacht zu überstehen und morgen Anastasias Fragen zu beantworten. Wenn er sich nur im entscheidenden Moment an den Schuss erinnern würde und an Yelas instinktiven Griff nach dem Handy, dann würde es gehen. Dann könnte er damit leben. Er war ein Mörder, aber er hatte das Leben seiner Tochter gerettet.

Er wankte zur Couch und ließ sich fallen. Der Schmerz in seinen Knöcheln meldete sich jetzt mit Wucht, aber er war nicht so schlimm wie das schwarze Loch an der Stelle, an der sich einmal sein Herz befunden hatte.

16

Larcan hatte sich aus zwei Gründen von Dmytro an dieser Kreuzung im Moldawanka-Viertel absetzen lassen. Zum einen wollte er noch ein paar Schritte zu Fuß gehen, zum anderen sollte der *bulteryer* nicht wissen, in welcher erbärmlichen Ecke er lebte. So hatte er auf eine *bar* gedeutet, eher ein Tresen unter einer Neonleuchte, an dem ein paar Nachtschwärmer hockten, die die Hochzeitspartys und Jubiläumsfeiern in den Hochhausrestaurants noch vor dem Fall ins Koma verlassen hatten, um sich hier den Rest zu geben. Die Krawatten auf halb acht, der Blick glasig, so hingen sie auf den Stühlen und schütteten stoisch ihren Wodka in sich hinein. Larcan ließ sich ebenfalls *sto gramm* geben und setzte sich in eine Ecke, nahe der glühend heißen Zentralheizung.

Die Begegnung mit Putsko hatte ihn aufgewühlt und beruhigt zugleich. Es war Wahnsinn, was dieser Mann von ihm erwartete. Auf der anderen Seite lockte das Versprechen auf einen ruhigen Lebensabend. Vier Deutsche… Er holte das zerknitterte Dossier heraus und studierte es Zeile für Zeile. Klarnamen, Uhrzeiten, Geodaten, sogar ein Auszug aus dem Schiffsregister und die Zollpapiere. Meißner, Oberleitner, Rönsch und Möller. Neonazis. Schlimmstes Pack. Nur Respekt vor der Waffe. Vielleicht war mit ihnen zu reden, dass es auch ohne Blutvergießen gehen könnte. Wenn Oleg die Brigadisten ins Lagerhaus schickte, waren die vier allein am Kai. Ihnen fehlte die Rückendeckung. Nazis waren feige, wenn es um ihren eigenen Kopf ging.

Er verglich die Zeiten, googelte den Hafen, machte Notizen auf dem Rand des Papiers. Es war gut, dass er seine eigene Waffe nicht erwähnt hatte. Nicht auszudenken, wenn am Kai Patronen mit dem gleichen Kaliber gefunden würden wie vor ein paar Tagen vor dem Haus des Leuchtturmwärters. Wenn die Wachen am Tor gut geschmiert waren, wäre die Flucht kein Problem. Wie weit reichte Olegs Arm? Die Hafenposten waren bewaffnet, im Zuge der Terrorismusabwehr hatte die Stadt versenkbare Poller in die Straße eingebaut, dazu gab es ein paar hochgerüstete SUVs der Nationalgarde mit Strahlenkanonen, die die Elektrik neuerer Fluchtfahrzeuge außer Betrieb setzte. Aber wahrscheinlich nicht da unten, wo Kräne, Schienen und Kais zum Teil noch aussahen wie nach dem Krieg. Und nicht bei einem alten Lieferwagen, wie ihn die Deutschen benutzen würden. Ein Kaffeeauto. Wer wohl diese Idee gehabt hatte …? Insgesamt war die Aktion aber ein Gemeinschaftswerk von mehreren brillanten Köpfen. Herausragend waren die generalstabsmäßige Ablaufplanung und die Vorbereitung vor Ort. Er tippte auf zwei Personen. Eine am Schreibtisch, eine im Feld. Der Rest waren die Abnicker.

Plötzlich war es ruhig um ihn herum. Er musste nicht hochschauen, um zu wissen, dass auf der Straße etwas geschah. Die Unterhaltungen erstarben, Hälse reckten sich. Der Scheinwerfer eines Autos leuchtete direkt durch die schmutzige, vergitterte Glastür in die Bar. Aber es wendete und fuhr wieder davon. Dafür wurde die Tür geöffnet, und die Zeit blieb stehen. Der Barmann stellte die Flasche ab, aus der er gerade einschenken wollte. Niemand bewegte sich, der eiskalte Windzug gefror die Luft zu Glas. Es war so still, dass man die buchstäbliche Stecknadel hätte fallen hören können. Der Anblick war ein Schock, für alle. Am meisten für Larcan.

Die Frau trug einen Pelzmantel und hatte einen Koffer und eine Handtasche bei sich. Ihre Haare waren wirr und fielen in ein Gesicht, das keine Ähnlichkeit mehr mit der Schönheit besaß, die Larcan noch am Abend gesehen hatte. Vielleicht hatte sie versucht, das Blut zu entfernen, doch es war wieder aus den Wunden ausgetreten und tropfte aus der Nase und einer Scharte in der Oberlippe hinunter aufs Kinn. Sie wischte es mit der Hand weg, die sie anschließend betrachtete, als würde sie nicht zu ihr gehören. Dann hob sie den Kopf. Ihr linkes Auge war völlig zugeschwollen. Mit dem rechten erfasste sie Larcan, der sich schon halb erhoben hatte, als sie auf ihn zuwankte. Einen Meter vor ihm gaben ihre Beine nach, und sie wäre hart auf den Boden gefallen, wenn nicht Larcan und einer der geflohenen Hochzeitsgäste gleichzeitig zugegriffen hätten.

»Wasser!«, schrie Larcan und ließ Yela auf den schmutzigen Boden gleiten.

Der Wirt griff ein Handtuch, das auch nicht sauberer war, tunkte es in die Spüle und warf es Larcan zu. Mit vorsichtigen Bewegungen tupfte der ihr das Blut vom Gesicht. Alle Männer waren aufgestanden, niemanden hielt es mehr auf seinem Platz.

»Yela?« Die Lippe musste genäht werden. Die Nase war gebrochen, er hoffte, dass das Auge mit einem Veilchen davonkam.

»Du kennst sie?«, fragte der Mann, der sie mit aufgefangen hatte. Larcan ließ das Handtuch sinken. Damit richtete er nur noch mehr Schaden an.

»Kann sie jemand ins Krankenhaus bringen?« Er sah hoch zu den anderen, die im Halbkreis zusammenstanden, den Kopf schüttelten, sich gegenseitig leise Kommentare zuraunten.

»Um die Ecke wohnt ein Arzt«, sagte sein Helfer. »Wenn sie in ein Krankenhaus gewollt hätte, wäre sie nicht hier.«

Es musste Dmytro gewesen sein, der Yela abgesetzt hatte.

Sie wollte zu ihm, Larcan, mit diesem Gesicht, das sie für irgendetwas hergehalten hatte. Für den Fahrer vielleicht ein letzter Freundschaftsdienst, bevor Oleg Wind davon bekam. Es musste etwas Schlimmes vorgefallen sein, kaum dass er das Haus verlassen hatte. Er erinnerte sich an ihre vergeblichen Telefonate und das, was sie über die Liebe gesagt hatte. Er fühlte sich, als hätte ihm jemand einen giftgetränkten Ball zugespielt.

»Dann los. Könnt ihr mir helfen?«

Die Männer taten ihr Bestes. Zu viert trugen sie Yela hinaus, die immer noch nicht bei Bewusstsein war. Larcan nahm den Koffer und die Tasche, warf einen Fünfziger auf den Tresen und folgte dem Transport. Die Gasse, in die sie sie schleppten, war leer und dunkel, kaum ein Fenster, hinter dem noch Licht brannte. Sie bewegten sich leise, als ob sie etwas Verbotenes täten. Keine Zeugen, keine Fragen. Nur knapp hundert Meter weiter betraten sie ein Haus, in dem es muffig und feucht roch und die Beleuchtung nicht funktionierte. Unter Flüchen und geflüsterten hektischen Anweisungen wurde Yela irgendwie in den ersten Stock geschafft. Ein Mann pochte mit der Faust an die Tür, so lange, bis geöffnet wurde.

Das folgende Gespräch verstand Larcan nicht, weil er als Kofferträger einen Absatz tiefer stand, aber es mussten ernste Verhandlungen sein, denn der Wohnungsinhaber ließ sie einfach nicht hinein. Schließlich beugte sich der Mann, der Yela mit aufgefangen hatte, über das Geländer.

»Geld?«, zischte er.

»Wie viel?«, fragte Larcan leise zurück. Er hatte ein paar Dollar dabei und knapp tausend Gryfni.

»Fünfhundert.«

»*Dobre.*« Gut.

Eine Kette wurde aus der Verankerung geschoben, die Tür

öffnete sich. Als Larcan die Wohnung betrat, lag Yela schon in einem Sessel im Wohnzimmer, über den der Arzt geistesgegenwärtig vorher noch ein Laken geworfen hatte.

»Was ist passiert?«, fragte er und wandte sich an die Runde. Er war klein und hager, von unbestimmbarem Alter, mit vom Schlaf abstehenden Haaren und dem Gesicht eines Nagetiers.

Die Männer sahen zu Larcan. »Ich weiß es nicht«, sagte er. »Sie tauchte plötzlich auf, in diesem Zustand.«

Der Arzt nickte, beugte sich über die Ohnmächtige und betastete vorsichtig Schädel, Kiefer und Genick. Immerhin schien er zu wissen, was er tat. Er trug einen Pyjama und verfilzte Pantoffeln, seine dünnen Finger suchten die Knochen, bewegten sanft Yelas Kopf und ließen ihn dann vorsichtig los.

»Das Geld?«

Larcan zählte die Scheine ab und überreichte sie. Die Männer warfen mittlerweile interessierte Blicke auf Yelas Beine, den Goldschmuck an den blutigen Händen und den Koffer.

»Danke«, sagte Larcan. »Ihr könnt jetzt gehen. Trinkt auf meine Rechnung. Sagt dem Wirt, ich zahle, wenn ich hier fertig bin.«

Wahrscheinlich erhofften sie sich mehr. Yela sah zwar aus, als wäre sie mit dem Gesicht voran in einem Häcksler stecken geblieben, aber der Rest roch immer noch nach verdammt viel Geld. Larcan drückte seinem Helfer die restlichen Fünfhundert in die Hand – genug, um in dieser Spelunke drei Wochen lang das Licht der Sonne nicht mehr zu sehen.

»Bitte, wir müssen anfangen.«

Zögernd, als würden sie erwarten, dass diese seltsame Gestalt doch noch lächelnd erwachen und jedem von ihnen einen ihrer Ringe in die Hand drücken würde, machten sie sich endlich aus dem Staub. Der Arzt hatte mittlerweile eine Brille auf und eine Flasche in der Hand, die nach Desinfektionsmittel aussah.

»Bitte sehr. Sie wird sich wehren, wenn der Schmerz zu groß wird. Sie müssen sie festhalten.«

Er schüttete Larcan genug in die Hand, dass er sich bis zu den Ellenbogen reinigen konnte. Dann schlüpfte er hinaus und kam mit einer uralten, brüchigen Tasche wieder. Aus ihr holte er ein ganzes Operationsbesteck, das er mit dem Futteral auf dem Couchtisch ausbreitete.

»Können Sie mir sagen, was passiert ist?«, fragte Larcan.

Der Arzt, der sich nicht vorgestellt hatte und das auch nicht tun würde, zuckte nur mit den Schultern. »Dasselbe, was überall nach ein paar Wodka und ein paar Worten zu viel passiert. Wer ist das?«

»Unwichtig.«

Der kleine Mann hatte sich schon mit einer Taschenlampe über Yela gebeugt und ihr einigermaßen unversehrtes Augenlid berührt, als er davon abließ.

»Nein. Das ist wichtig. Was, wenn ich damit jemandem einen Gefallen tue, dem ich ganz sicher nicht begegnen will?«

Einem *berchyk*. Jemandem von der falschen Seite der Straße.

»Das wird nicht passieren. Sie hat mit diesem Viertel nichts zu tun.«

»Die Leute werden reden.«

Larcan zog die Dollars aus der Hosentasche. Keine zweihundert.

»Niemand weiß, wer sie ist.«

»Und wer sind Sie?«

»Das weiß auch niemand.« Er würde gleich noch ein paar Worte mit dem Wirt reden. Yela musste bezahlen, jetzt oder später. Das Geld landete neben der Arzttasche.

»Alles, was heute Nacht geschieht, wird vergessen werden. Dafür sorge ich. Und jetzt helfen Sie ihr.«

Der Arzt leuchtete in die Pupillen, desinfizierte sich und

zog dann eine Spritze mit einem Schmerzmittel auf, das er ihr in die Vene injizierte. Die folgende halbe Stunde kam Larcan vor wie eine Ewigkeit. Er hatte noch nie gesehen, wie Wunden genäht wurden. Schon gar nicht mitten im Gesicht. Der Arzt reinigte, flickte, schob, zog, und als er Yelas Nase richtete, wachte sie auf und stöhnte.

»Es ist gleich vorbei«, sagte Larcan, und es war nicht klar, ob er damit sie oder sich beruhigte. Sein Magen war kurz davor, sein Innerstes nach außen zu stülpen. Zuletzt kam Yelas Mund an die Reihe. Hatte sie schon vorher ausgesehen wie eine durchgeknallte Halloweenmaske, gab das Jod diesem surrealen Gesicht den Rest. Sie ließ alles mit sich geschehen und bäumte sich nur ab und zu auf. In der Luft lag der Geruch von Blut und Alkohol.

»Fertig.« Der kleine Mann schnitt den letzten Faden ab. Dann kramte er in seiner Tasche und drückte Larcan ein paar Pillen in die Hand.

»Die sind gegen die Schmerzen. Ab morgen wird es besser werden, aber auch bunter. In drei Tagen sollten Sie die Fäden ziehen.«

»Ich?«

»Der Rest ist Sache eines Chirurgen. Sie sollte so bald wie möglich in ein Krankenhaus.«

Yela hob abwehrend die Hand.

»Es bleiben Narben, gnädige Frau.« Offenbar fiel dem Arzt gerade ein, dass er eine lukrative Kundin in seinem Wohnzimmer hatte, weshalb er sie durchaus ab und zu ins Gespräch mit einbeziehen konnte. »Keine schönen, wenn ich mir die Bemerkung erlauben darf.«

Sie versuchte zu sprechen, aber sie brachte nur ein krächzendes Flüstern zustande. Larcan beugte sich zu ihr hinunter. »Kann ich reden?«, fragte sie kaum verständlich.

»Ob sie reden kann?«, übersetzte er.

»Ja. Aber es wird wehtun, sobald die Wirkung der Spritze nachlässt.«

»Dann ... dann will ich noch eine.«

Der Arzt warf die benutzten Instrumente in eine Petrischale, die er auch aus seiner Tasche geholt hatte. Es war verblüffend: Er hatte einen ganzen Operationssaal bei der Hand. Larcan wollte nicht wissen, wo er schon überall zum Einsatz gekommen war. Er richtete sich auf. Sein Rücken schmerzte, als hätte er drei Stunden Holz gehackt. Und immer noch stand die äußerst beunruhigende Frage im Raum, was eigentlich passiert war.

»Einen Moment bitte.«

Der Mann verließ den Raum. Auf diesen Moment hatte Yela gewartet. »Wo bin ich?« Mit der gebrochenen Nase klang ihre Stimme jetzt auch noch, als hätte sie einen schweren Schnupfen.

»In der Moldawanka. Bei einem Arzt. Sie sind in einer Bar aufgekreuzt und zusammengebrochen. Wer hat Sie so zugerichtet?«

»Oleg.«

»Warum?«

Sie antwortete nicht, weil der Mann zurückkehrte und einen Blistersteifen in der Hand hielt. Er überreichte ihn Larcan, vielleicht, weil der in dieser Situation möglicherweise noch den Überblick behielt.

»Morphium. Zehn Milligramm pro Tablette. Nicht mehr als zwei alle zwei Stunden. Alle auf einmal sind tödlich. Haben Sie mich verstanden?«

»Ja.«

»Zweitausend.«

»Es tut mir leid, aber ich habe kein Geld mehr. Kann ich es Ihnen morgen bringen?«

»Zweitausend. Jetzt.«

Yela machte sich mit einem Stöhnen bemerkbar. Sie suchte etwas, und es dauerte einen Moment, bis Larcan begriff, dass sie ihre Handtasche meinte. Er reichte sie ihr, und sie zog ein Portemonnaie heraus.

»Können Sie das machen?« Sie sprach wie eine alte Frau. Vielleicht war es das, was Larcan so erschütterte: dass er noch nicht einmal ihre Stimme erkannte. Er nahm die Geldbörse, holte vier Scheine heraus und drückte sie dem Mann in die Hand. Dafür erhielt er die Tabletten und ein »Sie können jetzt gehen«. Die Behandlung war beendet.

Schwankend wie eine Betrunkene schleppte sie sich die Treppe hinunter. Larcan, mit Koffer, Handtasche, zweitem Pelzmantel und mit der Situation überfordert, lief voran, damit sie im schlimmsten Fall auf ihn stürzen konnte. Endlich erreichten sie die Straße.

»Ich habe kein Auto«, sagte er. »Aber ich kann Ihnen ein Taxi rufen. Wohin wollen Sie?«

Yela lehnte sich erschöpft an die Hauswand und atmete tief ein. Das Blut in ihren Haaren war getrocknet. Sie musste sich waschen, so konnte er sie unmöglich weiterziehen lassen.

»Haben Sie jemanden, der sie aufnimmt?«

»Nein.«

»Warum sind Sie zu mir gekommen?«

»Weil...« Sie stöhnte. Vielleicht ließ die Betäubung gerade nach, oder sie hatte nicht richtig gewirkt. »Weil ich einen Auftrag für Sie habe.«

»Einen Auftrag?«

Sie zog den Pelzmantel enger um sich. Die Luft roch nach feuchtem Dreck, nach Enge, muffigen Kellern, dem Schweiß, dem Blut und den verlorenen Hoffnungen all jener, die hier gelebt hatten und lebten. Das enge Stück Himmel über ihnen leuchtete gelblich, der Widerschein des Lichts, das die Boulevards erhellte, die von hier aus so weit entfernt waren wie die

Milchstraße. Yela sah sich mit ihrem einen Auge um und erkannte erst jetzt, wo sie gelandet war. Sie holte tief Luft.

»Töten Sie Oleg.«

»Hören Sie, das ist schlimm, was er Ihnen angetan hat. Aber...«

»Töten Sie Oleg. Das ist ein Befehl.«

Sie knickte weg. Er konnte sie gerade noch auffangen. Sie musste unter Schock stehen. Die Verletzungen, die Spritze, das Morphium... Unmöglich, sie jetzt allein gehen zu lassen.

»Sie kommen mit zu mir. Und dann reden wir.«

Behutsam griff er sie unter den Arm. So machten sie sich auf den Weg. Unterwegs schwiegen sie, aber Larcan dachte an die vier Deutschen und Oleg. Wäre er ein Auftragskiller, würde man das wohl einen Lauf nennen.

17

Es war Yela nicht anzumerken, was sie über seine Behausung dachte. Vielleicht gingen einem Menschen auch andere Dinge durch den Kopf, wenn er einen Mord plante. Larcan holte ein Glas Wasser aus dem Bad und stellte den Tauchsieder hinein.

»Tee?«

Sie lag auf seinem ungemachten Bett, das dringend frisch bezogen werden müsste. Das Zimmer ähnelte in seiner Ausstattung einer Gefängniszelle, nur dass die Toilette sich mit der Dusche in einer Ecke befand, die mit Sperrholz notdürftig abgetrennt worden war. Tisch, Stuhl, Schrank, Bett. Wenn sie gekonnt hätte, wäre ihr Blick auf die wenigen Anzüge und Hemden gefallen, die auf der Stange hingen. Die Schranktür ging immer wieder auf, begleitet von einem wehen Seufzen.

Er hatte es schließlich dabei belassen, in der Hoffnung, dass die Motten um diese Jahreszeit wenig Appetit hätten.

Sie hielt die Hand vor die Augen, als ob sie selbst das matte Licht der Tischlampe stören würde. Die andere streckte sie aus.

»Und zwei Tabletten.«

»Erst in zwei Stunden, Yela.«

Sie wandte ihr Gesicht zur Wand und rollte sich zusammen. Der Koffer stand wie ein Fremdkörper im Raum. Etwas größer als ein Bordtrolley, mit Monogrammen übersät, die er nicht kannte. Fendi oder Gucci vielleicht. Die Handtasche stand auf dem Tisch. Sie war immer noch geöffnet. Er erkannte das Portemonnaie, einen Reisepass, zwei kleine Fernbedienungen (die sie wahrscheinlich in die Tonne treten konnte), eine kleine Kosmetiktasche und ein seidenes Halstuch. Während er in der Schublade unter dem Tisch einen Teebeutel suchte, begann der Tauchsieder, kleine Bläschen zu werfen.

»Zucker?«

Keine Antwort. Er hatte noch etwas Milchpulver im Bad, auf dem Regal, wo auch der Kaffee stand, der Zucker, der Wodka und sein Rasierwasser. Er wollte diese Dinge nicht sehen, wenn er im Zimmer war.

Als das Wasser kochte, holte er den Tauchsieder heraus, zog ihn aus der Steckdose und warf den Teebeutel ins Glas. Damit ging er die zwei Schritte zum Bett und setzte sich auf den Platz, den ihre angezogenen Knie freigelassen hatten.

»Hier.«

Sie richtete sich müde auf und griff nach dem Glas.

»Vorsicht, es ist heiß.«

»Kann ich duschen?«

»Sicher. Aber lassen Sie die Tür auf. Falls Ihnen schwindlig wird.«

Sie gab ihm das Glas zurück, an dem er sich fast die Finger verbrannte, und hievte die Beine aus dem Bett wie eine alte Frau. Noch im Sitzen zog sie den Koffer heran und öffnete ihn. Ein Pullover, eine Hose, etwas Unterwäsche. Ein Beutel mit Toilettenartikeln. Der Rest sah aus, als wäre er in großer Hast gepackt worden. Er half ihr beim Aufstehen und führte sie zur Dusche, dann kehrte er zum Bett zurück, weil sie von dort aus vor seinen Blicken sicher war.

Während das Wasser lief, sah er zur Handtasche. Er war versucht, sich ihren Pass anzusehen, ließ es aber bleiben. Den Gedanken, Oleg anzurufen, verwarf er sofort. Er steckte schon viel zu tief drin in Yelas Geschichte. Vielleicht hatte sie fantasiert? Er konnte sich nicht vorstellen, dass diese Frau tatsächlich ihren Mann umbringen wollte. Sie musste unter Schock stehen, war nicht sie selbst. Gab es niemanden, bei dem sie Schutz suchen konnte? Musste es ausgerechnet er sein? Es war fast schon beleidigend, dass der einzige Grund, weshalb sie keine zwei Meter von ihm entfernt unter der Dusche stand, seine offensichtlichen Killerqualitäten waren. Sie hatten keine Beziehung zueinander, und trotzdem war sie hier. Am liebsten hätte er sie zurück auf die Straße geschickt. Aber dafür war es zu spät, in jeder Hinsicht.

Als Yela zurückkam, angezogen und mit nassen, gekämmten Haaren, diesem einäugigen Gesicht voller Schwellungen, blutverkrusteter Wunden und grob gestochener Nähte, schien zumindest etwas Leben in sie zurückgekehrt zu sein. Der Tee war mittlerweile abgekühlt, und sie entsorgte den Beutel pragmatisch im Klo.

»Sie können hier nicht bleiben«, sagte er. »Heute Nacht geht es. Aber in ein paar Stunden wird das ganze Haus wissen, dass ich Besuch habe.«

»So schnell wird mich keiner erkennen, falls Sie das meinen.«

Sie setzte sich auf den Stuhl, blies ins Glas und probierte, einen kleinen Schluck zu sich zu nehmen. Schon beim ersten Versuch stieß sie ein schmerzverzerrtes »Aah« aus. Aber beim zweiten ging es besser. Sie stellte das Glas ab und schob die Ärmel ihres Pullovers hoch. Larcan erkannte blutunterlaufene violette Druckspuren. Auch ihr Hals hatte einiges abbekommen. Larcan hatte das bei all den anderen Verletzungen, die ihn im ersten Moment mehr schockierten, nicht mitbekommen. Sie bemerkte seinen Blick, ihre Hand fuhr an die Kehle, als ob sie diese Spuren verdecken wollte.

»Ich bin tot«, sagte sie. »Solange Oleg lebt, bin ich tot.«

»Was ist passiert?«

Ein weiterer Schluck Tee musste dafür herhalten, die Gedanken zu ordnen und sich eine Erklärung zurechtzulegen, von der Larcan hoffte, dass sie wenigstens zu einem Teil der Wahrheit entsprach.

»Ich habe ... ich hatte ein Verhältnis mit Mikhail. Er ist, oh Gott ...« Sie brach ab, stellte vorsichtig das Glas hin und rang nach Luft. »Entschuldigen Sie«, fuhr sie fort, als sie wieder zu Atem gekommen war. »Ich erinnere mich nicht auf einmal. Eher Stück für Stück. Und jedes Mal ist es, als ob ich mit Bleigewichten in eiskaltes Wasser falle.«

Er nickte. Diese Art von Schock trat dann auf, wenn etwas zu groß war, um sofort und umfassend begriffen zu werden. Der Kopf teilte es einem portionsweise zu, damit die Seele an den Brocken nicht erstickte.

»Mikhail ...« Ihre Stimme war immer noch heiser, und durch die fehlenden Zähne nuschelte sie. Das Sprechen musste ihr Schmerzen bereiten. »Mikhail hat Ihnen nicht getraut.«

Larcan nickte.

»Er war misstrauisch, wie schnell Sie sich bei Oleg eingeschmeichelt haben. Diese Rettung, die Toten draußen am

Leuchtturm, er hat nach etwas gesucht, das an Ihrer Geschichte nicht stimmt. Er hat Ihren Background gecheckt, gründlicher, als Oleg das vielleicht wollte. Sie haben meinem Mann nichts verheimlicht. Und unsere Töchter haben tatsächlich eine gewisse Ähnlichkeit.«

Wieder ein Schluck. Larcans Respekt für Yela stieg. Er hatte sie bisher für ein willfähriges Anhängsel eines Milliardärs gehalten. Ein verwöhntes Luxusgeschöpf, das das erwartete Kind geboren hatte, es aufzog und nach getaner Arbeit gut abgefunden seiner Wege ziehen konnte. Doch Yela war damit nicht zufrieden gewesen. Sie hatte mehr gewollt als erloschene Leidenschaft und diese nie ganz wegzuleugnende Verachtung, die Frauen in einer männerdominierten Gesellschaft entgegengebracht wurde. Sie hatte gewagt zu nehmen. Und zu fühlen. Wenn Mikhail mit ihr über seine Nachforschungen gesprochen hatte, mussten sie Vertrauen zueinander gehabt haben.

»Er hat sich umgehört und einen Tipp bekommen. Ein Franzose habe in Fontanka eine Datsche angemietet, mit Keller. Dorthin ist er gestern Abend gefahren. Er kehrte nicht mehr zurück.«

Ihr rechtes Auge schien zu glühen, als sie ihn ansah. Das also hatte sie beunruhigt, deshalb hatte sie ständig versucht, jemanden zu erreichen. Larcan spürte, wie seine Nerven zu vibrieren begannen. Er überschlug die Möglichkeiten, die er hatte, und sie waren sehr übersichtlich. Das halbe Viertel würde wissen, dass er eine reiche Unbekannte zum Arzt begleitet hatte. Der Arzt wusste, dass sie zusammen fortgegangen waren. Zeugen auf dem Weg zu seinem Zimmer hatte er keine bemerkt. Trotzdem war das Risiko zu hoch, sie hier verschwinden zu lassen. Also ließ er sie erst einmal weiterreden. Vielleicht würde es nicht so schlimm werden.

»Oleg ist ihm gefolgt und hat ihn umgebracht. Nicht, weil er ihn hintergangen hat, nicht, weil ich ihn betrogen habe. Es war das, was er in dem Keller gefunden hat. Ein Versteck für ein Kind, für meine Tochter. Und er fand dort das hier.«

Sie beugte sich zu ihrem Koffer und holte einen rosafarbenen Slip heraus.

»Mikhail hatte ihn bei sich. Urteilen Sie nicht über Verliebte, sie tun die verrücktesten Sachen.«

Sie warf das winzige Stück Seide zurück.

»Oleg musste annehmen, dass wir beide uns Anastasias Entführung ausgedacht haben. Mehr noch, dass wir zusammen dort unten gewesen sind und es auf diesem Kinderbett miteinander...« Sie brach ab und schöpfte Atem. »Deshalb hat er die Nerven verloren und mich so zugerichtet. Er wird es nicht dabei belassen. Er wird mich vernichten. In seinen Augen bin ich schuldig, ein unfassbares Verbrechen geplant zu haben, das nur dank Ihnen verhindert wurde. Haben Sie eine Zigarette?«

»Leider nein.«

Sie zuckte mit den Schultern und begann, in ihrer Handtasche herumzuwühlen.

»Warum haben Sie Ihre Komplizen getötet?«

Er könnte lügen, aber dafür hätte er besser vorbereitet sein müssen. Also ließ er das Experiment in die entgegengesetzte Richtung laufen: Er sagte die Wahrheit. »Weil Mikhail zu schnell war. Er hätte uns gefasst. Ich musste umdisponieren.«

Sie nickte, als ob sie sein Problem voll und ganz verstehen würde. Endlich hatte sie die Zigaretten gefunden und ein goldenes Dupont-Feuerzeug. Sie zündete sich eine an und inhalierte tief.

»Wer waren sie?«

»Verbrecher aus den Katakomben.«

»Was hatten Sie vor?«

»Ich brauche Geld. Ich muss untertauchen, weil die Russen meinen Kopf wollen.«

»Wie viel?«

»Zwei Millionen. Dollar. Als erste Forderung. Runtergegangen wäre ich auf fünfhunderttausend.«

»Und als Mikhail mit seinen Leuten auftauchte, platzte dieser Plan. Sie haben Ihre Komplizen erschossen und sich als Held feiern lassen. Aber Helden werden nicht mit so viel Geld belohnt. Was hat es Ihnen wirklich gebracht?«

»Etwas viel Wertvolleres. Oleg hat den Kontakt zu den Russen hergestellt. Ich kann mich rehabilitieren.«

»Sofern ich Ihnen die Chance dazu gebe.«

»Yela.« Er stand auf und holte ihr den metallenen Abfalleimer aus dem Bad, damit sie ihre Asche entsorgen konnte. »Sie werden gar nichts tun.«

»Ich kann Sie bei Oleg verpfeifen.«

»Und dann? Meinen Sie, er nimmt Sie wieder auf, nachdem er das mit Ihnen angestellt hat? Er würde sich bei jedem Blick in Ihr Gesicht an seinen Irrtum erinnern. Oleg ist kein Mann, der gerne täglich seine Fehler um sich hat.«

»Ich könnte meine Tochter zurückbekommen.«

»Nein.«

Er setzte sich wieder aufs Bett und begann darüber nachzudenken, wie er sie loswerden könnte. Alles, was ihm einfiel, lief darauf hinaus, dass sie dieses Zimmer nicht lebend verlassen würde. Yela rauchte. Ihr rechtes Auge wurde klein, sie blinzelte.

»Sie haben ihn in der kurzen Zeit besser kennengelernt, als ich dachte. Ich will, dass Sie ihn töten. Ich kann Sie nicht bezahlen. Aber ich habe etwas, das mehr wert ist. Könnten Sie mir meinen Mantel reichen?«

Er tat, was sie wünschte. Sie griff in die Tasche und holte ein zusammengefaltetes Zeitungsblatt heraus. Es war zerknittert und dreckig, übersät mit Fettflecken. Er sah die Buchstaben und den Titel: die *Financial Times*.

»Ja?«, fragte er vorsichtig.

»Hier, nehmen Sie. Das ist nur die Hälfte der Seite. Die andere Hälfte ist an einem sicheren Ort, zusammen mit einem Brief an Oleg, in dem steht, wo Mikhail diese Seite gefunden hat: auf dem Fischerboot Ihrer Komplizen.«

»Das beweist nichts.«

»Die Leute, die das Boot versenken sollten, haben es dort gefunden. Wie sollten Verbrecher aus den Katakomben an die *Financial Times* kommen? Ihre bevorzugte Lektüre im Londonskaya, wenn ich richtig informiert bin.«

Langsam bereute Larcan, dass er Mikhail nicht mehr besser kennenlernen konnte. Der Mann hatte was draufgehabt. Sie hätten sich gut verstanden, wenn sie sich nicht ins Gehege gekommen wären.

Yela wies auf ihr Gesicht. »All das steht Ihnen noch bevor. Aber Oleg wird Sie nicht laufen lassen, er wird Sie töten. Langsam und auf seine Weise, auf Großvaterart.«

»Nur, wenn Sie mich verraten.«

Sie versuchte ein Lächeln, aber das war mit diesem Mund nicht möglich. »Es soll Ihnen die Entscheidung etwas leichter machen und den Druck erhöhen, damit Sie mich nicht für eine rachsüchtige Ehefrau halten. Ich will nur überleben, das ist alles.« Sie nahm wieder einen tiefen Zug. »Ich zahle dafür.«

»Zwei Millionen?«, fragte er spöttisch. »Mein Deal mit Oleg und den Russen ist wesentlich – wie soll ich sagen? – zukunftsorientierter.«

»Ein Deal mit mir auch.«

»Ich will Ihr Geld nicht. Und ich bringe Oleg auch nicht um. Das ist Fake.« Er deutete auf den Zeitungsausschnitt. »Ich lasse es so aussehen, als ob das nur Ihre billige Rache ist. Oleg hat gerade einen Freund verloren. Er wird niemandem trauen, höchstens dem Mann, der seine Tochter gerettet hat.«

Sie beugte sich vor und drückte die Zigarette in dem Eimer aus.

»*Quid pro quo*«, sagte sie, als sie sich wieder aufgerichtet hatte. »Auge um Auge, Leben um Leben. Sie wollten meine Tochter entführen. Was hätten Sie getan, wenn wir nicht gezahlt hätten? Wäre sie da unten verdurstet?«

»Nein«, sagte er schnell. Das hatte er nie vorgehabt. Nach zwei Wochen wäre sie gefunden worden, irgendwo am Strand, und er hätte dafür gesorgt, dass Anastasia den Weg zurück nach Hause gefunden hätte. Aber das würde Oleg ihm nicht glauben und Yela erst recht nicht. Ihr einäugiger Blick wurde intensiver.

»Ich weiß, wo *Ihre* Tochter ist. Und so wie ich Sie gefunden habe, werde ich auch Judith Kepler finden und töten. Das ist mein Versprechen. Für das, was Sie mir angetan haben, was Sie mit meiner Tochter vorhatten, für die Morde an Ihren Komplizen, die mir völlig egal sind, aber den Gerichten nicht. Für den Verrat, den Sie in unser Haus getragen haben. Für jede Wunde, für jede Narbe in meinem Gesicht. Ich werde Judith Kepler töten, wenn Sie nicht tun, was ich sage.«

Larcan begriff nicht. Wie kam Yela dazu, eine solche Drohung auszusprechen? Judith Kepler war in Berlin und putzte Fenster. Das sollte sie, wenn es sie glücklich machte, auch noch viele lange Jahre und jahrzehntelang tun. Ihre Begegnung war ein Fehler gewesen, eine Herausforderung des Schicksals, das sich mit einem Tritt in den Arsch bedankt und ihn in dieses Loch geworfen hatte. Aber dann hatte er den gleichen Fehler ein zweites Mal begangen: Er hatte Oleg von ihr erzählt und ihren Namen in Hogwarts hineingetragen, wo Yela ihn einfach nur an sich nehmen und damit herumspielen konnte. Lächerlich. Diese Frau war nicht mal mehr imstande, einen Regenwurm zu zertreten.

»Wo ist sie?«, fragte er in einem Ton, der ihr unmissverständlich klarmachte, dass sie gerade eine Linie überschritten hatte.

Yela stand vorsichtig auf und versuchte, in ihren Mantel zu schlüpfen. »In Odessa. Mikhail ist tot, aber seine Freunde nicht. Sie sind erledigt, Bastide Larcan. Sie können keinen Atemzug mehr in dieser Stadt tun, ohne dass ich es will. Ich lasse Ihnen Zeit bis morgen Abend. Sagen wir«, sie sah auf ihre Armbanduhr, »zwanzig Uhr. Das ist die Zeit, zu der ich Anastasia normalerweise ins Bett bringe, und das möchte ich auch morgen tun. Um zwanzig Uhr werde ich als Witwe in mein Haus zurückkehren. Ihre Tochter darf das Land verlassen. Sie auch, wenn es Sie dann noch gibt.«

Endlich war es ihr gelungen, den Pelz überzustreifen. Sie stand vor ihm wie eine Kriegerin, die eine Schlacht verloren hatte, aber wusste, dass sie den Sieg davontragen würde.

»Haben wir einen Deal?«

Er stand auf. Fuhr sich durch die Haare, ging zum Fenster, aus dem man selbst bei Tageslicht nichts anderes sah als den verrotteten Hinterhof. Ging drei Schritte. Blieb stehen, wippte auf den Füßen. Was man halt so machte, wenn man das, was man gerade erfahren hatte, erst einmal ordnen musste.

»Woher wissen Sie das?«, fragte er schließlich. »Warum sollte meine Tochter in Odessa sein?«

»Raten Sie mal. – Die Tabletten?«

Er reichte ihr den Streifen. Sie drückte zwei Pillen heraus und spülte sie mit dem Tee hinunter. »Wir werden uns nie wiedersehen. Keinen Kontakt, keine Ausreden. Auf der Zeitung steht meine Handynummer. Benutzen Sie sie für einen einzigen Anruf, wenn Sie Ihren Auftrag fristgerecht erledigt haben. Wenn nicht, ist Judith Kepler tot. Und Sie auch, aber bei Ihnen wird es nicht so schnell gehen.«

Der Griff nach ihren Sachen war langsam, als ob sie einen Schwindel niederdrücken musste. Doch dann hatte sie sich wieder in der Gewalt. Sie verließ das Zimmer, er hörte ihren Gang im Treppenhaus und dann, begleitet vom Rollen des Koffers, über den Hinterhof.

VII

1

Und wieder sah sie, wie er im Puff verschwand, begleitet vom Lachen und Kichern der Mädchen.

Judith fand gerade noch den Ausweg aus diesem Wachtraum und setzte sich auf. Fünf Uhr morgens, Frühschicht. Dann fiel ihr ein, dass es Sonntag war und sie in einem Hotelzimmer in Odessa lag, mit der klaren Ansage, sich für immer und ewig aus Frederiks Leben herauszuhalten. Als sie ins Londonskaya zurückgekehrt war, hatte Valentins Kabuff leer gestanden. Feierabend. Es war ja auch schon kurz vor Mitternacht gewesen.

Die Flusskrebse im Rusalka, einem kleinen Kellerlokal in der Nähe des Potemkin-Denkmals, hatte sie nur bestellt, um nicht gleich wieder ins Hotel zurückzukehren. Ständig war sie versucht gewesen, Tabea anzurufen. Aber sie hatte ihre neue Nummer nicht. Dann Dombrowski, aber der lag im Krankenhaus und sollte sich nachts mit seinem Schönheitsschlaf beschäftigen und nicht mit ihrer gescheiterten Mission in Odessa. Kaiserley? Er würde sie auslachen. Larcan in der Ukraine, wie kommst du denn auf die Idee?

Aber sie waren alle hier! Während sie ins Bad stolperte und versuchte, die Zahn- von der Haarbürste zu unterscheiden, konnte sie nicht aufhören, an Frederiks Worte zu denken. Eine Waffenlieferung an ukrainische Ultras. Observiert und unterlaufen vom Verfassungsschutz. Wenn Larcan dabei eine Rolle spielen sollte und wenn Isa wirklich vorhatte, ihn aus der Reserve zu locken, dann mit... Waffen. Das war sein Metier, damit kannte er sich aus.

Aber er arbeitete für die Russen. Er konnte also unmöglich auf ukrainischer Seite an dieser Aktion beteiligt sein. Es sei denn, er bekam Wind davon und kassierte das Zeug für seine Freunde in Moskau ein. Amerikanische Waffen in der Ukraine. Wäre das nicht ein gefundenes Fressen für Putins Propagandamaschine?

Aber es fehlte die Verbindung. Wie zum Teufel sollte Larcan davon erfahren haben? Sie betrachtete sich im Spiegel, was sie zu Hause grundsätzlich vermied. Zerzauste Haare, ein paar Quetschfalten vom Kissen auf der Wange. Der Zahn, den sie ihr in Schenken ausgeschlagen hatten, war durch ein Implantat ersetzt worden, für das Judith fast einen Monatslohn geopfert hatte. Achtunddreißig Jahre. Kein Mann, keine Kinder. Kolonnenführerin im Gebäudemanagement, wenn man das so ausdrücken wollte. Einen Verbrecher als Vater, keine Freunde. Und wenn sie doch einmal Herzklopfen bei einem Kerl bekam, dann war er aus einem Milieu, das sie anziehen musste wie der Magnet die Eisenfeilspäne. Warum war das so?

Weil du es nicht gut sein lassen kannst.

Weil du immer auf Idioten hereinfällst.

Weil du noch eine offene Rechnung mit Larcan hast, und der bewegt sich nun mal in diesen Kreisen. Da musst du hinein, wenn du ihn finden willst.

Da muss auch Isa hinein.

Sie legte die Zahnbürste ab und spülte sich den Mund aus, dann stieg sie unter die Dusche. Nein, dachte sie. Das war absolut unmöglich. So etwas würde Isa nicht tun. Sie steht auf der Seite von Recht und Gesetz, da leistet man einen Eid, sein Land zu beschützen. Man verrät es nicht.

Doch genau das hatten Isas Eltern getan. Und die Tochter? Würde sie den Fehler der Eltern wiederholen? Judith erinnerte sich an den Schwur am offenen Urnengrab und die

eiserne Entschlossenheit, mit der diese Frau ihn abgelegt hatte.
... dass ich nicht ruhen werde, bis ich ihn gefunden habe.
Könnte auch von mir sein, ging es ihr durch den Kopf, als sie tropfnass nach dem Handtuch tastete. Und jetzt sind wir beide in Odessa. Mal sehen, wer schneller ist...
Später saß sie unten im Frühstücksraum und wartete darauf, dass Maxe und das Kamel auftauchten. Die beiden ließen sich Zeit oder mussten erst einmal ihren Rausch ausschlafen, denn es war schon fast halb elf, als sie endlich erschienen. Zu diesem Zeitpunkt saßen nur noch Judith und ein gestresster Vertreter an den Tischen, der mit gerunzelter Stirn immer wieder seine Abrechnungen mit einem Taschenrechner verglich. Ihr Tee war kalt geworden, sie hatte drei Brötchen vertilgt und mehrere Male das Servicepersonal verscheucht, das sie und den Vertreter gerne loswerden wollte, um neu einzudecken. Hinter einer *Prawda* verschanzt beobachtete sie, wie Maxe sich den Teller volllud, während das Kamel rüde nach Kaffee verlangte.
Judith konnte nicht Motorrad fahren. Ihr war klar, dass sie den beiden nicht folgen konnte, wenn es nach dem Frühstück auf den Sattel ging. Sie hätte Valentin statt nach Waffen lieber danach fragen sollen, wo man hier einen Peilsender herbekam. Umso größer war ihre Erleichterung, als die beiden schließlich aufbrachen und sich zu Fuß auf den Weg Richtung Potemkinsche Treppe machten. Judith musste ihnen noch nicht einmal folgen. Sie blieb einfach oben auf dem Boulevard stehen und konnte von hier aus den ganzen Hafen überblicken. Maxe und das Kamel benutzten die Fußgängerunterführung und kamen auf der anderen Seite, am Kreuzfahrtterminal, wieder heraus. Sie trafen einen dritten Mann, in dem Judith Frederik erkannte. Kräftiger Handschlag, Klaps auf die Schultern. Sie stiegen in einen kleinen Lieferwagen,

und jetzt wurde es kritisch, denn damit verschwanden sie aus Judiths Blickfeld. Sie rannte los.

Die Treppe ließ sie rechts liegen. Der Primorsky Boulevard ging noch ein paar Hundert Meter weiter und verlor sich dann in einem kleinen, steil abschüssigen Park. Keuchend kam Judith dort an und entdeckte eine kleine Aussichtsplattform mit einem Touristenfernrohr, für das ihr das nötige Kleingeld fehlte. Dafür erschien unten der Lieferwagen wieder und fuhr in den Teil des Hafens, der weder touristisch noch für den Handel gedacht war – das militärische Sperrgebiet. Ein letzter, großer Kai erstreckte sich hinaus in die Bucht, dann folgten Stacheldraht, Wachhäuser und, von hier oben aus gut zu erkennen, die grauen Korvetten der Marine. Wenn die drei aus irgendeinem an den Haaren herbeigezogenen Grund eine Zugangsberechtigung für diesen Bereich erhielten, wäre Judith abgeschnitten. Dann konnte sie nur noch von hier oben aus zuschauen, wie Isa sie zur Strecke bringen würde. Und Larcan gleich dazu ...

Der Lieferwagen hielt am letzten Handelskai. Niedrige Schuppen, alte Boote, Netze, ein Gebirge von Autoreifen und aufgetürmte Container nahmen ihr die Sicht. Sie wartete, doch das Auto tauchte nicht mehr auf. Dafür kamen zehn Minuten später alle drei zu Fuß um die Ecke und machten sich auf den Rückweg Richtung Kreuzfahrtterminal. Sie hatten das Fahrzeug versteckt, wahrscheinlich in einem der Schuppen. Dort sollte es also stattfinden. Ein Schiff, eine Lieferung, ein paar Kisten, ein Lieferwagen. War der Zoll geschmiert? Der Kai lag weit draußen, die Schuppen und die halbe Müllhalde dort unten boten genügend Deckung.

Der Wind pfiff eisig. Judith wickelte sich den Schal um die Ohren und kehrte zurück an ihren ersten Beobachtungsposten. Wann ging es los? Sie konnte schlecht den Rest des Tages hier draußen verbringen.

Sie holte sich einen Kaffee aus einem der kleinen Autos, die oben an der Treppe parkten. Ein Hochzeitspaar ließ es sich nicht nehmen, bei diesem Wetter dort zu posieren. Die Braut in einer weißen, sturmzerzausten Tüllwolke, der Bräutigam im Smoking. Judith rührte Zucker in ihren Kaffee und beobachtete die vergebliche Mühe, ein angemessenes Foto zustande zu bringen. Dann tauchten der schnaufende Maxe, das Kamel und Frederik auf, und sie drehte sich blitzschnell zu dem Kaffeeverkäufer um.

»Noch etwas Zucker, bitte.«

Mit vor Kälte steifen Fingern riss sie das Päckchen auf und verschüttete die Hälfte. Sie stand zwanzig, dreißig Meter entfernt, keiner würde sie erkennen. Trotzdem war es besser, wenn sie auf Tauchstation blieb. Sie hatte es sich mit Frederik schon genug verscherzt. Es tat weh, wenn sie an ihre Auseinandersetzung am gestrigen Abend dachte. Aber am meisten schmerzte, dass er in einem Punkt recht gehabt hatte: Sie war zwar hier, um Larcan zu finden. Aber sie hatte auch Frederik verfolgt, obwohl sie das nicht hätte tun müssen. Tabea als Entschuldigung heranzuziehen war feige. Blieb allerdings die Frage, warum sie es getan hatte. Eine zufriedenstellende Antwort hatte sie nicht. Aus Angst um ihn? Aus Abenteuerlust?

»Abenteuerlust«, sagte sie leise und grinste. Das waren ja ganz neue Züge in ihrem beschaulichen Leben.

»Einen Espresso.«

Sie fuhr zusammen. Frederik stand neben ihr und würdigte sie keines Blickes. Vielleicht hatte er sie nicht erkannt oder war zu sehr in Gedanken. Heute war der große Tag. Auf jeden Fall würde es vor Einbruch der Dunkelheit geschehen, denn abends wollte er ja schon wieder auf dem Weg zum Flughafen sein. Das gab der Sache zumindest einen zeitlichen Rahmen.

Sie lugte über die Schulter und sah, wie seine beiden Reisegefährten Richtung Hotel trabten.

Frederik bekam seinen Pappbecher. »Und?«, fragte er.

Sie drehte sich zu ihm um. »Alles bestens. Schöne Stadt. Guter Kaffee.«

Er nickte. Dann lief er, ohne Gruß, einfach so, in die andere Richtung. Die Straße hinunter, weg von der Treppe, weg von Judith.

Sie warf ihren Becher in die Plastiktüte am Auto und sah ihm nach. Er verschwand weiter oben hinter einem Kreisverkehr, in dessen Mitte wieder ein gewaltiges Monument thronte. Sie hatte keine Lust, ihm zu folgen. Sie würden sich früh genug wiedersehen. Und sie hatte das Gefühl, er wusste das.

Valentin machte ein Nickerchen. Im Sitzen, die Arme verschränkt, den Kopf mit dem Käppi gesenkt, bereit, jederzeit aufzuspringen und dorthin zu eilen, wo man nach ihm verlangte.

»Valentin?«

Er schreckte hoch und war sofort da. Aber sein herzliches Lächeln bekam im Bruchteil einer Sekunde etwas Vorsichtiges, als er Judith erkannte.

»*Moya ledi?*« Er rieb sich hastig den Schlaf aus den Augen und erwartete offenbar Fragen nach Atombomben oder schnell wirksamen, nicht nachweisbaren Giften.

»Wenn die beiden Deutschen aufbrechen...«

»Moment, Moment.« Er stand erstaunlich behände auf und begann in den Taschen seiner Dienstjacke zu suchen, die an einem Haken hinter der Tür hing. Schließlich zog er einen mehrfach gefalteten Zettel hervor. »Ich soll Ihnen etwas ausrichten. Die Bitte um ein Treffen.«

»Von wem?«

Er hob die Schultern. »Das weiß ich nicht. Die Nachricht wurde hier abgegeben.«

Judith nahm den Zettel entgegen und öffnete ihn. *Sechzehn*

Uhr, Unterführung nach Kreuzfahrtterminal stand darauf. Mehr nicht. Die Worte waren deutsch.

»Wer hat sie abgegeben?«

»Ein *lyudyna*, einer von den Laufburschen an den Parkplätzen.«

»Wie sah er aus?«

Valentin dachte nach. »Hungrig. Es tut mir leid, ich habe nicht darauf geachtet. Wir hatten viel zu tun heute Vormittag. Gäste reisen ab, neue wollen ihr Gepäck abgeben… Stimmt etwas nicht damit?«

Sie faltete das Papier zusammen und steckte es in ihre Jackentasche. »Kommuniziert er so? Mit Kassibern?«

»Wer?«

»Larcan.«

Sein Blick, bis eben noch aufrichtig, geriet ins Schwimmen. Sorgfältig strich er über die Falten seiner Jacke. »Das weiß ich nicht.«

»Versteht der *lyudyna* Englisch? Oder Deutsch?«

»Nein, ich glaube nicht.«

Dann schied Isa wahrscheinlich aus. Es sei denn, sie hatte sich tatsächlich mit den Russen zusammengetan. Sechzehn Uhr, das grenzte die Zeit noch mehr ein. Wer auch immer sie dorthin bestellte, er würde es wohl kaum nach getaner Arbeit tun, wenn entweder Tote oder Waffen wegzuschaffen waren.

»Ich brauche etwas, um mich zu schützen.«

»*Moya ledi*, bitte, bleiben Sie im Hotel. Oder gehen Sie in die Oper, besuchen Sie unsere Museen und kosten Sie den herrlichen Wein.«

»Ich kann nicht«, sagte sie leise. »Er ist mein Vater.«

Das Seufzen aus seiner mageren Brust klang ehrlich besorgt. »Dann passen Sie gut auf sich auf.«

Sie nickte und verließ Valentins kleines Reich. Er folgte ihr. Im Gehen schlüpfte er in seine Jacke, richtete das Käppi und strich sich nicht vorhandene Staubflusen von seinen Ärmeln.

»Der Sieben-Kilometer-Markt«, sagte er und behielt die Drehtür im Blick. »Mit dem Taxi in einer halben Stunde vor den Toren der Stadt, an der Autobahn. Man nennt ihn auch den Markt der tausend Wunder. Wissen Sie, warum?«

»Nein.«

»Weil es dort alles gibt. Er ist vielleicht der größte Markt der Welt. Eine Stadt aus Containern, mit breiten, hellen Straßen und engen, dunklen Gassen. Waren aus aller Welt werden dort gehandelt. Um nicht die Orientierung zu verlieren, sind die Container in verschiedenen Farben gestrichen. Es gibt das gelbe Viertel, das blaue, das rote und das grüne.«

Er sagte das in seinem schönsten Stadtbilderklärer-Ton. Doch dann senkte er die Stimme. »Fragen Sie nach der weißen Straße. Man wird Ihnen sagen, es gibt sie nicht. Aber wenn Sie dort so hartnäckig bleiben wie bei mir, dann wird man Ihnen schon den Weg weisen.«

»Und«, fragte Judith ebenso leise, »was werde ich dort finden?«

Valentin legte den Kopf ein wenig auf die Seite. »Jeder sucht etwas anderes. Die Wünsche der Menschen sind mannigfaltig. Vergessen Sie nicht, es ist ein Handelsplatz. Man wird Sie übers Ohr hauen, in die Irre schicken. Sie belügen, das Falsche bringen. Halten Sie Ihr Geld beisammen. Gehen Sie nirgendwo allein hinein. Nirgendwo. Und stellen Sie die richtigen Fragen.«

»Valentin…«

An der Rezeption begann ein Gast, in dem Judith Herrn Körber von gestern erkannte, eine lautstarke Beschwerde vorzubringen, in der es wohl um seinen Pass ging.

»Das kann doch nicht wahr sein! Verschwunden?«

Valentin wandte sich kurz zu dem aufgebrachten Herrn um

und zuckte dann mit den Schultern. In der Drehtür verkeilte sich gerade eine fünfköpfige russische Familie. Der Portier eilte zu Hilfe, noch nicht einmal die Kinder bedankten sich. Während er die Koffer hereinschleppte und Körber nach dem Direktor verlangte, vermied er es, sie noch einmal anzusehen. Es war auch nicht nötig. Sie hatte verstanden. Eine halbe Stunde hin, eine halbe Stunde zurück. Bis sechzehn Uhr hatte sie drei Stunden Zeit für den Markt der tausend Wunder und eine weiße Straße, die es nicht gab.

2

Das Taxi hielt auf einem riesigen Parkplatz aus gestampfter, trockener Erde. Es mussten Tausende Autos sein, die hier standen, dazu Lieferwagen, Transporter, kleine Lkw. In den Gassen dazwischen herrschte Gedrängel. Überladene Handwagen, auf denen sich sämtliche Konsumgüter, die man sich denken konnte, stapelten, dazwischen schwer bepackte Einkäufer und Großfamilien, die sich aus winzigen Nissans und Toyotas wanden. Imbissstände, provisorische Cafés, die nur aus aufgespannten Plastikplanen bestanden. Eine Frau schleppte drei Pelzmäntel zum Kofferraum ihres Dusters. Andere zurrten Teppichrollen auf den Dachgepäckträgern fest, verstauten zwei Dutzend Besen oder mehrere Kubikmeter Toilettenpapier. Eine Karawanserei, ein Souk, ein völlig aus dem Ruder laufender Wochenmarkt. Hupen, Geschrei, laute Musik. Mindestens drei Dutzend Taxen standen vor dem Schlagbaum zum Parkplatz, und der Fahrer beruhigte Judith, dass sie zu jeder Tages- und Nachtzeit von dort auch wieder wegkommen würde. Sie bezahlte ihn mit den Gryfni, die sie noch im Hotel gewechselt hatte, und trat ein.

Valentin hatte nicht übertrieben. Hinter dem Parkplatz breitete sich eine Stadt aus, die aus nichts anderem als Containern bestand. Immer zwei aufeinandergestapelt, die Schiebetüren geöffnet, im Innern meist nur eine Warengruppe – T-Shirts, Nähgarn, Spülmittel, Badematten. Je nachdem, in welcher »Straße« man sich befand. Judith durchschaute das Prinzip schnell und merkte sich das gelbe Viertel, wenn sie wieder zurück zum Parkplatz finden wollte. Sie schlug sich durch kilometerlange Gänge ohne Tageslicht, in denen Damenkleidung verkauft wurde. Hübsche Sachen, hässliche Sachen. Teure Sachen, billige Sachen. Echte Sachen, gefakte Sachen. Es gab eine Straße, in der ausschließlich türkische Lederjacken verkauft wurden. Zu Preisen, die weit unter dem lagen, was Judith im Secondhandladen ausgab. In der nächsten Straße roch es noch strenger, hier wurden Pelze angeboten. Vom einfachen gefütterten Parka bis zum geschorenen Nerz. Dann kamen Herrenanzüge, dann mehrere Straßen, die sich dem Thema Turnschuhe widmeten. Das nächste Viertel war das rote, hier fand man ausschließlich Haushaltswaren. An den Kreuzungen wurden Kaffee und kleine Snacks angeboten, die man auch brauchte, wenn man all das an einem einzigen Tag durchwandern wollte. Zwei Straßen Nähgarn! Knöpfe! Litzen und Bänder! Nadeln, Stopfeier, Wollknäuel! Die Gänge waren überdacht, deshalb wurde das Licht auf dem Weg hinein immer trüber. Je nachdem, was angeboten wurde, roch es nach Gummi, Holzkohle, Gerbsäure oder frischer Farbe. Vermischt mit dem Parfum der Verkäuferinnen und dem Duft von Grillfleisch schienen sich die Dünste unter den Planen zu stauen und zu einer grauen, schmierigen Wolke hochzusteigen, die sich wie die unsichtbare Kuppel eines Doms über das riesige Gelände legte. Judith hatte ihr gesamtes Geld in den Stiefeln verstaut und trug nur zweihundert Euro griffbereit in der Hosentasche. Wie viel würde hier eine Waffe kosten? Und wo war die weiße Straße?

»*Bila aleya?*«, fragte sie einen Pelzhändler, dessen vernarbtes Gesicht auf eine schwierige Pubertät schließen ließ, aber er antwortete ihr noch nicht einmal. Gefühlte zwei Kilometer Wischmopps weiter, vorbei an der Parfumstraße, aus der es dermaßen toxisch roch, dass Judith fast schlecht wurde, kam sie bei Eisenwaren an. Das blaue Viertel. Ein weißes, geschweige denn wenigstens eine Straße, in der die Container weiß gestrichen waren, gab es nicht. Schmiedehämmer. Brecheisen. Bohrer. Akkuschrauber. Nägel. Karabinerhaken. Schubkarren. Schlauchwinden. Als ob von hier aus halb Europa beliefert würde.

»*Bila aleya?*«

Der Mann, der sich auf Ambosse spezialisiert hatte, schüttelte nur den Kopf. Er spuckte aus, aber wohl eher, weil er den Kautabaksaft loswerden wollte. Judith sah auf die Uhr: Sie war schon fast eine Stunde hier. Sie gab sich noch dreißig Minuten, dann musste sie aus diesem atemberaubenden Karussell von Angebot und Nachfrage aussteigen und sich zurück auf den Weg zum Parkplatz machen.

Ein leiser Pfiff, von irgendwo her. Judith drehte sich um und wurde von drei finster dreinblickenden türkischen Händlern zur Seite geschoben, die sich mit einer Sackkarre voller Kartons einen Weg durch die Menge bahnten. Wieder ein Pfiff, gefolgt von einem leisen Zischen. Es kam aus einem Container mit Arbeitskleidung und Schuhen: klobige Treter mit Stahlkappen, Overalls, Jacken und Hosen in Blau, Grau und Weiß. Sie nutzte das Vakuum hinter der Sackkarre und wechselte schnell die Seite, bevor sie wieder von Händlern und Kunden über den Haufen gerannt wurde.

Er war keine fünfzehn Jahre alt. Mager, fast dürr, zu schnell in die Höhe geschossen, mit einem sommersprossigen, blassen Wintergesicht. Spitze Nase, vom Frost gerötete, schmale Wangen. Die Haare waren vor Monaten zum letzten Mal geschnitten worden, und der Blick aus seinen braunen Augen war von dieser harten Schule, die der Markt zweifellos für ihn war, gestählt wie die Klingen des georgischen Messerhändlers gegenüber. Judith berührte die Arbeitsjacke, die von einer Schaufensterpuppe getragen wurde, für die jeder auf Fünfzigerjahrefilme spezialisierte Ausstatter seine Seele verkaufen würde. Der Junge streckte den langen Hals aus seinem Container raus und scannte jeden Einzelnen, der sich in Hörweite befand.

»Du suchst die weiße Straße?«

»*Da.*«

»Wie viel?«

»Zwanzig Prozent.« Der aktuelle Satz der Mafia.

»Dreißig.«

Judith ließ die Jacke los und parierte seinen Blick. »Zwanzig. Wo?«

Der Junge öffnete den Mund zum Widerspruch. Aber dann musterte er Judith, dieses Mal von oben bis unten, und er ließ sich Zeit. Was er sah, verriet ihm wenig Chancen auf Erfolg beim Handeln.

»Okay.« Wieder ein Pfiff. In drei Sekunden tauchte aus dem Nichts ein weiterer Junge auf, noch jünger, noch dürrer. Die Ähnlichkeit der beiden ließ auf Brüder schließen. Beide flüsterten miteinander, während Judith die Nähte der Jacke prüfte, den Stoff mehr ins Licht hielt und sich dann den Schuhen widmete.

»Komm.«

Der Kleine übernahm den Laden und ließ sich auf einem Hosenstapel nieder, als wäre es ein Thron. Judith folgte dem Großen und geriet schon nach wenigen Metern an ihre Grenzen. Er war schneller als ein Wiesel, geschickter als ein Eichhörnchen. Wich aus, machte Schlenker, verdrehte seinen Körper, um den Leuten auszuweichen, während sie sich mit ihrer dicken Jacke und den Stiefeln wie ein schweres Schlachtross durch das Getümmel schlug. Er bog ab nach links – Wärmflaschen aus Kupfer, Besenstiele, Kehrmaschinen –, dann nach rechts – Tischbeine aus Metall, Gartenstühle, Kellerregale –, dann wieder geradeaus – Wachstischdecken, Wachstischdecken, Wachstischdecken –, quer über eine Kreuzung, an die sich eine Art Recycling-Straße anschloss: zusammengepresste und -geschnürte Pappkartons. Und dahinter wurde es dreckig.

Düster.

Verrostete Sägeblätter. Betonverkrustete Schubkarren. Matratzen mit undefinierbaren Flecken. Gebrauchte Reifen. Stromkabel, an denen noch Putzreste hingen. Farbeimer, Kupferdraht, Steine. Über allem der Geruch von verrotteten Kleidern. Wieder eine Ecke. Zu gewaltigen Haufen aufgetürmte kaputte Schuhe, zerrissene Mäntel, Jeans, Hemden, Hosen. Menschen wühlten darin herum und brachten ihre Beute zu Frauen an uralten Waagen, die den Einkauf nach Kilos berechneten.

Der Junge war weg.

Jetzt hatte sie einmal nicht aufgepasst! Judith blieb stehen. Sie erregte Aufmerksamkeit. Sie gehörte nicht hierher. Sie war eine Fremde in der dunkelsten Ecke des Markts, die schleunigst verschwinden sollte. Eine dicke Alte, die gerade Kleider abwog, hielt das Messinggewicht in der Hand, als würde sie es jeden Moment in ihre Richtung werfen wollen.

Abermals ein leiser Pfiff. Er kam aus einer verrosteten Wellblechbaracke. Dem Alter und dem Verfall nach konnte hier der Markt seinen Ursprung genommen haben. Hier hatte er wohl angefangen, um sich dann auszubreiten, Hektar um Hektar. Im Vergleich zur Erbärmlichkeit des Angebots und der Armut der Käufer kam Judith der Rest vor wie ein glitzerndes Einkaufszentrum. Nichts war hier weiß. Die Farben dieser Straße changierten von Rostrot zu Pechschwarz, und das Öl in den Pfützen schillerte wie ein Regenbogen.

Der magere Junge tauchte aus dem Dunkel der Baracke auf. In ihr wurde getragene Militärkleidung verkauft. Zumindest war es das, was man vom Eingang aus erkennen konnte. Er machte eine flinke Handbewegung, die zum Eintreten aufforderte.

Gehen Sie nirgendwo allein hinein. Nirgendwo.

Aber sie war ja nicht allein. Der Junge war bei ihr. Es konnte natürlich sein, dass er mit dem Besitzer der Baracke halbe-halbe machte und streunende Hunde Monate später im Gebüsch am Autobahnzubringer ihre beraubte Leiche finden würden. Andererseits war klar, dass ein heikles Geschäft wie der Kauf einer illegalen Waffe nicht vor den Augen der Öffentlichkeit abgespult werden würde. Auch wenn die hier so aussah, als ob ihr nichts Menschliches fremd wäre.

Dieses Mal war der Pfiff kurz und ungeduldig. Judith trat ein.

Im schummrigen Licht, das durch die Ritzen der verzogenen, verrosteten Wände fiel, erkannte sie erst einmal gar nichts und rammte sich das Schienbein an einer schweren Eisenkiste. Es tat höllisch weh, aber sie unterdrückte das selbstmitleidige Aufjaulen und war ab jetzt vorsichtiger. Von innen war der Raum erstaunlich groß, und Judith hatte den Verdacht, dass er sich auf zwei oder sogar drei Baracken erstreckte. Vorn, in der Nähe zum Eingang, lagen Messer zu beeindruckenden Haufen aufgeschichtet. Alles, was in Deutschland auf dem Index stand: Butterflymesser, Springmesser, dazwischen Schlagringe, manche mit stählernen Klauen. Ein paar Angeln und löcherige Köcher sollten wahrscheinlich das Märchen vom unschuldigen Fischfang untermauern. Dann kamen die Gasmasken. Dann Stiefel, Schlagstöcke, Wurfsterne. Mittendrin Spielzeug: Panzer, robbende und schießende Soldatenpuppen, Kriegsschiffmodelle. Daneben, darunter, darüber: Blechnäpfe, Kanistergrills, Camouflagekappen, Militärrucksäcke. Dann ein Mann. Erst hatte Judith ihn für eine Schaufensterpuppe gehalten, reglos, von Kopf bis Fuß in Tarnkleidung, die Arme verschränkt. Ein Gesicht wie eine Endmoräne: karstig, tiefe Runen und Furchen. Bleiche Wangen, eine brutale Nase, der Mund ein Strich. Die Augen seltsam hell und klar, wie glitzerndes Wasser über schattigem Grund. Fast wäre sie in ihn hineingelaufen. Ein zum Standbild erstarrter Wächter.

»Was willst du hier?«

Eine kalte, finstere Stimme. Der Blick scannte sie genauso, wie der Junge das vor ein paar Minuten – oder Stunden? – getan hatte. Sie sah sich um. Er war weg. Sie waren allein.

»Ich suche etwas.« Sie sprachen Russisch, nicht Ukrainisch.

»Was?«

»Schutz.«

Der Mann ließ die Arme sinken. »Dann geh nach Hause.«

»Ich habe ein Treffen, und ich will nicht unvorbereitet sein.«

»Ein *arrow*?«

Offenbar das Wort für Meetings der besonderen Art. Judith nickte. »Was kannst du mir bieten?«

Er wies zum Eingang, zu den Messern.

»Das wird nicht reichen.«

»Mehr haben wir nicht.«

Sie holte die beiden Hundert-Euro-Scheine heraus.

»Ich brauche eine Waffe. Jetzt. Und bezahl den Jungen davon.«

»Geh nach Hause.«

Er wandte sich ab und ging weiter nach hinten, in die

zweite oder dritte Baracke, vorbei an Uniformstapeln von bedenklicher Statik. Von der Decke baumelten Netze in Tarnfarben. Es wurde eng, weil Kartons mit Lebensmittelkonserven im Weg standen. Dann war er weg.

Judith sah sich um. Es war fast dunkel, das wenige Licht kam nur noch von einigen Grubenlampen. Tschakos, über einen Stab gehängt, klackerten leise. Er musste sie berührt haben. Vorsichtig umrundete sie die Wand aus Konserven und sah direkt in den Lauf einer Waffe. Sie erstarrte mitten in der Bewegung. Der Mann zielte zwischen ihre Augen. Ein paar Sekunden standen sie sich bewegungslos gegenüber. Dann ließ er den Arm sinken und reichte ihr die Pistole, den Knauf in ihre Richtung. Sie griff danach und fühlte kaltes Metall. Die Pistole war leichter und moderner als Dombrowskis Knarre.

»Ist sie geladen?«

Ein verächtliches Schnauben. Das konnte ja oder auch nein heißen. Judith trat einen Schritt zur Seite, sicherte und entsicherte. Sechs Patronen. Russisches Fabrikat.

»Makarow?«

Wieder ein Grunzen, dieses Mal in Richtung Ja.

»Munition?«

Er wandte sich um und holte von irgendwoher ein Päckchen, kaum größer als zwei Streichholzschachteln. Noch einmal zwölf Schuss. Das musste reichen.

Judith gab ihm die beiden Hunderter, die er in die Brusttasche seines Hemdes steckte.

»Mit wem hast du das Treffen?«

»Kennst du nicht.«

Sie schob die PM hinten in den Gürtel und prüfte, ob sie auch sicher saß.

»Ich kenne alle.«

Für eine Sekunde war sie versucht, ihm etwas von einem untreuen Ehemann zu erzählen. Dann sagte sie: »Larcan.«

Schweigen. Seine Züge sahen im schummrigen Halbdunkel immer noch finster aus. Es war nicht zu erkennen, ob er mit diesem Namen etwas anfangen konnte.

»Larcan?«, fragte er schließlich.

»Ja.«

»Was hast du mit ihm zu tun?«

»Du kennst ihn?«

Statt einer Antwort verschränkte er nur die Arme vor der Brust. Judith war sich sicher, dass niemand ihnen bis in diese letzte Ecke der Baracke gefolgt war. Trotzdem senkte sie die Stimme. »Was hast *du* mit ihm zu tun?«

Jetzt gab es doch eine Regung in seinem Gesicht. Er biss die Zähne aufeinander. Die Muskeln traten hervor, es sah aus, als würde er gerade einen Kieselstein zermalmen.

»Er hat zwei Freunde von mir getötet. Sagt man.«

»Sagt man.«

»Und du?«

»Ich bin seine Tochter.«

Verblüfft ließ er die Arme sinken. Er deutete auf die Körperstelle an Judith, an der die Waffe verstaut war. »Ist die für ihn?«

»Nein.«

Sie betrachtete die kleine Patronenschachtel in ihrer Hand. »Aber das hier.«

Zu meinem Schutz, dachte sie, mehr nicht. Man weiß nie, wen er noch alles im Schlepptau hat.

Sie sah hoch. Der Mann hatte die Hunderter in der Hand, so schnell, als hätte er sie mit einem Kartentrick hervorgezaubert. »Hier. Nimm. Ist ein Geschenk des Hauses.«

Langsam griff sie nach dem Geld und verstaute es, zusammen mit der Munition, in ihrer Jackentasche. Dann machte sie sich wortlos auf den Rückweg durch dieses Labyrinth. Draußen, vor der Baracke, holte sie als Erstes tief Luft. Fünfzehn Uhr. Noch eine Stunde bis zu ihrem *arrow*. Noch eine Stunde, bis sie ihren Vater in der Unterführung wiedersehen würde. Mit einer Makarow im Gürtel.

3

Quirin Kaiserley hatte das Interview der interessant-interessierten Journalistin mit einer von seiner Seite ausgesprochenen Einladung zum Lunch verbunden. Im Grosz am Kurfürstendamm war es sonntags etwas ruhiger, sofern es gelang, im hinteren Teil des Restaurants einen Tisch zu bekommen. Er liebte dieses Café-Restaurant. Nicht ganz so sehr, wie er es mit einem originalen, verräucherten, etwas in die Jahre gekommenen Etablissement halten würde, aber der Boulevard draußen vor der Tür hatte seine Kronjuwelen schon lange nach und nach verschleudert. In die stuckverzierten, legendären Prachträume waren Fast-Food- und Modeketten gezogen. Dem Marmorhaus, einst das schönste Kino Westberlins, war es genauso gegangen wie Mampes Gute Stube, dem Kranzler und, als Letztes dem Kopenhagen, in dem uniformierte Kellner Smørrebrød auf Silbertellern serviert hatten. Er weinte der Vergangenheit nicht nach. Es gab neue, durchaus interessante Läden, vor allem in den Seitenstraßen. Aber manchmal fehlte ihm die selbstverständliche Tradition der Wiener und die lässige Nonchalance von Paris. Die Berliner taten immer nur das, was sie am besten konnten: das Alte einstampfen und Platz für Neues schaffen.

»Warum fasziniert Sie die deutsch-deutsche Geschichte?«

Sie hieß Carolin Freising und erfüllte mit jeder Frage, aber auch jedem Lächeln, das sie ihm schenkte, die in sie gesetzten Erwartungen. Mitte dreißig, auf der Sonnenseite des freiberuflichen Daseins, was hieß: Sie konnte sich ihre bestens bezahlten Jobs selbst aussuchen, sportlich-elegant, mit schulterlangen, glänzend glatten Haaren, die ihr schmales Gesicht umschmeichelten. Wache Augen, ein paar Sommersprossen auf der Nase. Ihre Armbanduhr sah aus wie ein Erbstück der Mutter, die diamantenbesetzte kleine Goldschleife an ihrer Halskette wie von Tiffany.

»Sie sind noch zu jung«, antwortete er. »Aber sie ist auch meine Geschichte. Ich war privilegiert, durfte im Westen aufwachsen. Wäre ich in Cottbus, Magdeburg oder Pankow geboren worden und hätte mir denselben Job ausgesucht, wäre ich 1990 wahrscheinlich im Knast gelandet. Auf beiden Seiten der Mauer haben wir dasselbe getan: den anderen zum Feind erklärt und mit allen zur Verfügung stehenden Mitteln ausgespäht.«

Carolin runzelte leicht die Stirn und schrieb etwas in ihr Moleskine. »Soweit ich weiß, wurde in der BRD nicht gefoltert. Es wurden auch keine informellen Mitarbeiter auf die eigene Familie angesetzt.«

»Ja, das stimmt.«

»Es wurden keine Spione entführt und ermordet. Es gab keine Stasigefängnisse wie in Berlin-Hohenschönhausen oder Bautzen.«

»Auch das ist richtig. Ich will nichts relativieren. Aber auf der anderen Seite des Vorhangs gelebt zu haben bedeutet nicht automatisch, dem Reich des Bösen anzugehören. Sie haben mich nach der Faszination gefragt. Sie ist es nicht, die mich antreibt.«

»Was dann?«

»Noch nie in der Geschichte hatten wir die Chance, einen feindlichen Geheimdienst so genau studieren zu können. Aus der Vergangenheit lernen heißt, Fehler in der Zukunft zu vermeiden.«

»Tun wir das? Die Stimmung in diesem Land kommt mir eher so vor, als hätte man selbst aus den grausamsten, unmenschlichsten Fehlern unserer Geschichte nichts gelernt.«

Kaiserleys Handy vibrierte. Es war eine alte Gewohnheit, das Gerät auf den Tisch zu legen. Immerhin hatte er es stumm geschaltet. Ein kurzer Blick auf das Display – Kellermann. Er drückte das Gespräch weg.

»Nun, Extremismusforscher glauben daran, dass allenfalls fünfzehn Prozent der Bevölkerung radikale und extreme Positionen einnehmen.« Sie hatten Wasser bestellt, und Kaiserley goss erst seinem Gast und dann sich nach. »Weitere fünfzehn Prozent der Bevölkerung lassen sich für oder gegen diese Positionen gewinnen. Der Rest: Mitläufer. Ihnen ist es egal, was um sie herum passiert. Hauptsache, es berührt ihr Leben nicht. Für Volksverführer kommt es also nicht darauf an, eine Mehrheit zu gewinnen. Es reicht ihnen, dreißig Prozent auf ihre Seite zu ziehen. Das ist die kritische Masse. Der Point of no Return.«

Beide dachten an die Wahlerfolge der AfD und an das, was sich auf den Straßen Deutschlands wieder abspielte, wenn »besorgte Bürger« Reih in Reih mit Rechtsradikalen und Nazis marschierten.

Sein Handy vibrierte erneut. Kaiserley beachtete es nicht.

»Also sind Sie eine Art Rufer in der Wüste?«

Er lächelte und nahm einen Schluck. »Das zu glauben wäre anmaßend. Ich bin höchstens eine kleine Nadel im Heuhaufen der Geschichte, die vielleicht irgendwann einmal das Glück hat, ordentlich zuzustechen. Falls jemand so dumm ist, sich genau darauf zu setzen.«

Carolin grinste und strich sich die Haare zurück. Der Kellner brachte Butter und Brot, und Kaiserleys Handy vibrierte abermals.

»Etwas Wichtiges?«, fragte sie. »Sie können ruhig rangehen. Ich muss sowieso mal meine Hände waschen.«

Sie stand auf. Kaiserley wartete, bis sie den Raum durchquert und nach links Richtung Kellertreppe abgebogen war, dann nahm er das Gespräch an.

»Ja?«

»Quirin? Du musst sofort kommen. Ich weiß, was los ist. Ich weiß alles. Es ist Isa, verstehst du? Es ist Isa!«

Kaiserley unterdrückte einen Seufzer. Der Mann musste die ganze Nacht aufgeblieben sein, um diese Papierberge durchzuarbeiten. Er klang, als wäre er kurz vorm Durchdrehen.

»Hör zu, ich bin gerade in einem Gespräch.«

»Du musst...«

»Ich muss gar nichts. Was immer du glaubst, entdeckt zu haben, es ist nicht wichtig.«

»Nicht wichtig? Nicht wichtig?«

Am liebsten hätte Kaiserley sofort aufgelegt. Kellermann brauchte dringend Valium. Unverantwortlich, ihn allein zu lassen.

»Warum ist Isa nicht bei dir?«

»Sie ist in Passau, für den Verfassungsschutz. Ich kann sie nicht erreichen. Ich muss mit ihr reden. Sofort. Kannst du nicht was für mich machen?«

»Werner?«

»Frag Teetee. Der weiß bestimmt, wie er an sie rankommt. Sie hat Lindners Aussage. Ich muss wissen, was da drinsteht. Ich dreh sonst noch durch, verstehst du?«

»Ähm, ja.« Was Kaiserley verstand, waren vor allem Kellermanns hellsichtige letzte Worte. »Aber das mit meinem Sohn vergessen wir jetzt sofort. Er kann dir nicht helfen.«

»Dann Stanz. Stanz! Er war doch auf der Beerdigung, vorgestern. Er ist in Berlin. Du hast doch Kontakt zu Funke... Quirin, halte mich nicht für verrückt, aber ich muss das wissen. Ich muss wissen, was Isa vor mir geheim hält.«

»Isa hält nichts vor dir geheim.«

»Gib mir die Nummer von Stanz.«

»Die habe ich nicht.«

»Dann die von Funke!«

»Warte. Warte einen Moment.«

Kaiserley stand auf, weil sein Telefonat Aufmerksamkeit erregte. Er verließ den Raum ebenfalls Richtung Keller, stieg aber nicht die Stufen hinunter, sondern trat hinaus in den Innenhof, wo ihn die eisige Luft des Spätwinters erwartete. Erst als die Tür hinter ihm ins Schloss gefallen war, hob er das Handy wieder ans Ohr.

»Ich kann dir die Nummer nicht einfach geben. Ich muss ihn erst fragen.«

Es war still.

»Werner?«

»Sag mal, was ist eigentlich los mit dir?«

»Ich weiß ja noch nicht einmal genau, was du eigentlich suchst.«

»Wie oft soll ich es denn noch sagen?« Kellermann war kurz vorm Brüllen. »Lindners letzte Aussage zu Evchen, sein Protokoll, warum und wie er die Geschichte beendet hat! Sie war hier, in den Unterlagen. Isa hat sie an sich genommen, damit ich nie erfahre, was damals genau passiert ist.«

Es ist tragisch, dachte Kaiserley. Er war mal einer der brillantesten Köpfe, ein Macher, ein Querdenker, einer, der alles im Griff hatte. Und jetzt das...

»Manche Dinge muss man nicht erfahren«, sagte er und versuchte, tröstend und beruhigend zugleich zu klingen. Kellermanns Antwort auf dieses durchschaubare Manöver: Er spuckte Gift und Galle.

»Triffst du jetzt die Entscheidung darüber? *Ich* brauche *deine* Hilfe! Und du? Kommst mir mit so einem Quatsch? Du hast schon immer einen Draht zu den Genossen im Osten gehabt, obwohl sie dich am liebsten am nächsten Kirchturm aufgeknüpft hätten. Ich weiß, ihr seht das sportlich. Also, gib mir jetzt die Nummer von Funke oder Stanz!«

»Ich ruf ihn an. Okay? Funke. Mehr kann ich nicht tun. Ob er weiß, wo Stanz sich jetzt aufhält, und ob er überhaupt mit dir sprechen will...«

»Danke«, unterbrach ihn Kellermann und legte auf.

Kaiserley zog mit einem Frösteln den Kragen seines Jacketts zusammen. In was für eine Lage Kellermann ihn brachte... Dann dachte er, dass es vielleicht wichtiger wäre, einem alten Freund zu helfen, den er noch nie zuvor als solchen betrachtet hatte, statt sich Gedanken um den Eindruck zu machen, den er bei einem ehemaligen Stasimann hinterlassen würde. Er wählte. Zu seiner Überraschung meldete sich Funke schon nach dem dritten Klingeln.

»Ja?«

»Hier ist Kaiserley.« Er sah die renovierte Fassade hoch mit den auf alt getrimmten Neubauwohnungen, in denen niemand lebte, weil sie schon vor dem ersten Spatenstich als Kapitalanlage gedacht gewesen waren. »Ich muss mit unserem gemeinsamen Freund Kontakt aufnehmen. Ist er noch in Berlin?«

»Einen Moment.« Funkes schnarrende Stimme wurde dumpf, weil er die Hand auf den Hörer legte und etwas fragte. Dann war er wieder gut zu verstehen.

»Um was geht es denn?«

»Werner Kellermann hat ein paar Fragen an ihn.« Normalerweise würde er niemals einen Namen am Telefon aussprechen, aber Kellermann war nicht mehr aktiv. Schlimmer – er war ein Verstoßener. Einer, der nie wieder ins Vertrauen gezogen, geschweige denn ein Geheimnisträger werden würde.

»Welcher Art wären denn diese Fragen?«

»Ich glaube, er sollte sie selbst stellen.«

»Dann muss er sich beeilen. Mein Besuch nimmt den Siebzehn-Uhr-siebenundzwanzig-Zug nach Bergen.« Also war Stanz noch in der Stadt, aber schon fast wieder auf dem Weg zurück nach Rügen.

Kaiserley überlegte fieberhaft. Durch das Fenster konnte er sehen, dass Carolin an den Tisch zurückgekehrt war. Bestellt hatten sie schon, sein Magen knurrte, und das Gespräch entwickelte sich gut. Aber Kellermann würde es in dieser Verfassung noch nicht einmal schaffen, seinen Mantel zuzuknöpfen. Mit einem resignierten Seufzen wandte er sich ab.

»Wenn wir in einer guten Stunde da sind und ich ihn zum Bahnhof fahre, wäre das in Ordnung?«

Dann hätten Kellermann und Stanz noch genug Zeit, um endlich zu klären, was keinen Menschen mehr interessierte. Wieder wanderte Funkes Hand zum Hörer. Dumpfes Gemurmel.

»Ja. Das wäre in Ordnung. Sagen wir um fünfzehn Uhr am S-Bahnhof Karlshorst? Ich hole Sie ab.«

Das würde noch nicht einmal mehr für die Vorspeise reichen.

»Wir werden da sein.«

Er legte auf und ging zurück ins Restaurant. Carolin hatte gerade ihre E-Mails auf dem Handy gecheckt.

»Ich muss gehen. Es tut mir leid. Kann ich das irgendwie wiedergutmachen?«

»Ist etwas passiert?«

»Einem alten Kollegen von mir geht es nicht besonders.«

»Das tut mir leid.« Sie stand auf. »Dann verschieben wir unser Essen eben. Vielleicht auf heute Abend? Oder morgen?«

»Heute Abend«, antwortete er schnell. »Mit dem größten Vergnügen.«

Er übernahm die Rechnung und begleitete sie noch hinaus

auf den Kurfürstendamm. Beim Abschied war er versucht, sie in den Arm zu nehmen. Dann beließ er es bei einem Händedruck. Sie sah ihm tief in die Augen. Auf dem Weg zu seinem Wagen kam ihm der Gedanke, dass Carolin eine reizvolle Frau war und ein Rendezvous am Abend ganz andere Möglichkeiten bot, sie kennenzulernen. Aber das würde er Kellermann, dem er das verdankte, bestimmt nicht auf die Nase binden.

4

Die Wolkendecke reichte bis zum Horizont, wo sie fast übergangslos auf das Meer traf. Bleigrau und aufgepeitscht durch den scharfen Wind warfen sich die Wellen übereinander. Bevor sie hinunter zum Hafen fuhren, erkannte Isa durch die regenverschleierten Scheiben ein halbes Dutzend Containerschiffe weit draußen in der Bucht. Die Luft roch frisch und salzig, feucht und schwer. Es schien milder zu sein als die Tage zuvor, aber vielleicht täuschte das auch. Oder es lag daran, dass die Stadt sie vor den stürmischen Böen schützte, die sich unten im Hafen wieder auf sie werfen würden wie spielende wilde Tiere.

Sie fuhren in zwei nagelneuen Kleinbussen, die ihnen die Nationalgarde zur Verfügung gestellt hatte. In dem einen saßen die Soldaten, in dem anderen Isa, Teetee, Budko und Mannhardt. Krauss, der Botschafter, war glücklicherweise nicht dabei. Wahrscheinlich traf er letzte Vorbereitungen in der Residenz, wo es sich die deutschen Waffenschieber nach ihrer Verhaftung gemütlich machen duften. Der Fahrer hatte klare Anweisungen bekommen und hielt sich an der Einfahrt zum Hafen nicht lange mit Erklärungen auf, sondern bellte den Wachtposten nur ein paar Worte zu. Schon öffnete sich das Tor, und sie passierten Parkplätze und Zollgebäude. An einer Kreuzung bog der Wagen rechts ab. Isa sah Kräne, Eisenbahnschienen, Bürohäuser und ein verwirrendes Geflecht aus Straßen, das den riesigen Hafen durchzog. Pfützen wie Seen, Stromleitungen wie schwankende Hängebrücken.

»Seamen's Club«, sagte der Fahrer und wies auf ein weißes, schmuckloses Haus zu ihrer Linken. Isa verstand »Siemens« und wunderte sich, dass es hier ein Haus dieses Namens gab, doch dann las sie das Schild über dem Eingang und lächelte über sich selbst.

»Aufgeregt?«, fragte Teetee.

Natürlich hatten sie keine Waffen bekommen, dafür schusssichere Westen. Die Bundeswehrsoldaten mussten sich mit ein paar Sturmgewehren zufriedengeben, immerhin erstklassige Qualität. Aber es war klar: Sie blieben in der zweiten Reihe. Daran hatte Budko keinen Zweifel gelassen.

»Ja«, sagte sie leise, damit Mannhardt, der vorn neben dem Fahrer saß, sie nicht hören konnte. »Mein erster Zugriff.«

Teetee nickte. »Meiner auch. Da planen wir immer, scharren und suchen, aber die spektakulären Einsätze erledigen die anderen.«

»Heute nicht.«

»Nein, heute nicht.«

Isas Nervosität hatte aber nichts mit dem unmittelbar bevorstehenden Einsatz zu tun. Er würde ja nicht stattfinden, was jedoch außer ihr keiner wusste. Aber bis die Herrschaften in der Lagerhalle dahinterkamen, dass man sie an der Nase herumgeführt hatte, musste sie einen Weg finden, um zu verschwinden. Um siebzehn Uhr würde Larcan mit den Waffen in den Katakomben sein, dann musste sie ihn dort unten erwarten. Isa rechnete damit, dass die Entführung des Kaffeeautos am Kai genug Verwirrung stiften würde, um sich aus dem Staub zu machen. In diesem einen Punkt musste sie improvisieren. Alles andere lief wie am Schnürchen.

»Hotel«, sagte der Fahrer und wies nach links zum Kreuzfahrtterminal. »*Kaput.*«

Sie rumpelten über Schienen und marode Straßen. Dutzende Kräne, alle grellgelb und blau, warteten an den Kais auf ihren Einsatz. Gewaltige Schrotthalden, aufeinandergestapelte Container, die aus der Ferne wie riesige bunte Bauklötze aussahen. Immer wieder musste der Fahrer Umwege machen, weil bei den improvisierten Absperrungen oder den Schlaglöchern kein Durchkommen war. Die Gebäude wurden älter, und endlich tauchten mehrere lang gestreckte, niedrige Backsteinbauten auf: die alten Lagerhallen. Sie mussten seit über hundert Jahren hier stehen und sahen alles andere als abbruchreif aus, ganz im Gegensatz zu den neueren und weitaus maroderen Bauten, an denen sie vorübergefahren waren.

Der Fahrer hielt vor einem Hallentor. Ein breitschultriger Nationalgardist wartete schon auf sie. Khakifarbene Uniform, Knieschützer, Weste. Helm und Waffe trug er am Gürtel. Er salutierte, als die beiden Wagen hielten und Budko als Erster heraussprang. Ein weiterer Gardist öffnete das Hallentor. Heraus trat ein halbes Dutzend schwer bewaffneter Soldaten, denen die Neugier ins Gesicht geschrieben stand. Mannhardt ging zu seinen Leuten, die aus dem zweiten Bus stiegen. Teetee und Isa hielten sich etwas abseits.

»Das sieht eher nach Terrorismusabwehr als nach einer Festnahme aus«, sagte Teetee leise mit Blick auf die Maschinenpistolen der Ukrainer. »Keine Toten?«

Die Gardisten gingen zu den Bundeswehrsoldaten. Ein paar Brocken Deutsch fielen, »Blitzkrieg« war dabei, »Kartofel« und »Rjuksak« (Rucksack), aber nichts, was ernstlich beleidigend war. Die Soldaten konterten mit »*Davai, davai!*« (Los, los!) und bewunderten die Ausrüstung ihrer Waffenbrüder. Schulterklopfen, Zigaretten anbieten (»*Amerikanskie!*«), ein bisschen sportliches Gerempel, und schon war der Bann gebrochen. Mannhardt und Budko kamen auf sie zu.

»Möchten Sie einen Blick in die Halle werfen, bevor wir Ihnen Ihren Standort zeigen?«

»Ja«, sagten Isa und Teetee gleichzeitig.

Drinnen empfing sie ein schummriges Halbdunkel. Licht kam durch hoch angebrachte Fenster mit fast blinden Scheiben. Es roch nach Zement und feuchtem Sand. Direkt hinter dem Einfahrtstor überquerten sie eine breite Ladestraße, in die noch Schienen eingebettet waren. Von ihr zweigten Gänge wie Hochhausgassen ab. Steine, Sandsäcke und Eisenträger waren fast bis unter die Decke gestapelt. Was auf den ersten Blick gewagt wirkte, erwies sich beim zweiten als eine solide und durchdachte Konstruktion, bei der das Eigengewicht der Materialien dafür sorgte, dass nichts ins Kippen geriet. Die Gassen waren kaum zwei Meter breit. Isa wunderte sich, wie Gabelstapler hier rangieren sollten, aber es musste offenbar möglich sein.

»*Tam*«, sagte Budko und führte sie um die Ecke. Mehrere Leitern standen an Paletten mit Sandsäcken gelehnt. In zehn Metern Höhe turnten einige Gardisten herum und bereiteten eine Art Schützenstand vor. Budko redete, Mannhardt hörte zu und wandte sich dann an Teetee und Isa.

»Von dort oben ist der Blick auf den Eingang am besten. Unsere Männer werden sich hier aufhalten. Sobald der Waffentransport eingetroffen ist, werden die Nationalgardisten den Wagen umstellen. Sie befinden sich verteilt in den kleineren Gängen, die von der Ladestraße abgehen.«

Isa legte den Kopf in den Nacken und sah hinauf. Ein Gardist grinste sie aus der Höhe unverhohlen an.

»Eine Zuschauertribüne«, sagte sie. »Sehr schön. Bis sie von da runter sind, ist alles schon passiert.«

Mannhardt seufzte. »Wir können froh sein, überhaupt mitzumachen.«

»Bei was denn? Beim Applaudieren?«

Teetee stieg die Leiter hoch. Er machte das behände und flink. Isa, die Stiefel und Jacke trug (und darunter Putskos Waffe), blieb lieber am Boden.

»Ich gehe da nicht rauf.«

»Das sollen Sie auch nicht.« Mannhardt sagte ein paar Worte zu Budko. Dem Tonfall nach unterschlug er Isas Kritik. »Wenn Sie wieder mit hinausgehen, kann ich Ihnen zeigen, wo Sie den Ablauf viel besser verfolgen können.«

Sie pfiff in Teetees Richtung. Der hatte gerade die Plattform aus Sandsäcken erreicht und verschwand aus ihrem Blickfeld. Sie gönnte ihm den kurzen Moment, König des Spielplatzes zu sein. Dann hatte er wenigstens etwas zu erzählen, wenn er zurück nach Berlin kam. Die Bundeswehrsoldaten tauchten auf und waren auch nicht amüsiert, dass man sie auf einen Turm aus Sandsäcken und damit quasi in den Strafraum verfrachtete. Aber Mannhardt ließ nicht mit sich reden.

»Sie sichern von hier oben. Keiner verlässt den Posten. Das sind klare Anweisungen. Wer dagegen verstößt, kann gleich draußen bleiben.«

Murrend machten sie sich an den Aufstieg. Stabsfeldwebel Friedrich wartete bis zum Schluss.

»Mit Verlaub, Herr Mannhardt. Ich würde gerne unten bleiben.«

»Haben Sie meine Anweisung nicht gehört?«

»Doch.« Der Soldat sah sich um. »Das ist ein Labyrinth, mit all den Gängen und diesem hochgestapelten Zeug. Wenn alle Gardisten vorn am Eingang sind, was machen wir, wenn einer abhaut? Ihm hinterherwinken? Gibt es weitere Ausgänge?«

Mannhardt übersetzte, Budko schnarrte unwillig eine Antwort.

»Es gibt noch einen auf der Rückseite des Gebäudes und den Zugang zu den Katakomben.«

»Wo ist der?«

»Stabsfeldwebel Friedrich, alle Ausgänge sind gesichert. Ich muss Sie bitten, Ihren Posten einzunehmen.«

Teetee kam gerade wieder heruntergeklettert, Friedrich musste warten.

»Mir gefällt das nicht«, sagte er leise zu Isa.

»Mir auch nicht«, erwiderte Isa. »Ich bin draußen. Ich checke das alles noch einmal. Vielleicht rufe ich Sie zu uns.«

»Das geht nicht.« Mannhardt, der das vernommen hatte, verlor nach und nach seine Freundlichkeit. Es war klar, wer hier welche Autorität hatte. Isa war Beobachterin, genau wie Teetee. Sie hatte sich nicht in strategische Belange einzumischen. »Alle Mann sind da oben.«

»Mister Budko?« Sie wandte sich an den Legostein. »Ich möchte *serzhant* Friedrich während des Einsatzes bei mir haben. Gibt es dagegen Einwände?«

Teetee hatte sie erreicht, klopfte sich die Hose ab und folgte dabei interessiert dem Disput. Mannhardt übersetzte. Budko knurrte etwas, das sich anhörte, als ob Frauen bei Einsätzen generell und Isa im Besonderen nicht ihre Tage haben sollten.

»Nein. Das geht.«

»*Spasýbi.*« Isa schenkte ihm ein dankbares Lächeln. »Wollen wir?«

Mannhardt nickte, sichtlich froh, dass die Begehung jetzt ihr Ende hatte und er die beiden nervenden Beobachter aus der Schusszone bringen konnte. Isa wünschte den Bundeswehrsoldaten noch viel Glück, dann verließ sie zusammen mit Teetee und Friedrich die Lagerhalle.

Die Transporter waren verschwunden. Vermutlich hatten die Fahrer sie weiter nördlich Richtung Leuchtturm geparkt, wo das Gelände noch unübersichtlicher wirkte. Sie ging ein paar Schritte, überquerte die Gleise und befand sich direkt vor der Steilwand, die den Hafen wie ein natürlicher Wall umschloss. Oben begann die Stadt. Und irgendwo hier unten, hinter einem Felsvorsprung oder einem struppigen Gebüsch versteckt, lagen die uralten Zugänge zu den Katakomben. Sie dachte an die dunklen Gänge und den Raum, den es in wenigen Stunden nicht mehr geben würde. Und für einen Moment fühlte sie Angst.

»Isa?«

Sie fuhr herum und riss sich von dem trostlosen Anblick los, den das unwirtliche Gelände ihr bot. Teetee war ihr gefolgt.

»Hier entlang.«

Die Einsatzleitzentrale entsprach exakt ihren Erwartungen. Ein geschlossener Transporter mit einem kyrillischen Werbeaufdruck, ungefähr fünfzig Meter von der Lagerhalle etwas abseits der Hafenstraße geparkt. Von außen rostig und zerbeult, barg er im Innern alles, was moderne Überwachungstechnik auf kleinstem Raum zu bieten hatte. Zwei Techniker saßen an einem Pult, mehrere Monitore zeigten Bilder der verschiedenen Kameras. Vier Soldaten drinnen in der Halle trugen Helmkameras, zwei draußen. Alles, was sie vor Augen hatten, wurde quasi in Echtzeit überspielt. Die zwei Nationalgardisten draußen waren am Kai positioniert und hatten das Schiff sowie die Verladung der Waffen zu beobachten.

»Wo genau sind sie?« Isa deutete auf den Monitor, auf dem gerade die Bilder dieser beiden Männer zu sehen waren.

»Direkt an der Löschstation. Das Lotsenboot ist schon raus, um unser Schiff in Empfang zu nehmen. Es wird aller Voraussicht nach pünktlich anlegen.«

Die Bilder waren gestochen scharf. Der eine Soldat mit der Headcam stand am Ufer des Kais. Ein Kran drehte sich, langsam und majestätisch. Zwei Dutzend Hafenarbeiter saßen oder standen herum, rauchten, rieben sich die Hände oder gingen auf und ab. Es musste eiskalt da draußen sein. Plötzlich erschien das Gesicht eines Mannes, bärtig und finster. Es füllte den ganzen Bildschirm aus. Er fragte etwas, und dann zuckte eine Flamme auf.

»Er wollte Feuer von unserem Soldaten.«

»Also sind die beiden am Kai in Zivil?«

»Nein. Aber so nahe am Militärhafen ist der Anblick der Nationalgarde nicht ungewöhnlich.«

Isa nickte und nahm auf dem Stuhl Platz, den Mannhardt ihr anbot. Es war eng, und als Teetee sich auch noch dazuquetschte, ging nichts mehr ohne Körperkontakt.

»Ist der Zoll informiert?«, fragte sie.

Mannhardt nickte.

»Und die beiden Gardisten werden nicht eingreifen?«

»Warum sollten sie? Damit würden sie uns nur den Spaß verderben. Es sind Beobachtungsposten. Über diese Kameras bekommen wir mit, was dort passiert. Sie werden den ganzen Vorgang der Entladung verfolgen. Sobald sich unser Kaffeeauto Richtung Lagerhalle in Bewegung setzt, ziehen die beiden ab und kommen zu uns zurück.«

Teetee versuchte, mit seinem Knie nicht unangemessen ihr Bein zu berühren, was gar nicht so einfach war. »Wo steckt das Auto eigentlich?«

»Irgendwo in Odessa, wo es nicht auffällt«, antwortete Isa. »Vereinbart war sechzehn Uhr, bis dahin ist noch über eine Stunde Zeit. Ich geh ein paar Minuten raus. Es ist ziemlich stickig hier drin.«

Sie öffnete die Schiebetür. Teetee beugte sich vor.

»Und dein UCA?«

Alle sahen sie an. Sie lächelte. »Der ist dort, wo das Auto ist.«

5

Der kleine Transporter stand noch immer im Schuppen neben dem Kai. Niemand hatte auf die drei Deutschen geachtet, als sie wie lässige Spaziergänger am Rande des Hafenbeckens stehen geblieben und hinaus aufs Meer gesehen hatten. Dort, wo in gut einer Stunde das Schiff anlegen sollte, trieb sich bereits die typische Mischung aus Tagelöhnern, Miliz und arbeitslosen Seeleuten auf der Suche nach der nächsten Heuer herum. Zwei Soldaten der Nationalgarde waren auch dabei, aber sie wirkten dermaßen gelangweilt, dass ihre Anwesenheit dort wohl nichts weiter als Routine war. Nur ein paar Schritte, und die Dunkelheit hinter dem Schuppentor hatte die drei verschluckt.

Frederik, Maxe und das Kamel wurden bereits erwartet. Zwei finstere Typen nahmen sie in Empfang. Maxe kannte einen von den beiden. Nach dem sechsten Bier und der dritten Frau im Puff gestern Abend hatte er Einzelheiten erzählt. Auf einem Rechtsrock-Festival in Thüringen hatte die Asow-Miliz um Kämpfer geworben: »Nur die besten der Besten!« Europa sollte vor dem Aussterben bewahrt werden. Mit diesem ebenso hehren wie nebulösen Ansinnen war Maxe an den Dnjepr gereist und hatte auf einer der vielen Inseln im Strom an einem Ausbildungscamp teilgenommen. Seitdem waren der »Thüringer Arische Widerstand« und das Regiment Asow eng wie Arsch und Friedrich. Um die gemeinsame europäische Arteneinfalt herbeizuführen, gab es häufige Treffen. Noch keines aber war von einer Morgengabe dieser Größenordnung begleitet worden.

In der Garage warteten Gennadij Safjanowski, Ihor Levin und Pawel Feygin. Gennadij war der Boss. Eng befreundet mit dem Kommandanten und bestens vernetzt in der politischen Führung Odessas. Ein mittelgroßer, kompakter Mann mit eisenhartem Händedruck und kleinen Kieselaugen in einem breiten, scharf konturierten Gesicht.

Ihor und Pawel hatten großen Respekt vor ihm. Sie taten, was er tat. Als Gennadij mit einem ironischen Lächeln die Hand zum Hitlergruß hob, machten sie es ihm nach – mit bierernsten Mienen. Ihor war ein langer Lulatsch, so dumm wie groß. Pawel hingegen hatte eine gewisse Schläue in dem runden, rotwangigen Gesicht. Er war der Jüngste. Vielleicht Anfang zwanzig, während Ihor bestimmt schon über dreißig war und Gennadij ein erfahrener Kämpfer Mitte vierzig. Sie trugen Kombatuniformen in graugrünen Tarnfarben, aber keine Waffen, wie Frederik feststellte. Den linken Ärmel zierte ein aufgesticktes Emblem mit der Wolfsrune, angelehnt an das Waffen-SS-Abzeichen. Das Kaffeeauto wartete in einer Ecke auf seinen Einsatz.

»Willkommen.« Gennadij sprach Russisch, und Frederik übersetzte. Der Anführer nickte den beiden Männern zu, die sie hergebracht hatten. Sie verschwanden sofort nach draußen. Dann gingen sie gemeinsam zu dem Wagen.

»Kaffee?« Gennadij grinste. »Ich weiß, wie die Dinger funktionieren. Hab selber so eine Maschine zu Hause. Italienisch.«

Frederik sah zu seinen Kameraden. »Ja. Warum nicht? Pur ist er mir aber zu trocken.«

Gennadijs Grinsen vertiefte sich. Ihor holte einen Flachmann aus seiner Jackentasche. Dann beobachtete Frederik, wie Gennadij sich an der chromblitzenden Maschine zu schaffen machte. Wenig später hatte jeder einen Pappbecher in der Hand, gefüllt mit Espresso und Wodka im Verhältnis 1:1. Sie stießen an.

»Auf die Völkerfreundschaft.« Frederik übersetzte. Gennadij hob seinen Becher. »Auf die Reconquista.«

Die Rückeroberung des europäischen Kontinents. Das musste nicht übersetzt werden.

»Auf die neue europäische Bruderschaft.«

Weiß. Arisch. Faschistisch.

»Wohlsein«, brummte das Kamel.

Rönsch kippte seinen Drink, keuchte kurz auf, als der Alkohol in ihm ankam, reckte die Hand und rief: »Adolf Hitler Hooligans! A-Dolf-Hit-Ler-Hoo-Li-Gans!«

Der Schlachtruf gefiel den Ukrainern, sie fielen sofort mit ein.

»Ruhe!«, rief Frederik. Er kannte jeden seiner Auftritte, sofern es davon einen Mitschnitt im Internet gab. Stefan Rönsch war ein Brüller, ein Einpeitscher. Ob bei Pegida- oder sogenannten Trauermärschen, bei Rechtsrock-Festivals oder Nazidemos, er gehörte zu denen, die mit heiserer, sich überschlagener Stimme vom nahen Ende Deutschlands fantasierten, gerne die Worte »Asylanten« und »Geschmeiß« in einem Satz verwendeten und es als Großtat betrachteten, eine Merkel-Puppe an einen sächsischen Laternenpfahl aufgehängt zu haben. Während Maxe mit den Kameraden in der Ukraine schon Kontakt gehabt und mit Sicherheit einige Erfahrung in der Kampfausbildung gesammelt hatte, war Rönsch ein Großmaul. Er war schon jetzt fast besoffen von ihrem Coup: der Reconquista Beine zu machen, und das nicht am Mikrofon vor Hunderten begeisterten Anhängern, sondern hier, im Hafen von Odessa, in Begleitung der richtig harten Hunde.

»Ich muss noch mal weg«, sagte Frederik auf Russisch.

Gennadij sah auf seine Uhr. Zehn vor vier.

»Was ist los?«

»Hab was vergessen.«

Gennadij sah zu einem der beiden Männer im Dunkeln. Einer trat vor.

»Allein«, sagte Frederik.

Maxe und das Kamel sahen ihn fragend an.

»Ich hab meinen Ausweis im Hotel liegen gelassen«, erklärte Frederik erst auf Deutsch und dann auf Russisch.

Gennadij nickte. »Hopphopp!«

Wo auch immer er diesen Ausdruck aufgeschnappt hatte, er war sichtlich stolz darauf, ihn verwenden zu können.

Maxe sah von einem zum anderen. »Bischt du blöd? Wir müssen danach direkt zum Flughafen!«

»Ich bin gleich wieder da«, sagte Frederik. Rönsch schien unentschlossen, ob er sich auf die Sache einlassen sollte. Da Maxe einen der Brigadisten kannte und nun jede Hand gebraucht wurde, um die Kaffeemaschine aus dem Wagen zu holen (der Platz wurde für die Kisten gebraucht), hob er schließlich hilflos die Schultern.

»Wehe, du kommst nicht zurück.«

»Bist du irre?«

Rönsch trat einen Schritt näher zu Frederik. »Wenn du uns hier hängen lässt ...«

»Dann komm mit. Zeig ihnen, dass du mir nicht traust. Wird bestimmt einen guten Eindruck hinterlassen. Erst vier, dann drei, dann zwei ...«

Rönsch sah aus, als würde er Frederik gleich an die Gurgel gehen.

»Ich bin in zehn Minuten zurück. Alles läuft wie geplant.«

»Okay, zehn Minuten.«

»Fünfzehn. Ich muss die Treppe rauf.« Frederik grinste und schlug Rönsch auf die Schulter. Dann verließ er den Schuppen.

Er wurde vom tiefen Klang eines Schiffshorns empfangen. Vielleicht noch zwei Seemeilen entfernt näherte sich der Frachter im Schlepptau des Lotsenboots. Die Untätigkeit am Ufer schlug um in emsigen Eifer: Zwei Lastkräne brachten sich in Stellung, mehrere Lkw röhrten heran. Fetter Dieselqualm kam ihm entgegen. Frederik klappte den Kragen seiner Jacke hoch und versenkte die Hände tief in ihren Taschen. Dann lief er schnellen Schrittes den Weg zum Seamen's Club hinunter, hinter dem die Straße zum Ausgang führte. Möwen flogen über seinem Kopf und warfen sich heisere Schreie zu. Der Wind frischte auf. Stromkabel schlugen an Fahnenmasten. Ein schwerer dunkler Wagen preschte an ihm vorbei und zerteilte eine tiefe Pfütze. Frederik musste zur Seite springen und fluchte, weil das Wasser ihn trotzdem am Hosenbein erwischte.

Er passierte ohne Probleme den Ausgang am Kreuzfahrtterminal. Touristen studierten die Straßenkarte von Odessa, einzig zwei kleine Andenkenshops hatten geöffnet. Seit der Krim-Krise wurde die Stadt kaum noch angelaufen. Die Unterführung war leer. Er blieb kurz stehen und sah auf seine Uhr. Fünf vor vier. Auf der anderen Seite holte er tief Luft und begann, die berühmtesten einhundertzweiundneunzig Stufen der Welt hinaufzurennen.

6

Larcan stieg als Erster aus dem Wagen. Ihm folgten Oleg und zwei *bulteryer*. Während der Fahrer sofort wieder den Gang einlegte und hinter der nächsten Ecke verschwand, blieben die vier noch kurz vor dem Seamen's Club stehen.

»Wo sind sie?«, fragte Larcan und sah sich um. Von Putskos Leuten war niemand zu sehen. Das war gut, falls sie sich versteckt hatten. Und schlecht, falls es sie gar nicht gab.

Oleg kniff die Augen zusammen. Auch die *bulteryer* reckten die Hälse. Dmytro war nicht dabei, er hätte gern ein paar leise Worte mit ihm geredet. »Sie sind da. Lass uns reingehen.«

Sie betraten den Club. Für einen Moment wurde es totenstill. Egal, was jeder Einzelne der Anwesenden gerade tat, er unterbrach es und starrte auf die vier Männer. Die *bulteryer* vorneweg mit ihrem Röntgenblick, der den ganzen Raum nach offenen oder versteckten Gefahren scannte. Dahinter Oleg, dem man trotz Outdoorjacke und Stiefeln ansah, dass hier *sein* Leib und *sein* Leben geschützt werden sollten. Und schließlich Larcan, in Mantel und Anzug, ewig frierend, ein verschleppter Sommervogel, den es an dieses Ufer verschlagen hatte. Die seltsame Combo fiel auf, und die Geschäftigkeit, mit der jeder einzelne Gast nach der ersten Schrecksekunde wieder beflissen zu dem zurückkehrte, was er unterbrochen hatte, war auffällig. Niemand sah ihnen in die Augen. Keiner wollte provozieren. Einige spielten Karten und nahmen das Blatt wieder hoch, als hätten sie nur kurz über ihr Ass nachgedacht. Die meisten hingen über ihren Handys. Der Alte mit den jämmerlich schlecht gefakten Uhren schlich zum nächsten Tisch. Der junge Mann hinter der Bar stellte langsam die Wodkaflasche zurück ins Regal, aus der er gerade eingeschenkt hatte, und schob das Glas einem Matrosen zu, der es nahm und machte, dass er aus dem Dunstkreis der Neuankömmlinge herauskam.

Oleg bestellte Wasser. Dann verzogen sie sich in den Nebenraum. Der Zockertisch war zwar besetzt, aber alle standen sofort auf und gingen hinaus zu den anderen, noch bevor einer der *bulteryer* auch nur die Augenbraue hob. Die drei setzten sich, Larcan blieb stehen.

»Was ist?«, fragte Oleg.

Er hatte Abschürfungen an den Fingerknöcheln. Und in seinen Augen lag ein harter Glanz. Mehr war ihm von den Ereignissen der letzten Nacht nicht anzusehen.

Töten Sie Oleg.

Was, wenn er, Larcan, jetzt seine Waffe zöge und alle drei

umlegen würde? *Mission accomplished.* Er würde wahrscheinlich noch aus dem Club herauskommen. Und dann?

Ich weiß, wo *Ihre* Tochter ist.

Er kam mit allem klar. Mord. Verrat. Hinterlist. Aber nicht mit dem Wissen, dass Judith Kepler in Odessa war. Und dass der einzige Grund, der sie hierhergebracht hatte, wohl er sein musste. Wollte sie ihn zur Rechenschaft ziehen? Was hatte sie vor? Nie, auch nicht für den Bruchteil einer Sekunde, hatte er daran gedacht, sie einfach ihrem Schicksal zu überlassen. Im Gegenteil. Er musste sie beschützen. Damals in Sassnitz war es ihm nicht gelungen, und um damit weiterzuleben, hatte er es verdrängt. Bis er durch Zufall auf sie gestoßen war und sie sich in Berlin wiedergesehen hatten. Er hatte geglaubt, sie wäre besser im Vergessen als er. Doch sie war in Odessa, wegen ihm. Und sie befand sich in Lebensgefahr – wieder wegen ihm...

Yela war nicht zurechnungsfähig. Ihre rasende Wut wurde nicht aus den Misshandlungen gespeist, die sie erdulden musste, sondern von dem drohenden Verlust ihrer Zukunft. Er würde ihr Judith nicht überlassen. Aber er konnte auch Oleg nicht töten. Eine dritte Möglichkeit sah er nicht, doch er verließ sich auf das, was er schon immer am besten gekonnt hatte: improvisieren, wenn es so weit war.

Larcan setzte sich. In ihrem Schweigen zerflossen die Minuten zu einem zähen Brei aus Zeit.

Oleg schnippte mit den Fingern. Das Geräusch brachte Larcan zurück in die Gegenwart, aber auch den jungen Mann hinter dem Tresen dazu, eilfertig herbeizuspringen und nach weiteren Wünschen zu fragen. Eine Handbewegung Olegs ließ ihn wieder verschwinden.

»Ich gehe zum Kai«, sagte Larcan.

Oleg sah auf seine goldene Armbanduhr und nickte.

»Ich möchte das Terrain erkunden. Ihr bleibt hier. Keiner

von euch hat dort etwas zu suchen.« Er sprach leise, damit ihn nebenan trotz der Geräuschkulisse aus Unterhaltungen und Spielautomatengeklimper niemand hören konnte. »Putsko hat seine Leute in Stellung gebracht. Ich warte, bis das Auto beladen ist und über die Hafenstraße zu deiner Lagerhalle fährt. Auf diesem Weg fange ich sie ab und bringe die Kisten zu dem vereinbarten Treffpunkt. Wir sehen uns heute Abend. Danke für den Lift.«

Oleg nickte. Die *bulteryer* auch. Als ob er diese Toren jemals in seine echten Pläne mit einbeziehen würde. Dem jungen Mann am Tresen nickte er zu. Sie kannten sich schließlich. Obwohl sie immer noch keine drei Worte miteinander gewechselt hatten.

Draußen vor der Tür atmete er tief durch. Irgendwo schlug eine Kirchenglocke, und das gewaltige Dröhnen eines Schiffshorns ließ den Boden unter seinen Füßen vibrieren.

Ich bin bereit, dachte er. Wie auch immer es für mich und Judith enden wird.

7

Funke erwartete sie, wie versprochen, an der S-Bahn. Als Kaiserley mit seinem Wagen vorfuhr, huschte er über den breiten Bürgersteig zu ihnen und nahm auf dem Rücksitz Platz.

»Nächste Straße rechts.«

Kaiserley fuhr los. Karlshorst hatte sich vom früheren Russenstandort zu einer gutbürgerlichen Gegend gewandelt. Die Mietshäuser waren größtenteils renoviert, in den Straßenzügen blühte das Kleingewerbe. Ein unspektakulärer Kiez, der noch nicht in den Blick von Spekulanten und Locationscouts geraten war. Alles strahlte gediegenes Wohnen und braves

Leben aus, spitzgiebelige Bürgerhäuser neben Gründerzeitkästen, baumbestandene Seitenstraßen, Kopfsteinpflaster, Kleingartenkolonien.

»Da vorn links.«

Kaiserley bog in die Königswinterstraße ein und ahnte, wohin die Reise gehen würde: zu den Geisterhäusern Putins. Zwei große und einstmals prächtige wilhelminische Wohnbauten mit über vierzig Wohnungen, die pittoresk verfielen. Ein Bauzaun schützte das Areal. Ab und zu tauchten angeblich Arbeiter auf, um Rasen zu mähen. Mehr passierte nicht. Die Ecke gehörte immer noch den Russen, und die Häuser standen seit über einem Vierteljahrhundert leer.

»Rechts halten, bitte.«

Seine Ahnung erwies sich als richtig. Königswinter-/Ecke Andernacher Straße. Kaiserley stieg aus und ließ seinen Blick über die grauen Fassaden gleiten. Große herrschaftliche Wohnungen mit riesigen Balkonen, von denen sich die Wandfarbe abschälte wie Birkenrinde. Zwei Meter hohe, portable Metallgitter grenzten das Gelände zur Straße hin ab. Funke schälte sich aus dem Auto, Kellermann brauchte etwas länger und keuchte dabei wie eine Lokomotive.

»Was ist das denn?«, fragte er mit Blick auf die Ruine.

Funke antwortete nicht. Er ging zu einem Gitter, hob es an einem Ende an, bis der Pfosten aus der Verankerung heraus war, und drehte es dann nach innen, wo er das Stahlrohr in den aufgeweichten Boden rammte.

»Bitte sehr, meine Herren. Wenn Sie mir freundlicherweise folgen wollen? Wir haben nicht viel Zeit.«

Kellermann sah Kaiserley an. »Spielen wir jetzt Verstecken, oder was? Was ist das?«

»Das Russenhaus«, sagte Kaiserley. Er folgte Funke durch den Spalt auf das Grundstück. »Steht leer seit dem Abzug des Militärs 94.«

»So was gibt's noch?«

Funke wartete, bis auch Kellermann auf der anderen Seite des Zauns war, und hob das Gitter zurück in seine ursprüngliche Position.

»Hier entlang.«

Sie stapften durch den ehemaligen Vorgarten, bis sie zum Eingang kamen. Tür und Wände waren mit Graffiti beschmiert, die unteren Fenster vernagelt. Das Haus wirkte wie eine verlassene Trutzburg, die man vor Abzug des letzten Bewohners verrammelt hatte. Zu Kaiserleys größtem Erstaunen holte Funke einen Schlüssel heraus und schob ihn ins Schloss. Die Tür ließ sich ohne Probleme öffnen. Noch erstaunlicher war, dass das Licht im Treppenhaus funktionierte. Kaiserley wusste, dass das Gebäude seit Jahren ein Stein des Anstoßes war. Eines Tages würde es einstürzen, so wie die verlassenen Kasernen an der B5 Richtung Nauen, aus deren Dächern schon Bäume wuchsen. Dem Bezirk wie auch dem Land waren die Hände gebunden. Das wurde zumindest den aufgebrachten Bürgern mitgeteilt, denen achtundvierzig leer stehende Wohnungen in Zeiten extremer Knappheit und noch extremerer Mieten kaum noch zu erklären waren. So kam niemand, das prächtige Haus aus seinem Dornröschenschlaf zu wecken, das hinter Metallgittern statt Rosenranken träumend verfiel, auch keine Prinzessin, nirgendwo. Doch irgendjemand musste immer noch den Strom zahlen. Und dieser Jemand hatte Funke einen Schlüssel gegeben.

Bevor der alte Stasimann die Tür hinter ihnen schloss, warf er noch einen schnellen Blick hinaus auf die Straße. Sie lag so verlassen da, wie man es nur an einem unwirtlichen Sonntagnachmittag erwarten konnte.

»Lang ist's her«, sagte er.

Sie standen in einem klassischen Berliner Treppenhaus: Jugendstilfliesen, Stuck, eine Eichenholztreppe mit brüchigem Linoleum. Die Wände waren mit Ölfarbe gestrichen, die ursprünglich einmal einen eierschalfarbenen Ton gehabt hatte. Nun waren sie nachgedunkelt und in den Ecken fast schwarz. Risse durchzogen den Putz, von der Decke hingen die Farbschichten wie Papierschnipsel, die sich im Luftzug sacht bewegten. Eine Zeitkapsel, dachte Kaiserley. Unberührt. Aber nicht vergessen.

»Hier geht's lang.« Funke stieg die Treppe hinauf. Er tat das langsam, seinem Alter entsprechend, und redete dabei weiter. »Ich weiß noch, wie ich 1990 zum letzten Mal als Führungsoffizier hier war. Gerade hatten sie die Stasizentrale gestürmt, und alle Pässe und Papiere gingen verloren. Unsere Agenten waren schutzlos. Preisgegeben. Sie konnten nur hoffen, dass ihre Tarnung so gut war, dass sie nicht entdeckt wurden.«

Er blieb kurz stehen und sah sich nach Kaiserley und dem keuchenden Kellermann um. Ein kleiner Mann, agil, wendig, mit einem spitzen Gesicht, über das ein Lächeln huschte.

»Bei den meisten klappte das.«

Man hörte den Worten an, wie zufrieden er immer noch mit den Leistungen seines untergegangenen Geheimdiensts war.

»Wenigstens so lange, bis Sie, Herr Kaiserley, zusammen mit einer gewissen Judith Kepler all den Staub wieder aufwirbelten, der sich endlich gelegt hatte.«

Kaiserley hob die Augenbrauen.

»Schon gut, schon gut. Ist ja alles längst vorbei.«

Kellermann, der eine halbe Treppe hinter ihnen gewesen war, hatte nun aufgeholt. Funke erreichte den ersten Absatz und stieg weiter hoch.

»Aber damals... Wir suchten unsere Leute auf, wo immer sie waren – in der Bundesrepublik, im westlichen Ausland –, und sagten ihnen, dass sie ab jetzt auf sich allein gestellt wären.

Stellen Sie sich das mal vor: Da arbeiten Sie als Spion für Ihr Land im Feindgebiet, und plötzlich gibt es Ihr Land nicht mehr. Sie wissen genau, in zwei, drei Jahren läuft Ihr Pass ab, und dann fliegen Sie auf. Manche haben sich gestellt. Was sollten sie machen? Für ein paar von ihnen hatten wir noch etwas Bargeld, die meisten gingen leer aus. Die Besten aber, unsere Stars, wie man heute sagen würde, für die gab es dann doch noch ein Jobangebot der besonderen Art.«

Er sah nach oben und ähnelte dabei einem grauen Raben, der sich die Trauben von unten betrachtete. »Sie bekamen die Chance, sich dem KGB anzuschließen. Sie mussten sich nicht entblößen, ihnen wurden entwürdigende Gerichtsverfahren erspart. Sie behielten ihre Legende, und der große Bruder kümmerte sich darum, dass ihre Pässe und Ausweise immer auf dem neusten Stand waren. Wie gesagt, diese Sonderbehandlung wurde nur einigen Auserwählten zuteil. Das Bewerbungsgespräch fand hier statt. Ich war dabei, ich hatte ein Vorschlagsrecht. In diesem Haus befand sich eine unserer konspirativen Wohnungen.« Stufe um Stufe, Schritt um Schritt. Funke sah nicht mehr zurück. Kellermann verlor den Anschluss. »Ein junger Mann, fabelhaft. Sein Name war Richard Lindner. Hat sich unter einem französischen Alias im Westen was aufgebaut. Einer unserer vielversprechendsten Perspektivagenten... Ach, Sie kennen sich ja. Aus Sassnitz, nicht wahr?«

Kaiserley schwieg.

»Nach Sassnitz brauchte er eine neue Legende und wurde zu Bastide Larcan. Es lief großartig für ihn, glänzend geradezu. Er hätte bis ganz oben in die NATO kommen können. Aber dann drehte uns die Weltgeschichte eine Nase, und die Mauer fiel. Ich weiß es noch wie gestern, als er hier ankam und vor mir stand. Blendend aussehend, beste Verbindungen. Ein Jammer, wirklich ein Jammer. All das umsonst...

Ich hatte fünfzigtausend Mark für ihn, West. Als Abfindung. Er wäre gerne wieder zu Richard Lindner geworden, aber das ging leider nicht. Ich glaube, das hing mit seiner Tochter zusammen. Es war ein Unglück, was damals in Sassnitz passiert ist. Bitte glauben Sie mir das. Lindner hat in dieser Nacht seine Familie verloren. Die Frau kam ums Leben, das Kind ins Heim ... Wie hätte man dem Mädchen erklären sollen, dass sein Vater schuld an all dem Unglück war? Dass er längst wieder im Ausland arbeitete?«

»Nach der Wende«, sagte Kaiserley. »Warum habt ihr das nach der Wende nicht richtiggestellt? Es wäre für das Kind eine Sache der Barmherzigkeit gewesen.«

»Barmherzigkeit...« Mittlerweile hatten sie den dritten Stock erreicht. »1990 war kein guter Jahrgang für Mitgefühl. Wir mussten dreitausend Agenten retten, bevor sie in die Fänge der westdeutschen Ermittlungsbehörden gerieten. Ihr hättet Lindner doch am liebsten mit einem Nasenring über den Marktplatz geführt, wenn ihr ihn gekriegt hättet. Stimmt's?«

Von unten kam Kellermanns Schnaufen. Hoffentlich überlebte er den Aufstieg.

»Da habt ihr Judith Kepler lieber im Heim verrotten lassen und Lindner an die Russen verkauft.«

»Na na«, widersprach Funke. »Verkauft würde ich das nicht nennen.«

Er blieb vor einer halb geöffneten Wohnungstür stehen. Der Flur war tapeziert und mit Teppich ausgelegt. Der Läufer sah betagt, aber gut erhalten aus. Sie warteten, bis Kellermann nach einer halben Ewigkeit mit hochrotem Gesicht am letzten Treppenabsatz auftauchte. Funke stieß die Tür auf.

»Hereinspaziert. Sie befinden sich auf dem letzten Territorium der DDR.«

Für einen Moment herrschte Schweigen. Nur durchbrochen von Kellermanns Lokomotivschnaufen.

»Das war ein Scherz«, relativierte Funke. Aber Kaiserley hatte es gesehen: dieses kurze Aufglimmen von Triumph. Dieses »Ihr habt uns alles nehmen können, aber das hier, das habt ihr bis heute nicht entdeckt«. »Mit dem Eintreten erkennen Sie die Schweigeverpflichtung an.«

»Einen Dreck werd ich«, posaunte Kellermann mit seinem letzten Atem. »Wo ist Stanz, der Hurensohn?«

Funke, der graue Rabe, legte den Kopf leicht schief. »Ich muss leider darauf bestehen. Sie wissen ja, wo der Ausgang ist.«

Kaiserley wandte sich an seinen alten Kollegen. »Lass Ihnen doch den Spaß.«

»Spaß? Mein ganzes Leben hab ich …«

»Verdammt noch mal!« Kaiserley riss der Geduldsfaden. »Du holst mich bei Nacht und Nebel zu dir, um uralte Akten durchzusehen. Du befiehlst mich quasi vom Mittagstisch hierher, um Stanz zu treffen. Ich habe die Faxen dicke. Natürlich wirst du den Mund halten. Sonst kannst du gleich wieder gehen.«

»Ich steig doch nicht drei Stockwerke hoch, nur um mir so einen Quatsch anzuhören! Das letzte Territorium der DDR, dass ich nicht lache!«

»Okay.«

Kaiserley nickte Funke zu, der dem kurzen Disput äußerlich ungerührt gefolgt war. Dann schob er sich an Kellermann vorbei und nahm die ersten Stufen nach unten.

»Halt! Warte!«

Er drehte sich zu seinem Weggefährten um. Kellermann hob feierlich die Hand. »Ich gelobe hiermit, dass kein Wort über die Existenz von fünfzig Quadratmetern DDR auf bundesdeutschem Boden jemals über meine Lippen schlüpfen wird.«

»Na also«, sagte Funke. »Geht doch.«

Mit einem unwilligen Schnauben machte Kaiserley kehrt. Sie betraten den Flur, und Funke schloss hinter ihnen die Tür und legte noch einen Riegel vor. Dann bat er sie ins Wohnzimmer. Hier stockte Kaiserley für einen Moment wirklich der Atem. Die Räume hatten seit fast dreißig Jahren keine Renovierung mehr gesehen. Obwohl sich die Tapetenbahnen bereits an den Stoßkanten wölbten, obwohl der letzte Ruß der Smog-Ära Berlins noch in den Ecken nistete, war es, als beträte man eine andere Zeit. Braune Chenillevorhänge, eine Einbauwand in Nussbaum, der beigefarbene Cord, mit dem die Couch überzogen war – alles wirkte staubig, aber sauber. In einem Sessel saß Stanz. Vor ihm, auf dem Couchtisch, stand ein Glas Wasser – Kaiserley hoffte, dass es Wasser war. Aber Stanz wirkte stocknüchtern. Durch die Gardinen drang das diffuse Licht eines Wintertags, der sich langsam anschickte, in der Dämmerung zu versinken.

»Herr Kellermann.« Stanz erhob sich kurz und reichte dem Witwer die Hand, die dieser wortlos ergriff. »Herr Kaiserley.« Dieselbe Begrüßung. Funke verschwand in der Küche und kehrte mit drei weiteren gefüllten Gläsern zurück.

»Leitungswasser«, erklärte er und stellte sie auf dem Tisch ab. »Zu unseren Zeiten war hier bester französischer Cognac gebunkert. West-Zigaretten. Parfums, Seife, Delikatessen. Sagen wir es so: Es war ein Stück BRD auf DDR-Territorium. Jetzt ist es genau umgekehrt. Aber das soll nicht unser Thema sein. Zum Wohl.«

Er trank einen Schluck. Kaiserley und Kellermann ließen sich auf dem Sofa nieder, Funke holte sich noch schnell einen Schemel aus der Küche. Dann saßen sie beisammen, und Stanz sah auffordernd in die Runde.

»Mein Zug geht in zwei Stunden, deshalb ist unsere Zeit begrenzt. Ich habe diesem Treffen zugestimmt, weil ich

Herrn Kaiserley trotz unserer unterschiedlichen Auffassungen der jüngeren Zeitgeschichte sehr schätze. Was genau wollen Sie also von mir wissen, Herr Kellermann?«

Kellermanns Atemfrequenz hatte sich mittlerweile wieder normalisiert. Seine Wangen waren immer noch leicht gerötet, was dem blassen Gesicht erstaunlicherweise einen gesunden Kick verlieh.

»Ich… ähm…« Er suchte nach Worten und sah hilflos zu Kaiserley.

»Er will wissen«, sprang der ihm bei, »was genau zwischen Eva Kellermann und Richard Lindner gelaufen ist. Lindner war 84 als Romeo in Bonn eingesetzt. Angeblich arbeitete er beim Bundespresseamt. In dieser Funktion lernte er Eva kennen, die damals beim BND in Pullach tätig war. Die junge Frau verliebte sich in ihn und verriet ihm die Operation Saßnitz.« Kaiserley beugte sich vor und nahm Stanz und Funke ins Visier. »Aber Lindner behielt die Sache für sich. Hat er Eva geschützt? Oder war das Teil eines Plans, den Sie, Herr Stanz, gemeinsam mit Herrn Funke ausgeheckt haben?«

Stanz schürzte die Lippen und sagte erst mal gar nichts.

»Es gibt keine Unterlagen darüber. Keine Aussagen, keine Protokolle. Der Kontakt zu Eva brach ab. Sie hat sich Kellermann anvertraut und war damit als Quelle verbrannt. Darüber muss es aber eine Notiz geben. Lindner hat als Romeo eine Eins-a-Quelle angezapft und lässt sie einfach so von der Leine? Gab es kein einziges Treffen mehr? Noch nicht einmal den Versuch einer Kontaktaufnahme?«

»Nun«, begann Stanz, »vielleicht wussten wir ja, dass es buchstäblich verlorene Liebesmüh gewesen wäre.«

»Fangen wir gar nicht erst mit diesem *vielleicht* an. Wir sind unter uns. Wir sollten offen miteinander sein. Also: Hat Lindner noch einmal versucht, mit Eva Kellermann Kontakt aufzunehmen?«

»Ja.«

Kellermann stöhnte auf. »Ich wusste es. Ich wusste es!«

Kaiserley legte ihm beruhigend die Hand auf den Arm. »Warum?«

»Wie Sie schon sagten: Die junge Frau war eine ganz außerordentliche Quelle mit Zugang zu Vorgängen höchster Geheimhaltungsstufe. Natürlich lässt man so einen Fisch nicht von der Angel. – Verzeihen Sie den Ausdruck, Herr Kellermann. Aber Sie sind mit dem Metier ja vertraut.«

Kellermann nickte widerwillig. »Dann raus mit der Sprache. Ich bin bereit.«

Stanz lehnte sich etwas zurück. Funke spielte den unbeteiligten Beobachter.

»Sie kennen Murphys Gesetz? Selbst das Undenkbare kann eintreten, wenn man es sich vorstellen kann. 1984 waren wir weit davon entfernt, an einen Zusammenbruch und den Untergang unseres Landes zu glauben. Trotzdem ist es so weit gekommen… Wir dachten, wenn unsere Archive eines Tages nicht mehr sicher sein sollten, dann womöglich aufgrund einer Invasion der imperialistischen Streitkräfte, eines Dritten Weltkriegs. So gab es also in Ausnahmefällen Vorgänge, die nicht protokolliert, sondern nur mündlich vorgetragen wurden. Da wir alle konspirativ arbeiteten, existierte auch niemand, der über dieses letzte Treffen zwischen Lindner und Ihrer verstorbenen Gattin etwas hätte sagen können. Außer Lindner natürlich, aber den zu befragen ist nicht ganz einfach. Das haben Sie ja bereits festgestellt. Das ist der Grund, weshalb Sie – ganz richtig – nach der Stilllegung der Quelle fragen, über die normalerweise Aktenvermerke vorhanden sind. Aber vielleicht haben wir sie ja gar nicht stillgelegt?«

Es dauerte einen Moment, bis Kellermann begriff. Er wollte aufspringen, aber wieder war es Kaiserley, der ihn mit eisenhartem Griff zwang, sitzen zu bleiben.

»Hatten wir nicht gesagt, wir lassen es mit dem *vielleicht*?«, fragte er scharf.

Stanz nickte. »Natürlich. Ich könnte Ihnen nun erzählen, dass Eva Kellermann weiterhin bei uns als Quelle geführt und Geheimnisse verraten hat. Vor allem nach der Hochzeit mit Ihnen«, er wandte sich an Kaiserleys Sitznachbarn, der die Hände öffnete und dann wieder zur Faust ballte, »wäre das ein sehr einträgliches Geschäft gewesen. Aber ich kann Sie beruhigen. Ihre Frau hat Sie in dieser Hinsicht nicht belogen. Sie hat den Kontakt zu Lindner tatsächlich rigoros abgebrochen. Er war damit einverstanden, bedingungslos.«

Kaiserley schüttelte den Kopf. »Das kann doch nicht sein. Er hätte mindestens noch zwei, drei Versuche starten müssen. Wenn es mit dem Liebesgeflüster nicht mehr hingehauen hätte, dann wäre er mit Erpressung gekommen. Eva und Werner Kellermann haben den Landesverrat gemeinsam gedeckt, also waren sie auch gemeinsam erpressbar. Ihr hättet nicht nur die Sekretärin, sondern ihren Boss gleich mit gehabt. So was lässt man sich doch nicht entgehen. Was war der Grund? Ihr wart Bluthunde. Warum habt ihr von dieser Beute abgelassen?«

Stanz sah zu Funke, der zuckte beinahe gleichgültig mit den Schultern. »Sag es ihm.«

»Sie wissen es nicht?«, fragte Stanz.

»Nein!«, brüllte Kellermann. Er fasste sich und sagte leiser: »Nein. Bis zu Evas Tod habe ich ihr geglaubt, dass sie … na ja, Schluss gemacht hat. Natürlich habe ich mich immer mal wieder gefragt, warum das so einfach ging und ich nie etwas von euch gehört habe. Wenn ich eines weiß, dann das: Ihr habt nicht aus Menschenfreundlichkeit und Einsicht darauf verzichtet, uns beide zu zwingen, für euch zu arbeiten.«

»Sagen Sie das nicht.« Stanz' Stimme klang kühl. »Wir sind keine Unmenschen. Aber Sie haben recht, es gab einen

Grund. Richard Lindner hat es uns untersagt. So einfach war das.«

Kaiserley und Kellermann wechselten einen schnellen Blick. »Verzeihung«, sagte Kaiserley, »aber Lindner war Ihnen gegenüber nicht weisungsbefugt. Was genau ist vorgefallen?«

Zum ersten Mal seit Beginn des Gesprächs spürte Kaiserley bei Stanz einen Hauch Unsicherheit. Oder besser: Zurückhaltung. Da war etwas, das die beiden am liebsten für immer für sich behalten hätten. Das schürte natürlich seine Neugierde, denn bis jetzt hatte er Kellermanns verzweifelte Suche für ein Hirngespinst gehalten.

Funke schwieg. Er hatte einen Punkt an der Wand hinter ihnen fixiert – dezentes Rautenmuster in Beige und Braun. Offenbar war es Stanz gewesen, der den rätselhaften Deal damals eingefädelt oder ihn zumindest durchgedrückt hatte. Unglaublich... Da hatte die Stasi einen westlichen Geheimdienstler und seine Frau in der Hand und ließ die beiden einfach in Ruhe...

»Wollen Sie das wirklich wissen?« Stanz' kühler Blick bekam einen Hauch Mitgefühl, das Kellermann noch nervöser machte, als er es schon war. »Ihre Frau hat das ihr Leben lang für sich behalten. Aus gutem Grund.«

Kellermann rieb die Handflächen aneinander. Er bot ein Bild des Jammers. All die Jahre über hatte er immer wieder an Evas Liebe gezweifelt. Er war nicht dumm. Er wusste, dass er für jeden eine Zumutung gewesen war, auch für seine Frau. Ein cholerischer Dickschädel, Exalkoholiker, einer der letzten Dinosaurier dieses Gewerbes. Er hatte Eva belogen und betrogen, gesoffen und gehurt und immer wieder an ihr gezweifelt. Kaiserley wollte nicht darüber nachdenken, wie sehr der eine Umstand den anderen gefördert hatte... Und Eva? Was hatte sie in diesem Mann gesehen? Wirklich nur ein Bollwerk gegen das gefährliche Leben da draußen, das sie fast zerstört hätte? Wenn das alles gewesen war, dann hatten dreißig Jahre Ehe keinen Sinn ergeben. Dann stand Kellermann jetzt tatsächlich vor den Trümmern eines Wolkenschlosses.

»Sagen Sie es. Rücken Sie raus damit.«

Stanz stand auf. Das geschah so unvermittelt, dass ihn alle erstaunt ansahen. Er ging ein paar Schritte auf und ab. Viel Platz gab es nicht in diesem seltsamen Wohnzimmer, in dem nie jemand gelebt hatte.

»Wir erinnern uns«, begann er. »Wir erinnern uns an die Operation Saßnitz. Lindner und ich hatten diesen Coup eingefädelt. Am Ministerium für Staatssicherheit vorbei sollten Sie, Herr Kaiserley, von uns in eine Falle gelockt werden. Dafür mussten wir einen Köder haben, der Sie dazu bringen würde, DDR-Territorium zu betreten. Wir dachten uns die Fluchtgeschichte aus. Lindner und seine Familie wollten angeblich in den Westen. Als Lohn für die Schleusung würde er dreitausend DDR-Agenten verraten. Sie fielen darauf herein. So weit alles korrekt?«

Kaiserley nickte widerwillig. Stanz wandte sich an Kellermann.

»Ihre Gattin... oh, das war sie damals ja noch nicht. Ihre Sekretärin verriet diese Operation an ihren Romeo, zufälligerweise derselbe Richard Lindner. Der wollte sich natürlich nicht selbst auffliegen lassen, legte mir das Protokoll vor und fragte mich, wie er sich verhalten sollte. Ich sagte ihm, ruhig Blut. Wir ziehen das Ding durch, und in Sassnitz steigst du mit deiner Familie aus dem Zug, wir verhaften Kaiserley, und du kriegst einen Orden. So war der Plan. Was wir nicht wussten: Sie, Herr Kaiserley, hatten einen Verräter in den eigenen Reihen. Unsere hochgeheime konspirative Operation wurde von diesem Maulwurf ans MfS verraten. Lindner stand in den eigenen Reihen als Hochverräter da, ebenso wie seine Frau.

Ich erfuhr es erst kurz vor dem Zugriff. Es war zu spät, Lindner noch zu warnen. Es war sogar zu spät, uns zu offenbaren. Die Dinge nahmen ihren Lauf. Lindners Frau versuchte noch zu fliehen und wurde erschossen. Lindner selbst wurde lebensgefährlich verletzt und überlebte nur knapp. Sein Kind kam ins Heim. Er hat es nie wiedergesehen.«

»Judith Kepler«, murmelte Kellermann. »Das weiß ich doch alles. Kepler hat erst vor ein paar Jahren Wind davon bekommen und eigene Recherchen angestellt. Zusammen mit dir.« Er sah zu Kaiserley, der nickte. »Und so sind wir alle aufgeflogen. Alle, die das Ding gedeckelt haben. Was hat das jetzt genau mit Eva zu tun?«

»Noch einmal: Lindner überlebt Sassnitz schwer verletzt. Seine Frau ist tot. Sein Kind im Heim. Er muss eine neue Identität annehmen. Sie ahnen nicht, was es mich gekostet hat, ihn aus dem Schlamassel herauszuhauen. Er erhielt schlussendlich die Legende von Bastide Larcan, unter der er bis heute lebt.«

»Das weiß ich.«

Stanz blieb stehen und fixierte Kellermann. »Er wollte nicht noch ein Kind verlieren.«

»Schön und gut, aber was hat das mit ihm und Eva zu tun?«

Stanz schwieg. In Kaiserley formierte sich ein ungeheurer Verdacht. Er konnte am Gesicht seines alten Mitkämpfers sehen, dass es ihm genauso erging. Unverständnis wandelte sich in Nichtbegreifen, ins Durchspielen verschiedener Möglichkeiten und dann, als Letztes, in eine Erkenntnis.

»Nein«, sagte Kellermann. Es klang, als würde etwas in ihm zerbrechen. »Nein! Ihr lügt doch. Ihr lügt doch alle!«

»Eva Kellermann war schwanger von Richard Lindner. Sie schwor, dem Kind etwas anzutun, wenn er oder wir jemals versuchen würden, an sie heranzutreten. Dieses Kind war ihre Lebensversicherung und die von Ihnen, Herr Kellermann, noch dazu. Lindner willigte ein. Natürlich haben wir versucht, ihn umzustimmen. Es war zwecklos. Lindner war einer unserer besten Agenten. Glauben Sie mir, er hatte Möglichkeiten, uns sehr schwer zu schaden, wenn wir uns nicht an die Abmachung hielten.«

Kaiserley fühlte sich, als ob ihm jemand den Boden unter den Füßen weggezogen hätte. Nicht auszudenken, wie es Kellermann gerade gehen musste. Er wagte nicht, ihn anzusehen. Isa, dachte er. Isa ist Lindners Tochter ... ein Kuckuckskind. Das also hatte Evchen auf dem Totenbett loswerden wollen. Kellermann hätte es nie erfahren dürfen. Und was machte der alte Berserker? Riss die Wunden auf. Durchwühlte die Akten. Konnte nicht akzeptieren, dass es Dinge gab, an denen man besser nicht rühren sollte.

»Sie ...«, er räusperte sich, weil ihm die Kehle eng geworden war. Wahrscheinlich dachten alle in diesem Moment, genau wie er, an Isas Schwur. »Sie ist gerade in Odessa. Wo ist Larcan?«

Stanz verschränkte die Arme hinter dem Rücken. »Auch in Odessa.«

»Um Himmels willen. Sie wussten das? Die ganze Zeit?«

Kellermann stöhnte und lehnte sich zurück, als müsste er seinem zerschundenen Herzen mehr Platz in der Brust geben. »Sie ist beim Verfassungsschutz. Sie begleitet einen Waffentransport. Larcan ist Waffenhändler ...«

»Ruhig Blut.« Kaiserley versuchte, so besonnen wie möglich zu wirken. Was nicht einfach war, wenn die Gedanken durch den Kopf galoppierten wie wilde Pferde. »Was genau weißt du darüber?«

»Sie begleitet einen V-Mann aus der rechtsradikalen Szene.«

»Larcan arbeitet für die Russen. Er hat mit dem Deal nichts zu tun. Vielleicht will sie ihn da nur auf einen Kaffee treffen.«

Alle, sogar Funke, sahen ihn an. Keiner schien bereit, den

Gedanken an ein Kaffeetrinken auch nur in den Bereich des Möglichen zu lassen.

»Sie wird ihn treffen, schlimmstenfalls. Und dann? Was soll denn schon groß passieren?«

»Er ist Isa erst vor ein paar Wochen durch die Lappen gegangen! Das lässt sie nicht auf sich beruhen. Und jetzt, wo sie weiß, dass er ...« Kellermann brach ab. Man konnte sehen, wie die neue Sachlage ihn aus dem Konzept brachte. »Jetzt, wo sie glaubt, dass Larcan ihr ...«

Er brachte es nicht über die Lippen.

»Ihr Vater ist«, half Kaiserley und erntete einen wütenden Blick. »Herr Stanz, sind Sie sich wirklich sicher?«

Stanz verschränkte die Arme und presste die dünnen Lippen aufeinander. Dann zuckte er vage mit den Schultern. »Ich war nicht dabei. Das muss Herr Kellermann wissen. Sie können doch rechnen. Vielleicht erinnern Sie sich daran, wann ungefähr der Zeitpunkt Ihrer, nun, ersten biblischen Begegnung war.«

Kellermann sah schon wieder so aus, als ob er sich auf ihn stürzen wollte, hielt sich aber im Zaum. Das würde noch kommen. Später, wenn er allein war und verkraften musste, was ihm gerade zugemutet wurde.

»Ich weiß es nicht«, sagte er leise. »Das ist doch Wahnsinn. Ein Hirngespinst. Evchen hat sich da in was hineingesteigert. Isa ist meine Tochter. Larcan hat euch verarscht. Ihm ist die Sache zu heiß geworden, er hat eine Ausrede gebraucht. Dieser Dreckskerl. Dass er nach all den Jahren noch ... Dass Evchen das ertragen musste!«

Er stemmte sich hoch. Kaiserley stand ebenfalls auf, als Letzter folgte Funke.

»Ich muss raus.«

Er stolperte in den Flur und riss die Tür zum Treppenhaus auf. Kaiserley wandte sich an Stanz. »Stimmt das?«

»Es gab für uns zum damaligen Zeitpunkt keinen Anlass, an Lindners Aussage zu zweifeln.«

»Ist das der Grund, weshalb es über den Kontaktabbruch keine Aktennotiz gibt?«

Stanz lächelte dünn. »Wer lässt sich schon gerne erpressen? Und hinterlässt diese Schmach auch noch der Nachwelt?«

»Sie haben euch aufs Kreuz gelegt.«

Stanz griff nach seinem Mantel. »Nicht nur uns, würde ich sagen.«

»Und trotzdem sind Sie weiterhin mit Larcan in Kontakt?«

Der alte Stasimann überlegte einen Moment. »Man muss Gegner nicht immer geringschätzen.«

Kaiserley nickte. »Geben Sie uns ein paar Minuten.«

Stanz sah auf die Uhr und seufzte dann gottergeben. Funke griff zu seinem Glas und leerte es. Vielleicht war doch kein Wasser darin.

»Danke, dass Sie gekommen sind. Wir müssen das klären, dafür haben Sie sicher Verständnis.«

»Lassen Sie sich nur nicht zu lange Zeit damit.«

»Warum?«

Stanz legte sorgfältig seinen Mantel wieder auf die Armlehne des Couchsessels.

»Warum? Gibt es noch etwas, das Sie wissen?«

Funke verschwand in die Küche. Kaiserley hörte, wie eine Kühlschranktür geöffnet wurde und Flaschen klirrten. Es war nicht klar, ob der Exgeneralleutnant Nachschub brauchte oder Funke ihnen nur ein paar unbelastete Momente gönnen wollte.

»Hören Sie«, sagte Stanz leise. »Ich bin lange genug im Geschäft, um zu wissen, wann jemandem die Zügel entgleiten. Isa Kellermann plant einen Alleingang. Sie versucht mit allen Mitteln, Larcan aus der Deckung zu locken. Ich weiß nicht, wie sie es anstellen wird. Aber es ist kein Zufall, dass sie in

Odessa ist, noch dazu für eine proukrainische Operation. Sie weiß, dass Larcan die Finger jucken, wenn er von so etwas erfährt.«

»Sie nutzt ihren Status aus, um ihn anzulocken? Wie?«

»Wie angelt man einen Fisch?«

»Mit einem Köder. Aber wer soll das sein?«

»Ihre Schwester. Halbschwester, um genau zu sein.«

»Judith?«, fragte Kaiserley verblüfft. »Judith Kepler? Aber was soll sie denn in Odessa?«

Stanz streckte den Arm aus und wies auf die Tür. »Nur eine Vermutung. Nach Ihnen. Herr Funke bringt mich zum Bahnhof, aber danke für Ihr Angebot.«

Funke tauchte wieder auf, das Zeitfenster ihres unbelauschten Gesprächs klappte zu. Kaiserley verabschiedete sich mit einem knappen Nicken und lief dann die Treppen hinunter. Er traf Kellermann auf dem letzten Absatz. Dort hatte sich der alte Geheimdienstmann hingesetzt und stierte abwesend vor sich hin. Kaiserley vergaß den Gedanken daran, wann hier zum letzten Mal gewischt worden war, und setzte sich neben ihn.

»Die lügen doch«, murmelte Isas Vater. »Die haben doch nie was anderes getan, als zu lügen. Die wurden doch bezahlt dafür. Sie können einfach nicht aufhören damit. Sie versuchen es immer wieder. Immer wieder.«

Kellermanns Atem ging schwer. Hoffentlich klappte er nicht zusammen. In Putins Geisterhaus.

»Und wenn nicht, dann hat Evchen nichts anderes getan, als mich zu schützen. Mich und Isa. Sie würde niemals, niemals würde sie...«

Kaiserley sah zu Boden, auf den Treppenabsatz und das brüchige Linoleum. Judith und Isa waren Schwestern. Halbschwestern. Sie hatten denselben Vater. Wenn Isa es erst in Evchens Todesstunde erfahren hatte, dann erklärte das vieles.

Es musste Isas Racheturbo erst richtig angeworfen haben. All die Jahre hatte ihre Mutter gelitten, und niemand wusste so recht, warum. Der Verrat vor so vielen Jahren, diese schwachen Stunden in den Armen eines betörenden Liebhabers, man hatte es darauf geschoben. In Wirklichkeit hatte ihr etwas ganz anderes das Leben zur Hölle gemacht: eine Ehe, die auf einer einzigen großen Lüge aufgebaut gewesen war.

»Nach der Hochzeit«, flüsterte Kellermann.

Erst wusste Kaiserley nicht, von was die Rede war. Doch dann nickte er.

»Euer erstes Mal? Und wann kam Isa zur Welt?«

»Sechs Monate später. 3862 Gramm, stramme zweiundfünfzig Zentimeter.«

»Klingt nicht unbedingt nach einem Frühchen.«

»Warum hat sie mir nie etwas gesagt? Wie konnte sie das all die Jahre für sich behalten?«

»Ich weiß es nicht.«

Durchs Treppenhaus hallte das Zuschlagen einer Tür, dann das leise Klimpern eines Schlüsselbunds.

»Lass uns verschwinden«, sagte Kaiserley.

Kellermann nickte. Er stemmte sich hoch und wies Kaiserleys zu Hilfe gereichte Hand brüsk zurück.

»Wir müssen sie da rausholen. Unbedingt. Sie hat sich da in was verrannt. Ich wusste es die ganze Zeit. Sie war anders. An diesem Grab, Quirin, glaub es mir, ich habe Gänsehaut bekommen, was sie da über Larcan gesagt hat.«

»Wir kümmern uns drum. Ich bringe dich erst mal nach Hause.«

Er ließ Kellermann vorangehen und holte sein Handy heraus. Judith war Isas Köder. Er musste sie warnen, wo auch immer sie gerade war.

8

Kaiserley stand auf dem Display.

Judith drückte den Anruf weg. Um nicht aufzufallen, weil man bei Tag in dieser Stadt bei eisigen Temperaturen kaum in einem Fußgängertunnel herumlungerte, war sie die Stufen auf der anderen Seite wieder hochgestiegen und hatte ein leeres Kreuzfahrtterminal betreten, in dem gerade mal zwei Geschäfte geöffnet hatten. Im Angebot waren Postkarten, Matroschkas, seltsame Tierfiguren aus Kunststoff, Aschenbecher und Schlüsselanhänger – all der Krimskrams, der einem die Schubladen verstopfte. Trotzdem ging sie in das erste Geschäft. Unter den Argusaugen einer älteren Frau, die hinter ihrer Kasse hockte und etwas strickte, das eine entfernte Ähnlichkeit mit Socken hatte, schlenderte sie von einer Scheußlichkeit zur nächsten. Vielleicht sollte sie Tabea etwas mitbringen? Aber was? Eine Seejungfrau aus Muscheln? Eine Jutetasche mit dem Aufdruck »Odessa«?

Von weit her schlug eine Glocke. Der Klang hallte über das steile Ufer bis hinaus aufs Meer. Judith nickte der strickenden Frau zu, die sich resigniert wieder ihren Socken widmete. Mit klopfendem Herzen stieg sie erneut die Stufen hinab. Die Unterführung war leer. Gedämpft drang der Straßenlärm durch. Sie hörte ein Schiffshorn und einen Güterzug, der durch den Hafen rumpelte. Ein paar Möwenschreie. Und schwere Schritte, die sich über die Treppe an der anderen Seite der Unterführung näherten. Soldatenstiefel. Soldatenhosen. Aber kein Militär. Irgendeine Security. Bevor der Rest der beiden Männer in Judiths Blickfeld kam, wandte sie sich hastig ab und holte ihr Tabakpäckchen aus der Jackentasche. Die beiden näherten sich, blieben stehen. Judith hielt den Blick gesenkt.

»ID?«, fragte der eine. »*Dokumenty?*«

Judith wollte noch in ihre Jackentasche greifen. Zu spät. Ein elektrischer Schlag lähmte sie vom Scheitel bis zur Sohle. Sie sah noch, wie das Tabakpäckchen aus ihren Händen glitt und langsam, wie in Zeitlupe, zu Boden fiel. Dann wurde es dunkel, weil ihr etwas über den Kopf gezogen wurde. Sie spürte Sackleinen und wie ihre Arme auf den Rücken gedreht und gefesselt wurden, wie grobe Hände ihre Waffe fanden und wie die Wut in ihr hochloderte, dass sie auf so eine simple Weise übertölpelt worden war. Dann verwandelte sich die Dunkelheit in Schwärze, die Knie gaben nach, und den Aufprall auf dem nassen Boden spürte sie schon nicht mehr.

9

»Einen Wodka«, orderte Oleg bei dem jungen Mann am Tresen. Seine Begleiter bekamen nichts, sie mussten nüchtern bleiben. Noch eine gute Stunde, hatte Larcan gesagt, dann dürfte die Nationalgarde mitsamt den deutschen Soldaten aus der Lagerhalle abgezogen sein. Wie geprügelte Hunde, vorgeführt, verarscht, mit leeren Händen.

Und mit viel Glück käme er, Oleg, mit einem blauen Auge aus der Sache heraus. Wie zum Teufel hatte Putsko herausgefunden, dass er die Lagerhalle zur Verfügung gestellt hatte? Hatte einer seiner eigenen Männer geplaudert? Er würde Mikhail darauf ansetzen. Der könnte – stopp.

Mikhail gab es nicht mehr. Seine Leiche lag in einem Keller in Fontanka, und Yela… Wer hatte sie aufgenommen? Wo war sie untergekrochen? Immer wieder überfiel ihn die Erinnerung. Der dumpfe Schlag, mit dem er ihr die Nase gebrochen hatte. Ihre blutigen Hände, die das Handy umklammerten. Die maßlose, weißglühende Wut, mit der er auf sie eingeschlagen hatte. Jedes Mal, wenn diese Sekundenbilder vor seinem inneren Auge auftauchten, versetzten sie ihm einen Stich. Seine Faust ballte sich um das Wodkaglas. Ein Knall, ein scharfer, schneidender Schmerz, und er betrachtete verblüfft die Scherben in seiner Hand. Blut tropfte in die Wodkapfütze. Der Mann hinter dem Tresen wischte alles weg und stellte ihm ein neues Glas hin. Oleg leerte es in einem Zug und verband erst danach die Wunde mit einem Taschentuch.

Mikhail... und Yela... Er orderte den nächsten Wodka und drehte sich langsam um. Alle, die ihn angestarrt hatten, senkten wieder die Köpfe. Ein Junge kam herein, und mit ihm wehte ein feuchter, eisiger Wind durch den Raum. Er schüttelte die Nässe wie ein Hund aus seinen Haaren, sah sich um und trat dann an den Tresen, ohne Oleg zu beachten. Er war keine achtzehn, dünn, braunhäutig, vermutlich einer von den Flüchtlingen, die in Odessa hängen geblieben waren. Unter seinem löcherigen Pullover hatte er ein Paket verstaut, in Zeitungspapier gewickelt, das er jetzt vor sich ablegte.

»*Znykaty!*«, herrschte ihn der Mann hinter dem Tresen an. »Verschwinde!«

»*Da. Dobre. Dobre!*«, radebrechte das halbe Kind. »Gutte Ware. *Ty dyvyshsya*, guckst du?«

Oleg bekam seinen Wodka, der Junge nichts.

»Raus!«

»Guckst du, guckst du?« Der Junge wollte das Paket auswickeln. Eisen klirrte, irgendetwas Metallisches. Wahrscheinlich geklautes Werkzeug. Der Wirt knallte den Lappen vor sich hin, griff über den Tresen und packte den Jungen an seinem dünnen Pullover.

»Hörst du nicht? Raus hier! Verpiss dich!«

Oleg war sich sicher, dass Schmugglerware zu einem anderen Zeitpunkt durchaus willkommen gewesen wäre. Aber weder seine Anwesenheit noch die der *bulteryer* an diesem Ort war ausreichend geklärt worden. Vielleicht glaubte der Wirt, sie wären vom Zoll. Oder er, Oleg, wäre ein Reeder, der ungern mit ansah, wie sein Eigentum in den dunklen Kanälen der Schattenwirtschaft rund um den Hafen verschwand.

»Lass ihn«, hörte er eine raue Frauenstimme. Langsam drehte er sich um. Der Junge schnappte sein Paket und flitzte an ihm vorbei zur Tür. »Gib mir lieber einen Wodka aus.«

Ihr Daunenmantel platzte beinahe aus den Nähten, und das lag nicht an dem dicken Pullover, den sie darunter trug, sondern an ihrer fülligen Figur. Den Seeleuten lief förmlich das Wasser im Mund zusammen, als sie an ihnen vorüberging und den Reißverschluss öffnete. Eine in die Jahre gekommene Hafennutte auf Kundenfang, dachte Oleg.

Sie gab dem Wirt ein Zeichen, und der stellte ein Glas auf den Tresen, das er bis zum Rand mit Wodka füllte.

»Hab gehört, wir haben hohen Besuch hier.« Ihr Blick glitt abschätzend über seine Jacke, die goldene Armbanduhr, bis hinunter zu den teuren Stiefeln. »Oleg Nikiforov. Was ist denn an deinen Lagerhallen los? Alles so leer heute. Kein Betrieb, nichts zu tun?«

»Sollten wir uns kennen?«

Ihr Blick wurde intensiver. »Ja, ich denke schon.«

»Kein Interesse.«

Nicht seine Klasse. Er wandte sich zum Gehen, da landete ihre Hand auf seinem Arm. Die Berührung war ihm so unangenehm, dass er ihn hastig fortzog. Sie merkte das und kam näher. Ihr Körper roch nach Schweiß und billigem Parfum. »Ich weiß was über Fontanka«, flüsterte sie.

Oleg sah sich um. Was die Seeleute sahen, war die billige Anmache einer Hure und seine Ablehnung. Sie hörten nicht, was sie sprachen. Auch der Wirt hatte sich wieder ans andere Ende des Tresens zurückgezogen.

»Fontanka?«, fragte Oleg leise, als ob er noch nie diesen Namen gehört hätte. Was auch immer diese Nutte wusste, sie würde es noch heute mit ins Grab nehmen.

Er scheuchte die beiden *bulteryer* aus dem Nebenraum und ließ sie vor der geschlossenen Tür Wache stehen. Kaum waren sie allein, schloss die Hure den Reißverschluss. Ihr Gesicht verfinsterte sich.

»Komm mir nicht blöd, Oleg. Nur weil du Geld hast. Das gilt hier nichts. Ich will wissen, wo Mikhail ist. Er schuldet mir noch fünfhundert Gryfni.« Sie sah seinen erstaunten Blick und stieß ein ärgerliches Schnauben aus. »Nicht, was du denkst. Mikhail ist einer von den Guten. Ich mag ihn. Ich habe ihm einen Tipp gegeben, und jetzt meldet er sich nicht mehr. Er hat gesagt, wenn er was herausfindet, dann kriege ich das Geld für meinen Sohn.«

»Was für einen Tipp?«

»Über einen *frantsuz*. Und jetzt höre ich, dass du mit diesem Mann im Hafen auftauchst und irgendwas im Gange ist. Will nicht wissen, was. Geht mich auch nichts an. Aber wenn Mikhail etwas zugestoßen ist und du mit dem *frantsuz* unter einer Decke steckst, dann kriegst du Ärger. Und zwar so einen Ärger, gegen den deine ganze Security nichts ausrichten kann. Leg dich nie mit den *berchyki* an, sage ich immer. Mikhail hat das nicht getan. Aber du, Oleg. Schau in dein Gesicht. Du weißt genau, was ich meine. Wo ist er? Wo ist mein Geld?«

»Ich verstehe nicht.« Oleg setzte sich. Was war denn das für eine Geschichte? Hatte Mikhail etwa im Puff über Anastasias Entführung geplaudert? So dumm wäre er niemals gewesen. »Was hat Mikhail dir gesagt? Du kriegst tausend. Rede.«

»Zehntausend.«

»Was?«

»Und die Uhr.«

Sie deutete auf sein Handgelenk.

Er stand wieder auf und ging zur Tür. Das musste er sich nicht bieten lassen.

»Fontanka«, sagte sie. »Und ein Kinderbett.«

Er ließ die Klinke los, die er schon in der Hand hatte.

»Soll ich damit zur Polizei gehen? Willst du das wirklich, Oleg? Die Uhr. Und zwanzigtausend. Entweder du zahlst, oder ich gehe mit jedem Atemzug um zehntausend hoch.«

»Hör zu«, sagte er und musste sich beherrschen, nicht seine *bulteryer* zu rufen und diese Frau vor seinen Augen mit bloßen Händen erwürgen zu lassen. »Entweder du hast etwas mit der Sache da zu tun, dann bist du tot.« Sie legte ihren Kopf zurück, und ihr Doppelkinn wackelte beim Lachen. Noch bevor sie sich wieder beruhigt hatte, fuhr er fort: »Oder du weißt etwas darüber, das Mikhail dir gesagt hat. Dann bekommst du dein Geld und die verfickte Uhr. Aber ich werde für jedes Wort, das du darüber zu einem Dritten sagst, eine Scheibe von dir abschneiden und meinen Hunden verfüttern.«

Ihr Lachen brach ab. Das hatte gesessen. Eine andere Sprache verstanden diese Leute nicht.

»Oleg«, sagte sie. »Gib mir deine Uhr.«

Er nahm sie ab und reichte sie ihr. Die leere Stelle auf seiner Haut fühlte sich nackt und kalt an.

»Ich hatte einen Kunden.« Sie probierte die Uhr an, aber ihr Handgelenk war zu dick, sie konnte das Armband nicht schließen. Schließlich stellte sie ihr Glas ab und versuchte es im Sitzen, aber nach ein paar Versuchen gab sie auf und ließ das Stück in ihre Tasche gleiten. »Der erzählte von einem *frantsuz*, der draußen in Fontanka seinen Keller gemietet hat. Dem Kunden kam das seltsam vor, also hat er irgendwann nachgesehen. In dem Keller waren Handschellen und ein Kinderbett. – Du hast eine Tochter, nicht wahr?«

Oleg nickte. Er merkte, wie alles Blut aus seinem Gesicht wich.

»Sprich weiter«, sagte er mit rauer Stimme.

»Du hast keine Freunde, Oleg. Wer so viel Geld hat wie du, wird immer betrogen. Aber du bezahlst deine Leute wenigstens anständig. Und Mikhail ist ein Guter, das hatte ich dir ja schon gesagt. Er wollte mehr wissen. Er war richtig wütend. Als er von dem Kinderbett erfuhr, war ihm klar, was da geplant wurde: Deine Tochter sollte entführt werden. Von dem *frantsuz*. Ist alles in Ordnung?«

Oleg stöhnte auf und setzte sich. Er konnte nicht glauben, was er gerade hörte.

»Mikhail wollte Beweise sichern. Rausfahren, sich das alles ansehen. Den *frantsuz* überführen, damit du ihn an die Wand nageln kannst. Das ist das Letzte, was ich von ihm gehört habe.«

Nein, dachte Oleg. Nein, nein, nein. Das kann nicht sein. Ich habe Mikhail erschossen, weil er eine dreckige Ratte war. Und jetzt höre ich, dass die einzige Ratte im Raum ich selber bin...

»Dreißigtausend?«

Oleg holte wie in Trance seine Brieftasche heraus und zählte die Scheine ab. Die Frau ratschte den Reißverschluss ihrer Jacke auf und steckte das Geld unter ihren Pullover in den Büstenhalter.

»Jedenfalls ist Mikhail seitdem verschwunden. Und von meinem Kunden höre ich auch nichts mehr.«

Weil er weiß, dass ich Mikhail getötet habe. Er schweigt aus Angst. Und er hat recht damit. Diese Frau wird wegen des Geldes schweigen, auch sie hat recht damit. Solange sie nicht reden, wird nie jemand von meinem Mord an Mikhail erfahren.

»Und deshalb«, sie hob ihr halb leeres Glas und trank es aus, »bin ich hergekommen. Nimm dich in Acht vor dem *frantsuz*, er hat etwas sehr Schlimmes vor. Und weil Mikhail dich offenbar nicht warnen kann, tue ich es. Ich weiß nicht, ob du es verdient hast oder nicht. Du bist mir egal. Aber ich mag Mikhail. Er hat sich immer so nett nach meinem Sohn erkundigt. Also kümmere dich um den Mann, der dir helfen wollte, und nicht um den, der dir in den Rücken fällt. Ich finde, für diesen guten Rat bist du noch billig davongekommen.«

Sie stand mit einem Ächzen auf.

»Danke«, sagte Oleg leise.

Er hörte, wie die Tür geöffnet wurde und das Stimmengewirr von draußen kurz hereindrang. Dann wurde sie geschlossen. Er blieb allein zurück. Unter ihm tat sich die Erde auf, und in der Glut der Hölle erkannte er seine Sünden.

»Yela«, flüsterte er und schlug die Hände vors Gesicht. »Mikhail...«

Ein Schluchzen ließ seine Schultern beben. Er brauchte einen Moment, um all das zu verarbeiten. Dann stand er auf und stellte sorgfältig die Stühle an den Tisch, ging zu dem undichten Kunststofffenster und rieb ein Loch in die Feuchtigkeit, mit der es beschlagen war.

Er atmete tief durch. Dann schloss er die Augen. Er weinte. Er dachte an Anastasia und daran, dass es Larcans Plan gewesen war, sein kleines Mädchen zu entführen und in das Kellerloch zu sperren. Und dass er Mikhail dafür getötet hatte. Mikhail, der Yela gefickt hatte und trotzdem ein treuer Freund gewesen war. Und Yela, Yela... Sie würde ihm nie verzeihen. Hastig wischte er sich übers Gesicht, um die Spuren seiner Verzweiflung zu tilgen.

Laut der Uhr an der Wand müsste Larcan in ein paar Minuten den Seamen's Club passieren. Einen anderen Weg konnte er mit dem Kaffeeauto nicht nehmen, es war die einzige Möglichkeit, aus dem Hafen herauszukommen. Einen Moment lang überlegte er, die Wachen und den Zoll zu informieren. Putsko anzurufen. Aber der wollte die Waffen, er würde Larcan nicht opfern. Nicht jetzt. Dieser Mann, der Anastasia entführen und einsperren wollte, der vorhatte, Oleg zu erpressen, und der schließlich sogar noch schuld an dem grauenhaften Missverständnis war, das zu dem Mord an Mikhail und Yelas Verstoßung geführt hatte… Nein, er konnte ihn nicht entkommen lassen. Sobald Larcan wieder unter Putskos Fittiche geschlüpft war, hatte er keine Chance mehr. Er ging zur Tür und riss sie auf. Die *bulteryer* zuckten zusammen.

»Soschka?«

Der Linke drehte sich zu ihm um.

»Deine Waffe.«

»*Myi lord?*«

»Deine Waffe!«

Soschka, mit einem großen Ungleichgewicht zwischen körperlichen und geistigen Kräften ausgestattet, wobei die Physis deutlich vorn lag, zog seine Makarow und reichte sie Oleg.

»Niemand verlässt den Club. Egal, was draußen passiert. Verstanden?«

»*Dobre.*«

»Niemand.«

»*Dobre.*«

Oleg gab sich gar nicht erst die Mühe, die Waffe zu verstecken. Er behielt sie in der Hand. Die Vorsichtsmaßnahme wäre auch unnötig gewesen. Der Einzige, der es wagte aufzusehen, als er den Gastraum durchquerte, war der Wirt. Aber der behielt seine Gedanken für sich. Wäre Oleg nicht so sehr mit sich selbst und dem Feuersturm, der in ihm wütete, beschäftigt gewesen… er hätte gesehen, wie der Mann hinter dem Tresen ein Kreuz schlug.

10

»Ausgecheckt?«

Frederik stand an der Rezeption des Londonskaya. Die junge Dame hinter dem Tresen lächelte ihn an, als hätte er ihr gerade einen Antrag gemacht.

»Hat sie eine Nachricht hinterlassen? Einen Koffer? Irgendwas?«

Das Lächeln verwandelte sich in eine charmante Ablehnung des Antrags.

»Nein, leider nicht.«

Sie würden direkt nach dem Ausladen der Kisten in der Lagerhalle und der Übergabe an die Brigadisten zum Flughafen fahren. Maxe hatte zwar noch ein Date im Stendhal mit einer hübschen Rothaarigen, aber das konnte er selbst entscheiden. Ihre Wege trennten sich in einer Stunde, und wenn er ehrlich war, sehnte er das Ende dieses Auftrags herbei. Er wollte endlich nach Hause, auch wenn dieser Begriff kaum mehr für ihn war als die Ortsbezeichnung Berlin. Er freute sich auf Tabea. Und er fürchtete ihre Fragen, vor allem die nach Judith.

»Schade.«

Er wandte sich ab. Wirklich schade. Er hatte überlegt, ihr eine Nachricht zu hinterlassen, meld dich mal, komm gut nach Hause, pass auf dich auf, irgend so etwas in der Art. Ihr Streit hatte ihn doch mehr beschäftigt, als er gedacht hatte. Sein Handy klingelte – Maxe.

»Wo bleibscht denn?«

»Ich bin gleich da.«

»Der Gennadij isch scho am Schiff, die verlade das grad. Läuft alles glatt so weit.«

»Fahrt schon mal vor. Ich warte an der Hafenstraße in der Nähe der Schienen.«

Dann konnte er immer noch in das Kaffeeauto springen und gemeinsam mit den anderen in die Lagerhalle fahren. Er hoffte, dass der Zugriff von Nationalgarde und Bundeswehr ohne Blutvergießen stattfinden würde. Das Worst-Case-Szenario sah vor, sich sofort und widerstandslos zu ergeben. Er war sich nicht sicher, ob Gennadij und seine Truppe das ähnlich sahen. Also mussten sie sich gleich in der Lagerhalle so weit wie möglich von den Brigadisten fernhalten. Isa Kellermann war eine toughe Frau. Sie wusste, was sie tat. Er hatte keinen Grund, an ihren Angaben zu zweifeln: Festnahme in der Lagerhalle, Überstellung in die deutsche Botschaft bis zur Auslieferung. Prozess. Der Deal mit der Staatsanwaltschaft sah vor, dass er bei der gemeinschaftlich begangenen Tat nur eine untergeordnete Rolle gespielt hatte. Vermutlich noch Entlassung aus der Untersuchungshaft. Den Mietvertrag für die Werkstatt und das Haus in Mahlow verlängern. Ein neues Leben beginnen. Tabea zu sich holen.

Davon wusste Isa Kellermann nichts. Sie wollte ihn davor bewahren, als Spitzel aufzufliegen, damit sie ihn weiter verwenden konnte. Doch er wollte noch einmal von vorn anfangen, mit seinem Namen und seiner Tochter.

Ein uralter Mann, viel zu klein für seine Uniform, öffnete ihm die Seitentür. Er wollte sich schon bedanken, dann zog er einen Hundert-Gryfni-Schein aus der Tasche und steckte ihn dem Mann zu.

»Wissen Sie, wo ich Judith Kepler finde?«

Der Portier reichte im wortlos den Schein zurück.

»Eine Deutsche. Sie ist hier abgestiegen.«

Der kleine Mann zuckte mit den Schultern. An der Sprache konnte es nicht liegen – Russisch verstand hier jeder.

»Wissen Sie, wohin sie gegangen ist?«

Schnelles Kopfschütteln, ausweichender Blick. Natürlich wusste er was. Wieder klingelte sein Handy.

»Ey, Alter!« Das war das Kamel. »Kommste jetzt noch, oder wat? Wir wollen los!«

»Ich bin auf dem Weg.«

Kepler musste warten. Sie würden sich in Berlin wiedersehen. Er verließ das Hotel und bog nach links auf den Primorsky Boulevard, bis er zur Treppe kam. In schnellen Schritten eilte er sie hinunter und bog in die Unterführung ein. Erst auf der Mitte des Wegs fiel ihm auf, was er gerade auf dem Boden gesehen und vorhin noch nicht dagelegen hatte: ein Tabakpäckchen. Deutscher Tabak. Er ging zurück. Hob es auf. Roch daran. Es war noch halb voll und, wenn er sich nicht irrte, die Marke, die auch Judith Kepler rauchte. Aus der Tasche gefallen war es nicht, dann wäre das Päckchen verschlossen gewesen, wie er aus seiner Zeit als Raucher noch wusste. Tabak trocknete schnell und war dann kaum noch zu genießen. Zwei Schritte weiter fand er das Papierpäckchen, eines war halb herausgezogen.

Jemand hatte sich hier in der Unterführung eine Zigarette drehen wollen und war dabei überrascht worden. So sehr, dass diese Person beides, Tabak und Papierchen, fallen gelassen hatte und nicht mehr dazu gekommen war, es aufzuheben. Und er würde seinen Kopf darauf verwetten, dass es Judith Kepler gewesen war.

Er hatte es geahnt. Irgendwo tief in ihm drin hatte er es geahnt. In dem Moment, in dem Judith Kepler irgendwo auftauchte, lief etwas grauenhaft schief. Wo zum Teufel war sie? Er steckte beides ein und rannte die Stufen zum Kreuzfahrtterminal hinauf. Vorbei an leeren Schaufenstern und durch verlassene Ladenstraßen gelangte er auf den großen Platz vor dem Hotel. Bis auf ein paar Touristen, die Selfies vor der bronzenen Seemannsbraut schossen, war niemand zu sehen. Er bog ab nach rechts, wo eine schmale Treppe hinunter zum Handelshafen und dem Seamen's Club führte. Das Schiffshorn tutete, ein Güterzug schleppte sich schnaufend über die Gleise. Metallisches Hämmern mischte sich mit dem eisernen Klang der Kräne und dem Hämmern seines Herzens. Wo konnte sie sein? Was hatte sie in der Unterführung zu suchen gehabt? Der Portier vom Londonskaya, er wusste etwas ... Nicht jetzt, rief er sich zur Vernunft. Mach dein Ding, bring es hinter dich. Und dann kannst du sie suchen.

Er hatte gerade die Eisenbahnschienen erreicht, als er einen halben Kilometer entfernt auch das Kaffeeauto sah, das vom Kai auf die Lieferstraße einbog. Als hätten sie es exakt so geplant. Er ging hinter einem verrosteten Container in Deckung, der wohl schon seit Jahren herrenlos mit anderem Schrott am Straßenrand stand, und wartete, bis das Auto sich auf hundert Meter genähert hatte. Kamel saß hinterm Steuer, Gennadij neben ihm. Gerade wollte er die Arme heben und den Fahrer auf sich aufmerksam machen, als der Wagen schlingerte. Ein peitschendes Geräusch, wie eine Handvoll Kieselsteine auf Glas, und er sah, wie das Kaffeeauto verlangsamte, aus der Spur geriet und in die Böschung fuhr, wo es mit einem Knall zum Stehen kam. Kamels Kopf ragte aus der zerborstenen Scheibe. Er war tot. Jemand hatte sein halbes Gesicht weggeschossen. Frederik hörte Schreie und weitere Schüsse. Ein paar prallten mit einem metallischen Geräusch als Querschläger irgendwo ab. Gennadij sprang auf der Beifahrerseite heraus, die Arme erhoben – peng! Er fiel wie ein Baum, vom Blitz getroffen. Ihor und Pawel waren nicht zu sehen, sie befanden sich wohl im Laderaum. Aber Maxe – Maxe brüllte wie ein Stier. Er stolperte nach Gennadij aus dem Wagen und hielt sich den Arm. Über seine Hand lief Blut. Mit wirrem Blick sah er sich um und suchte nach einem Fluchtweg.

»Nicht über die Gleise«, flüsterte Frederik. Er stand eng an die Containerwand gepresst und wusste, woher die Schüsse gekommen waren: aus der Böschung hinter dem Schrott, die mit Dickicht überwuchert war. Dort saßen sie. Die Heckenschützen hatten freien Blick über das ganze Gelände. »Nicht über...«

Zwei Schüsse, sie gingen unter in dem Lärm eines Großstadthafens. Maxe knickte ein, fiel vornüber, zuckte noch ein paarmal und rührte sich nicht mehr. Das Kaffeeauto stand da, die Beifahrertür geöffnet, nichts regte sich. Frederik verfluchte seine Idee, auf Waffen zu verzichten. Wie dumm sie gewesen waren. Wie bodenlos dumm. Genau hier befand sich die Schwachstelle des Plans, zwischen dem Kai und der Lagerhalle. Aber wer hatte im Ernst auf diesem kurzen Stück Weg mit einem Überfall gerechnet?

Er wagte nicht, sich von der Stelle zu bewegen. Irgendetwas musste jetzt passieren. Der Wagen war gestoppt worden. In ihm befanden sich noch Pawel und Ihor. Die Angreifer mussten sich zeigen, wenn sie ihre Beute haben wollten.

Wieder fuhr ein Güterzug vorbei. Vom Führerstand aus konnte man vielleicht noch den kleinen Lieferwagen erkennen, dessen Fahrer wahrscheinlich zum Pinkeln oder Poppen im Gebüsch verschwunden war, mehr nicht. Es war ein verdammt guter Ort, um zu töten. Er sollte abhauen, so schnell wie möglich. Aber dann würde er ihnen direkt vor die Flinte laufen. Vorsichtig zog er sein Handy aus der Hosentasche. Wie lange würde die Nationalgarde brauchen? Zwei, drei Minuten vielleicht. Mit viel Glück konnten sie die Killer noch erwischen.

Knackende Zweige, brechende Äste. Dumpfer Aufprall von schweren Stiefeln auf nassem Boden, keine zehn Meter entfernt. Der Container hatte sein Leben gerettet: Er war im toten Winkel gewesen, deshalb hatten sie ihn noch nicht entdeckt. Leise gezischte Kommandos, die Frederik nicht verstehen konnte. Er wusste: ein Blick von ihnen in seine Richtung, und er war tot. Trotzdem lugte er, das Handy am Ohr, um die Ecke.

Es waren drei Männer. Zwei von ihnen bewaffnet bis an die Zähne. Der dritte trug einen… einen… Frederik riss die Augen auf. Einen Kaschmirmantel. Er stand fassungslos vor dem Blutbad.

»Seid ihr wahnsinnig?«, herrschte er die beiden auf Russisch an. Die stießen ihn zur Seite und öffneten die Ladeluke des Kaffeeautos, traten sofort zurück und feuerten eine Salve ins Innere ab. Das Geräusch wurde übertönt vom Rollen der Güterwaggons. Der Mann im Kaschmirmantel hob die Arme, als ob er nicht fassen konnte, was er gerade gesehen hatte. Die Schützen holten zwei blutüberströmte Leichen aus dem Innern und warfen sie auf den Boden. Dann ging der eine zur Fahrertür, öffnete sie und schleifte Kamels leblosen Körper hinter sich her. In weniger als zwei Minuten lagen fünf Tote nebeneinander. Sie wurden mit einer dreckigen Bauplane bedeckt, die Ecken mit Steinen beschwert. Es würde Tage dauern, bis man sie finden würde.

Der eine der beiden Killer ging zur Fahrertür und rief dem Mann in Kaschmir etwas zu. Der stand immer noch fassungslos da. Ganz so wie jemand, dem gerade erst bewusst geworden war, auf was er sich eingelassen hatte. Langsam ging er zu dem Wagen, stieg ein und schloss die Tür. Er startete, und mit einem leiernden Geräusch würgte er den Motor ab. Die anschließende gehetzte, aggressive Diskussion nutzte Frederik, um Isa anzurufen. Sie war sofort am Apparat.

»Ich bin zwischen Kai und Lagerhalle, halber Weg Seamen's Club und Leuchtturm, Landseite Gleise, neben einem verrosteten chinesischen Container«, flüsterte er.

»Was ist passiert?«

»Sie sind tot. Alle.«

»Was?«

»Es gab einen Hinterhalt. Wir wurden reingelegt.«

»Was ist passiert?«

»Versteht ihr nicht?« Er sah Kamels zerschossenen Kopf vor sich und Maxe, wie er die letzten, taumelnden Schritte machte. Sie waren tot. Hingerichtet von zwei russischen Snipern und einem Mann in Kaschmir.

»Sie sind zu dritt. Sie haben das Kaffeeauto. Schickt Hilfe. Dringend.«

»Roger. Kommen Sie sofort zum Lagerhaus, verstanden?«

»Dann laufe ich ihnen direkt vor die Flinte!«

»Das ist ein Befehl.«

Er steckte das Handy ein und lauschte. Der Motor des Kaffeewagens leierte immer noch. Die Diskussion der Männer bekam einen brutalen Unterton. Kein Zweifel: Der Mann im Kaschmirmantel war der Nächste, wenn es ihm nicht bald gelang, den Transporter zu starten. Die Killer selbst blieben zurück. Zehn Meter von Frederik entfernt lagen fünf Leichen. Er spürte ein Brennen in Brusthöhe, als die Magensäure nach oben stieg. Jetzt nicht kotzen, sagte er sich. Jetzt um Himmels willen nicht kotzen.

Es war die Kaltblütigkeit, die Frederik schockierte. Und die Erkenntnis, dass dieses Massaker von langer Hand geplant worden war.

Endlich sprang der Motor an, und der Wagen setzte zurück, um zu wenden. Dabei stieß er mit dem Container zusammen. Ein hässliches Schrammen, die Eisenwand, an die Frederik sich presste, zitterte. Flüche drangen an sein Ohr, Schotter und kleine Steine spritzten auf, als die Reifen durchdrehten, keine zwei Meter von ihm entfernt. Er saß in der Falle. Und er hatte noch nicht einmal mehr Zeit für ein letztes Gebet.

11

»Es ist was passiert. Sie haben eine Panne oder so etwas Ähnliches.« Isa wandte sich an Teetee. »Einer von unseren Leuten kommt hierher.«

»Sind wir jetzt der ADAC?«, fragte Teetee fassungslos. Mannhardt übersetzte schnell. Die Headcams der Männer am Kai im Handelshafen zeigten normale Geschäftigkeit. »Wo ist der dritte Mann? Er war schon bei der Leichterung nicht dabei. Was ist da los?«

Isa stand auf. »Er hat sich verspätet und ist am Kreuzfahrtterminal zugestiegen. Da ist ihnen ein Reifen geplatzt. Ich werde mal nachsehen, was da los ist.«

Stabsfeldwebel Friedrich sprang auf. »Ich komme mit.«

»Das wird nicht nötig sein.«

»Entschuldigen Sie bitte, aber ich lasse Sie da nicht allein raus.« Ein kurzer Blick zu Mannhardt, der nickte. Isa seufzte ungeduldig.

»Sorry, aber ich werde jetzt nicht in Begleitung eines Bundeswehrsoldaten zu einem Waffentransport gehen.«

Teetee griff nach seiner Jacke. »Dann werde ich dich begleiten. Vielleicht brauchen sie Hilfe beim Reifenwechsel.«

»Du hast hier die Einsatzleitung. Jeder bleibt auf seinem Posten. Ich bin nur als Beobachter dabei.« Sie öffnete die Tür und stieg aus. »Also beobachte ich, nichts weiter. Ich melde mich.«

»Dann gib mir wenigstens die Nummer!«

»Nein.« Sie hatte die Hand schon am Türgriff. »Es ist mein V-Mann da draußen. Ich rufe euch an, aber ich werde ihn nicht auf den letzten Metern auffliegen lassen.«

»Isa!«

Sie wollte die Tür zuschieben, aber er quetschte sich noch

durch und stand neben ihr im Matsch. Mannhardt und Friedrich hatten Ohren wie Satellitenschüsseln.

»Du kannst jetzt nicht einfach abhauen«, sagte er so leise, dass die anderen im Auto nichts mitbekamen.

»Ich haue nicht ab. Ich will wissen, was los ist.«

»Dann ruf ihn an!«

»Kapierst du es nicht? Er ist undercover! Es war schon ein Risiko, sich überhaupt zu melden. Keine Ahnung, wie er das angestellt hat. Ich kann ihn nicht anrufen, nicht vor seinen Leuten und den Brigadisten!«

Teetee schnaubte. Ihm war anzusehen, dass er mit dem Verlauf der Operation ganz und gar nicht einverstanden war. Er beugte sich durch die geöffnete Tür ins Wageninnere.

»Was ist mit den beiden von der Nationalgarde am Kai? Die können nachsehen.«

»Nein!« Isa drängelte sich an ihm vorbei. Mannhardt und Budko nahmen die Kopfhörer ab. »Sorry, aber so geht das nicht. Wenn die da auftauchen, kann ich für nichts garantieren. Meine Leute sind nicht bewaffnet. Aber die vom Regiment Asow ganz sicher. Keine Toten, hatten wir gesagt. Keine Toten!«

Sie wusste, dass ihre Stimme leicht hysterisch klang. Aber sobald sich die Nationalgarde dem Wagen nähern würde, war der Verlauf unberechenbar.

»In der Lagerhalle haben wir eine Chance. Aber nicht hier draußen. Sie kriegen das hin, glaubt mir. Ich werde mich jetzt auf den Weg machen und nachsehen. Ich rufe an, wenn irgendetwas Unvorhergesehenes passiert. Haltet euch bereit. Und lasst den Posten am Kai, wo er ist! Auf keinen Fall abziehen! – Teetee, ist das okay?«

Große Augen, Rehblick. Unwiderstehlich.

»Okay«, knurrte er. »Wenn du in zehn Minuten nicht wieder hier bist, rollen wir an.«

»In Ordnung.«

Sie nickte den Leuten im Wagen zu und wartete darauf, dass Teetee wieder einstieg. Aber das tat er nicht. Er blieb stehen und sah ihr nach. Bis sie aus seinem Sichtfeld verschwunden war, spürte sie den misstrauischen Blick in ihrem Rücken. Erst als sie die Hälfte der Strecke hinter sich hatte und die verwitterte Hafenstraße einen leichten Bogen machte, atmete sie auf. Das lief ja wie am Schnürchen. Um die Nazis tat es ihr nicht leid. Aber dass Frederik den Russen entkommen war, irritierte sie. Wo war er nur? Hatte sie ihm nicht gesagt, er sollte sich in der Lagerhalle in Sicherheit bringen? Dann müsste er ihr begegnen. Aber weit und breit gab es keine Spur von ihm.

Alles im grünen Bereich, beruhigte sie sich. Ich bin nur auf dem Weg, um nachzusehen, was passiert ist. Die Überfallmeldung gebe ich raus, wenn ich die Toten mit eigenen Augen gesehen habe. Und dann nichts wie ab in den Moldawanka-Distrikt.

Zwei Hafenarbeiter standen neben einem Container und rauchten. Sie sahen hoch und musterten Isa durchdringend. Hier musste es laut Frederik geschehen sein. Wahrscheinlich hatte er sich hinter dem Container im Gebüsch versteckt. Die Laternen verbreiteten mehr Schatten als Licht, und obwohl der Himmel über Odessa nie ganz dunkel wurde, konnte man schon ein paar Meter abseits der Straße kaum noch die Hand vor den Augen erkennen. Als die beiden merkten, dass Isa direkt auf sie zukam, strafften sich ihre Schultern, und sie traten die Zigaretten aus.

»*Where?*«, fragte sie in der Hoffnung, dass die Söldner wenigstens ein paar Brocken Englisch verstehen würden. Der eine winkte ihr, ihm zu folgen. Sie umrundete den Container und stand vor einem flachen Hügel, der mit einer verdreckten Bauplane abgedeckt war. Der Mann, ein durchtrainierter Kämpfer mit kaukasischen Zügen, hob sie an und beleuchtete das Szenario mit seiner Taschenlampe. Isa warf einen kurzen Blick auf die Toten und wandte sich erschrocken ab.

Mein Gott. Es war etwas anderes, solche Dinge am grünen Tisch in Kauf zu nehmen, als das Ergebnis dieser Exekution mit eigenen Augen zu sehen. Für einen Moment schwankte der Boden, und sie musste sich an der schartigen Wand des Containers abstützen. Hatte es wirklich keine andere Möglichkeit gegeben? Nein. Sie tröstete sich mit dem Gedanken, dass es in der Lagerhalle wahrscheinlich auch nicht anders abgelaufen wäre.

»Wo ist er?«, fragte sie. Ihre Stimme drohte zu kippen. »Der sechste Mann?«

»Da war keiner.«

Isa sah die Böschung hoch, ein dunkler Urwald voller Gestrüpp und Verstecken, dann schritt sie hinter den Container. Nichts. Doch. Sie kniff die Augen zusammen und ließ sich von dem Söldner die Lampe geben. Fußabdrücke auf dem Boden, ein paar abgeknickte Dornenzweige. Wie eine indianische Spurenleserin ging sie in die Knie und berührte den Boden mit den Fingerspitzen.

»Ihr Idioten.«

Die beiden sahen sich an.

»Hier war er. Es gibt einen Zeugen.«

Sie leuchtete die völlig überwucherte Böschung hoch. Oben war sie mit einer Mauer abgegrenzt, dahinter lag die Stadt. Sie gab die Lampe zurück.

»Er muss hier irgendwo sein. Findet ihn.«

»Wir sind fertig.«

Der Söldner benutzte seine Füße, um die Plane wieder an Ort und Stelle zu bringen. Isa baute sich direkt vor ihm auf.

»Nein. Ihr seid fertig, wenn ich es euch sage. Sucht den sechsten Mann. Er darf nicht entkommen. Sonst seid ihr alle dran.«

Etwas in ihren Augen musste ihm sagen, dass es für Isa keinen Weg mehr zurück gab. Sie nickten und begannen, das unebene, überwucherte, verdreckte Gelände abzusuchen. Isa sah auf ihre Uhr – sie musste los, wenn sie rechtzeitig in den Katakomben sein wollte. Aus den Augenwinkeln bemerkte sie etwas, das nicht ganz zum Schrott, zum Abfall und zum wuchernden Unkraut passte. Ein Handy. Es lag, halb verdeckt von Schotter und Dreck, vor der Containerwand. Isa hob es auf und schaltete es ein. Der Sperrbildschirm zeigte ein dickes Kind mit Zahnlücke, das schüchtern in die Kamera lächelte. Tabea.

»Er ist hier. Er hat sich irgendwo versteckt. Findet ihn und tötet ihn.«

Sie scannte die Umgebung ab, und sie ahnte, dass er eins und eins zusammenzählen konnte. Isa und die Killer. Sie hatte ihren eigenen V-Mann ans Messer geliefert. Das würde er ihr nie verzeihen.

»Tötet ihn. Und bringt mir den Beweis. Sonst erfährt Putsko, mit welchen Versagern er zusammenarbeitet.«

Sie warf das Handy in den Dreck und trat so lange darauf herum, bis das Licht verlöschte und es eins mit dem Boden geworden war. Die kaum unterdrückten Flüche und Verwünschungen der beiden interessierten sie nicht. Sie waren auf Russisch.

Auf dem Weg zurück zur Lagerhalle holte sie ihr eigenes Handy hervor. Eine Sache musste sie noch erledigen, dann konnte sie sich absetzen und endlich ihr Ding durchziehen. Sie rief die Verbindung zu dem Peilsender auf, der in einer der Waffenkisten versteckt war. Der kleine blinkende Punkt bewegte sich in Richtung Seamen's Club und Hafenausfahrt. Wenigstens einer wusste, was er tat ... Sie berührte das Menü, und der Befehl *Delete* ploppte auf. *Yes, my dear,* dachte sie. *What else?* Die Nachfrage erschien – *Do you really want to delete?* Willst du das wirklich löschen? Sie berührte *Yes.* Der Punkt verschwand. Mit einem kaum wahrnehmbaren Lächeln auf den Lippen steckte sie das Handy zurück und machte sich auf den Weg zur Lagerhalle, um einer Kohorte Elitesoldaten die Nachricht zu überbringen, dass ihnen der Fisch durchs Netz geschlüpft war.

12

Larcan hatte noch im Rückspiegel gesehen, wie die beiden sich Arbeiterjacken übergeworfen hatten. Dann musste er seine gesamte Konzentration auf die Piste fokussieren. Schlaglöcher, Stahlhalden, plötzlich ging es nach rechts über die Gleise. Er trat auf die Bremse, die Kisten im Laderaum rutschten nach vorn. Der grelle Pfiff einer Lokomotive schmerzte in seinen Ohren, dann keuchte der Güterzug an ihm vorbei. Nach dem letzten Waggon gab er Gas, und fast hätte er den Motor wieder abgewürgt.

Die Toten. Die Schreie. Die Toten.

Vorsicht, Kreuzung. Von links kam ein Lkw. Wer hatte Vorfahrt? Larcan preschte los, ein wütendes Hupen wurde ihm hinterhergeschickt. Wo zum Teufel war er? Es regnete, es war dunkel, und die alten Scheibenwischer hinterließen einen schmierigen Film. Die plötzliche Dunkelheit nach kurzer Dämmerung erschwerte die Orientierung. Rechts im Nebel das leere Hotel. Gut. Dann war dort das Kreuzfahrtterminal. So weit musste er also gar nicht mehr fahren. Gleich würde der Seamen's Club auftauchen, dahinter zweigte die Straße nach links ab und führte zum Ausgang. Tief durchatmen, gleich hast du es geschafft.

Wie tanzende Irrlichter tauchten die Leuchtbuchstaben des

Clubs auf. Larcan verlangsamte das Tempo, um überhaupt noch zu erkennen, wohin er fuhr. Ein Schlagloch ließ ihn fast aus dem Sitz schnellen.

Die Toten. Die Schreie.

War das Putskos Werk? Es sah verdammt nach seiner Handschrift aus. Keine Überlebenden. Keine Zeugen. Er hatte Larcan die beiden Killer als Schutz verkauft, als Lebensversicherung für Notfälle. Aber nicht als ein Rollkommando. Sie hatten keine Chance gehabt. Schmuggler. Nazis. Faschisten. Egal. Einfach draufhalten und aus dem Weg räumen. Wie dumm war er gewesen, wie naiv? Er kannte Putsko schon so lange. Er wusste, wie er tickte. Dabei war es doch nur ein kleiner Deal gewesen. Überlass die Kerle mir, ich regle das. Larcan hätte sie überwältigt, natürlich mit vorgehaltener Waffe. Die Deutschen waren Hasenfüße, die hätten noch nicht einmal im Traum an Gegenwehr gedacht. Anders die Brigadisten. Aber auch sie hätten sich letzten Endes fürs Überleben entschieden und nicht für einen sinnlosen Tod. Jetzt lagen sie im Dreck, mit einer Bauplane als Leichentuch. Und Larcan steckte bis zum Hals in einem fünffachen Mord. Er hatte den Fehler gemacht, Putsko zu vertrauen, und befand sich für immer in seiner Hand. Es würde nie aufhören. Nie. Er gab Gas.

Was zum... Eine Gestalt tauchte aus der Dunkelheit auf, stand mitten im Weg. In letzter Sekunde erkannte er Oleg, eine Pistole in der erhobenen Hand, um ihn aufzuhalten. Dem Blitz des Mündungsfeuers folgte der Einschlag. Dieses Mal erwischte es die Frontscheibe, die in tausend stumpfe Kiesel zersplitterte. Die Kugel pfiff keine fünf Zentimeter an ihm vorbei. Larcan trat in die Eisen, der Wagen geriet ins Schlingern, rutschte auf dem nassen Boden nach links und steuerte direkt auf Oleg zu. Die Reifen drehten durch. Oleg öffnete den Mund zu einem entsetzten Schrei. Zu spät. Der

Aufprall war dumpf und hart, der Bremsweg verlängerte sich durch den rutschigen Boden. Larcan spürte, wie die Reifen über den Körper holperten. Als der Wagen endlich zum Stehen kam, konnte er kaum die Tür öffnen, so sehr zitterte seine Hand. Schweiß lief ihm über den Nacken, gleichzeitig ereilte ihn eine Schüttelfrostattacke. Keuchend und vornübergebeugt blieb er in der offenen Tür stehen und wagte nicht nachzusehen.

Das Auto war schräg vor dem Haupteingang zum Stehen gekommen. Er wunderte sich, dass niemand aus dem Club auf die Straße rannte, aber dann erinnerte er sich, dass diese Tür schon lange geschlossen war und der Zugang auf der anderen Seite lag. Ihm blieben zwei, höchstens drei Minuten. Mit der Linken stützte er sich an dem Lieferwagen ab und rutschte mehr, als dass er lief, zur Rückseite des Fahrzeugs.

Olegs Körper verschwand fast in einer riesigen Pfütze. Die Reifen hatten eine breite Spur von Dreck auf ihm hinterlassen. Blutige Schaumbläschen zerplatzten auf seinem Mund. Larcan ging in die Knie. Er wollte etwas sagen, aber ihm fehlten die Worte. Es war zu viel. Er konnte sich nicht erinnern, jemals durch so ein Schlachtfeld gewatet zu sein. Doch, Sassnitz… Aber das war so lange her, und er war so jung gewesen. Und es hatte immer noch eine Struktur gegeben. Die Grenzkontrolleinheiten, die Einsatzleitung, die Volkspolizei. Hier war er allein. Noch. In ein paar Minuten würde es wimmeln von *bulteryer*, Nationalgardisten und Bundeswehrsoldaten. Er zwang sich, alle Gefühle abzuschalten und sein Hirn zu benutzen.

»Ich konnte nicht mehr bremsen«, würgte er heraus. »Ich rufe einen Krankenwagen.«

»Du… dreckiger… Bastard.«

Mit unendlicher Kraftanstrengung hob Oleg die Pistole und zielte auf Larcan.

»Ich bring dich um.«

Kein halber Meter trennte sie. Larcan sah in die Mündung der Waffe und wusste, dass das Nächste und Letzte, was er wahrnehmen würde, der Einschuss in seiner Stirn sein würde.

»Oleg?«

»Du… warst es. Du hast… Anastasia…«

Noch bevor er Oleg die Waffe aus der Hand schlagen konnte, hätte der schon abgedrückt. Beide wussten das. Aber die Hand begann zu zittern, und der Atem aus seinem schaumverkrusteten Mund klang pfeifend.

»Meine Tochter. Wieso liebt sie dich? Bei Gott… wenn ich nicht gesehen hätte, wie sie dich liebt. Nie… hätte ich dir geglaubt.«

»Maksym und Vlad haben sie betäubt. Ich war der Gute, der sie aus der Kiste befreit hat.«

»Und… deine Kumpel? Einfach abgeknallt?«

»Es war eine Frage von Sekundenbruchteilen. Oleg, ich rufe jetzt einen Krankenwagen. Wir klären das später. Okay? Wir klären das!«

»Nein!« Die zitternde Pistole in der zitternden Hand kam näher. Olegs Atem wurde zu einem Röcheln. Seine Verletzungen sahen nicht tödlich aus. Aber wenn der Aufprall ihm innere Organe zerfetzt oder die Rippen gebrochen und diese die Lunge perforiert hatten, zählte jede Minute. »Ich töte dich, Larcan. Schade, dass…« Oleg rang nach Luft. Seine Augen weiteten sich, Entsetzen überzog sein Gesicht. Er erkannte, dass er starb.

»Dass ich es nicht auf Großvaterart tun kann. Es geht… zu schnell. Viel zu schnell. Ich habe Mikhail getötet und Yela verstoßen. Dafür verdiene ich die Hölle. Doch heute Abend noch, heute Abend… wirst du dort auf mich warten.«

»Oleg.« Larcan hob die Hand. »Ich verspreche dir, wir werden uns dort wiedersehen.«

Die Augen des Mannes flackerten.

»Aber gib mir noch etwas Zeit.« Er beugte sich hinab und nahm die Waffe, Oleg leistete keine Gegenwehr. Der blutige Schaum vermehrte sich, und schweres Husten kam aus dem schwarzen Loch des Mundes.

»Heute Abend«, flüsterte der Todgeweihte und rang noch einmal nach Luft. Die Augen brachen, der Kopf fiel zur Seite. Larcan schloss ihm die Lider und blieb noch einen Moment neben dem Toten. Er war bis ins Mark getroffen. Oleg hatte Mikhail getötet und Yela verstoßen, aus einem schrecklichen, grausamen Irrtum heraus. Er, Larcan, war schuld. Schuld, dass er im Pissregen und dieser Eiseskälte saß und Oleg totgefahren hatte. Und keine fünfhundert Meter weiter lag noch ein halbes Dutzend Tote. Mochte sein Schuldanteil an diesen Schicksalen auch geringer sein, er war dabei gewesen, war nicht eingeschritten, war wie zur Salzsäule erstarrt gewesen bei dieser Orgie kranker, blutiger Gewalt. Sie war wie ein Strudel, und er befand sich im Zentrum und drohte in die Tiefe gerissen zu werden.

Er steckte die Waffe ein und stand langsam auf. Sein Kreislauf spielte wieder verrückt, alles um ihn herum drehte sich. Er hörte die Kräne, das Brummen der Motoren, den Zug, der sich entfernte, und von irgendwo weit her das Lachen einer Frau, die wahrscheinlich mit ihrem Liebsten auf der Treppe stand. Und eine helle Stimme, die »Mörder!« schrie. »Mörder!«

Ein Junge stand im Regen, vom trüben Licht der Laterne beschienen, mager und abgerissen. Wasser tropfte aus seinen Haaren, und blankes, ehrliches Entsetzen stand in seinem Gesicht. Hinter ihm tauchten die massigen Gestalten der *bulteryer* auf. Larcan begriff, dass er immer noch unter Schock stand, die Auswirkungen aber auf einen späteren Zeitpunkt verschieben sollte. Er hechtete zurück ins Auto und betete, dass es ansprang. Beim dritten Versuch klappte es. In der Zwischenzeit hatten Olegs Bodyguards die Leiche erreicht und festgestellt, dass nichts mehr zu machen war. Einer zog die Waffe. Larcan gab Gas, eine Fontäne Schmutzwasser nahm ihm die Sicht, und als er im Rückspiegel wieder etwas erkennen konnte, war das Letzte, was er sah, der Junge, der die Beine in die Hand nahm und in der Dunkelheit verschwand.

13

»*What the fuck?*«

Teetee starrte auf den Monitor.

»*What the fucking fuck?*«

Der Techniker hob hilflos die Schultern.

»Was ist das?«

Der Mann redete auf Russisch auf Budko ein, der wandte sich an Mannhardt.

»Wir haben sie verloren«, erklärte der Oberrat der Bundespolizei.

»Wie bitte? Ausgerechnet jetzt? Wo war das letzte Signal?«

Der Techniker tippte wie wild auf seiner Tastatur herum, und auf dem Monitor erschien die Route bis zum Abbruch.

»Sie haben kehrtgemacht?« Teetee konnte kaum glauben, was er sah. »Ihr verdammtes Kaffeeauto hat eine Panne, und dann drehen sie einfach um, statt zur Lagerhalle zu fahren? Und schalten den Sender aus? Was zum Teufel ist da los?«

»Ich weiß es nicht.« Mannhardt wirkte genauso ratlos wie alle in dem engen Wagen. Teetee riss die Schiebetür auf, weil es ihm zu eng wurde. Eiskalte Luft drang herein. Obwohl es nur nieselte, war alles nass. Es tropfte und triefte, der Boden war aufgeweicht, die Scheiben des Transporters bedeckte eine

Art Sprühnebel, durch den man alles nur noch verschwommen wahrnehmen konnte.

»Wir müssen nachschauen.«

Friedrich erhob sich. »Ich gehe.«

»*Ne*«, kam es blitzschnell von Budko, dem Mannhardt übersetzt hatte und der auch den folgenden Satz auf Deutsch wiederholte. »Das machen unsere Leute.«

Teetee tippte mit dem Zeigefinger auf den Monitor mit dem verschwundenen Kaffeeauto. »Aber da drin sitzen *unsere* Männer.«

»Dann... gemeinsam?«, fragte Friedrich. »Auf jeden Fall sollten wir nicht mehr lange diskutieren. Kann die Nationalgarde den Hafen abriegeln?«

Budko griff zu einem Telefon, das aussah wie eines dieser alten Satellitendinger. Während er sprach, merkten alle im Wagen, dass etwas nicht so lief, wie sie sich das vorgestellt hatten. Mannhardt warf ihnen flüsternd die Informationen zu.

»Er wird durchgestellt, von einem Posten zum anderen. Sie sind nicht sehr kooperativ, würde ich jetzt mal sagen. Moment. Ich glaube, jetzt hat er einen dran.«

»Das ist zu spät. Verdammt!«, fluchte Teetee. Er fuhr sich durch die Haare und konnte sich bei einem Blick auf den Monitor ausrechnen, dass das Auto den Hafen wahrscheinlich schon längst verlassen hatte. Jemand klopfte ihm auf die Schulter. Es war Friedrich. Unwillig drehte er sich um.

Vor der offenen Schiebetür stand Isa.

»Sie sind weg«, sagte sie. Ratlosigkeit und Angst standen ihr ins Gesicht geschrieben. »Das kann doch nicht sein? Sie sind wie vom Erdboden verschwunden!«

»Hast du deinen V-Mann angerufen?«

»Ununterbrochen. Er meldet sich nicht. Hier.« Sie reichte ihm ihr Handy. »Versuch es selbst.«

Das Wort *Autowerkstatt* leuchtete auf dem Display. Er wählte, aber nach ein paar Sekunden ätherischen Rauschens folgte das Besetztzeichen.

»Können wir das orten? Die anderen auch?«

Er reichte den Apparat an den Techniker weiter. Der begann, wie wild auf seine Tastatur zu hacken. Isa stieg in den Wagen, alle machten ihr Platz. Budko sprach mit dem Kommandanten im Lagerhaus. Wenig später erschienen die ersten Nationalgardisten, gefolgt von Bundeswehrsoldaten, die auf und ab stampften wie junge Pferde, denen man den Auslauf verweigert hatte. Die Aggressivität in der Luft schien fast greifbar.

»*Tam!*«, rief der Techniker plötzlich. Alle wandten sich ihm zu. Der Monitor zeigte immer noch die Satellitenkarte des Hafens. Aber auf halbem Weg zwischen Kreuzfahrtterminal und Lagerhalle leuchteten drei pulsierende Punkte auf. Der Techniker zoomte das Bild heran. Deutlich war der Container zu erkennen, der am Rand der Straße und hinter den Gleisen stand, direkt vor der steilen Böschung.

»Das kann nicht sein«, stieß Isa hervor. »Ich war doch da. Sie sind weg.«

»Ist der Wagen irgendwo zu sehen?«

Der Techniker schüttelte, nachdem ihn die Übersetzung erreicht hatte, bedauernd den Kopf. »*Nemaye kavovoyi machyny*«, sagte er, und alle wussten: Das Kaffeeauto war buchstäblich vom Bildschirm verschwunden.

Teetee hieb die Faust in seine Hand. »Wir sind zu spät. Die sind über alle Berge. Warum zum Teufel haben wir keine Drohnen?«

»Nein«, widersprach Isa mit dünner Stimme. »Sie sind da, am Container. Vielleicht habe ich nicht genau nachgesehen. Kann es sein, dass sie da drin sind?«

»Und das Auto fährt von allein?«

Teetee drehte sich zu ihr um. Sein Blick war getrübt von verzweifelter Enttäuschung. »Warum hätten sie sich verstecken sollen?«

»Ich weiß es nicht«, flüsterte sie. »Ich weiß nur, etwas läuft schrecklich schief.«

Budko stand auf und verließ den Wagen. Die anderen folgten ihm, nur die beiden Techniker blieben an ihren Plätzen. Ein Pfiff, und der Kommandant der ukrainischen Einsatztruppe kam zu ihnen. Budko erteilte ihm Befehle.

»Sie werden sich den Container mal ansehen.«

»Ich komme mit«, sagte Friedrich. Budko nickte widerwillig. Es war klar: Am liebsten wäre er sie los. Die Soldaten, die Einsatzleitung, diese ganze Operation, von der man sich mit minimalem Aufwand so viel erhofft hatte – und die sich im Moment ins genaue Gegenteil entwickelte.

Die nächsten Minuten zogen sich. Die Bundeswehrsoldaten waren stinksauer und wussten nicht, wohin mit ihrem Adrenalin. Mannhardt ahnte wohl schon, was an Papierkram auf ihn zukommen würde. Budko zeigte keinerlei Regung. Er stand abseits, die Hände auf dem Rücken verschränkt, und wippte ab und zu sacht vor und zurück. Teetee war versucht, seinen Vorgesetzten oder wenigstens das GETZ zu erreichen. Aber erst einmal mussten sie sich einen Überblick über die verdammte, verschissene, verfahrene Lage machen.

»Es ist meine Schuld«, stammelte Isa. »Diese Asow-Ratten. Vielleicht haben die ihr eigenes Ding durchgezogen?«

»Glaub ich nicht. Das Nazipack wird sich nicht gegenseitig ans Messer liefern, dazu sind die Kontakte zu eng. Ich glaube eher an einen Maulwurf.«

»Was?«

Teetees Blick wanderte kurz zu Budko. »Wie sehr können wir denen trauen?«

Isa holte tief Luft. »Ich weiß es nicht. Das Regiment Asow

ist der verlängerte Arm der Regierungstruppen. Und die Nationalgarde untersteht genau dieser nationalistisch unterwanderten Regierung... Du meinst...« Ihre Augen wurden schmal. »Budko?«

»Keine Ahnung. Sieh sie dir an.« Die zurückgebliebenen ukrainischen Gardisten standen zusammen, redeten leise, rauchten, einer trat vor Wut gegen die Ziegelwand der Lagerhalle. »Vielleicht hat sich irgendeiner von denen seinen Sold aufgebessert.«

Isa fuhr sich über die Augen. »Das wäre der Horror. Mein Gott. Ich will nur noch meinen Mann heil hier rausbringen und dann nach Hause.«

Teetee nickte. Isa sah aus, als wäre sie alldem nicht mehr gewachsen. Die erste Operation im Ausland, und dann so ein Desaster. Fast könnte sie einem leidtun, wenn sie sich nicht die ganze Zeit wie ein Arschloch verhalten hätte.

Unruhe kam auf. Isa und Teetee umrundeten den Einsatztransporter und betraten den Vorplatz der Lagerhalle. Von dort aus konnten sie die Hafenstraße hinuntersehen. Friedrich und zwei Gardisten kamen im Laufschritt zurück. Der eine von den beiden Nationalgardisten erstattete Budko Bericht, Friedrich rannte direkt zu ihnen.

»Fünf Leichen unter einer Plane. Drei Asow-Leute und zwei von unserer Reisegruppe Wolfsrune.«

»Wer?«, fragte Teetee.

»Oberleitner und Rönsch.«

»Was ist mit Frederik Meißner?«

»Keine Spur.«

Teetee drehte sich zu Isa um. »Alles okay?«

Sie schüttelte den Kopf und trat zwei Schritte zur Seite, damit niemand ihr Gesicht sehen konnte.

»Sie müssen sofort tot gewesen sein.« Friedrichs Stimme zitterte. »Sieht nach Maschinengewehr aus, aber genau konnte ich das nicht erkennen. Eine einzige Sauerei.« Er drehte ab, um sich zu den anderen Soldaten zu gesellen und weitere Neuigkeiten und Vermutungen auszutauschen.

Teetee sah in den grau-düsteren Himmel. »Ach du heilige Scheiße. Du gottverdammte heilige Scheiße...«

Mannhardt kam zu ihnen. »Abzug, sofort. Wir treffen uns in der Botschaft.«

»Alles klar. – Isa?«

Sie holte ein Taschentuch hervor und presste es sich auf den Mund.

»Schaffst du das?«

Sie holte tief Luft. »Natürlich. Ich muss das sehen und protokollieren.«

Was er jetzt auf gar keinen Fall gebrauchen konnte, war eine Hysterikerin kurz vorm Nervenzusammenbruch. Sie mussten sich so schnell wie möglich ein Bild von der Lage machen. Fakten zusammentragen. Eine Fahndung rausgeben. Isa sah aus, als würde sie ihm gleich auf die Schuhe kotzen.

»Setz dich erst mal. Trink was.«

Er führte sie zum Einsatzwagen.

»Eine Frage noch«, flüsterte er. »Ist Frederik Meißner dein V-Mann?«

Sie nickte.

»Kannst du ihm trauen?«

»Mehr als allen da draußen zusammen.«

»Dann gib mir seine Handynummer.

Sie starrte ihn an, als ob sie nicht verstehen würde. »Die hast du doch.«

»Er besitzt noch ein weiteres Gerät. Genau wie du. Über das kommuniziert ihr. Also hör auf, mich für dumm zu verkaufen, und rück mit der Geheimnummer raus.«

»Ich... ich weiß nicht. Das ist gegen die Vorschrift.«

»Vorschrift?«, fauchte er. »Da hinten«, Teetee wies mit

dem Kopf die Straße hinunter Richtung Container, »liegen drei deutsche Handys unter einer Bauplane. Aber nur zwei deutsche Leichen. Dein Mann verwischt gerade seine Spur. Die Einzige, die Kontakt zu ihm aufnehmen kann, bist du. Ihr habt noch eine Verbindung. Es ist besser, du übergibst das mir. Vielleicht erwischen wir ihn dann.«

»Erwischen? Wie meinst du das?«

»Wie ich es sage.«

Isa stöhnte auf und wurde noch blasser.

»Ich hab es im Hotel.«

»Bist du nicht ganz…« Teetee brach ab, bevor er etwas sagen konnte, das seiner ohnehin schon wackeligen Laufbahn einen weiteren Tritt versetzen konnte. »Okay, ich schicke jemanden hin.«

»Ich hole es.«

Er trat einen Schritt zurück. »Du kippst mir doch gleich um.«

»Nein. Ich hole es. Ich brauche frische Luft. Ich bringe es zur Botschaft. Sorg dafür, dass wir alles, was wir benötigen, dort haben. Wenigstens diese Amtshilfe können sie uns noch leisten.«

Sie klang besser. Oder wenigstens nicht mehr so, als würde sie jeden Moment zusammenklappen und nach ihrem Riechfläschchen verlangen. Vielleicht brauchte sie auch nur einen klaren Auftrag: Geh ins Hotel, hol das verfickte Handy und lass uns den Hurensohn tracken, damit wir ihn in seine Einzelteile zerlegen können.

»Bis gleich.« Sie stieg wieder aus. Als sie sich an ihm vorbeidrängen wollte, hielt er sie am Arm fest.

»Kein Wort zu Budko.«

»Kein Wort.«

Von ferne waren Polizeisirenen zu hören, ein seltsamer, jammervoller Ton, der ihn an amerikanische Serien erinnerte.

Aber das hier waren nicht die USA. Es war Odessa. Und sie steckten bis zum Hals in Schwierigkeiten.

Stabsfeldwebel Friedrich eilte auf sie zu. Die Augen aufgerissen, der Atem schwer.

»Herr Täschner«, keuchte er. »Frau Kellermann, es gibt noch einen Toten.«

14

Noch bevor Isa den Container erreichte, kamen ihr auch schon die weißen Mitsubishi der Polizei entgegen. Gleich drei *Mitsukhy*, die sich quer stellten und die Straße abriegelten. Budkos Leute klärten Isas Anwesenheit auf, und sie konnte weitergehen, wobei sie es vermied, einen Blick in Richtung Bauplane zu werfen.

Ein Polizist begleitete sie. Vor dem Seamen's Club rotierte noch ein Blaulicht in der Dämmerung und warf seinen Schein auf die rissige Fassade des Gebäudes. Auch hier versuchte sie, nicht genau hinzusehen. Der Tote war Oleg Nikiforov, Opfer eines Verkehrsunfalls mit Fahrerflucht, bei dem noch vor dem Eintreffen der Spurensicherung klar war, dass dieser Tod einen Zusammenhang mit den Leichen am Container hatte. Budko war zum ersten Mal, seit sie ihn kannte, der Mund offen stehen geblieben. Dann hatte er Flüche und Verwünschungen ausgestoßen, bei denen jeder, der kein Ukrainisch konnte, froh über seine mangelnden Fremdsprachenkenntnisse war. Das Einzige, was sie verstanden hatte, war der Name Meißner gewesen. Frederik stand auf der Fahndungsliste. So weit oben und so allein wie ein Bergsteiger am Gipfelkreuz der Eiger-Nordwand.

Kurz vor der Unterführung rollten noch zwei Wagen der

Rechtsmedizin an – bei fünf Toten entweder eine gehörige Fehlplanung oder in diesem Lande *comme il faut*. Der Polizist begleitete sie noch durchs Kreuzfahrtterminal und auf die andere Seite, danach verabschiedete er sich. Sie hastete nach oben. Die Treppe schien dreimal so lang geworden zu sein, sie wollte kein Ende nehmen. Als sie endlich oben angekommen war, schnappte sie sich das erste Taxi und ließ sich zum Bahnhof fahren.

Frederik lebte.

Wie auch immer er es geschafft hatte zu entkommen, wo auch immer er sich jetzt gerade befand – es war ein Rätsel. Er war definitiv am Tatort gewesen, sonst hätte er dort nicht sein Handy weggeworfen. Aber wie lange? Hatte er sie noch gesehen, wie sie mit Putskos Leuten geredet hatte?

Sie stöhnte auf, ohne es zu wollen. Der Taxifahrer, ein kleiner, molliger Mann mit Schiebermütze und geröteten Wangen, sah in den Rückspiegel, konzentrierte sich dann aber wieder auf den Verkehr, der sich, Sonntag hin oder her, auf dem Boulevard nur im Schritttempo weiterbewegte.

Sie musste den Verdacht erhärten, irgendwie. Frederik als Verräter überführen. Aber wie? Sie holte ihr drittes Handy heraus, das, von dem Teetee glaubte, sie hätte es im Hotel vergessen (für wie blöde hielt er sie eigentlich?), und wählte seine Nummer. Das Besetztzeichen kam unmittelbar nach dem Verbindungsaufbau. Er hatte es ausgeschaltet, vielleicht sogar schon in irgendeinem Mülleimer entsorgt. Wie tickte ein Mann wie Frederik, wenn er verraten worden war und fünf Menschen vor seinen Augen eliminiert wurden?

Duck and cover.

Abtauchen und in Deckung gehen. Sich nicht rühren, keinen Mucks von sich geben. Stillhalten, bis sich die allerersten Gewitterwolken verzogen haben, und dann erst vorsichtig die Fühler ausstrecken. Er hatte dort im Gebüsch gesessen und gewartet. Andere hätten die Nerven verloren und versucht zu fliehen. Sie war sich hundertprozentig sicher, dass er noch irgendwo im Hafen war. Dann würde er sehen, wie die Polizei anrückte. Sich vielleicht zu erkennen geben.

Ganz schlecht, Isa.

Oder bleiben, wo er war. Weil er wusste, dass sie ihn hereingelegt hatte und niemand ihm glauben würde.

Auch schlecht. Aber nicht ganz so verfahren wie Variante eins.

Gleich würde sie Larcan treffen. Den Mann, der all das wert war. Für den sie ihren eigenen V-Mann ans Messer geliefert hatte. Auf dessen Konto mittlerweile sechs Tote im Hafen gingen, denn das war alles seine Schuld. Das und noch viel, viel mehr.

VIII

1

Ein. Aus. Ein. Aus.

Judiths Atem ging schwer. Um jeden Luftzug musste sie ringen. Ihre Hände spürte sie nicht mehr, dafür den Schmerz, mit dem die Stricke in ihr Fleisch schnitten. Erstaunlicherweise hatte niemand daran gedacht, sie auch an den Füßen zu fesseln. Sie war eine Gefangene, so viel war klar, aber eine, die noch laufen konnte. Wenn sie es schaffte, auf die Beine zu kommen.

»Hallo?«, krächzte sie. »Ist da jemand?«

Stille. Nur ihr Atem war zu hören. Ein. Aus. Ein. Aus.

Sie zog die Knie an und rollte vorsichtig zur Seite. Stopp. Eine Kante. Sie lag auf einer Matratze, also ein Bett. Aber das Bett war klein, es musste für ein Kind gedacht sein. Wo zum Teufel war sie? Ihr Kopf schmerzte, auf der Zunge lag der bittere Geschmack von Galle. Das Letzte, an das sie sich erinnerte, waren Schritte, ein Schatten, ein Schlag. Und jetzt das hier. Immerhin war sie am Leben, und das musste irgendeinen Sinn haben.

Unterstützt von ihren Ellenbogen kam sie halb hoch. Die Füße berührten den Boden. Dieser Sack, dieser verdammte Sack. Sie musste ihn loswerden. Er nahm ihr die Sicht und die Luft zum Atmen. Er schürte Panik und Luftnot. Sie beugte sich vor und klemmte ein Ende zwischen ihre Knie. Zog und zerrte, verwickelte sich noch mehr, spürte Schweißtropfen über ihren Nacken laufen, fluchte und schrie, hielt inne. Ruhig. Ganz ruhig.

Du bist allein hier. Niemand außer dir befindet sich an diesem Ort. Sei doch mal still. Hör genau hin. Na? Noch jemand da? Nein. Also von vorn.

Ihre Hände waren auf dem Rücken zusammengebunden. Auf der Suche nach irgendetwas, in das sie das Kopfende des Sacks klemmen konnte, um sich dann daraus zu befreien, stieß sie an einen Metalleimer, der scheppernd über den Boden rollte. Das Geräusch klang nach einem kleinen Raum mit einem Betonfundament. Ein Keller vielleicht. Dann gab es Rohre, eine Treppe, vielleicht einen Nagel in der Wand. Der Bettpfosten? Die Matratze? Sie kniete nieder. Ein Metallgestell. Jubilate! Mit unendlicher Mühe gelang es ihr, eine Ecke des Sacks über einen der Knäufe zu ziehen und sich vorsichtig, ganz vorsichtig nach unten gleiten zu lassen. Sie spürte die raue Jute auf ihrem Gesicht, und als sie die Hälfte geschafft hatte, stand sie auf und schüttelte sich den Rest von den Schultern. Der erste Atemzug war wie Sommerfrische. Beim zweiten roch sie Blut, Schweiß und Urin und noch etwas, das wie eine Ahnung in der Luft lag und das sie kannte. Der Geruch des Todes. Jemand war hier unten gestorben, und es war noch gar nicht so lange her. Beim dritten Atemzug stellte sie fest, dass sie entweder blind war oder hier unten die tiefste Dunkelheit herrschte, die man sich vorstellen konnte.

Das Metallgestell des Betts war ordentlich gearbeitet, aber dort, wohin das Auge des Betrachters auch bei Licht nicht fiel, scharfkantig. Es war schwierig und kräftezehrend, ihre Hände in die richtige Position zu bringen, und dauerte eine Ewigkeit, aber irgendwann spürte Judith, wie sich die Fesseln lösten. Stöhnend rieb sie sich die Handgelenke. Das Blut schoss in die Adern, der Schmerz war kaum auszuhalten. Mit verschränkten Armen beugte sie den Oberkörper vor und zurück, wie in Trance, um sich durch die Bewegung abzulenken. Endlich wurde es etwas besser. Mühsam kam sie wieder auf die Beine und sah als Erstes auf ihre Armbanduhr. Die fluoreszierenden Zeiger wiesen auf kurz vor sechs. Morgens oder abends? Abends wahrscheinlich, sonst hätte sie in die Matratze gepisst vor Angst. Ihr Handy war weg, die Pistole auch, sogar ihr Portemonnaie. Sie stieß wieder an den Eimer, wagte aber nicht hineinzugreifen. Licht, es musste Licht hier unten geben. Eine Kerze für den Notfall, Streichhölzer. Sie tastete nach ihrem Tabakpäckchen, in dem sie auch ihr Feuerzeug verwahrte, aber es war verschwunden. Sie konnte sich nicht erinnern, es verloren zu haben, also war sie wohl zu allem Übel auch noch in die Hände von militanten Nichtrauchern geraten. Allein der Gedanke ans Rauchen ließ eine unfassbare, kaum zu bändigende Gier in ihr hochsteigen. Wenn auch nur, um diesen Geruch zu verdrängen, der in dieser Finsternis noch angsterregender war, als wenn sie gesehen hätte, was ihn verursachte.

Mit ausgestreckten Armen tastete sie sich zurück zum Bett und fing von dort aus an, die Umgebung zu durchsuchen. Der Raum war nicht groß, drei mal vier Meter vielleicht. Sie stieß an einen Korb, in dem Dinge lagen, die sie nach kurzem Betasten als Schokoriegel identifizierte. Daneben stand eine Flasche. Sie schraubte sie auf, roch vorsichtig daran und konnte kaum glauben, dass ihr Inhalt Wasser war. Ein paar tiefe Schlucke, und sie spürte, wie das Leben in sie zurückkehrte. Dann griff sie sich ein Schokoteil und identifizierte es nach hastigem Aufreißen der Verpackung und dem ersten Biss als Snickers. Sie ging in die Hocke und kaute, aber so richtig wollte das Zeug nicht hinunter. Schließlich spuckte sie es aus. Snickers, Wasser und ein Blecheimer. Für alles war gesorgt. Nur das Kinderbett verstand sie nicht.

Sie wischte sich die Hände an der Hose ab und erhob sich, um die Durchsuchung fortzusetzen. Ihre Hände berührten grobes Holz. Die Unterseite einer Treppe! Eine einfache Stiege, aber sie führte nach oben. Vorsichtig tastete sie sich an ihr entlang, nahm eine Stufe nach der anderen, und bei der vierten stieß sie mit dem Kopf an eine Luke aus Holz. Sie war verriegelt, und sosehr sie auch klopfte, schrie und sich dagegenstemmte, sie gab nicht nach.

Keuchend, nach Luft ringend, setzte sie sich schließlich auf die Stufen. Sie tastete jeden Zentimeter der Luke ab, aber sie war verdammt gut verfugt und aus schwerem Holz. Es gab kein Entrinnen, sie war in diesem Keller gefangen, und sie wusste nicht, warum.

Langsam kroch die Kälte aus den Wänden auf sie zu. In diesem Loch waren es nur ein paar Grad über null. Sie hatte es nicht bemerkt, weil ihr Körper durch die Panik in einen Ausnahmezustand versetzt worden war. Aber warum geriet sie dann so außer Atem? Sie kletterte wieder hinunter und setzte sich auf den Boden. Nicht heulen, befahl sie sich. Nicht heulen! Aber was sollte man machen, wenn der eigene Vater einen zum dritten Mal in den Tod schickte? Es half nichts, mit der Faust an die Wand zu schlagen. Zu schreien. Mit den Füßen ins Nichts zu treten. Judith Kepler, dachte sie, du brauchst es wirklich. Du brauchst die klaren Ansagen. Dieser Mann will dich lieber tot sehen als in seinem Leben. Also reiß dich jetzt zusammen und tritt ihm in den Arsch. Du kommst hier raus. Und er wird zahlen.

Sie stand torkelnd auf, geriet aus dem Gleichgewicht und stieß mit dem Fuß an etwas Schweres, Weiches, das in der vierten, letzten Ecke des Kellers lag, in die sie noch nicht vorgedrungen war. Ihr Herzschlag setzte aus. Galle stieg wie Salzsäure in ihre Kehle. Sie würgte und suchte panisch den Eimer, um dann, als sie ihn endlich gefunden hatte, nur Magensaft rauszuwürgen.

Nach ein paar Minuten verging das Keuchen, und auch das Zittern legte sich. All die Jahre, in denen sie mit Toten zu tun gehabt hatte, halfen ihr jetzt. Von dieser Leiche würde keine Gefahr ausgehen. Aber der Geruch wurde stärker. Sie wusste, was da auf dem Boden lag. Es war nicht einfach, aber schließlich gelang es ihr, alle Willensstärke zusammenzunehmen und zurückzukriechen. Vorsichtig begann sie, den Körper abzutasten. Ein Mann. Schwer, muskulös. Ausgeprägte Leichenstarre – bei dieser Kälte schwer zu sagen, wie lange er schon hier unten lag. Sie begann bei den Stiefeln. Dann arbeitete sie sich die Beine hoch. Die Hosentaschen waren leer. Um die Brust trug er etwas, das sich wie ein Pistolenhalfter anfühlte. Judith rieb über das Leder, es wirkte anschmiegsam und glatt, also oft benutzt. Vielleicht ein Security-Mann. Sie durchsuchte seine Brusttaschen, schließlich die der Jacke – leer. Der Tote war schon einmal gefilzt worden, und alles, was auf seine Identität schließen ließ, war verschwunden… Stopp. Da war noch etwas.

Ihre klammen Finger wanden sich in die Tiefe einer Innentasche und stießen auf etwas Quadratisches aus Papier. Ein Streichholzbriefchen. Vorsichtig, wie einen Schatz, zog sie es heraus. Noch eine knappe Reihe Zünder, vielleicht sechs oder sieben. Sie beschloss, ein Hölzchen zu opfern, und riss es an.

Die Flamme zischte, und ihr Licht brannte sich in Judiths Netzhaut. Geblendet schloss sie die Augen, riss sie aber sofort wieder auf, um keine kostbare Sekunde zu vergeuden. Es gab Snickers und Wasser hier, wo also waren die gottverdammten Kerzen? Dieser Raum hatte einen Zweck, hinter den sie noch nicht gekommen war. Aber wenn es schon einen Eimer zum Scheißen gab, dann sollten die Gefangenen ihn schließlich auch finden. Sie hob das winzige Licht hoch, aber die Schatten waren zu dicht, und das Hölzchen brannte ab, bevor sie mehr als die Treppe und das Kinderbett erkannt hatte. Mit einem Schmerzenslaut ließ sie es fallen. Das Köpfchen glühte noch ein paar Augenblicke nach. Judith konnte den Blick nicht von dem winzigen roten Punkt abwenden, bis er erlosch.

Gut, dachte sie grimmig. Noch fünf, vielleicht sechs Chancen. Am höchsten sind sie in der Nähe des Betts. Da, wo das Kind sich am meisten aufhalten würde, wenn es nicht erfrieren wollte. Such Strom. Eine Lampe. Eine Steckdose. Kerzen. Oder dreh eine Fackel aus dem Bettlaken (aber denk dran, es gibt keine Luft hier unten!). Also irgendwo an der gegenüberliegenden Wand. Bevor sie das nächste Streichholz opferte, tastete sie im Dunkeln den Boden und die Wand ab. Keine Streckdose, keine Kerzen. Lass mich etwas finden, flehte sie in Gedanken. Irgendetwas, das mich wenigstens einen winzigen Schritt weiterbringt!

Sie riss das nächste Holz an und leuchtete die linke Ecke aus. Nichts. Dann versuchte sie ihr Glück rechts vom Bett. Auch nichts. Mittlerweile spürten ihre Finger noch drei Hölzer. Würden sie ausreichen, um mit irgendetwas Feuer zu machen? Noch ein Versuch, ein letzter. Das Streichholz flammte auf, sie hielt es hoch über den Kopf und betrachtete jede Einzelheit des kargen, kleinen Raums. Und da sah sie es.

Wer auch immer dieses Verlies angelegt hatte, er hatte wirklich an alles gedacht: Unter der Treppe stand ein kleiner Heizlüfter, und daneben lag eine Neonlampe. Das Licht erlosch, aber sie hatte sich die Lage so genau eingeprägt, dass sie den Schalter der Lampe auch im Dunkeln fand. Mit einem kurzen Flackern sprang die Stablampe an. Der Heizlüfter war ein einfaches Modell mit drei Stufen. Die Stromversorgung erfolgte wie für die Lampe durch eine Steckdose, die über Putz gelegt worden war. Das Kabel schlängelte sich an der Unterseite der Treppe nach oben. Deshalb hatte sie es nicht gefunden.

Sie hockte sich vor den Lüfter und rieb ihre Hände in dem warmen Luftstrahl. Für ein paar Sekunden durchflutete sie das Urgefühl von Glück. Es gab Wärme. Es gab Licht.

Langsam drehte sie sich um. Und es gab eine Leiche. Wie

lange würde sie überleben? Einen Tag, zwei vielleicht? Sie stand auf und ging zum Bett. Nahm die Wasserflasche und trank einen Schluck. Spürte, wie sie müde wurde. Unendlich müde. Das war mehr als Kälte und Schock. Der Heizlüfter arbeitete auf Hochtouren, die kleine Spirale in seinem Innern glühte.

Sie musste sich setzen, weil ihre Beine sie nicht mehr trugen. Als sie nach hinten fiel und an die graue, rissige Decke starrte, dachte sie noch daran, dass sie ihn ausschalten musste. Sie würde ersticken, innerhalb kürzester Zeit. Aber sie schaffte es nicht, noch einmal aufzustehen.

2

»Er ist tot.«

Es war der erste Moment, in dem Larcan wieder klar denken konnte. Er stand in einem Hinterhof, das Handy in der Hand, den Blick hinauf zu den Fenstern gerichtet. Aus dem Motor des Kaffeeautos klangen noch zwei, drei Töne – das Abkühlen von Metall in eiskalter Luft. Niemand zu sehen. Trotzdem wusste er, dass die Hauswände wie ein Verstärker wirkten, und sprach sehr leise.

»Ich weiß«, antwortete Yela. »Ich habe gerade einen Anruf vom Kommandanten der Nationalgarde erhalten. Ein Unfall. Im Hafen. Fahrerflucht. Ich nehme nicht an, dass es Zufall war und ein Unbekannter Ihnen die Arbeit abgenommen hat.«

»Nein«, sagte Larcan tonlos. »Wo ist sie?«

»An einem sicheren Ort. Keine Sorge, meine Männer hatten den Auftrag, ihr kein Haar zu krümmen. Zunächst.«

»Wo ist sie? Yela!«

»Bei Mikhail.«

»Was?« Für einen entsetzlichen Augenblick lang glaubte er, sie wolle ihm damit sagen, dass Judith nicht mehr am Leben war.

»Wenn Sie sich beeilen, können Sie sie noch retten. Aber lassen Sie sich nicht zu viel Zeit damit.«

»Yela, was soll das?«

Sie schwieg. Schließlich sagte sie: »Sie haben nie aus Verlusten gelernt. Vielleicht ist es dieses Mal anders.«

Sie legte auf. Larcan steckte das Handy weg. Bei Mikhail ... das konnte ja nur heißen, dass sie Judith nach Fontanka gebracht hatte. Er brauchte mindestens eine halbe Stunde dorthin und dieselbe Zeit wieder zurück. Mit den Waffenkisten? Unmöglich. Erst musste er sie loswerden. Yelas Ultimatum hatte bis zwanzig Uhr gegolten. Ihm blieb noch etwas Zeit.

Er öffnete die Ladeluke des Transporters. Die Kisten waren groß, vielleicht einen Meter lang und fünfzig Zentimeter in Tiefe und Breite. Sie waren verrutscht während seiner Höllenfahrt durch den Hafen und die Stadt, vorbei an den Wachen am Ausgang, die ihm den Rücken zugedreht hatten. In jeder Kurve hatte er die Schläge gehört, mit denen sie an die Innenwand gestoßen waren. Die Deutschen hatten es eilig gehabt und sie nicht ordentlich arretiert. Feuchtes Kiefernholz, auch das nicht gerade vom Leichtesten. Hatte keiner von ihnen an eine Sackkarre gedacht? Die beiden hinteren Kisten standen wenigstens noch schräg aufeinander, die vordere war umgekippt. *Kaffeerösterei Bremen* war auf ihr zu lesen. Es roch sogar ein bisschen nach Espresso, aber wahrscheinlich lag das an der Alltagsnutzung des Fahrzeugs.

Er wuchtete die erste Kiste aus dem Wagen und ließ sie beinahe fallen. Unmöglich, alle drei auf einmal zu transportieren. Er war versucht, den Deckel zu öffnen und nachzusehen, ob der Inhalt auch wirklich dem entsprach, was Putsko sich vorstellte. Aber er hatte weder das Werkzeug, um die Umreifungsbänder zu lösen, noch die Zeit. Also hoch damit und los. Er streifte seine Handschuhe über und packte die Polyestergurte. Nach wenigen Metern schon schnitten sie ihm in die Finger, aber er ließ nicht los, bis er den Hinterhauseingang erreichte.

Das Kreidezeichen war nur für Eingeweihte zu erkennen. Ein Kreuz, das eine Ende länger als die anderen. Dieses wies die Richtung. Er legte die Kiste vor den Kellerstufen ab, umrundete sie und nutzte dann die Schräge, um sie nach unten gleiten zu lassen. Sie rutschte ihm aus den Händen und polterte mit einem gewaltigen Getöse hinab, zerbrach aber nicht. Er lauschte. Irgendwo wurde ein Fenster geöffnet, aber niemand rief. Es gab ja auch nichts zu sehen im Hof – außer einem Kaffeeauto, das von oben aussah wie ein x-beliebiger Transporter. Das Fenster wurde zurück in den Rahmen gerammt. Er atmete auf, dann leuchtete er die Kellerwände an. An einer zerbeulten Eisentür fand er wieder ein Kreuz. Sie ließ sich leise und problemlos öffnen.

Er wuchtete die Kiste hoch und spürte einen stechenden Schmerz im Rücken. Hinter der Tür lagen die Keller, und am Ende erwartete ihn ein Haufen Schutt. Er stellte die Kiste wieder ab und suchte mit der Taschenlampe erneut nach Hinweisen. Jede einzelne Tür begutachtete er genau, bis seine Ahnung zur Gewissheit wurde: Das nächste Kreuz wies auf die Schutthalde, hinter der sich der Zugang zu den Katakomben befand.

Putsko, du Dreckskerl... Er sah das höhnische Gesicht des Russen vor sich, wie er hier gestanden und die Räuberzinken an die Wand gemalt hatte. Drei Kisten mit Waffen, über diesen Haufen Dreck und Steine und dann rein in ein Labyrinth, von dem niemand mehr wusste, wohin es führen würde.

Mit zusammengebissenen Zähnen zerrte er die Kiste durch

den engen Gang und zog sie unter Fluchen und Keuchen zu der dunklen Öffnung. Er war zu alt für so einen Scheiß. Wenn es nicht um ein bisschen Zukunft gegangen wäre, seine Zukunft, hätte er Putsko spätestens hier den Krempel vor die Füße geworfen. Zwei Schritte hoch, aufs Geröll. Das Holz verhakte sich, er musste runtersteigen, geriet ins Rutschen, kletterte wieder hoch. Steine kollerten weg, der Sand gab keinen Halt. Er zog, fluchte wie ein Kutscherknecht, warm wurde es, der Schweiß rann ihm aus den Haaren ins Gesicht. Und endlich hatte er den Scheitelpunkt der Halde erreicht. Auf der anderen Seite befand sich ein grober Mauerdurchbruch, gerade noch hoch genug, um durchzukommen. Dorthin trat er die Kiste mehr, als dass er sie schob. Endlich lag sie auf dem festgestampften Erdboden. Er zog ein Taschentuch hervor und wischte sich damit das Gesicht ab. Dann klemmte er die Taschenlampe unter den Arm und checkte sein Handy. Kurz vor sechs. Noch eine Stunde bis zum Ablauf des Ultimatums. Sein Rücken schmerzte, als ob die Wirbel jede Sekunde brechen würden. Der Gedanke, diese Tortur noch zweimal zu wiederholen, ließ seine Laune auf den Gefrierpunkt sinken.

Weg mit dem Handy, Wegweiser suchen. Ein Kreidepfeil wies ihn an, den nächsten Gang zu nehmen. Er hob die Kiste wieder hoch und schleppte sich weiter, eng wurde es, verdammt eng, vorbei an Höhlen, Räumen und Abzweigungen, die tiefer und tiefer in das Gewirr der Katakomben führten. Der nächste Pfeil, wieder eine Biegung. Noch bevor er sie erreichte, sah er den schwachen Lichtschein. Er biss die Zähne zusammen und schritt weiter. Noch zehn Meter. Fünf. Zwei...

Es war ein großer Raum, und erstaunt erkannte er einen Tisch und zwei Stühle darin. Das war nicht ungewöhnlich. Viele Gewölbe der Katakomben wurden noch genutzt. Aber die Lampe, die den Raum erhellte, schien ziemlich neu zu sein. Und der Stahl, den er plötzlich in seinem Nacken spürte, auch.

»Bastide Larcan.«

Eine Frauenstimme. Hell und kalt. Langsam setzte er die Kiste auf dem Boden ab und hob die Hände. Er spürte die geübten Berührungen, mit denen er abgetastet wurde. Olegs Pistole fand die Frau auf Anhieb. Ein Luftzug, ein metallischer Aufprall – sie hatte sie in den Gang geworfen. Ein Stoß in den Rücken ließ ihn in den Raum stolpern. Mehr erstaunt als übertölpelt drehte er sich um.

Sie stand in der Türöffnung, aufgetaucht aus dem Nichts. Einen Kopf größer als er, schlank, hellblonde, glatt zurückgenommene Haare, kaum geschminkt. Outdoorjacke, Jeans, Stiefel – alles neu und teuer, also kein *resident*. Aber auch keine Touristin. Ein hartes Gesicht, das aber keine tieferen Spuren von Verbitterung zeigte. Eine Frau, die nicht geübt war in Grausamkeit. Sie ähnelte jemandem, den er einmal gekannt hatte. Es war eine schleierhafte, flüchtige Gestalt an der Peripherie seiner Erinnerung, und dies war nicht der Moment, sich darauf zu konzentrieren.

»Sie sind?«

»Isa Kellermann. Ich arbeite für den Verfassungsschutz und habe einen Waffentransport begleitet, der eigentlich an eine rechtsradikale paramilitärische Vereinigung in der Ukraine gehen sollte. Bedauerlicherweise kam er nie bei den Empfängern an.«

Sie trat an die Kiste. Larcan, immer noch die Arme erhoben, verzog seinen Mund.

»Es tut mir sehr leid, Sie enttäuscht zu haben. Vielleicht lässt sich das ja wiedergutmachen?«

»Sechs Tote? Wie soll das gehen?«

Er wollte die Arme herunternehmen.

»Hände hoch!«

Sie umrundete die Kiste und kam auf ihn zu. »Sie kennen sich mit Wiedergutmachungen nicht besonders aus. Sonst wäre ich heute nicht hier. Sagt Ihnen der Name Eva Kellermann etwas?«

»Nein.« Er dachte nach. »Beim besten Willen nicht.«

»Setzen.«

Er befolgte den Befehl und unterdrückte ein Stöhnen. Sein Rücken würde ihn eher umbringen als diese Frau.

»Hände auf den Tisch. So, dass ich sie sehen kann.«

Auch das tat er. Und wartete. Isa Kellermann, wenn das ihr richtiger Name war, zog den anderen Stuhl zu sich heran und ließ sich in zwei Metern Entfernung nieder, die Waffe im Anschlag. Dann wurde das also erst einmal eine Art Gedankenaustausch mit anschließender Exekution. Er überlegte, ob er eine Chance an ihr vorbei zum Ausgang hatte, und kam auf null Prozent. Also musste er sich aufs Reden verlegen, und das bereitete man am besten vor, indem man schwieg.

»Bei euch ging das anders. Gesicht zur Wand und so ein Scheiß. Haben Sie auch Verhöre geführt bei der Stasi?«

Er antwortete nicht.

»Aber da waren Sie ja gar nicht. Sie waren ein Kundschafter des Friedens bei der Hauptabteilung Auslandsaufklärung. Anfang der Achtzigerjahre kamen Sie nach Bonn. Ihr Name war Richard Lindner. Angeblich arbeiteten Sie im Bundespresseamt. So haben Sie das den jungen Frauen weisgemacht, die Sie reihenweise ins Bett geholt haben. Was mich schon immer interessiert hat: War da auch Spaß dabei? So ein bisschen wenigstens?«

Er räusperte sich. Dann sagte er: »Sie haben seltsame Interessen.«

»Ich bin persönlich involviert.«

»Sind Sie dafür nicht ein wenig zu jung?«

Der grausame Zug um ihren Mund, der gar nicht dorthin gehörte, vertiefte sich. »Ich wurde September '85 geboren. Meine Mutter hieß Eva. Ihre Freunde hätten sie Evchen genannt, wenn sie welche gehabt hätte. Aber sie war ein scheuer Mensch. Einer, der niemandem traute, dem es nicht gelang, auf andere zuzugehen. Sie hat das immer mit ihrem Elternhaus erklärt, aber in Wirklichkeit war es etwas anderes.«

Evchen... Die Gestalt löste sich aus dem Nebel, und hinter den kalten Zügen dieser Frau mit Pistole tauchte das Gesicht einer anderen auf. Nicht blond, nicht kühl, aber mit diesen Augen und demselben schmalen Mund...

»Evchen«, sagte er leise. »Sie sind Ihre Tochter?«

»Ja.«

Er begann zu ahnen, was sie zu diesem Punkt geführt hatte, an dem sie beide sich befanden.

»Und deshalb sitzen wir heute hier?«

»Es war nicht einfach, Sie zu finden. Ich habe Sie gejagt, seit ich denken kann. Es braucht Zeit, bis man die Ressourcen und den Apparat hat, jemanden wie Sie zur Strecke zu bringen. Ich war erst beim Bundesnachrichtendienst, so wie mein Vater.«

»Werner Kellermann, Abteilungsleiter beim BND in Pullach.«

»Nicht mehr. Er bekam zwei Jahre auf Bewährung, weil er den Verrat meiner Mutter gedeckt hat. Bei ihm hat sie Schutz gefunden.«

»Ich weiß. Und Sie heißen Isa?«

»Isolda. Ein schrecklicher Name. Sie konnte mir nie erklären, warum sie ausgerechnet ihn ausgesucht hat.«

»Sie liebte Wagner. Ganz besonders *Tristan und Isolde*.«

Ihre Augen weiteten sich. Sie griff mit beiden Händen um die Pistole und entsicherte sie. Das leise Geräusch ließ seine Nerven vibrieren.

»Was für einen gottverdammten Bullshit erzählen Sie da?«
»Isa...«
»Nennen Sie mich nicht so!«
»Frau Kellermann, wir reden über eine Sache, die mehr als dreißig Jahre her ist. Ich erinnere mich an Eva, sehr gut sogar. Wir waren eine Weile zusammen.«

Isa wartete, ob noch etwas nachkam. Dann sagte sie: »*Eine Weile zusammen* ist leicht untertrieben. Sie waren die Liebe ihres Lebens, unglücklicherweise. Sie konnte Sie nicht vergessen. Auch nachdem Sie sich getrennt haben, verfolgte sie der Gedanke an Sie bis zur Stunde ihres Todes.«

Larcan senkte den Kopf. »Das tut mir leid. Ich war verheiratet damals. Es wäre nicht gut gegangen.«

Sie holte aus, er bemerkte es zu spät und konnte sich nicht mehr ducken. Die Ohrfeige riss seinen Kopf herum. Er gab ihr nicht die Genugtuung, die Hand an die Wange zu legen, obwohl sie brannte wie Feuer.

»Sie haben meine Mutter ausgenutzt. Brutal, egoistisch, nur von Ihren eigenen Interessen getrieben. Und es wäre weitergegangen, nicht wahr? Sie hätten sie nicht in Ruhe gelassen. Schon gar nicht, nachdem Sie in Sassnitz Ihre Frau und Ihr Kind verloren haben.«

Sein Herz begann zu trommeln. Was genau wusste sie? Worauf wollte sie hinaus?

»Doch dann bekam meine Mutter eine Chance. Eine echte Chance auf ein echtes Leben. Keine Lügen. Kein gefaktes Glück. Und sie griff zu, so wie das jeder gemacht hätte. Aber wie schützte sie sich vor einem Aasgeier wie Ihnen? Wie vor dem gesamten Apparat, der hinter Ihnen stand? Was tat meine Mutter, um ihre Familie nicht in Gefahr zu bringen?«

Er sah hoch, direkt in ihre kalten Augen. Sie wusste es. Sie wusste alles.

»Sie sagte mir, sie sei schwanger.« Er spürte immer noch

den Abdruck ihrer Hand wie ein Brandmal. »Und das Kind sei von mir. Und sie würde es töten, wenn ich noch einmal in ihre Nähe käme.«

Er sah, wie ihre Hand zuckte, und wappnete sich gegen den nächsten Schlag. Aber dann holte sie nur tief Luft. »Ihr ganzes Leben konnte meine Mutter sich niemandem anvertrauen. Sie trug schwer an dem Verrat, zu dem Sie sie gebracht haben. Aber noch schwerer daran, mir nie die Wahrheit sagen zu können. Sie hat es mir erst in der Nacht ihres Todes gesagt. Richard Lindner, Sie sind mein Vater. Und ich nichts anderes als ein Unterpfand.«

Er nickte. Langsam und schwer. »Unter diesem Gesichtspunkt betrachtet, ja.«

»Ich habe versucht, Sie zu finden. Ziemlich lange schon. Ich habe mich in diese Suche geradezu verrannt und hätte nicht erklären können, warum. Erst als meine Mutter mir die Wahrheit sagte, wusste ich es. Ich habe sämtliche Akten durchsucht, Ihren Lebensweg verfolgt, soweit das möglich war. Ich dachte, es liegt daran, was Sie in Sassnitz angerichtet haben, und dass das meine Eltern den Kopf gekostet hat. Aber irgendwo tief drinnen war es immer mehr.«

Er wartete.

»Es war das Gefühl, dass uns etwas verband. Ich hätte nicht sagen können, was. Die dunkle Seite der Sehnsucht, wenn man poetisch sein will. Der Gegenpol, das verzerrte Spiegelbild. Blutsverwandtschaft. Nicht mehr, Larcan. Ich empfinde nichts für Sie, nur Hass. Das muss ein Ende finden. Es reicht nicht, sich auszusprechen. Ich will dieses Gefühl ein für alle Mal in mir löschen. Nichts soll von Ihnen bleiben auf dieser Welt. Sie sollen vergessen werden, so wie Sie die Namen und Gesichter, die Schicksale und Katastrophen der Menschen vergessen haben, die von Ihnen ins Verderben gestürzt wurden. Ihre Spur...« Sie beugte sich vor, die Waffe in ihrer

Hand sank etwas herunter, und er fragte sich, ob das nicht vielleicht ausreichen würde, die Flucht zu versuchen... »Ihre Spur wird verschwinden. Sie liegen schon so lange in einem namenlosen Grab. Sie sind schon so lange tot.«

»Sie haben eine Schwester. Eine Halbschwester. Wissen Sie das?«

»Judith Kepler, ja. Wir verstehen uns nicht besonders.«

»Sie sind sich sehr ähnlich.«

»Ach ja? Was sollte ich mit einer Putzfrau gemeinsam haben?« Sie sprach das Wort so verächtlich aus, dass es ihn schmerzte.

»Mich«, sagte er schließlich und erwartete ein höhnisches Lachen. Aber es kam nicht. Stattdessen verzog sie das Gesicht zu gespieltem Erstaunen.

»Sie haben recht. Ja, das haben Sie. Und warum? Weil wir beide für Ihre Fehler bezahlen mussten.«

»Isa, ich kann etwas für Sie tun, wenn Sie das möchten.«

Sofort richtete sie die Waffe wieder auf ihn. Aber sie ließ ihn weiterreden.

»Sie haben Ihre eigene Operation an die Russen verraten, nur um mich zu finden. Jetzt sitzen wir hier, vor den Trümmern unseres Lebens, wenn ich genauso poetisch sein darf wie Sie. Wie soll es für Sie weitergehen? Sie können nicht zurück. Ihre Leute werden über kurz oder lang herausfinden, was Sie getan haben. Ich war Zeuge der Exekution. Ich habe gesehen, was Putskos Leute angestellt haben. Seien Sie froh, dass Sie nicht dabei gewesen sind.«

Sie hob die schmalen Augenbrauen. »Niemand wird etwas erfahren. Alle suchen meinen V-Mann. Wahrscheinlich ist er auch schon tot. Ich werde zurückkehren und eine Heldin sein, weil ich Sie gestellt habe.«

Er verschränkte die Arme.

»Hände auf den Tisch!«

»Hören Sie auf. Sie sind keine Verhörspezialistin. Wie viele Zugriffe haben Sie schon geleitet? Sie können gerade einmal eine Waffe halten. Aber können Sie auch abdrücken?«

Der Knall ließ beinahe sein Trommelfell explodieren. Im gleichen Moment zerriss es seine Schulter. Er wurde nach hinten geworfen und stieß einen Schmerzensschrei aus. Die Patronenhülse fiel auf den Boden und rollte zu seinen Füßen. Mit zusammengebissenen Zähnen kam er wieder nach vorn und krümmte sich zusammen. Ein glatter Durchschuss. Schmerzhaft, aber nicht lebensbedrohlich. Der Arzt zwei Ecken weiter würde einen weiteren Patienten bekommen, nichts Dramatisches. Sofern er diese Nacht überlebte. Er musste Judith aus dem Verlies holen. Aber wie sollte er das machen mit einer zerschossenen Schulter und einer Wahnsinnigen, die sich die Stunde ihrer Rache in blutigsten Farben ausgemalt hatte?

»Okay«, stöhnte er. »Ich habe verstanden. Isa, mein Job war nie, Ihr Leben zu zerstören. Was auch immer Sie sich einreden, Ihre Mutter war eine erwachsene Frau. Sie hat getan, was sie konnte, um Sie zu schützen. Aber sie hat bestimmt nicht gewollt, dass Sie Ihr ganzes Leben verpfuschen.«

»Das tue ich nicht. Im Gegenteil.« Sie stand auf und ging zu der Kiste, musterte sie und kam dann wieder auf ihn zu. »Ab jetzt kann es nur noch bergauf gehen. Beten Sie Ihr letztes Gebet, Lindner.«

»Putsko wird Sie niemals gehen lassen. Genauso wenig wie mich. Wir sind in seiner Hand.«

»Er ist der Nächste, den ich auffliegen lasse. Macron wird mir den Orden der Ehrenlegion dafür verleihen.«

Noch zwei Schritte, dann stand sie hinter ihm. Er spürte den heißen Lauf der Pistole im Nacken und roch die Schmauchspuren an ihren Fingern.

»Ihr V-Mann lebt«, stöhnte er.

Sie beugte sich zu ihm herab. »Was haben Sie gerade gesagt?«

»Ihr V-Mann lebt. Er hat alles gesehen.«

»Dann steht sein Wort gegen meins.«

An der Türöffnung bewegte sich etwas. Ein Schatten in der Dunkelheit der Katakomben. Sie sah hoch, und er spürte, wie der Lauf der Pistole an seinem Hals weiterwanderte.

»Nein, Isa«, sagte der Schatten. Ein kleiner roter Punkt bewegte sich über den Boden des Kellers langsam auf sie zu. »Du hast verloren. Wirf die Waffe weg.«

»Frederik?«

Sofort spürte Larcan ihren Arm um den Hals. Mit beinahe übermenschlichen Kräften zog sie ihn hoch. Ein Schutzschild, die Pistole spürte er jetzt unterm Kinn. Sie würde ihm das Gesicht wegschießen.

»Wo ist Judith Kepler?«, fragte der Schatten. »Was hast du mit ihr gemacht?«

Larcan spürte, wie sich Isas Körper versteifte, wie in ihrem Kopf alle Rädchen rotierten, um diese rätselhafte Information zu verarbeiten. Sie sollte Judith in ihrer Gewalt haben? Wie kam dieser Mann darauf? Also war noch nicht alles verloren. Judith Kepler wurde gesucht, wenn auch an der falschen Stelle und bei der falschen Frau. Dieser Schatten glaubte, Isa hätte etwas mit Judiths Verschwinden zu tun.

»Komm raus und zeig dich«, sagte sie. »Dann verrate ich es dir.«

Der Schatten kam näher. Das Licht der Lampe fiel auf einen mittelgroßen muskulösen Mann in Motorradkleidung. Er hielt ein Maschinengewehr in der Hand, das aber offensichtlich aus einer der beiden Kisten im Transporter stammen musste. Sein Gesicht wirkte ruhig und konzentriert. Kein Anfänger. Er wusste, was er tat. Larcans Chancen stiegen Prozentpunkt um Prozentpunkt.

»Lass ihn gehen, Isa. Und dann sag mir, was du mit Judith gemacht hast.«

»Steckt ihr unter einer Decke, oder was? Macht ihr jetzt gemeinsam euer Ding?« Isa drückte die Pistole noch fester unter Larcans Kinn. Der konnte gar nicht anders, als hilflos die Hände zu heben. Eine Pattsituation, die sich in Sekundenbruchteilen zu Isas Gunsten wenden konnte. Sie wusste das. Der Schatten auch.

»Sie stirbt«, stöhnte Larcan. »Judith Kepler stirbt, wenn wir noch länger hier unten herumstehen.«

Der rote Punkt kletterte über Larcans Schuh, das Knie, den Oberschenkel und Bauch hinauf bis zum Kopf.

»Wo ist sie?«

Isa schoss. Im selben Moment ratterte das Maschinengewehr. Larcans Kopf explodierte. Er fiel vornüber auf den Boden und bekam keine Luft mehr. Als ob eine Lawine über ihn rollen und alle Luft aus seiner Lunge drücken und alles Licht aus den Augen saugen würde. Da lag er auf dem dreckigen Boden und sah das frische, dunkelrote Blut, das sich in rasender Geschwindigkeit ausbreitete. Dann wurde ihm leichter ums Herz, und das Licht begann zu strahlen, so hell, dass es ihn blendete.

»Wo ist sie?«, hörte er eine Stimme von weit her.

Er wusste nicht, ob er sprach oder fantasierte. »Fontanka«, flüsterte er. Oder dachte er das nur? »Frag ... Ljubko ...«

Ein Körper rollte von ihm herunter. Ein Arm streifte ihn, eine Hand, schmal und schön, öffnete sich. Das Letzte, was er sah, war Isas eisblondes Haar, das sich blutrot verfärbte.

Dann kam die Nacht.

3

»Judith?«

Jemand rüttelte an ihrer Schulter. Sie hatte geträumt. Wieder hatte ihr rätselhaftes Unterbewusstsein sie auf den Bahnhof von Sassnitz geführt, aber etwas war anders. Das Hundegebell, die rauen Schreie der Grenzpolizisten und die grellen Lichter der Scheinwerfer, all das war noch da. Auch die Gleise, der Zug, der Lokschuppen mit Lenins Salonwagen, aber angsteinflößend war dieses Mal etwas anderes. Sie hatte in dem Abteil gesessen. Überall roter Samt und Gold (Messing, natürlich ist es Messing, du Dummchen, aber für das kleine Mädchen, das du gerade träumst, musste es natürlich Gold sein). Lenin beugt sich zu ihr herab. Sein bronzenes Lächeln vertieft sich.

»Komm, deine Eltern warten.«

Sie steht auf und verlässt das Abteil. Schienen führen bis zum Horizont. Und weit weg, im Gegenlicht der Scheinwerfer nur als Silhouette zu erkennen, stehen ein Mann und eine Frau. Lenin legt ihr seine schwere Bronzehand auf die Schulter, und sie weiß: Dies ist ein Abschied. Sie träumt, auch das weiß sie. Aber ein Lebewohl wie dieses ist im Wachzustand genauso schwer zu ertragen wie im Land zwischen Licht und Nacht.

»Willst du nicht zu ihnen?«

»Doch.«

»Dann lauf!«

Sie will. Sie will so sehr! Aber da ist der Salonwagen. Das Gold. Der Samt. Wenn sie wieder einsteigt, wird er sich in Bewegung setzen und in die andere Richtung fahren, fort von den beiden Menschen am Ende der Gleise.

»Judith?«

Sie wehrt die Hand ab. Aber Lenin lässt sich nicht abschütteln. Er packt sie und will, dass sie etwas tut. Aber was, zum Teufel?

»Lass mich!«, schreit sie.

»Wach auf! Ich bin's. Frederik.«

Wer ist Frederik? Sie blinzelt, will nicht weg, will den Bahnhof nicht verlassen, weil sie so kurz vor dem alles entscheidenden Schritt gewesen ist.

»Los. Steh auf. Du musst wach werden. Hier. Trink was.«

Er presste die Öffnung einer Wasserflasche an ihre Lippen, die sie unwillig wegschlug. Stöhnend setzte sie sich auf und rieb sich mit den Handflächen übers Gesicht. Oh verdammt. Sie wusste wieder, wo sie war.

»Da ist was drin«, erklärte sie schließlich. »Irgendein Betäubungsmittelscheiß.«

Er stand auf und reichte ihr die Hand. Sie packte zu und ließ sich hochziehen. Die Beine knickten ihr weg. Er nahm sie in die Arme und hielt sie fest. So fest, als ob er sie nie wieder loslassen wollte.

In der Ecke des Kellers, am Fuß der Treppe, stand ein kleiner Mann. Ängstlich und verschlagen zugleich, eine Mütze in den Händen, die er nervös knetete.

»Wer ist das?«, fragte Judith und löste sich aus Frederiks Umklammerung, aus der er sie nur widerwillig freigab.

»Ljubko. Ihm gehört die Datsche.«

»Dieses Frettchen hat mich hier fast verrecken lassen?«

Sie deutete auf die Männerleiche. »Und ihm das Gesicht weggeblasen?«

Ljubko erfasste, dass von ihm die Rede war, und das auch noch im gleichen Atemzug mit dem Toten. Er begann einen wüsten Redeschwall, der hauptsächlich aus Abstreiten bestand. Er wusste von gar nichts, hatte einfach nur in seinem Haus vor dem Fernseher gesessen und stand nun genauso entgeistert vor der Bescherung wie Frederik und Judith.

»Er wollte nur angeln!«, beteuerte er und wich zurück an die Wand, als Judith auf ihn zukam. »Nur angeln!«

»Wer?«, fragte sie.

»Der *frantsuz*«, stammelte er.

»Ein Franzose?«

»Ja.« Ljubko nickte wie ein Rückbankdackel. »Er hat das alles so eingerichtet. Der Keller war leer, glaubt mir! Leer!«

Frederik trat zu ihnen. »Ich habe hier unten keinen Empfang. Ich muss die Behörden informieren. Das ist nicht der einzige Tatort.«

Er stieg die Treppe hinauf. Judith überlegte nicht lange und folgte ihm. Oben angekommen trat Frederik vor die Tür der Datsche und zog sein Handy heraus. Dann steckte er es wieder weg.

»Ich habe keinen Kontakt.« Zum ersten Mal, seit sie ihn kannte, wirkte er ratlos. »Isa Kellermann war die Einzige, mit der ich in Verbindung treten konnte.«

»Was ist mit Isa?«

Er wollte etwas sagen, dann überlegte er es sich anders. Ging ein paar Schritte auf und ab, fuhr sich durch die Haare, kickte ein paar Steinchen weg. Es war eiskalt und mitten in der Nacht. Atemwolken standen vor Judiths Gesicht.

»Was ist mit Isa?«, wiederholte sie die Frage. Als er immer noch nichts sagte, griff sie nach seinem Arm und zwang ihn so, sie anzusehen.

»Sie ist tot«, sagte er.

Sie ließ ihn los. Isa tot. Eine Leiche im Keller. Frederik hier. Sie bekam das alles nicht zusammen. Vorne an der Straße stand ein Kaffeeauto. Bei seinem Anblick konnte Judith den Duft geradezu riechen. Ein Kaffee und eine Zigarette. Bitte. Wenigstens das…

Frederik reichte ihr ein Tabakpäckchen. Sah man ihr die Sucht so sehr an?

»Ist das meiner? Wo hast du den her?«

Ljubko tauchte auf, die ganze Gestalt ein Bild des Jammers. »Was soll ich denn jetzt machen? Wer bezahlt mir diese Sauerei?«

»Der *frantsuz*«, sagte Judith lakonisch. »Man sollte sich seine Mieter immer sehr genau ansehen.«

Sie nahm den Tabak und drehte sich eine Zigarette. Ljubko gab ihr Feuer. Beim ersten Zug wurde ihr schwindlig. Ihr Blick fiel auf Frederik.

»Was ist?«

Jetzt erst sah sie das Blut auf seiner Hose und an seinen Händen. Jetzt erst begriff sie, was er gerade gesagt hatte. Noch eine Schwindelattacke, dann hatte sie sich wieder in der Gewalt. »Isa ist tot? Und … Larcan? Wie hast du mich gefunden? Was ist eigentlich passiert?«

»Wir müssen zur Polizei.«

»Frederik! Da unten liegt ein Toter! Was ist mit Isa?«

»Sie hat Larcan in eine Falle gelockt. Uns alle. Judith, ich kann dir jetzt nicht sämtliche Fragen beantworten. Wir wurden verraten. Maxe und das Kamel wurden geradezu hingerichtet. Dazu noch drei Vertreter des Regiments Asow. Einer der Hintermänner auch, Oleg Nikiforov.«

Ljubko, der Deutsch nicht verstand, zuckte aber bei der Erwähnung dieses Namens zusammen. Frederik wandte sich an ihn und sprach Russisch. »Was weißt du? Wer ist der Tote?«

»Nichts! Nichts weiß ich!«

Frederik packte ihn am Kragen und schüttelte ihn. »Sag es, oder ich bring dich um!«

»Er … er gehört zu Olegs Leuten.«

»Die haben das Verlies eingerichtet?«

»Nein. Nein! Das war der *frantsuz*!«

Frederik ließ Ljubko los. Der kleine Mann taumelte und

griff sich an den Hals, als hätte Frederik ihn dort gepackt und nicht an seinem speckigen Kragen.

»Ich glaube... Oleg Nikiforov hat ein Kind, ein Mädchen. Dafür war der Keller gedacht. Für das Mädchen. Vielleicht eine Entführung. Ich weiß es nicht, ich weiß es nicht! Aber vielleicht wollte der *frantsuz* Nikiforov erpressen? Und dann kam der Tote. Also, er hat ja noch gelebt, nicht wahr? Er lebte und gehörte zu Olegs Leuten. Man kennt sie, sie tragen seine Uniform. Er hat das Verlies entdeckt.«

»Ja?«, fragte Frederik lauernd. »Und dann?«

Ljubko hob die Arme. »Weiß ich nicht. Aber, keine Polizei. Bitte! Keine Miliz!«

»Was dann?«

Ljubko zitterte. Er begriff genauso langsam wie Judith, welche Tragödie sich abgespielt haben musste. Sie räusperte sich, weil ihr die Kehle eng wurde beim Gedanken an das Verbrechen, das ihr Vater hier begangen hatte.

»Der *frantsuz* hat Olegs Mann getötet?«

»Nein. Nein! Ich weiß es nicht. Ich hab nur einen Schuss gehört. Nur einen Schuss! Gehört! Das ist alles.«

»Und der Mann hat einfach so da unten auf seine Hinrichtung gewartet?«

Ljubko wurde blass.

»Soll ich dir sagen, was passiert ist, *blyad*? Du hast den Mann da unten eingesperrt. Aber dann kam nicht der *frantsuz*, sondern Oleg, sein Boss.«

»Ja, ja, *myi lord*, genauso war's. Peng.«

»Aber warum?«, fragte Judith entsetzt.

Frederik nahm sie am Arm und zog sie zum Transporter. Im Laufen sah sie sich noch einmal nach Ljubko um. Der stand vor seiner Datsche und raufte sich die Haare. »Wir werden es nie erfahren. Vielleicht eine Verwechslung. Wir müssen hier weg. Ich will nicht, dass man mir noch einen Mord anhängt.«

»Wie meinst du das?«

»Isa wollte mir das Desaster im Hafen in die Schuhe schieben. Die Russen haben meine Leute erschossen, alle.« Er öffnete ihr die Beifahrertür.

Sie sah in seinen Augen, wie nahe ihm das alles ging. Die Zeit reichte für eine kurze, flüchtige Umarmung. Dann enterten sie den Wagen.

Frederik wendete, und es ging über eine holperige Strandpiste hinaus aus dem kleinen Ort Fontanka. Judith steckte ihren Kopf aus dem Fenster, um wenigstens noch ihre Zigarette zu Ende zu rauchen.

»Was ist mit Larcan?«

»Tot.«

Er sah kurz in ihr entsetztes Gesicht. »Isa hatte ihn in den Katakomben abgepasst. Nach der Exekution im Hafen sollte er die geklauten Waffen dort verstecken. Sie hatte einen Deal mit den Russen: Ich gebe euch die Waffen, ihr gebt mir Larcan. Sie wollte ihn zur Strecke bringen, koste es, was es wolle. Sie hat uns alle getäuscht, Judith. Auch mich.«

Judith biss sich auf die Lippen. Das war ein ungünstiger Moment für besserwisserische Kommentare. Sie hatte Frederik noch gewarnt. Sie hatte jeden Schritt dieser Frau vorausgesehen. Nicht am Anfang, nein. Aber spätestens in Odessa war ihr klar geworden, dass Isa andere Ziele gehabt hatte, als einen Waffentransport sicher ans Ziel zu bringen. Sie spürte den eisigen Fahrtwind auf ihrem Gesicht und hoffte, dass sie bald wieder ihre sieben Sinne zusammenhatte. Was Frederik erzählte, konnte nicht stimmen. Das hieß ja, dass sämtliche Akteure der Operation Odessa nicht mehr lebten. Bestimmt hatte er sich geirrt. Oder etwas falsch verstanden.

»Wie bist du entkommen? Du hast gesagt, alle sind tot. Hingerichtet im Hafen. Warum haben sie dich nicht erwischt?«

Seine Hand ließ den Schaltknüppel los und legte sich auf ihren Arm. »Wegen dir.«

»Mir?«

»Ich wollte noch mal mit dir reden. Ich hatte das Gefühl, dass wir ziemlich beschissen auseinandergegangen sind. Vor solchen Einsätzen soll man immer alles in Ordnung bringen. Ich wollte reinen Tisch machen.«

Er ließ sie los, weil ein Schlagloch vor ihnen auftauchte und er bremsen und kuppeln musste. Judith spürte die Wärme seiner Hand durch ihre Jacke hindurch, auch wenn sie nicht mehr da war.

»Im Hotel sagte mir der Portier, du wärst weg.«

Ein blasses Lächeln erschien um Judiths Mund. »Valentin.«

»Ich also wieder runter zum Hafen, und in der Unterführung hab ich deinen Tabak gefunden. Du bist süchtig, weißt du das?«

»Ja. Weiter.«

»Tabak und Papierchen. Getrennt voneinander, das Papier noch halb herausgezogen. Das konnte dir nicht einfach aus der Tasche gefallen sein.«

»Ich hab eine Nachricht bekommen, die Unterführung sollte der Treffpunkt sein. Ich bin vorher noch auf den Markt der tausend Wunder und habe mir eine Knarre besorgt.«

»Du?«, fragte er verblüfft. »Hast dir ... einfach so?«

»Nein. Einfach geht anders. Aber es hat geklappt. Leider ist sie weg. Es waren zwei Männer. Ich habe sie nicht gesehen. Zack, Sack über den Kopf, Ende.«

Sie warf die Kippe aus dem Wagen. »Isa? Meinst du, sie hat sie geschickt?«

»Keine Ahnung.«

»Larcan?«

»Das glaube ich nicht. Er hatte vor, ein Kind zu entführen. Aber nicht dich. Weiß der Himmel, warum.«

Sie biss sich auf die Lippen. Es tat weh, verdammt weh. Aber was hatte sie erwartet? Larcan war und blieb ein Verbrecher.

»Ist er wirklich tot?«

»Ja.«

»Du hast es mit eigenen Augen gesehen?«

»Ich war dabei.«

»Wie ist es passiert?

»Es war Isa. Ich kam erst in letzter Sekunde hinzu. Ich konnte nichts mehr für ihn tun, bitte glaub mir das.«

Die Fahrt zurück nach Odessa verging mit Frederiks Schilderung des Ablaufs. Er begann mit dem Moment, in dem er die Unterführung betreten hatte, und endete mit Larcans letzten Worten und einem entgeisterten Ljubko, dem er die Tür eingetreten hatte. Judith schwieg. Bis auf ein paar Zwischenfragen sagte sie kein Wort. Es war schlimm, seine Schilderung von Larcans letzten Minuten zu hören. Wie Frederik noch versucht hatte, Isa von einem Mord abzuhalten. Wie entschlossen sie gewesen war. Wie Frederik auf sie schoss, aber sie hatte immer noch den Finger am Abzug gehabt…

»Isa war tot, sofort. Larcan hat noch eine Minute gelebt. Nicht länger. Ein Schuss in den Kopf, meine Güte, ihm ist das halbe…«

»Danke«, unterbrach ihn Judith. »Reicht.«

Für ein paar Augenblicke schwiegen sie. Dann sagte Judith: »Aber das kann doch nicht alles sein.«

»Was?«

»Dass Isa Larcan nur deshalb killt, weil er mal der Romeo ihrer Mutter gewesen ist. Ich weiß, er war ein Schwerverbrecher. Ein eiskalter Lügner. Ich habe allen Grund, ihn zu hassen, und ich wünschte mir, wir wären uns noch einmal begegnet, damit ich es ihm hätte sagen können. Es gab Momente, da hätte ich ihn durchaus umbringen können. Er war mein Vater! Verstehst du? Mein Vater! Was zum Teufel hatte

Isa mit ihm zu tun? Was ist passiert, dass er ihr wichtiger als alles wurde? Wichtiger als ihre Leute, ihre Karriere, ihr ganzes Leben...«

»Ich weiß es nicht.«

»Wirklich nicht? Du hast sie doch belauscht. Hat sie da nichts erklärt?«

Ein minimales Zögern. Konnte aber auch sein, dass er nur noch einmal im Geiste alles durchging, was er in den Katakomben mitgekriegt hatte.

»Nein. Nur die Sache mit ihrer Mutter. Und dass er ihre Familie zerstört hätte.«

Mit einem unwilligen Schnauben sah sie aus dem Fenster. »Erzähl weiter«, sagte sie schließlich. »Larcan wusste, wo ich gefangen war. Also hat er das geplant.«

Oh ja. An Isas Stelle hätte sie wahrscheinlich auch abgedrückt. Aber vorher hätte sie noch alles aus Larcan herausgeholt, was sie wissen wollte. Warum hatte er sie aus dem Verkehr gezogen? Warum zu einem Toten gesperrt? Was war mit diesem Oleg gelaufen? Wer hatte wen erpresst? Sie hörte nur noch mit halbem Ohr zu, und als Frederik endete, hatten sie die Innenstadt erreicht und fuhren einen breiten, hell erleuchteten Boulevard entlang.

»Ich muss jetzt erst mal Meldung machen, und dann führe ich sie in die Katakomben, zu Isa und Larcan. Vielleicht kannst du dabei sein, dann überzeuge dich selbst. Ist kein schöner Anblick, ich würde dir abraten.«

»Du führst wen?«

Sie bogen ab in eine Seitenstraße mit prächtigen Stadtvillen. Vor einer hielt Frederik an und stellte den Motor ab.

»Was machen wir hier?«

»Steig aus. – Halt. Warte.«

Sie hatte die Hand schon am Türgriff und drehte sich noch einmal zu ihm zurück.

»Er wollte dich retten. Das war sein letzter Wunsch. Vergiss das nie.«

»Und Isa?«

»Isa hatte nur ihre Rache im Kopf.«

»Ist das alles? Sonst nichts?«

»Sonst nichts.«

Sie stiegen aus, jeder auf seiner Seite. Das Haus war mit Kameras geschützt, und Judith spürte die unsichtbaren Augen auf ihrem ganzen Körper. Frederik betrat die Stufen und klingelte. Dann kam er wieder zu ihr herunter, hob die Hände und sah direkt in die Kamera über dem messingglänzenden Klingelschild.

»Mein Name ist Frederik Meißner. Die Frau neben mir ist Judith Kepler. Wir sind unbewaffnet und bitten um Einlass in das Hoheitsgebiet der Bundesrepublik Deutschland.«

Sie warteten. Das kleine Licht der Kamera blinkte. Und dann, nach einer halben Ewigkeit, ertönte der Summer, und die Tür öffnete sich. Frederik sah zu Judith, sie zu ihm. Sie nickten sich zu und gingen dann nebeneinander die Stufen hoch.

4

Vier Tage später

Es war eine Maschine der Bundeswehr, die kurz nach dreizehn Uhr auf dem militärischen Teil des Flughafens Tegel landete. An Bord: neun Soldaten, ein Auslandseinsatzführer der Bundespolizei, ein Abteilungsleiter des BND, zwei Vertreter der ukrainischen Nationalgarde, von denen einer von Kopf bis Fuß rechteckig aussah.

Ein ehemaliger V-Mann des Verfassungsschutzes.
Und eine Putzfrau.
Im Laderaum: drei Särge. In den Begleitpapieren standen die Namen Rönsch, Oberleitner und Kellermann.
Vor einem Hangar standen zwei Hubschrauber. Auf dem Rollfeld wartete bereits ein Airbus mit der Aufschrift »Bundesrepublik Deutschland«.
»Die *Konrad Adenauer*«, sagte Tobias Täschner. »Die Regierungsmaschine.«
Er war außer Frederik der Einzige an Bord, den sie nach der Festnahme in der Botschaftsrepräsentanz gekannt hatte. Vor ein paar Monaten waren sie sich schon einmal über den Weg gelaufen, zwar nur eine flüchtige Begegnung, aber beide erinnerten sich noch gut an Larcans Flucht aus Berlin und Isas und Judiths zwei Minuten, die sie allein vor dem offenen Kerndatenbanksystem verbracht hatten.
Damals hatte Larcan ihr die Hunderttausend zugesteckt. Das Geld befand sich mittlerweile in der Repräsentanz der deutschen Botschaft in Odessa, so geschickt hinter dem unsichtbaren Wandspülkasten der Damentoilette versteckt, wie es nur Profis zustande brachten. Der Botschafter und seine Gattin hatten sie herzlich eingeladen vorbeizuschauen. »Falls Sie mal wieder in Odessa sind.« Allerdings erst, nachdem bei der Rollenverteilung in dieser Tragödie Judith der Part der eifersüchtigen Geliebten zugefallen war, die nichts anderes ans Schwarze Meer verschlagen hatte, als Frederik zur Rede zu stellen. Noch vor der ersten Leibesvisitation hatte sie gebeten, die Toilette aufsuchen zu dürfen, und sich dort nicht ohne Bedauern von den Scheinen getrennt.
Der Rest waren Verhöre, dann Vernehmungen, zum Schluss Gespräche. Frederik bekam sie erst am nächsten Tag zu sehen. Ihre Bitte, mit zu den Katakomben zu dürfen, wurde abgelehnt.

Und so konnte sie es immer noch nicht glauben, dass die Welt sich ohne Larcan weiterdrehen würde. Er war tot, vom Erdboden getilgt wie der Raum, in dem sich alles abgespielt haben sollte. Ihre Jagd war zu Ende. Doch statt ruhig zu werden oder erleichtert zu sein, lauerte ein Gefühl wie Kriechstrom in ihren Nerven. Es wurde schwächer, als sie das kleine Terminal betrat, das kein Pauschal- oder Geschäftsreisender je zu sehen bekam, und als hinter den letzten Kontrollen Kaiserley auftauchte, um sie in die Arme zu nehmen.

»Alles okay?«, fragte er nur.

Sie nickte. Sie hatte Kellermann entdeckt. Er stand abseits, neben ihm zwei Mitarbeiter eines Beerdigungsinstituts, die Judith vage bekannt vorkamen. Der Tod war ein Geschäft und seine Mitarbeiterzahl überschaubar. Sie nickte den beiden zu. Frederik trat zu ihr, sie stellte die beiden einander vor, und dann warteten sie.

Isas Sarg wurde als Letzter gebracht.

Ihre Leiche hatte in dem Kaffeeauto gelegen, das in einem Vorort von Odessa abgestellt worden war. Ohne die Waffenkisten, von denen fehlte jede Spur. Eine *failed operation*, deren Aufarbeitung noch gar nicht richtig angefangen hatte. Alle, die einer nach dem anderen aus dem Terminal herauskamen, sich voneinander verabschiedeten, eine erste Zigarette rauchten oder sich sofort in Richtung Taxistand am Terminal C auf den Weg machten, alle wussten: Sie würden sich erneut begegnen. Die Russen ließen sich so eine Möglichkeit, es dem Westen mal wieder richtig einzuschenken, nicht entgehen.

Isas Rolle in dem Desaster war nicht eindeutig geklärt. Frederik hatte seine Aussage gemacht, aber es war nicht klar, ob sie jemals an die Öffentlichkeit geraten würde. Zudem sein Wort gegen das von Täschner stand, der Isa absolute Korrektheit, Aufrichtigkeit und schließlich sogar Diensttreue bis in den Tod bescheinigte.

In diesem Moment schloss er sich ihrer kleinen Gruppe an. Schweigend beobachteten sie, wie der Sarg auf einen Rollwagen gehievt und zu dem Bestattungswagen gefahren wurde. Kellermann wankte, mit gebeugten Schultern und zitternden Händen, hinterher.

»Ich kann ihn jetzt nicht allein lassen«, sagte Kaiserley. Mehrmals hatten er und Judith miteinander telefoniert. Sie hatten sich auf eine Version geeinigt, von der sie hofften, dass Kellermann damit leben konnte: dass Isa bei der Jagd nach Larcan unter *friendly fire* gekommen war. Judith vermutete, dass dies auch die offizielle Verlautbarung werden würde. Kaiserley hatte versprochen, ihn von allen anderen Nachrichten fernzuhalten.

»Alles okay?«, fragte er.

Judith nickte. »Geht. Und bei dir?«

Das Herzklopfen war weg. Stattdessen spürte sie, wenn sie ihn betrachtete, Frieden. Vielleicht lag es aber auch an Frederik, der ein paar Schritte zur Seite gegangen war, um zu telefonieren. Vielleicht aber auch daran, dass Kaiserley und Larcan ihre Vergangenheit gewesen waren und sie, wahrscheinlich durch die schrecklichen Stunden in dem Keller der Datsche, einen unbändigen Hunger auf Zukunft entwickelt hatte. Sie konnte es kaum erwarten, zu Dombrowski zu fahren. Tabea zu sehen. Mit Vollgas in ein Leben zu starten, in dem die Schatten der Toten nichts mehr zu suchen hatten.

Kaiserley spürte das. »Auch alles okay. Mein Buch ... Lassen wir das. Sehen wir uns mal wieder?«

»Klar.«

Er lief Kellermann hinterher und half ihm, ins Auto zu steigen. Frederik telefonierte noch. An dem Leuchten, das über sein Gesicht ging, erkannte Judith, dass er Tabea an der Strippe hatte. Bevor sie Zeugin wurde, wie er ihr wieder alles

Mögliche versprach, ging sie zu Täschner, um sich zu verabschieden.

»Alles Gute«, sagte sie und reichte ihm die Hand.

»Ihnen auch. Nehmen Sie sich am besten gleich einen guten Anwalt.« Judith sah ihn fragend an.

Teetee senkte die Stimme.

»Sie sind ersten Grades mit einem Mann verwandt, der als Bastide Larcan mehrere Morde begangen und eine Entführung geplant hat.«

»Oleg Nikiforov war ein Unfall. Die Mörder der Nazis waren Russen. Die Entführung hat Larcan abgeblasen. Was wollen Sie eigentlich noch? Larcan ist tot. Und ich möchte endlich ein Leben ohne euch anfangen.«

Teetees Blick ging zu Frederik, der weiterhin telefonierte. Allerdings sah er jetzt nicht mehr so fröhlich aus. Wahrscheinlich hatte er Tante Gabi am Apparat.

»Dann sollten Sie sich vielleicht einen anderen Umgang suchen«, sagte Teetee. »*You can get the secret service out of the man, but you never...*«

Er brach ab. Drei Männer traten zu Frederik. Er beendete das Gespräch abrupt.

»Wer sind die?«, fragte Judith.

»Verfassungsschutz. Der eine vom Landesamt, der andere vom Bund. Und... ach je, einer von der Generalstaatsanwaltschaft. Die nächste Verhörrunde. Irgendwie müssen sie ja zusehen, wie sie ihren V-Mann wieder an Bord holen.«

Frederik ließ sich gar nicht erst auf eine Unterredung mit ihnen ein. Er sagte ein paar Worte, ließ die drei stehen und trat zu Judith und Teetee.

»Ich fahre. Willst du mit?«

Das kam überraschend. In den letzten Tagen hatten sie sich kaum gesehen. Sogar im Flugzeug waren sie weit auseinandergesetzt worden.

»Wohin?«, fragte sie, und ihr Herz schlug schneller.

»Nach Tröchtelborn. Tabea wird aus dem Krankenhaus entlassen. Ich hab ihr gesagt, wir holen sie ab.«

»Und die da?«

Die drei Männer blickten finster.

»Ich habe gerade meine Kündigung eingereicht.«

Ihr fiel nichts ein, was sie dazu hätte sagen können. Er warf dem Laden wirklich seinen Kram vor die Füße? Das war kein dummer Spruch gewesen, kein Auf-später-Vertrösten, das war... Ernst?

»Kommst du?«

»Äh – ja.«

Er schulterte seine Tasche und lief voran. »Warte«, sagte sie schnell. »Ich bin sofort wieder da.«

Sie rannte zu Teetee zurück, der sich gerade von dem rechteckigen Mann verabschiedete.

»Herr Täschner, eine Frage?«

Er nickte, und sie gingen ein paar Schritte zur Seite. Eine Maschine startete, das Schrillen der Turbinen fräste sich in die Ohren. Die Luft roch nach Blei und... Frühling.

»Ja?« Er sah sie interessiert, aber auch leicht ungeduldig an. Sein Job war noch nicht zu Ende.

»Wie lange?«

Sie sahen sich an, bis Teetee ihrem Blick auswich.

»Wann lasst ihr mich endlich von der Leine? Ich will raus aus eurem System. Raus aus allem. Ich will nie wieder etwas mit euch zu tun haben.« Sie drehte sich zu den drei Männern, die abseitsstanden und die Köpfe zusammensteckten. »Und mit denen auch nicht.«

»Das ist Herrn Meißners Sache. Mit dem VS habe ich nichts zu tun.«

»Aber mit dem Bundesnachrichtendienst. Larcan ist tot. Wie lange noch?«

Er dachte nach. »Arbeiten Sie kooperativ mit uns zusammen, bis der Untersuchungsausschuss zu einem befriedigenden Abschlussbericht gekommen ist.«

»Befriedigend heißt?«

»Dass wir die bevorstehende Propagandaattacke der Russen wenigstens kontern können. Es wäre hilfreich, wenn Ihre Anwesenheit in Odessa dabei rein privat bliebe.«

Bis zu diesem Tag war es ein Rätsel, wie Judith in Ljubkos Keller gekommen war. Die Identität der Leiche wurde nicht geklärt, oder die ukrainischen Behörden hatten kein Interesse daran.

»Dann wird Fontanka gar nicht erwähnt?«

»Es würde alles unnötig verkomplizieren. Wenn wir uns darauf einigen könnten, dann bliebe mir nichts anderes, als Ihnen alles Gute auf Ihrem weiteren Lebensweg zu wünschen.«

»Aber ich habe doch schon so viele Aussagen gemacht. Das kann man doch gar nicht mehr unter den Teppich kehren!«

Teetees Blick schweifte kurz zu dem rechteckigen Mann. Budko, jetzt fiel Judith sein Name wieder ein. Als ob er spürte, dass gerade etwas hinter seinem Rücken geschah, drehte er sich zu ihnen um und kam auf sie zu.

»Wir sind schon tief genug baden gegangen«, sagte Teetee hastig. »Die Ukraine möchte Oleg Nikiforovs Tod nicht an die große Glocke hängen. Ein Unfall im Hafen, Fahrerflucht. Alles andere wäre sehr… nun, wie soll ich sagen?«

»Kompliziert?«, schlug Judith vor. »Also noch ein ungesühnter Mord? Der Tote in Fontanka…«

»Fontanka?«, fragte Budko, der zu ihnen getreten war. »Ein chübschess, kleines Fischerdorrff.«

»Sie sprechen Deutsch?«, fragte Teetee, und Judith sah ihn zum ersten Mal perplex.

»Nurrr wennig. Was issst mit diesem Dorrff?«

Judith überlegte blitzschnell, Teetee ebenso.

»Nichts«, sagten beide wie aus einem Mund und reichten sich zum Abschied die Hand. Dann lief sie los, zu Frederik, der am Fuß einer Treppe stand, die hoch zum Hauptterminal führte.

»Lass mich raten«, sagte er mit einem Blick zurück auf die letzten Ankömmlinge aus Odessa, die sich in alle Winde zerstreuten. »Sie schreddern alles und lassen dich gehen?«

»Nicht alles, vielleicht. Aber sie lassen mich gehen.«

»Wohin?«

Judith grinste. »Erst mal nach Tröchtelborn.«

Hand in Hand stiegen sie die Stufen hoch. »Klingt nach einem Plan«, sagte er. »Nach einem ziemlich guten sogar.«

Epilog
Mahlow, Juni 2018

Die Brunnenkresse wucherte, als wäre ein Atomkrieg ausgebrochen. Judith stand mit einem Messer hinter Frederiks Haus und säbelte an den Blättern herum. In der Küche lag ein Kochbuch. Sie war heute dran, irgendetwas auf den Tisch zu stellen, bei dem die beiden nicht gleich die Gabel sinken ließen und den Pizzadienst bestellten.

»Das schmeckt komisch.« Tabea spuckte das Blatt wieder aus, das sie gerade probiert hatte.

»Ist aber gesund.«

»Warum schmeckt alles, was gesund ist, komisch?«

»Das ist doch nicht wahr. Neulich der Salat war lecker.«

Judith warf ein Büschel Kresse in den Korb und wanderte zu Frederiks Kräuterecke, die sie immer noch mit Respekt, Bewunderung und Ratlosigkeit erfüllte. Sie pflückte ein zartes Blatt und zerrieb es mit den Fingerspitzen. Minze. Vielleicht für einen Tee? Seltsame Dinge, mit denen sie sich seit einiger Zeit beschäftigte. Aber sie gefielen ihr. Etwas ganz anderes, als allein auf dem Balkon zu sitzen und in die Sterne zu starren.

»Wann kommt Papa?«

»In einer Stunde, hat er gesagt. Wenn er fertig ist mit seiner Aussage.«

»Wie lange dauert denn so ein Such-Ausschluss?«

»Ein Untersuchungsausschuss? Keine Ahnung. Sie hören einfach viele Leute an, und jeder sagt was anderes. Irgendwo in der Mitte liegt die Wahrheit.«

»Sagt Papa die Wahrheit?«

»Klar sagt er die Wahrheit. Er kann ja nichts dafür, dass die Bohrinsel gesunken ist.«

Tabea schmiegte sich an sie. Seit das Mädchen wieder beim Vater lebte – in »geordneten Verhältnissen«, wie er grinsend im Angesicht des Chaos um ihn herum feststellte –, tat sie das immer öfter. Und Judith, die anfangs zurückgeschreckt war vor diesen Fangarmen und, ja, auch dem *geordneten Verhältnis*, begann, die Umarmungen zurückzugeben.

Sie gingen zurück ins Haus, und als Frederik wenig später zurückkehrte und den Salat probierte, beschlossen sie gemeinsam, an diesem Abend Sushi zu bestellen.

Später, als Tabea im Bett lag, saßen sie mit einer Flasche (gutem!) Rotwein an einem kleinen Lagerfeuer auf dem Hof der Autowerkstatt. Die Wracks waren verschwunden, die Altmetallberge auch. Es war nicht klar, wie lange Frederiks Abfindung reichen würde, auch nicht, ob seine Schrauberkenntnisse eine belastbare Alternative für die Zukunft wären. Aber seit Judith die Geschäftsleitung von Dombrowski übernommen hatte, stellte sie immer häufiger fest, dass ihr dieses Leben gefiel. Er hatte ein Händchen für Autos. Ab und zu war er auch schon Josef zur Hand gegangen, und dies waren Momente gewesen, in denen sie oben im Büro am Fenster gestanden und auf die beiden hinuntergesehen hatte. Und es war ein gutes Gefühl gewesen, ihn dort zu sehen. Sie hatte den Verdacht, ihm ging es ähnlich. Für den Herbst planten sie ein Wochenende in Odessa. Abschließen mit allem, hatte Judith das genannt und schon einen Termin mit dem Botschafter ausgemacht. Was Frederik nicht wusste: Sie würde sich Larcans Hunderttausend wiederholen. Und vielleicht dieses Haus und diesen Grund kaufen, in dem sie langsam, alle zusammen, Wurzeln schlugen.

»Was wollten sie wissen?«, fragte sie. Ihre eigene Aussage hatte sie schon vor Wochen gemacht.

»Immer wieder dasselbe. Wie ich in das Kaffeeauto gekommen bin. Wer die beiden Russen waren, die Rönsch, Oberleitner und die Brigadisten erschossen haben. Was genau Isa zu Larcan gesagt hat. Ob er wirklich tot war.«

Ihre Hand umschloss das Glas, aber sie trank nicht. Er nahm sie in die Arme und zog sie an sich. Sie ließ es geschehen, ohne die Geste zu erwidern.

»Er war tot, glaube es mir. Sie hat ihn erwischt.«

»Aber er konnte noch reden!«

»Es waren seine letzten Worte. Die Russen haben ihn geholt und irgendwo verscharrt. Und die Waffen... Du hast es ja in der Zeitung gelesen und in den Nachrichten gehört.«

»Ja.« Sie seufzte und trank jetzt doch einen Schluck. Sie würde sich nie an Rotwein gewöhnen. »Amerikanische Waffen für ukrainische Untergrundarmee. Verstoß gegen US-Sanktionen und Gott weiß was, es ging ja die Presse rauf und runter.«

»Dieses Mal war es leider ein Punkt für sie.«

»Höre ich da ein leises Bedauern, dass du nicht mehr mitdrehst am großen Rad?«

Er küsste sie. Lange. Dann sah er ihr in die Augen.

»*Das* ist jetzt mein Rad. Ein Haus, in das ich heimkommen kann. Ein Kind oben im Bett, das von etwas Schönem träumt. Und eine Frau in meinem Arm, die mir bis in die Hölle gefolgt ist.«

»Nennt man die Puffs von Odessa jetzt so?«, fragte sie mit einem Grinsen.

Er lachte. Dann wurde er ernst.

»Es ist vorbei«, sagte er.

»Ja«, antwortete sie. »Es ist endlich vorbei.«

Der Mann auf dem Rücksitz des dunklen Wagens ließ das Fernglas sinken. Das Lagerfeuer leuchtete hell, Funken stiebten in den Nachthimmel. Ein Mann und eine Frau saßen davor, beide mit einem Glas Rotwein in der Hand. Im Haus brannte Licht, das Fenster unterm Dach hatte rosafarbene Gardinen, und auf den Scheiben klebten Sterne. Es sah schön aus. Fast romantisch. Ein guter Ort. Ein Bild, das bleiben würde.

»Herr Körber?«, fragte der Fahrer.

Der Mann auf dem Rücksitz wendete sich vom Anblick des Hauses ab. Im Rückspiegel war zu erkennen, dass er eine schreckliche Narbe trug, die die Hälfte seines Gesichts verunstaltete. Das Sprechen fiel ihm schwer. Vielleicht ein Unfall. Vielleicht eine Schussverletzung.

»Zum Flughafen«, sagte er und bemühte sich, deutlich zu sprechen. »Terminal D, Air France nach Paris.«

»Paris.« Der Fahrer nickte, als ob er über alle Sehnsüchte seiner Fahrgäste genau im Bilde wäre. »Die Stadt der Liebe.«

Der Mann warf einen Blick zurück, das Licht des Feuers spiegelte sich noch einen Moment in seinen Augen. Die linke Seite seines Gesichts lächelte, dann lehnte er sich in die Polster, und das Auto glitt hinein in die Dunkelheit.

Danksagung

Es war an einem warmen Sommertag vor fast zehn Jahren. Ich saß mit Helmut draußen auf einer Bank in der Karl-Liebknecht-Straße. Wir hatten uns gerade kennengelernt, weil ich einen Ansprechpartner brauchte, der alles über die Rosenholz-Dateien wusste. Ich hatte ein Buch im Kopf über eine Tatortreinigerin, die in der Wohnung eines Mordopfers über ein Relikt ihrer eigenen Vergangenheit stolpert. Sie sollte Judith Kepler heißen, und sie sollte ihre Heimakte finden. Auftakt zu einer atemberaubenden Reise entlang der alten Transitstrecke Berlin–Malmö zurück in den Kalten Krieg und seine langen Schatten. Es würde *Zeugin der Toten* heißen und für mich eines der wichtigsten Bücher meiner Laufbahn werden.

Die Stasi-Unterlagen-Behörde hatte mich an Professor Müller-Enbergs verwiesen, der meinem Pitch aufmerksam lauschte und zu einem wunderbaren Freund, Ratgeber und schließlich zu Helmut wurde. In all den Jahren hat uns Judith immer wieder zusammengeführt. Die vielen Gespräche, Treffen, Abendessen mit ihm und seiner Frau Conny sind zu einer wunderbaren Freundschaft geworden. Lieber Helmut, ich danke dir nicht nur für deine Brillanz und deinen Kenntnisreichtum (du bist, das sollte erwähnt werden, Honorarprofessor der Universität Odense, wissenschaftlicher Mitarbeiter der BStU und Leiter der Forschungsgruppe »Rosenholz«), sondern auch für deinen Humor, deine Liebe zum Detail und dafür, dass du Judiths Geschichte mit zu einer großartigen Reise gemacht hast.

Bernd Palenda, bis Mitte des Jahres Direktor des Landesamtes für Verfassungsschutz Berlin, hat mir die Ehre und Freude erwiesen, ihn in seinem Dienstsitz in der Klosterstraße besuchen zu dürfen. Er hat alle meine neugierigen Fragen mit großer Geduld beantwortet und mir viele Einblicke in die Arbeit des Dienstes gegeben, die für dieses Buch wichtig waren. Ich möchte an dieser Stelle erwähnen, dass alle Charaktere und Begebenheiten in diesem Buch frei erfunden sind. Ähnlichkeiten sind rein zufällig und allein meiner blühenden Fantasie zuzuschreiben. Herr Palenda hat den Dienst auf eigenen Wunsch verlassen. Ich gehöre zur überwältigenden Mehrheit, die dies sehr bedauert.

Spasýbi, Konstantin Konovalev! Ich habe den ukrainischen Regisseur zum ersten Mal auf dem Filmfestival Cottbus getroffen. Obwohl er in Kiew lebt und arbeitet, liebt er Odessa leidenschaftlich und hat mir dort all die Orte gezeigt, die Sie in diesem Buch kennengelernt haben (auch das Stendhal ☺). Ich wurde über die feinen Unterschiede zwischen Russisch und Ukrainisch aufgeklärt, auf ausgelassenen Hochzeitsfeiern mit Lemberger Küche gefüttert, machte Bekanntschaft mit Meerjungfrauen, Katakomben und Hafenecken, die kein normaler Sterblicher jemals sieht (danke Evgeniya Prokopetz!), wir haben nachts um eins auf der Potemkinschen Treppe gesessen und Kaffee getrunken (okay, auch noch ein paar andere Sachen …), und ich habe durch ihn Odessa lieben gelernt. Bis bald, in Berlin oder am Schwarzen Meer!

Und ich glaube, liebe Claudia, dir ist es genauso ergangen. Claudia Negele, Verlagsleiterin Goldmann bei Random House. Was haben wir schon gemeinsam erlebt! Für *Versunkene Gräber* sind wir gemeinsam bis in die Bunker des Ostwalls gestiegen und haben die Geschichte des polnischen Weins gründlichst recherchiert. Für dieses Buch kam Claudia mit nach Odessa. Ich hätte mir keine interessiertere Reisegefährtin wünschen können! Und keine bessere Verlegerin... Danke für die vielen wunderbaren Jahre und Bücher, die wir gemeinsam buchstäblich erlebt haben.

Christian Heistermann, *the real death scene cleaner*... Seinen Leuten ein toller Chef und großartiger Freund! Offene Türen und ein offenes Herz und immer da, wenn ich eine Frage hatte. Genau wie Norbert Juretzko, der mich auch vom ersten Judith-Kepler-Buch an begleitet hat und ohne den es eine Figur wie Quirin Kaiserley so nicht gegeben hätte. Danke!

Meine Güte, fast zehn Jahre sind vergangen, seit ich Judith Kepler kennengelernt habe. Ich bin glücklich, sie am Ende dieses Buchs so zu sehen: zusammen mit Frederik und Tabea, unterwegs in eine Zukunft. Und traurig, sie verlassen zu müssen. Dombrowski. Kaiserley. Teetee. Ja, auch Stanz. Kellermann... »nur« erfunden, und doch waren sie mir nah. Ich danke Ihnen, meine Leser, dass Sie mit dabei waren auf dieser Reise. Wenn ich Ihnen auf Lesungen begegne, bin ich überwältigt von Ihrem Interesse an meinen Geschichten. Es bedeutet mir unendlich viel und trägt mich durch die Wochen und Monate, an denen ich nicht von meinem Schreibtisch loskomme. Auch wenn wir uns nicht persönlich begegnen, schreiben Sie mir, wenn Sie Lust haben. Ich bin auf Facebook, und meine Seite heißt Elisabeth Herrmann Autorin.

Zum Schluss denke ich an die Danksagung vom Oktober 2010, gedruckt in der ersten Auflage von *Zeugin der Toten*. Dort stehen Namen von Menschen, die damals an meiner Seite waren und heute nicht mehr bei mir sind. Meine Eltern. Erwin Zernikow. Renate und Gerdt Balke. Ihr wart meine engsten und liebsten Weggefährten, meine Familie. Ich bin traurig, dass ihr nicht mehr bei mir seid, und glücklich, dass wir so lange zusammen sein durften. Ihr seid nicht vergessen.

Berlin, den 2. Dezember 2018

Unsere Leseempfehlung

544 Seiten
Auch als E-Book
und Hörbuch
erhältlich

Judith Kepler ist Tatortreinigerin. Als sich ein Mann in einem großen Berliner Bankhaus in die Tiefe stürzt, wird sie gerufen. Doch mit dem vermeintlichen Selbstmord stimmt etwas nicht. Judith informiert die Kripo und gerät dadurch ins Visier eines mysteriösen Mannes: Bastide Larcan. Er kennt Details aus Judiths Vergangenheit. Aber was hat er mit dem Toten zu tun? Um mehr zu erfahren lässt sie sich auf einen lebensgefährlichen Handel mit ihm ein. Und weckt damit die Geister ihrer Kindheit, die nun drohen, jeden zu vernichten, der ihr Geheimnis enthüllt.

www.goldmann-verlag.de
www.facebook.com/goldmannverlag